茅盾文学奖
获奖作品全集
典藏版
The Mao Dun Literature Prize

少年天子

凌力 著

人民文学出版社

图书在版编目(CIP)数据

少年天子/凌力著.—北京:人民文学出版社,2023(2025.10重印)
(茅盾文学奖获奖作品全集:典藏版)
ISBN 978-7-02-017682-3

Ⅰ.①少… Ⅱ.①凌… Ⅲ.①长篇历史小说—中国—当代 Ⅳ.①I247.5

中国版本图书馆 CIP 数据核字(2022)第 247324 号

选题策划　胡玉萍
责任编辑　黄彦博
责任印制　张　娜

出版发行　人民文学出版社
社　　址　北京市朝内大街 166 号
邮政编码　100705

印　　刷　涿州市京南印刷厂
经　　销　全国新华书店等

字　　数　511 千字
开　　本　890 毫米×1290 毫米　1/32
印　　张　20.5
印　　数　15001-19000
版　　次　2005 年 1 月北京第 1 版
印　　次　2025 年 10 月第 5 次印刷

书　　号　978-7-02-017682-3
定　　价　68.00 元

如有印装质量问题,请与本社图书销售中心调换。电话:010-59905336

出版说明

一九八一年三月十四日,病中的中国作家协会主席茅盾致信作协书记处:"亲爱的同志们,为了繁荣长篇小说的创作,我将我的稿费二十五万元捐献给作协,作为设立一个长篇小说文艺奖金的基金,以奖励每年最优秀的长篇小说。我自知病将不起,我衷心地祝愿我国社会主义文学事业繁荣昌盛!"

茅盾文学奖遂成为中国当代文学的最高奖项。自一九八二年起,基本为四年一届。获奖作品反映了一九七七年以后长篇小说创作发展的轨迹和取得的成就,是卷帙浩繁的当代长篇小说文库中的翘楚之作,在读者中产生了广泛的、持续的影响。

人民文学出版社曾于一九九八年起出版"茅盾文学奖获奖书系",先后收入本社出版的获奖作品。二〇〇四年,在读者、作者、作者亲属和有关出版社的建议、推动与大力支持下,我们编辑出版了"茅盾文学奖获奖作品全集"。此后,伴随着茅盾文学奖评选的进程,我们陆续增补新获奖作品,力求完整呈现中国当代文学最高奖项的成果,使其持续成为读者心目中"茅奖"获奖作品的权威版本。现在,我们又推出"茅盾文学奖获奖作品全集(典藏版)",以满足广大读者和图书爱好者阅读、收藏的需求。

在"茅盾文学奖获奖作品全集(典藏版)"的编辑过程中,我社对所有作品进行了版式统一以及文字校勘;一些以部分卷册获奖的多卷本作品,则将整部作品收入。

感谢获奖作者、作者亲属和有关出版社,让我们共同努力,为当代长篇小说创作和出版做出自己的贡献,为广大读者提供更多的优秀作品。

人民文学出版社编辑部

引　子

一

　　从山海关到京师,正东西走向。其间五百余里,平野广袤,峰峦起伏,滦河、白河、青龙河在川原上滚滚流淌,雄伟的古长城在燕山山脉间蜿蜒,永平府就在这山川接界的地方。

　　都说永平府的风水对王者不利。二十二年前,大清朝廷还在关外,同太宗皇帝共执国政的二大贝勒①阿敏,就因为弃守永平问了死罪。到了大兵入关,定都燕京,八旗亲贵在京师四周跑马圈地时,摄政睿亲王多尔衮②又看中永平,禁止他人圈占。不久,皇上亲政,追论多尔衮谋逆大罪,削爵削谥,籍没家产人口,"欲驻军永平以篡大位",便是其主要罪状之一。

　　有些亲贵却不在乎前车之鉴,多尔衮一垮台,便纷纷来永平府设立王庄、田庄。这两年山川秀美的所在,不时出现楼阁亭台点缀的花园、歇山顶的高大堂屋、卷棚式的青砖住房,一派华美富丽,乡下人都看得目瞪口呆了。

　　在老百姓眼里,永平府何止风水不好,它简直是个大劫大难之

---

① 清太宗皇太极即位初,仍遵祖制实行四大贝勒共理国事,轮流执政。为了加强皇权,太宗不断寻机削除异己。二大贝勒阿敏、三大贝勒莽古尔泰先后被治罪而死。惟大大贝勒代善因拥戴功劳受优遇。
② 睿亲王多尔衮,是清太宗皇太极之弟、顺治帝之叔。皇太极去世时,顺治帝年幼,多尔衮为摄政王,总揽朝政大权。顺治七年病死,次年追论谋逆罪。

地。就说那次二大贝勒阿敏弃守永平,临行时一次屠城,将归降的明朝官员和所有百姓,不管男女老少,杀了个一干二净。后来,这里又成为明军、清军、李自成军反复争夺的战场,走马灯似的杀过来杀过去,终于无人可杀,只余下遍地瓦砾、满目榛荒。

偏偏小民眷恋故土祖坟,一俟战事南移,便络绎回到残破家园。趁着朝廷蠲免三饷①、轻徭薄赋,也仗着永平府圈地较少,居然人口渐增、耕地渐复,近年才又成为京东较为繁盛的大府。

到了顺治十年,除去南明永历②据有西南一隅,郑成功还在东南海上抗争,十分天下,八分已归大清。对于远处北方的永平,战乱已成为过去。农事方毕,秋霜初降,逢着此地最有名气的东岳庙会,三村五庄的进香赛神队伍,便从四面八方涌向东岳庙的所在地——虹桥镇。

虹桥镇的东岳庙前和通向四乡的大路口,早已布棚林立,摊贩如云了。火势旺盛的炉边,热气腾腾,铜勺敲着锅边当当响,卖的是油炸果子、油豆腐、豆浆、豆腐脑、杂碎汤;提篮挎筐的小贩声声吆喝,叫卖着酱鸡、卤蛋、夹肉火烧、点红馒头;茶棚、酒棚随处可见;落花生、炒栗子、金黄柿子、山里红,更摆得一堆一堆的。小地摊最多,在兜售用麦草、箔纸编制的各种玩具:身上写着"富贵有余"字样的红鱼,手捧大元宝笑嘻嘻的"招财童子",盛满银锭、金光闪闪的"聚宝盆",象征福气的红绒蝙蝠,等等。摊贩的主顾主要倒不是赛神队伍,而是这些来自方圆百里内的游人看客。这里既有身着直领衫、交领衫、毡帽布鞋,被满洲人称为"蛮子"的汉人,又有长袍短褂、皮帽皮靴,被汉人叫做"鞑子"的满洲人、蒙古人;既有缠腰带、背褡裢、一脸风霜的庄户人,又有长衫翩翩、满面书卷气的文人。不管是哪种人,都将在这纷纷攘攘的庙会上吃饱喝足看够,然

---

① 三饷:即明末最苛重的辽饷、练饷、剿饷,三饷加派,超过正赋数倍,顺治元年免除。
② 南明永历朝其时据有云、贵、桂及川、粤部分地区。

后买点小玩意儿带回家:买个"聚宝盆",叫做"求财如意";买只绒蝙蝠,叫做"戴福还家"。只这吉兆,就够叫人舒心快意的了。这就难怪太阳才上一竿,镇上已经万头攒动,一片嘈杂了。

"来了!""来了!"镇北欢声四起,人们纷纷涌向路口,直铺出去半里路之遥。他们让出主道,翘首北望。可不是!两个村的赛神队伍已在镇外一里处的岔路口会合,仿佛地面突然生出了一片五颜六色的小树林!锣鼓喧天动地,越敲越近,盖过了一切声响,把虹桥镇那年节般的气氛,撩拨得更加红火。

一张长二丈、宽三尺的红色长幡,由一群吹鼓手簇拥着,首先进镇了!长幡白边白字,写着"庄户屯进香赛神会"。随后的十面神幡同样高大,色分黄、橙、红、绿、黑、白、蓝、紫、翠、粉,一张张非常精致漂亮:有的顶着生动的莲朵,有的悬着鲜艳的流苏,有的垂着长长的飘带,彩线满绣的流云海水、花草鸟兽,围绕着一行行或白或黑的斗大汉字:

"敕封北极悬天真武大帝";

"敕封天仙圣母碧霞洪德元君";

"敕封忠义仁勇伏魔关圣大帝";

"敕封五湖四海行雨龙王";

"敕封山神土地财神三圣之神";

"敕封青山水草马王元神";

"敕封山川地库煤窑之神";

…………

每面神幡前都有数人抬着一尊神像。神幡神像之后,便是庄户屯拿手的过会:五虎棍、秧歌、十不闲。色彩缤纷的队伍载歌载舞,变换行列,煞是好看。路两旁人群涌动,喝彩叫好不绝。最热烈的一声满彩,抛给了手持头幡的那位壮汉。二丈长的幡旗,碗口粗的撑竿,加起来重量不下百斤,他竟把竿底顶上肩头、前额和肚皮,高高的幡旗摇摆着看看要倒,惊得人们尖声怪叫,他却快移脚步,轻扭身躯,刹那间恢复了平衡。

"北地民俗果然粗犷,也就难免粗俗!"人群中一个身着紫红漳绒披风的文士对同伴大声说,力图压过震耳欲聋的锣鼓响。他的同伴看他一眼,微微一笑,不置可否。

猛然间,一派箫笙管笛,歌吹盈耳,又一队赛神行列进镇了,长长的黑色头幡上,一行白色大字格外醒目:"马兰村进香赛神会。"

犹如海面刮过一阵烈风,人群中顿时卷起一重兴奋的大潮。疯魔了似的观众,你推我拥,拼命朝前挤,后边有人合掌念佛,前排又跪倒几位老妇人频频叩头。原来,头幡之后,那绣满绿竹、白底红字、大书着"南无南海观音菩萨"的神幡,冉冉而至,幡下的观世音却是活生生的真人所扮:云鬓高耸,顶着雪白的佛巾,两绺青丝轻飘飘地垂向胸前,长眉入鬓,杏眼半垂,朱唇微努,粉腮娇艳,眉间一点佛痣鲜血似的红,一手托净瓶,一手持柳枝,一动不动,活脱脱是"净瓶观音像"的再现。难怪彩声如潮,压过了锣鼓吹打;难怪有人随着这面神幡一步一揖、三步一叩首地同往东岳庙祈福。

"好一个南海水月观音!"着紫红披风的文士眉飞色舞,鼓掌大喊。他的同伴却拈着胡须看呆了,半天才喃喃地说:"宝相庄严,宝相庄严!真如青莲化出,狮驯象伏,令人尘心顿洗!……值得访他一访!"

着紫红披风的文士哈哈一笑:"我料他不过三流歌童,笑翁其有意乎?"

"什么话!你初次北上,还不知道,如今京师歌场浪荡妖淫,不堪入目至极。此童姿秀神朗,眉目轩爽,若能有所成就,堪扫梨园颓风也未可知……"

两人谈论间,神幡神像、高跷、旱船、狮子舞渐次过完,路边观众也在队尾合围,簇拥一团,即将进镇。

忽见一个穿红袄的小姑娘冲进镇,像条小红鱼似的从人群的缝隙中钻过,极力向前追赶。她汗水涔涔,面色发白,瘦瘦的小脸仿佛被惊恐的大眼睛占去了一半,小嘴艰难地翕动着,很引人注目。她终于追上了马兰村的进香行列,一把拉住那高大魁梧的跑旱船的"艄翁",放声大哭。她呜呜咽咽地说了几句什么,周围的村民顿时惊呆了。"艄翁"摘下头顶的破草帽,慢慢地在胸前揉成一团;而那位标致出众的"观音大士"却猛跳起来,直眉瞪眼地嚷道:"我不干了!回村!"

"回村!回村!"众人醒悟过来,一呼百应,人人心急火燎,大吼大叫。于是,幡旗、神像、旱船、高跷和两头杂有金箔丝的卷毛黑狮子,花花绿绿、高高大大、神神怪怪,拥着又瘦又小的红袄女孩,掉转头,一阵风似的冲出了虹桥镇。

"怎么回事?他们不进香了?"

"八成家里有人得了急病……可也用不着众人都回去呀?"

"我看是回村救火!"

…………

人们惊异不定地猜测着,议论纷纷。嘈杂的喧闹中,蓦地挤出一声惊慌的锐叫:"圈地啦!有人去他们村圈地啦!……"

圈地!这两个字像晴天霹雳,落在虹桥镇上空,落在这上万百姓的头顶,人群猛地一静,跟着就爆发了海潮般的喧嚣,密集的人堆里的骚动,很快就扩展成可怕的拥挤和混乱。前几年京畿一带的跑马圈地,已使人们成了惊弓之鸟,如今马兰村又圈地了,莫非是个先兆,永平府都得遭殃?人们再也无心进香祈福了,各村赛神队都想赶快出镇;所有看热闹、做生意、赶集的老百姓也急匆匆地要赶回家去。许多股人流纠结一团,你冲我突,不知有多少人被撞倒、挤伤、踩翻,霎时间这里暴喊,那里惨叫,大人吼,小孩哭,乱撞乱挤的人群腾起的黄尘,直冲上天,把整个虹桥镇都遮没了……

黄尘散落以后,虹桥镇如同遭了一场劫难,满地是丢弃的大小鞋袜、破碎衣片、踩坏的筐子篮子、摔烂的柿子鸡蛋、碰翻的杂碎汤。只有几个肮脏的乞丐,在印满杂乱足迹的尘土中寻拣吃食。

清晨那繁荣的市面、热闹的年节气氛,仿佛是一场梦幻。

马兰村头,十一面长大的神幡靠放在树上,一尊尊神像,排列在道路两旁,而那些身穿红绿彩衣、一脸脂粉黛色的村民,早已散进村南开阔的川原,像棋盘上摆满的棋子,一个个守护着自家的田地。村边老槐树下,站着几列手持蓝色小旗的骁骑兵。许多百姓围着骁骑兵领队跪求哀告、哭叫争辩,"艄翁"、"观音"和红袄小姑娘也挤在人群中。

领队听得不耐烦,掏出鞭子,左右开弓地一顿猛抽,才把围着的村民打散。他大喝一声:"圈!"骁骑兵们嗷嗷怪叫,放马狂奔,在一大片田地周围插满了小蓝旗。一个村民扑跪在地头,呼天喊地,捶胸恸哭:"我的地!我的地呀!……"

那位"观音大士"的云髻、佛巾和净瓶,早不知丢到哪里去了,变成穿着肥大白道袍的秀美少年,他蓦地暴跳而起,照着一名骁骑兵的肚子,猛撞过去,骁骑兵一个跟头摔出去好远;另两名骁骑兵大怒,立刻举起长枪一左一右逼住了他。

少年心慌,撒腿就跑,骁骑兵拍马追去,长枪的枪尖只在少年后心弄影。银光忽地一闪,少年叫声"不好!"纵身一跃,就地急速地打了几个滚,但那飞起的一枪还是刺中了他的左臂。他一把按住伤口,殷红的鲜血从指缝间渗流出来。少年一扬脑袋,眼睛喷出怒火,一脸豁出命去的倔强神态,挺胸正对一拥而上的骁骑兵和他们的长枪。

"嘎啦依里剋①!"一声大喝,仿佛炸响一个暴雷,只见人影飞

---

① 满语:住手。

动,刀光闪闪,"嗖"的一声响,两支长枪枪尖连着红缨突然一齐落地。冲在最前面的两个骁骑兵大惊,一勒缰绳,战马扬蹄嘶鸣。一位壮实得像铁塔似的老满人站在他们和那小蛮子之间,用快刀削掉了他们的枪尖。更令人惊异的是,这老满人尽管衣袍敝旧,却佩着皇族的标志——红带子。这些骁骑兵们显然是汉军旗的,立时傻了眼。

老满人挥刀大骂:"阿济格居色波哀特拉拉波阿衣巴图鲁色木比!①"他说的满语,骁骑兵们可能全都没听懂,但都吓得跪倒了,静听着甩过来的一串臭骂。只有最后一句他们听得明白:"多霍罗!②"他们立刻照办,恭恭敬敬地叩了头,乖乖地拉马走开了。

老满人愤愤地将腰刀入鞘,对谁也不理睬,倒背着双手,大步回村去了。

"同春哥!"红袄小姑娘直扑过来,面无人色,大眼睛里满是惊恐和怜惜。她一把托住少年的左臂,结结巴巴地说:"你伤,伤着啦!……"一语未了,眼泪倒扑簌簌地滚落下来。少年脸一红,勉强笑道:"擦破点皮,不碍的……"

村民们终于聚在一处,你一言我一语地议论着。

两个文士走近村民,想要弄清来龙去脉。谁知村民们对他俩一打量,立刻变了神色,眼睛里透出一股冷冰冰的敌意,像避瘟疫似的纷纷躲开了。

穿紫红披风的那位打了个哈哈,说:"你我的装束把他们吓跑了。"

确实,他俩的便袍、便帽、披风,都是满洲式样的。村民们虽然都已薙发留辫,但衣裳大都是前明通行的交领衫、直领袄,妇女还是短襦、长裙、发髻,全套汉家服饰。留须的一位不禁深深叹了

---

① 满语:欺负小孩子,算什么英雄!
② 满语:滚!

口气。

一个七八岁的男孩站在一边筒着手看热闹。仔细端详,他竟是个身着袍褂马靴、头戴皮暖帽的满洲娃娃。留须的文士招呼他:"哈哈珠子①!哈哈珠子!"

那孩子高兴得一蹦,跑了过来,用流利的汉话快活地说:"哎呀,你会说我们家的话!"

"告诉我,哈哈珠子,这是怎么回事?"

"圈地呗!那个粮户小头目,拿地投充②了安郡王,又去投佟皇亲,连带着把跟他有仇的人家的地都投充了去,冒说是他自个儿的!……"孩子指手画脚,热心地介绍着。

"哦?安王爷……"留须的文士一惊,定定神,又问,"那位红带子是什么人?"

孩子自豪地一挺胸脯:"是我的玛法③呀!"

"你们是哪个旗的?怎么住在这儿?"

孩子脸一沉,喊道:"我不告诉你!"说着扭头就跑了。两位文士瞠目相视:这古怪的地方,有这许多古怪的事,古怪的人!

沉默许久,穿紫红披风的文士黯然道:"我只说南边冤狱伤天害理,今日才知,北边圈地也……唉!"

留须的一位看看同伴清秀白皙的面容,触到他眸子深处的冷光,沉吟道:"这样吧,明天一早,我就去见安王爷。"

穿紫红披风的眼睛不看同伴,低声说:"那么,我在京师候你?"

"一言为定!"

马兰村口,二人拱手作别。

---

① 满语:男孩子。
② 平民个人或全家随带土地房产,投靠旗人为奴,以求庇护,称为投充。
③ 满语:爷爷。

二

　　惊蛰方过,一场春雪又不歇气地下了一天一夜。厚厚的积雪覆盖了屋顶、楼台、道路,遮掩了一向的纷乱和肮脏。熙熙攘攘的京师南城,一时变了模样。街上行人稀少,小黑驴载着主人,不紧不慢地穿街走巷,撒下一路清脆的串铃响。驴蹄在雪地上翻出一个个银杯似的印痕,随即就被紧跟驴尾巴的淘气孩子踏碎了。

　　转过莲子胡同,小黑驴竟自踏上一处朱红大门的石阶,蹄声嘚嘚,串铃丁当,吓得门丁一把拦住,大声叱道:

　　"你这人,讲理不讲理?怎么骑驴往人家里闯?……"

　　驴背上的人推开风帽,露出一张笑眯眯的脸。门丁喜得一跳:"啊呀,是吕爷!"他转身对门里高喊道:"吕爷来啦!"里面一递一声地重复着向内通报。

　　"笑翁!你到底来了!等得我好苦!"有人一路喊着,转过影壁,大步流星地走了过来,双手扳住来客的肩膀,笑道,"雪天故人来,大吉大利!"

　　二人相携进门,过影壁,入游廊。数月前他俩在永平马兰村分手,至今才得重见,自然很是愉快。迎客者显得格外潇洒豪爽,笑着说:"园中红杏将开,不料飞雪又来。春寒料峭,不亚于寒冬哩!"

　　来人略一沉吟,低声说:"文康所托,极是不巧。安王爷还未来得及过问,便拜宣威大将军,统兵戍防归化城去了。有负老友,惭愧得很!"

　　迎客者眼里掠过一道失望的阴影,旋即笑道:"谋事在人,成事在天,你又何必挂怀?我原本未抱多少期望……"

　　这是两位江南名士。来客姓吕名之悦,字笑天,家在钱塘,人称笑翁。他四十三四岁年纪,长髯及胸,神态蔼然,眼睛里常含笑意,令人可亲。迎客者陆健,字文康,籍贯仁和,世家子弟。他面白无须,眉黑发青,虽然已过而立之年,仍然显得年轻,不失一翩翩佳公子。只有特别留意,才能发现在豁达、从容风度的掩盖下,他眼睛深处的冷漠和无情。钱塘和仁和同属杭州府,两人早年就诗酒唱和,十分相投。国变之初,吕之悦因文名受聘为一位满洲将军家的塾师。陆健却因人诬告谋反,陷入了江南十世家狱。这件牵连江南最大的十家士族的案子,延续数年,时紧时松,始终不得了结。陆健仗着万贯家财,上下打点,也仅买了个不入狱受辱的处境。这次他北上进京设法解脱,正巧与老友重逢。原来吕之悦随东家进京后,被满洲亲贵中的"南派"安郡王慕名延为宾客,便自告奋勇要为陆健向安郡王说项。安郡王出猎永平,在王庄驻跸,于是才有二人同往永平之举。可惜终未成功。

说话间他们已到花厅门首。陆健道:"你来得正巧,今天,在京的南边故交旧友为我设一日酒戏饯行,尽都是些愤世嫉俗、不得志的他乡之客,你听。"花厅传出一阵阵哄笑,有人鼓掌,有人喊叫。"来吧,我给你一一引见。好多朋友都对你仰慕已久了。"

"不必不必!"吕之悦连连摆手,"你还不知我?最爱独坐独酌,听诸人言,观诸人行,细细品味,乐无穷也!……你方才说什么饯行,你要南归了吗?"

陆健略一迟疑,哈哈一笑,并不作答,径直领老友进了花厅。在这宽敞华丽的厅堂里,充溢着酒香和熏炉飘出的檀香气息。十多个人或坐或立,围着正中一张镶大理石的紫檀雕花圆桌,大说大笑。花厅东西两侧,用四套相同的紫檀雕花短榻、台几和太师椅,隔出四个小间,面向正厅,若断若连。各小间布置不同:或以山石盆景取胜;或悬琴剑、列古鼎;或陈书画以悦情;或供鲜花以迎客,最宜于清谈品茗。吕之悦舒服地向短榻上一靠,顿觉梅香扑鼻。

数盆古梅怒放,为这精致的小间平添了一派江南风韵。吕之悦推陆健出去,愉快地说:

"你既卖关子,就请去应酬别人吧!让我在红梅花下享享清福!"

陆健笑着走回正厅。两个书童正扶一位醉者离席。此人眼睛都睁不开了,却还扬眉挺胸,口齿不清地吟道:"抽刀断水水更流,举杯消愁愁更愁。人生在世不称意,明朝散发弄扁舟!……"他摇摇晃晃,"咕咚"一声躺倒地上,招得众人鼓掌大笑。

陆健端起桌上那只光华灿灿、镂刻着凤凰牡丹花色的双耳银觚,眼睛遥遥呼应着吕之悦,笑着大声说:"我再讲一遍:这只银觚容酒三斗,能胜饮不醉者,银觚奉送,陆健陪饮,以谢诸君厚意。自辰时起,已醉倒十八人。难道此觚终将无主吗?……"

院中一声"客来!"一个年轻人打中门阔步而入,喧闹声戛然而止,靠门边的几个人不由自主地站起来:好一个风流倜傥的人物!但见他月白风帽,月白长衫,一领湖色披风飘在身后,细眉长目,隆鼻朱唇,皎如玉树临风,有飘飘欲仙之概。他登上台阶,直入正厅,扫视一下一双双流露出惊诧和赞美的眼睛,傲然一笑,大声道:

"来!银觚注酒!"

书童赶忙奉上斟满美酒的银觚,他接过来,对酒面轻轻一吹,然后如长鲸吸川,几大口就吸去了觚中酒的一小半。他仿佛来了兴致,一甩头挥去风帽,一伸手撩开披风,"咕嘟咕嘟"不歇气地开怀畅饮,直喝到头仰身倾,银觚倒扣。他高声赞美道:"好酒!好酒!"一手倒拿银觚向众人示意,又十分洒脱地深深一揖,清湛的目光望定陆健:"在下徐元文,特来为陆健兄饯行!"

陆健立刻接过银觚,示意侍童注酒,目不转睛地打量着来人,心里很激动。

众人惊叹不已:原来是江南世家昆山旧族徐府的公子徐元文!

人们望着这两位一见相许的风华人物,小声地传说着这位徐公子的才名轶事:

"……人都说他年方髫龄,已具公辅之量。一日自书馆回家,过门槛时偶然仆倒地上,他的父亲扶他起来,戏曰:'跌倒小书生。'他应声而对曰:'扶起大学士!'……"

"知道吗?他的亲舅父就是一代大儒顾亭林先生啊!"

"所以嘛,云游两京,浪迹天涯,至今不肯入仕……"

银觚酒满,陆健举觚朝徐元文、又向众人一揖,高声道:"醉卧沙场君莫笑,古来征战几人回!"吟罢,俯身就觚饮酒,渐渐直腰、抬头、仰面,一饮而尽,不漏不滴,无声无息,仿佛细流汇入深潭,自然而又冷静。他把空觚掷给徐元文身后同来的小童仆,又向众人举手高高一拱,道:"多谢!"

众人喝彩鼓掌,满堂喧笑。惟有远远坐在短榻上的吕之悦,望着陆健,紧皱双眉,拈须沉吟。

宴桌摆在大厅,东道主们来请众人入席。陆健是主宾,被首先让进。酒过三巡,鼓乐齐鸣,粉墨登台,一出《南渡记》开场了。随着剧情的发展,观众的笑骂声一浪高过一浪。

第一出是李自成进北京,明朝进士、户科和兵科给事中陈名夏、龚鼎孳投降,被授为直指挥使,巡查北城。两人洋洋得意,不可一世。第二出,清军入关,李自成败走,陈名夏、龚鼎孳吓得逃往江南。他们抖着水袖,丧魂失魄。第三出,二人逃至杭州,追兵蹑踪而至,一时情急,躲到岳坟前铁铸秦桧老婆王氏胯下。正逢王氏月事,当追兵过后二人出来时,头上尽是血污……

事实上,龚鼎孳降清后曾升任左都御史,不久又被罢免;陈名夏才高品劣,虽然现任内秘书院大学士,却是人人唾骂,满、汉都瞧他不起。《南渡记》以他们为靶子,既少忌讳,又很出气。所以,当两人走出王氏胯下,满头满面污血淋漓时,举座狂呼叫好,喧闹声险些掀了屋顶。

"啪!"一声山响,一位清瘦、严肃的文士拍案而起,大喝道:"岂有此理!不成体统!"他虽气得满面通红,却在强自抑制,好不容易换了冷静一点的声调:"污秽如此,焉可入目?快取清水来!"

人们瞠目相视,认出他是湖广文士熊赐履,以文章道德闻名于时。这是怎么了?难道要作法事?童仆连忙捧上一盂清水。熊赐履背对戏台,面朝大众,从容取水清洗双目,然后闭眼肃立片刻,大步走出客厅。众人先是愕然,随后哄然大笑,一时"假正经"、"假道学"的喊声响遍厅堂。

笑骂声渐渐停息,一个低沉悦耳的声音格外清晰:"诸君何需嘲笑熊公子!此人严正耿直,道学深湛,来日方长,不可限量。"说话的是笑容可掬的吕之悦。

陆健笑道:"笑翁应许他什么?"

吕之悦捋着须髯,说:"一代宗师,道学大家。诸公子孙将争列门墙。"

"那么徐元文徐公子呢?"

吕之悦像吟诗般颇有滋味地说:"其淡如菊,其温如玉,其静如止水,其虚下如谷。有经世之才,具宰辅之量,大器也。"

许多人都不相信地笑着交换眼色。徐元文给众人的印象并非如此。惟有徐元文本人不自觉地抓紧自己的手腕,眼睛里闪过一道惊愕的光芒。

一位相貌异常俊美的年轻文士坐不住了,挨上前深深一揖:"学生张汉,祖籍嘉兴府,二十四岁,请笑翁赐教。"

吕之悦眯眼看看他,笑道:"且赋诗言志。"

张汉挺胸凹腹,神采飞扬地吟道:"十年勤苦事鸡窗,有志青云白玉堂。会待春风杨柳陌,红楼争看绿衣郎。"

《南渡记》的作者许巨源已届中年,却十分粗豪,此时也赶来赋诗言志:"飞雪初停酒未消,溪山深处踏琼瑶。不嫌寒气侵人骨,贪看梅花过野桥。"

吕之悦点头笑道:"张子十年勤苦,仅博红楼一看,当为风流进士。许子嘛……"他望望浓眉大眼的许巨源,停了片刻,才说:"许子虽寒,必当大用。"

张汉又高兴又懊丧,脸儿红扑扑的;许巨源哈哈一笑,并不介意,各回席上。

陆健悄声问:"笑翁,你看许巨源,似有难言之隐?"

吕之悦低声答道:"英华太露,诚恐不寿。"

"那么,你看我呢?请直说。"

"你?半世坎坷,晚来得福。"

陆健大笑:"我的事你都清楚,自然说得好听!"

吕之悦看得明白,陆健的一双眼睛毫无笑意,倒是掩藏着难以名状的、深深的忧虑。就像这整个聚会的情调一样,高呼大叫、狂饮大笑,乃至那不成体统的《南渡记》,这一切玩世不恭、故作旷达的名士派头,都是为着掩饰和发泄:掩饰内心的悲酸,发泄不得志的愤懑。吕之悦开门见山地问道:

"你信不过老友吗?"

陆健笑容倏失,对吕之悦默默注视片刻,然后探手入怀,掏出一封信,默默递过去。吕之悦抽出信函展开,寥寥数十字,个个都写得很大,很潦草:

"江南十家谋反案风声日紧,诬告者辈出,君将被陷拿问。近期切切不可返杭,事急事危矣!千万千万。"

吕之悦倒抽一口凉气,紧皱眉头,低声道:"若是这样,则京师也非善地,不可久留,万一通缉文书呈送到京……"

陆健叹道:"今日不已饯行了吗?"

"出京后,你意欲何往?"

"如今我是有家难归，有友难投，只好云游天下了。"

吕之悦沉吟片刻，说："文康不妨时时通个音信。待安王爷回京，我设法为你求一道赦书……"

陆健一摆手："不必了！陆健一人何足道，十家十族，几百户，数千口啊！……"他说着，眼里突然涌出泪水。吕之悦望着他，也说不出话了。

陆健用手指缓缓抹去泪水，平静地说："尚有一两件琐事要办，日内就将离京，不再聚了，后会有期！"

这天正逢初八，是石镫庵的放生日。

庵堂前的石阶上，摆着一笼鸟雀；石阶下的双轮推车上，放了一盆鱼虾、一筐螺蚌。鸟雀叽叽喳喳叫个不了，水中鱼游虾跳，螺蚌不时探头出壳。陆健赶到这里，已是最后一名，赶忙把一尾二斤多重的红鲤放进水盆，便退入四周的放生善主行列中。

石镫庵的几位僧人低眉合掌，对着放生物诵经祝福毕，开笼放鸟。鸟儿获得自由，争先恐后地冲出樊笼，展翅高飞，在天空快乐地鸣叫。也有的呆头呆脑，留在笼中；或虽飞了出笼，却停落在屋角房顶。据说这鸟雀的放主便是孽缘未了，还须修善。至于鱼虾螺蚌，则由僧人用车送进皇城，投入金水河中。因为禁城之内，少有网罗钓饵之灾也。

得生的鸟雀的喜悦，使陆健十分感慨。放生车出庵往皇城去，他也不由自主地跟在车后，直走上西长安大街。

陆健并不崇佛信道，但他是个有名的孝子，必须替母亲完愿。

许多年以前，陆健不过七八岁，父亲为内阁学士，举家居京，母亲每月初八都要往石镫庵放生。这次陆健进京，母亲再三嘱咐此事，但陆健忙于奔走请托，几乎忘却。眼下就要离京，非办不可了。如今果真亲手放生，陆健却又别是一般滋味在心头，说不清是替母亲完愿还是为自身祈佑了……

西长安门遥遥在望,陆健心头忽然涌上一股悲酸。当年他家就住近西长安门,在李阁老胡同里面,周围尽是国朝名臣名士的旧居。他曾指着李东阳故宅,稚气地斥骂这位三朝元老的虚伪圆滑;他曾钻进袁宗道寓所的抱瓮亭外,在凉荫满阶的六株大柏树间捉迷藏;米万钟的湛园,更是他幼时的天堂,那石林、竹渚、松关,那曲水、欹云亭、仙籁馆,留下了他多少小小足迹!如今这一切,都被那些茹毛饮血、杀人如麻的蛮夷之族霸占了!他自幼心爱的"天堂",想来已被糟践得不成样子……

不知不觉,已来到西长安门。放生车进了皇城,陆健等几位善主被拦在门外。他转身向南,打算取道棋盘街回南城,却见登闻院门口聚了黑压压的一堆人,在看门边张贴的文告。陆健好奇,也挤了进去。那正是登闻院告示,说,凡是圈地投充案件,因积压日多,不再受理,告状民人均应赴各县府州衙门申诉。

西长安门下这三间厅堂,叫登闻院;院内一座小楼,悬着一面鼓,叫登闻鼓。明朝旧制:民有冤抑,有关官府不为审理又不代转达,便可击登闻鼓告状。大清沿袭明制,每日派有满汉科道官各一人,轮班掌管此事,隶属都察院。眼下辰时已过,登闻院栅门尚未开启。

看罢告示的人渐渐散开,却没有一人离去。天气奇冷,人们呵手、跺脚、搓耳朵,抵御着刺骨寒风,也不时互相打量一眼,目光都很沉重,谁也不作声。

两名兵丁来开门,人群呼啦一下围了上去。栅门"喀啦啦"响着刚拉开一半,一位少年像扔出去的一块石头,倏地冲向登闻鼓,从棉袍下抽出一把短斧,照着鼓面连击两下,蒙皮劈破,露出一个黑窟窿。众人大惊,立刻有兵丁赶去按住少年,把他连人带斧推上厅堂。告状的人们挤在院里门外,全吓呆了。

堂上官员怎样审问少年,院里听不清楚,但人们看到,几名差役按倒少年,举起水火棍就打。棍子起落,劈劈啪啪,声声入耳,打在满院告状百姓的心上。足足打了三十棍,少年居然一声不哼。两名差役拖着少年推出院门,人群中一个满面愁容的魁梧大汉赶忙冲过去,扶住了他。另有一名书办站在阶前对众人喊道:

　　"大人念他年幼无知,棍责逐出,不然要治重罪!现今登闻鼓劈破,登闻院无法理事,诸人都回去!何日开门,要等上司裁决。走吧!都走!"

　　众人被驱赶出门。有人埋怨少年鲁莽,有人可怜他挨打,围着卧在路侧喘气的少年看了片刻,便各自走开了。一直站在门外的陆健,见那孩子眉目清秀的脸惨白如雪,沁满豆大的汗珠,却仍是神情倔强、不肯认输的样子,心中十分不忍,又很感佩,于是上前说道:"我京中有住处,随我回去养伤……"

　　少年看他一眼,警觉地摇摇头,转向大汉道:"梓年哥,只得倚仗你了!……"

　　大汉眨了眨厚厚的眼皮,低声嘟囔道:"我,我要是回不来……"

　　少年咬牙道:"放心,梓年哥!咱马兰村多的是有良心的人!"

　　马兰村?陆健心里一亮,拉住少年的手:"去年秋天虹桥镇赛神,你可是扮过观音?你可是叫同春?可是为圈地的事来告状?"

　　同春和大汉一起望定陆健:"你?……"

　　陆健连忙说明情由。同春恨恨地说:"为圈地,我们来击过两回鼓了,每回都说我们不该越督抚官来京控告,赶出院门了事。乡下穷得吃不上饭,哪有盘缠上督抚衙门告状?县府州官又不受状子,还有法活吗?左右是个死,豁出去了!……"

　　陆健叹道:"即便如此,不也没有告准吗?你们以后怎么办呢?"

少年和大汉都不说话了。大汉背起少年要走,陆健忙从怀中掏出一锭银子塞在少年手中,说:"我帮不了大忙,好孩子,收下吧!"

少年一怔:"先生!……"

大汉背着少年对陆健跪倒了:"给爷叩头……"

陆健一扭脸,匆匆走开,再不曾回头。

一个时辰后,那大汉又出现在东安门外,破旧的棉袍外罩了件隶仆穿的黑色号衣。他看准了两位御史大人进皇城的机会,混进跟从的仆役队中,顺利通过了东安门,从东华门边顺着紫禁城墙,一直进入阙左门。大汉走到高耸入云的午门之下,就转而向北,从队列中单独分离出来。他远远望见几名守卫禁城的护军营军校朝他大步走来,深深吸了口气,发出一声震耳的尖厉喊叫:

"冤枉啊!——"

人们惊悚地看到,一个穿黑褂的大汉,扬着双手,迎着护军校,高呼着向北疾奔,在距护军校们三五丈远的地方,突然掏出亮晃晃的匕首,照着自己的胸膛狠命一刺,又踉跄着朝前冲了几步,慢慢地倒下了。他仰面倒下,躺在了午门前的长条石板御道上。即使离得很远,人们也能看到,他的眼睛瞪得很大,定定地望着,不知是望着天空,还是望着那遮尽天宇、黄瓦红墙的威严的五凤楼!

…………

第 一 章

一

"嗖！——"

"嗖！——"

五凤楼上,钟响阵阵。钟声沉重又辽远,响彻北京古城的每一个角落,庄严地宣告:皇帝出巡!

"啪！啪！啪！"静鞭山响,这是在静街。多数住户早已奉命回避,闭门不出,谁胆敢开窗窥视,定被巡街的捕快问罪。胡同口一道道栅栏都已关上。只有少数来不及躲开的小民,听到鞭声便立即匍匐,绝对不能抬头。

开道红棍,黑漆描金,由一对对銮仪兵高擎着走过。跟着便是由鼓、仗鼓、板、龙头笛、金、画角、金钲、小铜号、大铜号等组成的浩大乐队,一百五十多位乐师合奏着铙歌大乐"布尔湖"。小铜号圆润嘹亮,八管齐奏,以悠扬的旋律歌颂着满洲先世;大铜号四尺多长,八管同吹,震耳欲聋;四面铜鼓的敲击声比乐曲声传得更远,震得地皮簌簌发颤。乐队之后,三百多红衣銮仪校执掌着一百多对卤簿:伞——黄、红、白、青、黑、紫等色的龙纹伞、花卉伞、方伞、圆伞;扇——鲜红、金黄、单龙、双龙、圆形、方形、鸟翅形;各色幡、幢、麾、节、氅,锦绮辉耀;各种旗纛在风中招展,灿若云霞;枪、戟、戈、矛、钺、星、卧瓜、立瓜、吾仗,朱红的杆,纯金的头,显示着皇家的富贵和威风。浩浩荡荡、绚烂夺目的銮仪,导引着一顶黄幔软金檐暖步舆。十六名抬舆旗尉,头戴豹皮帽,身穿红缎织小葵花长袍,步伐整齐,又稳又快。紧跟步舆,是一把曲柄绣金黄龙华盖。两班举着豹尾枪、佩着弓箭大刀的御前侍卫分列华盖两侧,紧紧护卫着御舆。再后面,是捧着金香炉、金香盒、金唾壶、金盆、金瓶、金交椅、金机等物的一大批太监。最后,是护军营的三百名精锐骑兵。辉煌的大队,在徐缓、庄严的乐曲声中静静前进,像一条彩色缤纷的河,向南流动。——这是皇帝排设仪仗中的第三等:骑驾卤簿,只用于皇帝巡幸皇城以外。

宣武门北的一条东西走向的大街,总是那么繁忙热闹。因为地处南北城交界,南城的汉人和北城的满人都爱在这里交易买卖。今天早早就净了街,店铺关门,通衢阗无一人。道路上积雪扫得干干净净,撒上一层细湿黄沙,免得御驾行经时扬起灰尘。

一座淡灰色的三圆顶天主教堂岿然耸立,高出四周民房十余丈,与宣武门南北相峙。正中最高的圆顶上,巨大的十字架高指蓝天;正面门额,神光彩饰围绕着三个大大的拉丁字母:IHS——救世主耶稣的名字。教堂在六年前破土动工,按当时欧洲盛行的纤缛瑰奇式(Barockstil)建筑式样修造。落成的日子,京师的满汉百姓成群结队,潮水般涌来,观看北京古城里前所未见的建筑奇迹。

浩大而庄严的天子仪仗,就停在了教堂门前。古老而富有东方色彩的华美卤簿、典雅深沉的乐曲,与崭新的欧式建筑、高耸的教堂塔顶,形成了奇特的对比。教堂拱形大门的台阶下,钦天监监正、皇上亲自赐号"通玄教师"的德国神甫汤若望,头戴蓝宝石顶戴的朝帽,身着绣孔雀的朝褂,项下一挂青金石的朝珠和一枚金色的十字架一同闪亮,正领着钦天监官员跪接圣驾。

静鞭三响,鸣赞官拖长声音喊道:"兴!——"

护军营骑兵们都跳下马背,端正姿势站好。

鸣赞官又喊:"拜! ——"

乐队器乐齐鸣,奏起了《朝天子》。所有这红彤彤的一大片人,把街道挤得满满的,全都匍匐在地,大气也不敢出。步舆的黄幔一掀,一个身穿明黄团龙朝袍,头戴小毛貂皮缎台冠,脚蹬蓝缎朝靴的少年,走了出来。

鸣赞官高呼:"朝! ——"

近千人的嗓音,合成洪大的震天撼地的祝贺:

"吾皇万岁、万岁、万万岁!"

在伏地的一片红蓝相间、如同厚厚的地毯似的人丛中,以金黄色衣着为主调的少年从容而立,不但显得高大轩昂,而且如黄金铸就的一般闪闪发光。他就是满洲入关后的第一代天子——顺治皇帝福临。

呼喊停息,福临缓缓下舆,庄重地走向教堂大门。他远远望见汤若望那部金色的大胡子,眼睛一亮,唇边闪过抑制不住的笑容,浑身一紧,眼看就要跑起来。很快,他又皱皱眉头,熄灭了一脸兴奋的光彩,恢复了原有的庄重。

一位少年天子。

福临今年刚满十六岁,团团的脸,细嫩而白皙的肤色,都还没有脱去童年的影子。高耸的鼻梁,细长的眼睛,眉尖上耸、眉梢略略下沉的黑眉,却已画出爱新觉罗氏直系子孙的特征。他的眸子非常明亮,光芒闪烁不定,在欣喜或发怒时,黑瞳仁的光泽像火焰一样炽热灼人。丰厚红润的嘴唇,轮廓清晰,总是湿滋滋的。唇的四周柔毛茸茸,还不能算是胡须。他走路轻捷有力,腰部很有弹性,这跟他爱好骑射有很大关系。只是,青春的步态被帝王的威仪压制着不能舒展,仿佛一道激流被束在狭窄迂折、布满巨石的河床中。

他走近汤若望。

"不知圣驾降临,有失远迎,吾皇恕罪!"汤若望用流利的汉语,说着一整套礼仪上规定的词句。

"玛法,朕不是免你跪拜了吗?本想不让你知道,一直走到你住处的。"

汤若望起立,碧蓝的眼睛满含慈和的微笑:"皇上的八百扈驾足以动地摇山,若望虽老朽,也不会不知觉啊!"

福临一笑,抢先登上台阶。汤若望连忙随后相陪。御前侍卫、太监、三百多名卤簿銮仪校,仿佛一条长长的,越来越宽的楔形尾巴,紧紧贴在福临身后,跟进了大门,护军营兵马则在大门外守护。

皇帝亲临民宅,非常稀罕。福临亲政以来,只到郑亲王济尔哈朗府中去过一次。济尔哈朗是叔辈,又是太宗皇帝遗命的辅政王。而福临拜访汤若望,已是第五次了。

大门内有一片宽阔的空场,铺着整齐的石板,正可以放置那条金碧辉煌、五色缤纷的大尾巴。福临停步,向随从们平静而庄重地下令:"你们都留下,不必随行。"

"喳!喳!"那些跑得满头大汗的御前侍卫们,虽说都是贵胄子弟,年龄也大得多,却都一字儿跪下,恭敬领命。

一个身段细巧、面庞俊俏的红衣太监抢前一步跪倒:"启禀万岁爷,奴才们跟去侍候。"

福临一摆手,头都不回地大步穿过空场,走进辟有三座门的白色大理石凯旋坊。只有汤若望跟着他去了。

大清皇帝怎么会有一个日耳曼族的外国玛法呢?

事情要追溯到福临亲政那年。三月里,福临率领几乎全部亲贵朝臣到口外行猎,仅郑亲王、巽亲王奉皇太后命留守京师。

一天,汤若望住处忽然来了三位满洲妇人,声称是郑王府眷属,因郡主患了重病,福晋不相信太医,想请博学知天象的汤若望医治。汤若望细心询问了郡主的症状,断定不过是春季最常见的感冒。他把一面十字架圣牌交给来人说:"请郡主将这圣物挂在胸前,四天之内便可痊愈。"

五天之后,三位妇女又来了,拿三百两银子和五匹金线织锦酬谢汤若望,并尊他为神仙。因为郡主果然在四天内康复了。又过了五天,她们再来送钱。汤若望起了疑心,不肯接受。她们就大方地把这笔钱捐给了教会。

不久,一位蒙古妇人拜访汤若望,捐给他一笔更大的款子。汤若望说他从不接受来历不明的捐赠,这才迫使她吐露了真情:她的女主人,便是当今皇上的母亲庄太后。那位患病的郡主,是即将立为皇后的蒙古格格,也是皇太后的亲侄女。她又说,皇太后感激汤若望,今后要像对父亲一样礼敬他,愿时时听从他的指教。

汤若望虽然很惊奇,却不失时机地请这位蒙古妇人向皇太后转达一个对他的传教事业至关重要的忠告:皇太后是一国之母,迷信喇嘛僧徒是不明智的,会遭到有学识有理性的人们的非议。

皇太后很快就差人答复了汤若望这位义父:她不能立刻斥退喇嘛僧徒,只能渐次施行,但绝不会允许他们干预国家政事。

这"父"与"女"从此竟以礼敬相崇尚,直接影响到皇太后的亲子顺治皇帝。十年前,内秘书院大学士范文程在入关进京的战乱中保护了汤若望,并把他作为博学多才的天算学家推荐给朝廷。后来他又向年轻的皇帝引见这个高大的蓝眼金发外国人。第一次见面,福临就被这位传教士的仁慈的长者风度、渊博的学识和明睿幽默的谈吐迷住了,极其赞赏母后和范大学士的眼光。

当年九月,皇帝大婚,汤若望不辞辛苦在宫中随同诸王群臣参加繁缛的典礼,以六十岁高龄而支持终日,使皇太后和皇帝都很感动。之后,汤若望又亲自到宫中庆贺他的义女新近因皇上大婚所获的尊号,得到福临母子更深的好感。于是,大婚后的福临,第一次亲自拜访了汤若望,并从此称汤若望为玛法。

两年以来,他们之间的情谊与日俱增,就连沟通他们的引线人——那位"郡主"、后来的皇后被废,也没有影响他们的关系。汤若望在朝廷里、在皇太后和皇帝心目中,地位越来越高。福临这么高兴来找他的汤玛法,就是明证。

福临通过有天篷遮盖的大理石游廊,穿房越室,走得飞快,不时停下脚步,微笑地等候汤若望。

"玛法,我不去客厅,那儿让人感到太客气啦。到你的住处去吧!"

"哦,好的。"

汤若望的卧室更像是一间书房。高大的到顶书橱布满四墙,满满地装着拉丁文、罗马文、西班牙文、荷兰文、葡萄牙文和德文的各种书籍,更有一函函线装的汉文、满文书。书桌又大又阔,整齐地摆放着文具和玻璃器皿:烧瓶、量杯、试管。可称为装饰品的只有两样:一块安了乌木圆座的二尺高的天然水晶山,秀雅莹澈,上面镌刻了几位朝中名书法家的题字;一条五寸多长的木制双桅帆船模型,极为精巧。房间布置高雅朴素,惟有那张铺着洁白被褥的大铜床,带点奢侈的味道。一进门,福临竟自按照满洲人的习惯,盘腿坐上这张床,说:

"玛法,我早就想坐坐这张床了。它看上去又宽大又轻软,还很暖和!"

福临说着,拿过床头两个又厚又大又蓬松的枕头,垫在自己两肘下,开心地笑着。

汤若望沉默片刻,认真地说:"修士是不应该睡这样舒服的床的。上了年纪,对自己放松了,这真不可宽恕!"

"玛法,这是应该的呀!"福临惊异地扬扬眉毛,"你都年过花甲了。"

"哦,皇上,你坐了这床,老臣就必须另找上帝命我坐卧的地方了。你看,"汤若望指着室内的座椅、凳子,那都是福临前次坐过的,已经用金黄色的布封盖,不能再坐。臣民见到这样被封蒙的座位,应该叩头。而福临像所有不安分的男孩子一样,东坐坐、西坐坐,使得一屋坐具几乎全都封蒙了。汤若望接着诙谐地说:"我得吊在天花板上读写和睡觉啦!"

福临哈哈地笑了:"玛法,你还管这些劳什子礼节?你爱坐哪儿,尽管坐!……咦,这船多漂亮呀!"

汤若望见福临拿起双桅帆船模型翻来覆去地看,爱不释手的样子,笑道:"皇上喜爱,老臣敬献。"

"真的?"

"不过,不是这一只,是和它一模一样,比它大一百倍的真船,真正的莱茵河上的双桅帆船!"

福临高兴得满脸放光,喊道:"玛法,你太好了!我要驾着它游遍三海,网鱼钓鱼,那该多畅快!……"

汤若望慈爱地微笑着,望着热情真率的少年,不由得用他纯正的日耳曼语低声吟哦:"啊,他的发如冬之夜的黑,他的颈如夏之雪的白,他的脸如晨光之红……"

"玛法,你在说什么?"

汤若望把诗句译成汉语告诉福临。福临快活地笑了:"是在赞美我吗?我有这么美?……可是夏天怎么会有白雪?"

汤若望告诉福临,在他的祖国的南方,阿尔卑斯山的皑皑雪峰,终年矗立在蓝天之下。说得福临心驰神往,刚想拍手称赞,又皱皱眉头,自觉忘形,便收敛了轻狂,沉静地笑道:"玛法,我要告诉你一些好消息!"

汤若望频频点头。福临一进凯旋坊,他就觉察到皇上那按捺不住的兴奋。

"饶州大盗曹志攀归顺！江南顽寇徐可进、朱元归顺！郑成功手下又有两路兵马归顺！"福临眉宇间一团喜气，振奋地挥动着胳膊，说出的话一句比一句有劲。

"哦，上帝保佑！"汤若望仰面向天，在胸前划了个十字，"仁爱，是君主的最大美德！"

"自去年五月，至今不过半年有余，见效如此之速，足见施仁政方能得人心，得人心才可治天下！"刹那间，福临目光炯炯、神采奕奕，仿佛突然长大了十岁，成了一个精明、智慧、雄心勃勃的年轻君主。"玛法，你和范大学士一样，有功于社稷！"

满洲入关后，一直凭借武力和屠杀征服天下。然而越征越不服，大江南北，黄河上下，处处掀起反抗的怒潮，局势长期动荡不安。到了顺治八年，由于连年征战，军费浩繁，朝廷财源枯竭，几乎到了崩溃的边缘。而刚刚亲政的福临，也和勋臣贵族们一样，以为凭借剽悍善战、凌厉无前的八旗劲旅，定能扫平天下，所以继续推行武力征服的高压政策。顺治九年，桂林失陷，定南王孔有德败亡；定远大将军、敬谨亲王尼堪奉命征讨湘黔，又全军覆没。这丧师失地、两蹶名王的惨败，震动了朝野，也震动了十四岁的福临。

经过昼夜焦虑、寝食俱废的痛苦思索，福临才真正懂得了这几年苦读圣贤之书所获得的治国之道：应该把历代英主行之有效的仁政付诸实施，而不是停留在口头上当幌子。他带着急于图治的强烈愿望，反复咨询各种见解。在皇太后的支持下，他终于采纳范文程和汤若望的政见，放弃了徒恃军威的"勤兵黩武"，采取了招降弭乱的"文德绥怀"，从而完成了他治国平天下的一个大转折。

从顺治十年五月开始，他发下一系列谕令、敕书、诏告，招抚郑成功、南明永历及全国各地的抗清兵马，言辞诚恳，条件优妥。不过九个月，就见到这样巨大的成效，福临怎么能不欣喜若狂啊！

汤若望完全理解福临的心情，欣慰地说："这是上帝的启示，他永远保佑仁德的君主。皇上,你的选择是你一生最伟大的事件,是一个伟大君主的起步!"

福临脸色微微泛白,眼睛亮得惊人,全身振奋,好像生了翅膀,就要飞起来似的:"我要勉力做一个有为的君主,一个仁德之君,不亚于汉武唐宗、宋祖明祖!……玛法,我能超过世界上所有的君主吗?所有的都算?"

"为什么不能!"汤若望微笑着,快步走去,指着一面书橱上贴着的那张五颜六色、标满拉丁字的世界全图:"看这里,波旁王朝统治的法兰西,是个欧洲大国。它的君主路易十四和皇上你同年,也是六岁登基。法兰西远没有中国广阔,路易十四至今尚未亲政。他和他的父亲两代君主,都因为有能干的首相,使法兰西日益强盛,如今已在美洲和印度,同葡萄牙、西班牙、荷兰这些海上强国争雄了。这两位首相都是红衣主教,一位叫黎世留,一位叫马扎罗尼……"

福临轻轻一笑,道:"他俩也如玛法这么博学多才,熟知天象吗?"

汤若望一怔。少年皇帝的敏感使他多少有些狼狈,但他立即笑道:"他们是世代相承的主教,不像若望身为客卿。……或许有一天,皇上将与路易十四相遇于海上。我皇上雄才大略,必能……"

"不。"福临认真地一摇头,"我中华泱泱大国,礼义之邦,从来怀柔远土,沛恩万方!……玛法,朕仰法先贤,国运必定长久,天象一定会有表征,是吗?……走,我们到你的工作室去!"

"这……"汤若望略一迟疑,低了头,"圣母坛上的圣像新近换了一幅,皇上不想去看一看?"

福临看着汤若望,眼睛里闪动着狡黠和好奇:"先去工作室,后上圣堂。我还没有进过你的工作室哩。"

汤若望叹了口气,说:"好吧!"

工作室门上的锁"咔哒"一声打开了,福临迫不及待地等汤若望推开房门,不料一股呛人的烟味随着烟雾迎面扑来,他厌恶地摆手挥开,定睛一看,两个满洲官员各自拿着一杆五尺烟锅,木雕泥塑一般吓呆在那儿。半晌,那两人才回过神,"扑通"一声跪倒在地,连连叩头,慌得连一句囫囵话都说不清楚了。

福临认识他们,都是钦天监官员、显赫的贵族:一个是内大臣苏克萨哈的堂弟,一个是议政大臣杜尔玛的侄子。福临的笑容一点都没有了,问:"怎么回事?"

好不容易,苏克萨哈的堂弟回话了:"奴才请皇上……圣安!汤……汤若望把我们……叫来,说是要革我们的差使!……奴才给皇上当差,他,他凭什么敢革我们的差使!"

福临转向汤若望,以为他一定有几分惊慌,不想却看到一脸坚决得近于执拗的表情。他不无惊讶地问:

"玛法,确实如此?"

"是的。"汤若望昂起白发苍苍的头,断然回答,"他们不称职!不学无术,傲慢无礼,肆无忌惮地破坏钦天监的正当工作。我不能容忍!打算先通知他们不要再进钦天监,再向皇上奏请。因为皇上突然驾到,只好把他们暂留工作室。"

福临哈哈大笑,挥手令两名贵族退下,然后才勉强止笑,说:

"你……不怕我怪罪你?"

汤若望看定福临的眼睛,恢复了他特有的慈爱和亲切,说:"你不会袒护不学无术的人。羽毛相同的鸟才飞集在一处啊!"

福临点头叹道:"我明白了,你为什么宁肯要水鸭子一样的汉人入教,而不愿接受满洲人。"

汤若望笑着摇摇头:"不,上帝指示我,我们的鸭子都是鸿鹄。"

"哦?满洲人就不是鸿鹄?"

"不是。他们是鸷鹰,是嗜血的猛禽。"

"你说什么?"福临倏然变色,黑眉拧起,一脸威严。

汤若望直率地回答说:"成年的满洲人,由于长期的劫掠和其他恶习,加入基督教还不到成熟地步。"

"汉人就成熟?"福临声调都变了,高得刺耳。

"汉人的文化、道德,确实优于满人。"

福临的脸霎时涨得血红,嘴唇缩得看不见了,鼻翼急促地翕动,眼睛忽大忽小,目光阴沉得可怕,一场盛怒就要爆发:"你,你胆敢如此护汉排满!"

汤若望照直看着福临冒火的眼睛,面不改色:"皇上,尊贵的太宗太祖皇帝,就曾向汉人学了许多东西,大到官制,小到犁铧。如今你的一百个臣民里汉人占九十九,你怎能不了解他们?那些成年满洲人的嗜杀恶习,正要靠皇上你的仁德去感化改正,使他们最终免堕地狱……"

这双忠诚的蓝眼睛和这无可辩驳的道理,平息了少年皇帝的怒火。事实上,他不正在拼命地学汉文、读史书吗?他不是越来越倾慕这古老灿烂的文化吗?不过,他不能这样认输。他立刻找到了挽回面子的途径,以征服者的骄傲,批评那个亡国的末代皇帝:

"玛法,你那么推奖汉人,看看那可怜的崇祯吧,不就因为忌刻、贪婪、暴戾,失了天下,自缢煤山吗?"

汤若望不以为然。他在明朝的钦天监任过职,很知道明朝是被李自成摧垮的,满洲不过从李自成手中夺来了现成天下。有首民谣流传极广:"朱家麦面李家磨,做得一个大馍馍,送给隔壁赵大哥。"[①]如今这赵大哥家的小主子,却摆出这么一副虚骄态度,不是很可笑吗?于是,他答道:"崇祯皇帝的知识、道德和对百姓的爱护,都是很优异的,只是因为过分自信、固执……"

---

① 其中朱、李、赵暗示明、李自成、满洲。

"玛法,你说他爱护百姓?"福临急躁地打断汤若望,"万历末年合九边饷银,每岁不过二百八十万;到了他崇祯,加派辽饷九百万、剿饷三百三十万、练饷七百三十万,自古以来,哪有正赋之外,每年又搜刮二千万两银子的?民何以堪!所以我朝立都,第一件大事就是罢三饷以解民困,全国赋税按万历初年数额征收。玛法你说,谁爱护百姓?"

汤若望笑了:"这是本朝第一大仁政。老臣认输!"

福临的好胜心得到满足,自然恢复了情绪的活跃。工作室里到处是工作台、工具、仪器和计算桌,这引起了福临的极大兴趣。他在屋里到处走动,摸摸这个,看看那个:"玛法,这高高的跪凳,是你做祷告用的吗?日课祈祷要费许多时间吧?……这台起重机械的模型,是不是盖教堂时用的那种?……这些器皿是合药用的吧?你进给太后治病的药也是在这儿做的?照书本上做吗?哪本书里写着?这本?还是这本?唉,都是你们欧洲文字……"

起初汤若望还一一回答,后来只是微笑着应付。这个世界上最大国家的权威无限的君王,和一切十六岁的少年心性没有两样,好奇,好动,几乎所有的角落他都一一搜寻到了。

在天文仪器面前,福临变得严肃了。汤若望熟练地介绍:这是黄道经纬仪,那是赤道经纬仪,这边两座是地平经仪和地平纬仪,那边两座是纪限仪和天体仪。他还简要地说明了仪器的使用方法。

福临指指桌面,那儿一摞摞纸上写满算草算式,鹅毛管笔扔在旁边,凹形的金属墨水容器中墨汁已经用干。他问:"这些,就是你的天算?你正在演算什么?"

"今年五月,有一次太白金星昼现。此外,九月里将有一次月食。"

福临聪慧的眼睛里忽然闪过一道强烈的光芒,他凝视着汤若望的蓝眼睛,说:"玛法,如果天上星宿的轨道可以预先测算,那就是说,它们的轨道必定如此,不可变更。那么,由星宿预示的灾祸也就不可变更了。上帝有什么办法克服这不可变更的灾祸呢?而且这同样的星象,难道对我和对朱由榔、对郑成功都是一样的示警吗?"

博学的汤若望一下子被问住了。但他不慌不忙地来了个缓冲:"皇上,我们到教堂里去,可以讲得更明白。"

汤若望虔诚地信仰上帝。作为一个传教士,如果能使一位中国皇帝成为信徒,把天主教引到东方,拯救世界上最大国家的亿万灵魂,那将是他对天主的最大贡献,也是他一生事业的最大成功。但他看到,福临的天性中固然有仁厚宽宏的一面,不过性情热烈急躁,一件小事就足以激起他的暴怒,毁掉劝谏者的一切希望。所以他汲取先行者利玛窦的经验,努力以天然宗教和一般道德为基础,结合中国的儒学和佛教,将基督教义融会其中,把少年人的目光引向灵魂的解救,引向天主,最后,水到渠成,皇帝将不知不觉地被引导入教。

福临对汤若望,除了少年人的好奇和真心的尊重之外,还另有一番心事。目前全国各处抗清兵马中,对他心理上威胁最大的,是奉明朝正朔的永历帝朱由榔,而朱由榔本人和他的皇太后、皇后及太子,还有随侍太监和相当部分的大臣,都是基督教徒。汤若望在教会中地位很高,影响很大,礼敬汤若望,是招降朱由榔的一个重要姿态。如果汤若望能通过教会直接劝谕朱由榔就好了。但他贵为天子,怎好开口求人?万一人家以不介入政事为辞拒绝了,他怎么下台?

大教堂又广又深,堂顶如同高高的穹庐,上面用绚丽的色彩绘满了天堂和天神天使。从天窗投进一束束巨大的、长长的光柱,光柱交汇着,形成庄严、宏伟而又神秘的气氛,它照亮了墙壁上精美的浮雕,也照亮了五座高大而美丽的祭坛。地面铺着地毯,走上去毫无声息。汤若望陪同福临来到正中大祭坛下。祭坛修饰得金碧辉煌,无数烛光和鲜花供奉着救世主大圣像。耶稣身披长袍,头顶圆光,一手托地球,一手伸出降福。小天使和信徒们环绕着他,虔诚地向他祈福祝祷。

"赞美天主吧!"汤若望的声音热情而虔诚,"不论自然律则多么铁定不变,全能全知的上帝,总能根据他的意志安排自然律则的效果,以便向人类,尤其是向君王们默示训诫。因此,君主帝王们应该奉祀上帝,崇敬上帝。尤其是你,皇上。"

在小小的工作室里引起福临疑惑的道理,在这崇高的圣堂里被赋予神圣的意义,变得令人信服了。但那最后几个字使他忍不住问:"为什么尤其是我呢?"

"因为你是世界上最大的帝王,又自命为天子。你统治着世界最大的民族,天主因此也特别眷顾你。"

"只要我改正我的过错,就能转移天灾天祸了吗?"

"是的。欧洲有一句谚语:哲人统治天上的星宿。"

"教导我吧,玛法,我怎样避免过失。"

汤若望像一位循循善诱的老师,抚着胸前那部浓密的大胡子,向皇帝进劝:遵守帝王的责任和义务,厚爱百姓和官吏;专一信奉天主,不信任何假神假鬼;牢记孔圣人"己所不欲,勿施于人"的准则;严格以天主制定的"十诫"律己……

福临静静地听着,很有几分虔诚。后来,他咬咬嘴唇,问:"上帝的律则,帝王也要和臣民一样遵行?"

"是的,皇帝比其他人更要遵守,因为他是榜样。"

沉默片刻,福临把眼光投向巨大的堂柱,仿佛在专心研究那些长了翅膀的光身子小天使为什么总在微笑。半晌,他突然问:"玛法,为什么天主教禁止男人多娶妻妾?"

汤若望装作没看见他闪烁不定的目光，从容答道："这可以使儿童得到良好教育，也可使家庭和睦。这是上天的真意。"

"这条戒律，对帝王们也有效力吗？"

汤若望明知这是福临入教的一大障碍，但他是个虔诚严正的传教士，不肯牺牲原则去换取实利，不管这实利多么巨大、诱人。他点点头，沉稳地说：

"是的，它对帝王有加倍的效力，以树立好榜样。"

福临不作声了。

汤若望领福临走到左边的圣母祭坛下。坛上的圣母像，是罗马圣母大教堂所供圣母像的复本，出自一代大画师施乃（Schnee）之手。福临默默地站了许久，眼睛一刻也不离开圣母。后来，他轻轻地说：

"玛法，请告诉我，她，圣母，愿意我挑选一个什么样的皇后？"

汤若望恍然悟出，这是福临今天来访的主要目的之一。他郑重地、诚挚地望着少年明亮的黑眼睛，说：

"选一个你最喜爱的人，一个能使你恪守戒律的人。"

"我最喜爱的人？"

"上帝用亚当的肋骨造就了夏娃。你要像爱自己一样地爱你的妻子。"

福临脸上掠过一片迷惑和茫然，跟着又沉默了。直到出了教堂，走进那种满果树、布满石雕、有一处迷人的喷泉的花园，他还没有摆脱沉思。太监和侍卫们蜂拥着跟了过来，他似乎也没有察觉。

和煦的阳光，略带寒意的春风，刚刚泛绿的小草，明亮的蓝天白云，终于使福临又回到温暖的世俗生活中来。庄严的教堂、神圣的天主圣母和玛法那纯银似的嗓音，曾使他灵魂净化，飞得很高。但是，高处不胜寒，远不如人间的喜怒哀乐那么诱人啊！

福临在被无数葡萄藤缠绕的白石小亭里坐定，对着阳光愉快地眯着眼睛,宽舒地吁了一口气,笑道:"玛法,我进你大门好久了,你还没给我拿点什么吃的喝的呢!"

"请皇上见谅。没有你的旨意,不敢随意进食。"

"我想喝一口你这园里葡萄酿的酒。"

深红色的浓葡萄酒被托在晶莹的水晶杯盘中呈进,同时奉上许多花色美丽的、按欧洲方式烘烤的糕饼。福临饮干一杯葡萄酒,说:"玛法,等你园里的葡萄熟了的时候,给我留下,我要自己摘来吃。"

临行,福临又说:"玛法,你需要我赐给你些什么吗?"

"谢谢皇上。我什么都有了。"

"那不行。玛法总得要向皇帝请求一点恩泽的!"

"皇上恩泽深厚,若望早已感激不尽了。"

福临蹙着眉头想了想,忽然高兴得目光闪闪:"玛法,我有了个好主意!"他转脸对御前侍卫下令:"着銮仪使告诉象房,把十八头驯象赶到教堂前的大街上来,让它们赛跑!"

"啊,皇上!……"汤若望想要制止,哪里能够!福临站在他身边,兴致勃勃地说:"玛法,你可要特别留心,别让那笨重的象蹄踏着你……"

驯象所的象房离教堂不远。很快,十八头庞大的驯象被驱赶到了教堂前街。笨重的象蹄"咚咚"地踏着地面,仿佛上百只石夯上下起落,震得临街房屋沙沙颤动。巨象赛跑的奇观,就要出现在北国初春时大清帝国的京城长街之上了。

二

福临回宫,稍事休息,就往慈宁宫向他的母亲请安。

已是申时，西斜的太阳照得人暖烘烘的，御道边初绿的小草，橙黄色的琉璃瓦、红色的宫墙、白玉砌阶栏杆，互相衬映，格外鲜明。站在隆宗门高处，甚至可以远远望见淡黛的西山。富丽堂皇的慈宁宫，翻修完工不到一年，焕然生辉。紧连着的慈宁花园还在修理，参天古松郁郁苍苍，给这极少绿色的古老宫殿带来几分生气。

福临踏上两尊青铜麒麟之间的汉白玉阶，穿过气势宏大的慈宁门，太监、宫女们匍匐跪迎；然后穿过御道，跨过慈宁宫正殿的门槛，在一片寂静中，听到了他自幼惯熟的慈蔼、圆润的声音，说着亲切的满语：

"皇儿，你回来了。"

福临赶上几步，向母亲行了常礼，恭顺地问起她的饮食起居，既有儿子的孝敬，又有成年人的持重，还不失皇帝的威严。这三重身份，他已糅合得恰到好处了。跟在福临后面的四位妃嫔：两位博尔济吉特氏、佟氏和石氏，是东西宫的主位，也都恭顺地跪下请安。她们的灯笼锦丝袍闪着光亮，高高的两把头中露出粉红色的头垫，叉在头垫中间的头正闪着翠玉金银特有的光泽，压鬓的绢花光鲜夺目。在周围那些身穿蓝布长衫、平梳辫发的宫女之中，她们显得十分娇艳，恰似万绿簇拥着的春花。

庄太后是科尔沁蒙古博尔济吉特氏大贝勒寨桑的女儿。她和她的姑妈，她的姐姐三人一同嫁给了太宗皇帝皇太极。由于这种婚姻联系，科尔沁蒙古始终支持皇太极统一满洲、夺取天下的战争，成为蒙古四十九旗中最强大的、举足轻重的一支。

当年，她是个有名的蒙古美人，草原上远近闻名。但是，比她的美貌声名飞得更远的，却是她的福命和聪慧。

她是寨桑的小女儿，自幼便器宇不凡，敏慧练达，娴于蒙文，爱读书史，通大略，善辞令。据说她在七岁那年，随兄弟们到草原上巡视牧场,一个精通相术的喇嘛见了她大为惊异,说:"这是大贵人哪,怎么会生在此间?大怪事!"跟从的人并不奇怪,回答道:"这是寨桑贝勒的幼女,自然是天生的贵命!"喇嘛说:"我所谓的贵,何止于此!此女当与大国君王为偶,母仪天下!"从人们仍然不在意:"那是自然。扈伦四国,叶赫最大。我们贝勒一向与叶赫贝勒相好,想必我们格格要当叶赫国福晋了?"喇嘛连连摇头说:"不止不止!此女当偶万乘之君,为华夏兆民之母。"从人们一起哈哈大笑,说:"哪有天朝之主娶外夷之女为配的?快闭嘴!别胡说八道啦!"喇嘛被斥,只得走开,边走边嘟囔:"将来能否有验,非我所知,我不过就风鉴而言罢了……"

当时人们都当那是一句笑话,谁知二十五年后,皇太极病死,她的儿子福临即位;当年大兵南下,满洲入主中原,福临成了清朝入关后的第一个皇帝,尊生母为皇太后,正应了喇嘛"为华夏兆民之母"的预言。

当然,这些都是传说、附会。只有她自己知道,为了儿子的皇位,为了社稷江山,她曾经历了多少惊涛骇浪。

她今年已四十二岁了,但仍然显得年轻妩媚。两道弯弯的眉毛又黑又亮,细长的眼睛仿佛总含着暖意,端正的小鼻子下面,有一张轮廓鲜明的嘴,看上去很有决断。高颧骨和宽下颚原是她所具有的蒙古族的相貌特点,中年以后渐渐发胖,这些缺憾反而被丰满的面颊遮掩下去了。她神态安详,举止端庄,在她面前,任何人都会感到自惭和敬重——不仅仅是因为她的崇高尊贵的地位。

此时,她望着几位下跪请安的妃嫔,静静地说:"罢了。"随即又微微一笑:"自今以后,佟妃不必跪安,肃一肃吧。"

佟妃的脸儿霎时红得像一朵红月季。福临看着她,眼里含笑。佟妃极快地对福临一瞥,娇爱横溢,再也不肯抬头。其他妃嫔强笑着低脸站在两旁,心里不是滋味。

太后把目光转向福临："皇儿今天气色很好。"

"儿去汤玛法处谈说，又往郊原跑马，很是快活。"确实，他像刚刚出浴似的，面色红润，眼睛明亮，身姿英挺。

太后点点头："义父德行高尚，学问渊博，是难得的谏正良臣。替我问候了吗？"

"问候了。玛法还给母后带回两面圣牌，都在圣母坛上做了祈祷法事。"福临把两挂悬着耶稣受难十字架的金项链奉献给母亲，"玛法说，应系于外衣下，可以祛病消灾。"

太后接过圣牌项链仔细瞧瞧，随即郑重戴好。小小的金黄色十字架悬挂胸前，在那一串珍贵的东珠佛珠间闪光。妃嫔和随侍陪伴太后的命妇们，对太后这出格的行动都很惊诧，汤若望这个外邦人还有所顾忌地要她戴在外衣之下，而她却……

太后抬头对众人一望，众人纷纷垂下眼帘。她不在意地笑笑，又问福临："汤玛法为什么送两面圣牌？"

福临眼睛望着别处："他说，那一面给皇后。"

妃嫔们顿时低了头，惴惴不安得令人可怜。那对博尔济吉特姐妹花无意间对视一眼，像碰着火似的赶忙闪避。佟氏拿手绢轻轻擦她白嫩的小下巴，遮住了嘴，也遮住了唇边的一丝微笑。

太后立即转了话题："皇儿读书太苦。同贤臣哲人叙谈来往，既长知识又能散心，胜于夜以继日。再不要像去年秋天，直读得吐血。"

福临笑道："母后再三教导，既为华夏兆民之君父，就得精通汉文、汉语。况且，儿要有所作为，哪能不费心血！武功文治，宽猛张弛，道理很深。近日儿正在仔细探究元、明两代失国的原因哩！"

太后笑道："好！想清楚了，说给我听。再有，我朝以弓马定天下，骑射固然不可偏废，但游猎须有节制。过于凶野，不免伤身，因猎误事，就有失正道了。"

"母后,"福临笑了,面容变得更像孩子,"我现在不是改得多了吗?今年一次猎也没打呢!倒是母后天天闷坐,多不畅快!花园过两天就装修完毕,到时候我陪母后尽意逛逛!"

修复慈宁花园,全是福临的主意。皇太后以军事未定,国库空虚为由,多次反对。但福临自认是孝子,要以孝治天下,在这件事上没有让步,并说只是在旧花园的底子上略加修整,并不费钱,太后才不得不认可。

"听说园内绿云亭的亭额书法最佳,是吗?"

"是。都说是董其昌手书,潇洒自如,极妙。昨日儿还临他的字帖,内院学士看了,都说好呢!……"福临不免露出几分得意,顺口说下去,"要是从小就让儿读书临字,现在也不至于这么苦了!……"

话一出口,他立即后悔了。这触着了母子间的一大忌讳。福临幼年失教,是当初摄政睿亲王多尔衮造成的。对于多尔衮,福临也罢,太后也罢,感情都非常复杂。三年前他们母子配合默契地追论多尔衮谋逆大罪以后,便都竭力避免提到他。福临恨他,十分地恨,痛恨之下有感激,因了感激而更加恨。太后恨他,痛恨之下却有爱,出于今日的地位和情势,爱和恨都得深深压在心底。

太后不动声色,又讲了几句闲话,平稳地说:"去吧。"

这是常规,表示皇帝和妃嫔们可以告退了。妃嫔们恭顺地排成一列,对太后肃了肃,后退着走了几步,转身鱼贯而出。花盆底的鞋子又高又硬,地毯也掩不住那碰地的声响。她们的腰身绷得笔直,上身一动不动,活像有一根竹竿从腰际支到头顶。这是宫里的规矩,走路不许像蛮子那样摇摆扭动。就连惟一的汉妃——永寿宫主位石氏,尽管是小脚绣鞋,罗裙短襦,一身汉家打扮,也竭力不摇不摆,僵僵地走了出去。

福临皱着眉头望着她们的背影,并无退出的意思。

太后温和地说:"皇儿,你也歇息去吧。"

福临摇摇头:"我不。"

太后疑惑地看着他,他抱怨地说:"额娘,你都看不出?人家肚子早饿啦!"

太后莞尔一笑,知道他是用这种类似撒娇的行为表示对方才失言的歉意。她吩咐摆上两桌酒膳,打发陪侍的命妇出宫。母子俩回寝殿次间一同进餐。因为这不是正膳,又在太后宫里,所以没有送膳牌请求引见奏事的搅扰,也没有川流不息的大小太监来上菜、布菜、进试毒银牌、尝膳等等繁琐的用膳手续,气氛十分和谐宁谧,几只金丝熏炉散发出阵阵浓郁的沉香,传送着温暖,令人神安心静。

母亲的话题,自然而然地又转到了选后:"皇儿,中宫不宜久虚。你究竟怎么打算?"

沉默片刻,福临说:"愿听母后教诲。"

"你长大了,未必肯听额娘的。"温静的语调掩不住淡淡的辛酸。皇后被废半年多来,她第一次在语气中流露不满。

福临低了头,不作声。

废去的皇后,是太后的哥哥、科尔沁蒙古贝勒吴克善的女儿,太后的亲侄女,当初由摄政王多尔衮做主礼聘的。就因为这个,不管皇后如何秀丽,如何至亲,福临心里都非常别扭。大婚前几个月,多尔衮病死,福临立时就要"退婚",可是太后不允,而且吴克善已经亲自送女进京了。从国事论,以亲情言,大婚都不能不举行。婚后,皇帝、皇后果然格格不入,很快反目,不到两年,福临就不顾一切地要废掉皇后。皇太后原不同意,后来见爱子为此郁闷成疾,日渐消瘦,知道不能勉强,也就答应了。谁知朝中却掀起了一场轩然大波。许多臣子,尤其是汉臣,据古礼力争,一而再、再而三地上疏请慎重详审;满洲王贝勒大臣集议,也主张以皇后主位中宫,另立东西两宫。福临不但拒绝了一切劝阻和折中方案,还训斥诸臣沽名,严厉责骂了格外上劲的几位汉臣,吓得他们上疏认罪。这时,辅政郑亲王济尔哈朗首先表示赞同,议政会议便也遵从了皇上。皇后终于被废,降为静妃,改居侧宫。朝臣们第一次领教了这位少年天子的固执。

对于这件事,庄太后的心情比儿子复杂,考虑的方面也多得多。她豁达地一摆头,仿佛表示过去的事就不用再提了,然后认真地看定儿子的眼睛:"你的意思呢?"

福临的口气有些迟疑:"儿尚无定见……只是儿既为华夏之主,满、汉畛域似应渐次弥合。立后,能不能……"

太后细长的黑眉一扬:"已经纳了一位汉妃,又推重降将,封了孔、吴、耿、尚四王,满、汉一体的意思也就足够了。皇后是天下之母,天子之偶,非贵人不足当此!"

"那,母以子贵,若佟妃生子,是不是……"

太后微微摇头,半晌才说:"立后,必得为社稷江山着想。去年废皇后,蒙古四十九旗能不怨恨吗?天下未定,万不能自断股肱啊!……"

福临一时无言。为社稷计,就不能不听太后的教诲。立汉女为后,祖宗家法不许可,福临也不过是心血来潮。如果要他自己选择,汤玛法的话最使他动心。他要尝试着追寻一种新的感情,找一个他自己最喜爱的皇后。可是眼前这些有资格升为皇后的主位们,都不合他的心意。比较之下,佟妃还能得到他的欢心。

一出慈宁宫,福临的面容举止变得庄重舒缓,俨然一位身登九五之尊的帝王。他由太监搀扶着上了御舆,大群侍从仍静静地跟在后面。时近黄昏,西天的晚霞给四围悄悄染上淡淡的紫色。在这淡紫的暮霭中,大内重重叠叠的宫脊飞檐,都蒙上一层忧郁的雾,压角的一排排蹲兽,也显得神秘而奇妙。深寂无人的御阶御道,更令人心头空落落的。一股难以言说的怅惘,一种想要得到什么又很难得到的懊丧渐渐涌上心头,福临在想什么?在寻求什么?是当一代英主的雄心?是以异族一统天下的壮怀?是仁德治世的理想?好像是,又好像不是……或者,是因为立后?是了,谈了半天,母子对此没有达成协议。福临轻轻叹了一口气。

身边的内监,那个长得十分俊秀的吴良辅连忙凑近:"万岁爷可要召见哪宫主位娘娘?"

福临在沉思中,不答。

"要不,奴才侍候万岁爷到各宫转转。"

福临十六岁,比同龄少年早熟。三宫六院的古老制度培养了他的好色纵欲,何况他性情热烈,正值青春猖獗的时期?明末的风气原本淫靡。吴良辅这些前明留下的太监,对宫廷里骄奢淫逸的一整套非常了解,用这来迎合年轻的皇帝,达到固宠的目的,这在他们是势在必行的。福临惑于前所未闻的隐秘,不由他不把吴良辅当作心腹。好在上有太后的家法,福临自己也还足够聪明,不至于沉迷酒色而忘却国事。但此刻吴良辅见天天宣召妃嫔贵人的皇上只是摇头,也有些奇怪。

天边闪出了第一颗星,福临望望它,心头忽然闪过佟氏那爱娇的笑眼,于是说:"朕想往景仁宫看看佟妃,就怕太后知道了要责怪。"

吴良辅忙道:"圣天子百灵相助。万岁爷乃天下之主,谁不是您的奴婢!佟娘娘不定怎么巴望呢!……"

福临听得心里舒服,略一示意,御舆便转过乾清门进东一长街,到了景仁宫门前。早有太监报知,佟妃率领着住景仁宫的嫔、贵人、常在、答应等,在景仁门前跪迎。福临下舆,先把佟妃扶起,笑道:

"母后都免你跪拜了,你还跪我做什么!"

"皇上! ……"佟妃脸上映着最后一抹晚霞,十分俏丽。

在景仁宫前殿行过常礼,福临便直接进到后殿佟妃的寝宫。其他嫔、贵人等各自回房。

"这一回,你不敢再骑马了吧?"福临笑吟吟地说,温存的神态中带了点甜美,使他的面容焕发出特别的魅力。

佟妃受宠若惊,连忙躬身回答:"皇上放心,天家恩重,妾妃绝不敢稍有闪失,必当恪守胎训。"

毕恭毕敬的官样回答,使福临顿时扫了兴头。她怎么毫无反应?她什么都不记得了?……

一年前,正值福临与皇后反目。他郁闷至极,常常以骑射散心、励志。仲春时节,西苑明秀轩边几株海棠花开得艳如云霞,前来练射的福临在树下观赏、徘徊,不忍离去。忽然一阵娇声笑语从明秀轩另一侧传出,几位宫妃贵人在十多名宫女太监的簇拥中,也来到明秀轩。太监牵来一匹驯良的白马。她们原本相约跑马,来到这里却又你推我让,谁也不肯先骑。年龄最小、新近入宫的佟妃挺身而出,大声说:"祖宗以骑射得天下,不敢骑马,真要羞煞!我来!"

宫妃贵人们拍手大笑。有人揶揄道:"佟家妹妹不忘祖德,人小心不小。太后知道了,定当另眼看待哩!"

一位宫妃顺手招了一朵并蒂海棠,插在佟妃鬓边:"这朵并头花儿是得幸承恩的兆头! 皇上今天准翻你的牌儿!"

佟妃满脸绯红,似笑似嗔,佯装不睬,掉头从太监手中接过马鞭,牵马走了几步,扳着雕鞍,踩上镫子,一个漂亮的飞燕翻身的上马势子,跨上马背。正待扬鞭,却见众人齐刷刷地跪倒,海棠花丛中走出了她们念念在心的顺治皇帝。佟妃忙跳下马,跪拜在地。顺治径直走到她身边,对她打量片刻,唇边露出笑意,随后转身走开。

当天晚膳,太监用玉盘进上宫妃的绿头牌时,福临找到了骑马的人儿。绿头牌上写着:"景仁宫佟氏,年十三,汉军正蓝旗固山额真佟图赖之女。"福临轻轻翻过了这张牌子。当晚,佟妃就留在皇上的寝宫。

后来,不管皇后怎样吃醋闹气,福临却不停地召幸佟妃。他喜欢她,因为她稚气、娇小,对他十分依恋。初次行幸时她的惊惧和委屈,都使他觉得甜美。他常常不自禁地诵读着辛弃疾的那阕《粉蝶儿》:

昨日春如,十三女儿学绣,一枝枝、不教花瘦。甚无情,便下得、雨僝风僽,向园林、铺作地衣红绉……

佟妃正是一个十三岁的娇憨女儿啊!

遗憾得很,福临一旦跟她说起这些他深深倾慕的唐诗宋词,她就像一段木头。更有甚者,皇后被废之后,她渐渐变得那么一本正经,开口贤淑敬谨,闭口才德容止,令人生厌。今天又是如此!当初的依依之情都到哪里去了?

宫女为佟妃上晚妆,拿了两面镜子前后照着。镜子里的佟妃丰腴而娇嫩,桃花般的容色可以和鬓边的绢花媲美,一双圆圆的眼睛,横波流盼,很有情意。福临忍不住又念了一句花间词调侃她:"照花前后镜,花面交相映。"

佟妃缓缓转过身,矜持地望着他,眼睛里一片茫然,显见不懂他说的什么。看她故作高贵,显示端重,完全掩盖了她原有的天真,福临心里泛起一阵不痛快:瞧瞧她,真拿自己当作贵妃、皇后了!

福临立刻拉下脸,一迭声地叫起来:"吴良辅!吴良辅!把今天内院呈上的奏章拿来,我要批本!"

佟妃一点不觉得意外,柔顺地为福临收拾书案笔墨。福临从眼皮下打量她,希望她对自己的举动提出异议或表示不满,哪怕一点儿也好。可惜,一点儿也没有。

吴良辅领着几个内监捧上折匣。福临打开第一份奏折,这是内秘书院学士傅以渐的题本:

>　　……朝廷设有法司以详刑狱,又设有都察院、通政司鼓状通状以伸冤抑,所以下通民情而上达天知。不意有鸣冤禁地毙命甘心者。如前十日有不知姓名男子于午门外持刃割腹,臣已不胜骇异。彼时以刑部必行究察,未敢烦渎圣听。今复于本月初八日,又有自刃于午门之前者。其姓名来历臣虽不能详知,但清禁之地何等严肃,一月之内两见惨刃,此岂圣明之世所宜有者?且人情莫不贪生,苟非万不得已,讵肯自捐躯命?臣闻一夫负屈,足致干和。方今水旱频仍,圣心警恻,正宜理幽疏枉,溥皇仁而回天意,乃禁地尚有冤毙之民,海内无告者不知凡几矣!伏乞敕下该部,严察缘由,曾否经何衙门告理,务使受枉真情大为昭雪,使天下家传户晓。嗣后虽有迫切苦情,无难控告所司,不得轻秒禁阙,庶几朝廷肃而民情亦通矣……

福临看罢,勃然大怒,"嗙"地一拍桌子,站起来,愤然说:"不成话!太不成话!查出来,绝不宽贷!"他拧着眉头,瞪着折匣,气息一阵比一阵粗重:这样的大事,直到发生第二起才奏上来,而且不是刑部的题本!什么缘故?他正以"仁德"自诩,却来了当头一棒!……

佟妃摸不着头脑,连忙跪下求皇上息怒。福临烦躁地说:"不关你的事。起来!"他掉头叫吴良辅:"去传奏事处,命鳌拜立刻到乾清宫西暖阁进见!"

说话间,福临看了佟妃一眼,发现她情不自禁地流露出了失望,心里稍觉不忍,但还是斩钉截铁地吩咐:

"起驾,回宫!"

三

"嘿!"熊腰虎背的蒙古壮汉一声大喝,御前侍卫尚之信仰面摔倒在红地毯上。他恼羞成怒,一骨碌跳起来咒骂一声,朝对手冲过去。对手已经叉腿握拳地傲然而立,像一棵挺拔的松树,望着他摇头:他不跟手下败将赛第二次。

"尚之信!"领侍卫内大臣费扬古一喊,红头涨脑的尚之信猛地省悟,记起这是保和殿,在御前。他连忙退下,惊出一身冷汗。

连平南王尚可喜之子尚之信在内,御前侍卫被这蒙古怪物摔倒了三个,都是素以力大闻名的勇士。保和殿内那微妙的空气,顷刻变得紧张了。

陪宴的王公大臣阴沉沉地互相交换眼色,心里火烧火燎的。他们中间未必没有高手,但身份所限,不能下场。正中的御座上,福临勉强维持着镇静,可是眼睛已明显地缩小,脸颊上的肌肉在隐隐抽搐。左侧就座的郑亲王济尔哈朗心里着急,既恨侍卫们不争气,又怕年轻好胜的皇帝失态,贻笑外邦。御座右侧,隔着理藩院尚书,客位上是满脸欢笑的喀尔喀蒙古使臣,他倒了一盅酒,亲自下位奉给他的随从——那个角力的蒙古巨人。只要再赢两次,他们就将大获全胜。

喀尔喀蒙古远在漠北,和漠南蒙古四十九旗同是元朝的后裔,但没有归附大清,只是岁有九白之贡,即每年进献白马八匹,白骆驼一匹。清朝受贡后也回赐一批金、银、绸、缎、茶叶、烟、盐等物,维持友好交往。和往年一样,顺治帝在保和殿宴请进贡使臣。不料酒宴间使臣竟问起皇帝废去蒙古族皇后的事情,这使顺治很不高兴。所以当使臣提议由他的侍从官和御前侍卫角力为戏时,顺治竟轻率地接受了挑战,结果打成这样。如果五场皆输,他怎么承受这巨大的羞辱?

费扬古走到皇上身边,轻声说了些什么。福临眉梢一挑,惊异地瞪大眼睛,询问似的看看他,他轻轻点点头。福临说:"好吧!"

第四场角力开始了。一名侍卫走出队伍,向皇上跪叩,随后站起身,倒退数步,踩到红地毯,方转过身,面对蒙古对手。与宴的王公大臣全都一愣,或许他们觉得力量悬殊?

这名侍卫中上等身材,可是站在蒙古巨人对面,却像成年人身边的十二三岁的孩子。他连侍卫的黄色制服马褂也不脱,毛边小帽低低地压在眉际,但仍可以看出他已经不年轻了。要是仔细观察,就会被这侍卫的内涵所震惊。他是那样强健、迅捷、黧黑,浑身仿佛带着战场的气味;他鼻高目深,长方脸上一部络腮胡子,锐利的目光使人联想到称雄山林的鸷鹰。侍卫的衣服掩不住他的出众气概,就像一把粗黑的鲨鱼皮鞘内的光华灿烂的宝剑。

沉醉在胜利中的蒙古大力士一触到对方的眼睛,便猛然惊觉。两人挓开双臂,半握拳,不眨眼地盯着对方,在红地毯上慢慢兜圈子,看上去平缓从容,互相并未接触,实际上双方都在积蓄力量,寻找对手的破绽,伺机猛攻。真像一只猛虎和一只黑豹在对峙。大殿上从皇帝到侍卫、太监,无不静气屏息,心弦绷得越来越紧。

蒙古力士似猛虎咆哮,腾空而起,以泰山压顶之势扑向黑侍卫。他体重在三百斤以上,在充分地使用自己的优势。黑侍卫在对手扑到的一刹那,极其灵活地闪向一旁,动作胜过矫捷的黑豹。他顺着躲闪的式子,浑身一紧,跟着,突然间像火药爆炸,谁也没看清他的动作,只觉眼前有一团极强烈的震撼,一道黄色闪电击向立足未稳的蒙古力士,那魁梧的巨人突然飞起,在空中划出一道弧线,"咚"的一声巨响,沉重地摔在大殿门边,趴在那里不动了。

一切都发生在一瞬间,人们被黑侍卫的神力惊呆了。沉静片刻,福临神采飞扬,情不自禁地喝一声彩:"好!"跟着,欢声雷动,在大殿里回荡。王公大臣们起立,随黑侍卫一起向皇上跪下致贺,高呼着"万岁、万万岁!"蒙古使臣起初目瞪口呆,后来也随众恭贺。蒙古大力士慢慢爬起来,走到黑侍卫跟前,由衷地伸出两个大拇指,憨厚地笑道:"你,巴图鲁①!"

　　福临一招手,御前侍卫用银盘托出赏物:一对双耳高脚菊花金杯,各重十两,分赏蒙古力士和黑侍卫;彩缎十五匹,分赏今天角力的五位勇士。乐工们又奏起《金殿喜重重》,欢快的旋律伴随着欢乐的宴饮,保和殿大宴继续着……

　　宴会结束,与宴人员告退以后,黑侍卫才又一次上前向顺治叩拜:"奴才鳌拜恭请圣安。"

　　顺治高兴地说:"你回来的是时候,给大清争了光!"

　　"奴才刚从永平府赶回京师,一进宫就遇上费扬古,告诉奴才这儿的事。我们俩一商议,使了这一招。全是托皇上的福,奴才也光彩。"

　　"你从永平府呈来的专折,朕已看过。你办事是不错的。此事关系重大,朕已批下议政王贝勒大臣、九卿、科道会同确议具奏。明日议政会议,你可将查得的详情说明。"

　　"奴才遵命。"

　　出宫的路上,鳌拜一直在思索。皇上此举,竟是在发动满朝文武对永平府圈地案说短道长了。是什么用意呢?……

　　离左翼门还很远,守门的侍卫已齐声高喊着"伊里②",肃立阶上向他致敬了。这本是对议政王贝勒大臣的常礼,但今天的喊声格外响亮,侍卫们脸上都有掩饰不住的敬仰和崇拜。领侍卫内大臣、议政大臣鳌拜从来以刚勇著称。眼下入关初年能征惯战的诸

---

　① 巴图鲁:满语,勇士的意思。
　② 伊里:满语,起立的意思。

王名将相继谢世以后,论军功朝中无人能与他比肩,是满洲人心目中的英雄。想必是今天保和殿胜利的消息已经传开,又为他涂上一层辉煌的金彩!鳌拜沉着地点点头就过去了。他从来很少笑,此时正一门心思地想着明天的议政会议。

太和殿东侧的中左门,布置如坐朝形式,仿佛缩小了规格的金銮殿:正中设一小型宝座,座后有一扇山水屏风,屏前立两柄雀金宝扇;宝座前列有香亭熏炉,香烟袅袅,缭绕在丹柱之间。宝座两侧八字排开,摆着两列坐垫。越靠近宝座,坐垫就越高越精致,最后两张,雕龙绣凤,十分华美。这里就是议政王贝勒大臣会议之所,会议正在进行。

坐在正中宝座上的,是郑亲王济尔哈朗。顺治即位时,他受命与睿亲王多尔衮同为辅政王。多尔衮专擅,多方排挤他,甚至兴大狱籍没了他的家产,他都默默忍受,似乎颟顸无用。但他对福临非常忠心,一旦感到多尔衮的权势会危及幼主,他便竭尽心力,暗中做了许多保护福临的事情。多尔衮一死,各旗王贝勒心怀叵测,形势岌岌可危,他又与庄太后通力合作,把正黄、镶黄、正白三旗归为天子自将,造成皇权的优势,最后,以赐死英亲王阿济格,作为这一场紧张搏斗的终结,稳定了八旗内部。三年多来,他始终扶持着顺治,忠心耿耿,全心全意。顺治对他也十分尊崇。他在朝中功高权重,是皇上以下的第一人。他今年五十六岁,高大肥硕,须发尽白。由于多年奔驰战场,受伤不少,看上去相当衰老。

东首第一位是承泽亲王硕塞。他是顺治的异母兄。在皇太极的十一个儿子里,活下来八人,而真正参与打天下的,只有豪格和硕塞。肃亲王豪格英勇善战,功劳极大。顺治五年,被多尔衮借故兴大狱,削去王爵,在监中自杀。硕塞的军功远不及豪格,但因为是帝子皇兄,也封为亲王。他今年二十六岁,主管兵部衙门。

西首第一个座位空着,属于安郡王岳乐。因为案件牵涉到他,必须回避。

顺序下来的议政王贝勒还有郑亲王世子济度,信郡王多尼,贝勒尚善。此后的座位上,便是范文程、希福、伊图、杜尔玛、索尼、费扬古、鳌拜、遏必隆这些八旗亲贵大臣了。

鳌拜首先说明案情:永平府马兰村民王用修原有田地三十亩,佃给民人乔梓年耕种。后来他以此地投充安郡王庄,并买通庄头,当了粮户小头目,欺瞒主子,暗中依旧把田佃给乔家,自取余利。不久,他因奸占乔梓年之妻,逼得乔妻投崖自杀,两家结仇,他又因此受安王府责打,怀恨在心,遂将田地改投汉军旗佟图赖庄上,并将平日与他不睦的柳、袁等数家民田诈称他家私地一同投充。乔梓年气愤不平,代众告状,处处不准,终于自刃于午门。

王贝勒大臣们听罢,一时没有作声。郑亲王却很爽快,开门见山地说:"佟图赖虽是我的外甥女婿,我并不袒护他。皇上在顺治八年已经下过圣旨,凡占为猎原牧场的民地,尽数退还原主。鳌大臣既已查明王用修投充之地确是民田,理当退还。"

硕塞笑笑,说:"佟图赖派人圈地,是受投充人的骗,并不知道是民田。佟图赖可以免议。"

众人纷纷点头称是。范文程咳嗽了一声。许多人的目光投向他,眉目间已透露出几分不满。范文程,三朝元老,内秘书院大学士,清初最有名望的文臣,太宗皇帝的主要谋士,是一个身材魁梧的辽东人,今年已五十七岁了,精神矍铄,很有气度。他曾一言定大计,为满洲取天下立了大功。他是汉人,自称是北宋范仲淹的后裔。多尔衮摄政时,范文程看出多尔衮的弱点,和他保持着一定距离;但对豪格那一党,他也不附从。追论多尔衮之罪,范文程曾短期受牵连而免职,由于庄太后的提醒,顺治很快发觉这个错误,立刻给他复官,并进世职一等精奇尼哈番,授议政大臣,对他言听计从,礼遇极厚。范文程在朝中威望很高,议政会议上,他的意见常常切中要害,王爷亲贵也不得不让他三分。现在,他要议论了,谁知他又会说出什么逆耳之言!

"我想,"范文程慢吞吞地开口说,"鳌大臣题本上说得明白,圈地,不止圈了乔梓年一家,安王爷与佟固山额真所争的,也不止这三十亩田。要讲退还,两家都要全退。"

事实是,王用修改投佟皇亲后,安郡王虽然远出宣化戍边,家下人却不服这口气,领了骑兵去马兰村,把佟家圈去的地,又全都圈回安王名下。佟皇亲哪肯认输,再次派兵圈地……如此往复,马兰村的民田被全部圈占,这两家皇亲国戚还在那里纷争不休。

信郡王多尼还是一个少年,和顺治同岁。他是豫亲王多铎的儿子,一向倾慕安郡王,这时便说:"原属安郡王的地,不该退还。"

郑亲王世子济度又高又壮,声若洪钟,眉头一拧,说:"王用修二次投充,应该罚处!"

鳌拜的眼睛直直地盯着地面,说:"佟府那个轻视君上的,才是罪大恶极,应该问斩!"他刚才讲起,佟皇亲家去圈地时,有人反抗说皇上已有禁止圈地的圣旨,佟家领队的竟说出"皇上小孩,什么圣旨不圣旨"的话。鳌拜刚才一言带过,众人也没留意,此刻突然拈出,众人吃惊不小。

老成持重的索尼连连点头附议:"这是正理,这是正理。"

郑亲王倏然变色。济度已经"呼"地站起来要争辩,又被父亲用目光止住。

范文程把这些都看在眼里,权衡一下轻重,和颜淡色地说:"佟府家将,可交旗下管束论罪。两家多圈的民地理应退还。倒是王用修如何处置?此人逼死两条人命,应当偿命,斩立决。"

沉默了一阵,几个人同时激动地嚷开了:"不行!""这太过分!"议政大臣们竟一齐强烈反对,连鳌拜也不例外。

待第一阵喧闹过去后,郑亲王首先皱着眉头说:"乔梓年夫妇都是自杀,王用修并无杀人罪。况且,乔家佃种王用修的投充地,可算是旗下奴婢的奴婢,就是杀了,也没偿命的道理!"

济度刚坐下,又跳起来,捏着拳头,态度激烈地高声嚷道:"谁家里奴婢一年不寻死十个八个的?牛马不是也要死的吗?这也论罪,我们岂不都要下狱?"

"可不是嘛!""说得对!"众人同声支持。

遏必隆是议政大臣中身份最高贵的一位。他的父亲额亦都,是太祖皇帝天命建元时设置的五大臣中的第一位。遏必隆是额亦都的第十六子,母亲是努尔哈赤的女儿和硕公主。他的家族最受信任,和皇族关系极为密切,他有五个嫂子是公主,一个姐姐做了太宗皇帝的元妃。遏必隆年岁不算大,由于和皇室的姻亲关系,辈分却不低。他平日不爱说话,遇事也很少有主见。议论以来他半天不出声,此刻,他却慢声细语地说了这样一席话:

"咱们满洲东来,流血流汗,吃尽辛苦,总算用性命挣得一份家当,左不过就是府第、牧场田园、牲畜奴婢。投充人也算一大注吧!杀投充人,就像杀牛杀马杀奴婢一样,败人家的财呀!你说皇上开恩,为万民着想,退一点猎田牧场,算不得什么,以后再置。杀投充人,这不绝了财路?以后还有谁敢投充?王用修二次投充,责罚他的主子也就是了。不然,人家十几年拼命苦战,为的是什么?……"

遏必隆这个忠厚人的老实话,道出了大家的心声。范文程想想也觉得有理,便不再坚持己见了。

九卿科道会议,照例在午门外阙左门举行。所谓九卿,是指六部尚书、都察院左都御史、通政使、大理寺正卿;科、道,指都察院六科给事中及十五道监察御史。由于各官名额都是满汉各一,加上内院学士及书记等,将近百人。会议已毕,满臣有的面露悻悻之色,有的还在挥手大声叱骂,各自散回朝房。汉官或低头走开,或三三两两小声谈论。会议不顺利,出了一件前所未有的怪事。

从来的九卿科道会议,无不以满臣为重心,以满臣的意见为结果,汉官不过唯唯诺诺、画押而已。今天不知什么缘故,二十九名汉官竟敢另成一议,与满臣意见相左,而且居然都在另议上签了字画了押。满臣议得:"安郡王与佟皇亲各自退还民田,王用修交主子严加管束。"二十九名汉官却进一步议得:"王用修问斩。不敢受理乔梓年诉状,致其午门自尽之县府州官,一律追究问罪。"

奉旨参加会议的内秘书院学士傅以渐,收起汉官签押的奏本,沉思片刻,对为首的几名汉官说:"列位胆气令人钦佩,只是……不妥吧?"

吏部尚书陈名夏仰头一笑:"有何不妥!立朝纲、重法治,百年大计,万世基业。皇上聪明天纵,定有明鉴。"

傅以渐低声问:"不怕有朋党之嫌?"

陈名夏一甩衣袖,掉头走开,冷笑道:"正不知谁人在结朋党!"

傅以渐望着他洋洋自得的背影,叹道:"得意便忘形,祸不远矣!"

陈名夏同礼部尚书陈之遴、左都御史金之俊说笑着,同归朝房,在午门前遇着了大内出来的范文程和宁完我。

五个人满面笑容,互相拱手问安。

五个人都是汉人,都说汉话。

五个人都是朝廷的大学士:范文程是初立内三院时的内秘书院大学士,宁完我在顺治二年升任内弘文院大学士,陈名夏是内秘书院大学士,金之俊有内国史院大学士之衔,陈之遴新近也授为内弘文院大学士。然而,范、宁都是辽东人,满洲崛起之时便投奔了去,所以范文程隶天子自将的镶黄旗,宁完我隶汉军正红旗,如今都是旗人,参与议政——皇帝以下的最高级会议,成为议政大臣。

陈名夏三人尽管学问出众,更有才干,却只能是"九卿"。

陈名夏向范文程说起九卿科道会议的两议:"……不斩王用修无以平民愤;不处罚县府州官无以清吏治。如今天下未定,处处地荒丁亡、财尽民穷,再不收拾人心,只恐千里皆起乱萌,焉能久安长治!"

范文程听着,并不表态。后来,他高高地向众人一拱手,徐徐说:"老夫尚有他事,先行一步,失礼失礼!"他转身踏上御道,向端门走去。

宁完我素来鄙视陈名夏,此时,瞟了他一眼,讥刺地说:"据你所言,想必有长治久安之策了!"

陈名夏道:"焉能没有! 只有依我两件事,便可天下太平!"

宁完我盯着他:"哪两件?"

陈名夏把头上的红缨顶子向后一推,摸着剃得发青的前额,说:"若要天下安,留发复衣冠!"

宁完我脸色都白了。他尽管讨厌陈名夏,也没料到他会说出这样大逆不道的话来。陈之遴、金之俊更加惊愕,瞪大了眼睛一起望着陈名夏。

陈名夏哈哈大笑,侃侃而谈:"何需如此惊怕!前日皇上亲临内院,鄙人也曾上奏:当年豫亲王南下江宁,招抚百官,概予留用,又求贤薄税,民心大悦。对率先剃发献媚的故明侍郎李乔予以痛骂,并出示各城门云:'剃头一事,本国相沿成俗。今大兵所到,剃武不剃文,剃兵不剃民,尔等毋得不遵法度,自行剃之。前有无耻官员先剃头求见,本国已经唾骂。特示。'于是乎,大兵自江宁至杭州,一路传檄而定。南人大多文弱,素不知兵。江南乃财赋所出之地,本应护惜此一块土,以备供养国家之用。谁知摄政王薙发令下,本已帖然归附的江南,顿时揭竿而起,纷纷抵抗,至今此起彼伏,不得安宁。足见留发复衣冠,方可得民心。蒙皇上首肯,并无他言。"

宁完我说声"告退",便愤愤地走了。陈名夏对着他的背影鄙夷地哼了一声。

金之俊一向谨慎,忙劝道:"此人乃开国文臣,何苦开罪他。"

陈名夏一摆手:"什么开国文臣,沐猴而冠!在前朝,他连生员都不曾考中。前日在内院,他竟然讥刺我降顺。我也不客气,劝他莫要五十步笑百步!说得他面红耳赤,无言对答。哼,左不过故明降人,又不是满洲旧族,神气什么!"

金之俊道:"还是谨慎为上。"

陈名夏笑道:"之俊兄,你就看不出?朝廷缺我们不得呀!满洲以武功得天下,国体官制尽都承袭明制。没有我们这些故明旧臣,谁来给他指点呢?再者,皇上英明无比,改黩武为招抚,足见皇上决意推行仁政,近日又常以'满汉一体'谕示诸臣,不正是汉臣之福音?……"

三人傍着御道边青绿的宫槐,边说边走。陈之遴道:"果如名夏兄所见,则龚鼎孳起复有望了。"

陈名夏说:"正是。他昨天还折柬相邀呢。过两日去看他。"

三人声音越来越远,身影越来越小,和宏伟的九重宫阙相比,小似蝼蚁,微如芥子。

次日,福临在养心殿东暖阁批本,越看越不对头,越批越不是味道,立命召大学士金之俊、学士傅以渐、王熙进见。

金、傅、王三人应召而来,跪倒在红地毯上,屏息静气,惴惴不安。福临板着脸,掷下一件题本。

金之俊展开一看,是少詹事李呈祥的奏疏,竟提出"部院衙门应裁去满官、专任汉人"的建议!金之俊暗暗吃惊:满人功高权重,多数不识字少见识;而部院中有才有识的汉官如同虚设。这种情况向来如此,纵然错误百出,但也无法可想。况且上面还有满洲诸王亲掌六部,李呈祥有多大胆,敢上这样的奏疏!

福临眼内隐隐闪出怒光,提高声音说:"李呈祥此疏大不合理,真是一派妄言!朕不分满、汉,一体眷遇委任,尔等汉官反生异意!从实据理而言,难道不该首崇满洲?不是满洲东来,尔等能有今日的荣华富贵?"

三名汉官慌忙摘帽放在地上,连连叩头请罪。

福临"啪"地又扔下一份题本,那是头一天二十九名汉官的另议奏文。他狠狠地说:"朋党之弊,历朝视为异端,不想竟再见于本朝!分明是汉官心志未协,不务和衷,对满员之见,故为乖违!历朝不能容,本朝更不能容!"

金之俊匍匐地面,不敢抬头。

第三份题本摔下,金之俊打开一看,顿时面无人色,额头上沁出黄豆大的汗珠。那是宁完我参劾陈名夏的弹章。题本的第一句,"为特参大学士陈名夏结党怀奸,情事叵测事",而陈名夏的首项罪状便是:"陈名夏痛恨我朝薙发,鄙弃我国衣冠,曾谓臣曰:'若要天下安,留发复衣冠。'……"

福临虎着脸,最后说:"题本发下,从重议处!"

三名汉官再叩而起,倒退着出了暖阁,急急忙忙地走了。

福临满脑门冒火,感到他在受夹板气:满族亲贵和太后都暗暗责备他亲汉,而汉官得点甜头,就蹬鼻子上脸,公然用这种方式挑战!他,毕竟是努尔哈赤之孙、皇太极之子,大清的皇帝啊!

他烦躁地在养心殿外的月台上走来走去。二月的阵风挟着寒意,兜头刮来,他不禁缩了缩肩膀。吴良辅连忙跪下启奏:"请万岁爷添衣。"

福临理也不理,只管紧皱眉头,背手快步走着。

"万岁爷请添衣裳,看着凉。"吴良辅不厌其烦地又奏。

"讨厌!"福临厉声喝,瞪了他一眼。要是旁人,也就闭口了,吴良辅仗着平日皇上的宠爱,赔着笑脸又说:"万岁爷,添件衣裳吧!着了凉,奴才怎么交代……"

福临勃然大怒,一把夺过吴良辅腰带上悬挂的鞭子,照着他没头没脑地一顿猛抽,劈劈啪啪地打了好半天。吴良辅跪在那儿,一动不动地受着,不叫喊、不呻吟,也不躲闪,就像一块石头,保持着毕恭毕敬的姿势。

福临打累了,扔掉鞭子,喝道:"滚!"他自己筋疲力尽,慢慢走回养心殿去了。

几名小太监悄悄扶起吴良辅,见他俊俏的脸上也着了几鞭,装出一副同情的样子直摇头,故意好奇地低声问:"吴总管,不碍的吧?"

吴良辅轻轻摸一摸脸上的伤痕,微微笑着说:"咱们万岁爷就是真龙天子。这叫做龙性难撄,懂不懂?"

经常挨福临鞭子的内侍们,似懂非懂地望着他,咂咂嘴,点了点头,又摇了摇头。

四

南城顾园,是龚鼎孳的住宅。用他宠爱的二夫人顾媚生的姓氏为名的这处庭园,以山石、清溪、桃花、柳荫著称于时。龚鼎孳罢官以后,终日饮酒醉歌,俳优角逐,似乎十分旷达。他家是合肥豪富,当风流寓公毫不作难。

仲春时节,满园花开草长。青青柳丝织出一片轻烟,烂漫桃花有如团团红云,山石溪水都被染上一层轻红。清溪上漂浮着娇嫩的桃花瓣,在园中曲折萦回、潺潺流淌,忽而穿过玲珑石山,忽而绕过古朴草亭,到绿杨桥下汇成一潭清池。池水如镜,映出亭台楼阁、绿柳红桃,也映出绿杨桥上凭栏而立的陈名夏和龚鼎孳。

两人都是文士装束。陈名夏身着满式无领蓝衫,外面罩一件貂皮镶边暗蝙蝠花纹的烟色缎马褂,头上一顶瓜皮小帽。龚鼎孳穿的却是前明秀士常着的直领蓝衫,夹里对襟,胸前以绦带随便一系,头上无帽。两人同岁,都在不惑之年。陈名夏风度翩翩,尚可辨出当年探花郎的丰采。龚鼎孳却神色悒郁,心事重重,他出神地望着两人在水中的倒影,伤感地说:"唉,整整二十年了!"

陈名夏心头一沉,飞扬的神采收敛了些,低声应道:"是啊!……这绿杨桥还是旧时物……"

二十年前,陈名夏和龚鼎孳一同金榜题名,又同授兵科给事中,同榜进士成了同僚,关系格外亲近。公余歌饮留连,曾一同来过南城。那时,这里是一所废园,断壁残垣,野花无主,只有绿杨桥完好无损。两人曾漫步桥上,对废园主人的升沉大发感慨,进而浩叹人生无常,前途难料。但那不过是得意之余的无病呻吟,故作风雅而已。焉知二十年后,历尽沧桑的当年风流进士,又在桥头相聚?感慨深到极处,反而无话可说了。

陈名夏一扬头,望着潭边红绿相间的色调,信口吟道:"柳叶乱飘千尺雨,桃花斜带一溪烟。"

龚鼎孳没有抬头,却低低地吟出两句古诗:"颠狂柳絮随风舞,轻薄桃花逐水流。"

陈名夏看了他一眼,他也觉得自己有些过分,便直起身子,对陈名夏忧郁地一笑:"走走吧。"

龚鼎孳降清后,按原官原品授吏科给事中,迁太常寺少卿,升左都御史,进入九卿之列。不久,他属下的给事中、御史等言官发难,朝中掀起弹劾大学士冯铨和侍郎孙之獬、李若琳的风潮。这三个人最先薙发迎降,孙之獬甚至全家男女都改穿满装,取媚当权。

当时,摄政睿亲王多尔衮祖护三人,诘责诸臣。龚鼎孳攻冯铨最力,当面斥之为"阉党"、"魏忠贤的干儿"。冯铨以龚鼎孳曾降李自成,反唇相讥道:"何如逆贼御史!"多尔衮故意问龚鼎孳:"冯铨所说可是实情?"龚鼎孳答道:"岂止鼎孳,魏徵亦曾降唐太宗!"多尔衮怒道:"只有无瑕者可以戮人,怎能以闯贼比拟唐太宗!"冯铨没有参倒,龚鼎孳倒降八级调用,补了上林苑丞这样一个小官。不多时,小官也不让他做,干脆罢免了。

龚鼎孳是江南有名的才子,诗文与号称文台领袖的钱谦益、吴伟业齐名。自顺治四年罢官家居至今,慨叹良深。陈名夏倒没有忘记同命老友,常相来往。顺治亲政后时时巡幸内院,一次在陈名夏处见到龚鼎孳的诗文,赞叹不已,还说道:"真才子也!"陈名夏于是认定龚鼎孳终有起复的一天,不时以此安慰老友。

他俩顺着溪边漫步,柔弱的柳条从他们头顶、肩上拂过。前面有一树盛开的白碧桃,掩映着一座连着短廊的四角亭。短廊折而向东,与住宅的内廊相接,那里传出一阵女子的笑语,两人停步花下,不禁会意地一笑。他们是通家之好,陈名夏自然熟悉这笑声出自何人。

当龚鼎孳因投降被人指责气节有亏时,他总是回答:"我原欲死,奈小妾不肯何?"这位小妾,便是发出动人笑声的顾媚生,龚鼎孳赠她一个表字:横波。

顾媚生领了两个仆妇,穿过短廊,走进四角亭。她袅袅婷婷,如弱柳扶风,步态很美,一身明末官宦家妇女家居的装束:玉色罗裙,粉色窄袖圆领衣,戴一披高领绣花云肩,浓黑的头发高高盘在头顶。她怀抱着一个绿锦缎绣百子图襁褓,不时亲昵地把脸贴上露在襁褓外的花花绿绿的小帽。她在亭中的青花瓷墩上坐定,把襁褓递给身边的乳母。乳母不敢怠慢,立刻解襟开怀喂奶,顾媚生目不转睛地注视着。少顷,喂完奶,顾媚生又对另一仆妇——保姆示意,保姆从乳母手中接过褓襁,小心地打开,抱起婴儿,撩开尿布把尿。婴儿手脚乱动,就是无尿。保姆说:"禀太太,小相公尿罢了,要不要就包上?"

"包上吧,当心受风。"顾媚生懒洋洋地回答。

虽说隔着花影看不真切,总是大致不差。陈名夏很惊奇。他知道顾媚生进香拜佛,百计求嗣,始终没有结果。难道抱养了一个孩子?他转向龚鼎孳:"孝升,横波不是上月还往碧霞观求子的吗?"

龚鼎孳先有几分尴尬,继而放声大笑:"何需瞒你!来看看我们这位内外通称小相公的娃娃吧!"

顾媚生见二人进亭,站起来笑迎。陈名夏寒暄几句,便俯身去看保姆怀中的"小相公",顿时大吃一惊,哪有什么孩子!那只是用罕有的白檀香木雕成的一个男婴,四肢可动,笑容满面,异香扑鼻,衣帽都用镶金嵌珠的锦缎制成,华丽非常。好一颗掌上明珠!

陈名夏扬声大笑,连连称赞:"匪夷所思!匪夷所思!不是媚生,哪来如许空灵绮想!"

龚鼎孳半赞半怨地瞟了顾媚生一眼,笑道:"就是这么个人,你说我拿她有什么办法!"

顾媚生也笑了,邀他们进客厅,又回脸问陈名夏爱喝什么茶?

顾媚生已年过三十,可谓徐娘半老了,但仍有令人迷醉的魅力。她一颦一笑,一举手一回身,都曾经过精心设计,对镜练习过千百次的。这位秦淮金粉世家的娇女,远非一般烟视媚行之流所可比拟。如今,她把夫人的尊贵、名妓的娇媚糅合起来,又成另一种使人爱怜的风姿了。她对两个男人点头一笑,抢先去为他们安排茶点。陈名夏看着那楚楚动人的身影,拍着老友的肩头说:"真所谓惑阳城、迷下蔡!孝升艳福如此,教人羡慕不已呀!"

龚鼎孳一摆手:"算了算了,谁似你官运亨通,位极人臣!有道是情场得意,官场失意嘛。"

陈名夏又放声大笑了。他很爱大笑,而且笑得很得意,很张狂。龚鼎孳见怪不怪,习以为常,他关心着别的:"听说近日朝中又出了大事,由圈地引起的?"

"不错。"陈名夏把事件的经过讲了一遍,得意地说,"安郡王和佟皇亲两家都惶惶不可终日。尤其是佟家,原本不是满洲人嘛,狐假虎威!"

"二十九人另立一议……不会出毛病吗?"

"不会!绝不会!皇上天纵聪明,非凡人可比,亲政以来,颇有作为。最难得他勤学苦读,自四书五经至诸子百家,以及诗词歌赋,无不涉足。皇上的汉话、汉文,朝中满人不能及其万一!你想,我对皇上说:若要天下安,留发复衣冠,皇上竟也点头称是。可不是一代英主吗?……孝升,没有请别的客人?"

此时,二人已走进客厅,小戏台面前只摆了三张宴桌。

"还有一位,他想见你,求我引荐。"

"何许人也?"

"说来怪有意思。刑部主事李振邺那日由公事房回家,途中听见小孩子们跳着脚齐声唱:'不要喊,不要喊,来年状元名张汉。'哪知次日便在一个朋友家见到了张汉,这朋友也是听了童谣特意寻访,才把他请到的。李振邺与我有师弟之谊,就把此人引来顾园。今天邀他作陪,他还叫了戏班凑份子……"

正说着,家人禀报:张汉先生来拜。陈名夏官高位崇,又是主客,端坐不动。龚鼎慈接了张汉进来。张汉见陈名夏就拜,说了许多"大名久仰、如雷贯耳"的套话。陈名夏略略还礼让座,对张汉打量一眼,直截了当地喝彩道:"好一个英俊美少年!若不是孝升引见,乍一觌面,一定当你是梨园佳弟子!"

张汉的脸红了一下,立刻赔笑说:"不敢。"陈名夏的狂傲实在令人难堪,怎么一见面就将人贱比为戏子?龚鼎孳打着圆场,令仆役上菜,丫环斟酒。双庆小班班主前来请他们点戏,陈名夏当仁不让,点了《风筝误》里的三折:《前亲》《后亲》《惊丑》,龚鼎孳点了《金雀记》里《乔醋》一折,张汉点了一出《南渡记》。

"《南渡记》?孝升听过吗?"陈名夏问。

龚鼎孳摇头。张汉笑道:"双庆班刚由南方来京,便会演此戏,可见流传之广。学生正要请老大人一观,可知世人心术之坏,时下风气之恶!"

"这么说,你是听过的了?"陈名夏瞥他一眼。

"是。"张汉庄重地向后退了退,说,"《南渡记》为江南许巨源所作,此人乃一失意文士,笔下刻毒之至,老大人不可不提防一二……"他竭力使自己说得义正词严、态度忠诚,心里却不由自主地感到慌张。

戏宴开了,张汉并没有觉得轻松。在陈名夏这样的大贵人面前,他自惭形秽,战战兢兢,恨不得钻到地底下去。但这是千载难逢的进取的机会,怎能错过?

为了求取功名,张汉煞费苦心。那首童谣是他一手制造的。他正当落魄,无依无靠,也无人引荐,便想出一条妙计:买了一大包枣和糖饼,在大街小巷见了小孩就给一把,要他学说两句童谣:"不要喊,不要喊,来年状元名张汉。"京师果然是首善之区,见效之速出他意料,他很快成为好客之家的座上宾,被到处引荐……想不到小小伎俩,胜过筹思多时的计划和行动,居然得到了成功。

今天,张汉观察陈名夏的态度,毫无佳兆。这位大学士目中无人的骄狂之态,反宾为主的嚣张气焰,给张汉很大压力,他不得不竭力挣扎,时时注意着陈名夏的神态。大学士喜他也跟着喜,大学士笑他就立刻笑,大学士皱眉他赶紧摇头,大学士喝彩他抢先击节。他必须给大学士留下好印象,为以后直接拜会他铺平道路。

可是陈名夏只顾和龚鼎孳吃酒议论,看也不曾看张汉一眼。在尴尬的绝望处境中,张汉勉强支撑着看过两折。第三折,是《风筝误》里顶精彩的《惊丑》,男主人公韩世勋被丑女詹爱娟吓得丧魂失魄。那小生很会做戏,水袖抖得漂亮,一脸惊惧之色惟妙惟肖,令人叫绝。陈名夏大声喝彩,张汉却蓦地站了起来,好像受了惊吓,随后又觉得失礼,重新坐下。陈、龚两人都没有注意他。

渐渐的,张汉的眼睛瞪大了,一个丑陋的脸隐隐浮现着,还有暗红的帐幔、闪烁不定的灯光……可怕的回忆纠缠着他,他浑身战栗,闭上了眼睛。但戏台上的词曲却无情地向他袭来:

　　……惊疑,多应是丑魑魅将咱魔迷。凭何计,赚出重围?……

他再也无法忍受,摇晃着站起来,对主人拱手道:"学生还有些贱事要料理,不能终席,老大人见谅!……"说罢,他脚步踉跄,跌跌撞撞地走了。

陈名夏鄙夷地一笑,简单地说:"喝醉了。"

龚鼎孳摇摇头:"唉,如此名士!"

张汉离席,顾媚生就可以从帘后移进厅中看戏了。三人说笑着越看兴致越高。顾媚生曾是红氍毹上的一代名优,自然指长道短,格外精神。

《南渡记》开始了。两个主要人物——一生一末刚刚自报家门,三位看戏的立时寂静无声。台上人哪里知道他们所演的角色正坐在台下观看,还因为报酬优厚而格外卖力,又唱又说又做,曲尽其妙。

台上的陈名夏、龚鼎孳血污满面地从王氏胯下爬出的一瞬间,顾媚生一声刺耳的尖叫,双手蒙脸,跑出了客厅。龚鼎孳面色铁青,浑身颤抖,说不出话,只对闻声而来的戏班班主连连挥手,叫他们赶快退下。

一阵混乱之后,客厅空空荡荡,只剩下陈名夏和龚鼎孳。两人慢慢转过惨无人色的脸,互相看了一眼,龚鼎孳突然"哇"地放声痛哭。陈名夏没出声,只有两行泪水沿面颊缓缓流下。

龚鼎孳捶胸顿足:"名节扫地至此,还有什么可说!……"他的羞愤很快转为恼怒,咬牙切齿地骂道:"许巨源!你个黄口孺子!阴损如此,必杀以泄愤!……"

良久,陈名夏才慢慢地轻声说道:"我辈吃亏在怕死二字,自然不如史可法、阎应元,却不肯自甘寂寞,总以为天生我材必有用,要在名利场上角逐一番,则又不如黄梨洲、顾亭林……可是,我辈总也算是应运而生、应运而出。大兵进关入主中原,若无我辈,成何世界?人生在世,人生在世啊!……"他突然仰天大笑,笑了好一阵,笑声既狂妄又悲酸,很像夜枭在月夜林中的呼叫,龚鼎孳直听得停止了痛哭,毛骨悚然。

陈名夏睁着泪汪汪的眼睛,笑盈盈地对龚鼎孳说:"当个内院大学士,锦衣玉食,调和天下,上为天子分忧,下为万民解苦,这比当年死于忠节,比今日浪迹江湖,是强过、还是不及呢?……"

龚鼎孳和陈名夏互相安慰着,心境渐渐平和了。他们约定三日后到陈名夏府上聚会。陈名夏还再三嘱咐,一定要带顾媚生去,好开导开导他的妻妾。

他们没想到,乌云已笼罩在陈名夏的头顶。

当晚,刚刚回府的陈名夏被逮锁问罪。圣旨命吏、礼二部大臣会同刑部共同审理这一案件。

五

辰初三刻,皇上退朝了。

早朝后的第一件事,是往慈宁宫向母后请安,这是福临定下的规矩。

在宫内,仪驾比较简单:前面侍卫举着四杆豹尾枪导行,便舆四角各有一名御前侍卫,挎着名叫"小神锋"的二尺多长的宝刀跟随,太监打两面雀金扇,头顶遮一柄黄罗伞,后面跟着一些服侍小太监。

福临坐在舆中,心情十分不快。没想到陈名夏的案件震动了整个朝廷,上上下下的大小官员,无论满汉,都眼巴巴地盯着。福临感受到来自各方的压力,难以应付。

宁完我的弹章参了八条,主要的,一是"留发复衣冠";二是陈名夏父子暴恶,揽权纳贿,结党营私,士民怨愤;三是涂改谕旨。会审时,陈名夏只承认第一条,说其他各款都是诬陷。而宁完我会同内秘书院学士刘正宗共证陈名夏所犯各罪都是事实。今天早朝,吏、礼、刑三部会审后题本上奏,最后拟出的处理意见是:斩。现在,陈名夏的生死,完全取决于福临了。

朝廷里的倾向太鲜明。参与议政的王公大臣和满官对此十分快意;多数汉臣口中不说,却都表现出一种兔死狐悲、黯然神伤的忧郁。敢于替陈名夏讲情的,只有一个外国人汤若望⋯⋯

刚进慈宁宫,迎接福临的,竟是一派檀板轻敲、笛声嘹亮、歌喉婉转。东配殿里新搭起小宫台,庄太后和两位太宗的妃嫔——懿靖大贵妃、康惠淑妃,还有一位太祖皇帝的寿康太妃,在许多福晋命妇的陪同下,正兴致勃勃地观看傀儡戏。傀儡大约有真人的四分之一大小,做得十分精细,说唱操纵都由太监担任。一出劝善的《鱼儿佛》正演得热闹。福临一脚踏进配殿,吓得那些福晋命妇们纷纷站起身向后退避、低头、跪倒。

福临依次向寿康太妃、庄太后、懿靖大贵妃、康惠淑妃等祖母、母后请安。她们一一受礼,问了皇帝好,便要向庄太后告辞。庄太后笑着挽留说:"今儿的宫戏怪认真的,戏码也好,还是看完吧!一会儿有北边新进的松仁、白果,正好品茶。"

白发苍苍的寿康太妃先笑着坐下,懿靖大贵妃和康惠淑妃也跟着告坐。庄太后起身笑着对她们道了歉意,领着福临往慈宁宫正殿走去。刚进殿门,她忽然想起什么似的,叫一个宫女回配殿请佟夫人。

一位衣饰华丽的满装贵妇走来向福临请安。太后笑对福临说:"照家常礼数说,这是你的丈母,不该受礼的。"福临连忙逊谢。按宫内制度,内廷主位遇娠,有生母者允许进内照看。福临问道:"佟妃的日子近了吗?"

佟夫人连忙回答:"就在这个月了。"

庄太后笑道:"这是宫内主位第一次诞育,佟夫人要精心照料才好。早些回景仁宫陪伴去吧。"

佟夫人连连称是,后退几步,向殿外走去。

福临的不快又增加一重:太后引见佟夫人,无非是表示她对佟图赖家的恩宠。这不是又在给自己增加压力吗?

母子俩方坐定,太监来禀告:郑亲王济尔哈朗恭请皇太后召见。太后看看福临,福临立刻站起来说:"额娘,皇叔一定是为了陈名夏的事情。"

庄太后扬了扬眉峰,没有说话。

"额娘,我把复审的题本带来了,请额娘过目。"福临说着,吴良辅跪进折匣。太后的贴身女侍苏麻喇姑接过打开,双手放在太后的御案上。

庄太后先吩咐太监:"请郑王进宫。"然后对福临说:"皇儿,你还是从安郡王和佟皇亲两家争圈民地说起,近日朝廷里都有些什么议论?"

很多次了,不等福临细说,母亲已把朝中大事的来龙去脉摸得一清二楚。福临知道,这些进宫侍奉母后的福晋、命妇们,等于是一个副朝廷,但他还是对母亲的明睿感到惊奇,不由得说:"额娘,你什么都清楚吧?"

庄太后避开他的问题,只静静地望着他,道:"说吧!"

于是,从午门自戕案到陈名夏狱成的全部过程,由皇帝绘声绘色地向皇太后叙述了一遍。听罢,太后不表态度,低头去看题本。

郑亲王进宫来了。他向皇太后和皇上的跪拜被止住,太后赐给他一个座位——那是一个杏黄色的织着龙纹的锦缎坐垫,置于太后右侧向南较远的地方。郑亲王盘腿坐下,因为这一阵走得太急,止不住喘着粗气,脸色泛白,看上去很虚弱,和他魁梧肥硕的身材很不相称。太后连忙命太监赐茶,并和悦地说:"王兄年纪大了,要多多保重。行走不便,乘马进宫吧。自家骨肉,不必太拘礼。"

在紫禁城乘马,这是极高的礼遇。郑亲王非常感动,又要下位叩谢,再次被太后止住。他喝了那碗热气腾腾的奶茶,方觉得心定气静,这才诚笃地仰望着福临说:"皇上是不是有赦免陈名夏的意思?"

福临不置可否。

"奴才就是为这事求见,请太后、皇上明察,陈名夏不能赦呀!……皇上很看中他的才学,但我大清富有四海,我皇上是普天下的主子,有能耐的人比河里的沙子还多,不少陈名夏一个!这人一向结党,是个反复小人,皇上早就瞧透他了……"

济尔哈朗指的是两年前的事情:御史张煊弹劾陈名夏结党营私,铨选不公。议政王贝勒大臣会议时,议政大臣谭泰祖护陈名夏,反而以诬奏反坐,判处张煊死刑。不久,谭泰因党附多尔衮论罪诛死,顺治复命议政王贝勒大臣按张煊所劾陈名夏罪状再审。陈名夏竭力为自己辩解,到了理屈词穷之际,便哀哀哭泣,诉说自己投降有功,希冀免死。当时福临对议政王大臣们说:"此人真乃辗转狡诈的小人,罪实难赦。但朕已有旨,凡与谭泰事有牵连者,皆赦而不问。若罪陈名夏,则失信于天下了。"这样,陈名夏才得以革职留命。福临毕竟看重陈名夏的学问才干,去年,陈名夏复职。但刚得意一年多,又生出事来。

福临不大高兴郑亲王提起往事。因为就是顺治九年那次赦免陈名夏,他的出发点也是重才而不是守信。此刻他说:"朕观历代英主用人,无不用其所长弃其所短,如汉高祖之用陈平,魏武帝之容张绣。须知金无足赤,人无完人!"

要掉书袋,郑亲王哪里是福临的对手!那些繁复杂乱的汉文,至今他仍是斗大的字识不得一石。但是他有对朝廷最实际的考虑:"皇上说的是。可陈名夏的大害不只在反复,要紧的是结党。二十九名汉官胆敢另立一议,本朝从来没过!陈名夏就是魁首,就是害群之马,不加严惩还成个朝廷?……"

福临半晌没作声,后来迟疑地说:"或者免官遣戍?……"

郑亲王叹息道:"皇上心地慈善,奴才真怕皇上养虎伤身。这种不忠不义的小人,奴才瞧着都发怵。皇上这样待他,他对皇上又安过什么好心?"他惴惴不安地迅速看了庄太后一眼,太后坐在她的宝座上,一如既往,端庄、慈蔼、温和,看不出可否。于是,他硬着头皮使出了撒手锏:

"多尔衮摄政那会儿,皇上年幼,陈名夏不是夜谒睿王府,陈请多尔衮登皇位的吗?"

福临浑身一震,紧紧咬住牙关。郑亲王心疼地看着福临,继续说:"多尔衮虽然回答说'本朝自有家法,非尔等所知',没有接受,但陈名夏立时由学士超擢吏部侍郎,从此大受重用。幸亏老天爷不佑恶人,多尔衮病死,不然……唉!"郑亲王低下头,老态龙钟。

福临也低着头不出声,看不清他的表情。但济尔哈朗知道击中了要害。凡事凡人,只要和多尔衮逆谋有所牵连,就能立刻激起福临的憎恶；只要被多尔衮打击排斥过，就能立刻引起福临的好感。多尔衮一倒台，索尼、希福、鳌拜、遏必隆等人立刻参与议政，就是这个道理。

郑亲王站起，向皇太后和顺治躬身再拜。他真心疼爱这个十六岁的侄子，知道自己这么说会刺激福临，心里很觉难过，可又不能不说。他默默地望了福临一会儿，叹了口气："唉，皇上不要过于劳累，奴才去了……"

济尔哈朗走后，母子俩相对无言，不时交换一道目光。后来，庄太后轻轻赞叹道："真是个忠心耿耿的老臣！"她看定福临那目光游动的眼睛，温和地问："皇儿，你的意思呢？"

"陈名夏有罪，但罪不至死。汤玛法今天还有奏本替他讲情，说身为君上的，必得仁慈为本。儿一心施仁政、行王道，怎能随意诛杀大臣！"

太后微微一笑："玛法道德高尚，是个仁义长者。但究竟是外邦人，不懂得中土民俗人心、历朝兴衰，更不懂得治理天下的根本。"

福临乌黑的眸子盯住母亲，竭力隐藏心里的不服。

"陈名夏并非不可赦。但是赦了陈名夏，李呈祥赦不赦？他可比陈名夏罪名小官职低。陈名夏、李呈祥都赦免了，二十九名汉官结党如何处置？只得不闻不问，他们比陈、李更少罪名。三案都不定罪，议政王贝勒大臣服不服？满洲亲贵服不服？八旗将士服不服？皇儿，你坐江山究竟靠的谁？"

福临一哆嗦，垂下眼帘，浓黑的睫毛簌簌抖动。

"能靠那些汉人吗？皇儿，我屡次要你想，今天还要你想，你以为天下汉民已经都臣服了吗？如今你身践帝位，本当懔懔然如以朽缰驭六马，稍有闪失，就会使太祖、太宗百战得来的天下毁于一旦。皇儿，你千万不可大意啊！……"

福临觉得背上滚过一个又一个冷战,额头也渗出了汗珠。他羞愧地低声说:"我只是想,陈名夏罪不至死,所以……"

庄太后温静地笑笑:"到了这个地步,还谈什么有罪无罪?"略一沉吟,她说:"只须治陈名夏抹删谕旨、结党营私之罪。'留发复衣冠'的话,就不必提了。"

福临钦佩母亲。因为这样一来,不仅为福临曾首肯此话留了面子,也免得更激起汉臣汉民的反感。

佟夫人进了景仁门,绕过一架名为远山叠翠的大理石方屏风,穿过前院,由西侧门进了后院,见她的女儿端坐在寝殿前廊,身上洒满灿烂的阳光。廊边雀替上挂着几只金丝鸟笼,两个宫女给笼里添食添水。佟妃身子一动不动,只嘬着小嘴,扬着下巴颏,逗弄面前那只活泼的青绿相间、黄腹红嘴鹦哥。

"哎哟,我的姑奶奶!你可真有闲心!"佟夫人风风火火地来到前廊,倒没有忘记向她的亲女儿请安。

佟妃转过脸,睁大圆圆的眼睛:"出什么事儿啦?"

"你舅爷爷进慈宁宫,请太后一起劝皇上。也不知劝妥了没有!皇上要是非赦免那个姓陈的南蛮子不可,那可怎么办哟!"

佟妃今年刚刚十四岁。进宫时是个十足的毛丫头,还在玩抓子儿的年龄,因为想娘几乎天天哭鼻子。近年渐渐学会不哭了,却又怀了孕。自己还是个离不开妈妈的孩子,眼看又要当妈妈,真是又惊又怕又喜又忧。她的小小的心里只装得下三个人:皇上、太后和她未出世的娃娃。别的她无暇去想,也没有兴趣。对这些朝政,她更是一点不懂。佟夫人进宫后对她多方开导,她依然不那么开窍,这时便说:"一个汉官,赦不赦的,有什么了不起!"

"哎呀,好我的姑奶奶!我跟你说了这么些日子,敢情白费唾沫!这姓陈的南蛮子纠了一伙子汉官,专跟咱们过不去!"

"不就是退还圈占民地那事吗?皇上说叫退,就该退嘛!"佟妃在支持皇上这方面,毫不含糊。

"退百十亩地算什么,对咱们也不过九牛一毛。可那姓陈的蛮子又要杀投充人啦,又要处罚地方官啦,明摆着要倒咱们的架子,扫咱们的威风呀!他要成了事,还有咱们旗人的好果子吃吗?……"

佟妃稚气地望着母亲。佟夫人一拍手,叹着气叫一声:"我的小冤家!这事儿还挂着你呀!"

"我?"佟妃耸了耸细细的眉毛,有点惊异。

"可不是咋的!"佟夫人赶紧把女儿搀进卧室,扶她在又软又厚的床上躺好。等宫女们都到外间侍候了,佟夫人才坐在床边的绣墩上,压低嗓音,开门见山地问:

"你就不想当皇后?"

这话太尖锐了,佟妃的脸"刷"地红到脖子根,简直像一块红绫,连颧上、唇边那些黄褐色的蝴蝶斑也被红晕盖过去了。她尽管入世不深,许多方面还是个孩子,但对自己的地位却非常敏感。皇后被废以后,她常常半夜醒来,悄悄地祷告苍天神佛,保佑她能有继立之分。这是她的秘密,平日绝不敢有所流露。她本能地感到,如果她这"非分之想"被人发现,定会招致皇上的厌弃,温厚慈爱的皇太后也会憎恶她,她将如皇后被废为静妃、永居侧宫那样,被贬为庶妃或贵人,永无出头之日。她的从不敢出口的隐秘,竟被母亲一语道破,窘得她眼泪都要掉下来了。

"脸红什么!"佟夫人心直口快,"现今皇上虽说有一位皇子、两位公主,可他们母亲位份低。主位娘娘里,你第一个有喜。我看你这肚子尖,花花脸,准生儿子!母以子贵,历来如此,还有什么说的?……"

佟妃微微一皱眉,连忙伸手抚摸自己凸出的腹部。不安分的小东西,正在肚子里踢脚伸拳。佟夫人的话其实多余,佟妃自己想过何止几百回。

"你继立皇后,原是十拿九稳,偏偏这姓陈的蛮子跟咱们作对。皇上要是赦他,对咱家算个啥意思?你当皇后还有啥指望?"

佟妃愣住了。她真不曾想到这一层。

"你说我能不着急上火吗?你倒没事人儿似的!你也该瞅空子给皇上念叨念叨,可不能喝那南蛮子的迷魂药!"

佟妃扯着绫被把脸盖上,细声说:"宫里有胎训,皇上有半个月没来了。再说妃嫔不许预政,这是家法,我不能……"

佟夫人呆了半晌,"嗐"了一声,说:"真是的!好端端的美事,要是败在南蛮子手里,老娘我死不瞑目!……这南蛮子究竟有什么妖术,迷得这些人把祖宗的规矩都忘了?别瞧那安郡王,也是那路货!……"

"你别说了!叫人听了笑话咱家没规矩!"佟妃突然不高兴了,显出了主位娘娘的身份。佟夫人吓了一跳,意识到自己太过分,连忙收敛,躬身谢罪,按照宫定的礼节说:"娘娘恕罪。臣妾实在是心中不平……"

宫女进来禀告:"启娘娘,佟夫人的侍女求见佟夫人。"

佟夫人慌得猛然站起,旋又坐下,急煎煎地对佟妃说:"消息来了!我叫她到舅爷爷府上去打听来着!"

佟妃不知哪里来的劲,忽地坐起来:"快传她进来!"

侍女进见,先跪佟妃,后跪佟夫人。佟夫人一把拽住急问:"怎么样?"侍女抬头一看,佟妃和佟夫人神情紧张,都瞪大眼睛盯着自己,一眨都不眨,顿时心里发慌,舌头打结,半天才说道:"皇上……批下吏、礼、刑三部题本,说是,念在陈名夏率先投诚,效劳年久……"

侍女一口气上不来,那母女二人脸色刹那间雪一样白,佟妃嘴唇都灰了,脸上一块块黄褐斑变得非常触目。佟夫人急得扬手要打侍女,侍女已缓过气,继续说:"……皇上开恩,将斩刑改为绞刑。

是绞立决！"

　　静默片刻，佟妃颓然倒在枕上，随着脸色复原，笑容也渐渐泛上嘴角眉梢。佟夫人乐得手舞足蹈，放声大笑："哈哈哈哈！好皇上！好皇上！这才是太祖、太宗的好子孙！"她拍着大腿，爽快地说笑着，透露出早年部落妇女的带有男性味道的豪气。她扯住侍女又问："就这些？还有吗？"

　　侍女想了想："御史李呈祥免死，流徙盛京。二十九名汉官分别予以革职、降级、罚俸处分。"

　　佟夫人乐不可支，推了侍女一把："去！回府给我拿几件衣裳，今晚赶回宫里来！"这分明是要侍女回佟府报喜。侍女会意，匆匆往宫殿监领腰牌去了。

　　宫女侍女都不在跟前，佟夫人兴致更高了："哈哈，这一回，你爹能当国丈，我叫啥呢？国丈母娘？你兄弟可就是正牌的国舅啦！封王咱也不想，可封个公侯太师啥的，总错不了吧？永平府那些个田地，都封给咱们家好了！皇后的娘家，看谁还敢争！"她又拉着女儿的手，怜爱备至地抚摸着，笑眯眯地说："你从小儿就命贵，好几个有名的老道都算你大富大贵，有个老和尚还指实了说，你有皇后之分。我们心里明白，不敢告诉你。打你一进宫，我们就盼着这一天啦！……"

　　她再也坐不住了，在屋里走来走去，兴奋地大声叨叨："可得敬谢老天，敬谢神佛保佑！快，快！我得立马给佛爷烧炷香！"她找来线香点着，跑到卧室后的小次间，那里佛龛上供着一尊尺多高的金佛像。她举着香拜了又拜，嘴里不住地念着祷词。不一会儿，她觉着有人挨着她跪下了。回头一看，她那身子笨重、相貌娇小的女儿，也举着线香，满脸喜悦和虔诚，对着金佛像频频拜祷。

　　"万岁爷，膳齐。"管膳大太监向站在一盆牡丹花前发愣的福临跪禀,福临无可奈何地回到东暖阁。洋漆花膳桌上已经摆好三十多个珐琅质、银质及瓷质的盘、碟、碗。两名摆膳太监一左一右地站着,前面还有四个养心殿当值太监垂手恭候。福临入座后,摆膳太监便把一品一品的菜碗菜盘的银盖打开,请皇上过目。看见皇上用眼瞧哪品菜,就得赶紧拿它往皇上跟前挪。福临此时毫无胃口,连眼皮都不抬。

吴良辅乖巧地走过来,用眼色支开了摆膳太监,笑道:"万岁爷批本批了两个时辰,怎么也得进点膳。"他看着满桌的菜,点着数地说:"万岁爷往这儿瞧,这一品燕窝丝鸡丝香蕈丝火腿丝白菜丝,鲜美无比;这一品燕窝冬笋肥鸡热锅,热腾腾香喷喷;攒盘里烧狍肉、锅塌鸡丝、晾羊肉,是北地的名菜;黄碗里芽韭炒鹿脯丝红黄相间,是太庙的供献;象眼小馒头,又软又暄;折叠奶皮子、酸奶子、白格生生馋人眼!……"

吴良辅一套油腔滑调,活像是市上酒楼的跑堂,倒把福临逗笑了,说:"贫嘴贱舌的,馋死你!"

吴良辅赶紧跪下叩头:"奴才哪敢承望万岁爷的赏,只求皇上开开脸,进得香,奴才就是饿三天也心甘情愿!"

福临半笑半恼地说:"少给我耍嘴皮子!"他在面前的几个碗里夹了一点菜,吃了几口,便放下筷子,微微蹙起眉头说:"把菜赏给妃嫔们。佟妃那儿多分两品。"

太监们连忙撤膳,用黄锦缎的棉包袱将膳盒包好,捧着、抱着、抬着退出养心殿,紧赶着送往东西各宫。

吴良辅还在接福临的话茬:"佟娘娘日子近了,是得好好保养。要是诞育一位太子,可是大清的洪福啊!"

福临心头一动:太子?为什么是太子?……佟妃想当皇后?她凭什么?……

上午,他从慈宁宫回来,立刻批下题本:陈名夏处绞,李呈祥和二十九名汉官都给了严厉惩罚。下笔时他并不犹豫,甚至还有点痛快。批本很快被送走了,陈名夏的死便成定局。之后,他在批复其他题本时,脑子经常回到这件事上来。想到几乎天天照面的内秘书院大学士,才干卓著、倜傥不群,能和福临论诗谈史的陈名夏,三两天内便要成为一具尸体,他又感到心里不是滋味,感到违心的痛苦,感到受了压制的愤懑。他绝非对母亲不满,因为母亲是全心全意为自己着想的。他忍受不了郑亲王的挟制!是的,他觉得这位老叔王是在利用他痛恨多尔衮的弱点,达到庇护亲贵的目的,而最终还是为了他的外甥女婿佟图赖!

这些思绪纠缠着他,使他心情十分恶劣。吴良辅一句有关太子的话,一下子使他把两件事情联系起来了:郑亲王表面上是为江山社稷,实际上也在营私。他打击陈名夏是为了保护佟图赖。保护佟图赖是为了帮助佟妃谋取后位……

福临站在一排排蓝缎遮掩的巨大书橱边,紧紧抿住嘴唇,下巴凸了出来。史书史册浩如烟海,记载了多少帝王将相的兴亡,多少宫闱秘事掩盖着争权夺利的生死搏斗!那些昏昧的、醉生梦死的帝王糊里糊涂,像被人玩弄于指掌中的木偶。可是我福临,是大清一统江山的第一代君主,绝不能任人挟制,绝不软弱!

他稳稳地转过身,背起双手,一步一步走回西暖阁,在御案上找出那两份重要题本,坚定地提起了朱笔。

佟夫人的侍女回到景仁宫,已是上灯时分。佟妃母女的喜气,因皇上赐给菜肴而更加火炽。一品燕窝鸡丝香蕈丝火腿丝白菜丝装在五福大珐琅碗里;一品山药酒炖鸭子热锅盛在红潮海碗中,另有紫龙黄碟装的干湿点心四品;五寸黄龙盘盛的奶饼敖尔布哈一品;银碟小菜四品,佟妃都毕恭毕敬地吃了。富丽的御用餐具还放在八仙桌上,等候御膳房的太监来取。

佟妃脸上一团娇慵，流露出愉快和满足。佟夫人不住声地又笑又说："……想想啊，上午批本绞了那蛮子，中午就赏来御肴，皇上的心意还不明白吗？有情有义呢！"她不再压低嗓门，满院都能听到她的声音："啧啧！这膳具多漂亮！多精致！瞧见吗，这是龙盘，还是黄龙盘哪！拿这紫龙碟黄龙盘给你送点心，准有意思。这可不是小事！……咦，你站在这儿干什么？进来呀！"她发现侍女悄悄地站在门边，伸手把她拽进来，问：

"家里人都乐坏了吧？你家老爷再不用吊着他那大马脸啦！这可是托姑奶奶的福！……你怎么不说话？"

侍女跪下，低头道："禀夫人……禀夫人……"

佟夫人心绪正好，很爽快："有什么为难事，尽管说！"

"禀夫人，圣旨下到府里，说是圈占的永平府民地一概退还；不敢受理民词的县府州官停职待参；老爷罚俸三月，降二级……"

"啪！"佟夫人抡起胳膊抽了侍女一耳光，跺着脚喊道："你胡说！小贱人，看我不鞭死你！"

侍女连忙叩头呜咽道："奴才有多大胆量，敢捏造圣旨……"

佟妃脸色一变，张嘴倒吸一口冷气，把手指咬在唇齿间，抽抽噎噎地哭了。佟夫人心乱如麻，顾不得细问侍女，连忙回身搂着女儿安慰："快别哭！伤了胎气，可不是闹着玩的。小孩子家嘴没遮拦，胡说八道，别听她的！……"

"佟妹妹好吗？"清脆柔媚的声音从院里传来，仿佛含着笑意，响亮地招呼着。永和宫端妃和景阳宫恭妃进来了。这一对姐妹花，都穿着蒙古式的锦缎便袍，端妃粉红，恭妃深蓝，闪着柔和的亮光。这是两位科尔沁蒙古王公的格格，难得来景仁宫串门。佟妃有喜以后，她们更不舒坦，只是慑于皇太后的威严和宫里的规矩，不敢形于辞色。这会儿，她们来做什么？

佟妃困难地移动身子，请她们坐上临南窗的短炕，宫女为她们收拾好杏黄缎垫和靠枕,奉上奶茶。她们向佟夫人表示了问候,坐下了。

端妃流动的目光,立刻集注到八仙桌上:"呀,佟妹妹,御膳房的人还没来收膳具?我那儿的早就收去了。"

恭妃笑道:"刚上我那儿去收。今儿赏的菜怪有味道的。"

佟妃不由得看了母亲一眼,佟夫人傻了似的张嘴瞪眼,一语不发。客人看在眼里,互相使着眼色,暗暗发笑。

端妃说:"佟妹妹,我们姐儿俩可有要紧事告诉你……"

恭妃连忙打断:"先别说,让妹妹猜一猜。"

佟妃强笑着摇头,表情十分可怜:"小妹猜不着。"

端妃笑嘻嘻地说:"告诉你吧,咱们就要有一位中宫娘娘了。妹妹猜是谁?"

端妃和恭妃都笑着,闪烁的目光一齐盯住佟妃。佟妃经受不住,脸色渐渐发白,心头怦怦乱跳,手心捏出了冷汗,用变得不像是自己的嗓音,哑声说:"我不知道。"

端妃柔媚的笑容里含有显而易见的幸灾乐祸:"还是我们科尔沁蒙古格格,咱们皇太后的侄孙女,静妃的侄女儿!"

恭妃补了一句:"今儿下午,皇上的谕旨。"

佟妃耳中嗡嗡乱响,冷汗顺着背沟流。她们又说些什么,她全没听明白。她强笑着、挣扎着,把端妃和恭妃送出宫门。晚风送来她们的窃窃私语:

"还当自己能爬上去呢,不就仗着肚子里有货吗!"

"这下子可好了,看她还张狂!……"

佟妃感到恶心,眼前金花直冒,浑身一软,晕了过去。

当晚,太医被紧急召进景仁宫。上夜的敬事房太监、御药房首领太监急得团团转,佟妃的呻吟已变成可怕的嘶叫了。萨满太太[①]

---

① 满族流行的萨满教,是一种原始宗教。萨满太太是跳神作法的女巫。

头戴神帽,身系腰铃,手持皮鼓,摇头摆身地击鼓跳舞,满嘴里高声诵着神祝,鼓声铃声随着她越来越快、若颠若狂的舞动和叫喊,响得越急越乱。她从景仁门跳进前院,跳上月台,又在寝殿门口跳祝。佟妃的阵阵哀号,佟夫人带着哭声的劝慰,仍然透过跳神的鼓铃诵祝声传了出去。

黎明前,夜色最浓、天光最暗之际,一声婴儿的啼叫冲破黑暗飞上天空。他拼命地哭叫着,哭叫着,仿佛受了极大委屈,又愤怒,又响亮,用力呼吸着人间甘美的、又充满苦难的空气。他将走过漫长的一生,完成宏伟的大业,英名永留史册。但他的第一阵啼哭,和所有婴儿并无不同,也是一首动人的生命之歌。

第一颗晨星升上来了,默默俯视着九重宫阙。随在晨星之后,是渐清渐亮的黎明。

这是顺治十一年三月十八日。

六

顺治十一年六月十六,福临二次大婚。这一天行册立礼和奉迎礼,仪式最为隆重。由于连年征战,郑成功和朱由榔长期与清朝大军相持,互有胜负,军费开支浩大,财赋情况吃紧。但帝王的威仪必须维持,因而大婚典礼仍然那么豪华、奢侈和气派,一点不亚于第一次大婚。

这一天,京城和全国各地都奉到喜诏,人人须穿红戴绿,家家要张灯结彩,以示万民同庆。偌大一座北京城,登时打扮得花团锦簇。新增设的十三衙门里的管事太监,领了些差役往贫民居住区发放喜饼,人们拥挤喊叫,有的哭有的笑,挤伤了许多人,热闹嘈杂的声音给喜洋洋的气氛增色不少。

这一天,是皇家的喜庆,皇城另是一番天家气派:宫内各处御道铺上了厚厚的红毡毯;门神、对联焕然一新;午门以内各宫门殿门高悬大红灯笼;太和门、太和殿、乾清宫和坤宁宫还要悬挂双喜字彩绸。从太和殿外直到天安门前,陈设着皇帝的法驾卤簿:五颜六色的旗、扇、伞、幡,金光闪闪的刀、斧、钺、戟,成百成千,站成笔直的队形,使人眼花缭乱;大辂、玉辂、大马辇、小马辇直排出午门,驾辇拉辂的大象和御马肃立在侧;午门外左右两列,站了四只巨大的开路导象、四只身背金色嵌珠玉宝瓶的宝象,它们庞大的身躯和凶野的外貌,足以吓坏初次进宫的人。中和韶乐设在太和殿前廊下的东西两侧,丹陛大乐设在太和门内廊下,与陈设在午门宝象之南的铙歌鼓吹相呼应。一旦典礼开始,三支大型乐队将把欢快的喜乐撒遍大内,撒遍整个紫禁城。

　　慈宁宫外陈列着皇太后的仪驾,数百人鸦雀无声、整齐森严。各宫主位及太妃们都集中在慈宁宫正殿,分列在庄太后左右,等候着典礼的钟声。

　　皇太后高坐在宝座之上,因为穿了全套礼服而显得越加庄严高贵:三重宝石冠顶上,珍贵的东珠围绕着一块硕大的红宝石,九只镶了珍珠的金凤环集在皇冠的四周,金凤嘴里各衔着五串珍珠垂挂,前面的垂向前额,侧后方的垂至耳下肩头;马蹄袖的深紫色朝袍外,罩着石青色绣行龙朝褂和披肩,上有山海日月龙凤图案,显示着无上的尊严。可是,即使面临这样的大典,又处在如此高贵的地位,庄太后仍不改她一贯的自然而慈蔼的大度。

　　午门上钟声响了。一派管笛悠扬,导迎乐队吹打着典雅的乐曲,在御杖的前导下,出隆宗门缓缓而来。后面,礼部尚书恭引身着礼服的皇帝,步往慈宁宫向皇太后行礼。一声口令,皇太后仪驾卤簿高高举起,恭迎皇上。

　　乐队和礼部堂官留在慈宁门外恭候,福临进入慈宁宫。妃、嫔、贵人、常在、答应及太监宫女们跪下迎驾,懿靖大贵妃和康惠淑妃站在宝座左右,和太后一同受了皇帝的礼拜。

母子对视片刻,都微微一笑。母亲的笑容里满含着安慰与鼓励,儿子的笑容表示着体谅和一点无可奈何。

太后会意地说:"此女秉性温良,恪守其职,孝敬节俭,淑仪素著,是皇儿佳偶。自此以后,中宫有主,内政可修,佳儿佳妇,永谐合好,我也放心了。"

福临深深一拜,按礼仪规定,说了一长段答辞,什么"秀钟华阀,德备坤仪","溯懿亲于渭阳,定嘉祥于妫汭"之类。最后,他添了一句规定外的话:"母后觉得好,想必是好的了。"

福临再拜而出。乐曲声又嘹亮地响起。太后耳边总萦绕着儿子多加的那句话,心中一丝不安在扩大,似乎有某种不幸的预感。她连忙稳定心绪,闭眼静了片刻。

白发苍苍的郑亲王济尔哈朗和承泽亲王硕塞在御杖的导引下进入慈宁宫,奏请皇太后驾临保和殿。太后将在那里接受皇后之母及公主、福晋们的朝见。皇后进宫后,太后还要在那里接受皇帝和诸王的礼拜,并赐宴皇后之母。

庄太后起身走下宝座出殿,妃嫔们按各人位号有秩序地跟从在后,到保和殿参加大婚典中的内礼。太后忽然停步,回头看了一眼。面色疲惫、脸庞消瘦,身材细弱得绣袍在身上打晃的佟妃,在这群丰满鲜艳的宫妃中显得非常刺目。太后微笑着柔声道:

"康妃,你产后体弱,失于调养。大典很累人,你怕吃不消。先回宫养息去吧,喜宴我着人送去景仁宫。"

佟妃因生了皇子,进号康妃。听了太后体贴的吩咐,她心里感动,眼泪直在眼眶里打转。大喜日子是不能哭的,她连忙跪下拜谢,声音有点呜咽:"谢太后恩典。"

慈宁门外乐声大作,佟妃知道,太后升舆了。又等了片刻,料想太后已经走远,佟妃才扶着两名宫女离开慈宁宫。

今天,她不能如平日那样穿隆宗门、过乾清门,直接由内左门进东一长街回景仁宫,甚至也不能从启祥门过永寿宫,穿月华门、日精门到东一长街。正殿、中宫今天只属于正位的人——皇太后、皇帝和皇后。而她只不过是康妃,要想进到正位,还有贵妃、皇贵妃两大台阶。只是皇上一直没有册立贵妃、皇贵妃,她才因生子而存了那么一段痴心妄想。如今,全都破灭了!

她满心凄楚,缓缓地、悄悄地向北走,折而向东进启祥门,出螽斯门折向北,便是那条静寂的西二长街。两旁宫墙矗立,头顶只露出窄窄的一道蓝天,重重殿阙、层层宫院,仿佛都深深陷没在厚重的宫墙之下,只有一道道深黄琉璃瓦屋脊、高高翘向天际的飞檐和檐上九个欲飞的压角兽,求救似的浮出墙头。她们的脚步声在宫墙间空寂地回响着,直走到最北头,也不曾见到一个人影。要不是骄阳似火,真会令人感到阴森可怖。

出百子门,向东直行,到了御花园。佟妃走得很累,天气又热,鬓发都被冷汗湿透了。乍一走进这座松柏如盖的御花园,阴凉的风顿时使她打了个寒噤。

这边是千秋亭,对面是万春亭。福临刚立她为妃的时候,不是常到这里来的吗?他们不是十分恩爱吗?那时她还把"千秋""万春"当作佳兆呢……不到一年,她就失宠了。生了一个皇子,也没能挽回她的厄运。他有了皇后,还会有皇贵妃、贵妃;还会册立很多很多的妃嫔、贵人、常在、答应;她们还会为他生许多许多的皇子皇女。多子多孙,这是皇家的愿望,也是皇家的规矩,不然和千秋亭、万春亭遥遥相对的东西二门,为什么命名为"百子门"、"千婴门"呢?

午门钟鼓齐鸣,打断了佟妃的胡思乱想。皇后进宫了,中宫有了主人。一年多的幸福、甜蜜、期望、野心,如同一场春梦,消失了;

如同御沟里的河水,流逝了。留下来的,只是那个小皇子,刚刚三个月。在紫禁城高大厚重的宫墙内,那小小的婴儿,是她惟一的亲人……

她不敢恨谁,甚至不敢恨自己命苦。怨望,是宫妃失德的一项罪过。不妒忌、不申辩,才算恪守谨顺之道。此时,她只热切地想要见到她的儿子。——按出生时序,他是顺治皇帝福临的第三个儿子。

孩子刚落地,就被保姆抱走,交到早已预备好的乳母手中,养在乾东五所。佟妃只在孩子满月时见过他一面:乳母抱他到太后宫中朝见祖母时,她和其他宫妃以相同身份抱了他一会儿。宫里有规矩,尽可以有宫妃在自己宫中养育其他宫妃所生的皇子皇女、甚至亲王的子女——当然,这是对宫妃的特殊宠幸——却不许亲生母子同居一宫。清代吸取历代母以子贵或子以母贵,因而结党乱政的教训,采取了这种违逆骨肉之情的宫规。

今天,不是去看望孩子的好机会吗?

她抬手捋了捋鬓边的乱发,掸了掸宫袍上并不存在的灰尘,庄重而有信心地走向琼苑东门,步履稳健,不要人搀扶。两个宫女惊异地互相望一眼,紧紧跟上。

佟妃并不由长宁左门折向南,走东一长街回宫,却头也不回地继续往东走。宫女又互相看了一眼:娘娘难道要绕远走东二长街吗?

千婴门下,佟妃停步片刻,毅然转身向北。宫女惊慌地喊了一声:"娘娘!"佟妃像没听到一样,径直走向乾东五所大门。两个宫女紧跑两步,拦跪在佟妃面前,哀求似的齐声喊着:"娘娘!……"

佟妃细眉一竖,瞪起圆眼怒喝道:"想挨鞭子吗?"宫女无奈,只得让开。佟妃简直是凭着直觉,一脚踏进第二所,一眼就看见保姆抱着她的儿子在檐下逗弄。孩子又白又胖,因为大婚喜庆,也换上绣龙的黄色锦缎小袍,头上胎毛未剃,黑黑的披在额前、鬓角和脑后。"孩儿!我的孩儿!"佟妃暗暗地喊,仿佛啼血的杜鹃,心里在流着酸泪苦血。

孩子不知受了什么感应,慢慢转过头,黑亮亮的眼珠盯住了佟妃,随后伸出一只胖得像藕、手背上有四个小坑的小手,咧开没牙的小嘴,笑了。佟妃再也忍不住了,猛冲过去,一把夺过孩子,紧紧搂在怀中,发疯似的亲吻着孩子的小脸、小手、脖子、头发,一阵哭又一阵笑。

佟妃还是个孩子。儿子出生后被抱走,她并不觉得多少痛苦,仿佛抱走了一只心爱的小瓷猫或是景仁宫中一架精巧的自鸣钟,不大在意。她的感情和思虑,都被后宫的大事,自己的荣辱升沉吸引了。只有今天,只在此时,她身上那沉睡的母性觉醒了。怀里这个软软的、暖暖的、活生生的小东西,和自己竟是这样的血肉相连,紧贴着他柔嫩的小脸,感觉那小手的触摸,听着他咿咿呀呀的娇嫩声音,她的心一阵又一阵地在幸福和甜蜜中战栗。这张可爱的小脸上,有他的脸形、他的眉毛和鼻梁,又有自己的眼睛自己的嘴。她细细分辨着,大滴大滴泪珠滚落下来,落在孩子的小脸上。

保姆早吓呆了,跪在佟妃脚下不知所措。院里还有两个乳母,也都原地跪着,头都不敢抬。两个宫女十分着急,对保姆连使眼色,保姆终于明白过来,对佟妃叩了个头,躬身退下。不一会儿,本所当值太监率领着侍奉皇子的四十人同来参拜娘娘,其中保姆八人,乳母八人,针线上人、浆洗上人、灯火上人、锅灶上人各四名,还有一些守门、清扫等执事太监。

当值太监赔笑道:"三爷饮食起居平安康泰,娘娘放心。"

佟妃全不在意,一门心思地撩着孩子柔细黑亮的胎毛。

"娘娘请回。上面要知道了,奴才们吃罪不起。"

佟妃视而不见地看看他。他浑身在发抖,不住叩头。

"娘娘开恩!""娘娘开恩!"四面都在哀告,侍奉阿哥的四十人环绕着佟妃母子跪成一圈,连连叩头。他们谋得这份宫里差使何等不易,要是丢了,可怎么活!

宫女小声说:"娘娘回宫吧,叫人知道了,可就……"说着,她想从佟妃怀里抱过三阿哥。可是出生以来就不认识母亲的小皇子,却信赖地搂住母亲的脖子,全身伏在母亲怀中,谁也不要。佟妃全身簌簌发抖,她又怎么能舍得放开手?

前殿的中和清乐,随风时强时弱地飘到乾东五所,筵宴快要结束了。宫女急得连连说:"娘娘,不能耽搁啦!各位娘娘一回宫,事情就包不住啦!"

"娘娘开恩!""娘娘开恩!"四十个人一再叩头哀求。宫女对领班乳母使了个眼色,乳母向佟妃告了罪,站起身解开衣襟,露出半边丰满的乳房,终于把阿哥吸引过去。三阿哥舒服地躺在乳母臂弯里,贪婪地吸吮着乳汁,咽得咕噜咕噜地响,不时转过眼珠照应着母亲。

佟妃不忍再看,转身便走。刚到门口,阿哥"哇"的一声大哭起来。佟妃脚一软,几乎跌倒。宫女却在连连催促:"娘娘,快走,快走吧!"

佟妃低着头,咬紧牙关,一步不停,出了乾东五所,出了千婴门,进了长宁左门,走上东一长街。可是孩子的哭声紧紧追着她,像一记又一记鞭子,抽打在她的心上,逼得她越走越快,越快越急,仿佛逃进了景仁宫。跨进寝殿的门槛,她就瘫倒了,耳边却还是她儿子那无限委屈的、抗议似的哭啼……

太和殿和保和殿的内、外盛大喜宴结束了。皇上恭送皇太后还宫后,由内监持御杖、红灯导引,前往坤宁宫。

福临缓缓走着,不慌不忙,还在回忆方才的筵宴。他打定主意要仔细琢磨济尔哈朗的表情,心里怀有一种恶作剧的愉快,相信能从老亲王脸上看到沮丧。没想到郑亲王对这次联姻非常高兴,喝了许多酒,以至于满面红光,显得年轻了很多。福临心中纳罕,召他到宝座跟前,说道:

"叔王,你像是非常快活。"

"可不是嘛,皇上。我真的担心过一阵子,怕皇上鉴于废后的不快,在联姻的事儿上发生别的意外。亏得太后明断。科尔沁蒙古与大清世代相婚好,北部屏障如故,祖宗山陵可以放心了。有太后在,真是大清的福气呀!"

由于喝酒,他的话比平日多,但绝不糊涂。去年朝廷命安郡王岳乐为宣威大将军驻归化城,准备应付喀尔喀蒙古的进犯。就是因为四十九旗蒙古、特别是科尔沁蒙古忠于大清,喀尔喀蒙古才没敢轻举妄动,乖乖地前来进贡,安郡王也才罢兵回京。要专力对付南方的郑成功、朱由榔,没有安定的北方是不可想象的。

济尔哈朗喜眉笑眼地连连说:"皇上,好!就是这样最好!⋯⋯"他的红脸白须相映生辉,更显出一派忠心耿耿。他并没有为佟妃谋立皇后。福临既感动又惭愧,连忙叫内侍用自己的金杯再赐老亲王一杯酒。

福临又召来了汤若望。他看看对方的眼睛,便明白两人都想起那次在天主堂关于选后的谈话。

"玛法,我⋯⋯又结婚了。"有什么话令福临难于启齿。汤若望点点头,同情和安慰的目光抚慰着苦恼的少年天子。

"玛法,我不知道她,我没有选择的可能,我⋯⋯"

"我都明白,皇上。你只能这样。尽力去爱那姑娘吧⋯⋯你会幸福的。"汤若望说罢低头告退,可是福临还是感到了他那没有说出口的惋叹和怜悯。

现在,福临就要走进他的新婚洞房了,可是眼前仍然交替出现着两位老臣的面庞,耳边依然响着两位老臣的声音。他不由得感慨万端,长叹一声,迈进坤宁宫门。

在东暖阁门口,福临停下脚步,目光从右到左,掠过整个洞房:南窗下一铺大炕,炕桌东西设两个宝座;紫檀龙凤雕落地罩;玉如意、瓷瓶、珐琅瓶的陈设,鲜红的墙上、宫灯上、桌灯上连绵不断的双喜字;北边靠墙,东边一套简易宝座陈设,西边一座龙凤喜床:五彩纳纱百子帐、大红缎绣龙凤双喜字炕褥、明黄和朱红彩绣百子被,被上压着装有珠宝、金银、谷米的宝瓶;床前低头坐着新娘子——红衣红裙红花,连同喜床的红帐红褥,以及整个洞房的红墙红门红灯,暗红一片,逼得眼珠如同要凸出来似的,很不舒服。

福临立刻联想起上一次大婚。陈设、气氛全都一样,也这么暗红暗红的,叫人透不过气来。就连坐在喜床上的新娘子也和上一次相似,一个从无所知、素不相识的陌生人⋯⋯她是前一个皇后的侄女,也会像她姑妈一样骄横、刁钻吗?记得和她相处不到三年,事事不合,动辄争吵,看来天性相忤。这一个能好到哪里?看上去也那么健壮高大⋯⋯福临一下子觉得心里别扭,胸口发闷,扭头要出坤宁宫。太监们慌了。两个首领太监跪倒在地,全身匍匐着求告:"皇上,您千万可别⋯⋯"

福临皱着眉头苦笑了一下:"这是怎么啦!天气太热,我出去风凉风凉,就回来。别总跟着我!"

福临信步在坤宁宫檐下走动。夕阳西下,金红色的霞光涂抹在紫禁城这一片雄伟的建筑群上,使它更加金碧辉煌。一群鸽子从殿顶飞过,清脆的鸽铃声直逼重霄。福临目送鸽群消融在风日晴朗的淡紫色天空,不觉精神为之一爽,回头想想,心下更加空空荡荡。

轻风拂面,吹过一阵阵凉气,飘来一阵阵清香。这是茉莉和晚香玉的气息,馥郁的暗香缓缓流动着,萦绕在福临身边。福临暗暗

沉吟:"哪里来的花香?……"冷不防,一个甜美的声音,像低吟的洞箫,随着轻风和花香,飘到福临耳边:

"……哪能忘记江南呢?岑参《春梦》诗云:洞房昨夜春风起,遥忆美人湘江水。枕上片时春梦中,行尽江南数千里。我可是梦牵魂绕呢!……"

是汉话!诵的是唐诗!

宫里头,太后太妃也罢,主位贵人也罢,甚至宫女太监,一概说满语。一整天在满语的海洋中酬酢的福临,登时耳目一新,仿佛在冰天雪地中看到一朵鲜红的春花;又像身处暗室,忽然透进一束明亮的月光,十分令他动心。他向巨大的朱红圆柱边靠了靠,为的是不让说话的人发现他。她是谁?……

"哦,你要是尝过无锡水蜜桃、太湖东山枇杷,别样水果,再不要吃的哟……"

这个圆润有力的声音,福临熟悉,是豫亲王的夫人,满人私下称为"蛮子福晋"的刘三秀,因为她是地地道道的江南女子。豫亲王南下时,她正孀居在家,被抢到军中。她的美貌、机智、练达,终于使她脱颖而出,做了豫王夫人。后来生了儿子,主持了家政,受了封诰,成了皇太后宫中的常客。她一定是奉命来侍候合卺宴的四名福晋之一。那么另一个说话的是谁?听声音要年轻得多……

那声音又响了,柔婉动听:"是时候了,皇上怎么还不进宫?……"

蛮子福晋嘱咐着:"一会儿侍候皇上、皇后,千万别说汉话,当心得罪。"

"是。这里不是只有我们两人吗?"声音中含着笑意。

福临忍不住了,一步跨下檐阶。白玉栏杆边,靠着两位身着华丽朝服的贵妇,豫王福晋在左,福临认识。另一位呢?福临的目光急切地投向她,那位全身都沐浴在夕阳之中的娇小玲珑的年轻福晋。他们的目光接触了。刹那间,福临的心猛然缩成一团,感受着一种尖锐的痛苦,使他不得不屏住呼吸,脸色煞白;跟着一阵慌乱,心又"扑通扑通"乱跳,猛烈地撞击着胸腔,面颊像火烧着一样通红。好半天,他无法使自己平静,心神飘飘摇摇,仿佛飞上了九霄。

她太美了!她的美不仅在于桃花般的容色,珍珠贝似的牙齿,端正秀丽的小鼻子和珊瑚那样红润的嘴唇,也不仅在于那一双令人惊奇的眼睛——如同清澈的冰下游动着两粒纯黑的蝌蚪,晶莹明净、灵动活泼,她的美更在于她那开朗从容的气度和她眼睛里流露出来的聪颖、才华和真挚。满洲贵妇、宫廷妃嫔,何曾有过这样的美人?

豫王福晋很不安,怕皇上听到她们的汉话交谈,连忙拉同伴跪下:"皇上,时辰不早,请进宫吧!"

这声音像来自遥远的地方,福临恍恍惚惚,满眼都是那位不知姓名的福晋的面庞。

福临身不由己,不知怎么就进了洞房。后来的事,在福临脑子里一片模糊混乱。他记得自己坐上龙凤喜床,和皇后各吃了两个子孙饽饽,那是因为他使的筷子是她进奉的;他记得皇后梳妆上头,那是因为她在皇后跟前忙活,为皇后梳上双凤髻、戴上双喜如意、插上扁簪富贵花。他也记得合卺宴的情形:他与皇后在南炕上对面而坐,黄地龙凤双喜膳桌上满摆着菜品,他吃了没有,尝过哪品菜,他都很模糊;但是那些菜品复杂而吉利的名称却记得清清楚楚,因为那是她从门外膳房首领太监手中接来,安置桌上,并轻声细气地报着喜名。两个大赤金盘盛着猪乌叉和羊乌叉,两个赤金碗盛着燕窝双喜字八仙鸭和燕窝双喜字金银鸭。中赤金盘装了四品:燕窝龙字拌熏鸡丝、燕窝凤字金银肘花、燕窝呈字五香鸡、燕窝祥字金银鸭丝——合成了"龙凤呈祥";两个中赤金碗盛着细猪肉丝汤,两个红地金喜字瓷碗盛着燕窝八仙汤。五彩百子瓷碗四个,各盛着老米饭和子孙饽饽,每个瓷碗都带有一个镶有十六块宝石的金碗盖……至于膳桌上原来陈设的膳具:赤金镶玉筷子、金银汤匙、赤金螺蛳碟小菜、赤金碟酱油、红地金喜字三寸接碟、带盖赤金锅和赤金锅垫等等,不管多么金红耀眼,他全都没有看见,连窗外那照规矩不停地唱着"交祝歌"的两对结发侍卫夫妇,声音那么响亮,他也充耳不闻。他的视听,他的意念,全被她——那个有一双令人惊异的眼睛的福晋占据了。

福临有同龄少年人的思维特点,一旦精神被某一事物吸引,就全神贯注,除此以外的一切都会抛到脑后。此刻,他忘了时间,忘了地点,忘了侍候喜宴的另外三位福晋,忘了坐在他对面的皇后——他的新娘,甚至也忘了自个儿,今天举行大婚、身为新郎的皇帝。好在他的丧魂失魄、心不在焉,都被庄严的帝王威仪掩盖着,所有的人,或出于羞怯,或因为敬畏,都没有发现。

合卺宴罢,大婚礼成。大清顺治皇帝又有了一位皇后。

四位福晋跪叩,向皇帝、皇后告退。福临猛地清醒,有点口吃地说:"怎么,你、你们要走?"

这叫什么话!那双晶莹的黑眼睛略露惊异,又闪过一道光亮,唇边泛出一丝掩饰不住的笑意,使福临一下子发窘了。蛮子福晋忍着笑,一本正经地说:"皇上,这是您的大婚洞房啊!"

福临一惊,愣住了。洞房东门直通坤宁宫东过道,四位福晋鱼贯而出,陆续消失在红底金双喜字的木影壁后面。福临略一回味,顿时明白了自己可笑的处境:一个洞房花烛夜的新郎,心思不在自己新娘身上,倒被另一个邂逅的女人吸引,以致神魂颠倒,这是怎么回事啊!他胸中烦闷不堪,心头空落,仿佛实实在在的心被她带走了,只给他留下了一个心的空壳。

他再对羞怯地垂头而坐的新娘看一眼,越发觉得她和她的姑妈一模一样!穿了礼服的腰身竟像一只木桶!"粉面如土"四个字忽然闪上心头,他像吞了个苍蝇,浑身不舒服。他慢慢踱出洞房,站在坤宁宫门口,极力向天空望着。天黑了,星星争先恐后地向他眨眼。哪一颗明亮?哪一颗暗淡?哪一颗闪着蓝光?哪一颗蒙着橙黄?啊,数都数不清……可是,看哪,东天一片银光,十六的圆月大如银轮,皎似冰盘,升起来了,升起来了!灿灿银辉照亮了天空和大地,群星失去了光彩……

她就像这轮明月,吸引着他,使他的心燃烧,使他的灵魂战栗!……可恨月下老人错拴了红线!今晚的新娘为什么就不是她?……

福临长叹一声,依然呆望着月亮。

"万岁爷,早早安歇吧!"吴良辅轻轻跪倒,小声禀告。

"你还在这儿?"此时的福临见到吴良辅不啻见到亲人,连忙扶起他,迫不及待地问:"今天侍宴的四位福晋是谁?"

吴良辅眼珠一转:"万岁爷是问最年轻的那位吧?她是……嗳,万岁爷敢情忘了,去年这会儿选秀女,原本选过她的,让皇后给搅黄啦。"

福临忽然想起来了,像昨天的事情一样清晰。那次候选的有二百多人,每五人一班,立在殿前,由皇帝、皇后共同挑选。应选年龄是十三到十七岁。她在的一班年龄较大——她最小,也已十四了——偏偏都风姿绰约,行动婀娜。皇后一看就不高兴,立刻说这一班年纪太大,不懂规矩,走路腰肢扭动,违背宫里制度,蛮子味太重,绝不可留。这正逆了福临的意思,两人当时就顶撞起来。首领太监见势不好,慌忙把这一班人打发走了,免得加剧帝后的不和……

这么说,她今年该是十五岁,小福临一岁了。怪不得一见面就有似曾相识的感觉。

"那么,"福临犹豫地问道,"她现在?……"

"禀万岁爷,皇太后指婚,配给皇十一弟了。"

"什么?"福临大喝一声,一把攥住吴良辅的胳膊。吴良辅痛得龇牙咧嘴,喘着气小声央告:"万岁爷,您轻点儿、轻点儿,您龙性龙力气,奴才吃不消!……她、她真的是皇十一弟的福晋啊!……"

福临颓然放开手,如同浑身浸进冰水,冷透了心。太宗的十一子博穆博果尔,他的幼弟,懿靖大贵妃所生,今年刚十四岁。他凭什么有这么好的运气?

命运为什么这样捉弄人啊!福临心里苦极了,好像吃了黄连。惟一使他发生热烈情爱的女子,却被别人占有了!唉,福临,纵然你有三千佳丽、六宫粉黛,纵然你贵为天子、富有四海!……

第 二 章

一

　　小小香荷包,璎珞飘飘,月白缎底上的绣图,像真景一样美:碧绿的莲叶从水中托出粉红的并蒂荷花,一对纹彩绚丽的鸳鸯,在花下相依相傍。柳同春忙里偷闲,独自躲进青枫小林中,又一次拿出梦姑给他的荷包凝视着、抚摸着,心潮翻腾,不能自已。

　　他没有爹娘,从小跟着柳师父学艺,长住在永平府马兰村,边练功夫边种地。

　　他和梦姑青梅竹马,早已情投意合,非常要好。梦姑从来不曾用"小戏子"这样的话嘲笑他。前年圈地事发,同春受了伤,梦姑一家母女三人常来照料他这没娘的孩子。后来土地被圈的几家人实在无法生活,柳师父便把他的两个养子兼徒弟同春、同秋提前佃给了庆乐戏班,拿佃身银帮助众人渡过难关。乔梓年拼了性命,终于夺回了马兰村民的地,村民们也义不容辞地帮这孤寡一家耕种出力。去年夏秋两熟丰收,马兰村的日子好过多了;同春也在京师走红,和久负盛名的刘银官、陈玉官并称"梨园三杰",一时身价百倍。久病的养父便要乘时为他张罗亲事,他心里早看定了幼年时的小伙伴。今年清明节,他为此专门请假回乡求亲。原以为当年同舟共济,必定一说就准,不料乔氏口紧,推说梦姑年幼,要过两年再议婚。同春心里又难过又疑惑。是梦姑的小妹妹容姑跑来,对他悄悄地透露了真情。小姑娘天真地说：

"我娘别的都不嫌，就嫌你们爷儿仨都是唱戏的！"

同春很不服气：不偷不抢不卖身，凭本事吃饭，比谁贱？他问容姑："那，你姐的意思呢？"

容姑蹙着小眉头，悲哀地说："我姐眼睛都哭成红桃儿啦！……她让我偷偷地给你这个包袱……"

包袱里，两双青布鞋，一件红肚兜，一个香荷包。当时他落了泪，立刻把他预备的聘礼——一对碧玉镯子交容姑带给他的心上人。他不能耽搁，只得赶回京师。

他常常想念梦姑，不时拿出信物来看。一见到信物，就像见到梦姑，总觉得心口发烫，鼻子发酸，泪水涌满眼眶。眼下，对着这小小香荷包，他又一次暗暗发誓：天荒地老，决不辜负梦姑的情意！

"云官！云官！张老爷叫你！"背后有人在喊同春，他如梦方醒，又跌回到现实中。今天是吕之悦先生四十五岁生辰，借正阳门外浙绍乡祠诗酒宴客。同春、同秋兄弟和京师几个有名的优童都被招来侑酒。吕先生品行道德学问，都令同春佩服，应召并无怨言。可是与宴的那些文人学士，大多是些自命情种的好色之徒，歌场流连、俳优角逐的老手。见到他们，同春就心里起腻，又不敢得罪他们，怕断了自己的衣食，只得在夹缝里觅生活，不冷不热，落落寡合。这反倒提高了他的身价。

张老爷，就是张汉，已在李振邺的帮助下，谋了个国子监监生的资格。他脸庞丰润了，服饰鲜明了，气概也洒脱了，再没有最初那种畏畏缩缩、唯唯诺诺的寒酸气了。他和李振邺、龚鼎孳围一小圆桌随意而坐，桌上摆着八珍攒盒，装了些下酒菜肴，酒壶、酒杯胡乱摆开，正兴致勃勃地议论着京师名伶的优劣。

张汉召来同春，拉他站在身边，像出示什么古玩似的对另两人说："请看此人，近日改演小生，真可惜人也。其实他演旦角，真正秀颖无双,娉娉婷婷,绝无浮艳之态,于儿女传情之处,演来颇为蕴藉,而台下叫好声寂然,岂不可怪!依我说,好花看在半开时,闺情之动人在意不在象。若是于红氍毹上观大体双,岂不味同嚼蜡?"

大体双的典故出自七百年前五代的南汉,国君刘铱荒淫无度,曾令宫女与人裸合,自拥波斯女旁观,名之曰"大体双"。这比喻引得李振邺哈哈大笑,龚鼎孳忍不住也笑了。

李振邺忍笑道:"这话也难说。刚才来送酒的明官,诨名水蜜桃,水团脸盎润如膏,笑容可掬,见了他没有不爱的。扮出戏来,巧笑蛮声,工于妩媚,但颇带村俗气。《背娃子》一出中演乡下妇人,神情毕肖,又娇痴谑浪,真是旦色中专结欢喜缘的冤家!一出帘则叫好声四起,多有豪客捧场,门前颇不冷落。汉兄如何解释?"

张汉笑道:"这叫做野花偏艳目,村酒醉人多。民谚云:三月三,荠菜花儿上灶山。得其时罢了,未必长久。"

龚鼎孳拊掌点头:"正是正是。即使观戏听歌,自有风雅村俗之分。老夫最爱莲官,秾纤合度,秀雅出群,面如芙蕖,腰似弱柳,竟像吴下女郎,绝难料想他是北国男儿。观其丰采,如在粉红糅绿中忽睹牡丹一朵,艳丽夺目,使人爱玩不置……"这位老风流、老名士,津津乐道,有如吟诗作赋,一字一句念得很有滋味。

李振邺不甘落后,笑吟吟地说:"老前辈言之有理。不过水蜜桃自有出奇之处,难道不曾风闻?"

"老夫不知,"龚鼎孳捻着胡须悠然自得地说,"只记得吴下金阊有一名妓,也叫水蜜桃。"

"这倒奇巧,真可谓两般滋味尽酕醄了,哈哈哈哈!"李振邺很为自己的调笑得意,笑嘻嘻地接着说,"京师水蜜桃,两只俏手妙绝人寰,老前辈不知吗?"

龚鼎孳断然道:"绝不如莲官!"

"老前辈敢打包票?"

"有何不敢！你我立时来一个樽前相比。负者罚作东道,改日请客！"

李振邺拍案叫绝:"好！好！这样的风流韵事,足传千古！汉兄,快请仲裁！"

宾客们闹哄哄地围过来,同声叫好。莲官和绰号水蜜桃的明官都被召到桌前,伸出自己的双手。仲裁们一个接一个,上前去又摸又捏又嗅,玩过来弄过去。他们的动作和表情,使站在一旁的同春羞得闭上了眼睛,一个接一个寒战从背上滚过,冷汗淋淋,顺着额头、脖颈一个劲儿地流。他满面通红,无地自容,恨不得钻进地里去。此时他突然明白了,在这里,没人拿他们这些戏子当男人看,没人拿他们当人看。他们是玩物,是这些名士发泄他们卑污感情的玩物！这些名士,不也这样津津有味地玩弄女人的小脚吗？……他但愿此刻眼睛瞎掉,永远不看这可羞的景象;他但愿立刻就死去,永远不蒙受这样的耻辱！

一名仲裁的曼声宣告,硬灌进同春耳中:"明官之手,肌理腻滑,丰若有余;莲官之手,肢节秀削,柔若无骨。明官逊于莲官！"

又一阵哄然叫好。喧闹中有人问龚鼎孳:"老前辈何以如此知根知底？"

龚鼎孳信口吟道:"酒入情肠不自持,玉纤偷握笑侬痴。藕梢洁白羊脂腻,甲乙樽前各自知……"

人们鼓掌呼叫,高声称赞,乱哄哄的一片。其中却冒出一个清脆而柔媚的嗓音,娇滴滴地说:"龚老前辈,我要你这诗,肯不肯给呢？……"

莲官——同秋的声音！同春吃了一惊,睁眼细看,才发现今天同秋打扮得格外妖娆,脸上粉白黛绿,颊染胭脂,唇点朱红。往日的羞涩此刻像被风吹去了一般,满脸妍笑,一身媚态,那双羊羔般令人爱怜的大眼睛半睁半闭,在睫毛掩盖下闪闪发光,充满了诱惑和挑逗……这是同秋吗？什么时候变成了这样？……同春吓呆了，心头一阵狂跳。

这时，出去迎客的主人吕之悦陪同客人进来了，宾客们才恢复常态，全都起身拱手相迎。自从吕之悦由他的东翁鄂硕将军正式推荐给安郡王以后，他的声望更高了。

吕之悦性情坦荡平易，从不与人相忤。遇到能写文章的人，就一起谈文章；遇到通晓音律的人就一起谈音律；遇到善于琴棋丹青的人，就一起谈琴棋丹青。他常爱独行村落，遍游山巅水涯，碰到村翁溪叟、樵夫牧童，他也乐与谈说，周旋终日毫无倦色。

他是钱塘人，北游数年，老妻屡次寄书劝归，都被东家一再挽留下来。当了安王的宾客后不久，妻子又来信催他，他便写诗呈安郡王：

老妻书至劝归家，为数乡园乐事赊：
西湖鲤鱼无锡酒，宣州栗子龙井茶，
牵萝已补床头漏，扁豆犹开屋角花。
旧布衣裳新米粥，为谁滞留在天涯？

安王看了诗非常赞赏，说吕之悦性情之恬适无人可比，天下难得，是真名士、真才子，要朝夕请教，更不肯放还了。

适逢吕之悦四十五岁生辰，他的妻子又托人寄来一幅亲手绘制的故乡山水图，问他何日还乡，在文人间一时传为佳话。这一次安王肯不肯放他南归呢？

吕之悦迎进的客人，虽然也和主人一样，青衣便袍、头戴风帽，但身材高大，两肩宽阔，四十以下年纪，一双眼睛亮闪闪的，气度很是轩昂。吕之悦站在他身边，就更显得文质彬彬、书生弱质了。

宾客们都不认识这位宽肩膀的来人，从吕之悦一向具有的不卑不亢的态度上，也猜不出此人的身份。但见此人爽快地举手一拱，声音洪亮地说：

"来迟一步,搅了诸位的清兴,抱歉,抱歉!"

宾客们参差不齐地寒暄一番,来客便转向主人说:"笑翁,尊夫人的手笔,总要赐观的吧?"

吕之悦笑道:"在隔壁小间挂着,刚刚裱糊起来。"

两人相视一笑,举步走向大厅一侧。后面几个黑衣黑袍的仆人也想跟过去,来客回头制止道:"门口侍候。"

吕之悦对大厅扫视一周,说:"云官,你来。"

霎时间,同春像是脱去一件既肮脏又沉重的衣袍,离开那群风流名士,他觉得浑身轻松。

这是一间精致的小花厅,完全是江南风格。长条案上摆了两盆春兰;方屏风上水墨迷离,展示着富春江秀水,子陵滩烟雨;花梨木的窗扇和挂落,镂空细雕出喜鹊闹梅的图案;紫檀木的太师椅嵌着云壑飞泉的大理石靠背;茶几古色古香,光可鉴人。一幅长卷横挂在东墙上,题为《故乡山水图》,画的是杭州西湖全景。宽肩膀的来客在图前站定,背着手仔细看了许久,赞不绝口,并笑吟道:"应怜夫婿无归信,翻画家山远寄来。可谓千古逸事啊!"

"你这风流偶俍的诗句,正可为之传神!"吕之悦和悦地赞道。

"这图运笔灵妙,潇洒幽闲,直追唐六如。贤伉俪才具,真不让明诚、易安。"

"见笑见笑。"吕之悦一摇手,"无师无法,有渎清视了。"

同春送上茶点。两人坐下,很随便地闲扯着。

"笑翁,唐六如这六如二字,做何讲解?"

"据记载,是取佛家之说。我不信佛,也不懂佛经,说它不清。但是鄙人倒愿君六如。"

"哦?"

"一如深溪虎,一如大海龙,一如高柳蝉,一如巫峡猿,一如华亭鹤,一如潇湘雁。"

"再说一遍!"

吕之悦微笑着,一字一句地重复。来客目光闪闪,精神振奋,蓦然站起,大步如风地走到窗前立定,仰望长天,宽厚的胸膛一次深深的起伏。他吐出一口长气,猛回身,向长条案一挥手,高声说:"笑翁,请留此六如宝墨!"

同春早听得呆了。这是另一个境界,使他如登高山,如临旷原。吕之悦喊他一声,他才赶紧跑过去侍候文房四宝。

吕之悦写得一笔刚柔并具、古朴大方的魏碑体。这十八个字,用浓黑的徽墨写在洁白如雪的宣纸上,苍劲有力,浑如铁铸,很有气势。宽肩膀的客人站着旁观,不住点头。写罢,吕之悦正要搁笔,来客说:"慢!笑翁的行草二书也闻名于时,何不一并赐教?"

吕之悦笑笑,另拿出一张宣纸,换了一支鸡狼毫,揿足浓墨,提笔在手,问:"写什么好,唐诗?"

"不!我来念,你来写。题目:咏雪。听仔细了:漫天坠,扑地飞,白占许多田地,冻杀万民都是你,难道是国家祥瑞!……"

才写了两句,吕之悦的眉毛就不住耸动,写罢,掷笔大笑。来客也笑,比笑翁之笑更爽快、更开朗,声音也更洪亮。

吕之悦道:"想不到事隔一年有余,你还记得这么清楚!"

来客笑道:"怎么能忘呢?历来都说跪谏、哭谏,惟有你来了这么个诗谏。偏偏只有你这一诗谏,令我大惭。"

吕之悦说着玩笑话:"当时正逢君怒,深恐伏尸百万,流血千里。我是既怕死,又不得不谏,无奈,才出此两全之策啊……"

"笑翁再这样说下去,我可要无地自容了!"来客一挥手,接着说,"事后回味愧不可当。皇上明见万里,实在是我自己糊涂,罚当其罪!圈地一事的处置,皇上确是为江山社稷着想,为大清的万世基业着想,我没有什么好抱怨的……笑翁,我总还当得起深明大义四个字吧?"

"当得,当得!"两人相视而笑,很是坦诚。

同春目不转睛地望着来客,心里惊疑不定:他的英武轩昂,就是在汉人中也是不多见的;他的风流儒雅在满人中更是绝无仅有。既不似贵胄宗亲那么狂妄傲慢,又不似一般臣僚那样虚礼谦卑,他是谁?……

同春摆下棋盘棋盂,二人入座对弈。同春又偷偷地仔细察看来客的一双手:大而丰厚,手背青筋暴露,但肤色柔润,指甲修得很整齐,右手拇指还套了一个翡翠扳指。连他的手也这么令人难以捉摸。

棋子落棋盘,清脆的声音很好听。来客一面下子一面说:"笑翁执意回乡,强留不恭,只有一事请先生务必应承。国家初创,百废待兴,朝廷求贤若渴。先生巨眼识人,荐贤之任,请不要再推托了。京师朝中虽有大臣荐举,但贤才多流落山野间。笑翁性爱山水,一举两得,岂不甚好?"

"那么,复命之后?"

"礼送先生南归钱塘。"

"一言为定?"

"一言为定!"

同春一把扯住伸手下子的吕之悦的衫袖,对棋盘东南角匆匆一指。这一子若落在别处,那一角就没救了。吕之悦忙回手连出子突围,终于化险为夷。来客惊异地注视着同春,那闪闪发亮的眼睛看得同春局促不安。

"这个小幺儿忠心为主,倒有几分眼光。"

吕之悦淡淡一笑:"在他们那行,难得有他这么干净的。木秀于林,风必摧之。他日后的路正难走呢!"

"那么,此人当是梨园三杰中的云官了?果然名不虚传。"来客目不转睛地看着同春,微微点头。

吕之悦将来客送出浙绍乡祠时,云官又被宾客们拉住了,他们要为优伶赠联。伶童们一个个兴高采烈,娇媚百出,如能得到一位名士的赠联高挂楹间,他们的身价将大大提高。

云官被第一个推出。

那位满面皱纹的老名士摇头晃脑,眯着眼觑定同春,抑扬顿挫地念道:"秋水为神玉为骨,芙蓉如面柳如眉。"

李振邺连连摆手,大声道:"不妥!不妥!"

张汉接着说:"云官无媚容无俗态,有翩翩佳公子之风,在梨园如匡庐独秀,岂能用这等脂粉文字!"

那名士不服:"你来一联无脂粉气的如何?"

张汉不慌不忙地高吟:"有铁石梅花意思,得美人香草风流。"

众人拍案叫好。同春心头一热,不免看了张汉几眼。张汉微微一笑,对他点点头。同春竟生出一种知己之感。

莲官站在席间,袅袅娜娜,粉面含春,不时向龚鼎孳飞媚眼。龚鼎孳如饮醇酒,闭目品味,慢慢吟出一联赞语:"子夜清歌,宝儿憨态;汉宫杨柳,秋水芙蓉。"

莲官弯腰左敛,像戏台上扮小旦时那样轻俏地向这位老前辈致谢。冷不防李振邺哈哈大笑,别有意味地对莲官使个眼色,调侃地说:"莲官,我赠你一个别号:十全。"

"谢李大人!"莲官喜不自胜。十全,不就是十全十美吗?

李振邺醉迷迷地挨近莲官,把手搭在他的肩头,乜斜着眼,笑道:"以十全之名,我赠你一副绝妙好联:十分如我意,全不怕人听!"

猥亵的含意太露骨了,宾客们哄堂大笑。有人笑得喘不过气,便连声咳嗽。同春的脸"刷"地红了。心头火烧火燎,像被人抽了一鞭子。他愤怒地望着同秋——莲官,却见他只露出一点儿尴尬和羞怯,很快便自如地同着众人一道笑了,笑得娇滴滴的,还作态地扭了扭身子。

又有伶童走入席间接受赠联,同春无心再听,大步走到同秋身边,压住火气低声说:"跟我来。"

同秋这回真红了脸,咬住嘴唇,低头跟着同春乖乖地来到门外廊下。两人面对面站着,同春眼里冒火,同秋却望定地面,紧紧抿住搽得通红的嘴唇。

他俩同是柳师父的养子和徒弟,同春大不到一岁,两人一同学艺,一同佃进班子,感情一直不错。同春拿出师兄的身份,劈头就问:"爹给咱们定的规矩,你忘了?"

同秋不作声。

"老实讲清楚,不然,别怪我无情!"同春瞪起了眼睛。

恐惧、羞怯,夹杂着耻辱,同秋嘤嘤哭泣,慢慢跪下,低声说:"昨天,到李府唱曲,他把我留下。后来,他就把我……"他的声音消失在呜咽中。同春直跳起来,挥手重重捆了同秋一耳光,骂道:"你这个没家教的下流东西!"他恨李振邺荒淫无耻,败坏了他柳门的规矩;他更恨同秋没出息,叫人作弄了,还对他媚笑!

这一巴掌把同秋打急了,也把他的羞怯和耻辱打掉了。他捂着脸挺身站起,抗声分辩:"怪我吗?怪我吗?咱们不就吃的这碗饭吗?人家设堂子、赚大钱,住的神仙洞府,吃的山珍海味,穿的绫罗绸缎,车来轿去,逍遥自在,不就靠的这一手?人人都这样,咱们硬撑着讲干净,谁信你?"

"咱们凭本事吃饭,自重自爱,就得出污泥而不染!"同春跺着脚,几乎喊起来。

同秋含泪的眼睛里透出一道冷光。今天这场谈话他早已想过了,也想透了。他要走另一条路。他抹去泪水,平静地说:"不染,不染,说来容易。去年一年,你在梨园红得发紫,可算是凭本事吃饭。一年下来,不就只挣了一副碧玉镯子吗?……人往高处走,我不愿意像你那样窝囊一辈子。要想干净就别当戏子。命里注定干这一行,就说不得干净!谁让咱们不投生到公侯府宅、书香门第呢!……"

同春愣住了。要想清白也这么难!梦姑的娘不肯应承这婚事,有什么可怪?单是戏子这名称就足够玷污梦姑的了!……同春用双手蒙住脸,身上不由得起了一阵寒战。等他重新抬起头,同秋不知何时已悄悄走开了。他跳起来,发疯似的冲向大门,去寻找送客的吕之悦。他猛地跪倒在老先生跟前,呜咽着说:"吕先生,你救救我吧!"

吕之悦吃了一惊:"你这是怎么啦?"

"这日子我实在过不下去,我要脱籍,哪怕回乡种田!"

吕之悦点头叹道:"我早对诸人讲过,你外相虽美,但眉目间英气太重,终非此道中人。不过你是名优,脱籍身价怕不下千金。你可有此财力?老朽客居京华,筹措千金也不是易事。再有,脱籍之后,你果真能下田耕作吗?多半还得给人当书童家仆,仍然为奴,何苦多此一举?"

"吕先生,我决意回乡耕读一世,决不再入梨园!"同春回答得斩钉截铁。

"也好……难得你能如此自爱自重,理当相助。"吕之悦沉吟着,下意识地回头朝大门看了一眼,"要是他肯说句话就好了。"

"谁?"

"方才跟我对弈的那位客人。"吕之悦微微一笑。

"那位先生好大气概!他是谁?"

吕之悦从容不迫地答道:"安郡王。"

"啊?"同春大吃一惊,不觉打了个冷战。

二

两位行客一进到山脚下,就感到阴凉沁人,非常快意。吕之悦对张汉说:"我们等一等云官。"他俩各占一块大青石坐下歇脚。这里绿树合围,溪水潺潺,十分幽静。在骄阳下走了一个时辰,吕之悦不免有些气喘,张汉也满头是汗,文雅地用衫袖在脸上轻轻揾着。

同春提着一只竹篮跑到跟前,打开篮盖,把热粽子分给吕之悦和张汉,笑道:"端午节的时令货色,比平日的好。寺观里出家人做的,很干净。"

三个人都饿了,剥了粽叶大嚼,吃得格外香甜。同春一面吃一面指手画脚地介绍:"那是挂月峰,那是紫盖峰,上边,瞧见吗?松树林子中间,古塔那儿叫万松寺,西边就是舞剑峰,老人说是李靖舞剑的地方……"

吕之悦纵目观览,点头赞赏:"峥嵘突兀,峰峦竞秀,苍松擎天,飞泉奔泻,果然名不虚传,京东第一山!"

同春兴头更大了:"对,对!人们都说,这盘山是五峰八石七十二寺观,上盘奇松,中盘怪石,下盘飞泉,可以跟天下胜景比高低哩!"

张汉叹道:"九华奇秀,不入江上名山志;巢湖亦江淮巨浸,不入禹贡水经。盘山何足道,居然名扬四海。山川有知,宁不感愤!"他是在说山水还是说人?吕之悦和同春都看着他,他轻轻一笑,仿佛回过神来:"老前辈尚记家乡风物否?人道江南景似江南人,文弱秀雅有余,壮阔雄豪不足,其实不然!钱塘大潮就不必说了,只大月渡太湖,大雪渡扬子江,都是非常奇景!当年道出江左,阅月间我遍历诸地,纪之以诗,至今犹难忘怀。"

张汉请求再三,才得随同吕之悦出京访贤。吕之悦对他人品虽不无疑惑,但还是爱他才学,也就收了这个弟子。现在张汉把话说到这个地步,明明想显示诗才。吕之悦向来不爱忤人,接口便道:"想必是得意之作了,倒要领教。"

张汉清清嗓子,吟诵他的《大月渡太湖》:"广寒八万四千户,太湖三万六千顷。姮娥子与洞庭君,良夜迢迢斗冷清。弯弯月子照当头,蓊蓊春风不住流。如此烟波如此夜,居然容我一扁舟。"

吕之悦轻轻拍了拍巴掌,笑道:"好!看来你当年颇有气概,想必是雄心勃勃的了?"

张汉扬眉挺胸道:"丈夫既有此六尺身,何以不流芳千古!应举不作状元,仕宦不至将相,虚此一生!"

同春着迷似的望着张汉,心里充满敬仰。这样年轻、这样有才华,对同春又如此看重的人,他没有遇到第二个。

由于吕之悦的斡旋,安王府戏班把同春由庆乐班买去。庆乐班不敢讹拿,只按当初佃进的三百两身价加三成三,算了四百两银子。随后安王爷一句话,放同春脱籍为民。同春感激涕零,听说吕之悦要往京东一行,便自告奋勇地为他带路,然后便回马兰村。一路上,同春轻松愉快,活泼得像天上自由飞翔的小鸟。他拿吕之悦当长辈尊敬和服侍,也记得张汉在自己心头引起的知己感。张汉的才华和雄心,使他联想到许多戏台上的英华人物:周公瑾、李存孝、陆逊,还有潘岳、唐伯虎等等。瞧,张汉不也很有光彩,很令人倾慕吗?……他太年轻,不明白张汉对他的看重和赞赏是为了接近吕之悦,也看不清吕之悦对张汉的保留态度。

张汉一见吕之悦含意不清的微笑,连忙自我解嘲地掩饰道:"这都是早年的痴想。如今,壮志消磨已尽,此生当终老江湖了。"

同春心头又闪过泛舟五湖的范蠡、富春江上的严子陵。

吕之悦平静地笑道:"真能为天下万民忧,登第拜相亦是好事。"

张汉怔了一怔,低头拱手恭敬地说:"老前辈金玉良言,晚生谨受教。"

同春蹲到溪边舀水,笑着介绍:"这股泉水从翠屏峰出来,一路都在石头上流,叫涓涓泉,又清又甜,四季不干,什么时候喝它都不会闹肚。……咦!这是什么?"

清澈见底的泉流中,一片字纸漂浮而下。同春连忙捞上来,吕之悦和张汉一看,却是一页刻写精美的《离骚》,不过无头无尾。纸形很方正,并无损伤。

张汉道:"莫非盘山里藏有大贤?"

吕之悦看着这页湿淋淋的《离骚》出神。同春喊道:"又下来一张!"他赶去捞过来。仍然是《离骚》,内容正好与前一页相接。

吕之悦说:"端午佳节,或许有人在祭奠屈原。"

张汉说:"果真如此,这人绝非寻常之辈。"

同春提议:"我们循着溪水逆流向上,总能见到他的。"

吕之悦夸赞这是好主意,三人便沿着泉流上山。林木葱茏,峰回路转,路旁怪石十分别致:巨大的元宝石比马车还大;酷似菱角的紫石方圆数丈;古松伸臂,仿佛迎宾,可是松下横卧的一条二丈多长的石蟒,又会把来客吓一大跳。空谷下泉声低回,半山腰隐隐有咏哦之声。清溪绕半山亭流下,声音想必是从亭中传出。三个人借着茂密的林木遮掩,悄悄走近草亭,观看动静。

亭中也有三个人。一人穿着蓝袍,背身而立,一动不动,不知是在倾听,还是在观赏山景;临溪两人,一人着白色道袍、白色道冠,手中捧一册书,高声诵读,读的正是《离骚》。他每读完一页,就扯下来扔进溪水,任其漂浮而去。他身后,一个褐袍道童呆呆站着,无动于衷。

不多时,一本《离骚》诵完撕光,顺水流尽。白衣道人发狂似的大叫大喊,仰天恸哭,声泪俱下地吟出一首诗:"年过四十去游方,终日修行学道忙。说我平生辛苦事,石人应下泪千行!"

蓝袍人并不回身,只朗朗地说:"道兄,出家人清净无为,何苦如此作践自己。"

吕之悦一愣:这不是陆健的声音吗?他记起陆健的狱事,不觉回头看了张汉一眼,想把他支开。

同春又惊又喜地悄声说:"这就是今年开春来我们村里的那个白衣道人,通医术、会看风水,可真有道行!……"

张汉面色蓦地阴沉下来,说:"世上最数这些出家人奸诈,多是骗子!我向来不信,也从不与结交。老前辈,我往别处走走,明日蓟州城会齐,请你去看鼓楼上那块'古渔阳'匾额,听说是严分宜①的手笔哩!"他恭敬地对吕之悦一揖,掉头转向另一条路,上山去了。

亭里的人也听到他们的声音,一时静了下来。吕之悦走进草亭,和颜悦色地拱手笑道:"陌路相逢,俱是他乡之客。这位道兄,这位仁兄,都有端午登临的雅兴啊!"

道人极快地对吕之悦上下一打量,笑道:"既相逢便是缘分,请坐。"

陆健听到吕之悦的声音,心里"扑通"一跳,回身看到是他,神色都变了。同春看见陆健,惊喜异常,张口要叫,陆健袍袖一挥,对同春使个眼色,微微一摇头。久在舞台的同春还有什么不明白,立时闭嘴。陆健见吕之悦也装出不相识的样子,才慢慢平静下来,恢复了悠闲自在的表情。听到道人殷勤的表示,他也抬抬手,吐了两个字:"请,请。"亭中石桌边有四个石墩,三人便坐下叙谈。

吕之悦说:"听道兄读骚吟诗,忧愤何深?"

---

① 严分宜:即严嵩,明代权臣。

白衣道人洒脱地一笑:"文人积习,至死难改。"

"那么,道兄曾是文士了?怀才不遇,真人生一大慨叹啊!"吕之悦进一步试探。

白衣道人避开话题,笑道:"往事不可追,谈它何益。总归是命里注定。"

吕之悦笑道:"说起命里注定,还真不由你不信。我认识一位老先生,钱塘张曼,已年登古稀,医卜、堪舆、风鉴之术无不通晓。前朝万历年间曾游辽东,归来后对人讲:'据风鉴而观,王气聚于辽左;看那些人家的葬地,三十年后皆当大富贵;而闾巷间儿童走卒,往往多王侯将相,莫非天下将从此多事?'当时人们都以为他狂妄。谁知三十年后,果然一一应验。或许万事真有前定?"他说着,平日看上去有几分蒙眬的笑眼,突然闪出精明锐利的光泽,盯住了白衣道人。他相信,对方一定会做出反应。

白衣道人含笑道:"这类事,检之史书,比比皆是。唐李固的《幽闲鼓吹》中,曾记苗晋卿一事。苗公落第归乡,途中遇一老人,自称知未来事。苗公于是问道:'我应举已久,有一第之分吗?'老人答道:'何止此,大有来头,只管再问。'苗公道:'我久困于贫变,但求一郡守,能够得到吗?'老人道:'更向上。'苗公问:'那么按察使呢?'老人道:'更向上。'苗公惊异,再问:'为将为相吗?'老人答道:'更向上。'苗公发怒,说:'将相更向上,难道能作天子?'老人笑道:'真者不能得,假者即可得。'苗公以为事属怪诞,惊出一头汗。后来苗公果然出将入相,唐德宗驾崩,苗公以首辅居摄政三日,应了老人'真者不能得,假者即可得'的预言。可见命皆前定,安知人间没有第二个苗公?"

白衣道人修髯飘飘,风致潇洒,仿佛出世神仙。但他复述的这段轶事,以及他眼睛里偶尔闪出的寒光,令人想到山林深处目光鸷锐的鹰鹫,绝非肯低伏人下、轻易认输之流。吕之悦暗暗点头。

陆健接下去说道："讲起定数,我也想起一个故事。前朝崇祯末年,流寇势焰大张,烈皇日夜忧劳,曾令一心腹太监便装出宫,探听民间消息。路遇测字先生,太监出一'友'字请占卜吉凶,测字先生问占卜何事,答曰'国事',先生道:'不佳,反贼早出头了。'太监急忙改口说:'不是朋友之友,是有无之有。'测字者皱眉道:'更不佳,大明已去了一半了。'太监再次改口:'不是的,是申酉的酉。'测字者长叹道:'越发不佳。天子是至尊,至尊斩头截脚,还成什么体统?'……"

三人一起沉默下来,只听得松涛阵阵,涓涓泉在亭畔低吟,是不是明朝覆亡的往事使他们心有余痛,黯然神伤?

吕之悦打破沉默:"一亡一兴,虽说有天命,却也在人力。兴亡之间,名将如云,才人辈出啊!"

陆健和道士都不搭腔。后来陆健站起身,对另两人拱手一揖:"花谢花开,时去时来,福方慰眼,祸已成胎。得未足慕,失未足哀,得失在天,敬听天裁。"

白衣道人也站起来,对陆健拱手笑道:"便是公孙子都听君此番话,躁进之心也当涣然冰释!"他顺着陆健的话题,高声吟唱着走出草亭:"上天生我,上天死我,一听于天,有何不可!"他反复吟着这四句,头也不回地自顾自去了。小道童紧跟在后,很快,师徒二人就消失在浓密的树阴山草之中,吟唱声越来越远,终于听不见了。

"文康!"

"笑翁!"

陆健和吕之悦互相紧握双手,互相重新打量,像所有久别重逢的老友一样,既高兴又感慨。同春也连忙向陆先生拜谢当年相助之恩。吕之悦这才详细地知道了永平府圈地案的全部内情,嗟叹不已。他转而问道:

"文康,这两年你怎么样了?江南狱事……"

陆健苦笑:"我?仍然逃亡在外,藏匿山泽田野间!……"

"你?……唉!赦书未得,我愧对老友啊!……"

"此事非你力所能及啊!……江南十旧家之案已成大冤狱,陷入图圄者何止百人,受牵连者也在千人以上。说十姓谋反,确属冤枉,只是……唉,也是十旧姓在前朝百年荣华显赫,为富不仁,平民百姓恨之入骨,一旦改朝换代,诬告在所难免!……"

陆健告诉吕之悦,因为他平日以信陵君自命,周济贫困,所以狱急之后,受惠之家多方保护他,使他逃过多次追捕。好在通缉他的布告只在江浙两省张贴,他躲来北方,反而比较安全。

"你就永远匿隐山泽,做亡命之徒?可惜了你的才学啊!"吕之悦问话中感叹很深。

"还谈什么才学!"陆健一声冷笑,"终日有如被猎犬追捕的疲兔!只望老天开眼,昭雪冤狱吧!"

"这要等到何年何月!"吕之悦紧皱眉头,"朝中就没有相知肯帮一把?当年你救助过那么多人!"

陆健眉梢一动,沉吟片刻,又摇摇头:"年深日久,未必还记得我。"

"是哪一位?"

陆健凝视着吕之悦,确信这位一向慈和厚道的朋友不会有害人之心,便缓缓答道:"傅以渐。"

"傅以渐?这可是个帮得上忙的人啊!去年八月,他已经拜内秘书院大学士了。你跟他交情深浅?"

"这……很难说。只看他是否念及旧情了。"

吕之悦见陆健不肯深谈,也就不再追问,想了想,说:"这样吧,尽老夫所能,助你一臂之力,务必使此冤情上达天听。不过我位居幕宾,终归成效有限。你再给傅以渐写封信,让这个小幺儿立即送往京师,多方使力,或许平反有望。"

"好!"陆健虽在难中,仍不失他的豪爽气度,立刻向同春索取纸笔,就石桌写成一信。但交信给同春时他有些迟疑,仿佛不好出口。最终他还是嘱咐了一句:"此信必须交给傅大学士的王氏夫人,就说是夫人娘家的报安书。"

吕之悦很高兴:"原来你与大学士夫人娘家有交情,这就更好了。听说傅大学士伉俪情笃,至今不曾置妾。……同春,你今天就回京师送信,送罢信再回乡。"

"好的!"同春知道了底细,回答很痛快。

吕之悦又问:"刚才那道人你早就认识?"

"不,今天上山才遇到。仿佛有些才学,很是狂傲。攀谈之间,觉得他对我别有所图。"

"你是指……图财?"

"不。像是图无贝之才。他吟诗诵骚,几次试探我,很有网罗我的意思。你呢?也不单是来游山玩水吧?我看你倒想把道人连同我一起网罗了去,对不对?"

吕之悦大笑道:"你这个鬼精灵,真正不减当年!……不过,你听我这老友几句忠告:大清社稷得之于流贼李自成,吊民伐罪,为大明雪了亡国之耻。历数前朝,得天下之正,可与汉高祖、明太祖媲美。所以明之旧臣仕清,也算不得叛逆。皇上亲政以来,施仁政行王道,改征剿为招抚,各处逆命抗拒者渐次平定,足见海内人心厌乱求治。虽然云贵南明和东南郑成功时有动静,但强弩之末,终难有所成就。至于山野间盗贼横行,久乱之后在所难免。你亡命其间,可要看清情势、拿定心性,若真被逆人网罗了去,再要拔出来就不容易了!"

陆健笑道:"放心。我一向并不热衷,仕宦之情淡然如水,哪里有作乱的兴致。十多年,实在是乱够了!"

"还有,你要尽早离开此处。我看那道人很怪……"吕之悦心里还挂着个张汉,生怕他得知陆健被追缉,告发上去,又要连累许多人。这话他不好出口。

最后,吕之悦把自己的盘缠分给陆健五十两银子,两人一揖而别。吕之悦上山,陆健下山,同春跟他一道走了。

张汉气喘吁吁地登上盘山,松林的浓密绿阴把烈日遮得一丝不透,空气中弥漫着松脂松花特有的清香。但这一切都不能使他摆脱忧郁,初上山时的愉快被无意撞上白衣道人的事完全破坏了。他见不得和尚、道士这些方外人。他记忆中最耻辱、最惨痛的一件事,就是因为相信一个道士的算命才造成的。

张汉本是浙江嘉兴府生员,原名吴自荣,在家乡颇有才子之名,可惜家贫如洗,总不能出头。顺治二年,他十七岁,决意趁鼎革之际上进,卖掉仅有的几亩薄田,奔赴京师。他认定京师是人文聚会之所,定有际遇。谁知蹉跎半年,想谋一学馆舌耕为生也不可得。他生计日益艰难,便起意走捷径以登仕途。他汇集了明代锦衣卫有关制度,趁着朝廷广开言路,具疏上奏,敬请朝廷仿明制设锦衣卫掌狱刑,使校尉缇骑缉访民间,以防谋叛害国。他本以为此疏一上,必能立受奖许,得到识拔,不料御批下来,斥责他"率尔妄陈,谬希进取,独不思圣主当阳,朝政肃然"!"至设立锦衣卫缉访一款,乃明朝积弊,尤属狂悖"!"应依上书诈不以实律,杖一百,徒三年"。幸而逢到恩诏,才免杖免徒,但被革去生员衣顶为民。

他窝囊极了。仕途未登,反而丢了顶子,断送了前程。当年在家乡被人誉为神童的才子,眼看就要沦为乞丐了。

谁想福星高照,一个老旗人看中他的才貌,要招他为婿,并说只要他肯就婚,便帮他恢复顶戴。他受宠若惊,又喜又怕,忙不迭地应承了亲事,暗中又多次求神打卦,因为这家贵人竟看中自己这么个落魄文人,总使他奇怪、不放心。神签和卦文都大吉大利。一位颇有名气的老道还煞有介事地对他说:"此婚女貌郎才,必生贵子。"

婚事办得冷清,既没有吹打,又没有请客,一顶素轿把他从南城一个破烂小旅舍里抬进内城,两扇黑色大门前,两个女奴引他到上房,拜了岳父岳母,就被送进侧院的洞房了。他心里不满:人家娶妾也比这气派!可是不敢有一点流露,反而自我安慰:或许满洲人招赘,就有从简的规矩吧?……

洞房里倒是光彩焕然,喜气洋洋。炕桌上一对红烛明明亮亮,照着炕头盘腿而坐、红袄红裤红顶头的新娘。天!这么宽的肩膀,这么厚的胸脯,好大的块头!当他怀着一丝不安揭开头盖时,吓得他往后一缩,掀翻了炕桌,跌碎了碗,子孙饽饽撒了一地。他手脚冰凉,浑身寒战,这个新娘怎么这样可怕?左脸白右脸黄,一半头发黑,一半头发白,连两只眼珠的颜色都不一样:黑发黄脸这边是人眼,白发白脸那边眼睛黄蜡蜡的,像死羊眼一样。他几乎晕过去,这才明白自己上了当!

生米已煮成熟饭。他是个即将沦为乞丐的人,能抗拒这样的骗局、这样的命运吗?新娘子人虽丑陋,性情倒不泼悍。她好心地扶他起来,劝他吃菜喝酒。到了这步田地,他也就委委屈屈地上了炕。

老旗人说话算数,婚后立即着手给他活动恢复顶子。他看出老旗人心里有鬼,对人只说他是收来的义子,为他买顶戴也藏藏掖掖地怕人知道。他很机灵,坚持恢复顶子的事要自己去办理。老旗人毕竟憨厚,对他并不疑心。于是他乘机改名叫张汉,籍贯仍写嘉兴,不肯换成汉军旗。

他果然变成了嘉兴府秀才张汉,并从此抛弃了他那丑怪的妻子。嘉兴府生员吴自荣从人间消失了。他毫无内疚,一身轻松。

在钻营附势的紧张活动中,有时他会想起那段生活,想起怀孕的丑妻。一年后,出于好奇,他曾改装到那条胡同去打听,可是他的岳家也消失了。邻居一个小女奴悄悄告诉他:老旗人犯了罪,全家流徙尚阳堡;他的丑女养了个儿子,也一同带走了。

在京师紧张的应酬、奋斗中,他难得有时间沉思默想。今天,在寂静的山林中,啁啾鸟语,潺潺泉流,仿佛推着他去回忆,他信步在松间游荡,任凭往事一幕一幕在心中翻腾……

两只小鸟突然叽叽喳喳地从他面前惊慌地飞起,他脚下一滑,身子向前冲倒,跟着,一个尖锐的声音朝他嚷嚷:"你干什么!把我的网冲坏了!"

张汉定睛一看,自己果然撞上了一张捕鸟网,惊得架杆上两只"呼伯拉"①扑棱着翅膀乱叫。一个十岁左右的小男孩愤怒地跳出树丛,冲他气呼呼地喊:"鹰都叫你吓跑了!你赔!你赔!"

绣花小袍子已经很旧,小黑马靴也沾满了泥土,辫子缠在头顶,汉话又说得这么好,看样子这小孩并非贵家子弟,用不着赔小心。张汉不耐烦地说:"我又不是故意的!"他转身要走,小男孩一把揪住他的衣袖,大声喊:"玛法!玛法!"

一个老满人从松林中冲出来,粗壮有力的大手往张汉肩膀上一拍,张汉只觉得身上像压了一块磨盘。只听那老头儿用满语吼道:"你敢欺负小孩子!"

张汉一回头,两人顿时惊住。张汉向后一缩,老满人朝前一冲,双手把住张汉的肩膀摇撼着,又惊又喜地嚷着:"天爷!天爷!……我到底还能见你一面!……"他满面堆笑,掉头招呼那小男孩:"费耀色!快来给你阿玛②叩头!来呀!"

费耀色迟疑着。这个不讲理的男人,竟会是自己的阿玛?看

---

① 呼伯拉:用来做捕鹰诱饵的小鸟。
② 阿玛:满语,父亲。

看玛法几乎要发怒了,他只好跪到张汉面前,叩了三个头。张汉愣在那里,一句话也说不出来了。

苏尔登非常激动,断断续续地说:"我当初骗你,是我不好。你跑了,我不怪你。你为我留下这个小孙子,我要谢谢你。你这些年过得顺当吧?"

张汉犹犹豫豫地用满语支吾着:"我……"

"当初不知哪个多嘴的告我的状,旗主发怒,因为私嫁女儿打了我一百鞭;因为招赘汉人,把我们全家发配到尚阳堡。我那女儿,你的妻,到尚阳堡不久就病死了。小费耀色三岁的时候,我的老伴儿又去世了。现在,只剩我们祖孙俩相依为命……"

张汉慢慢集拢模糊的目光,仔细看看苏尔登,好落魄的样子:衣袍敝旧,须发苍苍,皮靴已看不出本来的颜色,一双大手又黑又脏。张汉一转眼,发现费耀色一双黑眼睛正聚精会神地审视着自己,虽然眉清目秀,可也不难寻出他母亲的面影,也许不久后他也会变成半白半黑的怪人……他镇定了,后退一步,躲开苏尔登的双手,勉强问道:"你们,是皇庄的鹰户吧?"

苏尔登直发愣:"是啊……三年前,我们从尚阳堡回来,小费耀色喜欢捕鹰……"

张汉冷冷一笑:"你认错人了。"

苏尔登惊住了:"你,你,说谎!"

费耀色不眨眼地盯着张汉的眼睛,认真地说:"说谎话的人是胆小鬼!"

张汉又羞又怒,一甩袖抽身便走,连声说:"岂有此理!岂有此理!……"在松林边,他正遇上飘然而来的吕之悦。吕之悦见张汉气急败坏的模样,连忙问他出了什么事。张汉心头和嘴头都打磕绊,找不出话来回答,只说:"岂有此理!认错了人,还要纠缠不清!真是岂有此理!"

张汉越是怒形于色,吕之悦越觉得蹊跷。因为他隐隐觉得张汉表现得太过火,使他忍不住要去看个究竟。张汉自顾自下山了。吕之悦进了松林,远远看见那个衣着敝旧的老满人直挺挺地叉腿坐在石头上,两手按着大腿,胸脯一起一伏,脸上毛丛丛的胡须都挓挲开来,浑身喷发着怒气。男孩子站在他身边,一手叉腰,动也不动。

"真不是东西!"老满人突然一声大吼,把吕之悦吓了一跳。他仔细地打量对方,终于很有把握地喊道:"苏尔登!"

老满人吃了一惊,转过布满红丝的眼睛,猛地站起身,大步跑来,拉住吕之悦的手连连喊道:"吕先生,真是你吗?……"

顺治二年,吕之悦在杭州被镶白旗甲喇章京鄂硕将军罗致府中设馆教授子女。苏尔登是鄂硕的内兄,虽然已是远亲,但因随征到杭州,也常到鄂硕府中走动。因此与吕之悦相识,很敬佩吕之悦的学问,还想跟吕之悦学说汉话。不久苏尔登随队调回京师,就不曾再见面。如今苏尔登怎么落魄到这种地步?两人互叙温寒,不几句话就转到苏尔登的现状,苏尔登立刻想到刚才那个不肯认亲的吴自荣,顿时骂了起来:"天下竟有这样禽兽不如的人!虎毒还不食子呢,他连自己的亲儿子看都不看一眼!……"

"究竟怎么回事?"吕之悦扶苏尔登坐下,和悦地问。

苏尔登怔了一怔,坦白地说:"这事,最先有我的不是……你还记得我女儿吧?白白净净、漂漂亮亮,谁不夸她?我们回到京师,就把她聘给了本旗梅勒章京的儿子。没想到成婚不到半年,她生鼠疮,头发白了,脸也变了样,给休了回来。本旗二十七个牛录里没有人肯来再娶,我难道让女儿白放着?那次往南城办公事遇上这家伙,看他有才有貌,又孤苦伶仃,这才起意招赘……"老头儿不厌其烦,把前因后果详详细细说了一遍,最后说:"我为招了个蛮子女婿,被旗下弟兄笑骂了许多年,还流徙尚阳堡,跌了我红带子身份,吃了这么些苦头。就算我当初骗婚,这罪过也抵了吧?吕先生,你是知书明礼的好人,你倒评评看,谁亏待了谁?那小子该不该吃一顿教训?"

吕之悦心里很不平静,没想到张汉还有这么一段可悲的经历。双方都有所图,也都得到了一些、失去了一些。造成现在这种不近人情的局面,又该怪谁呢?……他慢慢地说:"苏尔登,不要生气吧!这事既怪你又怪他,既不怪你又不怪他。人生到这世上来,总要活下去的呀!费耀色这孩子能有依靠,就是不幸中之大幸了!"

苏尔登一把搂住费耀色的小肩膀,骄傲地说:"这可是个乖孩子,将来准是条好汉!巴图鲁!"

"那你还管他认不认这个儿子!他若认了,带走费耀色,你肯吗?"

苏尔登憨厚地嘿嘿笑了:"好先生,你说得对!"

吕之悦再次打量着祖孙俩:"这么说,前年在马兰村赶走圈地骁骑、救了柳同春的,就是你呀?"

"哦,哦哦,有这回事。先生也知道?"

吕之悦笑着讲了那次见闻,最后说:"小费耀色,你那会儿要肯告诉我你的姓氏,咱们不就可以早点见面了?"

雄赳赳的小好汉,这会儿才露出点难为情的样子。

"你们祖孙俩……日子过得不顺心吗?"

"哪里话!亏了鄂硕到旗主那儿讲了情,我们三年前从尚阳堡迁回来。我看中马兰村那地方好,就安了个家,有月银、有奴仆、有马群、有山场,什么也不缺。费耀色最喜欢猎鹰,缠着我要到盘山来玩,我怎么拗得过他?"

"鄂硕近日晋升护军统领,他的女儿已赐婚给皇十一弟,是一位福晋了。你不去贺喜?"

"他家格格不是你的学生吗?当然要去贺喜!"苏尔登笑眯眯

地说,"我们祖孙多亏了他!费耀色说要捕两只最好的海东青,送给恩人!"

吕之悦下山走得很慢。今天遇到的事使他感慨万端。田园荒芜,可以开垦,三两年总能恢复;人丁凋敝,可以再生,二十年内可望繁盛。但大乱之后,民气复苏何等艰难缓慢;异族入主,贵贱之间的鸿沟又何等深长!士为民之秀,得士心便易得民心,刚从荒蛮进入中原的八旗旗主们懂不懂?号称英明的少年天子懂不懂?什么时候能见到真正的天下太平、人间大同呢?……这一切,他都想不清楚。他决定,见到张汉,绝不提有关苏尔登家的一个字。因为此事实在令他难置可否。他一向自诩为识人巨眼,现在却在怀疑自己了。

三

柴门"喀啦啦"一响,九岁的容姑连蹦带跳地冲了进来:

"姐!姐!同春哥又要回来啦!他不唱戏啦!"

梦姑猛地停下纺车,眼睛瞪得大大的:"真的?听谁说?"

"村里人早传开了。白衣老道给柳大爹带回来一封信,是同春哥让捎的。……姐,人家都说,同春哥是为了你才这么着的!"

"别胡说!"梦姑满脸红晕,低声斥责一句,眼睛却像晓星般闪亮。两度春秋,当年的红袄小姑娘,出落成秀美的少女:浅淡的眉峰如远远的山影,微微蹙起的眉尖使她总带着天真纯朴的神情。圆眼睛变长了,眼尾向鬓边扫去。小小的嘴像樱桃那么红,也类似樱桃一般的圆。略长的鸭蛋脸,更增加了她给人的温柔善良的印象。小妹妹一点不怕她,一晃脑袋,眨动着圆圆的大眼睛,天真地说:

"我没胡说呀,你不是愿意嫁给同春哥的吗?"

"死丫头!"梦姑一手捂住发烫的脸蛋和含笑的嘴唇,一手推开纺车跳下炕,装作生气地说:"再说看我不打你!"

容姑像小山羊似的往屋外一跳:"我偏说,我偏说!姐姐天天都想同春哥!……"

梦姑追出去要捂容姑的嘴,容姑撒腿就跑,一个跑一个追,姐妹俩嘻嘻哈哈,闹成一团。

"梦姑姐姐!梦姑姐姐!"院外的喊声使姐儿俩停了追闹。梦姑开门一看,是费耀色这个小鞑子。他不肯进门,只递给梦姑一个折成飞燕的纸条,悄声说:"我在盘山碰到同春哥了。他让我带给你这个,过几天他就回来……可别叫旁人知道,同春哥嘱咐的!……好啦,我走了。"

"费耀色别走!"容姑在院子里命令似的叫道,"我给你留了好些麦黄杏,等着!"她跑回屋,拿出装满黄澄澄的鲜杏的扁竹篮,杵给费耀色,才扬着小脸说:"你走吧!"费耀色笑嘻嘻地对她扮个鬼脸,抓几把杏儿塞进兜里,吃着走了。

梦姑心慌意乱,手里攥着那张纸条,像捏着一团火,急急忙忙掀帘退回里间,好半天呼吸才平缓下来,抖抖索索地打开那只"飞燕"。上面工工整整地写着:

> 梦姑贤妹见字如晤:吾已脱籍,五、七日内将归。婚事谅无阻碍,望贤妹放心。
>
> 兄同春即日

他真的要脱籍归田!……他是京师的红角儿,吃得好穿得好住得好,结识的都是大老官,金窝银窝他都不要,全是为了我啊!……梦姑想着,感念已极,不觉热泪满腮。

这消息,娘知道了吗?……娘和村边环秀观的住持袁道姑交好,今天又上观里去了,说不定知道得更早!可娘的心意到底怎么样?……

圈地官司打完以后,安王庄竟破例把那三十亩地仍旧佃给乔家,而没有收回交粮户耕种①。乔氏于是成了二佃主。由于王庄的土地不纳粮不上税,交了佃租后,乔家所获比哪一年都多。乔氏因而也有点财大气粗,眼睛高上去了。她能如梦姑的心愿吗?……

梦姑一会儿站,一会儿坐,两只手扭结着,揉搓着,皱一回眉头又悄悄抿嘴笑,终于待不住,嘱咐容姑看家,自己上环秀观去了。

白衣道人来马兰村以后,因是道友,就借住环秀观。袁道姑很仗义,把前院大殿两侧的四间客房让了出来,自己领两个徒弟住到后院。梦姑一家和袁姑姑交好,后院又都是女道士,她没什么忌讳,见门虚掩着,便轻轻推开进去了。

松荫满地,蝉声悠长,幽静的观院一尘不染,确是出家人修真养性的地方。梦姑不觉脚步儿也轻了,气息儿也微了,生怕搅扰三清,受到天罚。偏偏厢房里传出人声,是那两个小道姑:一个在呜呜咽咽地哭,一个在絮絮叨叨地劝,几句莫名其妙的话飘到梦姑耳边:"……哭啥哩?杨贵妃娘娘也当过道姑,武则天娘娘还剃光头当尼姑哩!……"

这叫什么话?出家人不是修仙吗?梦姑心里有事,无暇多想,只管走进袁姑姑的上房,掀开门帘,轻轻喊道:"姑姑!"

没人回答。堂屋正中供着天仙玉女碧霞元君的圣像,像前一尊宣德炉,青烟袅袅,香火正旺。看这样子袁姑姑并未走远。她等候片刻,到底忍耐不住,一看西耳房门上没锁,便推门而入,仍然不见人影。做法事的铃、杵、钹、锣等物擦得干干净净,在暗屋里也闪闪发亮。所有的高桌低柜,被褥法衣,都放得整整齐齐。靠北墙立

---

① 清代皇庄、王庄等庄园下属大小庄子,由庄头率数家奴户统一耕种,庄主供给生活必需的粮食、住房及工具、籽种等物,收获所得全部归庄主。庄子分粮庄、菜庄、果庄等,奴户便称粮户、菜户、果户等。庄头及奴户都是庄主的奴隶,是庄主私有财产的一部分。

着个一人高的空木柜,有些歪斜,破坏了整个小屋的和谐。梦姑走近把木柜扶正,却猛地吃了一惊,木柜背后的墙上,竟有一扇新开的暗门!梦姑心头突突乱跳。

她竭力抑住慌乱,好奇地把暗门推开一道缝,贴脸偷看一下,认出来了,那边是前院老君殿的西房。阳光透过窗棂,把这间屋子照得透亮。屋子中央摆了一桌酒宴,鸡鸭鱼肉,十分丰盛。白衣道人的那位外相威猛、燕颔虎须的仆人,身着赭红色外衣,在往桌边摆酒杯,白衣道人陪着一位青衣客低声谈话。那人须发灰白,清癯有神,梦姑从未见过。她十分疑惑,白衣道人师徒是全真,怎么可以开荤?

门"呀"的一声轻轻推开,白衣道人的徒弟走了进来。看到他,梦姑不由得一哆嗦。往日每当她到观里烧香,这个道童总在旁边站着,目不转睛地盯着她看,眼里像有一团可怕的烈火,直扑梦姑,像要吃人。可是现在,他仿佛变成了另一个人,面容苍白、双眉紧皱,身姿和表情满含悲伤,显得那么清秀、忧郁,竟使梦姑对他同情了:是不是他冒犯了师父,特来领罪,等候受罚?

然而,梦姑万分惊异:白衣道人、青衣客和赭衣仆人一道站起,抢前几步,一字排开,竟齐齐跪倒迎接小道士,并恭敬地奉小道士上坐。小道士坦然承受,毫无局促。坐定后,三人又肃然行了三跪九叩礼,小道士抬抬手,三人才在左、右、下三个座位坐下了。

梦姑完全昏了头,不知眼前这怪事是真还是梦。她怕被人发现,不由得缩紧身子,瞪大眼睛,屏住了呼吸。

小道士声调呜咽地说:"流亡数省,也没有找到一块立足之地。最近听说李定国退出广东、败走南宁,乐安王朱议溯兵败被杀。观时度势,天意可知……诸卿历尽艰险随我奔波,本想使我继承祖业,但大势已去,如何是好?……"

赭衣仆跪在席旁启告:"近日听说鞑子摄政郑亲王济尔哈朗病

死,入关战将俱殁,正是主少臣疑,国事不稳之际;郑成功已陷舟山,势力大张,不如前去投他,乘机而为!"

白衣道人摇头道:"郑氏名虽奉明,志在自立,可联而不可投,且舟山狭小,非用武之地。至于鞑子朝廷,主虽年少但颇具见识,上有太后挈纲,下有良臣辅佐,外有吴三桂、尚可喜一干人卖命,根基已牢,一时难以动摇。惟有南联永历,东通郑氏,立定脚跟徐图发展,或许大事可成。"

青衣客从袖中取出一图,展在小道士面前:"臣筹划六年,惟此一区可暂立国。昨日接到几处旧将密书,都正练兵积粟待变。臣意先取三山为根本,然后御驾亲临,勇气自当百倍!……"他的声音越来越轻,四个人脸上表情也越来越开朗。

梦姑听不懂他们的对话,却明白了这小道士不是平常人,正处在艰难之中,不得不改装流亡。于是,说书瞎子口中许多落难公子的故事都在她心里活动起来,她更加可怜这个倒霉的"公子",对白衣道人这些"义仆"也就格外敬佩。这些日子积存心头的对小道士的恶感,转眼间消失殆尽了。

酒过三巡,小道士低声说句什么,三位"义仆"面露难色。小道士不高兴了:"既欲延某一线祀,却又如此推托!"

白衣道人赔笑道:"臣等窃愿王爷以大业为重。况且先前已经……"

"时至今日,本王尚无子嗣!"小道士抢过话头,生气地说,"若是绝后,大业纵使成就,又是谁家天下?"

白衣道人连连解释:"王爷息怒。实在是弘光帝前车之鉴,深恐酒色误事,臣等不得不再三进谏。王爷所欲,臣已嘱环秀观主去办了。"

小道士面色转喜:"办成了?"

"想来没有阻碍。袁道姑已对她明说。她只要一见凭证。"

小道士笑道:"这好办!叫袁道姑领她见驾!"

赭衣仆出去一会儿,又领进两个妇人。前面那个头戴道冠、身穿水田衣的自然是袁姑姑;后面一位梦姑看不真切,悄悄向前探探身子,跟着猛地往后一缩,吓了一大跳!天哪,是她娘乔氏啊!

袁姑姑拉着乔氏竟也向那小道士跪下叩头了!梦姑又惊又怕,心跳得怦怦响。她自幼温良、听话,非常胆小怕事,眼前的景象,本来就比说书唱戏的那些故事更神秘,也更可怕。母亲竟卷了进去!这就更加不可捉摸。梦姑像发寒热病似的簌簌发抖,不敢再往下看,偷偷溜回家去。

她倚着炕桌,托着腮,想了好半天,拿说书和唱戏的故事套来套去,也没想出个名堂来。她叹口气,不想了,起身从炕洞深处掏出一个小布包,一层又一层地打开,那对碧玉镯子第一百次托在她小小的手心里,那么莹洁光润,像早春新柳初吐的嫩芽,像翠鸟艳丽的羽毛。她把脸儿贴在温润的玉镯上,同春哥的影子便出现在眼前……

有人敲门。她连忙藏好她的宝贝,伸了个懒腰,走去开门。

"啊!你!……你找谁?"梦姑意外地看到,门前站着小道士,他的目光像烈火一样炙热,烤得梦姑心里发抖。

小道士舔舔干裂的嘴唇,勉强笑着:"就找你!"

"不!不!"梦姑惊慌失措,急忙关门,但小道士身子一横,挡住了。"我娘不在家,谁也不让进!"梦姑竭力压抑着恐惧,正颜厉色,口气非常坚决。

"我知道你娘不在家……你娘方才找我了。你看,这不是你娘给我的吗?"他举起左手,无名指上,一只镶了梅花形珍珠的金戒指赫然在目。梦姑一见就怔住了,这是母亲珍藏多年的惟一宝贝,是当年父亲娶母亲的定物。原是一对,那一只已在十年前随父亲入葬了。

趁梦姑发愣,小道士跨进门,返身把大门插上。梦姑慌了,张口要嚷,小道士一把捂住她的嘴,用不容反驳的口气命令道:"不许嚷!跟我来,有要紧话告诉你!"

除了许多年前,父亲曾这样对她说话以外,这是第一个用强制的口吻指使她的人。她被慑住了,不由自主地随他走进里屋。小道士目光灼灼、声音嘶哑地说:"这戒指,是你娘给我的定亲信物。从今以后,你就是我的……"他说不下去了,眼睛和脸都涨得血红。梦姑在他的逼迫下步步后退,吓得浑身发抖,嘴里不住地念叨:"不!不!……"

乔氏在袁道姑屋里待了很久,才喜滋滋地回家。

白衣道人来马兰村才三个月,治了许多人的病,救了好些人的命,远远近近谁不说他是活神仙!"活神仙"的话,谁敢不听?袁姑姑说得也对,眼下这朝廷,虽说对百姓比前朝厚道,可他是外夷蛮族,再宽厚也是邀买人心,不能信!乔氏是前朝贡生之妻,知书明礼,哪能忘记忠义为本的正理!"到底贡生之妻,有见识有心计!"这是白衣道人说的,听来很是舒心。因为她并不轻易相信小道士是龙子龙孙,她硬是索看了小道士的龙钮金印,上面确实用篆体刻着"大明阳曲郡王朱"几个大字。金印为凭,还有假吗?再听白衣道人、青衣客说起天下大势,处处起反尘,省省有接应,不出三五年,大明定当复兴,梦姑就是王妃了!

乔氏没想到自家风水如此之旺,居然能出一个王妃!那小道士也真看他不出,今天摆开架势,仔细瞧瞧,果然是龙眉凤目,面如冠玉。梦姑好福气啊!乔氏欣然同意白衣道人的安排:让小道士和梦姑暗中成婚,表面上仍维持他的小全真的身份。

她兴冲冲地回到家来,一推门,门不开,随手敲了几下,没动静。乔氏纳闷,用力打门,喊道:"梦姑,开门哪!"

一阵匆忙的脚步声、门闩响,门开了,小道士站在她面前,头发、衣裳都湿淋淋的,好像刚从水里捞出来,脸色发青,胸脯起伏,气息很不平稳。

"你?……"乔氏倒抽一口凉气。

小道士笑吟吟地悄悄说:"丈母,本王已纳你女儿为妃了!"他点点头,甩开步子飘然而去。

乔氏站在门边,怒、惊、喜、怕,心里非常混乱,一时不知所措。"哇"的一声,梦姑在屋里痛哭,乔氏一惊,冲进里屋,掀开门帘,她就什么都明白了。女儿披散着头发,半裸着身子,正在往房梁上扔汗巾。她赶上去一把搂住女儿,喊一声"我的傻闺女!"娘儿俩抱头大哭。

梦姑哭得上气不接下气,"我不活了!……我还有什么脸见人哪!……"

乔氏语无伦次地抚慰女儿:"好闺女,可别往绝路上走……他是个王爷……娘已经把你许给他,他是你丈夫了……"

梦姑哭得昏头昏脑,接口就诅咒:"什么该死的王爷!挨千刀的丈夫!……这么作践人,叫人怎么活啊!……"

乔氏温存地搂着女儿,为她梳理头发、擦去泪水,又给她穿好衣裳,等她把许婚的详情细细说了出来,刚才一心寻死的梦姑这才听懂了,顿时惊得面容雪一样白,脱口而出地说:"同春哥就要脱籍回乡了呀!……"

乔氏心里一抖,鼻子发酸。今天她去找袁道姑,原是商量把女儿嫁给脱籍归来的柳同春的;带去的那只戒指,也是给袁道姑瞧瞧,用它给同春做信物是不是寒酸。谁想见到袁姑姑,事情就全变了……乔氏叹了口气,轻声说:"傻孩子,自古来女人讲的是从一而终。如今你已失身于他,就死心塌地跟他一辈子吧。同春,你还想他做什么?……"

这时梦姑才弄清了今天这桩事的真情。三年来,她用少女曼妙玲珑的心、真挚的情爱,编织着神秘甜美的梦——那只属于她和同春的梦。今天,这梦破碎了。她心里一阵剧痛,眼前发黑,身子一仰,昏了过去。

"梦姑!梦姑!"乔氏流着泪,抱着女儿用力摇晃。好半天,梦姑才吐出了一口气。

"屋里有人吗?"一个响亮的铜锣般的声音在院里问,吓得乔氏一哆嗦,这才记起大门没关,赶紧迎了出去。一出屋门,她就不由自主地停了步:这是个像柏树那么魁梧结实的虬须大汉,黑红的脸庞,闪闪发光的眼睛,又生疏又熟悉。

"你……"乔氏只吐出一个字,心口怦怦乱跳,手脚暗暗打战。

"娘!你不认识儿啦?"大汉扑过来,跪在乔氏脚下,仰头道:"我是你大儿柏年啊!……"

"天爷!"乔氏高叫一声,跌坐地上,盘着腿,又笑又哭,"老天,这不是做梦吧?你还活着,你回来了!……我只当乔家男人都死了,绝了后了!……你身子骨倒结实,这么大个子!……我只当我再没脸见乔家先人了,你还活着,活着呀!……"她抚弄着儿子的头发、肩膀,颠三倒四地唠叨着,高兴得有如癫狂。

乔柏年用手指抹着眼睛,声调哽咽着说:"十年了,我总惦着老娘,惦着家乡,惦着祖坟。今儿总算九死一生,捡回一条活命!……"

乔氏不错眼地打量儿子:"你倒还认得家,就这么照直走进院里来了!吓我一跳!……"

"儿子哪里寻得着家门,是个同路进村的漂亮小伙儿指的路。可真是个人物!"

乔氏一怔,有点紧张:"你说谁?"

"指路的小伙儿呀!热心肠,好身板,俊模样。娘认识他吧?

他说他叫柳同春。"

乔氏无言,拉着儿子粗壮有力的大手,哭了。

屋里的哭声再起。但已不是方才那号啕不息、泪涛滚滚。这哭声几乎听不到,那是令人心碎的、肝肠寸断的饮泣……

四

"禀太太,有位夫人来拜望。"

顾媚生放下右手拿着的《玉台新咏》,左手仍然抱着她那个装纱点银、香气袭人的"小相公",蹙了蹙淡淡的弯眉,说:"糊涂!为什么不报来客府第?"

老仆连忙躬身,诚惶诚恐地说:"来客不肯明言,只说是太太的故旧。……坐着八抬大轿,仆从烜赫……"

顾媚生想了想,说:"请她在内花厅待茶。我即刻就来。"

老仆下楼去了,顾媚生这才把"小相公"递给身边的保姆,站了起来,端茶盏用香茶漱漱口。丫环赶忙捧上唾盂,待她吐罢,又赶忙退下。但顾媚生并不急着下楼,款款走到窗前。精雕细刻着云朵仙鹤的椭圆窗洞上,蒙着绿莹莹的亮纱,她可以清楚地直看到大门、二门、前院,外面却看不见她。

随着家中老仆,先进来两个艳妆的丫头,跟着,一位贵妇人扶着一个丫头的肩,慢慢走进来,身后随着两个丫头,丫头的背后是两个穿号衣的老仆。再看那贵妇,披了一领镶金嵌银的湖色披风,头上蒙一幅如云似雾的面纱。顾媚生不快地想:尊贵也罢,矜持也罢,犯不上到我家来摆!

话虽如此,她还是很快下楼去到内花厅,早在进门之前,就把亲切、灿烂的笑堆上面庞。跨进花厅,她心里一惊:来客已除去面纱披风,侧立壁前,观赏那一幅宋代苏汉臣的《秋庭戏婴图》。此人下着白罗裙,上穿淡绿对襟薄绸衫,一头黑亮的秀发全堆上头顶,用一根赤金点珠凤头扁簪穿住,有如乌云中展翅飞翔的一只金凤凰。面貌虽然看不见,但丰姿绰约,淡雅如仙,令顾媚生为之气夺。

听到脚步声,贵妇转身面向主人,莞尔一笑,露出洁白如贝的牙齿,款款地说:

"顾太太,久闻大名,特来拜望,不见怪吧?"

顾媚生笑着寒暄:"拜望二字,实不敢当。请坐,请茶……"她心里却在暗暗纳罕:此人面容似曾相识……她称自己顾太太,难道是江南宦门的家眷?

"顾太太别来无恙……你真的不认识我了?"

顾媚生仍然妩媚地笑着,那双有名的号称横波的眼睛在笑的掩饰下,极快地上下打量来人,非常得体地、绝不使人见怪地轻轻摇了摇头。

来人忽然不笑了,正色道:"媚姐,你忘了?十五年前,荷花盛开时节,在姑苏虎丘西施井边,银炉焚香,义结金兰……阿姐,你当真记不得了?"

最后一句,用柔媚的苏白道出,立刻勾起顾媚生那遥远的回忆。她惊喜地一把捏住来客的双手,失声喊起来:"素云小妹!素云小阿妹!……阿妹,想不到你我还有见面的一天!"顾媚生动了真情,不再注意自己的表情、姿态,又激动又急切地问:"这些年你都在哪里?甲申、乙酉两次劫难怎么逃脱的?如今在何处安身?为什么到今天才来看我?这些年叫我好想啊!……"说着说着,泪珠成串地淌了下来。

素云微笑地拍着顾媚生的手背,温柔地安慰着:"阿姐,你我不都好好的吗?甲申、乙酉已经过去十二年了。阿姐快不要哭,我是专来找阿姐叙旧的呀!"

顾媚生慢慢安静了,听到素云在"叙旧"两个字上加重了口气,立刻会意,说:"这里不好讲话,快跟我上楼,到我房里去!"她拉着素云的手,两人亲亲热热地走向庭院深处。一路上,她不住打量素云:"阿妹,你好风姿,好气度。算来也该有三十岁了,看上去好像不到二十哩!不知谁有这么大的福气,能消受你这一代佳人哟!……你看你,仆从如云,落落大方,想必嫁了个金龟婿,做起了夫人,对不对?……他是谁呢?在京师吧?在哪个衙门当差?"

素云笑而不答,只说:"阿姐,你样子没变,性情也没变,还像早年那么活泼泼的。结拜的时候,论年纪你是阿姐,论性情,你可是最小的小阿妹哟!……"

顾媚生笑道:"这些陈芝麻烂谷子,亏你还记得它!"

十五年前,她们都是不到十六岁的姑苏名妓。六月二十二日,姑苏人称之为荷花生日,她们相约到虎丘西施井畔焚香结拜。她们都颇通诗书棋画,选择的时间地点很有诗意。她们愿自己像荷花那样美丽清香,有出污泥而不染的品格。西施同她们一样,是美人,也是个以色事人的风尘女子,西施终于有个与心爱的人泛舟五湖的大好结局,那也正是她们所向往的。

两人携手走进顾媚生的香闺,抱着"小相公"的保姆和侍女连忙跪下请安。素云立刻上前抱过"小相公"仔细欣赏,笑道:"真正名不虚传。阿姐的'小相公'精致得很呢!一定能带一个弟弟来!"

"你也听说我家'小相公'了?"顾媚生瞟了素云一眼,"我知道外面有人骂我是人妖!才不理他们呢,人妖就人妖!咱们生来是挨骂的命!再说,女人家生不出儿子,丈夫再疼爱,亲戚朋友当面不说,背后总是要骂的,什么母鸡还生蛋,母猪还下崽的,讨厌死了!……我要是有个儿子啊,顾太太三个字怕不重过千斤!"说到这里,她突然心里一动:素云上楼一见木孩子,就称"小相公",方才进门,第一声就喊顾太太。十多年不见了,这些近日的事怎么她都知道？

当初，龚鼎孳做左都御史时，朝廷赐给命妇诰封。按制度，诰封必须颁给原配夫人。龚鼎孳不敢违命，派人送回合肥原配夫人处。夫人却说："我已受先朝两度诰封，不能再受新朝诰封。诰封给顾太太吧！"这样，顾媚生就受诰封成了命妇，而"顾太太"的称呼也就被人叫开了。顾媚生倒也欣然接受，因为可以避免"二夫人"、"姨奶奶"之类令她厌恨的头衔，不过，和"夫人"这样的正式称呼比，仍然不免矮了一头。

这是八年前的事，而"小相公"的出现，只在这三两年。顾媚生不高兴了："阿妹，想来你这些年都在京师，为什么不来看我？不知道我吗？"

"哪能不晓得阿姐的大名！"素云笑着说，"早些年不敢来，近几年又不能来。阿姐莫要生气。"

"这话怎么讲？"

素云看看保姆、侍女，笑了笑。顾媚生明知她在卖关子，还是等侍女们穿梭似的在桌上摆满精致的茶点和小菜以后，才把她们打发出去。只剩下姐儿俩了，顾媚生道："好啦，你讲啊！"

"早些年，姐夫在朝官高爵显，你妹夫无名小卒，不敢高攀；近些年，朝中满、汉同列不同权，处处要小心，又怕人说结党营私，有碍官声……"

"那么，今天怎么敢来了？"顾媚生不满地问。

素云笑眯眯地压低声音："近日你妹夫扈驾出都，我才得空来看望阿姐。"

"扈驾？"顾媚生心中一惊，"阿妹的夫婿究竟是谁？"

素云挽过顾媚生的肩头，凑在她耳边小声说："山东聊城傅以渐，字于磐……"

"啊！傅以渐！内秘书院大学士！"

素云不好意思地点点头,歪着脑袋靠在顾媚生的肩上,三十岁的人了,倒像个娇羞的女孩儿。

"哎呀,你是宰相夫人哪!"顾媚生推开素云,假意要拜下去,素云一把拦住,嗔怪道:"阿姐,看你!"

顾媚生无所顾忌地哈哈大笑。当年她的狂笑曾风魔了江左文士,今天也还能辨出早年那丝毫不损媚容的狂笑的影子。她心里真的高兴,这对丈夫的起复不会没有好处。她拍着素云柔软的小手,连声说:"好啊,好啊!当初结拜,数你年纪小,大姐笑你有富贵命,你还生气了呢,说什么定要效仿西施,隐居山水花木间。如今怎么说?"

素云一笑,拉顾媚生一道坐下,顺着她的话问:"姐妹们近况如何?这些年一点音信也没有。"

顾媚生道:"倒是我们这些在野的人家,来往走动得勤,芝麓又极好客,消息蛮灵。"于是,她扳着手指算:大姐柳如是后来嫁给钱谦益,顺治三年,钱谦益在明史馆充副总裁任上乞归,回常熟与柳如是家居,以著述自娱,颇为安乐;二姐便是她顾媚生;三妹陈圆圆已是平西王次妃,顺治初年她留京时,还时有来往,平西王接她随军,出京时顾媚生曾去相送;四妹董小宛,嫁给江南四公子之一的冒辟疆,三年前已经去世……

"金陵的一帮姐妹呢?"

顾媚生与柳如是一起,在崇祯末年去了南京,对秦淮名妓的归宿都很清楚:马香兰病死,和另一位公子侯方域交好的李香君出了家,卞玉京和寇白门也都遁入空门。

"惟有我们这些俗人,还在红尘中沉浮!"顾媚生最后说了这么一句感慨的话,随手在杯盘间拈了几块蜜饯果脯,津津有味地嚼着。

"哎哟,阿姐,再吃这些东西,你还要胖起来,再胖可就不容易养儿子了!"

"死丫头,嘴巴还那么刁!"

"阿姐消息灵通,可曾听说江南十世家谋反的事?姐妹们有没有给牵连进去?"素云终于小心地、仿佛无意地发问了。

"知道知道!那是早些年的事了,死人破家的不计其数。要是芝麓还在都察院,总会拼死进谏的。姐妹们嘛,要有,便是钱家、冒家。可不曾听说呀?"

"好像还有仁和陆文康家吧?"素云突然单刀直入,提出了她此来的中心题目,不过口气非常平缓,似在随意闲扯。

"不错,仁和陆家,弄得很惨,偌大一所宅第改作了官舍,万贯家私查抄一空。"

"家中再没有人了?"

"不是入狱监禁,就是绝了户,记不清了……你和陆家相识?"

"倒不。是一个亲戚与陆文康有同窗之谊。"素云表示很有兴趣,便夹起了一块凉藕,跟着她就暗暗松了口气,不用她再挑动,顾媚生已义形于色地讲起这场冤狱的详细经过,滔滔不绝。这些都是由来往于龚鼎孳门下的文人之口传出,比官吏的文书奏折生动得多。看来,这位二阿姐对于素云在苏州后来的遭遇竟一点都不知道,或许已经忘却了。

素云样子很悠闲,吃着点心,喝着香茶,似听非听。实际上,顾媚生的每句话,她都听进心里去了。直到顾媚生转到别的话题,她才起立,走来走去地巡视阿姐的香闺,不断向她打趣。当她停在窗前,像顾媚生刚才看她那样向外观看时,却不由得怔了一怔,她看见她的老仆正在与一个少年书童讲话,就是这个明眸皓齿的俊书童,害她找得好苦。这真是踏破铁鞋无觅处,得来全不费功夫!

"阿姐,那个小厮是你家的人?"

顾媚生走过来看了一眼:"那是芝麓的门生张汉的书童。说来可怜,他原是梨园名角,偏发誓不肯再唱戏,要脱籍归田。结果父亲病死,定亲的媳妇又退了婚,只落得无家可归,无亲可投,这才又回到京师。他敬慕张汉的才学人品,自荐当了书童。可是他又不肯卖身为奴,只算是个侍候张汉的伙计。张汉倒也愿意,这就叫做缘分。主仆两个,都跟画儿上的潘安、宋玉也似的……"顾媚生说着,掩嘴笑了,是那种中年风流女人说到漂亮后生时暧昧的酸溜溜的笑。

"阿姐,我们下楼去,我要找他问话。"

"哟,小阿妹,你那大学士不醋吗?"顾媚生斜瞟素云一眼,笑得更厉害了。

"阿姐,我找他可不是为他漂亮标致。一个月前他替我娘家捎来一封信,还没谢他,也没细问,他就走了,再没找到。今儿个可要问问清楚!……"

素云到家,随傅以渐出去的仆人前来禀报:主人安好,今天下午就能回府。

素云灵机一动,身子摇摇晃晃,跟着躺了下去,喊头痛说恶心,午饭也没有吃。于是阖府都知道了:夫人中暑。

院里一派寂静,素云那深邃宽大的寝室里,更是宁谧十分,几乎能听到檀香香烟在空中袅袅飘动的细微声息。侍女在门前、在床前垂手而立,大气也不敢出。素云懒懒地躺在翠帐如烟的绣床上一动不动,头脑却异常活跃、灵敏。十四年的岁月如同一道厚厚的沉重的帷幕,慢慢揭开了。正因为时间相隔太久远,素云得以清楚地看到整个事情的全部过程,好像她是一个戏台下冷静的看客,而不是当事人。

浙江仁和陆健,才气豪放,风流潇洒,有名的佳公子。和所有豪门公子一样,喜欢蓄养歌姬侍妾。他春游姑苏,遇到十六岁的名妓素云,惊为天人,以三千两银子为聘礼,把她买回家中。素云色艺为诸姬冠,自然受到格外的宠爱。

一天,忽有山东书生投刺请见,门丁以从不相识为理由予以谢绝。这位风尘仆仆的年轻书生非常固执,安坐门前,大有候陆公子驾出的意思。陆健只好在客厅接待了他。书生无暇寒暄,自称"山左傅以渐",因听说陆公子侍姬中有一名叫素云的,艳倾宇内,特地赶来一睹风采。

陆健颇觉意外,迟疑半晌,逡巡着说:"劳君远来,请先待茶,慢慢商议。"

傅生慷慨陈词:"某千里徒步而来,于公子并无他求。公子若幸而许我,诚当少候;否,则不必相留。"

陆健无奈,又不肯失了"信陵公子"的名声,便同意了,傅生这才就座。此时已近暮夜,陆健即命仆人摆上酒宴款待傅生。酒过数巡,灯烛辉煌,环佩锵然,十多名侍女前导后拥,如众星捧月,素云出现了。傅生起立,长久地凝视素云,叹道:"果真名不虚传,不负我来此一行!"说罢就向主人道别。陆健坚持要留他多住几日,傅生笑道:"得睹倾城之貌,私愿已遂,岂是为饮食而来!"他一揖告辞,径自走了。

陆健坐立不安,怏怏不乐,若有所失。惆怅之余,猛然惊觉,拍案大呼道:"陆健、陆健,何爱一妇人而失国士!"他立刻牵来骏马,跨上雕鞍,向北飞奔,终于在三十里外追上了傅以渐,强制他一同回府,并以最高礼遇款待他。第二天傍晚,陆健把傅以渐引进一间红烛高烧、锦帐华褥的寝房,对傅以渐拱手道:"君来此虽属无心,但其中似有天意。我今以素云相赠,此室即洞房,今晚即七夕。"

傅以渐坚辞不就,说夺人所爱将陷他于不义。陆健笑道:"君何迂腐!自古就有赠姬之事。我念君家力单,难致佳丽,我粉黛盈侧,岂少此女。我视君为大丈夫,方有此举,何必效书生羞涩之态!"说罢,侍女已导引素云出拜。傅以渐惊喜过望,便也就依从了。

在陆府,傅以渐夫妇过了满月,陆健又为素云出妆奁十箱,更赠傅以渐千金,送归聊城。傅以渐安然当了富家翁,从此得以博览群书,专心举业。

甲申之变天下大乱,傅、陆两家音书断绝,整整十二年了……

素云在床上翻了个身,侍女连忙用托盘捧上一把精致的小茶壶,素云端着喝了一口,重新躺下,又跌入绵长的回忆……

这件事从头到尾,两个男人都以豪爽侠义相标榜,自以为可传为佳话,可留于青史。但陆健也罢,傅以渐也罢,谁都没有想到去问问素云的意思,问问素云到底喜欢谁,愿意跟谁——尽管她身价高达三千两银子,尽管她是个倾国倾城的姑苏美人。直到洞房花烛夜之前的那个下午,陆健才告诉素云要把她嫁给傅以渐。

素云大吃一惊,感到蒙受了耻辱。应该说,她见到的傅以渐,给她的印象是不错的:宽额、隆准、阔嘴,目光湛湛,清亮如水,当时她就想,此人仪表非凡,气度轩朗,前途未可限量;但是她眷恋的是风流潇洒的陆公子,她的主人。她哭了。

她的眼泪好像使陆健有些感动,他柔声说:"你是嫌他穷吗?你这么个超逸的人儿,竟也脱不了俗气。你想想,你就是在我府里过十年二十年,仍不过是个歌姬,嫁给傅以渐,你就是他的结发妻子。傅以渐乃国士,你还愁当不了一品夫人?"

素云使气,跺着脚说:"我不管什么夫人不夫人,我真心喜欢你。可你,拿我当一件东西,随便送人!……"

陆健不说话了,在窗前默默地站了许久。他眼睛不看素云,低声说了一段话,那忧郁的声调,伤感的表情,永远留在她的记忆中:"素云,别看我只大你三两岁,在男女之间的事儿上,真情实意早就埋葬到坟墓里去了。对酒当歌,人生几何!凡事不过逢场作戏,何必认真？对你也无非如此,你有什么可留恋的？不错,我拿你送人,没有把你当人看。那么从今以后,我拿你当我的妹妹,好不好？哥哥送妹妹出嫁,当是天经地义了！……"

他没有食言,送给她的嫁奁跟他亲妹妹的相同;她随傅以渐回山东后,在来往书信中他也以兄长自居,称他们为贤妹、妹夫……

这些年他是怎么过来的？听那小书童说起在盘山相遇的情景,他该是很狼狈的了。他一定老了许多,十四年没见了！……

十四年来,她与傅以渐相依为命,倒也十分恩爱。傅以渐确是个不同凡响的男儿,他并不在意素云的出身,也从不问起素云在陆府的那段歌姬生涯,一心一意拿她当结发妻相待。素云为他生了一子一女后,他连娶妾的心思都打消了。顺治三年,他以头名状元大魁天下,授内弘文院修纂。为了显示荣贵,同榜进士纷纷在京纳妾,他却毫不动心。事后素云问他何不入乡随俗,也纳小星？他笑道:"任它弱水三千,只取一瓢耳！纵然美女如云,谁能比得上拙荆？"

傅以渐居官谨慎,尤其拜大学士以后,得在议政王大臣、满尚书等满洲亲贵间周旋,既要施政,又不能得罪他们,真是费尽心力。江南十世家谋反案,从顺治初年一直闹到今天,满官总是一口咬定。因为这十家是明朝的首富大户,文人渊薮,在满人看来,他们谋反是确定无疑的,不严加镇压,江南就难以服帖。傅以渐敢去碰这棘手的事儿吗？弄不好,丢官丧命都是可能的。不见陈名夏的前车之鉴！

可是,人不能没良心啊！……素云努力压制着烦乱,在心里演习着如何说服激励自己的丈夫。

"夫人,你怎么样了？"还在窗外,傅以渐就急不可待地大声问。他一进门就听说素云卧病,一步未停,边走边脱朝衣、朝帽,直赶到寝室,几个大步就迈到了床前。侍女连忙把纱帐挂上银钩。

素云慢慢回脸,睁开迷迷蒙蒙的眼睛,看着自己的丈夫。十多年来,他的最大变化,就是唇边颔下多了一些胡须,略略遮住了阔嘴;由于薙发,额头更显得宽大,可是鼻梁高耸,目光清湛,和当初一样,是个可以依赖的男子汉。她怦然心动,忽然觉得一阵轻松,微笑道:

"你瘦了。一路劳累吧?"

"我还好。你这是怎么了?怎么会中暑呢?"

"在花园太阳底下站久了。"

"丫头为什么不撑把阳伞?"他转头要责问侍女。素云连忙示意侍女们退出,说:"不怪她们,是我不小心。"

"你现在觉得怎么样?"

"好些了。就是心里有事,总放它不下。"

傅以渐端起茶壶喝了两口,坐在床边,安慰道:"有什么大不了的事?我来帮你排遣。"

"这几日,天天晚上梦见庙里判官戳手指斥我,说什么'女子也当报养育之恩,你岂能忘记娘家'!连梦三夜,心绪不宁,如病缠身。但我向来不记事,离家年久,又逢世乱,实在不知娘家在何处啊!"

傅以渐想了想,和悦地说:"贤卿难道忘了?按理而论,仁和陆府实在应该算是你的娘家,对不对?"

素云恍然,似有所悟地连连点头:"对的!但不知陆健在哪里?"

傅以渐叹口气,低声道:"我听说顺治初年,陆家就牵入十世家谋反冤案中了。去年拜大学士后,也曾暗地差人到仁和寻访他的消息,回报说痛遭冤祸,家没身亡。怕你难过,一直没有告诉你。"

素云静静地对傅以渐凝视片刻,说:"相公本是一介寒儒,贫困交加而得以专心向学、坐致通显,实在是陆文康的恩德;你我十数年相濡以沫,相敬如宾,也实在是陆文康的情分。我想相公不会忘记吧?"

"没齿不忘,终身铭记。"傅以渐说得很郑重。

"那么,如果文康至今尚在,你将何以报答?"

傅以渐一惊,看素云时,病态全无,炯炯目光直视自己。他毫不犹豫地说:"果真如此,以身相报尚且不惜,何况其他!"

"此话当真?"

"可对天日!"

素云立刻拿出陆健的那封信。傅以渐脸色都变了,开封时双手略略发抖,但他还是从头到尾读完了这封写给妹夫和贤妹的信。信中不过恭问起居寒温,但末后说了一句:"因遭冤狱,数载亡命山野,昭雪无由。"

素云一面看着傅以渐的表情,一面小声解释:"这是你出京后一个小厮送来的,连他也不知文康现在何方……"

傅以渐看罢,收信入封,面容严峻,沉吟不语。

素云见状,猛跳起身,从枕下抽出一把锋利的剪刀,扯下自己的头发就剪,傅以渐连忙阻拦时,已剪下一绺二尺长的青丝了。素云手捧青丝,望天发誓:"人生在世,信义为本。要是不能报恩,狗彘不如!要这荣华富贵有什么用啊!……"

傅以渐夺过剪刀,生气地说:"你这个人怎么这样性急!不报文康之恩,我成什么人了?朝廷里的事你又不是不知道,大权尽属满官,汉员不过是陪从。我虽拜大学士,也不过秉承皇上和王大臣会议的意思办事,哪能说了就算数?何况逆谋大案非同小可,满官视为禁脔,从不让汉官插手……"

"照你这么说,报答文康还不是一句空话!"

"我想,惟一的希望在皇上。天子圣明,或许有开恩之举,但也需时日。我将遍谋有识之士,看准有利之时机,会同申奏,这都不是十天半月能办得成的……"

这些,素云理解。不过她还是问了一句:"那么解江南冤狱的事,你是经我提醒才想到的吗?"

"哪里。如今讦告成风,汉官人人自危,再不设法阻止,成何朝廷?成何世界?"

"唉,"素云长叹一声,又躺下了,"但愿皇上明察秋毫,解天下冤狱,让江南还如旧日江南那般昌盛明丽吧!"

第 三 章

一

转眼间冬去春来,到了顺治十三年。二月初八,是庄太后的圣寿节,和皇帝的万寿节一样,也是个普天同庆的日子。

一大早,皇帝就率着诸王及文武百官到慈宁宫行庆贺礼;他们退出后,皇后率六宫妃嫔、公主、福晋、命妇再进慈宁宫行庆贺礼;第三拨是皇子们在内监的导引下给太后行礼叩头。慈宁宫内张灯结彩,只这三拨人的庆贺礼仪,就把大半个上午占尽了。接下去是太后的万寿宴。按制度,寿宴应设在慈宁宫正殿,皇太后南向升宝座,皇后率妃嫔进茶进酒,殿南搭舞台,戏舞百技并作。但是,今年是太后四十五整寿,加上去年年景好,国家渐趋稳定,太后十分高兴,便格外开恩,寿宴不仅恩及近支王公的福晋、命妇,与太后有母子名分的福临的同父异母兄弟都被留下与宴,几位小皇子、小公主也被带来了。

太后仿佛要一享天伦之乐,打破了以前筵宴男女分席的常规,凡是夫妻便同在一席;凡有皇子、皇女的妃嫔,也让她们母子、母女相聚。这就成了一次真正的家宴。庄太后作为这庞大、显赫、高贵家族的最尊贵的长辈,自然能享受到任何人都无法体味的自豪和满足。

"万——岁——爷——驾——到——!"慈宁门外太监拉长声

音响亮地喊着,院里廊下的人们立刻跪下、匍匐在地,恭迎皇上。福临大步流星跨进宫门,站在门内的台阶上,矜持地背着手,目光仔细地扫过每一个人,长长嘘了口气,表情有些不安。他抬抬手,简单地说:"起。"他毫不停留,直奔后殿。太后身边还有许多福晋、命妇环绕着。

福临在后殿门口一出现,除太后以外的所有人又一起跪倒。福临先到母亲面前行了常礼问了安,随后一声轻轻的"起",那些打扮得艳如春花的贵妇人都直挺挺地站起。福临对她们看了一眼,脸上一团失望,眼角都垂了下来。

太后看在眼里,嘴上却喜滋滋地说着调侃的话:"今儿的寿宴真不该让你来。我请的客人怕都要吃不饱啦。"

福临笑道:"母后说哪里话!儿为天下主,必须孝治天下。母后寿宴不与,儿子岂不是千古罪人!至于宾客嘛,我怕他们要吃得走不出慈宁门呢!"

"这倒为什么?"

"谁让母后调教得慈宁宫的厨子一个赛似一个呢?"福临在这里,心灵口巧,很能讨好母亲。太后快活地笑了。

"母后,儿子这个慈宁宫家宴的主意可好?皇家规矩太多太严。要能像平常百姓家亲戚来往,做满月、喝喜酒,随心所欲,自由自在,该有多好!"

"规矩不能没有,家人团聚也该快活些才好!"太后和悦地说,心里却在暗笑儿子拙劣的障眼法儿。她断定,她这性情热烈暴躁的儿子,绝不会在五句话之后还能掩饰住他的真实意图。

果然,福临紧接着问:"襄亲王怎么没有来?"

去年二月,也是在太后的圣寿节上,福临与他的幼弟博穆博果尔夫妻谈得十分高兴;过了三天,他派太监去博穆博果尔府,赐给幼弟一大批书画珍玩;跟着,二月二十一日,未满十四周岁的博穆博果尔竟被皇上封为和硕襄亲王,引起朝野的惊异。由此开始,皇帝突然对自己的幼弟格外宠爱。当了亲王,博穆博果尔必须参加许多以前不常参加的典礼,并每日随朝站班。皇帝因此就可以经常召见他,可以经常请他的福晋参加宫内的许多宴会。

不止一个人在太后耳边说起这件事。尤其是去年中秋、重阳、冬至三次内廷家宴,皇上不仅格外优待襄亲王夫妇,竟然在御花园多次单独与襄王福晋说笑。最令人不安的是,他们交谈用的是汉语,弄得向太后私下禀告的人也说不清他们都谈了些什么。

太后倾听这些密探们——主要是些得脸的太监、宫女和他们的主子娘娘——的密报时,从来都面无表情,不置一词。醋味太重的妃嫔若说出什么不得体的话,便会被太后斥为有亏妇德;说皇上的坏话,更是绝对不允许,那有宫规管着。宫规里也有鞭笞和杖刑,不过太后从来不用罢了。

太后绝对地维护儿子。因为他是天下之主、万乘之君。她从来明睿智慧,儿子的作为,儿子的心思,绝逃不出她那时时含笑的慈蔼的眼睛。早在大婚后的第二天,她就觉察到福临心绪不宁,对新皇后仍不满意。当福临向她提出晋博穆博果尔为亲王时,她已大致猜到了他的用心。不过,庄太后可不是一个平凡的妇人,更不是个普通的母亲。她很懂得怎样做一个太后,怎样对待身为君上的儿子。她的最有力的手段就是宽容。只要不越过危险界限,她一概宽容。事实上,这是对待她的这位聪慧异常而又喜怒无常、性情暴躁的儿子的最好办法。她确实从她的丈夫皇太极那里学到了许多东西,是个绝不亚于任何男性智士的女智多星。

听着儿子的问话,看看儿子的表情,太后心里如同黑松鸡落在雪地上,一清二楚。但她绝不点破,很自然地回答说:"他俩往寿康宫迎接懿靖和康惠去了。"

懿靖大贵妃是博穆博果尔的生母。她和康惠淑妃原先都是元朝的直系后裔察哈尔蒙古林丹汗的福晋。天聪八年,皇太极领兵攻打察哈尔,成吉思汗的末代子孙从此灭亡。皇太极收纳了林丹汗的两名福晋。崇德元年皇太极改国号为清,称宽温仁圣皇帝,设置后宫。清宁中宫大福晋即皇后,是庄太后的姑妈;西永福宫庄妃便是庄太后;东关雎宫宸妃是庄妃的姐姐。当时,懿靖大贵妃为西麟趾宫贵妃,康惠淑妃为东衍庆宫淑妃。懿靖大贵妃早年为林丹汗生了察哈尔蒙古汗的继承人额哲和阿布鼐。当蒙古四十九旗归附时,皇太极以延续元朝苗裔、不忍废绝之意,命额哲为察哈尔蒙古旗的旗主,封为和硕亲王,并以皇二女固伦公主马喀达下嫁。顺治二年额哲亡故,其弟阿布鼐袭王爵,公主也转嫁阿布鼐,至今驻守察哈尔旗。博穆博果尔生于崇德六年,与额哲、阿布鼐同母异父。

庄太后对待先皇留下的其他妃嫔,一贯非常优厚。博穆博果尔夫妇先来慈宁宫问了太后圣安,太后便打发他们去迎接大贵妃和康惠淑妃。福临一向佩服母亲的大度,又知道襄亲王夫妇确实已来,也就放了心,便跟母亲饶有兴致地谈论起寿宴上的戏目。

东西两庑的中和韶乐,奏起了皇太后升座乐,曲调庄严而徐缓。庄太后在乐曲声中登上慈宁宫正中的宝座,所有的妃嫔和王公福晋们在帝、后的率领下,整齐地跪在宝座前。太后坐正,乐止,人们在宣赞太监的带领下同声祝贺:

"愿圣母皇太后万寿无疆,万寿无疆,万寿无疆!"

人多声响,大多数是女子,合在一起十分好听,在阔大的殿宇中引起了回声。

太后微微笑着,朗朗地说:"今儿的寿宴是家宴,都是自家骨肉,不要拘礼,酒随意喝,话儿畅心说,我这个子孙满堂的老妇人也要高兴高兴!"

殿堂里泛起一片笑声,比平日庄严肃穆的典礼轻松多了。福临却不肯草率,一定要正式向太后敬茶敬酒,太后只得同意。于是,排列在慈宁门檐下的中和清乐演奏起《朝天子》,福临率着他的五位兄弟走向太后宝座。他身后按年龄顺序排列着镇国将军叶布舒、辅国公高塞、镇国将军常舒、镇国将军韬塞与和硕襄亲王博穆博果尔。承泽亲王硕塞已在前年病逝,博穆博果尔就成为皇太极诸子中惟一的亲王了。按爵位而言,镇国将军离着亲王还有六级:辅国公、镇国公、贝子、贝勒、郡王、亲王,通常情况下,本不能同拜同起;而且博穆博果尔原来并无爵位,一下子晋封亲王,几个哥哥十分眼气。今天是家宴,除了皇上、皇后,只讲辈分长幼,不论官职爵位,博穆博果尔只能排在最后,叶布舒他们心里自然痛快,只是不好表现出来。博穆博果尔却是一肚子不高兴。当了一年亲王,他已习惯于处处受尊崇了。不想,行进途中福临回头看了一眼,笑笑,停步对博穆博果尔招招手。博穆博果尔赶紧跑两步追上来,福临牵着他的手,一同端着金杯,并肩走到了太后宝座前。殿里一片压抑的惊叹和窃窃私语,目光都集中到福临和博穆博果尔的脸上。博穆博果尔不免趾高气扬,得意洋洋,几个哥哥只得亦步亦趋地跟在一位天子、一位亲王的身后。福临呢,脸上泛起恭敬的微笑,正合他此时此地的身份。他心里却是一阵阵沉醉,因为在无数投向他的目光中,他感到有一双乌黑晶莹的眸子,透露出惊讶、不安和恐惧,也透露出赞美和知心。这就足够了,其他的哪怕一万双凤眼美目对他都没有意义,都不存在。他不觉把步子迈得更稳健有力,使身姿更加潇洒自如,而那使他面貌开朗英俊的微笑,始终没有离开他的唇边、眼角。

太后接过儿子们进上的金杯,豪爽地一饮而尽,然后又分赐他们每人一杯酒。趁此机会,福临向站在宝座两侧的妃嫔、福晋们很快地扫过一眼,心头一跳:她到哪里去了?再搜索一遍,仍然没有见到那双明艳无比的眼睛。一刹那间,福临浑身像缠上蜘蛛网似的不自在,面孔阴沉下来。如果她不在,如果她没有看见,没有听到,福临所做的一切,不都枉费了心机吗?福临回到设在太后宝座左前侧的御座上,情绪低落,连宝座和食案上金光灿灿的膳具仿佛都失了光彩。

《朝天子》在一遍又一遍地奏着,乐队里的歌工用嘹亮的响遏行云的歌喉,和着乐曲,唱出祝寿祝酒的贺词。皇后率着六宫妃嫔、公主、福晋向太后敬茶敬酒。大殿中心仿佛开出一坛五颜六色、光艳夺目的鲜花,又仿佛集中了一群宛转娇啼、炫人眼目的彩鸟。福临淡漠地望着她们,"粉色如土"四个字又一次在他心头闪过。

突然,她出现在第三排最后一个位置上,是福晋中的最后一名。福临惊喜地看着她。显然,刚才她被那些躯体高大的女人完全遮住了,像一堵墙遮住了一丛芳兰。在这一群高大健壮、举止呆板、色彩艳丽的满、蒙贵妇之中,她显得越加娇小玲珑,仪态万方,那么温文尔雅、蕴藉脱俗,仿佛是一个晶莹剔透、放着光芒的玻璃人儿。"啊!乌云散开了,明月出来了!"福临在心里高声赞美着,胸际顿觉豁然开朗,周围的一切都变得更加美好:殿堂高了,宝座更辉煌了,茶酒菜肴为什么如此香美?歌工的歌唱为什么如此动听?福临觉得自己的精神仿佛进入一个从未经过的仙境,心里那么明亮、欢乐。当太后向大家赐酒以后高兴得爽声而笑时,他也借题发挥,放声大笑,像孩子那么率真、欢快、无所顾忌,惹得坐在对面皇后御座上的那位正宫娘娘胆怯地看了他好几眼,他也毫不在乎。欢乐像一道清纯甘美而又湍急的溪流,腾着浪花,从他心上流过,从他全身流过……

中和清乐奏起了轻松欢快的《金殿喜重重》,寿宴正式开始。斟酒斟茶的宫女用彩色绸袍换去了蓝布长衫,乌油油的大辫子根上梢上都插了鲜亮的绢纱花朵,脸上薄施脂粉,在各席间来往如飞,川流不息。

皇帝和皇后离座,向太后跪拜。福临笑吟吟地说:"皇太后圣寿,儿臣等恭进寿礼:白银万两,上用缎纱百匹,珍珠六百串,珊瑚珠六百串,请母后笑纳!"苏麻喇姑笑着替太后接过帝、后的寿礼红单。这是每年一次的例贡,理所当然。《金殿喜重重》奏得更响了。

各宫主位也顺次进献她们的寿礼。因为帝、后的大宗寿礼已代表了她们这些晚辈,所以她们的礼品多半是象征性的:永和宫端妃献上一串佛珠;景阳宫恭妃奉进一尊金佛;永寿宫恪妃,宫中惟一的汉妃,别出心裁,用珍珠和金丝银线在两双明黄缎花盆高底鞋的鞋帮上,嵌绣了丹凤朝阳的华丽图案,引起周围许多贵妇的啧啧称赞。

景仁宫康妃,是主位中惟一有儿子的人。今天居然能抱着自己的孩子向太后祝寿,使她非常快活,万分感激太后。她紧紧搂着怀中的三阿哥,在太后宝座前跪下去。那不满二周岁的皇三子,一双小胖手用力擎着一只用金丝银丝编织、镶嵌着珠玉的玲珑小巧的手炉,高高举起,用奶声奶气的嗓音,亲切地喊:

"皇阿奶!暖暖手!"

古老厚重的宫阙,庄严辉煌的殿堂,忽然进出这种近似天籁的声音,本来就令人心头一颤,皇三子又异常聪明伶俐,对这盛大的场面、无数陌生的面孔毫不畏惧,更使太后喜欢。她亲自下座,从孩子手中接过礼品,对康妃说道:

"生受你了。三阿哥他……"

话未说完,又发生了一件意外的事,这个长着红润的圆脸蛋、眼珠乌黑的漂亮又健康的孩子,突然张开两只小手,喊道:"皇阿奶,抱抱!"

大家愣住了。太后也是一怔。怎么办呢?

因为赴寿宴,其他人可以穿礼服而不必穿繁缛的朝服。像康妃这样,只梳了隆重场合下才梳的两把头,不需戴金冠;只穿一件貂皮出锋的锦缎毛里宫袍,不需戴披肩、加长外褂,所以抱孩子不觉困难。而太后因为是"寿星",必须穿上全套朝服:三重宝珠的九凤冠、朝袍、朝褂、朝珠、披肩俱全,一身龙凤辉煌,也十分沉重。真要抱孩子,双臂难以回环,胸前珍贵的饰物也会弄坏。况且皇太后抱小孩,实在有失身份。

康妃轻轻拍了三阿哥一下,说:"不要嚷嚷!"

太后却伸出双臂,把皇三子接在自己怀中。即使是一岁以内的婴儿,也能准确无误地判断人们对他的态度:是真喜欢他还是假装喜欢他,或者是厌恶他,这是不会说话的孩子的一种本能。皇三子偎在太后怀中,全身贴在她宽阔的胸脯上,双手紧紧搂住祖母的脖子,一张娇嫩的小脸亲亲地贴到太后的面颊上。

怀中一团温暖、娇嫩的小身体,脖子上绕着两条柔软的小胳膊,面上贴一张散发着温暖的奶香的小脸蛋,这一切,表示着绝对的信赖和无比的依恋。庄太后许多年没有这样的体会了。她不自觉地紧紧搂住小男孩,在他那胖嘟嘟的小脸上亲了一下,喉咙里涌上一股又辣又酸的热气,逼得她几乎落泪。

人们瞪大眼睛望着宝座上这祖孙俩,惊讶得说不出话。一片寂静中,太后轻轻一笑,说:"你们知道吧,三阿哥蛮有意思的。去年周岁抓盘,他张开两只小手,竟把翡翠盘里所有物件全抓起来了!……将来,应是福寿绵长,文武全才了!"

按皇家制度,皇子周岁设的晬盘,例用玉陈设二件、玉扇坠二枚、金匙一件、银盒一件、犀钟犀棒一双、弧一张、矢一支、文房四宝一份。去年皇三子一股脑儿抓了所有物件,使祖母非常高兴,赏了许多玩物锦缎,至今说起来,还禁不住地自豪。

太后开了头,皇子的叔伯婶母及其他额娘也跟着凑趣,进上许多吉言。皇三子还有一个哥哥、两个姐姐、两个妹妹。但因他们的母亲封号都在贵人以下,上不了正席,纵然心里因不服而酸酸的,也得跟着大家一起笑。

抱走皇三子又费了一番手脚,那孩子像膏药似的粘在皇阿奶身上,康妃和保姆忙得满头大汗,在三阿哥的哭声中,才把他揭下来。还是老办法,由乳母去为他止哭。

太后心里很感慨,被一个婴孩所依恋,心里甜甜的、暖酥酥的,那滋味既不可言传,又异常舒坦。

福临满脸堆笑,注视着这一幕。能使额娘高兴,他也很快活。他的长子牛钮在顺治九年夭折,没有引起他多少悲痛。一则孩子太小,死时才三个月,又瘦又弱,是一位答应所生;二则他自己那时也太小,不过十四岁。近年他才开始重视子嗣。皇二子比皇三子只大八个月,远不及皇三子健康聪慧。加上皇三子的母亲地位尊贵,福临对皇三子也很喜爱。不过,今天他的心不在孩子身上。他等着看自己的兄弟们向母后贡献寿礼。

叶布舒、高塞、常舒、韬塞四对夫妇相继上前,分别奉献了佛像、佛珠、白玉塔、金香炉。自他们各自领封建府以来,寿礼从未超出过这种格式,非常庄严、高贵、稳妥,绝无标新立异之嫌。苏麻喇姑郑重接受,太后微笑着点头。

十五岁的襄亲王和十七岁的福晋,像一对金童玉女,齐步向前,手中各执一柄鲜红的珊瑚如意,跪进太后。难得这一对如意大小、形状、颜色都很相近,在洁白的长丝穗的映衬下,更显得红似云霞,玲珑可爱。太后忍不住从苏麻喇姑手中接过这一双如意,轻轻抚摸一下,温润细腻,与上等羊脂玉一样贵重。她把如意交苏麻喇姑收好,正要有所表示,襄亲王夫妇各捧着一个玉盘又跪下了。襄亲王托盘里放了一把藕节底、荷花身、莲蓬盖的古色古香的陶壶,旁边是一只同样色泽的荷叶杯,栩栩如生,仿佛风吹来就会摆动似的。亲王福晋的托盘里放着一个鲜红的填漆食盒。两人同声说:

"请太后尝新。"

苏麻喇姑会意,先提起陶壶向荷叶杯里注入,淡绿色的清亮的水泠泠作响,一股清香在太后四周散开了;再打开食盒盖,小巧的盒子里如橘瓣似的分成九格,每格里放了一些干鲜果品。

太后喝了一口茶,只觉得清香沁入心脾,非常甘美;又从果盒中取了一枚长生果吃,香脆满颊。她很满意,问襄亲王:"这茶是怎样烹煮的?又香又清醇。"

博穆博果尔一下子答不上来,有点结巴地说:"茶……茶里放了东西……"

"什么东西?"

"这……我也不清楚,问她好了!"博穆博果尔不觉露出小孩子心性,朝他的福晋一摆头。

"启禀太后,"襄王福晋董鄂氏从容地回答,亲切地笑着,露出白灿灿的贝齿,"这水是去冬从松针、竹叶上扫下来的雪,攒在坛子里,烹茶时候,又添了松仁、佛手和梅花三味,水滚三道煎成。"

"怪不得!"太后笑了,"这茶可以叫做三清茶了!……那么,这果盒也有讲究吧?"

"是。"董鄂氏笑道,"这叫九九果盒,九样果品,每样九颗,都有一个吉祥如意的名色,奴才已写成名签,放在果品底下了。"

"哦,还是你念给我听听吧!皇儿,你们夫妻也来看看、听听。"太后兴致很高,对这个最小的儿媳妇似乎格外喜爱。福临巴不得这一声,立刻凑到太后桌边。

襄王福晋也不推辞,立到太后席前,一样一样地指给太后看:"龙眼,如同瀛海骊珠;栗子,仿佛上苑琼瑶;莲子,又名玉池莲颗;葡萄,胜过仙露明珠;荔枝,堪称绛囊仙品;白果,恰似宝树银丸;白枣,可比安西珍品;松子,美其名曰蓬山翠粒;长生果,能催令昆圃长春。"

"好,好!"太后很高兴,"难为你记得这么清楚。看来你的诗文颇有根底。"

"奴才自幼随父驻防杭州,父亲请了满、汉两位师傅教导。"

"怪不得你有那么一种江南水乡的秀雅文静,竟像个汉家书香门第的姑娘,不像我们满洲的格格儿。"说着,太后自己也笑了,拈一颗松仁放在嘴里,慢慢地品味。

她最后这两句话是什么意思?是贬还是褒?董鄂氏琢磨不透,一面逊谢着说:"太后赏脸,奴才谢恩!"一面小心地抬头,想看看太后的脸色,谁想遇上福临那双火辣辣的眼睛,她心一慌,连忙垂下眼帘,退回自己席上去了。

太后宝座和福临宝座之间靠后一席,是懿靖大贵妃的座位,太后略略侧过身子,笑着对她说:"皇妹,博穆博果尔孩儿成亲以后,变得多了。"

大贵妃先是一笑,后又皱皱眉头,说:"可不吗?这样下去,他也要变成南蛮子了!"

"怎么,你看这个儿媳妇……"太后很有兴趣地问。

"哪里,太后指婚绝没有错的。我是说博穆博果尔。咱们满、蒙八旗,毕竟靠骑射起家,尚武不尚文啊!"

这时,馔肴陆续进上,所有的人在自己席上向太后一拜礼后,坐下开宴。太后和悦地笑笑,没有再说什么。殿外舞台上,古老的队舞——打蟒式已在热烈快速的乐曲伴奏中开始了。身上挂着模型马、象征骑兵的八名八旗兵士,身着甲胄,手举弓矢,周旋奔驰,追逐十数个跳跃翻腾的象鼻怪兽。席间的气氛变得更加轻松,如同平日亲友宴会一样,执着酒杯串席说笑,也不会有人见怪。

福临径直走到襄亲王夫妻席边,并且毫不犹豫地坐到两人之间,弄得两人都有些手足无措,想要叩拜,福临连忙挡住,笑起来:"太后已经明谕,今儿是家宴,只行家人礼,不行君臣礼,你们不要这样。"

博穆博果尔连忙给皇兄斟酒，福临举杯一饮而尽，随后端着金杯，对襄王福晋说："弟妹，该你了。"

福晋看了襄亲王一眼，襄亲王催促道："快给皇上斟满！"福晋低头一笑，执金壶给福临满上，福临又一口饮干。福晋道："皇上好酒量！"

福临对她笑笑，说："可惜没有好酒！"

襄亲王惊异道："宫里的玉泉酒，不是天下头一份吗？"

福临摇摇头，笑着看看幼弟，又看着弟妇说："这类酒，日饮千盅不醉，无味至极！听说江南有名酒，叫做梨花春，甘芳清冽，香沁肌骨，味厚而浓，饮一小杯就会沉醉终日。不知此生可有福气一尝。"

襄亲王说："一坛酒何足道！叫他们贡来就是。"

福临叹道："山高水远，咫尺天涯，谁知能不能一近芳泽？……不过，我今日仿佛闻到了梨花春的清香，已觉沉醉，真所谓酒不醉人人自醉啊……弟妹，你一定会说我身在酒国，沉醉终日吧？"

福晋避而不答，另起话头："梨花春确是难得的好酒，色呈浅绿，所谓倾如竹叶盈尊绿，酒质浓厚，香飘一屋……"

襄亲王问："你怎么知道？"

"我家在杭州时，师傅吃过这种酒。他的老友送他一小坛，他足足吃了一个月，每天一杯，沉睡半日。但凡开坛，便觉浓香四溢，我们这些不会吃酒的都觉醺然欲醉，连站在院里的家仆，也是直咽口水。最后那两天，酒香把我阿玛招来了，两人对饮，一齐醉得东倒西歪，好不容易才把两个老人家扶回卧室，一路上他们还满嘴嚷嚷：好酒！好酒！"

福临和博穆博果尔都笑了。福临道："你师傅这么好酒？"

福晋连忙说："不。他酒量不大，但很爱持杯，最是南士习气，每当酒酣,便议论风生,精妙无比。他本来就博古通今,诗才隽逸,半酣时文思尤其敏捷。一天,他喝醉了,伏案而眠。我跟幼弟费扬古悄悄议论,'水如碧玉山如黛'一句以何为对,争了半天,谁也对不出好句。想不到老师醉梦中眼都不曾睁开,便说道:'可对云想衣裳花想容。'说罢,仍旧呼呼大睡。等他醒了问他,他竟全然不知!"

福临笑道:"接对的可是李太白的《清平乐》?你再用汉话把两句诗念一遍。"

福晋照着念了,福临点头笑着用汉话说:"这些诗词,必得用汉话去读,平仄声韵才有味道。"

福晋也用汉话答道:"正是呢。我为太后试写了几首祝寿的贺诗,要是用满语读,便毫无诗味,只得作罢了。"

这以后,他们的对话都用汉语。博穆博果尔全然不懂,但既不敢插嘴,更不敢表示不满。

福临道:"何不将诗呈来,让朕一读呢?"

福晋笑道:"乱笔涂鸦,有渎圣目。但我从师习琴数年,待皇后千秋之日,一定要奏琴献寿。"

福临心里很不受用,便道:"你师傅又喝酒又作诗又弹琴,想必是个风流人物。"

福晋暗笑,只得恭敬地侧面回答:"当年师傅客居扬州,有人卖鹤,师傅家道贫寒,却倾囊买了两双,准备回乡时一起带走,不料嘲笑讥讪一时俱来。师傅恬然答道:'我家门可罗雀,对鹤如对良友;我夫妇老乏丁男,抚之如倚玉树;戛然一鸣,悦心盈耳,抚琴观舞,排忧解愁,此乐何及?'为此,他赋诗十章为友人吟诵。家父听了此事,深敬师傅为人,这才千方百计聘入家中设馆。"

"哦。你师傅叫什么名字?就不愿涉足仕途吗?"

福晋庄容相对,答道:"师傅姓吕,名之悦,字笑天,人称笑翁。

他说:'皇清以义受命,其垂统之谊甚正。然我辈生于明世,食明粟已久,不可为失节之妇,以为异日子孙羞也。'惟愿新朝施仁德之政,顾念天下百姓疾苦。他说他虽然力量微薄,也要为此奔走,乐而不疲。"

福临倾慕地说:"这正是所谓高士啊!……他如今到哪里去了?"

"前几日家母说起,师傅曾在安郡王府做幕宾,近日已告辞南归了。"

"告老回乡?"

"不是的。……据说江南近日冤狱重重,十家旧姓谋反一案,株连甚广,内情大有出入,但十数年不解,师傅想要……他要去为此奔走。"

福临没说话。他对这位笑翁的行动,既赞赏又反感。赞赏他的正气、勇气,反感他干涉自己的治理。

"万岁,"襄亲王福晋忽然改了称呼,"南人儒雅文弱,不禁摧残,江南又是财赋所出之地,如今永历伪朝及郑成功两处叛乱未平,安定江南人心、安定江南地方,实在不可小视。万岁仁厚圣明,想必早有成算的了。"

福临惊奇地看着眼前这粉光玉润的美丽面庞,那双眼睛如同晓星,灼灼闪亮,燃着一团勇敢的火焰。他心里很感动,半晌,突然问道:

"告诉我,你叫什么名字?"

襄亲王福晋"刷"地红了脸,假作斟酒布菜,低下头去,很轻很轻地、责怪地说了一声:"皇上……"

一名太监走来跪下:"启禀万岁爷,太后请你过去,看一件暹罗国进贡的新奇物。"

福临只得离座而去,临行又停下脚步,再回头问:"你不肯告诉我？"

　　襄亲王福晋抬眼迅速地看了他一下，复又低头，用更轻悄的声音说："乌云珠……"

　　"乌云珠……"福临的心怦怦直跳，满脑子想象着用龙飞凤舞的狂草写出的这三个可爱的字，"这是说一颗乌黑闪光的宝珠啊！不是在形容那举世无双的眼睛吗？多美！……你，为什么不是个蒙古姑娘呢？为什么不生长在科尔沁草原呢？……唉，若真生在蒙古、长在草原，怕也就没有这样明慧，没有这种令人陶醉的水乡丰采和儒雅的书卷气了！……"

二

　　乾清宫西侧的弘德殿，和养心殿东暖阁、乾清宫西暖阁一样，都是皇上常日听政视事的地方。不过，在弘德殿召臣子入商国事，更显得郑重。

　　汤若望第一个上前跪倒，他是那样兴奋激动，面孔红红的，映照得白发白须更加雪白，眼睛更加碧蓝。

　　福临看着他笑道："玛法，你怎么又行跪拜？荷兰国来进贡算得什么大事，值得玛法这样高兴！请坐下说吧。"

　　汤若望笑着，照规矩盘腿坐在宝座下首的坐垫上，说话比平日又快又响："皇上你是不知道，我离乡几十年，现将在这离故土万里之遥的海外接待家乡的人，心里太激动了！……"

　　"玛法，你不是德意志科伦城的人吗？和荷兰并非一国呀！"

　　"皇上，我们虽分处两国，但我自幼就会荷兰语，在科伦读书的时候，许多同学是荷兰人，总有同种族之谊啊！老臣既获皇上知遇，在中华帝国得到这样的荣宠，同乡们不辞万里，远航而来，我无论如何要尽尽心。请皇上看在老臣的薄面上,给荷兰使团最高礼遇!"

福临笑道:"玛法讲情,朕哪能不准!可是玛法,看你这么高兴,你可清楚荷兰使团此来有没有别的使命?"

一直处于兴奋状态的汤若望愣了一愣,说:"他们是代表荷兰大公向陛下致敬的啊!我看了他们那礼单,真是一份重礼!送给皇上、太后和皇后的,都称得上是国宝!还有许多天文仪器、钟表,非常精美,非常精美!啊!我离开欧洲不过四十年,金属技艺竟大进了!"

汤若望说着说着又兴奋起来,福临不禁微笑了——数年以来,他一直谏正皇上保持帝王的威仪:要不苟言笑,对臣属尤应持慎重缄默态度,等等,而今天这位仁慈和蔼的道德引路大师,一旦激动,竟也如小孩一样单纯。于是福临说:"玛法,凡是你的请求,朕都很高兴赐准。这次接待荷兰使团,就以你为主,礼部侍郎陪同你去办。只是,玛法不要忘了,几年前达赖喇嘛来朝,你还对朕有过谏正呢!"

那是顺治九年,被人敬为活佛的西藏达赖喇嘛向皇帝驰报,愿进京觐见,途中将带领三千喇嘛和三万蒙古人为护卫。起初福临打算亲临边地迎候法驾,遭到许多大臣的反对。汤若望不仅上了一封很长的谏书,还亲自面奏皇帝,认为皇帝不可自失尊严招致这种耻辱。

汤若望的谏正发生了效力。皇帝改派一位亲王出京远迎大喇嘛。法驾抵京时,皇叔郑亲王迎于城下,皇帝本人则赴南苑游猎。在那里,福临坐大殿等候,达赖喇嘛进殿时,皇帝起立把手递给他表示亲敬,并在右侧亲王序列中指给他第一个座位。

后来得知,达赖来京的许多心愿中最重要的一个,是使皇帝成为他的一位喇嘛弟子。汤若望于是又向皇上陈述:这大有失于一位天朝君主的身份。皇帝与喇嘛应当各行其是，各尽其职。结果，尽管那位活佛在京受到隆重礼遇，清朝并于次年册封他为"西天大善自在佛"，领天下释教，而他的主要心愿还是落空了。

提起往事，汤若望略一沉吟，道："皇上放心，老臣有数。现在我先去贡使馆舍看望荷兰使团。……啊，那名叫德·戈耶尔的使臣，也许认识我的许多在荷兰各地和阿姆斯特丹的老朋友呢！"汤若望兴致勃勃，面部表情非常热烈，福临不好意思再给这位老人泼凉水了。福临准许他离开时，他久盘的腿因麻木竟站不起来，皇上上前亲自搀他起立，扶持着他，直到侍卫们上来替换。福临举手一招，四名御前侍卫连忙跪下听命。福临说："你们护送玛法出宫，往贡使馆舍。路上要小心，不要惊了马，摔着玛法。"侍卫们簇拥着传教士出殿。福临良久站立，目送着白发苍苍的汤若望的背影。

当值的四名大学士，望着满怀拳拳之情的皇上，非常感慨。对于这位少年天子，他们都深感知遇之恩。

图海，字麟洲，马佳氏，满洲正黄旗人。顺治亲政时，他不过是个管理御宝的中书舍人，经常背负皇帝金印跟从福临往南苑游猎骑射，神态总是那么从容镇静，一丝不苟，不卑不亢，很有气概。福临心里认定此人不凡，很想破格提拔重用，又怕众人不服，便以他的少年心性，想出一个绝妙而又简单可行的诡计。一次大朝聚会，议政王贝勒大臣及大学士们都在御前，福临突然说：

"中书图海举止异于常人，当置于法，立斩！"

众人大惊，纷纷以其无罪为图海请命。鳌拜甚至直言陈词，说杀无辜是君上无道之举云云。当众人情绪激昂达于顶点时，福临才板着脸说："如不杀，则须立置卿相高位，方可满足其愿，不生他变！"

于是，图海当殿立授内院学士。不几年拜内弘文院大学士、授议政大臣，去年加太子太保，兼任刑部尚书，成为满洲新人中晋升最快的一名干练大臣。

金之俊,字岂凡,江南吴江人,明朝万历四十七年进士,曾官明朝兵部侍郎。顺治元年清兵入京,谕命故明内阁、部院诸臣以原官原品同满洲官员一体办理国事,金之俊便为新朝兵部侍郎,以蠲田租、赦降众、举漕政等要事得到朝廷信任。顺治亲政后,金之俊又密奏:凡旗人不得经商,王公不得私离京师,内监擅出宫门者斩等,深得福临赞赏,很快由兵部侍郎历左都御史、吏部尚书升为内国史院大学士。即使他参与了二十九人另立异议的事件,也没有对他的升迁发生影响。但金之俊心中毕竟不能无愧。当讥讽陈名夏、龚鼎孳的小戏《南渡记》在民间演开之后,也有诋骂他的顺口溜在京师私下传唱:"从明从贼又从清,三朝元老大忠臣。"为此,金之俊怒愧交加而病倒,便上奏请求致仕。皇上不但不准,竟遣了宫中画工去为金之俊画像,说要留在自己身边,以慰想念之情。

今年初,金之俊假满上朝,福临很动感情地对金之俊和大臣们说:"君臣之义,贵在相维始终。尔等今后不要以引退请归为念。去年之俊病体沉重,朕特遣人绘其真容,是念彼已老,惟恐不能再见,故而不胜眷恋……朕简用之人,都愿皓首相依,永不离别啊!……"

一番话,说得大臣们鼻酸心热,金之俊更是唏嘘流泪,叩谢不已,发誓肝脑涂地以报知遇之恩。

内秘书院大学士成克巩的心情和金之俊相似。他的父亲是明朝的大学士,他自己是崇祯十六年进士。甲申年避乱家居不出。新朝建都北京,他被引荐进内国史院。顺治亲政后,以成克巩为世家子,对故明官制旧事知之甚多,堪为借鉴,因而不次擢用。顺治九年,成克巩由弘文院学士迁吏部侍郎,十年擢吏部尚书,十一年擢秘书院大学士加太子太保。以故明大学士之子,得到这样的重用,他怎么能不感恩戴德?

至于傅以渐,和他们三人都不一样。他在前朝只是个白丁,到新朝方应科举。自顺治三年大魁天下,到顺治十二年十个春秋,他从内弘文院修纂、内国史院侍讲、左庶子、侍读学士、少詹事、内国史院学士直升到内秘书院大学士、内国史院大学士,加太子太保。对于他来说,清朝比明朝看重他,而顺治亲政前后,他又有完全不同的感受。"以国士相待则以国士相报"、"士为知己者死"这些在读书人中长期传播的信条,是非常有用的。

福临回身,正遇上四位大学士神态不尽相同、却都含着忠诚的目光。他心里很满意,缓缓走回宝座,面带微笑地坐下,以说闲话的口气随便地说:"《资治通鉴》,朕已阅过两遍,顺便也翻看了二十一史及《明实录》。据卿等看来,汉高祖、汉文帝、光武帝及唐太宗、宋太祖、明太祖六帝相较,谁为最优?"

金之俊对奏:"唐太宗似乎过于诸帝。"

福临说:"不然。明太祖立法周详,可垂永久,历代之君皆不能及。"

成克巩立即奏道:"皇上此言明见万里。去年六月皇上命十三衙门立铁牌,严禁中官纳贿干政;十一月斩纳贿贪赃之巡按御史顾仁。二事震动朝野,足见我朝立法业已初具规模。这也是天子圣明……"

福临皱皱眉头,说:"去年朕就诏告大小臣工:朕缵承鸿绪已十余年,治效未臻,疆域多故,水旱迭见,地震屡闻,皆朕之不德所致。而内外章奏动辄以'圣'称,是加重朕之不德!克巩忘却了吗?"

成克巩连忙跪下,摘帽叩头请罪。

福临说:"这倒不必。尔等须牢记,今后凡章奏禀词,不得称'圣'……"略一停顿,又说:"朕一日万机,岂无未合天意、未顺人心之事,尔等直言无隐,当者必旌,戆者不罪。"

事情来得突然,大学士们一时不知所对。傅以渐想要出列上前,被年老的金之俊用目光止住。陈名夏之死,给汉官心理上造成很大压抑。他们在皇上怀柔亲善的鼓舞下,好不容易来了一次抗争,第一个回合就全线溃败,整整两年,一片沉寂。如今,小皇上又要鼓动了?

福临继续说:"帝王以德化民,以刑辅治,法司用刑务求平允,方能上合天意,下得人心。江南十旧姓谋反一案,自国初以来延绵十年,株连极广,至今未结,究竟是实是虚?是实,刑部应拿出证据;是虚,诬告者就该反坐。岂能成一积案,十数年不清?"

现任刑部尚书图海忙奏道:"江南十旧姓谋反,立案于顺治二年,初时由江南领兵王贝勒处置,归刑部办理时大局已定,虽曾有人提出疑议,但不得结果。顺治八年后,顺承郡王兼理刑部,一切惟命是听。郡王乃国家重臣,事务繁多,实在无暇细细查阅案情,认定是实。尚书侍郎皆相随画诺,不敢异议。"

福临面露不悦之色:"如今你是刑部尚书,为什么不查疑平刑?"

图海迟疑着没有回答。福临眼睛一闪,目光像刀子那么锋利,直射图海。顷刻间,福临止住了怒气,说:"法者,天下之平,不以喜怒为轻重。你身为刑部之长,职守所在,有何疑虑,不敢在朕前直陈?"

图海终于跪地免冠叩头,奏道:"恕奴才之罪,实在因为贵贱有别,不敢冒昧回奏,有渎圣听。江南十旧家谋反案,立于顺承郡王。顺治九年顺承郡王谢世,顺承小郡王袭位后仍兼刑部,自然不敢翻案。刑部处理重案,往往尚书、侍郎商榷未定,王爷所差司员已持王爷拟定奏本邀各官画押,当时谁敢不遵?皇上恕奴才妄言之罪,以奴才所见,亲王、郡王位望高贵,可使他们为大将军、为议政王,却不可使他们兼六部部务。"图海的话戛然而止,仿佛没有说完,仔细想想,该说的都说了。

福临的面色反倒平静了,眼睛依然闪闪发亮,那是另一种兴奋的光芒,图海说到他心里去了。他说:"刑部如此,其他五部可想而知,江南十家狱可想而知。以渐,你意如何?"

傅以渐趋前几步,奏道:"去岁三月,皇上下谕将'兴文教崇儒术,以开太平',还诏示诸臣于政事之暇留心学问、荐举贤才,此诚英明之举,文武盛世当不远矣。江南乃人才渊薮,十旧姓都是百年望族、书香门第,士人众望所归的世家。解江南十旧家狱,正当其时。"

福临微微点头,乌黑的眸子里光亮闪烁,透露出压抑不住的振奋:"之俊年高持重,以为如何?"

金之俊躬身答道:"去岁正月,皇上命在京在外各官各举职事及兵民疾苦,极言无隐。其时江南奏折中便有几本提及此案冤枉,曾蒙皇上过问。如今讦告之风大起,不是诬人谋反,便是借投充、逃人两法害民。正可借此案严肃反坐之律,一扫此风。"

福临望着金之俊,没有作声。

在圈地基本停止之后,逃人就成了民间动乱的主要问题。通过征战、投充等各种手段,旗人从上至下都大量蓄奴。奴婢不堪忍受主人的摧残,纷纷逃亡,朝廷于是立下严厉的逃人法。此法虽也惩罚逃奴,不过鞭一百、刺字、发还原主而已,逃跑三次者方处绞刑;而窝藏逃人者却立斩不赦,妻子、家产、房地一概籍没。实际上,窝主所以敢于窝藏逃人,多数情况是因为逃人是他们多年前被满洲旗人掠夺去的父母儿女、兄弟姐妹。因此,逃人法在汉民百姓眼里,是毫无道理的诛族灭门的酷法,极其可怕。顺治初年战事频繁,许多奴仆随主出征,逃人问题还不尖锐。近年战争移到边境,中原和北方渐趋平静,逃人就越来越多,逃人法于是更加严厉。顺治十一年,议政王大臣会议议定:不仅窝主正法籍没,邻居十家也要房地家产入官,人口流徙宁古塔;乡约、地方鞭责四十;地方官降级;捕得逃人若在途中复逃,解差也要流徙。皇上认为此议过严,命议政王大臣等再议,结果仍以原议上奏,迫使福临不得不认可。这样苛酷的连坐法,加上奸恶之徒的诈索财产,使多少百姓家破人亡。

金之俊见福临没有表示反对,便鼓足勇气进一步说:"直陈政事得失,乃言官职责所在,一孔之见,难免失之偏颇。况且应皇上明谕直言民间疾苦,即使有误,也罪不至流徙。求皇上宽言官之罚,否则言路缄口,朝无直臣,非庙廊之福。"

去年正月,应皇帝直言民间疾苦的诏谕,许多言官题奏逃人法害民。兵科给事中李裀极论逃人法的弊端,提出了由此产生的极可痛心的七种后果。他的奏疏在顺治御案上留了十几天,顺治很为震动,将此奏本发下议政王大臣会议。谁知议政王、贝勒、贝子、大臣们一个个气得脸色发青,痛骂李裀,竟然以"'七可痛'情由可恶,李裀当斩"奏报呈上,把顺治气得直跳起来,他批了个"不准,发回重议"。议政王大臣们于是改议为"杖八十,流徙宁古塔"。他们已经让步,顺治也不得不让步,于是便批下:"免杖,安置尚阳堡。"

这些过程,几位大学士一清二楚。他们表面上在谏正皇上,骨子里的目标是议政王大臣。这个高踞于内院之上的议政会议,是实际的执政集团,使内院处于从属地位,也分去了皇帝的权力。

福临懂得大学士用心之苦,他握着宝座扶手,几个手指按笛似的轮流弹过金色的龙头,紧蹙眉峰,沉吟片刻,缓缓说道:"朕念满洲官民人等攻战勤劳、佐成大业,各家役使之人皆征战所得,甚是艰辛。满洲之有役使家人,犹如中原江南之民有房产土地一般。不想十余年间,背主逃亡者日众,隐匿者尤多,满洲各家必将日益贫困,特立严法,以止此风。以一人之逃匿而株连数家,以无知之奴仆而累及官吏,亦万不得已,非朕之本心!……"

大学士们万万没有料到皇上如此坦率地说出他的苦衷,一时相顾无言,不敢进一步深谏了。

福临微微一笑,熄灭了眼睛里那团明亮的火光,淡淡地说:"这几件事待朕深思熟虑后,再做定夺。去吧!"四名大学士向皇上拜辞出殿,福临又添了一句:"以渐暂留。"

傅以渐是真正的新朝贵官,福临对他特别信任。当他恭立御座旁时,发现皇上的一双眼睛又在熠熠发光,暗示着他内心一个非常强烈的念头在跃动。福临盯住傅以渐的眼睛:"以渐,你似乎没有把话讲完。"

傅以渐脑子转得飞快。福临的个性和他的处境,都使这位少年天子喜怒无常。他需要满洲亲贵支持时,就把汉大臣推一推;他需要抑制满洲贵族了,又会把汉大臣拉一拉。他的自尊心强得惊人。有位朝臣进言睿亲王多尔衮功大于过,乞赐昭雪,被他流徙宁古塔;有位言官听民间传说宫监往扬州买女子而上疏进谏,他恼羞成怒,斥为渎奏沽名,流徙尚阳堡。因此傅以渐不得不特别谨慎。当然,他也不愿意辜负年轻皇帝对他的特殊信赖。他精细地、小心地挑选着词句,说了这样一番话:"陛下上承天命,主宰天下,并非一方诸侯,当以神州万民为念,不只是八旗满洲。"停了片刻,他说起了仿佛与此并不相干的另一个话题:"有史以来,元代最无制度,马上得天下,又于马上治天下,毫无长治久安之法度,立国未到百年,便群雄并起,土崩瓦解了。其所以能钳制万民数十年,仅恃其武力而已。明太祖,诚如陛下所称,乃一代英主,承元代法纪荡然之后,参酌百代之得失,定立国之规,足与汉、唐相媲美。但所以能够成就大业,也在明太祖英敏果决,独断专行,言必信,行必果,不许他人掣肘,也绝不受人播弄,法峻典重,执法森严。若非后代嗣君昏庸乱法,大权旁落,明代享国何止二百七十年!"

福临扭开脸,目光避免与傅以渐接触,投向殿顶涂金雕龙的华丽藻井,静静地说:"然而开国之初,杀戮功臣,明太祖不免有伤盛德。"

傅以渐后退了两步,拱手说:"汉有韩信,明有蓝玉,读史至此,诚可感叹。然以国家全体而论,当开创伊始,若无约束元勋宿将之力,人人挟其马上功劳,骄纵横暴,民生凋敝,也不能立国长久。汉高祖、明太祖诛杀功臣,虽千古叹为寡恩,其实也是汉、明开国之功所以能够速就的原因。"

福临猛一低头,灼灼发亮的眸子盯住了傅以渐。他眼睛里包含的内容太复杂了:惊奇、喜悦、恐惧、恼怒、感佩、疑惑……傅以渐强迫自己咬紧牙关,坦然承受。他很明白,他若流露出一丝畏缩和心虚,就会留下"唆君之恶"的口实,弄得不好,自己的身家性命都将断送在这一点点真情的表露上。

还是福临年轻,先笑了起来,说:"以渐不愧为内国史院大学士,史学精博,立论独到。好!"听皇上自动把这一番对话纳入史学的轨道,傅以渐才松了一口气。福临一声"赐茶",结束了君臣之间的心腹话。两人都明白,话说到这个程度,就不可再说了。

傅以渐走后,福临怎么也坐不住了。

今天听政,他原想只抛出江南十家谋反案加以解决,不想牵涉到早就梗在他心头的亲王、郡王兼理六部的惯例,进而又触及议政王贝勒大臣会议这个祖制,是他始料未及的。

福临念及祖宗创业的艰难,不能不遵循祖制,维护满洲八旗。但他是皇帝,又正当年少,血气方刚,锐意求治之心异常强烈。要顾念天下百姓的生计,必然与满洲八旗的利害发生抵触。他想在两者间寻求平衡,非常困难。福临踱出了弘德殿,走上乾清宫汉白玉丹陛。吴良辅以为他要回宫,便招呼小太监准备。福临一摆手:"不回宫,我随便走走。"

"要不要命御辇侍候?"

"不用。"福临从乾清宫门前折向南,走上汉白玉甬道。

"万岁爷可是到哪位娘娘宫里去?"吴良辅压低声音问。

"不去。"福临头也不回,只管漫步南行,也没有让吴良辅继续答话的意思,吴良辅不敢作声了。自去年六月顺治铸了严禁内监干政的铁牌以来,太监们一个个都夹起了尾巴。皇上这一年来变化也很大。如果说他过去是纵欲,那么现在可说是节欲。主位们很少应召。坤宁宫皇后那儿,福临本来就去得不多。至于其他贵人、常在、答应,连见皇上的面都难。皇上经常独处乾清宫,批阅本章,苦读诗书,有时又对灯凝望,若有所思。大家都暗暗称奇。有的人猜到了缘由,只是不敢说或不肯说罢了。吴良辅就是其中之一。

福临信步南行,出了乾清门,心里还在翻腾。亲王、郡王兼理六部,是福临亲政时,摄政叔王济尔哈朗的意思,他也愿意以此表示对诸王拥戴自己度过多尔衮死后的危机的奖赏。这些亲王、郡王们表面驯顺,实际上各行其是,处处使顺治感到掣肘……议政王大臣会议呢?有时简直在和皇上作对!……他应该怎么办?像明太祖那样,他不行,他不是开国之主,没有那样的威望;当个窝窝囊囊、形如傀儡、无所作为的皇帝,他又不甘心!

应该怎么办?顺治的脑子非常专注,紧张地活动着……亲政那年,兼理六部的亲王、郡王都是同辈的堂兄,有战功、有威望,奈何不得。如今除了掌工部的岳乐,其他继任者都是晚辈,怕他们何来?……对!议政王大臣会议是祖制,搬它不动,但王爷兼理六部并非祖制,完全可以由此入手!福临想着,决心渐定,面露笑意:对!就以江南十家谋反冤狱为由头,从刑部入手,停了诸王兼理六部的弊政!……事关大局,必定震动朝野,又要跟议政王大臣们对垒一番了!……是不是先跟额娘商议商议?……

福临停步,举目四望,才惊讶地发现,他竟步行到右翼门下来了。贴在身后的几十名太监组成的"尾巴"诚惶诚恐地跟着他,谁也不敢问他一句。他不免自己好笑。回头一望,慈宁宫已落在身后,经冬后愈显墨绿的松柏覆盖着慈宁花园高高的墙头,松柏间探出嫩绿的新叶,那是银杏和青桐今春新吐的枝芽。

不如进慈宁花园漫步一回,想想怎样说服太后。从花园直接进慈宁宫,路更近一些呢。

进了花园南门,便见青石由墙根向外散开,疏疏莽莽,有的偃卧,有的直立,渐渐聚成一丘小山,石色深青,形体规整,纹理横竖清晰,颇具苍劲深远的意趣。登上小丘,可以看到慈宁宫的琉璃殿脊,福临不由想起半月前的圣寿节。

那时,宾客们都已离去,暖阁里只剩下他们娘儿俩。太后对福临讲起太宗皇帝征伐察哈尔蒙古林丹汗的往事,从头到尾,有声有色。讲得最详细的,是皇太极如何继绝世,立林丹汗之子额哲为察哈尔蒙古旗主,如何因此而受到蒙古各旗的爱戴。太后最后笑道:"蒙古四十九旗中,察哈尔旗归附最晚,兵马仅次于科尔沁。难得他们举国归附后,始终忠心耿耿,北边宁帖无事,朝廷才得以全力向南。论起来,额哲、阿布鼐和博穆博果尔是嫡亲的同母兄弟,与你也有手足之谊。你对博穆博果尔特别爱重,阿布鼐和察哈尔旗定会感恩戴德,我也高兴非常哩!"

福临笑着连连点头。但是,母亲和儿子心里都清楚这一席话说的究竟是什么。他俩思虑的中心都是那个人,虽然那个人的名字提也不曾提到。

福临那热烈的感情,哪里会因太后的反对而冷却!越不容易得到的东西,越显得珍贵。她的美丽的身影和面容在福临心上生了根。是她委婉的提示,使福临牵出江南十家冤案这个头,去打开集中治国权力的道路。她也许并非有意,福临却已把她当成知己,爱得发狂。可惜他不能任意召她进宫,只能焦急地盼望着宫廷的节日,盼望她进宫向皇太后问安时,自己能够当面遇上。即使说不上话,看她一眼也是好的。

事实上,福临有多少话想要对她讲啊!

身为皇上,谁敢对他把心里话掏尽?傅以渐不敢,汤若望不能,连额娘也不情愿。他们不是因为害怕,便是出于担心,或是需要维护某种尊严。他不是也不能对别人说心里话吗?他必须具备天子的威仪,必须不被人看透。然而,他又是多么想说说真心话,多么希望得到理解和支持啊!……皇后虽然秉性淳朴,却有德无才;其他妃嫔,除了盼他光临,盼望生皇子以提高自己的位分之外,还懂得什么?……她出现了,像荒凉沙漠上流淌的一道清泉,像孤寂原野上飘洒的一阵欢快的笛声,他的心怎么能不向她倾倒?几乎在见面的第一瞬间,一切都已不可挽回了!……

今天这个特别的日子,福临的愿望格外强烈:想见到她!她明慧的眼睛,知心的笑,一定会给他勇气和力量。

福临快步穿过花坛,踏上临溪亭南的石板路,两旁古老的参天银杏已经蒙上新绿,花坛上的牡丹、芍药尚未发芽。临溪亭四周松柏繁密,枝叶相连,拂檐掩楼,满目苍翠,竟看不清临溪亭北的路径。

"扑棱棱"一阵拍打翅膀的声音振动了空气,两只白羽黑尾的丹顶鹤高叫着飞上天空,在松柏上方盘旋,福临停步注目鹤飞的当儿,一片笑语从临溪亭北传了过来。一个女子含笑的声音问:"以后我们叫你福晋呢,还是叫你格格?"

那个甜美低沉的、福临从来不曾忘却的声音回答了:"在宫里叫格格,出宫叫福晋,好不好?"

福临拔脚就跑。跟从的太监大吃一惊,皇上怎么啦?出了什么事儿?只得跟着盲目地跑,却怎么也追不上万岁爷。福临几个大步便冲过临溪亭,突然出现在襄亲王福晋面前,吓得那一群女子"刷"地全跪倒了。

福临旁若无人,眼睛只望着福晋,叫了一声:"乌云珠!……"这名字,他在自己心里,在黄昏清晨、花前月下,独自叫了无数遍,今天是怎么啦?声音都不像是自己的了。

乌云珠连忙跪叩请安,随后站起来,笑道:"启禀皇上,太后今天召我进宫,认我做义女了。"

"哦?"福临望着她乌黑晶莹的眼睛,一寒,暗暗喊着母亲:额娘,我的额娘!这些全都没用,全都太晚了!什么也拦不住我了!……他稳了稳自己,笑道:"好啊,这下我该叫你皇妹啦!"

乌云珠红了脸,仍然含笑,接着低声说:"太后要我教她说汉话,读汉诗……"

"当真?"福临惊喜地扬起浓黑的眉毛。

"嗯。太后很喜欢上次我们敬献的九九果盒各种名目,她说很美,很有诗意。要是用汉话念出来,一定更好听。"

"啊!你……"福临高兴得很,一伸手,连袖子带胳臂抓住了乌云珠,"我正有要紧事跟你商量,来,到临溪亭里坐。"

乌云珠胳臂被捉,很难为情,低声地带着嗔怪说:"皇上,你!……"

福临这才对周围那些使女看了一眼,仿佛现在才发现她们。他全然不把她们放在眼里,也不松手,半拉半搀地把他的皇妹请进亭中,直到两人面对面地在石桌两侧的石墩上坐下,他才放开乌云珠。

借着太监和侍女分别送上坐垫的间隙,福临已整理好自己的思绪,便滔滔不绝地就江南十姓案、就诸王兼六部事和议政王大臣会议等等,把自己的想法倾吐了出来。

乌云珠起初十分狼狈和羞怯,神态极不自然,老是做贼心虚似的偷偷觑看亭外呆立着的侍女。但很快她就被福临的话所吸引,目光专注,心无他顾了。她虽然一声不响地听着,但她那极富表情的一双大眼睛,已把她内心的意向全都透露给了福临,福临在这明媚春光般温暖的双眸中,感到了理解和支持,这比任何语言更使他振奋和心醉。

福临终于说完了,默默望着她。她像悟到了什么,又一次红了脸。不过她迅速恢复常态,掠了掠被春风拂到额前的乌发,不再躲避福临那逼人的火热目光,镇定而坚决地说:"皇上是天下万民之君王,并非满洲一部之酋长!……皇太后一定会帮助你!"

"乌云珠!"福临几乎喊起来,声音都哆嗦了。

两双明亮的眼睛互相凝视,两颗年轻的心在激烈跳动。此刻的沉默,饱含着深情,但它也阻止了感情激流的冲荡。福临努力使声调恢复正常,说起他极想和乌云珠交谈的思考:"皇妹,我近日反复阅看《明实录》,受益不浅。明之亡,一亡于制度废弛,二亡于庸人柄政。总之是君主昏聩,百官旷职,终于民穷财尽,内外交困。"

大清朝廷自太祖、太宗皇帝以来,都在探究明弱明亡的原因,或说任用宦官,或说偏用文臣,或说贪风炽烈,或说民气文弱,莫衷一是。还没有人像福临这样说出过如此深切的原因。乌云珠目光闪闪,像清晨的露珠,满脸是赞赏的微笑,这使福临得到鼓舞,想的说的更加深切了:

"我想,明亡虽亡于崇祯,明衰却早衰在正德、嘉靖间,到了万历则病入膏肓,此后泰昌、天启、崇祯三朝便益发不可收拾。纵有明太祖再世,怕也无力回天了。所以,崇祯殉国之日还说'朕非亡国之君',可谓执迷不悟了。"

"是。"乌云珠认真地说,"从来一朝之亡,非一代之过;而一朝之兴,亦非一代之功啊!"

"说得好!"福临兴奋地说,"我必将以明为鉴,效法先贤,为后代子孙开出一条路来!……不过,"他遗憾地摇摇头,笑着说,"如今天下初定,疮痍未复,那太平盛世,我或许看不到了……"

"可是,开基创业之主,都是永垂青史,为万世所敬仰的。"

"你说,我是开基之主还是守成之主?"

"开大清疆域,创一代制度,难道不是开创?眼下两事,皇上不是正在开创吗?"乌云珠直视福临,说得很有信心。

"对!"福临立刻领会了她的意思,"开基创业,总要吃些辛苦,受些艰难……"

"皇上,你怕吗?"乌云珠像对知己朋友似的,同情中含有鼓励。

"我?"福临凝视着乌云珠的眼睛,觉得雄心壮志和似水柔情融汇进一道欢乐的暖流中,在他全身冲击回荡。他用低得只有她一个人能听到的声音,深情地说:

"我要说服太后,我需要你的帮助,我不怕。"

三

阳光明媚,百花盛开,三月来临了。慈宁花园含清斋前,白、紫两色玉兰相继开放,像是立在树间的无数只白玉紫玉雕就的酒杯,盛满春光的浓酒,散发出醉人的甜香,弥漫在清幽的小庭院,从窗际檐下直沁入雅丽的正房。

南窗下一铺长炕,铺着毛毡,毡上蒙了明黄缎褥。庄太后舒舒服服地倚着绣凤明黄靠枕和扶枕,半坐半躺,一个伶俐的小宫女拿了一对美人拳为她轻轻捶腿。炕边一左一右的乌木雕花椅上,坐着太后的两个干女儿:襄亲王福晋董鄂氏——太后左右现在称她乌云珠格格——和定南王孔有德的女儿、被称为四贞格格的孔四贞。孔四贞今年刚十五岁,长得很漂亮,但眉梢高扬,粉面含威,和乌云珠一比,她多些武气,少些文气;多些骄气,少些劲气。由于她到底还小,仪态表情中常带着些令人爱怜的娇憨。她正在讲着桂

林城破、她父亲临死前的情况:

"……那时,父王对母亲说:'我不幸少年从军,漂泊铁山、鸭绿江间,指望立功受爵,垂名青史,不料毛大将军忠心为国反被惨杀,这才归命本朝,从此青云直上,历受两朝知遇之恩,封亲王,赐藩土,荣宠至极。我受大清厚恩,誓以身殉,你们早早自作打算吧!'母亲指着我兄妹二人说:'王爷无需虑我不死,只是小儿辈有何罪过,要遭此劫难?'见父王沉吟不语,母亲忙唤保姆背我兄妹逃走。母亲哭着把我们送出大门,对保姆说:'此子若能脱难,当度为沙弥,再不要像他父亲,一生驰驱南北,落得如此下场!'我们才跑到城门口,回头一看,王府的大火已经烧、烧起来了!哥哥也没了下落……"

四贞呜呜咽咽地哭了,乌云珠忙上前劝慰。太后叹息着说:"定南王出身山野,血性忠烈,殁于王事,阖门死难,实在令人敬叹!乌云珠可知道,那时四贞的母亲同几位如夫人一齐自缢,是定南王亲自纵火烧了王府,他北向三跪九叩之后才拔剑自刎,家口一百二十人全都被害了……"

乌云珠连忙说:"定南王死于王事,阖朝悲悼。前年四贞妹扶榇还京时,和硕亲王以下数千人郊迎,三品以上大臣数百人日夜守丧,又恩谥忠烈,造墓立碑,岁时祭祀,太后还收四贞妹为养女。定南王泉下有知,也可安心瞑目了。"

庄太后叹道:"定南王在四汉王中来归最早,功勋卓著,靖南、平南都出自定南门下,死得太早了!……"她心里的另一句话不好出口:孔有德若在,吴三桂就会受到牵制,不至于如此烜赫。如今平西王的威势已经成为庄太后的一块心病了。她转而笑道:"四贞小小年纪,生长王府,倒不娇养。我看你马上功夫不弱。"

"父王整日督催我们兄妹练武,说天下未定,骑射不可放松。我们从小都开得弓放得箭,文墨上却没功夫,不像乌云珠姐姐,是个才女。"

太后笑道:"你们俩一文一武,都可算是一时难得的女中英杰。乌云珠,你骑射功夫怎么样?……乌云珠?"

望着窗外发愣的乌云珠一惊,茫然望着太后的笑脸。四贞出声地笑了,说:"姐姐,你的心飞哪儿去了?母后问你骑射功夫如何呢!"

乌云珠连忙跪下,先请太后免失仪之罪,然后答道:"孩儿骑马尚可,武功不行。"

太后笑道:"哪个怪罪你!不过,你可真有点心神不定呢。"

乌云珠低头道:"昨夜失眠,至今还觉怔忡不安,母后恕儿不恭。"

太后轻轻"哦"了一声,看看她,不再说什么。

四贞满语说得很好,加上她那清脆的声音,色泽鲜艳的小嘴,绘声绘色地讲起"山如碧玉簪,江作青罗带"的桂林山水。乌云珠赔着笑脸,强打精神听着,但不多时,心又飞走了。从昨晚起,她就不曾平静过。她知道,福临要在今天把江南十家狱和罢诸王兼六部这两件大事批下议政王大臣会议!这是福临亲政以来的重要关头,她不由得心里七上八下:皇上能不能成功?……

太后正在静静地听四贞讲述,忽然抬起手,微微欠了欠身子,说:"四贞,别说话。"孔四贞吃惊地闭了嘴,捶腿的宫女也停下双棰,屋里屋外宫女、太监屏息凝神,一个个都凝固在前一刻的那个动作上。他们发现,太后在侧耳听着什么,神情很专注。

屋里一片寂静,春风掠过窗外的玉兰树,花朵落地,发出轻微的"扑嗒"、"扑嗒"的声响。乌云珠小声说:"母后,是落花。"

"哦,"太后笑笑,重新倚倒在靠垫上,"我还以为你们皇兄来了呢!……也该下朝了!"她眉头微微聚拢,有些担心的样子。

四贞哼了一声,撒娇地扭扭身子:"人家讲东说西,卖力不讨好,都那么心不在焉!额娘和姐姐都有心事!"她瞟了乌云珠一眼,一脸娇嗔,把嘴噘得老高,逗得太后不得不笑。

乌云珠赶忙走过去,温柔地抚着她的双肩,软语温存:"好妹妹,谁不知道咱们皇额娘最喜欢你?可皇额娘是太后啊,朝廷有了大事,她哪能不挂心呢?皇额娘惦记皇上,总是正理儿呀!"

四贞"扑哧"一下笑了:"我是逗皇额娘高兴的!要是连这个理儿都不懂,我可成什么人儿啦?"

太后看看乌云珠,沉吟片刻,笑道:"昨天夜里我也是一宿睡不着,翻过来折过去的,到现在还心不定呢。你们姐儿俩能猜得出我这是怎么啦?"

四贞笑嘻嘻地抢着说:"我知道,我知道!皇额娘一定想着再抱十个二十个大胖孙子!"

太后忍不住笑出了声,道:"瞧这丫头!"话音刚落,院里传进来大太监的喊声:"万岁爷驾到!——"

一阵靴子响,福临兴冲冲地快步走了进来。太后已经坐正,四贞和乌云珠都跪下迎驾。一看乌云珠在,福临的眼睛亮了,唇边泛起宽慰的笑。这自然没有逃出太后敏锐的眼睛,她只当没看见,一如既往地接受儿子请安问候,并沉稳地等待儿子禀告她极其关心的大事。从福临进门时的脚步神态,她已猜出结果不坏,但不亲自听到,她是不能放心的。

请安刚罢,福临已抑制不住自己的兴奋,眉飞色舞、指手画脚地说下去了:"额娘,真没想到,事情会这样顺利!……图海提出江南十家狱不实,王贝勒大臣争得面红耳赤。勒尔锦坚持原议,说他父亲定案无误。图海拿出许多证据和诬告者的供词,勒尔锦可什么也拿不出,只好认输!……额娘,我原以为罢诸王兼六部一定会吵翻天,哪知事情全然出我预料。安郡王岳乐先请解任,并且盛赞此举明智,于社稷有利。康郡王杰书随着安郡王,鳌拜极力赞同,老臣索尼虽没有作声,也没有反对。这么一来,其他议政王大臣顺水推舟,议的结果,全如儿意!"

太后点头:"皇儿平辈的亲王、郡王中,以位望而言,除了简亲王济度,就要数岳乐。济度南征未回,众人自然就尊重岳乐的意见了。议政大臣中,索尼资历最老,鳌拜军功最著。难得他们对皇儿如此忠心!"

福临高兴得像个孩子,坐立不安地走来走去,直搓手指尖,恨不得跳起来才好。他笑吟吟的眼睛看看乌云珠,掠过孔四贞,望定母亲:"这下子额娘可以放心啦!"

太后笑笑,说:"不要高兴得太早,还会有麻烦。"

福临和乌云珠脸上的笑意几乎是同时闪没了。福临急忙问:"怎么呢?为什么?"

太后安慰道:"不要急,兵来将挡,水来土掩,慢慢对付就是了。哦,乌云珠、四贞,我们说的你们都明白吗?"

孔四贞显然什么也没明白,连连摇头。

乌云珠的表情和福临那么合拍,这就使太后证实了一开始就存在心头的疑问。乌云珠稍一犹豫,坦率地说:

"这是皇上英明之举,长治久安之策。"

太后缓缓地说:"你像是事先已经知道了呢。"

乌云珠粉腮上泛出一层淡淡的红晕,福临暗暗咬嘴唇,不住拿眼睛看她。她不看福临,照直说:"禀母后,几天前在这里遇到皇兄,皇兄说起过。"

太后问:"那时候你就这样说的吗?"

"是。"

庄太后皱皱眉头,心中滚过一阵激荡,不由得十分感慨:这样有才识的女孩儿,又是皇儿痴心所爱,当初没有留在宫中,反而应大贵妃之请配给博穆博果尔,实在是埋没了她。不然,真可以是福临的贤内助了!

庄太后内心疼爱乌云珠,但她又必须顾念亲情和皇室的利害,不得不用各种办法防止福临和乌云珠的过分接近。现在看来,她的防范没有效果。她是过来人,只要看看两个年轻人的眼睛,还有什么不明白的?那不是什么天子龙目、王妃凤眼,那就是互相钟情的十八岁少男与十七岁少女的眼睛,美丽、纯真、火热!

太后正在暗自嗟叹,坤宁宫首领太监进来跪禀:皇后想请乌云珠格格到坤宁宫讲诗作画,求太后恩准。

太后笑了,说:"乌云珠,你将来要成本朝的曹大家了。"

乌云珠躬身道:"孩儿哪里敢当。"

太后笑道:"既然你嫂子下请,就去吧,姑嫂们在一处说说话儿,把你的灵气儿、文气儿传给她些个。"

乌云珠跪拜道:"女儿就从坤宁宫出宫,不来拜辞母后了。母后多保重,过些日子再来给母后叩安。"

太后说:"你去吧。我想你的时候,自会打发人去接你。下次来多住几天。"

乌云珠登上坤宁宫四名太监抬的便辇,出了慈宁花园。走到空旷的御道,风很大,坤宁宫首领太监小心地放下绸帘。便辇轻轻晃动,乌云珠仿佛坐上游船,在波浪微动的水面起伏。她慢慢闭了眼。福临便又一次出现在眼前……不,不是现在的,而是四年前,她刚从江南回到京师,第一次见到的那位十四岁的少年天子……

八旗人家的格格是很贵重的。她们都有一次当秀女入宫应选的机会,都有可能成为尊贵无比的宫妃。在娘家都是父母疼爱、兄嫂谦让、奴仆害怕的"姑奶奶"。早年在关外,满洲女子所受的束缚和限制,远不像关内汉家女儿那么严苛,姑娘家更是享有汉人女子想都不敢想的自由:不缠足、不闭锁、能见客、能上街、会骑马、会射箭。虽经太祖、太宗两代皇帝倡导从父从夫的妇德,毕竟影响不深,习俗难改。乌云珠就是这样的满洲格格,在家里是个备受宠爱、说一不二的姑奶奶,豪放、开朗、洒脱。但是,她生长在江南水乡,有一个崇信李卓吾的江南才女的母亲,一位"蛮子"额娘;又有一位钱塘老名士的师傅。母亲给了她聪慧的天赋,师傅培育了她出众的智能和过人的才华。她于是又兼备汉家才女的蕴藉、温柔和多情善感。

两者结合,造就了这么一枝奇葩,兼有满汉女子的特长,外柔内刚,含而不露,有心胸有见识。老天爷偏又赋予她绝代姿容,明艳惊人。她十二岁的时候,父母亲友和师傅便暗自惊讶,眼看着伶俐的小山鸡出脱成华美的雏凤。亲人们又喜又惊又犯愁地私下议论:"这可不是咱家留得住的,老天生就的做主子的命!"师傅教得更严格更认真了。她自己呢,笑容更美、更温柔,说话更少了。

她十三岁了,应选秀女的日子近了。

七夕之夜,在闺房里,她长久地对着镜子独自微笑。她是那样爱慕自己的倩影,不禁亲密地对镜子里的"她"悄声细语:"你看你面如春花,眼似秋水,秀外慧中,一至于此!能不叫人爱死!……你千万不能随波逐流,自误终身。无论如何,要争得个'凤凰于飞,和鸣锵锵'!"红霞飞上镜中美人儿的香腮,乌黑的眸子像星星一样闪亮……

她最不放心的是,那人到底是个什么样的,她能不能跟他"和鸣""于飞"? 这常使她深夜不寐、辗转筹思。人们传说他年少英俊、仁厚嗜学、果断明睿,是真还是假? 选秀女是国家大典,乌云珠相信自己能入选。万一他不值得她入宫呢? 她自有办法。选秀女无非选身段、气度、脸蛋。要改变这些,在乌云珠来说,毫不困难。

"应选之前,一定要见他一面!"这是乌云珠对镜子里的自己说的第二句话。他可以用国家大典来选她,她也要用她的办法去选他。如果不够格,她宁可不进金碧辉煌、锦衣玉食的皇宫,而去寻找她的"凤鸟"。

机会终于来了。一次由皇帝亲临、王公贵族都参加的大规模围猎，在京师以北延庆县的山原间举行。鄂硕将军必须参加。他领着几十名家将和护卫，在长长的万人围猎大队中很不起眼。当长号和鬐篥声遥遥传来时，行进中的队列立刻左右闪开，让出大路，皇上的仪仗热热闹闹地过去后，皇上本人骑着一匹火红的烈马，在亲王、郡王、贝勒、贝子等国戚皇亲的簇拥下，飞驰而过。鄂硕和周围的人们都跪下了，不敢抬头。但他眼睛的余光发现，他的左侧，一名护卫公然抬头向圣驾张望。鄂硕大怒，扭过脸去就要发火，可那护卫俊美的脸儿在他眼前一闪，投给他一个顽皮中带着羞涩的笑，使他张口结舌，一个字也骂不出来了。他很快就猜透了女儿的心，也就原谅了女儿的"不法"行为。他看到爱女穿上护卫的漂亮短褂长袍，格外俊俏可爱，只是夹在那些彪形大汉的家将中，太显得娇小玲珑罢了。

日出之前，号炮三响，令旗一招，万余名合围将士齐声吼叫，一时角鸣鼓响，旗帜飞动，声势浩大，惊天动地。方圆数里的包围圈迅速缩小，围中被轰赶出来的鹿、狐、兔、黄羊，漫山遍野，乱窜乱跑。皇帝站上高高的看城，挥手发令："出猎！"人们欢呼着扬弓搭箭，跃马挥刀，纵横驰骋，尽情追逐，粗犷兴奋的呼喊和马蹄声、马嘶声、兽叫声、号角金鼓声搅成一团，随着扬起的黄尘飞上高空，在天地之间震荡。

鄂硕一直把乌云珠挡在身后。一只火红狐狸飞蹿而过，撩起他的兴头，他夹马一跃，奋力追赶。追出一箭地，背后忽然传来女儿的惊叫，扭头一看，一只受伤的花斑豹扑向乌云珠，惊得他一个冷战从背上滚过。他一声大叫，纵马返冲过来。乌云珠脸色惨白，拨马便逃，豹子愤怒地咆哮着，紧追不舍。事情太突然，周围的人都吓呆了。

在合围之后、开猎以前,皇帝已命令虎枪手用排枪将包围中的猛兽全部击杀。这只豹子想必只是受了伤,受伤的猛兽却是十倍的危险!鄂硕急忙搭弓射箭,已经够不着了!眼看花斑豹离乌云珠越来越近,将士们怕伤着人,也都不敢放箭了。偏偏乌云珠的马竟冲到为围猎而挖成的二丈多宽、一丈多深的壕堑边,人们失声惊呼,鄂硕仰天大叫,闭上了眼睛,乌云珠不死于豹口,也要摔下深堑!

只见乌云珠猛力一勒缰绳,又突然放松,同时举鞭向那雪白马胯下狠狠一抽,大喝一声:"冲!"那马纵身一跳,跃起四尺来高,前后蹄拼命地张开,几乎成了一条线,如同展翅翱翔的鹰,一瞬间飞过了壕堑。当马的四蹄踏上壕堑另一面的土地时,人们不顾一切地喝彩了,为这骑士在千钧一发的关头机警地逃出险境而欢呼。

花斑豹追到壕堑边,凶恶地一声怒吼,原地打了个圈子,阴沉沉地按了按两只前爪,俯下身子,肚皮贴到了地面,跟着后臀耸起,长尾一竖,眼看就要跳过壕堑。人们一片吆喝,纷纷搭弓扯箭。

在豹子纵身离地的一刹那,一支飞箭尖啸着,"嗖"的一声,直贯豹子咽喉。豹子一声哀号,从半空中摔进壕堑。

"万岁!万万岁!"四面响起欢呼。大家看到壕堑外侧赶来一队人马,在许多穿黄马褂的侍卫们簇拥之中,顺治皇帝端坐在火红的御马上,正在收弓。刚才那准确有力的一箭,是皇上亲自射的。

乌云珠骑着白马兜了一圈,转回到壕堑边时,鄂硕已率从人赶到皇上跟前谢恩,并且连忙推乌云珠给皇上叩头。乌云珠像片树叶子似的颤抖着,脸上没有一丝血色,跪在那儿说不出话。鄂硕急忙奏道:"禀皇上,这是奴才府里一名小吏,没见过世面,不会说话,胆子小,奴才替他谢皇上救命之恩。"

福临笑道:"还是个小孩子嘛!吓坏了吧?照他的骑术,不该这么胆小的!"

乌云珠慢慢抬起头,很快地看了皇上一眼,正遇上皇上漫不经心的目光,她慌忙低头,心头怦怦直跳。皇上显然很惊讶,扬起黑黑的眉毛,分明要问什么。鄂硕又怕又慌,手心捏出了汗。正巧一名御前侍卫来禀报:郑亲王赶出一群梅花鹿,请皇上快去开射。

福临年轻的脸上跃动着虎虎生气,看看壕堑对面的猎圈,人人马鞍上都挂了猎物,而圈中野兽仍然纷纷奔逃,多不胜数。他立刻下令道:"围开一面,任其逃窜,给来年留下种兽!"说罢,他随着那个御前侍卫催马而去。跑出十来步,他像忽然想起什么似的,回头张望。但侍从如云,马快如飞,他看不清乌云珠,乌云珠也看不见他。他和他的侍从们像一团金色的云霞,很快就在乌云珠的视线中消失了。

且不说其他,只是救命之恩就足以使乌云珠对福临感激、爱慕了,何况他仪表英俊,出言爽利,神态活跃,确有仁厚之心呢?当乌云珠从猎场回到京师时,少年天子占据了她的心,她已是情之所钟,不能自已了。她暗自盼望着早日应选,盼望着再一次见到意中人。

后来事情变成那样,完全出乎她意料之外。她竟被指配给博穆博果尔。这位皇弟还是个孩子,什么都不懂。她很伤心,恨嫉妒的皇后,恨舛误的命运,甚至也恨福临。好在她是八旗女子,没有汉族那种严酷的贞节观念,虽然违心地出了嫁,倒没有想到去上吊投河,只是哀叹自己生不逢时,落个彩凤随鸦的结果。表面上,她温良柔顺地做她的福晋;内心深处,却始终不能忘情,盼望着见到福临,甚至庆幸着作为他的弟妇,总有再见他的一天。

她正在这隐秘而强烈的感情中煎熬,福临终于发现了她。那时她已长成了,青春焕发,艳丽惊人,一面渴望着爱和被爱,一面苦度着徒有虚名的皇子福晋的生涯。对于福临的试探,他的一步步逼近,她心里又惊又喜,多少有点儿恐惧,但绝不拒绝。叔叔娶嫂子,伯父纳侄媳,在满洲习俗中很为平常,没人当作大逆不道。当年庄太后与睿亲王多尔衮,不就是这样吗?……

便辇停了,太监掀帘,乌云珠扶着太监的肩头下辇。这不是坤宁宫。一路上乌云珠只顾想心事,不知来到什么地方。各座宫门大同小异,都是两面绿瓦红墙夹两扇九九八十一颗铜钉的红门,门外一块雕龙照壁,门里一面雕花琉璃影壁。乌云珠既不能分辨这是哪一座宫门,也无心观赏那些精美的浮雕。皇后召见,不论从国礼,还是从家礼而言,她都要谨敬小心。

一进院门,满目姹紫嫣红,处处盛开着牡丹,芳香四溢,招得整个院子里充满蜜蜂的嗡嗡声,各色蝴蝶翩翩飞舞,和这国色天香的花王争奇斗艳。乌云珠从花盆间的小路曲折而行,不时停步观赏,浏览挂在花下的金牌银牌上的曼妙雅号。瞧啊,这绛红的珊瑚映日,粉红的锦帐芙蓉,洁白的寒潭月,墨紫的烟笼紫玉盘,银红色的杨妃春睡,鹅黄色的大金轮,淡淡轻绿的幺凤新绿,还有一花多色的汉宫春、紫霞仙、胭脂点玉、娇容三变等等,多少种牡丹,纷纷向她探出玉盘大的花朵,争呈它们娇艳的姿色。乌云珠左顾右盼,喜不自胜。她生来爱花,对这驰誉天下、名传今古的洛阳花哪能不动心?不过她记着此来的目的,不敢久停,勉强自己挪动脚步,穿过这由盆栽牡丹摆成的花田,轻轻分开挡在路间的花朵,终于走上殿前的月台。乌云珠这时才想起抬头看看。大殿檐下蓝青底、金色雕龙边的匾额上,用满、汉两种金字写着:养心殿。

乌云珠一愣。片刻之间,她明白了。红晕顿时飞上面颊,有如阶前那倩红艳冶的名品牡丹——洛妃妆。两名养心殿太监已经跪下迎候她进殿了。乌云珠慌乱中回头看了一眼,隔着牡丹花丛,送她进养心殿的坤宁宫太监和便辇早已离去。养心殿内外静悄悄的,只听得见自己的心跳、血流,只听得见蜜蜂的嗡鸣和蝴蝶粉翅的扇动……

乌云珠犹豫片刻，一抿嘴唇，横了心：盼望了那么久的时刻终于来到，事到临头反而胆怯了？她一手抚住胸口，帮助平息心的狂跳；略闭了一会儿眼，稳住自己的呼吸，然后从容地解开披风领扣。养心殿太监连忙上前替她除下披风，她迈步走进了养心殿。在大殿正中的宝座前，她恭恭敬敬地跪拜之后，便细细打量他日常听政、批本和读书的地方。

　　两壁的金画、殿顶的轩辕宝镜、燃着沉香的熏炉、各种形状的香柱香亭以及宝座四周富丽堂皇的装饰，这些她只一眼带过。吸引她的，是靠着东、西、北三面墙的那几十架紫檀木的巨大书橱。她怀着自己也说不清的敬意，打开了蒙着深蓝色绸帘的橱门。多少书啊！书的山，书的海，令她惊叹，使她赞美，她由感佩而生欣慰，轻轻叹了一口气。

　　乌云珠品味着自己的境遇，恍然想起一出杂剧，剧中那位素梅小姐也处在同样的矛盾中，最后她决心赴约与情人幽会，说了一句大胆出色的道白："奴想贞姬守节，侠女怜才，两者俱贤，各行其志……"乌云珠有没有当侠女的胆识，敢不敢行自己之志呢？……她在"明传奇杂剧"一栏，抽出了榍园居士的一册，随手一翻，翻在象牙书签插记的地方，啊！这不正是那出叫做《素梅玉蟾》的杂剧吗？一段朱笔勾画的眉批赫然在目："极是佳论，非具侠骨，不能道此。"正文中加了朱点的句子，就是素梅那段大胆的独白！

　　鲜红的朱笔点划，仿佛一朵朵跳动的火焰。能用朱笔在御用图书上勾画的，还能是谁呢？乌云珠的心潮翻滚得沸腾了一般，想不到两人的心竟如此息息相通！乌云珠因为深深被感动而热泪盈眶，眼前一片模糊。

　　"乌云珠！"福临站在门口喊了一声。乌云珠浑身一颤，回过身去望着。福临朝她奔来，越走近，他的步子越慢、越轻，脸色煞白，浓眉漆黑，强制的、燃烧的目光，火一般燎人。乌云珠没有后退，没有畏缩,她凝视着他,迎接着他。这不只是一位皇帝、一位天潢贵胄,也是怀着不可遏止的热烈情爱的男子,是她所爱的、愿为他献出一切的男子!

"乌云珠……"福临目不转瞬,闪烁着更加强烈的烫人的光芒,低声地、轻轻地呼唤着。

乌云珠低头,悄声喊道:"皇上……"她躬身要拜,被福临一把拦住。

身体的突然接触,冲破了他们之间最后的矜持。福临张开双臂,乌云珠倒在他的怀中。两人紧紧地拥抱着,一动也不敢动。相握的手,感到彼此的血脉在手指间噗噗流通,紧贴的胸膛,感到彼此的心在腔子里怦怦剧跳,仿佛发生了强烈的共振。不知过了多长时间,福临猛然抱起了娇小的乌云珠,大步走向后殿。

正午的阳光下,满院烂漫的牡丹色泽更加娇艳。醉人的芬芳随着春风,弥漫在养心殿的每一个角落。

四

太后刚从慈宁花园回宫,顺承郡王勒尔锦便来求见太叔祖母。

勒尔锦不到二十岁,一望而知是在绮罗丛中长大的。白皙、纤弱、娇嫩,除了黑眉还像他曾祖父那样线条刚硬,高直的鼻梁还带有祖父的余威,其他,眼睛、嘴唇、肤色,乃至一双小手,都是另一样的,令人联想到女子的柔弱。

皇太极的长兄、礼亲王代善,在努尔哈赤去世后让位于皇太极,有让贤的大功。皇太极去世时,各旗为了继位争得剑拔弩张,几乎闹出一场内讧;庄太后又是靠了礼亲王的支持和协助,立福临为帝,以睿亲王多尔衮、郑亲王济尔哈朗摄政,平息了事端,为半年后入主中原、建都北京奠定了基础。因此,代善对皇室的功劳是不言而喻的。皇帝给代善一族的礼遇也格外优厚。清初八家世袭罔替的铁帽子王,代善这一支系占了三家:礼亲王的爵位由其七子满达海、孙常阿岱世袭;代善的长子岳托封克勤郡王,传长子罗洛浑,再传于子,即如今的罗科铎,改封号为平郡王;代善的三子萨哈璘追封颖亲王,其子勒克德浑进封顺承郡王,再传于子便是这位勒尔锦。现在袭爵的平郡王罗科铎和顺承郡王勒尔锦,是顺治皇帝的孙辈,庄太后的重孙辈,勒尔锦年龄又小,在曾祖母面前,不免拿出重孙子的身份,撒娇耍赖,哭哭啼啼。

"太妈妈,太妈妈!"勒尔锦用满洲话口口声声叫着曾祖母,并跪着膝行,直到庄太后脚下,"玛法信不过我们了!六部也不许我们管了!我们总是玛法的亲族子孙啊!还不如那些狡诈的南蛮子吗?"

太后勉强笑道:"哭什么呢?八旗男儿抹眼泪,自来没有听说过!……你们都是皇族贵胄,位望崇高,养尊处优,朝廷不曾亏待你们。自家的兄弟子侄孙儿,哪有不信之理!只是六部事务繁杂,处事要依法依理,诸王征战出身,未必通晓。与其乱法乱政而后不得不加处治,何如防患于未然?皇帝此举,也是为诸王着想。你何必这样!"

勒尔锦怔了一怔,用手抹抹眼睛,说:"管不管六部,还在其次,就是咽不下这口气!太祖、太宗皇帝总是训……训诫,诸王与皇上共议国政。要是诸王连六部事务也不能过问,和祖宗之法不就相……相背了?"

太后明白,勒尔锦决不是只替他自己说话。从他平日的不学无术,从他眼下背书似的进言,可以断定是诸王把他推出来的。他辈分小、年岁小,不至于触怒皇上,也使皇太后易生怜惜之心。太后不禁暗暗为福临庆幸:皇儿真有福啊!在他亲政前后两三年内,平定天下、功高权重的诸王都已谢世,不然,今日进谏的绝不会只是个无足轻重的勒尔锦了。她认真地说:"敬天法祖,是皇帝的本心。诸王兼六部并非祖制。太宗皇帝在世,纲纪法度也时有更张,何况这件小事!……你这么哭天抹泪的,想是舍不得兼理刑部?那么我来考考你,刑法律则能背得几条?讲几件援例案件给我听听,好不好?"

勒尔锦的头垂下去了,不敢回答。

"那么,从今以后,你天天坐堂审案,不许游猎骑射,行吗?"

"那怎么行!"勒尔锦委委屈屈地说,"太妈妈,我不会说蛮子话,也识不得蛮子文,再说,我们天潢贵胄,谁愿意亲自同那些下贱的蛮子打交道!"

"那你管刑部管些什么呢?"太后叹了口气,说,"你的祖父萨哈璘,在诸子侄中最受太宗皇帝器重,他通达敏锐,精通满、汉、蒙文,整理治道,对国家很有建树。你能有他的智能才干,又何止兼理六部呢?"

勒尔锦眨眨眼,欲哭无泪,不敢再看太后。太后也觉得无话可说了。国家开创的那些年月,爱新觉罗家族出了多少文经武纬之才!他们聚集在太祖、太宗皇帝周围,真是一派叱咤风云、龙腾虎跃的发皇气象!几十年过去了,开国元勋或死或老,顺治皇帝要怎样才能把先辈开创的大业承继下去?他也需要人才,不只为了打天下,更为了治天下……

勒尔锦前脚走,索尼跟着就进了慈宁宫。他向太后三跪九叩之后,匍匐殿中,半晌不作声。

太后料想他也是为议政会议而来。他不是没有反对皇帝吗?太后和颜悦色地说:"索尼,你是太祖皇帝身边的头等侍卫,三世老臣了,有什么话不好出口呢?"

皇太极去世之际,索尼首议册立皇子而不立皇弟,使多尔衮、多铎等亲王不得不退让三分,为福临即位立了大功。多尔衮摄政时,索尼不肯阿附多尔衮,为维护顺治而结怨于摄政王,两次被借故罢官去职,差点儿杀头。直到顺治亲政,才恢复了他的职权,又进一等伯世职,擢内大臣、议政大臣,并总管内务府——实际上就是权力很大的皇室大管家。他的父亲硕色和兄长希福,在太祖时就是有名的文臣。他们父子兄弟精通满、汉、蒙文,是满洲少有的博学世家。索尼正直朴实,有时甚至十分固执。但他所有这些品行,都服从一个"忠"字。他对太祖忠,对太宗忠,对顺治忠,都忠到了忘我的程度。这时,他向皇太后再拜道:"禀太后,奴才一生从不敢对皇上有半点贰心,也从不敢想皇上有举措失当之处……"他心情沉重,浓密的须眉抖索着,说不下去了。

太后安慰地说:"索尼,你站起来慢慢讲。"

"不,不!奴才要讲的话,实在是为皇上着想、为江山社稷着想,可又实在是冒犯皇上!奴才决不敢不跪……"

太后决定直截了当:"今天议政,你并没有持异议。"

"是!是!奴才从来不敢违逆皇上的意思。奴才是请皇太后开恩,求皇太后开导皇上,到此为止,不可再走远了……"

"这两件事,皇帝做得不对?"

"不!不!皇上没错,皇上全对!只是……诸王的祖先随太祖、太宗皇帝百战艰难,开基创业,功勋卓著,皇上这样处置,只怕他们私心不服。如今天下未定,众多八旗将士还在军前征战。皇上此举,不怕动摇军心吗?……"

"有那么严重?"太后微笑着问。索尼连忙叩头,正要回奏,宫女禀告:懿靖大贵妃求见。太后想了想,便请她进来一道听听索尼的意见。索尼又向大贵妃叩拜一番,等大贵妃坐定后,继续谈下去。

"那么,索尼,"太后静静望着索尼略显老态的身姿,沉着地问,

"依你之见,江南之狱不可解,诸王兼部务不应罢?"

"不,不敢!君无戏言,岂能更改。奴才只是恳请,一要到此为止,二要对汉官严加检束,免得他们借此又生骄狂轻慢之态,也可以安定八旗将士之心。前岁斩陈名夏、惩处二十九名汉官,就煞住了他们的气焰,朝廷内外两年间安静无事。"

太后沉吟不语。大贵妃立刻听懂了索尼的意思,说道:"皇姐,索尼三世老臣,很有见地。当初祖宗创业,满、蒙世世代代结为姻亲。太祖、太宗一统各部,皇帝入主中原,蒙古各旗立有汗马功劳,至今又镇守北疆,保护祖宗陵寝。蒙古四十九旗只尊满洲八旗在前,绝不屈居南蛮子之后。汉人狡诈,可用而不可重用。皇姐心里必定是有数的。"

太后微笑道:"索尼,听说会议时安郡王岳乐自行让贤,不肯再掌工部,康郡王杰书附议,鳌拜和图海也很赞成。"

索尼心头激动,竟跪在那儿直摆手:"再不要提起!图海等人身任六部尚书,不愿受诸王制约,自然赞同。鳌拜全然是成君之过!凡皇上所说,他没有不赞成的!至于安、康两位王爷……"索尼咽口唾沫,努力使自己镇定。因为他不管怎样不满,却牢牢记着,这是王爷,是皇室宗亲:"太后明鉴,两位王爷都是这些年满洲兴起来的'新派',学汉书、习汉俗、亲近汉人,离祖宗的成法旧制,越来越远……"

大贵妃紧接着说:"皇姐,这路'新派',不只是皇亲里有,满官里有,就连女眷里也时兴得很哩!皇上若是亲近'新派',更张旧制旧俗,全学了汉人,咱大清可真要换药不换汤啦!"

索尼连连叩头,连连说:"正是呢,正是呢!奴才怕的就是这个!……皇上嗜好读书,又爱书画诗词,迟早要去亲近那些文人学士。汉家文学实在厉害,如同迷魂药,沾唇便迷,奴才深知其险,实在不敢埋怨皇上……只愿皇上以大局为重,以大清天下为怀……"

太后庄静地说:"天下一千数百万户,一百户中汉人占九十九。皇帝抚驭亿万黎民,岂能不通汉语汉文?只要不沉溺、不迷醉、不妨政事便好。"

"是,是!"索尼无言对答,恭受太后赐茶后便拜辞出宫了。

太后沉静地看着大贵妃,含笑道:"皇妹方才说起女眷里头的'新派',不知指的是谁?"

大贵妃保留了很多蒙古女子的粗犷和直爽。她佩服庄太后,却学不来庄太后的教养,多年的宫廷生活也磨不掉她的特性。但凡说儿媳妇的不是,做婆婆的没有一个不上劲的,大贵妃自然不例外:"除了她还有谁!我真后悔当初求皇姐把她指配给博穆博果尔!她哪里还像咱们满洲、蒙古家的格格儿!只要缠上小脚、戴上髻子、穿上衫子,可不就成了个蛮子丫头了吗?走路也那么一扭二摆的,真叫人看不下去!皇姐还收她当干女儿,白疼她!……最叫人不放心的,皇姐,你说她有没有点子狐媚?我真怕她缠上皇帝……"

太后叹口气:"唉,这个我也有些担心。进关十三年了,不能总跟在关外时候那样放肆,得有规矩,要讲君德,不能叫南人看笑话。"

大贵妃想想,说:"这事皇姐你也为难,皇帝总归是皇帝。我想着,先皇十四位公主,十二位都比皇帝年长。除去升天的五位,下嫁蒙古的就有五位。皇姐的雍穆长公主、淑慧长公主跟皇帝是同胞姐弟,从小就疼爱他。要是让公主们还朝省亲,皇姐可以骨肉团聚,公主们也可以帮着劝导皇上,再说,雍穆还是皇后的亲娘呢!"

太后点点头。大贵妃确实在为皇室着想。因为她的女儿端顺长公主下嫁蒙古阿霸垓部王公,已在顺治七年去世。公主死后,朝廷又以礼亲王代善的女儿续嫁过去,大贵妃不过认她为义女,公主还朝,大贵妃并无骨肉团聚之喜。于是太后说:"你想得很周全。皇儿性情多变,有时候也固执得很。他对董鄂氏另眼看待,多半是因为婚姻不称心。我想,让他憋在心里,也不是好办法。定南王之女孔四贞端庄秀美,又是忠勋后裔,如能立为贵妃,或许能够使皇儿移情。"

大贵妃笑道:"太后看得远、想得深,说的正是!立四贞为妃,不但可以使皇帝移情,定南王部下也会感激不尽!定南王和平西王是汉王的头儿,定南王女儿册皇妃,平西王儿子招额驸,天下蛮子哪能不附朝廷!"

太后的笑容消失了。大贵妃说到要害处,使她不快,便岔开话题说:"皇妹说的公主还朝省亲,确是个好主意。如果公主们能够带来四十九旗王公的妙龄女儿为皇儿充实后宫,就更好了……容我仔细想想吧!"

大贵妃会意,起身告辞,临行时忧心忡忡地低声道:"皇姐,咱们那个博穆博果尔年纪还小,儿女私情不怎么上心,可是脸皮嫩得紧哩,一点也不能伤……"

太后笑道:"放心。"

苏麻喇姑搀扶着太后,慢慢走回寝宫。往常,太后总要和这个自幼相伴的贴身侍女说两句轻松的笑话,今天她却没有这份心思。苏麻喇姑看她脸色不好,关切地说:"太后,叫他们上参汤吧?"太后点点头。

太后坐在寝宫明间的花梨木宽榻上,端起参汤喝了两口,放在几上,沉思地看了苏麻喇姑一眼:"你说,皇后可知道内情?"

苏麻喇姑老老实实地说:"请皇后来问问。"

太后又想了片刻,便命人召皇后来慈宁宫。

皇后来了,如往常一样跪拜后,站在一侧等候太后问话。皇后壮实高大,面貌端正厚朴,显得心地纯良。她的父亲绰尔济是庄太后哥哥吴克善之子,她的母亲是庄太后的女儿、固伦雍穆长公主。她既是庄太后的侄孙女,又是庄太后的外孙女,现在又是庄太后的儿媳,可谓亲上加亲。不过错了辈分,福临其实是她的亲舅父。在太后和皇上面前,她是小辈,皇后的身份也撑不起她的架子,常常显得畏葸胆怯。对于这个没有主管六宫能力的外孙女,一向爱才的庄太后不能不深以为憾。

对外孙女,太后不讲什么客气,劈头就问:"皇儿,襄亲王福晋还在你宫里吗?"

皇后面现惶惑之色,一时不知如何回答。

太后目光一寒,猜到其中另有蹊跷,紧接着问:"上午你不是着人来接她去坤宁宫的吗?"

"是……"皇后低下头,支吾了半天,终于说:"是皇上他……要我打发人去接的。"

"接到哪儿?"

"到……养心殿……"

"你就依了他?"

皇后可怜地红了脸,低声答道:"是……"

"你是从大清门抬进来的皇后,是我们博尔济吉特家的格格呀!"太后语气很重,乌黑的眉毛鹰翅般扬向前额。皇后既委屈又难过,跪下了,噙着眼泪轻轻地喊:"母后……"

太后凝视着她,好半天,叹了口气,说:"你也贤惠太过了!……"她终于找到这样一个词代替她心里的"软弱"和"无能"一类贬义更深的词。"我现在要往养心殿,你跟我一路去看看吗?"

皇后把头埋得深深的,面容都看不见了,声音细微得几乎听不清:"儿实在不便前往,求母后宽恕……"

去养心殿的路上,太后心里很不愉快。这样的儿媳妇,自己都不称心,儿子岂能如意?门第、容貌、才能、性情都要相当,才是好姻缘。看来,这一段婚姻,又委屈儿子了!庄太后暗暗嗟叹:谁让你是皇帝呢!

福临在殿门前躬身迎接穿过牡丹花丛而来的母亲。太后一一巡视盛开的牡丹,连连赞叹,目光却不时掠过儿子的面容。福临平日白中微黄的脸色,今天竟隐隐透出红晕;眼睛水汪汪的,含着柔情、露着倦意;嘴唇鲜红丰润,敏感的嘴角微微颤动,竭力想掩住那沉醉的微笑,平日那英气勃勃的眉目间也好像揉进了几分妩媚。太后的心顿时凉了半截:晚了!已经晚了!

　　太后迈步进殿,转入东暖阁,仿佛不经意地问:"皇儿在读书?怎么不去西暖阁?"她看到南窗下的炕桌上摆着热茶和一函打开的书,皇帝日常读书习字、批阅本章,都是在西暖阁。

　　福临不大自然地说:"随便翻翻,一会儿就去西暖阁。"

　　太后翻出书函的封面。她虽不精通汉文,书名却还是认得的:《花间集》。她低头翻书,突然抬起双目,望定福临的眼睛,毫不含糊地问:"董鄂氏刚才在这里?"

　　福临骤然红了脸,直红到发际耳根。他避开母亲尖锐的目光,没有说话,望着侧面透雕的隔断。

　　"她——什么时候走的?"

　　"刚走。"福临声音虽低,却并不胆怯。

　　"年轻人胡闹,也要有分寸,不能忘了自己的身份!"

　　福临沉默片刻,坚决地转过脸,小声说:"额娘,儿并非胡闹。董鄂氏正堪与儿作配,她才具有总领六宫、为一国之后的才德。额娘,你就看不清?"

　　太后摇摇头,容色略略和缓地说:"皇儿,你有什么不明白?用汉人的话说:你和她,姻缘簿上没有份!"

　　"额娘!"福临的脸色骤然煞白,暴怒倏地狂风般刮起,他抑制不住,不顾一切地脱口喊道,"让我摊上两个博尔济吉特氏的平庸之辈,还不够受吗?……"

　　"放肆!"太后提高声音,斩钉截铁地摔出两个字的斥责。半响,养心殿内静悄悄的,母子相对,都是黑眉白脸,非常相像。太后的怒容渐收,恢复了平日的沉静,她说:"传我谕旨:自今日起,皇亲宫眷没有我的特许,一概不许进宫!违旨者严惩!"这声音如生铁铸成般坚硬,像寒冰一样令人发冷,在深邃的殿堂里竟引起了回声。太监、宫女们从来没听过太后的这种声调,都吓得跪倒在地,不敢仰视。

福临也跪下了,垂头送太后出宫。他一句话也不说,太后从他身边走过,他仿佛也没有知觉。太后乘机迅速地斜眼看看儿子,他的两道黑眉紧蹙在一起,和紧紧抿着的嘴唇相配合,显出一副非常执拗的神气。太后立刻走开,步履平稳,步速中常,再没有回头看儿子一眼。她的博尔济吉特族高傲的自尊心受了损害。哪怕这损害者是自己的亲生儿子,她也不能原谅!

黄昏时分,皇城的宫殿在暮霞的背景上渐渐变成深色的剪影,寂静的宫廷透露出一股无法言喻的忧郁和惆怅。初夏温馨的空气也不能减轻伤心人的痛苦。追随着婉转的歌声,从养心殿中送出阵阵悠扬的丝竹之音,那拖得长长的音调如泣如诉,更增加了暮夜的缠绵和哀怨:

  平生不会相思。才会相思,便害相思。身似浮云,心如飞絮,气若游丝。空一缕余香在此,盼千金伊人何之?证候来时,正是何时?灯未昏时,月半明时。

这一曲《折桂令》,曲子高雅,词文俚俗,却道出了福临的心病。他不等煞尾,便扔开了手中玉笛,斜躺在雕龙御榻上,心头万种滋味,无法排遣,又烦躁又忧伤,想发脾气都没有精神。笛子一停,陪伴着品箫奏琴吹笙敲檀板和唱歌的小太监们都赶忙停止,不知所措地望着皇上。福临有气无力地看他们一眼,说:"再唱吧,我听听。"

另一个小太监连忙拿起一根竹笛吹奏,于是歌声又起:

相思有如欠债的,每日相催逼。常挑着一担愁,准不了三分息。这本钱儿见她时方算得……

福临闭眼听着,一动不动,心却飞走了,飞出养心殿,飞出皇宫,去寻找他苦苦思念的另一颗心……

从皇太后到养心殿来过以后,又过了六天。福临天天把自己关在养心殿里,哪儿也不去,谁都不见,丧魂失魄,寝食不安,连往慈宁宫请安的礼节都丢了。皇后和妃嫔去问候,一概挡驾,所有宫女都不准进养心门。今天是常朝之期,福临总算记得自己是皇帝,勉强去听政,草草处理了几天来堆积的国事,早早地又回来了。首领太监吴良辅怕皇上闷出病,召来乐工、歌工、太监,陪皇上奏曲取乐。福临精通音乐,尤爱吹笛。但今天,音乐也不能使他解脱。

福临突然睁开眼睛,对吴良辅说:"去值房看看,苏克萨哈来了,立即引见。"

吴良辅一愣,不敢怠慢,立命召对太监去接。

吴良辅和苏克萨哈可是老相识了。当初苏克萨哈密告睿亲王多尔衮谋反,就是通过吴良辅上达给顺治的。这几年苏克萨哈一直征战在外,皇上召他做什么?

苏克萨哈来了。他是领侍卫内大臣,内廷近侍,在皇上面前本不像外臣那么拘谨,这会儿却显出几分沮丧。

苏克萨哈白白胖胖,高身量宽肩膀,带着所谓的富贵相:五官端正,眉平鼻直嘴正,看上去很是忠厚,实则十分精明。他是额驸之子,母亲是太祖的第六位公主。他自幼与皇室来往密切,又是摄政王多尔衮的亲信,非常熟悉八旗旗主、诸王与皇室的关系。多尔衮一死,他看准时机,与睿亲王府护卫一起首告多尔衮谋逆,这正投合了顺治和郑亲王的需要。多尔衮追黜王位、夺爵削谥,"多党"在朝中的势力立时土崩瓦解。苏克萨哈因此授议政大臣,擢巴牙喇嘛章京。他并不就此自尊自安，深知以讦告得赏终将被人鄙视，所以顺治十年主动请命，与经略洪承畴会剿湖南。三年征战，他在岳州、武昌等地，打出六战六捷的战绩，大败大西军孙可望、刘文秀部，得到二等精奇尼哈番的军功世职，擢升领侍卫内大臣，加太子太保衔。

今天顺治临朝，苏克萨哈当值，一直在顺治身边。顺治精神不振，苏克萨哈多次奏请皇上回宫休息。顺治突然想起苏克萨哈是正白旗人，与董鄂氏同旗，便有意追问。苏克萨哈想必已从内廷听到风声，便假作无意地说起当年与鄂硕一家的来往，说起自己的妻子与董鄂氏是闺中密友的事。顺治大喜，立刻手书一信，要苏克萨哈设法带给董鄂氏，并要当晚回信。现在苏克萨哈向皇上跪叩之后，便呈上了一封浅蓝色的碎金信笺。

福临急忙接过打开，却见上面只有两行娟秀的小字：

皇上孝治天下，太后之命不可违。

今世已无望，惟盼来生。

福临颓然倒在靠背上，一团欢喜化为云烟。他是约董鄂氏私会的，却等来了这么一个令人心碎的回答！……

苏克萨哈暗中打量皇上的神色，小心地说："乌云珠自幼便姿容绝代，才华出众。正白旗的亲友女眷都以为她必定入选宫掖，与皇上作配，谁知……"

"她的母亲果真是……江南才女？"福临气息微弱地问。

"是。原是苏州世家女，到济南探亲，正遇我大兵南攻，鄂硕旗下将士抢来献给鄂硕。只当是普通妇人，鄂硕就想硬来。谁知她寻死觅活，坚不顺从，在壁上题了一首绝命诗，便悬梁自尽了。鄂硕这人皇上也知道，跟安郡王一个味道，新派人儿，最爱跟那些蛮子文士混在一起念诗喝酒。他看了那绝命诗，当下就后悔个不了，说是唐突了才女，十分罪过。好在奴婢们解救得早，才女没有死得成。鄂硕从此拿才女当菩萨供养，就差没有烧高香了。一来二去的，才女被鄂硕的真情打动，竟下嫁了他。几年后，鄂硕夫人病故，他就趁着朝廷恩准满汉通婚，把才女扶了正。才女的女儿乌云珠就成了名正言顺的格格儿。谁知道那位蛮子夫人是怎么调治的，格格、阿哥都跟玉石树珍珠花一样，照得人眼都睁不开……"

"你还记得那首绝命诗吗？"福临颇感兴趣。

"记得的。"苏克萨哈用生硬的汉语念道："生小盈盈翡翠中，那堪多难泣途穷。不禁弱质成囚系，魂化杜鹃啼血红！"

福临听罢，低头叹息，半晌无语。

苏克萨哈沿着皇上的思路，说着福临心里想着的事儿："真是有其母必有其女，乌云珠十岁时候就会写诗。有那么一首，正白旗的格格们拿着它用汉话念，当成顶时兴的事儿呢。就二十个字：春雨过春城，春庭春草生，春闺动春思，春树叫春莺。八个春字哩！……"苏克萨哈住了声，再看看皇上在灯影中显得苍白的脸，突然说："皇上，何必这样苦自己？咱们究竟不是汉人，管它那一套！德格类死了，先皇不是把他老婆赐给小叔子阿济格了吗？先皇之兄莽古尔泰死后削爵，他的福晋也由先皇之命分赐给肃亲王和克勤郡王，这还是叔母嫁侄儿呢！"

福临摆摆手，叫他不要再说了。她的信上写得明白：她不愿成君之过，要求皇上孝治天下，他难道敢冒天下之大不韪？入关了，毕竟不能与关外时候相比啊！……

苏克萨哈走后，吴良辅为了给皇上开心解闷，竟旧业重操，粉墨登场，在皇上面前演戏了。只见他宽衣博带，头戴高冠，状如《九歌图》中的三闾大夫，升座高踞，自称天文地理、古今中外无所不知，三教九流、诸子百家无所不通，是万事不求人的"天下师"，态度极其倨傲。他到底是从宫中戏班出来的高手，虽然久不登台，演来仍然惟妙惟肖，看他那种"万事通"的样子，福临也不禁微微发笑。

人们于是纷纷向"天下师"求教。一个小沙弥上前问讯道："老师既言博通三教,请问释迦如来是何人?"

"天下师"一本正经地想了想,一本正经地回答:"女人。"

小沙弥大吃一惊:"啊?如来怎么会是女人?"

"天下师"振振有词:"《金刚经》云:'跌坐而坐。'若非女人,何需丈夫坐了然后才坐呢?"

一名老道士抢上来问:"那么太上老君是何人?"

"天下师"认真地回答:"也是女人。"

"胡说!"老道愤然斥责。

"天下师"不慌不忙,一挥袍袖:"《道德经》云:'吾所大患,以吾有身;及吾无身,吾有何患?'若非女人,何患于有娠乎?"

道士张口结舌时,一儒生上前打躬问道:"文宣王孔老夫子是何人呢?"

"天下师"毫不犹豫:"还是女人!"不待儒生发怒,他已眼睛都不眨地一口气解释下去:"《论语》云:'沽之哉,沽之哉,我待贾者也。'若非女人,为什么要待嫁呢?……"

"天下师"那种自以为是的夸张表情,故意歪曲的三教经典,终于逗得福临哈哈大笑。吴良辅在台上看到福临大笑,立刻跳下高座给皇上叩头。福临道:"良辅久不登台,今儿该赏你点什么东西呢?"

吴良辅说:"只要看见万岁爷笑了,奴才就心满意足了,什么赏也比不了哇!"

吴良辅的忠心很使福临感慨。当吴良辅卸去戏装,再到福临身边侍候时,福临说:"难为你了。"

吴良辅连忙跪下:"万岁爷说这话,折杀奴才了。万岁爷这么愁眉苦脸,闭锁深宫,总不是长久之计。就是奴才献丑博得万岁爷一笑,也不过片刻之间啊!"

福临深深叹了口气，凝视着群星闪烁的夜空，不作声。

"万岁爷，别怪奴才多嘴。万岁爷总不能为这事跟皇太后对着闹哇！别说皇室八旗不会向着万岁爷，那天下百姓心眼儿里也不能向着万岁爷啊。再一说呢，万岁爷终究是万岁爷，六宫妃嫔贵人，天下秀女多着呢，难道非她不可？"

福临心烦意乱，竟自吟出一句古诗："曾经沧海难为水，除却巫山不是云。"

"话倒也有这么一说。可人生在世，谁去自找苦吃呢？相思病岂是皇上害的？这不成大笑话了吗？奴才演了半天的戏，万岁爷笑了。万岁爷倒品品那滋味啊！……"

福临心里一颤悠，半笑不笑地盯着吴良辅："朕已立了铁牌，严禁中官干政，你敢以戏入谏？"

吴良辅吓了一跳，万岁爷的精细、敏感实在令他害怕，连忙笑道："奴才哪里敢预政！奴才只是说，人生不过百年，万岁爷不必这样折磨自己。三教同源，道德尊严，那毕竟在虚幻之间，说到实处，能令人乐而忘忧者，惟有醇酒妇人。虽是谐语，未必都是笑谈。沉而不溺、迷而不惑，或许真是仙境……"

福临背手站着，一直仰望着中天。不知他是否听到吴良辅的话，只是星光映在他的眼睛里，光芒十分凌乱。

此后不到三天，福临又变了，纵欲到了不顾一切的程度。他仿佛被色欲燃烧着、追逐着，寻找着一切机会发泄他惊人的热情和精力。皇后、妃嫔、贵人、答应、常在都害怕了，宫女们也惟恐被他碰到。按他的谕旨，御药房每天向他呈进强壮药。一位御药房官员上奏，请皇上保重身体，招来福临的大怒，把这官员革了职，遣送回乡。他又恢复了每天向皇太后请安，在皇太后面前也毫不隐讳地表示他与皇后妃嫔的恩爱，甚至对平日来陪伴皇太后的命妇也非常钟情。不久这样的故事也传出来了：太常寺卿某人之妻入宫侍皇后,出宫回家时,衣服头饰未改而面目全非,竟换了一个人!某人不敢声张,但传闻却一直到了皇太后耳中。皇太后只得严谕皇上:革除命妇入侍之旧例。

皇上失德的事,一次又一次地传进慈宁宫。庄太后起初还在静观事态的变化,因为福临在处理政事上还没有什么明显的混乱和糊涂。到了六月底,福临终于病倒了。庄太后才真的着了急。

五

苏麻喇姑领了皇太后的懿旨,匆匆赶到宣武门教堂来找汤若望,但被门前的仆人挡住了。苏麻喇姑只好说道:"我家有重病人,求汤老爷去救命的呀!"

一听她那种夹带着蒙古喉音的生硬汉话,仆人的态度立刻由冷峻变为恭敬,说:"实在不是我不肯通融,汤老爷正在对教徒大众布道讲经,这个时候,谁都不见!上回我放进一个亲王府书吏去找他,他立时大发脾气,给我一顿臭骂,差点儿把我赶走!"

苏麻喇姑惊讶道:"我以为汤老爷是个没脾气的仁慈老人哩!"

"谁说他不仁慈啦?对穷人、对病人和对小孩,他那心肠软得像水;可是谁要碍了他的传教大事,那就像干柴烈火,一碰就着,可凶哩!……好在他事后总后悔,从不整治人。"

"咳,六十多岁的人了,生闲气干啥!"

"哦哟,他可不像个花甲老人。从早到晚忙个不了,不是布道施洗,领着教徒做礼拜,就是拜访教徒,还要上钦天监。他待在家里也从不歇着,写呀、算呀、配药呀、制造机器呀,他还弹钢琴哩!你想,当初睿亲王的纪功碑有多重?他都能造出机器把石碑吊到空中!……哎呀呀,真神了!"这仆人说起汤老爷的本事,如数家珍,滔滔不绝,眼看他要接着说起汤老爷造教堂、铸大炮、建要塞的奇迹了,苏麻喇姑连忙拦住他说:"我不即刻求见,让我进教堂听他布道好不好?"

仆人更高兴了:"好哇!你快去听吧,听了你也会入教。汤老爷讲得可好啦,石头人都要掉泪!"

苏麻喇姑刚进教堂门,便听到汤若望的声音在穹庐般高大浑圆的教堂顶内回响,黑压压的一排排教徒,像被迷住了似的瞪大眼睛,静静地听:

"……人间充满罪恶,人类充满罪恶!这来自人类的原罪,啊,这便是人类始祖亚当犯罪留给后代的无法自救的原罪!它使人类难于免除下地狱的悲惨结局。上帝为了拯救信奉者的灵魂,献出了他的亲生儿子、我们受苦受难的救世主!作为替罪的赎价,我主耶稣被钉死在十字架上。我主耶稣舍了他的身体,化为饼;舍了他的血,化为酒……教徒们啊,这都是为了我们。为了拯救我们的灵魂啊!……"汤若望慷慨激昂,声泪俱下,不要说女教徒们流着泪喃喃低诵耶稣的名字,苏麻喇姑也被白发苍苍的汤若望高举双手的虔诚样子深深感动了。

"信徒们!总有一天,世界的末日会要降临,那时候,我主耶稣将对古往今来的全体人类进行最后的审判。上帝的子民将升入天堂,那些不信奉上帝的恶人罪人、那些异教徒将永堕受苦的地狱。我亲爱的教友们,愿你们时时自省自问,坚定对天主的信念吧!……"

信徒们拥向汤若望,把他团团围在中心,询问教义、求解疑难、请赐祝福。苏麻喇姑远远望着,知道一时难以见到他,便走出了教堂,在那宽敞华美的大理石门廊里等候。信徒们渐渐走散,苏麻喇姑再进教堂时,汤若望已不在那儿了,只有几名执事在收拾场地。刚才那个仆人看见她,说:"你还没见着汤老爷?要想见他要腿快嘴勤。这会儿他到后面花园里去收葡萄啦,快去那儿找他吧!"

花园里一片浓绿,空气里飘散着玫瑰花丛的芳香。果树很多,红红白白的桃子、紫莹莹的葡萄很是诱人。有人站在梯子上摘果实,但茂密的枝叶遮住了他们的身形和面孔,苏麻喇姑仍然找不到汤若望。

一阵哇里哇啦的奇怪喊声从一棵大桃树下传出,一个衣饰华丽的外国人,摘下饰有鸵鸟羽毛的宽檐大帽子,像舞蹈似的,姿态优雅地朝树上弯腰行礼。登在梯上摘桃的人也哇里哇啦地回答着,口气异常亲切热情。苏麻喇姑虽然一句也听不懂他们的话,却听出了汤若望那熟悉的声音。那外国人是谁?她隐向树边,仔细观察着。

汤若望背着一只装满鲜桃的小箩下了梯子,两个碧眼外国人便一同在树下的石桌边坐定,仆人送上丰盛的点心、葡萄酒、烤鸡和烤肉,两人兄弟一样亲热地互相拍着肩膀,爽朗地大笑着,举起了酒杯。汤若望用荷兰话吟诵祝酒诗,他那抑扬顿挫的优美声调,像唱歌一样好听:

> 红玫瑰烂漫地开着花,蓓蕾在饮着春天的气息,祝福呀,爱酒的人,一切祝福!

那位外国人热情奔放,一手高擎酒杯,一手豪放地挥摆着,仰着脸陶醉地祝酒:

> 高高地举起盛着红色酒的杯呀,这里是自由的大地,圣人与酒徒是一个呀,农夫不殊于王帝!……

两人碰了酒杯,一饮而尽,开怀大笑。

汤若望命仆人把摘下来的葡萄、桃子和地窖里的所有葡萄酒全部装车,随客人送到贡使馆舍。仆人有些犹豫,汤若望严厉地瞪他一眼,催促道:"快去办,一点也不要留!"仆人无可奈何地去了,汤若望才回过头对客人说："这些人永远不懂，远离故土到异国他乡是多么艰苦！"客人莫名其妙地望着他，摊开双手耸了耸肩。汤若望一拍自己白发苍苍的头，哈哈地笑了。因为他竟随口对客人说起了汉话。

告别时客人热烈地拥抱了汤若望，又恳挚地低声向他说了些什么，汤若望点点头，客人才高兴地又行一次优美的鞠躬礼，神气地走了。

"汤玛法！"苏麻喇姑这才上前向汤若望行礼。

汤若望认识她，当初汤若望和庄太后的最早联系，就是由苏麻喇姑担当的。他有些吃惊，连忙站起来："苏麻喇姑，你怎么来了？太后生病了？"

"太后安泰。太后有要事相商，要我来跟玛法详谈。这儿……不大方便吧？"

汤若望把苏麻喇姑领进他的小书房。在那里，苏麻喇姑按太后的旨意，向汤玛法讲了福临近日的变化和病状，请玛法为福临治病，对他近日的荒淫失德，好好谏正一番。

汤若望听着，脸色越来越阴沉。除了作为传教士对传教国君主的职业兴趣之外，他真心喜爱这个聪慧好学而又性格无常的少年。福临对他的敬慕和依恋，使他这个虔诚的上帝的信徒、纯洁的传教士常常产生一种父亲般的感情。近一个月他忙于传教事务和接待荷兰使团，竟不知福临陷进了这样的感情漩涡，这使他心情沉重。他立刻回答说："请回禀太后，我一定尽我的努力。这是我义不容辞的责任。"

苏麻喇姑忙问："这两三天能去吗？太后很着急呢！"

汤若望立刻站起身："我这就进宫求皇上接见。正有一件要事禀告皇上。"

苏麻喇姑很高兴，起身道谢、告辞，好像在无意中说了一句：

"刚才那个夷人的帽子真漂亮。"

汤若望道:"你看见了?荷兰人航海全世界,见多识广,服饰也别出心裁。"

"哦,他就是荷兰人!"

"对。他是荷兰使团的副使,阿姆斯特丹人,是我一个老同学的弟弟。万里他乡遇故知,是人生一大乐事啊!"

"这次他们入朝进贡,贡礼真是价值连城,皇太后都说是前所未见啊!"

汤若望笑道:"是的,不只给皇太后、皇上、皇后送礼,议政王贝勒大臣也都各有一份。只送礼一项,我替他算了算,荷兰国耗银怕在二十万两上下了。"

"花这么多钱!为什么?"苏麻喇姑试探着问。

"他们想订一个通商条约,想在澳门居留,想……总而言之,想打开中国的大门。"

"那他们真幸运,在这儿遇上玛法这样的同乡同族和老朋友,又这样仁慈、热心肠。"

汤若望脱口而出,笑道:"刚才,副使也这么说……"

苏麻喇姑也笑了:"我要是你,玛法,当然要帮忙的!"

汤若望用碧蓝的眼睛望着她,很温和地说:"最终要太后和皇上定夺。"

苏麻喇姑确定地说:"能行。玛法你不也是外国人吗?他们送这么重的礼,礼重情重。太后、皇上最重情义的。"

汤若望笑了,点点头,没有再搭话。苏麻喇姑告辞走了。

汤若望沉思片刻,提笔疾书,写了一道用语尖锐的谏书,跟着就唤轿出门进宫。不费什么周折,他立刻被传进养心殿。

福临身着明黄丝织龙纹便袍,没有戴帽子,正倚在炕桌边看书。乍一见,他的病情不似想象的那么严重,汤若望略略放了心。

福临看见他,抛开书,止住他跪拜,微微一笑,说:"玛法,好些日子不见了。"

汤若望不觉心下一沉:福临笑得十分可怜,面颊凹陷,眼圈发乌,嘴唇和两颧上一片不健康的潮红,看来身体已相当虚弱了。他按照入宫途中的考虑,先谈起荷兰的通商要求。

福临疲乏地说:"玛法就此事所上的奏折,朕都看过了。通商的事,不妨由内院和理藩院派人与他们谈判,订一个通商条约,只要互有好处,谅也无妨。"

"不然!通商不过是借口,通商的背后来意不善!老臣奏折中再三提醒皇上小心谨慎,就是为此。"

"难道……"福临望着汤若望,有些惊异。

"皇上,荷兰正在成为世界大国,几十年来穷兵黩武,海上舰队尤为强大,称雄一时,不久就有可能取代西班牙成为最大的殖民国家。中华地大物博,人口繁盛,哪会不使之垂涎三尺?门户一开,再想关就不容易了!"

福临点点头说:"如今我台湾一岛孤悬海外,正是被西班牙、荷兰两国占去。"

汤若望紧接着说:"正因为此,澳门还是留给葡萄牙人,不许荷兰取得居留权为好。"

福临笑道:"玛法的意思,是要他们三国互相掣肘?"

"正是。朝廷还需致力于郑成功和南明永历。他们三国相互牵制,于我有利。"

"玛法,"福临感动地说,"荷兰使团是你家乡同族,我见你那么感慨,对使团又如此关切,以为你一定要为他们说项。谁知你全不这样!朕不能不感佩玛法忠心为朕。古来客卿决难到此地步。"

汤若望不觉有些脸红,说:"陛下是疑心老臣的真诚吗?荷兰使团是老臣故乡族人,老臣欢喜、热心出自真情;老臣熟知荷兰国的用心，为陛下朝政国运着想，也出自老臣忠心。还有一层，老臣直说，陛下勿怪。陛下难道忘记，老臣是一个传教士吗？"

福临愕然地注视着汤若望，一时没有弄清他这番话的含义。

汤若望不论在朝中地位多高、钦天监事务多忙，也不论由于满洲人对天算学的无比惊讶而对他持有的无比崇敬，他时时刻刻都记着自己是传教士，一切活动，一切艰苦紧张的学习、劳作和奔走，都是为了传教，为了天主的信仰在中华大国的土地上滋生成长，使中华亿万人民皈依神圣的罗马教廷，使中华亿万受苦受难的灵魂得到天主的拯救而升入天堂。荷兰使团的故旧之情不论怎样使他欢喜感动，他都没有忘记荷兰人信奉的是加尔文派耶稣教，是与汤若望信奉的天主教耶稣会完全对立的一派。让加尔文派的势力进入中国，是汤若望无法容忍的。所以在欢迎家乡故旧的到来时，他使用他的地位、力量和对皇帝的影响，一方面给荷兰使团以最热情的接待、最高的礼遇；一方面又处心积虑地使荷兰使团的打算归于失败。汤若望简要地向福临说明了加尔文派对他传教的不利之处，而后说："老臣以为，惟有这样，才算是既顾念私交，又不碍大局。"

福临笑道："依玛法的意思，如何答复荷兰使团为好？"

"万里远航，万金贡礼，总不能不给一点面子啊！"

福临由炕桌上抽出一张纸笺，写了几个字："八年进贡一次，可附带小宗贸易。"

汤若望不再说什么，他已经胜利了。他的思想便转到皇太后要求他的那件困难的事情上。

"玛法，你不对我讲些有趣的事吗？"福临重新倚在靠枕上，眼睛里流露出明显的疲乏。

汤若望小心地说："老臣有话，只能在四只眼睛之下向陛下进呈。"

"在四只眼睛之下",是顺治与汤若望之间的口语,开始于顺治亲政那一年,意思是回避一切人,只他们两人密谈。这多半是汤若望要向顺治说些规正的话,又要照顾他那十分强烈的自尊心而特意安排的环境。福临会意地遣开太监和侍卫,汤若望便毫不犹豫地把那封谏书呈了上去。

福临懒洋洋地打开谏书,看了没几句,登时满面通红,又羞又恼,把谏书往炕桌上一摔,气呼呼地说:"你把朕当做什么!"他背着手,大步走回寝宫去了。

汤若望忐忑不安地独自站着。急躁而喜怒无常的小皇帝会拿他怎么样呢?下牢?杀头?……殿内殿外静悄悄的,毫无声息,凶吉莫测……他素以忠诚直谏在朝中著称,皇上难道会杀直臣而给自己招来不义之名?不会。汤若望掸掸袖子,捋捋胡须,慢慢地一步步出殿下了月台,穿过庭院,走向养心门。

"汤若望留步!"养心殿首领太监喊道。汤若望心头一跳,只得回头,再次进入养心殿。福临已坐在东暖阁的便榻上了,见汤若望走近站定,便指给他坐垫,并赐了茶,随后福临用平静的声调问:

"玛法,哪一种罪过大些,是吝啬,还是淫乐?"

"淫乐。尤其是地位崇高的人。因为这是一种恶劣的榜样,它引起的祸害要大得多!"

福临镇静地听罢,点头默认。又问:"如果淫乐的目的不是为了寻欢,只是为了排遣郁闷呢?"

汤若望沉着地说:"淫乐是帝王失德的行为,乱伦也是一种失德。怎么能指望用这一种失德去改正那一种失德呢?"

"啊,玛法!"福临忽然失声喊起来,"我受不了!我实在受不了啦!……"他站起身,想要喊些什么,身子却摇晃起来,脸色也变得煞白。太监赶上来扶住他。他本来已经很虚弱,这一阵很动感情的谈话,使他几乎昏过去了。

汤若望协同两名太监把福临扶入寝宫的床上,为他盖上薄薄的锦被,就要告退。福临像孩子似的拉住他的手,不放他走。皇上命他的玛法坐在床边,支开了侍从,一声长叹,伤心地说:"玛法,用你们的诗句说:我是一只夜莺,然而他们却不让我去拜访玫瑰园!……"他用细微的声音倾诉,像潺潺的溪流,漂着青春的花瓣,腾着晶莹的泪珠,既有甜美的蜜,又有酸涩的苦酒……汤若望屈身向床上,仔细地听着、品味着。还是苏麻喇姑说的那些事情,在这里却变得那么美丽,充满哀怨和绝望……

汤若望离开养心殿时,太阳已经偏西。他心事重重、步履缓慢,福临的忧郁症仿佛传染了他。要不要向太后进言?皇上的病将会由此而起,并渐渐加深的……

福临倾吐了许多日子以来郁积心头的愁闷,竟感到一种轻松,仿佛洗了一个澡,浑身又疲乏又舒服,吃了御药房送来的汤药,便沉沉入睡了。

太后听了汤若望的禀告,不免吃惊,儿子的状况使她不安,太后的尊严终于向母亲的慈爱让了步。她立刻带着苏麻喇姑到养心殿探望,见福临睡得正熟,不忍把他叫醒。她多时没有这么贴近地看看自己的孩子了,又不愿立刻就走。她亲自用金钩挂起玉罗纱帐,拿起床边的拂尘,为儿子挥去偶尔飞来的苍蝇。

寝殿深邃而清凉,外面的热气丝毫不能透入;空中时浓时淡地流动着花香和安息香,那是从仙鹤香柱和数盆兰花里飘散出来的;四周一片寂静,苏麻喇姑伫立门前。庄太后目不转睛地望着儿子憔悴的面孔、唇边毛茸茸的胡须、在雪白的脸庞上显得特别黑的眉毛,说不尽心头的爱怜和感慨。她目光渐渐模糊了,透过这张很有男子气概的脸,她仿佛看到了另一张脸,一张拳头大小、红红的、毛茸茸的、眼睛都睁不开的小脸,她的惟一的儿子的小脸……

她嫁给皇太极的时候,还是个十二岁的少女。皇太极比她大二十一岁。由于她聪慧秀丽、明睿豁达,很得宠爱。当她表现出一般女子少有的识大体知大局的涵养时,皇太极竟拿她当后宫谋士,举棋不定时常常找她商量,她也从丈夫那里学来知人善任、用人驭将和处理军国大事的本领。可惜她命中子星不旺,十六岁、十九岁、二十岁连生了三胎,都是公主。在她二十二岁那年,她的姐姐进宫了。次年,崇德元年,皇太极上皇帝尊号,改国号为大清,她被封为西永福宫庄妃,她姐姐被封为东关雎宫宸妃。宸妃宠冠后宫,夺去了皇太极的全部情爱。崇德二年七月,宸妃生了皇八子,皇太极便有立为太子的意思,特地为他的出生而大赦全国。如果这个幸运儿活着,皇九子福临绝没有九五之分。偏偏在福临出生的前两天,崇德三年正月二十八日,皇八子夭折了。皇太极和宸妃一样哀痛,连皇九子的出世也不能使他高兴。崇德六年宸妃病重,皇太极竟不顾前方与明军在松山、宁远大战,撇下诸将赶回盛京。宸妃去世,皇太极哭得数次昏迷,迅速憔悴衰弱,不久就病倒了,一年后驾崩。此后,庄太后扶保着五岁的福临,经了多少生死搏斗,历了多少惊涛骇浪,才使他成为顺治皇帝,才有了今天。儿子又要为一个女子憔悴病倒,丧失现有的一切吗?……

福临翻了个身,喃喃地说:"额娘、额娘,你也曾青春年少,你也有你的情愫,为什么对儿子这般冷酷!"

太后一怔,心里"扑通扑通"直跳,连忙立起身向后一仰,仔细看看福临,见他熟睡如故,知道是在梦呓。她又回头瞅一眼,苏麻喇姑站在门前,仍然形同木偶直立不动,这才松了口气,重新坐下。但她的心却再也无法平静了。

我的青春?我的情愫?……是从丈夫的情爱转移到姐姐身上的时候开始的。和自己同龄的皇弟多尔衮,文武全才,何等英俊潇洒!彼此情意相通,不是也到了梦魂萦绕、寝食不安的程度吗?皇太极去世,福临得以即位,虽然是自己依靠礼亲王力争而来,但当时诸皇弟中继位呼声最高的多尔衮却甘居摄政,拥戴她的儿子、五岁的福临为帝,除了许多其他原因,为了她,是多尔衮私下向她重复过一百次的理由啊!那时她对多尔衮的感情是不言而喻的。她感激他,爱恋他,他俩不是在一起度过许多甜蜜的日子吗?……如果不是他后来囚死肃亲王豪格,又娶了肃亲王福晋;如果不是他瞒着她私自往连山偷娶两位朝鲜公主,那么他死后被人告发谋反,她是不会轻易赞同的。现在呢?往事流水般逝去,而青春的回忆却仍然令人耳热心醉,使她沉浸在美好的感情里,尽管已带了那么多的惆怅……

不知过了多久,庄太后抹去眼角的两颗泪珠,轻轻站起来,无声地离开了。

福临醒来,半个太阳已衔在西山顶,山间薄薄的翠微抹去了它的金色光芒,于是残阳如血,暮霭被染成淡淡的紫色。福临凝视着落日一点一点地被山峦蚕食,感到恼人的黄昏一点一点地向他袭来。轻松和舒适在慢慢消失,悲哀和空虚重新占据了他的心。他害怕寂寞的黄昏,黄昏使他更加思念心爱的人。但越是思念,越感到绝望,绝望更带来深深的、无可奈何的凄凉。

这些日子,他纵欲到荒淫的程度,为的是摆脱这无望的爱恋。疯狂的日夜不仅损害了他的健康,而且使他更加觉得空虚和寂寞。那些女人不理解他,她们在他那里寻求的是别的东西:恩宠、地位、权势和金钱。她们媚他、顺他、怕他,就是不爱恋他。这,他知道得非常清楚,因为他心里存在着强烈的对比。于是,事后他便觉得索然无味甚至厌恶,痛恨这些女人,也痛恨自己,陷入了无法自拔的痛苦。痛苦再迫使他寻求解脱,于是一切又从头开始,重复着可诅咒的历程,形成疯狂的恶性循环。

是病弱使他中断了这种循环,独处宫中,悔恨着过去。汤若望的谏正惊扰了他,他加倍害怕自己的罪恶。不!他再不要过那疯狂的生活了！他时时想起那个牡丹怒放的正午,一千个女人给予他的合在一起,也抵不了那片刻的恩爱,那是完全的、完全的心灵交融啊！……我不要千千万万颗星辰,只要那一轮皎洁的明月;我不要世上千万种娇艳的花卉,只要那一朵独压群芳的牡丹！老天,你为什么不成全我呢?……

他凝视着西天最后一抹粉红色的云霞,那里仿佛蕴藏着生气,令他觉着一星儿温暖,迟迟不肯返回寝宫。暮色更浓了,绿色的萤火虫在草木间飞舞,午门钟鼓声声,震动了寂静的夜空,他若有所思地长叹一声,低吟着:"夕殿萤飞思悄然,孤灯挑尽未成眠。迟迟钟鼓初长夜,耿耿星河欲曙天……"

此情此景,古今相隔千年,何等相似啊!

"禀万岁爷,太后遣苏麻喇姑给皇上送来菜肴。"小太监也学乖了,说话都轻声悄语的。

福临点点头。苏麻喇姑和一个提食盒的宫女走上月台给福临叩头。苏麻喇姑转致了太后的慰问,福临躬身谢过。苏麻喇姑吩咐宫女道:"你把食盒送去吧！"宫女低头随小太监去了。

苏麻喇姑说:"皇上,太后那边还有事,我得先走一步。那宫女布好食盒,让她自己回慈宁宫就是。"她说罢便匆匆走了。天色已晚,福临看不清苏麻喇姑的表情,不免有些纳罕。若在病前,这是常事。可现在,一个宫女能引起他的注意吗?他不快地站在月台上,不想回殿。那宫女老不出来。他想还是亲自去把她打发走为好。总是太后身边的人,不可简慢。

福临走进寝殿,穿蓝布袍的宫女正面灯背门,在慢吞吞地摆弄食盒,一根乌黑油亮的大辫子垂在身后,随着她的动作微微摆动,煞是好看。福临全无心思,只说:"夜已深了,着人送你回慈宁宫吧！"

福临刚开口,宫女浑身就颤抖起来,她慢慢回身,低头跪下,凄切切的,含泪叫道:"皇上!……"

福临大惊,猛地冲到近前,一路碰倒了两只圆凳,碎了几只玉碗、翡翠瓶,一把搂起宫女,两人面对面地站着。福临的嗓音哆嗦得几乎难以成声:

"乌云珠!……"

两人紧紧拥抱,放声大哭,像两个受了无限委屈的孩子,泪水交流,湿透了他们的衣襟。

后来,乌云珠的泪水始终不曾断过,湿透了鸳鸯缎枕,也湿透了福临的肩头和胸膛。她抽泣着,痛惜地低语着:"看你,瘦得剩一把骨头了……"

福临无限爱怜地抚摸着自己心爱的人,勉强笑着:"清宫不是楚宫,可是你的腰也变得这么细,真苦了你啦……"他的声音也带着呜咽,感动得说不下去了。

天亮之前,乌云珠要回慈宁宫。福临恋恋不舍地拥着她,无限深情地望定她墨玉般的黑眼睛,说:"但愿你我天长地久,永不分离,永远记住今天这个日子!"乌云珠什么也没说,目光灼灼,亮若晨星。福临奔到案前,在一幅洒金素花粉红笺上挥笔疾书:

顺治十三年六月三十,书唐诗赠乌云珠,永志不忘。
昨夜洞房春风起,遥忆美人湘江水。
枕上片时春梦中,行尽江南数千里。

福临把花笺交给乌云珠,说:"立此存证,绝不相负。你还记得吗,这首唐诗?……那是我第一次认识你……"

"记得。"乌云珠的眼睛带着梦一般的神色,"两年了……可是我,四年以前就认识你了……"

"啊,什么时候?"

"我……现在不告诉你!"乌云珠嫣然一笑,转身要走,福临一把拽住,再次搂在怀中,像哄孩子似的说:"天还不亮,我着人送你……"

"不,不用了。苏麻喇姑要来接我的……"

两天之后,福临召博穆博果尔到养心殿西暖阁。这三天中,他一直想找到一个妥善的办法,把事情最终了结,然而多少有些犹豫和胆怯,尤其害怕失德的罪名。不想一桩意外使事情迅速激化,易怒的福临简直是勃然大怒了。

他勉强抑住胸中怒火,接受了襄亲王的跪拜。怒气竟掩盖了本来可能产生的内疚和羞愧。

博穆博果尔完全不知道出了什么事情,他对这位皇帝兄长一向是又敬又怕的。他施罢大礼,见了兄弟常礼,便恭恭敬敬地垂手站在一侧,准备聆听教诲。

福临控制不住自己,开门见山,冲口问道:"你怎么敢把乌云珠格格囚禁内室,不给吃饭喝水?"

博穆博果尔张口结舌,怎么也想不到皇上会知道这事,并为这事召见自己。"她……她……"他很快窥了一眼皇上严厉的表情,连忙接下去说:"我,我要休她!"

福临心中一喜复又一惊,忙问:"为什么?"

博穆博果尔到底只有十五岁,除了皇上、皇太后和大贵妃,他不怕任何人。此刻他急于表白,便直言不讳地说:"好些日子了,她连碰都不让我碰一下。她不是我的女人吗?原来,她早有了外心!……"说到这里,博穆博果尔红了脸。男子汉大丈夫,要说老婆和别人私通,无论如何是一件十分羞耻、难于出口的事。可是他偶尔抬眼对皇上一瞥,皇上竟也血红了脸,眼睛向别处张望。博穆博果尔没料到皇帝哥哥与自己如此休戚相关,很是感动,一横心,把什么都说了出来:"前天,趁她睡着,我本想……哪知在她贴身小衣里,搜出一张素花笺!皇上请看,这还不是淫诗艳词吗?这野男人肯定是个南蛮子！自命风流的无耻之徒，下流东西，混账黄子！……"

福临早认出了那张诗笺。有生以来，他不曾被人这样当面痛骂，顿时暴怒迸发，大喝一声："住口！"跟着，他几个大步冲到博穆博果尔面前，一抡胳膊，"啪"的一声，重重地扇了他的皇弟一个耳光。

博穆博果尔吓得赶忙跪倒，洒金素花粉红诗笺也飘落在地上，十八岁的皇帝和十五岁的亲王，兄弟俩都咻咻地喘着气，挨打的莫名其妙，打人的有口难言。

半晌，福临仿佛恢复了常态，带着傲然的神色，不顾一切地说道："这张诗笺，是我给她的！"

博穆博果尔大吃一惊，就像头顶炸了一个闷雷。可是皇帝又说了一句更加简单明确、使人眩晕的话：

"我要娶她！"

博穆博果尔面色如纸，眼睛发直，一句话也说不出来，身体摇摇晃晃，眼看就要摔倒。福临上前扶住他，盯着他无神的眼睛说："三天以后，给我回复。你去吧！"

第二天，七月初三，襄亲王府里传出丧音：博穆博果尔薨。

消息进宫，大贵妃哭昏过去，太后和皇上也掉了泪。几天以后，大贵妃向庄太后哭诉：皇十一子襄亲王，竟是悬梁自尽的。

七月中，礼部按庄太后收养董鄂氏进宫的懿旨，向皇上本奏，将择吉于七月底册立董鄂氏为贤妃。皇上以襄亲王薨逝未久，不忍举行，谕礼部改在八月择吉册妃。

六

九月重阳，秋高气爽，白云蓝天，万里金风。

山顶的草亭,是岳乐特命修建的,四柱六角,石桌石凳,下围栏杆,上盖茅草,既为今日登高所用,也算是补路修桥的善事,为行人提供方便。

吕之悦举杯,一饮而尽,对岳乐一照杯底,笑道:"下马饮君酒,问君何所之?"

"哈哈哈哈!"岳乐大笑,跟着也干了一杯,说:"要是拿这食盒薄酒为你接风洗尘,不但太简慢你笑翁,也叫人骂我寒酸。这不过是为重阳登高助兴罢了。至于接下去的两句:君言不得意,归卧南山陲,可就更用不到我身上了。"

两人酒已半醺,推杯而起,步出山亭向四外远眺。由于天气晴好,一眼能望出二三十里:北边重峦叠嶂,沟谷纵横,南边一马平川,河流蜿蜒,一时尽收眼底。劲爽的秋风涤荡胸怀,分外畅快。置身于天地间,仿佛能感到天地的抚爱、宇宙的呼吸,人变得那样渺小、无足轻重;人生变得那么短暂,转瞬即逝,心胸不由得被自然展宽了。亲王忘却尊贵的身份,布衣扔掉一贯的矜持,变得兴致勃勃,不拘形迹。

"你不要以为罢诸王兼理六部使我有不得意之叹,"岳乐远望群山,面带笑容地说,"政务繁琐庞杂,哪有诗酒猎宴轻松痛快!出了错儿,即使皇帝不予深罪,自己的名望可就难保啦!实在不如现今这个宗人府左宗正的官儿舒服。宗人府的事嘛,我总还懂得,管得来!"

吕之悦道:"早听说罢诸王兼理六部引起朝中轩然大波,王爷首当其冲,竟能如此淡然,实在难得。"

"倒也不是一开始就能淡然处之。"岳乐虽然嗜好文学,仍保持着满族人爽直的特点,"初听皇上谕旨,心里也不是味道。可是仔细想想,满洲靠弓马骑射起家,战场上可以百战百胜,但有多少人识文断字、通史谙政呢?我还懂汉文汉话,治理部务尚觉茫无头绪;诸王尽是后辈,不学无术,多半不谙事务,弊端极多。六部乃分掌国政的衙门,岂能草率。诸王中我年最长、辈最高,学问也数得上。我若引退,诸王也就无话可说了。"

吕之悦心里暗暗叹道:满洲贵胄中如果多几个岳乐,国初战乱就不至于延续十数年而不息了!他拱手向岳乐说:"为国为君,忠心耿耿,做人做到王爷这个份上,可算得是不以物喜,不以己悲了。"

"你大概不知道吧,罢诸王兼理部务的由头,正是江南十旧姓冤案。"

"当真?"吕之悦十分惊讶。

"一点儿不错。你刚由江南来,听到什么消息?"

"啊,这可值得大书特书!江南狱解之日,万民空巷,扶老携幼往江南总督衙门外,观看各家接回受冤亲友。大哭的,大笑的,这边喊,那边叫,处处轰动。诬告者都已反坐入监,顿使人心大快。被释的一名秀才在当衢通道北向叩首,大呼万岁万万岁!引得其他被释者和围观者尽都叩首欢呼,声震重霄,那情景实在令人泪下……"

岳乐眼睛里一片喜悦,无限神往。吕之悦貌似感叹,骨子里很尖锐地说:"只凭武力或酷刑,绝难至此啊!……"

岳乐脸颊一抽搐,瞥了一眼吕之悦,眼睛深处亮出一丝野性的光芒,蕴藏着一种抗拒和暴戾。吕之悦装作没看见,遥望山川,悠然自得地说:"所以,行王道者得天下长久,行霸道者得天下短促,实在是人心归向所致啊!皇上仁德,解江南狱,便是最大的安抚人心。明末人心丧尽,百姓极苦,朝廷多行仁政,能得人心。一甜一苦,百姓岂不择甜而弃苦!"

岳乐频频点头,表情又恢复了原有的从容。

吕之悦又问:"我一路北上,所过之处,各州县衙门都在筹措垦荒,说是有皇上谕旨下来。是怎么回事?"

岳乐笑了,笑容中闪烁着与他年龄身份都不大相称的捉弄人的意味,道:"先不说这个,还有一件大事你可知道?笑翁,贵门生进宫了。"

"你是说鄂硕女儿乌云珠吧?我早已知道,三年前就入宫为襄亲王妃了,离京前又听说太后认她为义女。"

"不,不!如今她入主承乾宫,八月初册为贤妃,本月已晋为皇贵妃,年前就要行册封大礼了!"

吕之悦目瞪口呆,半晌才说:"这,这怎么可能!"

岳乐笑道:"难道骗你不成!你忘了,我是左宗正。"

"要论才德姿容,乌云珠堪配天子,只是,只是……那襄亲王呢?"

"襄亲王已在七月初三去世了!"

"啊?这怎么可以!这怎么可以!兄纳弟妇,常人亦不屑为,何况一代人主!礼义之国,同族从不婚娶,治栖之俗岂可见于今日!……"

看着吕之悦痛心疾首的样子,岳乐拊掌大笑:"这才是你们汉人的迂腐!又非同宗血亲,皇上不过兄代弟职,满洲常有之事,有何不可!唐高宗子纳父妾,唐明皇父夺子妻,反而播之诗歌,艳羡不已,足见你们汉家文人口是心非,虚伪十足!哈哈哈哈!"

吕之悦一时竟也无话可答。

岳乐笑够了,正色道:"笑翁,贵门生实在是皇上的贤内助啊!自她入宫,皇上病也好了,人也胖了,气色红润,脾性都变得平和了许多。最难得的是,皇上和太后为诸王加了俸禄,安抚了八旗,近两个月,皇上连下三道谕旨,要各直省督抚垦荒地、清刑狱、惩贪官。这些政事以前虽也有过谕令,如今却是赏罚分明:今后各官升迁都要考核垦荒之数;刑法案件一年不清者罢官;官吏贪赃十两以上者杖徙、革职,永不叙用。皇上诚然爱民勤政,其中未必没有皇贵妃的功劳!"

吕之悦非常认真地问:"那么西南和东海……"

"郑成功手下大将黄梧率众归降,郑成功兵败,官军收复舟山。李定国、孙可望奉朱由榔退守云南,洪经略、吴平西、尚平南、耿靖南与孔定南部将分驻四川、两广和贵州,各自划地而守,势成远围。对郑、朱两处,皇上都一再谕命剿抚并用,以抚为主。看来,必有一段时日的平静……"

"啊!"吕之悦轻声地喊,双手举向天空,"老天,老天!你总算哀怜万民、赐给太平了!二三十年的战乱、涂炭啊!……"

见吕之悦红了眼圈,岳乐不解地问:"笑翁,你这是……"

吕之悦难为情地摇摇头:"老啦,心肠反倒软了。王爷马背征战,崇府起居,绝想不到这三十年战乱天下万民的惨苦!……但愿太平盛世早早来临吧!"吕之悦笑容满面,突然撇开岳乐,到草亭四周的草丛中撷摘野花。金黄的野菊、蓝蓝的矢车菊、鲜红的石竹,采了满满一把,他选了几枝特别艳丽的,插进衣襟和帽边。

岳乐笑道:"重阳插茱萸,你却戴花,所谓老风流是也!"

"诗曰:人老簪花不自羞,花应羞上老人头!见笑、见笑!"

岳乐道:"国家承平有日,求贤更不可忽……"

"是了,是了。我只顾闲扯,竟把最要紧的事忘却了。这次我北上,是真正地交令了。再给你推荐三位贤士:湖北孝感熊赐履、江苏昆山徐元文、浙江仁和陆健。"

"且慢且慢,让我记下。"

他们一道走进草亭,侍从送上笔墨纸张,岳乐郑重地记下三人的姓氏、籍贯。吕之悦继续说:"熊赐履是当今难得的理学人才。治乱世、消疮痍、安民生,非儒学不可。徐元文有宰辅之量、宰辅之才,年少英俊,前途不可限量。至于陆健,才高气豪,在江南颇负人望。此次江南狱解,他也获释。三人俱是白衣秀士,王爷不妨仔细访求。"

"三位贤士现在何处?"

"熊、徐二位,或许还在京师。陆健草泽亡命数年,一旦遇赦,总要回故乡的。只怕他不肯应承。"

"但有三顾之诚,自会感动贤士。……不过,还有一位,笑翁漏去了。"

"谁?"

"你!"

"我?"吕之悦笑着连连摇头,"贤与不贤,自己难于评说。但我这个人是绝不可做官的。"

"你总不至于迂腐到耻食周粟吧?"

"不是那个意思。"吕之悦静静地说,"我一生只堪为宾为友,不能为奴。"

岳乐不觉变了脸色,有心发作,觉得不妥;想要含糊过去,又觉此人才高气傲,太不识相,有损他王爷的尊严。正踌躇间,不知从何方传来"嗯嗯呀呀"的奇怪声音。岳乐和吕之悦对视一下,亭外的侍从也东张西望,不等他们交换意见,那声音猛地延长,"哇哇"地冲破沉寂,从草亭一侧的深草树丛中飞起。婴儿的哭声!这实在太不可思议了!岳乐立刻快步走出草亭,吕之悦和侍从们随他一起循声而去。草丛里露出一个不大的木头箱子,哭声从里面冲出来,尖锐而响亮,表示着不满和伤心。

打开箱子,里面竟是一对半岁左右的女婴,肤色洁白,头发乌黑,哭得声嘶力竭。吕之悦惊喜异常,抢上去把两个女婴抱在怀里,用他的长袍大襟把她们包裹起来。因为两个孩子各自只戴了一个绣着莲叶荷花的红肚兜,各人的左手上勒了一只小小的缀着银铃铛的银镯子。

吕之悦招呼侍从在石桌上铺了坐垫,把两个婴儿摆上。她们受到老人的安抚,已经不哭了,并肩躺在那里,一模一样的两双黑眼睛天真地打量着吕之悦,看得这位从未有过儿女的老人心里发慌,又惊又爱,不知如何是好。

岳乐也走进草亭,赞叹道:"好一对孩子!父母竟忍心扔掉!看木箱上钻了许多眼子透气,倒是还想让她们活下去。"

一句话提醒了吕之悦,他连忙在婴儿身上寻找,果然在红肚兜的一角,翻出一张字迹潦草的纸条:"念上天好生之德,大慈大悲,求恩人收养这一双无辜女婴,免入虎狼鹰鹫之口。"

吕之悦把纸条给岳乐看,兴奋地说:"老夫一世无子,不料好运当头,天送来一双女儿!定是哪家女儿生得太多,溺死又不忍心,才出此策。好!好!老夫我谢过天地,谢过她俩的父母!"他站在女婴身边,向天地和四方深深作揖。

岳乐也为这奇遇高兴:"笑翁,这真是天赐福分啊!把这一对姐妹花带回江南,嫂夫人也要笑逐颜开了。"

吕之悦笑道:"她呀,要把大牙都笑掉!"随后,他赶忙抱起孩子说:"王爷,下山吧,两个娃娃怕是饿了。"

岳乐打趣道:"才做爹爹,就冷暖连心啦?这也是两个娃娃的造化,遇上你这好心人!……好,下山吧。"

侍从们小心地抱着两个婴儿,簇拥着王爷和吕之悦慢慢下山。途中,岳乐突然压低声音对吕之悦耳语道:"笑翁,两个婴儿你先抱走,回京以后悄悄送一个给我,好不好?"

吕之悦吃了一惊,短短半个时辰不到,他好像已对这两个女婴产生了父爱而难以割舍了,他问:"为什么?"

岳乐有几分为难地小声说:"家家都有自己难念的经,你还有什么不明白?笑翁,我重重谢你。"

吕之悦沉吟着:"这个嘛……"

"笑翁,就当是老友之请吧,不肯帮忙吗?"

吕之悦只得点点头,心下很是沮丧。岳乐非常高兴,说话声音又大了:"本月中,下嫁外藩的公主就要还朝,理藩院和宗人府都要忙个不可开交。你我明天就回京。"

"也好!"吕之悦回答得无精打采。

"还有,寻访陆文康的事,还求笑翁多多指教,回京后从速办理!……"

一行人走下山去,情况相当奇怪:侍从威严,一路打道,吆喝行人回避;主人却青衣小帽,看不出身份;众多人役中又掺杂着两个婴儿,不时用响亮的哭声替主人的谈笑伴奏……

几天后,在极其隐秘的情况下,吕之悦把两个女婴中的一个送给安郡王。两人在密屋中商谈了几条协定。岳乐要求:吕之悦绝不向任何人透露真情;将来的任何时候,吕之悦名下的女儿永不进京。吕之悦要求:保存两个孩子的肚兜和手镯,为将来孩子寻找亲母留下证据。他们给这姐妹俩取名时,推敲了很久。因两个孩子肌肤雪白莹洁,便一个取名冰月,一个取名莹川。不久,吕之悦就带着莹川南下回故乡去了。

岳乐寻找陆健费了不少心力,没有得到下落,他便派专人往浙江仁和去等候了。但陆健并未离开直隶。受傅大学士夫人之托去寻找陆健的柳同春,带回了陆健给傅大学士夫妇的一封信,对邀他进京的意思表示感激,但坚决地谢绝了。信中有这样几句话:"……某昔日之施,君今日之报,前后之事既奇,彼此之心交尽。自兹以往,君为熙朝重臣,某为山林逸士,两无所憾,不复相见也……"

傅以渐夫妇看后,叹惋不置,连着好几天都在议论。傅以渐感到一种无法言说的惆怅,素云更是忽忽如有所失,很长时间,心里都不平静。

第 四 章

一

春风绿了川原,又是清明时节。

坡上一株老杏树,曾经繁茂得有如一团淡绯色的云,此刻却在春风中零落了,花飞满天,片片飞花扑打着坡下青冢,也扑打着几株弱柳下的蓝衣少妇。她跪在两座并列的新坟面前,像落花一样惨白、憔悴。

谁还能认出这个目光痴呆、神情木然的女子,就是曾被人赞为"大乔"的梦姑?两年了,梦姑一肚子苦水向谁诉说?

当她的身孕再无法遮掩时,小道士还俗与她成婚。这引起哥哥的愤怒,臭骂梦姑无耻下流,败坏门风,像摔破抹布似的摔给她一百两银子,叫她滚蛋。母亲好说歹说,才倚着娘家的后墙,拿这银子盖起一所小院,安置了这对小夫妻。

梦姑怕她的丈夫。怕他忌刻阴沉的目光,怕他终日不言不语的恶毒的静默,尤其怕他无休无止的对她的欲念和作践,仿佛她连娼妓也不如,只是一样东西,一件衣服。她有身孕后,丈夫不踢她的腰了。梦姑明白,这是为了她肚里的孩子,他的后代,而不是为了她。就连白衣道人最终决定要小道士还俗,不也为的这个吗?他们要她生儿子,生朱家的后代。梦姑自己也盼望生个儿子,好改变自己的悲惨境遇。

不幸她生了女儿,一对可爱的双胞胎。所有的人都失望了!小道士冲进产房,凶狠地盯着自觉有罪而觳觫不安的梦姑,一步一步逼近,猛一伸手揪住梦姑的头发,让她的脸正对自己,然后慢慢地,像在一次一次地积蓄力量似的,左一个耳光,右一个耳光,直到梦姑嘴角出血、乔氏跪在地上哀求为止。从此以后,小道士像是从中获得了乐趣,几乎每天都要折磨梦姑。在这种时候,他总要梦姑面对着他,他要仔细地观看她脸上的痛苦表情,听她凄惨的哀叫。他嘴角挂着一丝残忍的笑,仿佛在欣赏一幅美丽的图画。这个小道士,把对家族败亡的痛心、对自己一落千丈的愤懑、对恢复祖业的绝望和对新朝世人的仇恨,一股脑儿发泄到梦姑身上。

梦姑无处诉怨,经常带着一身又青又红的创伤去向母亲哭诉。母亲只能陪她掉泪,决不敢埋怨。她不时悄悄抚慰女儿说:只要大功告成,梦姑就是王妃娘娘了!忍得苦中苦,方为人上人啊!

命运还嫌梦姑受苦不够,又给她准备了更大的折磨。

半年以前,白衣道人往南边联络了一路人马,说要在重阳节起事攻占县城,不成功便扯旗上山。小道士看着这种热热闹闹、成功在握的样子,甚至露出了笑脸。谁知南边有人首告,事情败露了。小道士吓得泪流满面,浑身哆嗦,脸色比纸还白,冷汗湿透了衣衫。白衣道人见他太不成话,跪在他面前,求他拿出点高贵气概来面对危局。偏偏赭衣老仆在村外遇上一队队满兵,回来一禀告,他们都觉得自己已被包围,绝无生路了。小道士吓得抖作一团,光张嘴,发不出声音,好不容易说出了一句话:"女人们……一概给我殉节!"这样,他们三个就可以轻装逃出,免得家眷被俘受辱,从此灭了活口。

小道士原想效法崇祯帝,亲手杀死女儿,却没有崇祯帝的胆量。他命令赭衣老仆抱走了两个孩子,转脸又立逼乔家母女三人和袁道姑师徒三人自缢。女人们哭哭啼啼,不肯就死,白衣道人竟发疯似的拔剑威逼。危急之际,乔柏年在院外叫喊母亲和容姑回家吃饭,意外地止住了白衣道人即将发作的凶杀。白衣道人并不放松,扣住容姑,只让乔氏出去跟乔柏年周旋。乔氏再次回来时,破涕为笑,原来村外鞑子骑兵是王爷的护从,为保护王爷登高远游而在附近巡逻的。一天乌云散开,白衣道人松了口气,小道士却瘫倒在地了。事后他们才知道,南边与他们联络的人已经逃走,知道他们真情的两名首领,一个投崖自杀,一个被官兵射死,他们竟安然躲过了厄难。

当时梦姑的第一件事就是抢出去救女儿,但赭衣老仆回报说已将她们扔进深山了。梦姑不顾一切地攀上山顶,见到的只是破碎的木箱……从此她失去了惟一的安慰和欢乐,变得痴痴呆呆,再也不会笑了。

清明节,她为两个女儿在乔家祖坟边筑了坟台,埋下她们的小衣服、小帽子、小鞋,为她们烧纸、祭奠,就像墓里真的躺着她们小小的身体似的。她默默祝祷,愿心爱的孩子每日入梦,安慰她苦透了的心……

一阵轻风,柳条拂过她的头顶,她抬头望了一眼:柳树!这柳树啊!……柳树是那年同春哥第一次从京师回来时栽的,那时候,他还悄声地问梦姑:"你说,我为什么把柳树栽到你家坟地上?"梦姑怎么会不懂呢?他姓柳啊!他要与她生死相依啊!那时梦姑又喜又羞,头都抬不起来了……这一切已经多么遥远,好像发生在几十年前、梦姑还没有出生的时候,又好像发生在别人身上……梦姑手扶弱柳,凝望着天边的白云,仿佛在云间看到了同春的淡淡面影。她深深叹了口气,喃喃地说:"同春哥,你在哪儿?这辈子还能见着你吗?……"

两行清泪,汨汨而下。

"大姐,打听个事儿!"轻俏柔和的女人声音响在梦姑背后,她微微一惊,赶忙回身。离她不远,一个长相好看的年轻女子微笑着,一身行装,还背了个包袱,首帕拉得很低,几乎遮住眼睛。稍远的路边还有两个女子伫立着,头低得看不清面貌和年龄,也在等待着她的回答。

"你们庄子上有没有个白衣道人?"

梦姑一惊,再次打量眼前的几个人:蓝布长袍,黄白色茧绸裙,腰里束一条青罗带,打扮毫不起眼。她们表情恳切,温和的微笑和求人帮忙的低下口气,减少了梦姑的疑虑。她问:"找老道有事?"

女子更加谦和了:"方圆百里都传遍了,说他医道高,我们是诚心诚意来求仙方的。"

梦姑放心了,一指环秀观:"就在那儿,每天下午行医赐药。"

女子低头弯腰谢了,并不就走,又小声问:"白衣道人有个徒弟叫月明,也在这里吗?"

梦姑咬住嘴唇,心头怦怦乱跳。月明,这是她丈夫的道号。她慌乱地不知所云:"这……我不知道……"

三个女子很快走向环秀观。梦姑呆呆地朝她们后影儿望了片刻,叹了口气,开始慢腾腾地收拾祭品。她迟延着,真不想回家。不知她那丈夫又会在什么时候发作。一想起他歪扭着脸的怪笑,她就浑身发抖。

大路上静悄悄,只有梦姑一人踽踽而行。自从垦荒政令下到永平府,马兰村的无地平民非常高兴。他们有的按规定从县里贷得耕牛、籽种到山边去开荒,有的干脆举家离开永平,回到河南、山东去垦田。朝廷垦荒政令规定,新开土地六年不征赋税,这下可救了不少穷苦人。如今正值春耕大忙,村子里大白天也难听到人语,只有狗吠鸡鸣,东一声、西一声。

梦姑走过哥哥门首,正遇哥哥手持书卷在院子里一面踱步一面吟哦。他看见梦姑,略停了停,梦姑连忙躬身请安,再抬头时,乔柏年已转过身,用脊梁对着她了。他自梦姑成亲以来就是如此,梦姑早已习惯得不觉得什么羞辱了。她低头慢慢转过围墙,迈进自家院子,仿佛染上了寒热病,从心底里打起了冷战。

小道士盘腿坐在炕桌边习字,这是白衣道人再三请他坚持下来的。梦姑进屋,他连眼睛都不眨一下,可是又写了几个字以后,便厉声吆喝:"倒茶!"

梦姑心里害怕。她战战兢兢地捧着茶盏一步挨一步地走近,一抬头又看到他那不怀好意的假笑,她不觉后退了一步。小道士一拍桌子站起来,梦姑顿时浑身哆嗦。

"砰砰砰",院门被打得山响,白衣道人的声音在叫门。梦姑放下茶盏,遇赦似的奔了出去,小道士也站起身,掸掸袍子,在房门前站定。

门一开,一群大哭小叫的女人冲进院子,扑上前来,环跪在小道士周围。她们后面,跟着阴沉着脸的白衣道人,最后是抹着眼泪的乔氏和满脸心事的袁姑姑。乔氏回身把门闩好,一见门边站着的女儿,搂着她就哭开了。

梦姑又惊又怕。她认出来,是刚才问路的三个女人,此时都去掉了首帕,一个个可算得年轻美貌;袁姑姑的两个徒弟没戴压发冠,全然俗家女子打扮,虽不及那三个漂亮,但正当十七八岁豆蔻年华,面色鲜艳,体态轻盈,也很招人看。这是怎么回事?梦姑偷眼看看丈夫,只见最后一点尴尬已从他唇边消失,代之而来的是一脸毫不在乎的冷笑。他稳稳地站着,说:

"怎么都跑了来?有什么了不得的大事?"

"哇"的一声,问路的女人放声大哭,其余的也跟着哭,哽哽咽咽,无休无止。小道士脸一沉,大喝道:"不许哭!我又没死!"

女人们一起怔住,哭声戛然而止,好半天才化为轻轻的抽泣、咳嗽、擤鼻涕。问路女人终于声调凄切地说:"主上一走就是三年。

古时候还有个孟姜女万里寻夫呢,小女子就没有这份志气?千辛万苦来到永平,路上遇到她们,只说是找老道求仙方的,谁知她们也是你的……"她捂脸又哭了。

"主上!主上!"一个小道姑着急地嚷,"你可是已经封过我们姐妹的了!你没有说过还有别的女人……"

乔氏一脸严正,提高了嗓门:"胡说!我女儿明媒正娶,你们谁敢夺她的位分!"

刹那间女人们吵成一团,这个申明自己也有媒证,那个证实"主上"亲口应许,有的说成亲在先位分最高,有的争辩同居时日最长的是正房……乱纷纷的一片喧嚣,吵得唾沫星子乱飞,眼看就要动手揪打。梦姑一声不响地倚在门边,静静流泪。小道士斜眼看着她们吵闹,仿佛很是惬意。

"不要嚷了!"白衣道人喝道,"你们找死哇!"

女人们停嘴一想,寻思过来,赶忙低头,不敢作声了。白衣道人郑重其事地走到小道士面前,深深一揖,十分庄严地说:"道人于草泽之间得遇主上,多年来披肝沥胆,竭尽忠诚,无非想辅佐主上复兴祖业。当年弘光、隆武在艰难之际,不是荒淫无耻、沉湎酒色,便是昏庸懦弱、毫无作为,使甲申、乙酉几度复兴局面毁于一旦。主上必得卧薪尝胆,十年生聚十年教训,方能重开天地另辟河山。如今未见分毫成就,却缠绵于女色,一而再再而三,全不以大业为念,所谓成事不足,败事有余。道人实不能再忍,就此告退!"

白衣道人一拱手,小道士慌了,满脸赔笑,拦住举步要走的老道说:"是我不好!念在我年轻任性,思虑不周……"

"你年轻,如今占着你家宝座的人更年轻!"白衣道人冷冷地说,"如今他奖励开荒、严惩贪赃、清理刑狱,天下人心尽被他笼络而去,复兴大事还有多少指望?"

"先生息怒,先生息怒!"小道士赔笑继续说,"本朝三百年来深仁厚泽,万民岂不怀想?人心思故乃是常情。那人纵然聪明有为,不过是夷狄之君,难为华夏之主,普天下汉人百中九十九,岂能容他?先生谏正,我已知错了。一来不孝有三、无后为大,这些人生不出一丁半男,我心里着急;二来《礼》中有论,天子有三宫六院七十二妃八十一世妇……"

"如今你身在草莽,性命尚且时时有危,如何便以宫中妃嫔之数为法?"

"是是是,我知错了!……"小道士一再赔笑认错。

两人态度都很认真,又都有些惯熟,这一幕已经演过不止一次了。两人心里都明白,他们是一根线上拴的两个蚂蚱,谁也离不开谁。小道士需要老道帮他恢复失去的天堂,老道必须有小道士为号召才能成就大业。所以到了矛盾激化的关头,总有一方退让,维持他们的联盟。可是女人们都听呆了。她们争做王妃,却没想到"三宫六院七十二妃"!她们争夺的这个对象,究竟是谁?她们怀着更大的敬畏,跪在那里不敢动弹。当小道士对着老道突然用粗话嘲骂她们是"不会下蛋的老母鸡"时,她们居然羞愧得红了脸,自觉有罪地落了泪。

白衣道人面色转霁:"但愿主上以复明为念,时刻不忘……"

"且慢!"一个粗嗓门一声大喊,后墙头忽然跳下一个人来。人们大吃一惊。小道士拔腿窜回屋里,女人们尖声叫喊,老道"嗖"地拔出了腰间的短刀,寒光一闪,直刺向来人前胸。乔氏和梦姑同声惊叫,叫声未落,老道却失色地喊出声:"啊!……"原来,来人略略一扭身躯,躲过白衣道人的刀尖,动作快如奔电,一把攥住老道握刀的手腕向后一拧,夺下武器,便架在敌手的脖颈上。这是乔柏年。他不变色、不喘气,站在那儿像一座铁塔,黑红的脸上一双锐利的眼睛令人发抖,低声喝道:

"说!你到底是什么人?"

乔氏连忙劝阻:"儿啊,不要鲁莽……"

"娘!"乔柏年扭头向母亲,"这道人说的是卖头的话,干的是卖头的买卖,咱可不能马虎!"

白衣道人挺身昂首,对着亮闪闪的短刀毫无惧色,冷笑一声:"不错,是卖头的事!你告官府去吧,你娘你妹子都跑不了,诛你们九族!"

乔柏年哈哈一笑:"告官府?我那么傻?就手结果了你们师徒,叫做毁尸灭迹。这二十来年,死人死得海去了,不多你们俩!"

老道不由自主打个冷战。乔氏拉着梦姑跪倒了:"儿啊,看在娘的面上,看在妹子面上……"

"哈哈哈哈!……"白衣道人忽然扬头大笑,笑声拖得很长,虽然显得勉强,却含着一种说不出的悲愤。

乔柏年诧异道:"你,笑什么?"

"我笑我道人聪明一世,竟把粪土当了珍珠!我只道一位前朝贡生之子,自幼读的圣贤之书,定是个顶天立地、大义凛然的男儿,不料无君无父、无仁无义、鼠目寸光,不堪共语!罢!你杀了我吧,算我道人瞎了眼!"老道说毕,竟挺着脖子往刀刃上撞。乔柏年猛地缩回短刀,发光的眼睛盯住老道,冷冷地说:"讲清楚再死不迟。"

道人尖锐地看了乔柏年一眼,镇静地掸掸道袍,抚平弄散的乱发,从容地讲起来:

"我记得那是十四年前,崇祯十七年三月十八日,狗奸贼曹化淳这个阉党开了彰义门,李闯流贼潮涌而入。我烈皇帝登上煤山,眼望满城烽火,叹曰:'苦我民耳!'"老道平静的面容渐渐发红,稳定的声音渐渐发抖,越来越激动,"之后,我烈皇帝回乾清宫,令送太子及永王、定王到戚臣周奎、田弘遇府第;又剑击长公主,令皇后自尽;次日天色未明,遂再登煤山,以帛自缢于古槐之下……"说到这里,白衣道人泣不成声。乔柏年咬牙切齿,竟然滴下泪来。

老道极快地瞥了乔柏年一眼,又吞咽着泪水继续说:"嗣后,太子被周奎出首,死于满廷,永王也在乱兵中被杀……"呜咽至此,仿佛底气突壮,他清清楚楚、一字一句地说:"惟有三殿下流落民间,得以存活至今。"

"什么?"乔柏年一惊,几乎跳起来。

"三太子乃先君亲子,难道不比永历、隆武、弘光这些藩府更具人君之分?……"

"他,三太子,现在何处?"乔柏年嗫嚅着问,激动得发抖。

白衣道人深深地看了乔柏年一眼:"他遇到一位先朝旧臣,二人扮为道家师徒。近年他入赘一乔姓士子家中,士子之母深明大义,那士子反倒……"他盯住乔柏年不说了。

乔柏年直跳起来:"你,你是说我那妹夫,他?……"

老道慢悠悠地点头,捋髯,努力掩饰住胜利的神采。

"拿证据来!"

白衣道人不慌不忙,郑重地从怀中取出一个小包,放在地上,对它三跪九叩,然后一层层解开,露出里面的三件宝物:一块九龙玉佩,是三太子幼年金项锁上的镶嵌;一颗端本宫印章,是三太子所居宫殿的金宝;一幅崇祯皇帝的御笔诗,写明了赐给三子慈炤。

乔柏年脸色煞白,对着这无可怀疑的三宝,"扑通"跪倒,伏地大哭。周围的女人们此时才回过神来,跟着一同跪倒,一齐痛哭,虽然都那么有声有色有泪,但是悲是喜,是愧是惊,只有各人自己知道了。

乔柏年拭泪而起,对白衣道人一拱双手,慷慨陈词:"我乔柏年自幼从学,岂不知礼义廉耻!鞑虏入关南下,灭我之国,毁我之家,败我之纪纲,夷我之祖宗,所谓妻子可杀,君父之仇不共戴天!孔子著《春秋》,要义在严夷夏之大防,汉族衣冠,岂能就此沉沦终古?我早有誓言:不降志,不辱身,不灭胡氛死不休!"

白衣道人满面喜色,竖起拇指:"好!是英雄本色!……那么,方才你是……"

乔柏年呵呵地笑了,说:"这就叫不见真佛不下拜!况且我早就疑心你不是寻常道人,正好借此机会弄他个水落石出,也试试你的胆量!你没看见吧,我是拿刀背对着你脖子的!"

白衣道人笑道:"这还看不见?正因此,我才敢吐露实情呀!"

两人互相注视,打量片刻,一齐大笑。乔柏年把短刀往地下一摔,刀锋"刷"地插进土里,直吃到护手。白衣道人先是一惊,随后连连喝彩:

"好力气!好身手!"

…………

乔柏年从襟怀里掏出一个红绫小包,很快打开,露出一颗两寸见方的虎钮银印,翻出印文,对老道说:"请看!"

老道看罢,微微一笑,也从怀中掏出一个黄绫小包,拿一颗相同形状的银印,翻出印文。两颗印并排挨在一起,一方印上刻着"大明永历朝总兵官乔印",一方印上刻着"大明永历朝总兵官朱印"。两人相对大笑着收起了印。乔柏年拱手向老道:"先生想必是一位宗室了?"

"正是。我祖乃贤宁侯。"

"失敬失敬。先生何不将三太子之事奏知朝廷?"

白衣道人蓦地变了脸色,剑眉紧皱,目光阴沉:"尊兄想必记得当年弘光朝之伪太子案……那太子十有八九是真,却被弘光帝下入监狱,满房破了南都,太子便遭毒手……前车之鉴啊!况且,此间人马势头,远不及西南桂王,正名之事,还须待以时日。不过,有三太子在,何愁宏业不就!"

是的,朱三太子是帅旗,是号召,可以招兵买马,可以招降纳叛,可以把永历桂王的人、把郑成功的人都拉过来!名正,这是一个不可抗拒的巨大力量！就是他乔柏年,辅佐朱三太子,将来便是皇亲国舅、开国元戎,不是比效忠永历朝更加名正言顺吗？

拿着永历朝的印,使着永历朝的钱粮,却暗自经营着三太子的大业,这明明是吃里扒外的不义行为,却因了朱慈炤的"名正"而成为良臣智士的义举！"名正"真可以颠倒是非、混淆黑白啊！

乔柏年立刻整顿衣裳,领众人进屋去叩见三太子。屋里哪有小道士的踪影！大家慌了,你看我,我看你,几个女人又要哭,忽听一阵轻微的"嗒嗒"声,眼见墙边那躺柜的盖子不住地颤动。白衣道人叹了口气,上去掀开柜盖,朱三太子"哇"地惊叫出声,他正缩成一团,在柜里发抖呢。见是老道,总算放了心。几个人把他扶出躺柜,他才渐渐恢复常态。

乔柏年不敢迟疑,立刻走到小道士面前跪叩见礼,并口称:"以往不知实情,多有冒犯,乞三太子殿下恕罪。"

小道士一贯害怕乔柏年,此刻他心中尚有余悸,慌忙扶起说:"呃,呃,快请起,快请起。"

乔柏年走到梦姑面前,直挺挺地跪倒:"王妃娘娘,千万恕臣无礼。臣枉读诗书,空有见识,万不及母亲和贤妹的慧眼,能于风尘之中识真龙！"

乔氏笑得合不拢嘴。梦姑又酸又苦的心里略添了点甜味。

乔柏年又说:"敝处窄狭简陋,实在委屈了诸位。我想自明日起翻修,就后院盖出中、东、西三套房,供娘娘们起居……我家贤妹,自然是要住中房的啦？"

女人们喜出望外,小道士也很感激,梦姑的地位就在这不经意之中确立了。老道目不转睛地注视着分派住房、用具、钱粮的乔柏年,慢慢捋着长须,默默点头:这真是个人才,也可能成为劲敌……必须细心谋划、加意笼络,即使做不到肝胆相照,也需要同舟共济,好渡过重重难关……

袁道姑一直没有开口，此时突然说道："日后居家过日子，这些大礼都免了吧！万一露了破绽，大家都得送命！"

老道连连点头："正是正是，就是平常亲友称呼才好。"

乔柏年笑道："说的是。娘，你陪同女眷们进屋歇息，喝茶说话儿。道长、妹夫，请过我家书房叙谈。"

三个普普通通的平民，同时又是前明的一太子、两总兵，互相谦让着走出梦姑的小院，绕墙而行，进入乔柏年近些日子新盖成的两进双院的砖瓦住宅里去了。

二

三伏日洗象，是京师一年一度的佳景盛会。洗象的地点，在宣武门的响水闸。每年到了这一天，达官贵人、文人学士、市井商民乃至优倡隶仆，无不前往观赏，聚集两岸往往达数万人。有钱的主儿自有他们的好办法，出大价钱租赁响水闸两旁的房屋。由于争相抢租，租金越抬越高，一天竟达二十两银子。有的房主更聪明，在临河一面设座，一座租钱两三千文。不少房主因此发笔小财，转而做起买卖，开起了小店。乔柏年租到了这么一个座位，不慌不忙，吃过早饭，慢慢由虎坊桥的住所向北漫步。

乔柏年怎么敢进京师呢？

乔柏年和白衣道人彼此亮明身份以后，决定合为一家共同应付越来越艰难的局面。在此之前，他们各自进行的那些秘密联络、起事准备，都没有成功。寻访的贤士们表现冷淡，不愿就"辅佐故主"的高位；平日接触的百姓平民，则对十多年的动乱大有切肤之痛，只求温饱太平，不肯"从龙"。况且新朝蠲三饷、免赋役、奖垦荒等项新政，比前朝留给百姓的活路要宽一些。老百姓可不像读书人,讲什么殉故主、念前朝。

为此,乔柏年和白衣道人兵分两路:白衣道人师徒仆三人和袁道姑,着力于联络招抚各地义士,特别是那些占山为王的绿林豪杰;乔柏年原本领有永历帝的旨意,要打进新朝充当坐探和内应。要混进朝廷的中枢,除了需要大量的银钱之外,还必须有一个正途出身。银子,南明的供给绰绰有余;要挣个出身,乔柏年这位贡生之子,自然要走科举这条路。今年是顺天乡试的丁酉年。乔柏年已在县、府花钱买了一名拔贡,过了端午便大摇大摆地进了京师。他要凭自己的有贝之财和无贝之"才",去敲开宦途的大门。

"冷在三九,热在三伏",乔柏年走到宣武门时,已经大汗淋漓。他抬头一望,叫苦不迭。响水闸周围,早已车轿成山,万头攒动,喧嚣嘈杂,几无插针之隙了。他仗自己力大气壮,在人群中挤来推去,竭力想靠近他租了座位的临河小楼,谈何容易!他像置身于海潮中,一会儿被人流挤到南面街口,一会儿又被更大的力量推向西边护城河桥头。他大口大口地喘气,热汗横流,不由得想起古书上"嘘气成云,落汗如雨"的典故。

宣武门里传出的一片金鼓、大铜角和画角的悠长的呜咽,盖过了嘈杂得令人头昏的喧闹。"来啦!""来啦!"人群更加兴奋,也更加拥挤。乔柏年急了,使出蛮劲,一双胳膊抱在胸前,竖起两个生铁铸成似的厚肩膀,左冲右撞,向前夺路而去。

"乔、乔大哥!"一声高喊,止住了乔柏年的脚步。

"你,你不是同春吗?"由于同春是乔柏年回故乡见到的第一个人,也因为同春和梦姑的一段婚姻纠葛,乔柏年对他印象很深,一见面就认出来了。他一把抓住同春的手,热情地摇晃着:"两年多不见,又长大了,像个小伙子啦!……也在京师啊?做什么呢?……"

他乡遇故知真是一种奇妙的感情。同春刹那间忘记了旧日的怨恨,兴奋地摇晃着对方的手,高兴地嚷:"什么时候来京师的?村里乡亲们都好吗?……"三伏的炎热、拥挤的闹哄哄的人群,使他通红的脸上流着一道道汗水,明亮的眸子闪着热诚的光彩。

乔柏年快活地说:"乡亲们都好。我母亲身子骨不如过去,总是上了岁数。容姑可长大了,她们常念叨你的好处呢,当年圈地那会儿……"

同春的眼睛黯淡了,笑容在消失,脸上肌肉隐隐抽搐,紧握的手也松开了。这时人群又在骚动,几股强大的人流一起拥往护城河桥头,喊叫声震耳欲聋。原来,大象出城了!乔柏年和柳同春之间猛然挤进一大股人流,隔开了他们,他俩身不由己地被巨大的力量卷向相反的方向。乔柏年挥手大喊:"你住在哪儿?"同春挥手回答着什么,但人们被那些大得如同小山丘的象弄得如痴如醉,狂喊乱叫,乔柏年连自己的声音都听不到了,哪能听见同春的回答?

乔柏年费了九牛二虎之力,终于挤进了小楼,出示楼主人开给他的条子,被领到临窗的一张椅子上就座。乔柏年用力擦汗,并向窗外观看。只见护城河边像是突然凸起一道灰色的巨堤,二十四只大象齐刷刷地排列在那儿。鼓声阵阵,似急雨、如闷雷、若海涛,两岸数万名嘈杂喧闹的观众刹那间一齐静寂下来:哦,大象动了!迈开沉重的石柱般的粗腿,走动了!它们一个接一个地进入护城河,仿佛苍山颓倒入水也似的,眼看河水涨上了岸边,岸边的人们哄笑着、惊叫着向后躲闪。炎热的天气、清凉的护城河水必定使这些南国巨兽很开心,方入水中,便快乐地游动,一如矫捷的蛟龙,笨态全无。它们不时扬起巨大的头,扇动两片蒲扇似的耳朵,长长的鼻子舒卷自如,吸足了水往身上喷洒,满意地用细细的声音长吟着。二十四头大象,背上都坐着一个象奴,赤膊短裤,随着大象入水的深浅,他们也时时浸没水中。一只淘气的小象入水那么深,象奴有时在水面上只露出一个发髻。

乔柏年不禁感叹:"果是奇观!三千钱花得不枉!"

背后有人轻轻一笑:"洗象奇观不只在象,也还在人。"口吻里多少带点嘲弄,却不使人难堪。乔柏年回头,看见一位俊书生背手立在他椅后,面带笑容,优哉游哉。

楼窗边座位是三千文一客,已经客满;座位边拥挤着许多站客,都是楼上茶座的买主,二千文一位,既能看洗象,又少花一千文,不过此时无座而已。所以二千文座比三千文座还难得。乔柏年不是京师人,哪里懂得这些诀窍。京师人却能由此断定,乔柏年是个没见过世面的土老财。

"人?有什么奇观?"乔柏年不解地问。那书生笑而不答,只对河岸扬了扬头。"嚄!"乔柏年惊叫道,"这么多人!"

洗象这段护城河两岸的绿槐树下,密密麻麻尽是人,从水边直铺到堤岸高处,看不到一点黄土的地面,连槐树上也爬满了人,有些树枝都给压弯了,颤颤悠悠,很是惊险。

背后又传来书生悠闲的声调:"人道是两岸头脸如鳞次贝编,尊兄以为如何?"

乔柏年觉得他在问自己,连忙回头友好地笑笑:"我看,更像向日葵黄熟之日的那个葵盘!"

书生放声笑道:"比得当,比得当!妙极了!"

大象浴不多时,岸上鸣金,锣声喤喤,象奴们依令吆喝着用棍子赶打,令大象起身出水。它们不情愿地拱起肥厚的背,进三步退两步地慢慢上岸。淡灰色的身体因着了水,变得黧黑了。岸边的人群给它们让开一条路,自然又引起一番拥挤叫喊。

"这么快就洗完了?"乔柏年有些失望。

"不能久,"俊书生和蔼地解释,"一久它们便要相雌雄,相雌雄就要发狂,乱跑乱踏,岸上诸君将血染尘沙了。"

鼓声咚咚,长号呜呜。大象列队,在銮仪卫的彩旗导引下,迈着落地如石的使地皮发颤的步子,消失在宣武门那古老而高大的城门洞里。响水闸附近的几万名看客又是一番喧闹拥挤,终于渐渐散去。护城河的水恢复了平静,凉气从岸槐的绿阴中缓缓透出,沁入临河的楼窗。租赁座位的客人们,经过这半天的兴奋、流汗、叫喊,都有些累了。伙计们按照惯例送上茶水和点心。

乔柏年桌上是头等点心:一笼水晶小包,一碟鸡茸虾仁酥饺,一盘两面黄的芝麻小烧饼,一大碟月盛斋酱牛肉。乔柏年邀请俊书生来自己桌上用茶点,他也不过分推辞,很大方地移座相就。

乔柏年爽快地笑道:"真所谓一见如故!在下乔柏年,永平府拔贡,应顺天乡试来到京师。"

"在下姓张单名汉,祖籍嘉兴,国子监生。"

两人拱手,彼此道了失敬,方举盏推让间,旁边桌上爆发一阵大笑,把他们的注意力吸引过去。那一桌五六个人,都是儒生装束,围着茶桌正说得热闹:

"……许巨源,你们还记得吗?几年前写《南渡记》骂陈名夏、龚鼎孳变节的那位,今年乡试,他竟也列名与考!"

"这有什么奇怪!真才子里除了徐元文、熊赐履等十数人,应试者不在少数。在下有诗一首,正咏此事:圣朝特旨试贤良,一队夷齐下首阳。家里安排新雀帽,腹中打点旧文章。当年深自惭周粟,今日翻思吃国粮。非是一朝忽改节,西山薇蕨已精光!"

"哈哈哈哈!"人们笑得东倒西歪。乔柏年与张汉对视着微微一笑,都不说什么。一位老年儒生抚须叹道:"笑什么呢?人各有志嘛!"

"不错!确是人各有志。"另一湖色衣袍的儒生笑着,"有诸客围坐饮酒,各言其志。或欲生财进宝,或欲为广陵刺史,或欲乘鸾升天。一客闻而笑曰:我愿兼而有之,'腰缠十万贯,骑鹤下扬州!'"

笑声中,一位颔下无须的少俊立起,做手势要众人肃静,然后摇头摆脑地讲起另一个故事:"昔日一人下了地狱,应投生人间,因向转轮王道:'要我为人,必须依我心愿方肯去。'阎王问何心愿?此人曰:'父是尚书子状元,绕家千顷五石田。鱼池花果般般有,美妾娇妻个个贤。充栋金珠并米谷,盈箱罗绮及银钱。身居一品王侯位,安享荣华寿百年。'阎王道:'有这样的好处我自去了,还等到你?'"

又一阵笑声哄然而起,整个楼上的茶客都被这几个人有趣的笑谈吸引了。

柳同春匆匆忙忙上得楼来,一眼见到张汉,又抱怨又急切地说:"大爷,你叫我好找!上茶楼也说一声啊!……"

"同春!"乔柏年惊奇地站起身,"这位张相公是你主人?"

柳同春一回脸看到乔柏年,先是惊讶地一笑,后来脸红了红,没有那么热情了:"是。你认识我家大爷?"

"同春!"张汉也惊奇地说,"你认识这位乔先生?"

"是。我们是同乡。"同春老老实实地回答,转而一想,不由得惊奇地问,"怎么,二位大爷也相熟吗?"

乔柏年哈哈大笑,道:"真是无巧不成书啊!"

张汉也笑着说:"这就叫有缘千里来相会!"

两人心里高兴,拘束少了,喝茶吃点心,说些轻松的笑话。乔柏年初来京师,需要有依托;张汉为了生计和前程,正要寻找来京应试的财主;同春站在张汉身后,也有他的想头:要是他们俩交得好了,便能间接听到梦姑的消息了……

满脸是笑的张汉忽然一愣,夹着水晶小包往嘴里送的动作也停了下来,微微把头偏向那些闲谈的儒生,对乔柏年使了个眼色。原来他们谈起了最使人关心的本科顺天乡试:

"……学使遴选八府之秀,有四千余名;而合天下之拔贡、岁贡、官生、民监，又有一千七百余名。今年举人名额只有二百零六人，我看多数将为贡生所得！"

"这却为何？"好几个人同声问。

"君不见贡生者，乃四海九州拔尤而进之者，不是父兄为高官，就是家内称豪富；不是交结缙绅以博高名，就是挟诗文、结坛社以相恐吓。人人自以为高魁探囊可取，折桂唾手而得，实则哪一个不去通关节，探路径？生员焉能与之匹敌！"

"正是正是！今年北闱①出头怕是极难。一个个考官不是贪财受贿，就是结纳权贵。仅同考官李振邺一人，就不知卖出几多名额了，哪里还有公道可言！"

"唉！新朝会试已经五科，科场之弊愈演愈烈，孤贫才高之人岂不永无出头之日了？新朝当政者竟不闻不问！"

"这还不明白？分管科举事务的主考官、同考官哪一个不是汉员？满大人中谁个识得四书五经？关外人直朴憨厚，恐怕什么叫通关节还不明白哩。如李振邺这班少年科举名进士，哪里把不通文墨的满大人放在眼里！……"

乔柏年轻声问张汉："老弟，这位李振邺是何许人？"

这一问，正搔着张汉心头的痒处，他舒心地嘘了一口长气，得意地笑了："若问别人，我或许略识一二；若说振邺夫子，再无人比我知之更深的了！"看他那神气，仿佛儒生议论的李振邺不是在贿卖作弊，竟是在完成什么丰功伟业。自明末流传至今的多年习俗，不是都把那些精通关节路径的人视为干才而恬不为怪吗？

乔柏年不相信地耸耸眉毛："怎么，足下与同考官相熟？"

"正是。"张汉心里如三伏天喝了口冰水一样舒坦。

"啊，失敬失敬！……多半有亲戚之谊？"乔柏年小心翼翼地试探着问。

---

① 当时称顺天府乡试为北闱，江宁（南京）的江南乡试为南闱。

"与在下兼为师友,还沾点儿亲,故为通家之好。"

"哦,难得难得!"乔柏年转脸问同春:"想必你也见过这位李大人了?"见同春点头,他暗暗高兴,想不到自己运气这么好,他奉承着张汉说:"老弟好福气,这样的师、友、亲,几世修来的啊!……这么说,李大人已经分房就聘了?"

"对。五月里奉到圣旨,将分校北闱。"

"这一科老弟是必中无疑了!"乔柏年笑着,轻轻地拍拍张汉的肩膀。张汉陶醉地微闭双眼,用尖尖的手指抚摸他秀气的面颊,笑而不答。乔柏年凑近去悄声说:"老弟能拉兄弟一把吗?"

张汉饧着笑眼、含着醉意说:"这也不难。看你肯不肯出手了……"

乔柏年笑着轻轻问:"当真?"

张汉回答的声音更轻:"信不信在你……"

他俩说话的声音越来越小,连同春也听不见了。两人凑得更近,手上的动作也越来越频繁。

"张爷,你在这儿!找得我好苦!"一个短打扮的中年男子进门就嚷,"你家娘子请你立即回家,说有要紧事呢!"

张汉起身,亲热地捏着乔柏年的手说:"难得今日相遇。"

乔柏年笑道:"但愿一言为定。"

"你这么着急?"

"大丈夫一言既出,驷马难追!"

张汉笑得更加有味道了,"好吧,就依老兄,明日下午佑圣观再会。"

"一言为定,先欢宴,后过付。望老弟玉趾早临。"

两人相对一揖,心里都充满愉快的憧憬,各得其所地告别了。只是乔柏年有几分纳闷:那个来请张汉的中年男人,为什么望着张汉的背影儿笑?笑容里分明带着掩饰不住的诡谲和幸灾乐祸。

小巷深处，一座只有三间正房、一列西厢房的小院，掩隐在一棵浓密的大槐树下。小小的门首也被两株柳树笼罩在绿丝绦般的柳条中。已不能辨出原色的双扇门上，镌刻着不知何年题上去的套话——"生意兴隆通四海，财源茂盛达三江"。或许它曾是小商人的住宅，眼下却是张汉的"府邸"。

院门紧闭，浓荫遍地。由于槐、柳交盖，这小院虽处闹市，却清凉幽静，别有洞天。窗帘静静地垂着，房门纹丝不动地关着，知了拖着悠长的调子，不厌其烦地聒噪着。

知了突然停了声息，因为窗帘后面透出一个女人压低了嗓子、撒娇耍赖的声音："主子要是真心爱我，这点事有什么不好答应？不为他，也得为我呀！……"说话的是张汉新娶的夫人，小名叫粉儿。此时，她只戴了一张银链挂颈的血红肚兜，一双雪白的胳臂勾着李振邺的脖子，揉搓得这位风流进士、本科的钦点同考官魂飞魄消，浑身骨头都像散了架。

这是怎么回事？

当初张汉结交李振邺，就是料到天子爱少俊，此人早晚要分校秋闱，所以呈身援附，为自己的科第开一条门路。李振邺见张汉交游甚广，也想借以招摇，结识各方面的"善主"，能于秋闱中大抓一把。二人顿成莫逆之交。张汉贫穷，便寄住在李振邺寓所。一对挚友形影不离，日夕相傍，食宿俱共，十分亲密。

粉儿原是南城一妓，李振邺赎出为妾，已相随两年有余。今春李振邺接到夫人家信，说端午节便要来京安家。李振邺素有河东之惧，便想出让粉儿，但是未得其人。一日偶尔与张汉闲话，说："你客中无聊，何不觅一妙姝以自遣？"张汉苦笑道："除非哪夜一跤跌到金窖里！"李振邺慨然道："我家眷将来京师，有一妾可以相赠。房屋床帐什物，一切需用由我办理。"张汉欢喜无限，连连叩谢，以为当世豪杰也难与李振邺相比。粉儿见过张汉，别的不说，一张俊脸就很使她中意。就这样,张汉又做了新郎。

新房及里面的床帐被褥,一切物件,是粉儿随身带来张汉身边的,尽是李家旧物。李振邺偏偏不是厌旧之人,夫人来京也阻不住他对张汉小院的关心。很快,粉儿就成了具有双重身份的人:夕则张氏新妇,昼为李家外室。李夫人当然被蒙在鼓里。张汉呢?

三天之前,李振邺来看粉儿。粉儿趁着过去的丈夫情热之际,娇滴滴地抱怨说:"主子不念旧情,何必又来亲近!真是可怜我,就该选一个富家儿郎了我终身。偏偏随了这么个儿穷鬼酸鬼,难道叫我终年喝西北风?"

李振邺连忙抚慰:"别着急,我已筹划多时了。念你多年侍候,颇有情义,必令你稳坐暖炕,煤炭饽饽终岁无缺!我近日将入帘分校。你可悄悄对你那新郎说,教他寻觅好主,每主六千,使用加二,我得整数,你家得使用。倘能觅得三人,你家不就可坐得三千六百金了吗?你又何需忧贫!"

粉儿大喜,当晚就告诉了张汉。张汉高兴得狂喊乱叫,一会儿对着粉儿跪拜,一会儿搂着粉儿乱咬,粉儿又是娇笑,又是尖叫,好不容易才把他推开。他却眉头一皱,计上心来,对粉儿说:"与其为人谋,何如自为谋。还不如就把关节卖给我,我以半价相赏,另一半算他惠赐。那样,丈夫我中举,你将做夫人,又何羡于区区三千金?你应以此计相告,他总不会驳你的面子!"

今天,李振邺又来这处别院,粉儿撒娇耍赖,就是要李振邺答应张汉那进一步的打算。

李振邺攒着眉头说:"好不容易点了房考官[①],哪一个不趁此机会多弄点儿?给张汉有什么好处!他一无财帛,二非权贵,三也算不得真名士。眼下嘱托之人极多,而数额有限,恐怕……"

---

① 同考官为协同主考官阅卷之官,因在闱中各居一房,又称房考官,简称房官。试卷由房官先阅,加批荐给主考。

"可是你上回说的,让我们寻三个好主,你得一万八,我们得三千六。就算我们不要那加二的使用,每主再多要他千儿八百的,你也吃不了几个银子亏!"粉儿扳着指头给李振邺算,果然相差不大。李振邺倒无言以对了。

粉儿见李振邺有了活动的意思,更加来了劲儿,身子扭得像条水蛇,边哭边说:"这点儿小忙都不肯帮,早知道你不把粉儿放心上!还在这儿做什么?快回你家太太身边卖好去吧!"她翻身扯出床边李振邺的衣服,一件一件地扔到床头的木几上:"快穿上!快去呀!……我好命苦啊!呜……我去求见太太,向她告了罪,就去死!有什么活头啊!……"

李振邺软了:"有话好商量,你这又是怎么啦?……我看你呀,小心眼儿里全装的张汉,一口一个我们叫得多亲热!……"粉儿捏着小拳头,使劲往李振邺胸膛上擂。李振邺笑道:"你就像那个齐女一样:东家子富而丑,西家子美而贫,两家都来提亲,齐女却说两家都嫁,但食于东邻而宿于西邻。你不就是这样的水性人儿吗?……"

李振邺原想用这个笑话逗粉儿,粉儿愣了半晌,伤心地真哭了,泪珠儿一串串地抛落下来,抽抽噎噎地说:"这怪我吗?谁叫你娶我做小婆子?……谁叫你把我让给这个穷酸!……"

李振邺连忙搂住她:"好了好了,依你,全依你!……"

粉儿慢慢止住哭泣,扭头对李振邺"扑哧"一笑,像只猫儿似的团起身子,滚进他的怀中。李振邺笑道:"还有一件事,你去对张汉说:我入闱期间,他那书童小同春须要借给我。难得有这般灵秀的使唤小厮。"

粉儿瞪他一眼:"你老毛病又发作了!"

李振邺连连否认:"不要胡说!棘闱森严,哪容儿戏!……再说,你个粉儿我都应付不过来,还顾得上别人?"

粉儿"哼"了一声,说不清是什么意思,懒得再搭腔了。

张汉回到家门口,满心狐疑地站定了:院里房中一片静悄悄。他犹豫片刻,伸出右手,轻轻地竖起尖尖的食指和中指,小心翼翼地戳在门上试着推了推,里面闩着!他咬咬嘴唇,有点不知所措。

同春看了一眼说:"门没锁,新奶奶在家,我来敲门。"

"慢着!"张汉连忙抬胳膊挡住。一瞬间,他的脸上飞起一片红晕,直红到耳朵根。他不敢拿眼睛看同春,害怕透露真情。刹那间羞耻淹没了他,任何一个男子汉都无法漠然视之的耻辱啊!……可是,前程呢?仕途呢?……一个寒噤从他羞得冷汗淋淋的背上滚过,他清醒了,咬紧牙关,忍过最初的冲动,避开同春诧异的目光,在柳树下慢慢踱起了步子,努力做出一副悠闲的表情。同春看着纳闷:三伏天,又热又渴,汗湿衣衫,不快回家,在自家门口游逛什么?他不满地说:"不是奶奶差人请你回家的吗?要不,我敲门,奶奶怪罪下来,我担着。"

张汉面色恢复了正常,只是望着同春笑而不语。尽管他笑得难看,同春也意会到他的默许,便大胆上前敲门。

"谁呀?"粉儿拖长声音,不客气地问。

"奶奶,大爷回来了!"同春提高嗓子回答。

"等一等!"粉儿的声音仿佛在生气,又仿佛含着笑。

一袋烟工夫,门闩响了,出来的却是李振邺!同春吃惊地张张嘴,瞪大了眼睛。张汉的脸"刷"地又红了,活像煮熟的大虾。李振邺平日的黄白脸,也如抹了一层淡淡的水胭脂,光润照人。对眼前这尴尬的场面,他虽然多少有点难为情,却并非无法应付。他轻轻在张汉肩头一拍,用老朋友的亲密口吻悄声说:"快回去,有好事等着你!"不等张汉回过味儿来,他侧身一拱手,说声"回见",竟自摇摇摆摆地踏着炎热的阳光走了。

张汉定定神,总算把突然又冒出来的酸苦交加的强烈嫉恨压了下去。他再一次恢复了正常,不理会同春阴沉的脸色,重新在脸上堆满笑容,掀开竹帘走进正屋。粉儿笑盈盈地前来迎他,粉红的纱衫,桃红的撒腿绸裤,懒懒的步子,扭摆的腰肢,张汉从她肩上望过去,一眼就看到了卧室里凌乱的情状,不觉又红了红脸,但一点也没改变他脸上装出来的、显得非常自然的赞美——他知道,这是粉儿觉得最受看的表情。

"他答应了!"粉儿笑吟吟地说。

"当真?"张汉直跳起来,脸上倏地一点血色也没有了,嘴唇竟也发起抖来,抢上去捧住粉儿的一只小白手,咽了一口唾沫,才说出后面的话:"全答应了?"

"哟,你怕什么呀,手都哆嗦上了!原先他说给三个数额,其中一个就给你,只要你一半银子;另两个主也着你去找,每主八千,使用加二,使用仍归咱们。呶,这是他要我给你的,让看完千万毁掉……是不是就是关节?……"

张汉用颤抖的双手接过来一看,那张白纸上写着:"文章中填出'自古人生'四字,并用'乐'字为记号。"张汉看罢,"扑通"一声跪倒在粉儿脚前,连连作揖:"太太的大恩大德,在下终生不忘,定要为太太挣一个夫人诰命!太太,真辛苦你了!"

粉儿的粉面刹那间红云飞起,啐了张汉一口:"看你胡说些什么!……人家还要借小同春呢!"

"好说好说!"张汉站起来,把那小纸片看了好几遍,"哧哧"两下撕掉,揉成一团扔开,仰天大笑:"哈哈,哈哈,哈哈哈哈!我张汉蹭蹬半世,总算有出头之日啦!……"

见他手舞足蹈的样子,粉儿扬扬纤细的眉毛笑道:"你发什么疯啊!……事情还没办成,这么早就高兴上了?"

张汉猛地省悟过来:"真是你说的,大意不得!"他向粉儿说到日间听来的议论,不无忧虑地说:"如果他私授关节的仅此三五人,我此科必中无疑。可是如今人言籍籍,通关节者不在少数。将来出价高的上升,出价低的必退,那时还能保定我这只出半价的张汉吗?"

粉儿蹙眉想了一阵,晃了晃发髻蓬松的头,很自信地说:"没事儿!等他明后天来,我把这事砸实,非取你不可!"

张汉微微一愣,本想说:"他明后天还要来?"可是话到口边,却变成:"那就全仗太太斡旋了……"

当粉儿到厨下去备酒菜时,张汉悄悄从屋角拾起那团纸,小心地展开、抚平,藏进了怀中。

同春进院后便径直走回自己那又闷又热的下房,倒在床上,眼睛瞪着黑魆魆的屋顶,一动不动。张汉和粉儿的对话、笑声一阵高一阵低地传到他耳边。他不想听。他已经大致明白了事情的内幕。这一切如此肮脏、下流,难道世界上就再没有一个干净的去处了?……他不由忆起铺满山坡的瓦蓝蓝的马兰花,芳草青青的坟场上那绿苞初含的小柳树,那一双清澈、明净、满含深情的眼睛,那个美丽的、绣着并蒂莲花下一对鸳鸯的香荷包……多么美好、纯净的时光啊!像明月一样圣洁,山泉一样清纯……和那相比,眼前不是地狱吗?……

他苦闷,他烦恼!

佑圣观里酒正酣。宾客虽然不过五六人,却都是出得起高价的财主。张汉请他们作陪,无非是想在他们中间招揽牵头,以名利双收。他们竟也奉张汉上座,围绕着他,神色恭敬地听他吹嘘。此刻的张汉正是兴豪致逸、色舞眉飞:

"……李兄少年进士,才高气豪,是朝中难得的人才!此科点为同考官,足见上司看重,前途无量!李兄于汉为师为友,交往多年,声气最密,本人得入监读书,全仗李兄推荐。至于此科嘛……"

宾客们艳羡之色油然而生,这使张汉心里非常舒服,恨不得停下话头,专意闭眼享受一下得意非凡的乐趣。但观门外匆匆的马蹄声分散了他的注意力。他从洞开的窗扇向那边看了一眼,竟一拍桌子,站了起来,喜滋滋地说:"太巧了,正说他他便驾到。你们看,振邺兄来了,已在观前下马,必是来寻我的!……我们赶快下楼迎接,我来引见!……"

张汉又高兴又得意,语无伦次。李振邺的突然出现使他非常感激,不管李振邺来干什么,都会给他一个出足风头挣足面子的机会。他撩袍急忙下楼,在楼梯上一个跌滑,险些滚下去。幸而乔柏年伸手把他扯住,他哈哈一笑,众人也凑趣地笑了。他们都有些兴奋:在这样的关键时刻见到这样的关键人物,但凡是来赴科举的人,谁不想入非非?此刻他们对张汉简直如对神明了。在乔柏年扶住张汉的同时,有好几个人争着去拍打张汉袍子上并不曾沾上的灰土,关怀备至的慰问声此起彼伏:"摔着没有?""千万要小心啊!""让我搀着你吧!"……

在楼前石阶边,张汉和他的朋友们迎着了李振邺。张汉恭敬地躬身拱手笑道:"李兄,来找我吧?"

李振邺一头汗水、满脸乌云,迎头就是一句:"不找你找谁!"

张汉一愣,还没回过神来,李振邺已逼到跟前,左右开弓,噼里啪啦地连抽张汉十几个耳光,大声叱骂道:"你这个忘恩负义的混蛋!我拿你腹心相待,你竟敢在外面诋毁我,败坏我的名望!……"

众人惊呆了,做梦也没想到会见到这个场面。乔柏年首先醒悟过来,连忙上前拉住,大家也跟着纷纷说好话,为二人排解。张汉羞惭欲死,简直无地自容。李振邺却不顾这一切,打了骂了出了气,转身大步出观,跳上马背,一阵鞭响马蹄响,一瞬间不见了踪影。

刚才李振邺去和粉儿相会,粉儿按原定计划把张汉的担心告诉他,原想就此把事儿砸实。不料李振邺不审舆论的来历,竟认定是张汉在外面对旁人议论了他的长短，立时大怒，驰马来寻张汉，演了这么一出笑剧。

好半天，张汉方做出反应，跳起来大骂："李振邺，你算什么东西！你才是真正忘恩负义呢！……列位等着瞧，我今天回去一定骂到他家，痛骂！丑骂！大丈夫决不忍气吞声！……"

众人连忙劝解，嘴里说着堂而皇之的好话，脸上却都掩饰不住地露出鄙夷的神色，不久便接二连三地托故告辞了。最后只剩下东道主乔柏年，强压内心的失望和轻视，勉强陪着赖着不走、仍在絮絮叨叨骂着李振邺的张汉。

乔柏年的不耐烦已形于辞色。张汉突然停止絮叨，十分精明地看着乔柏年，说："昨天你我讲好的事，可以敲定了吧？"

乔柏年不快地笑笑，不答话。心想此人太不知耻，分明是个骗子兼无赖！

"刚才这事必是误会，尊兄不可一叶障目，失却良机啊！"

乔柏年忍不住说："同考官如此待你，还有什么关节能到手？"

张汉翘着尖尖手指，抚摸着被打得通红的脸，笑道："你不知内情，也难怪。此人有两样把柄在我手中，日后他不能不就范。"

乔柏年微微摇头，他不相信。刚才李振邺的行动，决非有把柄在人手中的人所作所为。

张汉犹豫一阵，终于下了决心，小声地说了粉儿的来历和李振邺借同春的事，然后得意地眯着眼儿，道："事关内宠和外宠，他岂能不顾念几分？"

乔柏年心头作恶，很想朝他无耻的俊脸上再扇一顿耳光！他别转脸好不容易才勉强忍住，望着观院中的松阴，说："粉儿的事，你们两厢情愿也就罢了。同春岂是那路人！"

张汉笑道："我倒忘了，同春是贵同乡哩！同春倒真不是那种人，不然也不会脱籍了。就算是落花有意、流水无情吧，也是钓鱼的香饵,他李振邺总要照拂一二的。况且,那关节我已到手了……"

"哦?"乔柏年转脸过来看他。

张汉斜眼看看乔柏年,忽然哈哈大笑,说:"尊兄真可谓谨慎,在下如此推心置腹,你还不信吗?……这样吧,你先付半数,事成之后再付一半。"

"若不成呢?"

"不成?"张汉脸色一变,面颊上肌肉抽搐着,使他眉眼都扭歪了,咬牙切齿地低声说,"若叫我身败名裂,一无所得,我就跟他拼了!"他抬头触到乔柏年诧异的目光,连忙收敛,又在脸上堆起笑容,爽快地说:"我立字据,如果不成功,这一半退还你!"

乔柏年望着张汉,半天没作声。

为了达到他必须达到的目的,他不能放过一线希望,只得同意,付给张汉四千两的银票。

回到住处,乔柏年止不住阵阵恶心,后来扶着桌子痛痛快快地呕吐了一阵,把佑圣观里那一顿丰盛的山珍海味吐了个干净。

三

九月里,秋闱榜发,人情大哗,物议沸腾,落榜的秀才们义愤填膺,纷纷指骂考官行贿通贿。监生张汉首先发难,愤而剪发告状,刻写揭帖投送科道各衙门,揭露分房考官李振邺纳贿;不久,嘉善考生蒋文卓再写揭帖遍传京内,嘲骂丁酉乡试行私舞弊;接着,又传出杭州贡生张绣虎借张、蒋二人事由为囮子,从李振邺等考官处诈得一千二百两银子的消息。人们的情绪被这些事件搅动得日益汹汹,连街谈巷议也拿这当作最有兴味的题目,津津乐道,一浪高过一浪,都要等着瞧瞧后面还会有什么好戏。

大学士傅以渐宅中也不例外,虽然主人从来严禁下人谈论国事。两个书童、两个茶童,在书房小院的走廊里围着主人的贴身侍从德寿,你一言我一语地议论着:

"这身体发肤受之父母,伤毁一点点都是罪过。那位张监生竟然剪去头发告状,大闹科道衙门,显见是怨愤至极了!"

"哼,考官纳贿作弊,从来如此!"德寿不免要卖弄他知道得多,教训似的说,"跟你们说吧,那同考官叫张我朴的,早就动手了。考前三个月起,客厅檐下就挂上一个鸟笼,养一只黄鸟。凡有人来求关节,他就故意当着来人逗引小鸟,时时盼顾,还大声训诫下人,要好好喂食喂水、清扫鸟笼。客人不免要问:'此鸟何处得来,大老爷怎般珍爱?'他便说:'此鸟从禁中来,一飞冲霄,可以上达天听。你看秀才顶子上一丢丢儿锡也值三百两,我这里难道不该十倍、二十倍?'求关节的来客自然心领神会,还不大捧银子大捧银子地送!"

"偏不送钱的主儿呢?"

"没钱,有势也行。你看京官里三品以上的大老爷家子弟,不是一个个都中了吗?"

"可就苦了才高志大的寒士了。"

"可不是!"德寿晃晃脑袋,仿佛是个主讲。俗话说,宰相家人七品官,况且是一位状元宰相,家人们一个个说话都尽力转文。德寿是主人亲随,"七品官"味儿就更足,他清清喉咙,道:"新举人王某,不过仗舅舅是显官;赵某全凭他那有钱的老婆,一副金簪,一双珠环,就值万金!……"

"真的?"没见过世面的小茶童瞪大了眼睛。

"没听说三位士人喝酒行令吗?一人道:'京师有一舅,顺天添一秀,舅与秀,生人怎能够!'另一人曰:'佳人头上金,举人顶上银,金与银,世间有几人?'第三位说:'外面无贵舅,家中无富婆,舅与婆,命也如之何!'"

德寿的怪腔怪调和一脸夸张的悲酸表情,使四个小厮忘乎所以地放声大笑。

"住口!"一声断喝,大学士傅以渐满面怒容,出现在前廊月门前。他那魁梧的身体几乎挡住了半扇红门,团龙朝袍、仙鹤补褂、青金石朝珠、红珊瑚顶子朝冠,这一身上朝的礼服,使他更显威严。德寿和小厮们登时变了脸色,连忙跪倒请罪。他们没料到主人今日散朝这么早。

"大胆!放肆!"傅以渐继续训斥着,"国家大事是你们可以议论的吗?为什么犯禁?德寿,你知罪吗?"

德寿抖作一团:"求老爷……饶奴才这一回!……"

傅以渐阴沉着脸,看也不看他一眼,说:"正不能饶你,不杀一儆百,哪能令行禁止!"

"老爷!……"德寿哀声求告,小厮们也不住叩头。

客厅执事手托名刺盘,快步走来跪倒:"禀老爷,刑科给事中任克溥任大人求见。"

傅以渐看了名刺一眼,扭脸恨声说:"等我回头收拾你,仔细你的皮!……请任大人在前院客厅待茶。"

主人的脚步声消失了,奴仆们才站起身来。德寿慌得满地乱转。大学士轻易不惩处下人,一旦犯在他手里,那可真要大吃苦头了。小书童出主意:去求夫人劝解。德寿一拍脑瓜,拔脚就往后堂跑。

后堂厢房一间精致深密的小花厅,清凉喷香,素云正在这里接待她的好友、龚鼎孳夫人顾媚生。素云横躺在窗下的美人榻上,顾媚生斜靠着榻边的竹床,身边都摆了一张放置香茗、梅汤、茶点的小圆几。两人都没心思去动那些东西,慵懒娇柔地放松全身,津津有味地说着她们的体己话。从二十年前说到眼前,从亲朋好友说到儿女丈夫。顾媚生当然想通过素云,也就是通过傅以渐设法使丈夫复职;素云由丈夫那里知道皇上看重龚鼎孳的才学和他在文坛的地位,对顾媚生也很顾念旧时情义。她们正在议论的,是一件使她们很感兴趣、却又不敢公然说出来的秘密。

"素云,"顾媚生压低嗓门,"听说了吗?皇贵妃生了一位皇子。"

"嗯。听我那口子说,皇上近日心宽体胖,神采奕奕,想必也在为此高兴。不过……至今不见宗人府宣告。"素云说着,轻轻一笑。

"可是我听说,皇子四月初七就降生了。"顾媚生的声音已近似耳语。

"是吗?"素云轻声一问,听不出她是否知道这消息。她们俩都是受过诰封的命妇,重大节庆不时出入内廷,有些事比她们丈夫知道得还多、还详细。

"皇贵妃几时进宫的?"

"去年八月底,八月三十。"素云记得一清二楚。

"九月、十月……到今年四月初七,"顾媚生故意扳着手指算,"才七个多月呀!皇子怕是早产了吧!……"说罢,她拿那张粉红色纱绢掩着嘴嘻嘻地笑起来。素云从榻上瞄她一眼,也跟着笑了。她俩越笑越止不住,索性拍手哈哈大笑。素云笑得还不像顾媚生那么放肆,但春兰秋菊同在轻风中摇曳,妩媚倍增,直笑得喘不过气来了,她们才尽力止住了笑。顾媚生一句话说出了她们这阵大笑的全部含意:

"天潢贵胄尚且如此,我又何需为风流世家羞耻!"

"阿姐,说话要小心些!……不是一族,风俗总归有些差异的……哦,阿姐,我敢跟你打赌:这位皇子非同小可,一旦宗人府宣告他出生,只怕就要立为太子啦。赌不赌?"

顾媚生拿纱绢轻俏地往素云身上一甩,笑道:"鬼精灵,想得倒好,明摆着的事儿,谁跟你赌!……"

侍女端了几样新鲜点心进来换碟冲茶,她小心地看看女主人的脸色,赔笑道:"夫人,德寿求见。"

"哦,什么事?"素云和顾媚生都坐起身。

"他不知为何冒犯了相爷,来求夫人宽解。"

素云掠了掠鬓发,说:"带到门上。"她笑容尽敛,端庄沉静,俨然一位德言工容俱全、威重内含的宰相夫人。

德寿跪在花厅门口,不敢仰视,只顾叩头。

听罢德寿的叙述,素云静静地、不动声色地说:"你到市上买一条大鱼,送到厨下,午饭上席。去吧。"

德寿莫名其妙,不敢违拗,连忙退下。

花厅中只留下两位闺中密友时,顾媚生忍不住问:"你卖的什么关子?连我也糊涂了。"

素云只管笑着让顾媚生品尝新送上的点心:"这是我家厨子的拿手菜,虾茸酥饼,阿姐尝尝。"顾媚生拈起一块金黄油亮的酥饼,咬了一口,果然鲜美无比。但她顾不上赞叹,又回到方才德寿引起的题目上:"顺天乡试确是弊端百出,人心愤恨。你——,你那口子听说了吧?"

素云笑笑,把一只玉盏里的梅汤小口小口地喝下去。

"垣台的御史、给事中们,一个个就无动于衷?"

素云笑道:"阿姐至今还有兴趣过问外事?——快尝尝这碟里的冰酪奶皮,这可是关外传进来的珍馐。"

顾媚生无可奈何地端起了银碟,说不上是赞叹还是不满,暗道:好一位宰相夫人!

午饭席上,傅以渐双眉紧皱,一脑门心事,对着满桌菜肴,颇有些不愿下箸的意思。素云同往常一样,面带微笑,从容而关切地为丈夫布菜,令侍女为大学士斟上一杯色如红宝石的晶莹醇美的珍珠红。她说:"天大的事儿也不用在吃饭的时候费神。忘了仇真人的养生术了?"

道家名流仇真人从江西进京,王侯士大夫纷纷延请。傅以渐在宴请他的席间问起养生术,他说:"相公如今锦衣玉食,即神仙中人。"他还指着桌上的烧猪笑道:"今日食烧猪,便是绝好养生术,又何必外求!"傅以渐对他非常赞赏,对素云说:"惟有真学道者,方能有这番见地。"

素云提起仇真人,为的要傅以渐放松情绪,从容随分。傅以渐却推开酒杯,摇头道:"你我终究不是修道人。顺天乡试闹得沸沸扬扬,朝野不安。曹本荣曹大人,你记得吧?年初和我领旨同修《易经通注》的,他是本科主考,不知为何如此糊涂,被那些分房考官搅得乌烟瘴气!"

"相公,你是内国史院大学士,修书修史是本分,科场事与你何干,你怎好越俎代庖呢?"

"唉,实在是顺天乡试太不成话!听说各房考官各有私人,千余试卷虽然糊名易书,但通关节者没有不举目了然的。为了寻到私人,考官各房甚至打纸团交换,寻剔翻索,一片混乱,成何体统?榜下之后,舆论大哗,人言籍籍,那些房官就该谨言引罪才是,偏偏那帮少年进士毫无顾忌,如李振邺辈,还动辄向人吹嘘:'某某中举由我之力;某某本来不通,我以交好而使之登副榜;某某我虽极力欲使其中,无奈某老作祟,未能如愿。'如此等等,竟历指数十人,能不使怨恨者更加怨恨!"

"相公并未参与此科,哪里得来的消息?"

"方才刑科给事中任克溥来访,谈了许多。"

"刑科给事中!难道他想弹劾此事?"

"嗯。据他说,左副都御史魏裔介也有此意。"

素云心中暗暗吃惊,却不动声色地观察着丈夫的情绪。她缓缓问道:"任大人此来必是探你的口气。你欲何为?"

傅以渐漫不经心地夹了一片鲜笋送进嘴里,顾不上细嚼,回答道:"科场流弊自前朝到如今,延绵不绝,世人原习以为常,见怪不怪。但我朝新立,抡才大典关系最重,况事出京师,有关各省观瞻,岂能听之任之!如今物议沸腾,连走卒奴婢也……"说到这里,傅以渐火气上来了,对素云讲了德寿的行径之后,声严色厉地说:"若是下人竟也侈谈治国要事,岂不反了!德寿现在哪里?叫他来,决饶不了他!……"

素云连忙对侍女使个眼色,说:"上鱼!"

一只椭圆形的鱼盘上,躺着一条尺多长的红烧鲤鱼,身上浇了一层酱红色的浓汁,香味扑鼻,使人馋涎欲滴。傅以渐一向嗜鱼如命,立刻撇开处置德寿的事,用筷子在鱼胸处揭了一大块送进嘴里细细品味,随后一口喝干了那杯珍珠红,从袖中扯出雪白的纱绢擦擦胡须,非常满意地笑道:"真难得!此鱼为何如此肥美?"

素云微微一笑,直视着傅以渐的眼睛,像吟诗那样一字一句柔曼地说:"没有别的,但水宽耳。"

傅以渐一怔,略略回味,恍然而悟,看着素云哈哈地笑了:"人常说微言谈笑可以解纷,不想夫人亦谙此机,真所谓闺阁智士也,难得难得!……好,我免惩德寿就是。"

素云嫣然而笑:"你道我只是为了德寿吗?"她敛起笑容,眼睛里的神色变得非常冷静,"相公,我不讲'将相顶头堪走马,公侯肚里好撑船',也不说'不哑不聋,做不得阿翁',只说本朝入关便连岁开科,科场考官取士尽是汉人,早已为山左诸大老①所忌恨。科场流弊虽然可恨,若一旦揭发,不正遂山左大老之心?他们必定以此为借口生出大事。你周旋于满汉之间已然不易,何苦陷入此事,做

---

① 山左大老:暗指满洲贵族。

倾害汉官的发难之人?"

傅以渐看着素云,一时竟不知说什么才好。

顾媚生出了傅宅,乘轿到前门廊坊头条珠宝市取了定做的珠环首饰,又亲自去买了四样好酒,这才摇摇摆摆地回到她的顾园。她还没下轿,就从轿侧小窗上看见丈夫正立在大门前送客,客人骑马离去,还转身向龚鼎孳拱手致意。

"啊,夫人回来了。"见顾媚生掀帘下轿,龚鼎孳抚着开始花白的胡须笑逐颜开,夫妇俩相随着同回后堂。一路上龚鼎孳就没有停嘴,那万分体贴的口气全然像是对待一个娇宠惯了的女孩子——这是老夫少妻常有的现象:"累坏了吧?口渴吗?饿不饿?快到家躺一躺,洗洗干净,我给你预备下了你爱吃的烧鸭……"

顾媚生瞟了丈夫一眼,鼻子里哼一声:"就是烧鸭?"

龚鼎孳连忙笑道:"哪里会忘呢?炸骨头要热吃才又酥又香,我早叫人备好了料,只等你一声吩咐就开炸。"见顾媚生一双水汪汪的眼睛笑了,龚鼎孳轻轻嘘了口气。顾媚生最爱把鸭骨头炸得又焦又脆,就着下酒,嚼得嘎嘣嘎嘣响。

回到寝室,顾媚生并不肯躺下休息,拿出从珠宝市取回的玉钗金簪珠环,对镜打扮。她已经三十五岁了,看上去还很年轻,一双横波欲流的眼睛亮闪闪的,在镜中与金玉珠宝争辉,引得龚鼎孳俯在她耳边笑道:"横波真乃天人,鼎孳如此艳福,不知哪世修来!"

顾媚生抿嘴一笑,瞪了丈夫一眼,突然兴奋起来,猛地站起身说:"你等一等,别进来!"她很灵活地一扭身,闪进寝室一侧的小屋,那是她梳妆更衣的地方。龚鼎孳笑笑,不觉心旌荡漾:有这样一个尤物伴在身旁,虽死何憾?他醉迷迷地微微阖上了眼皮。

"喂,看我呀!"顾媚生娇媚的声音里分明有一股自骄自矜。龚鼎孳一睁眼便不得不连连眨动,眼前的人儿太光彩炫目了:云鬓高笄,双头凤钗左右贯穿;光灿灿的金步摇缀着点点水钻,垂向前额,垂向双耳和双肩,仿佛闪烁在乌云间的星光;点蓝点翠的银饰珠花,恰到好处地衬出黑亮的柔发和俊俏的脸;月白小缎袄外,披了一幅湖蓝色绣着云水潇湘图的云肩,一颗鲜红的宝石领扣在下颏那儿闪光;玉色罗裙高系至腰上,长拖到地,鲜艳的裙带上系着翡翠九龙佩和羊脂白玉环;长长的、轻飘飘的帛带披在双肩,垂向身后,更映出那潇洒出尘的婷婷风姿。龚鼎孳忍不住喝彩:"极妙!极妙!宛如二十年前初见君!岁月催人老,独独对你留情……"他心里忽然"咯噔"一跳,住了声。因为他认出来了,这是前朝末年最时兴的装束……

满心骄傲的顾媚生并不理会丈夫情绪上的微妙变化,一转身,迈着早年在舞台上练就的"水上漂"的台步,又飘回她的小屋。再出来时,已换了另一副行头:鬓角抿得油光水滑,头上的高髻不见了,头发全梳到脑后,做成两个短燕尾;戴着金丝点翠的发箍,两边各插一朵拳头大的朱红绢花;耳戴三孔三坠的金环;身穿长及脚背的宽大氅衣,银红的底色上绣了八团翠黄的秋菊图案,周身镶宽白缎绣花边,外压狭花绦子;脖子上围一条长及衣裾的雪青绸巾;衣裾下露出一双金线绣云头的高底花盆鞋;右手拿着乌木细长杆烟袋,铜烟锅,杆上坠着红缨穗的烟荷包,左手拿一只钿子。——这是目下时兴的满洲贵妇出门做客的打扮。

龚鼎孳被眼前这五颜六色的一团刺得眼花,好半天才回过神来,言不由衷地称赞道:"好!洒脱,大方!"

顾媚生笑了,把手中的钿子——那个嵌了翡翠、碧玉、东珠的贵族妇女的头饰——戴到了头上,得意地问:"如何?这钿子,听那珠宝商家说,是宫里最时兴的样子哩!"

龚鼎孳勉强笑道:"果然华贵,非同一般。不过戴上钿子,这一身衣裳就太寒酸了,须穿朝服礼服才配……"说着说着,他走神了,声音越来越轻,后来竟瞪着眼睛呆在那儿。

搔首弄姿的顾媚生还转着身子问:"我穿哪一身好看?汉装还是满服?"她听不到丈夫回答,才转过身来,一见他那副样子,顿时败了兴头。近些日子他常常这样,顾媚生认为这是他开始衰老的最早象征,不由得心头火起,那张粉面胭脂脸,直如窗上的竹帘,说摔便摔了下来,说话也不自觉地变成地地道道的苏白:"呆鹅头!阿是吃了砒霜?发啥呆?菜油麻油,伊倒寻一件由头好哦?"

龚鼎孳皱皱眉头,顺手拉过一张椅子坐下,闷闷不乐地说:"谁料到许巨源那个狂生,本科竟能中呢?"

顾媚生不作声了。秋闱榜发后,她已不止一次听丈夫说这句话了,有时愤慨,有时恼火,今天这种带点凄然的口气倒是第一次听到。她略一思索,便明白了,正是她任情改装取乐,使他回想起三年前看戏受辱的痛苦。她能说什么呢?当时她不是也大哭出声,脸上发烧,背沟淋汗的吗?不过她终究是女人,事随境迁,不大在意。谁想到年过半百的丈夫,心头还有那么深的怨毒!她收起横眉怒目,打叠起一片温柔,软声说:

"本科考官弊端百出,他侥幸得中,未必有真才……"

"不错!"龚鼎孳一拍大腿,"方才任克溥来,论的正是此事。他要上疏弹劾呢!"

"好哇!该出口气,你要撺掇他干!"顾媚生叫起来。

"哪能这么讲话!这事关系重大,不可轻率!"

"至少也要摘了他的举人顶子!"顾媚生尖声嚷着。

"唉,总要出以公心,权衡利弊啊……"

顾媚生瞪大了眼睛盯住丈夫。她记得清清楚楚,三年前龚鼎孳曾哭叫着说:"必杀以泄愤!"……她还想问点什么,侍女在门外喊道:"禀太太,炸焦脆来了。"

龚鼎孳忙道:"上席!"

两个使女走进寝室中堂,调好桌面,摆下杯盘箸匙,然后把食盒里的菜肴一样一样地摆了满桌,都是下酒的美味:南炉烧鸭、白鲞冻蹄、卫水银鱼、江南冬笋。被许多碟盘围在正中的大盘,就是顾媚生最喜欢的焦炸鸭骨,酥黄喷香,热烘烘的,还轻微地噼啪作响。顾媚生顿时眉开眼笑,一迭声地叫添酒杯,她和龚鼎孳要一人四只杯。

龚鼎孳正在奇怪,侍女已把太太今天买回的酒斟上了。霎时间酒香飘散,满屋醉人。再看那酒杯,更令人惊叹:宝石般红、琥珀般黄、水晶样清湛、翡翠般绿。龚鼎孳故意把眼睛瞪得大大的,装作吃惊非凡的样子。顾媚生高兴得"格格"直笑,推了他一把:"憨大!天天宴客,什么没见过,做出这副鬼样儿给谁看!不认识吗?那红的是珍珠红,黄的是瓮底春,白的叫梨花白,绿的叫茵陈绿……"

龚鼎孳打着哈哈朝顾媚生一揖:"总是娘子好色,难为你集四美酒于一席,我酒福不浅!"

顾媚生伸手在他脸上轻轻一拍,嘲笑道:"天下若推好色之魁,除了夫子还有谁?小妇人哪里敢当!"

"哈哈哈哈!"龚鼎孳开怀大笑,夫妻相对干杯。龚鼎孳又不服地说:"鄙人乃多情而非好色。说到好色,登徒子之俦大有人在,无过于李振邺、张汉!"

"哟,这二位不都是贵门生吗?"

"所以,我才颇知内情啊!这二人既好内又好外,内争粉儿,外争灵秀,闹得不可开交。粉儿的事你是知道的。那灵秀,两人都得不到手……"

"灵秀是谁?"

"哦,忘了告诉你,张汉那长随书童柳同春,给李振邺入帘时借去当亲随,改名灵秀。据我所知,张、李二人都有'不利于孺子之心',但张汉乖巧,一心以情感之;李振邺少年进士,轻狂孟浪,在闱中必有无礼之行,被灵秀峻拒。榜发之后,张、李势成水火,于是才发生了剪发告状。仇愤虽发于出榜之日,怨恨实结胎于粉儿再嫁、灵秀易主之时……"

"那么,灵秀对李振邺在闱中所作所为,一定很清楚了?"

顾媚生脸上满是笑容,但眼睛已经不笑了。

"那是显而易见的。"

顾媚生不笑了,认真地问:"方才任克溥来,你有没有把这些内情告诉他?"

"哎,什么话!"龚鼎孳拂袖而起,"二人都是我的门生,家丑怎好外扬,况且我还是师辈。"

太太的细眉皱了起来:"倒也是。任克溥也是晚辈,当初你在左都御史任上时,他才是一名新进御史吧?……不如找内院大臣。傅以渐胆小怕事,未必有用……王永吉如何?当初他与你相交甚好,如今又兼领吏部。"

"不妥,不妥。"龚鼎孳背着手,站在那里连连摇头。

"有什么不妥!这事揭发出来,左不过革职废考。就李振邺辈的所作所为看,还不该是怎么的?……难道你就不明白,这是你起复的大好机会?"

龚鼎孳的眼睛里刹那间闪过一道光亮,又很快消失,仍在缓缓地摇头。顾媚生气得直跳起来,用低沉的语调急促地说:"你那心里什么都明白,就是不肯讲,还要逼着我讲!……我讲就我讲!满、汉势如水火,皇上虽然尽力弥合,谈何容易?你的才学早为皇上认可,欠缺的只是满洲权贵的心许了。把科场舞弊揭发出来,一定能得到满大人的欢心。你还会以寓公了此一生吗?……"

龚鼎孳望着顾媚生,说不清他眼里是什么表情,似喜似悲,似笑似嗔,既有赞叹、惊异,又有屈辱和羞愧。他目不转睛地看着,看着,一句话也不说,转过身去。

顾媚生火冒三丈,一手指着龚鼎孳的后脑勺,气得连说了几个"你"字,又突然火气全消,冷冷地说:"随你吧!反正从秦桧老婆胯下钻出来的,不是我顾媚生!"

龚鼎孳猛地一扭身,满是皱纹的脸和一双眼睛都血一样红,狂怒地冲到顾媚生跟前,一把揪住她银红氅衣的前襟,抡开巴掌,"啪啪"抽了她两耳光。

顾媚生倒退几步,惊呆了。不要说嫁他以后,就是从小懂事以来,也没人敢弹她一手指头!她登时就要撒泼大闹,可是只对丈夫看了一眼,便愣了。龚鼎孳面色惨白,脸被强烈的感情刺激歪扭得几乎变了形,大口大口地喘气,张着的右手下意识地按着胸口,全身在簌簌发抖。刹那间,顾媚生全明白了。她慢慢走到丈夫面前,轻轻跪下,拉了拉丈夫的衣襟,小声叫道:"芝麓……"

龚鼎孳一哆嗦,低头看了一眼,俯身搀起顾媚生。顾媚生就势倒在他怀里,他无力地抚着妻子丰满的肩膀,两行清泪凄凉地流了下来。

四

十月小阳春,风物宜人。万绿如海、芳草芊绵的南苑,迎来了秋郊射猎的浩大队伍。龙旗猎猎,画角长鸣,黑骏玉骢迈着矫捷欢快的步子,振响了銮铃,把欢乐的一串串铃响飘洒向一望无际的秋原。

南苑,是皇家禁苑。周围城垣回环延绵一百二十里,四方九门:正南南红门、正北大红门、正东东红门、正西西红门,此外还有回城门、黄村门、小红门、双桥门、镇国寺门。苑内有海子多处,河流纵横,林密草深。元代这里就是天子纵鹰射猎的飞放泊,明代又将这里扩展为如今的规模。清朝因袭旧制,并设海户一千六百人,各给地二十四亩,养育禽兽、栽种花果,既供天子射猎,又用于大阅讲武。苑中有行宫数处,皇上不时来这里居住,有时也在这里处理政事。到了炎夏,皇太后和宫眷也时常到这里避暑。今天来南苑的,是刚刚散朝、用罢晚膳①的顺治皇帝。

福临穿了一身射猎的便服,披了一幅黑丝绒披风,骑着他心爱的玉骅骝,英姿挺拔,神采焕发。他没穿龙袍,也没戴皇冠,但谁也不会把他只当做贵族子弟。除了他本人的气质和胯下这显而易见的千里驹之外,还有一顶没有第二个人敢戴的红绒结便帽和珍贵的嵌东珠珊瑚马鞍。这马鞍以镀金银丝镂花为边,上嵌豆大珍珠二千余颗,米珠三万余粒,豆大红珊瑚珠二百五十颗,小红珊瑚珠一万余颗。鞍前像印章般突起的圆形珠托上,闪耀着列成品字形的三颗龙眼大的东珠。这具马鞍的造价或许能够估计出来,但由于它是御用之物,便成了无价之宝。

年轻的天子坐在无价的马鞍上,迎着爽劲的秋风,顶着碧蓝无际的天空,纵目四望,宽舒地长长吸气呼气,那满意的神情,竟如孩子一般带着几分狂喜,仿佛就要张开双臂大声叫喊。但他的手一收,收回胸前,带住了马。庞大的侍从队伍也跟着停下。福临微微扭转身躯向侧后方远望,后面跟上来一队人马,桃红柳绿、莺叱燕咤,仿佛把春天唤回到了寥廓而斑斓的秋光里。那是宫眷队伍,她们年轻貌美,马上功夫都不弱。女子乘马本来就好看,这些宫眷在皇上面前,自然更加婀娜多姿。福临却目不斜视,只不转瞬地盯着前面的那匹桃花马。

马上那位美人,玉容映着斜阳,艳如碧桃初放。她戎装窄袖,上下一色绯红,身后飘扬着玫瑰色的丝质披风,恍如暮霞飞落人

---

① 皇帝用膳,早膳在上午六点到八点,晚膳在上午十二点到下午两点。

间。这朵红云飞到福临身边,美人儿就要翻身下马向福临请安,福临连忙笑着做手势拦住:"不必了,不必了,上马下马太麻烦。你来得真快。两年没骑马,在宫里又闷了一年多,趁着秋高马肥,正好散散心!"

"皇上挂怀,妾妃不敢当啊!"董鄂皇贵妃笑盈盈的,催马上前,于是二人并骑,缓辔同行:一个天亭表表,一个花枝袅袅,看上去那么和谐、美好。两人的随行队伍按常规自动调整:董鄂妃带来的宫眷、宫女环绕着皇上和皇贵妃,她们的后面,是皇上的侍从、侍卫。

福临微倾上身,靠近乌云珠,轻声笑道:"你过我马上来好吗?我带你。"

乌云珠雪白的脸上飞起一片红晕,嗔怪地瞅了福临一眼,低声说:"看你!……"

"哎,我是好心啊!"福临认真地说,"你分娩刚刚半年,千万不要劳累了,看你脸色多白,况且你体质本来就弱啊。"

乌云珠笑着,神采飞扬:"皇上,你太小瞧我了。忘了我头一次瞻仰圣容,不正是马上驱驰之日吗?"

福临深情地盯着乌云珠,只觉心头仿佛灌满了蜜,甜得有些呼吸困难;一股欢乐在胸间回荡,就要奔突出来。他不愿抑制,扬头大笑,青春的热血在全身奔腾。他一勒缰绳,右手高举那柄镶金嵌玉的马鞭,朝座马后臀一抽,猛松丝缰,玉骝骦欢快地一声嘶叫,飞箭一般向南猛冲,炕开四蹄,如一道白色流星,划过黄绿相间的平坦坦的草原。乌云珠心里暗暗着急,连忙鞭马追赶,侍从宫女也紧紧跟上。但福临的那匹神骏蹄下就如生风一般,她们哪能追得上!眼看那白色的流星画出一条优美的弧线,向东边弯过去。乌云珠灵机一动,掉转马头向东,猛加三鞭,抄直线近路去拦截福临。桃花马似乎懂得主人的心情,跑得又快又稳,风声在耳边呼呼地响,地上的杂草拉出了长线,乌云珠果然在二里以外,跑到了福临马前数十丈的地方。玉骕骦见到了同类,自然而然地追跟在后,当桃花马放慢步速时,它也无意超过可爱的伴侣,和它一样改用碎步慢跑了。

福临大笑道:"你真灵巧!竟然抢先一步。"

乌云珠微微笑着,略略喘过几口气,说:"是侥幸取巧。"

福临审视着乌云珠,不禁挨上去替她擦拭额上的汗珠,感叹道:"贤卿秀外慧中,真令人爱煞!天地钟灵秀,我们满洲也能诞育仙女!"

"陛下快不要这样说,叫人羞愧死!"乌云珠顽皮地笑笑,"天地无私,并不独爱一族。即使妾妃蒙皇上誉为天人,也忘记不了妾妃之母乃江南才女啊!"

"正是正是,塞外风云,江南秀色,才使朕得以有你这样一位才貌双绝的贤妃啊!"话未落音,玉骕骦踩着一片湿漉漉的草丛,前蹄一滑,马身往前一闪,差点把福临摔下去。乌云珠惊叫了一声,陡然伸手去拉她根本够不着的福临,也几乎从马背上掉下来。好在福临用力一勒缰绳,玉骕骦猛地纵身跃起,又恢复了平衡。福临得意地笑道:"如何?朕的骑术还说得过去吧?……你怎么啦?脸色雪白雪白的,吓坏了吧?"

乌云珠抹了抹额上的冷汗,说:"陛下继承祖宗鸿业,讲武事、练骑射,自是安不忘危的意思。但马蹄怎能靠得住?以万民仰庇之身轻于驰骋,妾妃深为陛下忧。"

"贤妃这一番咬文嚼字,可以做得一篇奏章了。"福临不在意地开着玩笑。

"陛下驰马疾速如飞,又凶野异常,实在叫人提心吊胆,你……也该为我想一想,为太后、为皇子……"

福临心里一阵感动,笑道:"今天我不过是太畅快了。天高地阔,风爽马健,真使我一舒怀抱,烦闷顿消!"

"怎么?"乌云珠敏感地扭头注视着福临。

"唉,你不晓得,议政王大臣那帮老头子,真不知是什么心肠!……"他向乌云珠细说起这件使他长期以来十分恼火的事情:

春天,郑成功被赶到福建沿海岛屿上,定远大将军济度班师回朝,于是福临的注意力便完全集中到朱由榔占据的西南。对南明的战事,福临已全权交给大学士洪承畴办理。自洪承畴出任以来,各种诽谤诬蔑之词就不断从满洲亲贵那里灌进福临耳中。尤其近两年,洪承畴围而不攻,长时间屯兵湖南,不见进取,弹章更如飞雪一般呈进皇上。福临不为所动,始终信任洪承畴。因为他知道,洪承畴正在苦心孤诣地贯彻福临的剿抚并用的方略。谁知这一来,又引起议政王大臣中的另一番议论,说什么南明拥有的李定国、孙可望,都是张献忠的养子,两员虎将啦;什么地险兵悍,攻入不易,不如划地以守啦;甚至有人提出干脆放弃云贵两省,同南明小朝廷两相和好。这把立志要做一代雄主的福临气得七窍生烟。他今天对董鄂妃说起,不免又形于辞色:"一统天下,金瓯岂能有缺!入关才十四年,这些人便如此老朽昏庸、怯懦无能,当年平定天下的锐气都哪里去了?真想挑几个最不中用的,严加惩处!"

乌云珠非常文静地说:"这等事情妾妃安能置喙?但以妾妃愚见,诸大臣纵有过失,终究是为国事着想,并非为自身谋利。陛下不必生气,喻以理动以情,总能使其心服。不然,大臣尚且不服,何以服天下之心?"

福临望着她感慨地说:"有你在身边,朕心中着实松宽多了……"

他们并马交谈,又亲密又愉快,不知不觉,东行宫就在眼前。福临看看天色还早,便说:"你先去歇息,我随意去转转,射几只山鸡野兔,明天就有下酒物了。"

乌云珠蹙紧眉头:"陛下驰马千万当心,以天下为重啊。"

福临温存地笑着,摆摆手,领着侍卫们驰走了。

太阳落下西山,暮色渐浓,福临才余兴未尽地回到东行宫。他连正殿也不曾进,直接走向后面的寝宫。刚转过正殿屋角,就见乌云珠站在后殿的汉白玉阶石上翘首盼望。她已换上了宫中常服:松松挽就的飞燕髻,只簪了一支莹洁的玉簪,淡绿的夹衫外面,加了一件长长的、镶了雪白毛边的果绿貂皮半臂,领口和衫子的下摆,都滚着银丝点缀的绣花边,拖到地面的玉色长裙在衫子下面只露出不到一尺长。她浑身几乎没有什么金银珍宝之类的华丽饰物,却绰约多姿、淡雅飘逸,有如青娥素女——她永远使福临感到新鲜,不论在装扮上还是在性情仪态上。

她立刻下阶来迎接福临,担心地说:"太阳下山以后,风冷露寒,你衣裳穿少了吧?真怕你受凉。快进殿歇息吧。"

进到寝殿正间,福临刚在为他专设的宝座上坐下,乌云珠便像普通宫女似的斟了热茶送到他手上,并仔细察看他的面色,说:"回来这么晚,一定很累了。先喝杯热茶。"

福临接茶,又一把拉住她的手,笑道:"我一点不累,也不冷。射猎大有所获,光山鸡就三四十只,肥得都飞不动了……"

"看你手这么冰凉,还说不冷。"她抽身走进东梢间寝室,拿出一个双云头式的掐丝珐琅手炉,递给福临,让他赶紧放进怀中。福临笑道:"跟你说多少回了,这些事叫侍女宫监去办就行了,你忙些什么!"

乌云珠像没听到似的,忙着出殿去传膳。

当一桌酒膳摆上来时,乌云珠侍立在福临身边为他布菜,为他剥去虾皮,剔去鱼刺、鸡骨,为他盛上燕窝冬笋鸡汤,轻轻吹去热气,吹开浮油,捧到福临面前,催他快喝。她比用膳的福临更忙。

福临说:"你坐下,跟我一道用膳。"

乌云珠笑道:"皇上厚意,妾妃心领了。皇上还是多与诸大臣共餐,他们也好多沾皇上宠惠,常承皇上笑颜……"

"又是这话!我已听了你的,常与王大臣共餐,也不时赐以克食。我就要你现在跟我共餐。"

"陛下,妾妃位卑,不敢……"

"胡说!你不是我儿子的亲娘吗?"福临带笑斥责着,并"啪"的一声放下筷子,"再不答应,今儿这顿饭我可就不吃了!"

"陛下……"

"人家百姓家夫妻要是也这么拘礼,还有什么朝夕唱随、闺房之乐?你我真不如生在平民之家。"福临伸手一把拉住乌云珠,硬拽她和自己并排坐在那张宽大的七宝雕龙御榻上。乌云珠满面惊惶,急忙挣扎着站起来,连连说:"陛下,千万不能这样!千万不可!皇后娘娘也不曾有此礼遇……"

"皇后?"福临鼻子里哼了一声,随后摇摇头,轻声叹了口气,说,"眼下不在宫里,那些劳什子礼节全数免掉!咱俩过几天轻轻松松的好日子!蓉妞儿,你们端一张软垫椅子来,让你主子坐下吃饭!"

蓉妞儿是乌云珠的亲随侍女,连忙同两个宫女一道,把软垫椅搬到御榻右侧,乌云珠只得坐下,拿起了包银象牙筷。福临刚才阴沉下去的面容才重新开朗了。

饭后,庄太后的侍女苏麻喇姑领着福临的乳母来到行宫,董鄂妃连忙将她们迎进寝宫正间。福临从北炕宝座上站起来,受了她们的跪拜,向乳母笑道,"嬷嬷回来了?老家都好?怎么去了这么些日子?"他又转向苏麻喇姑:"太后安好?这么晚了还打发你来南海子,有要紧事吗?"

苏麻喇姑笑道:"我的事不要紧,嬷嬷的事要紧,嬷嬷先说。"

乳母是个面目慈祥的妇人,满面红光,身体健康。两年前她回关外老家探亲祭祖,今天刚回宫就闹着要看看福临。可是,她进了门,却一直不错眼儿地盯着乌云珠。这会儿笑着说:"有什么要紧的呢?就是两年没见皇上,心里想得慌。托太后和皇上的福,家下这二年日子都好。皇上身子骨也好?这位娘娘眼生,老奴才给主子请安了。"她对乌云珠跪下去。乌云珠赶忙搀住,柔声说:

"嬷嬷,我年轻不晓事,当不得你的大礼,实在不敢。"

"当得的!"苏麻喇姑笑道,"嬷嬷,这是新近进位的皇贵妃董鄂娘娘。你今儿在宫里见的那个白生生的四阿哥,就是董鄂娘娘诞育的。"

"哎唷唷,佛爷保佑,竟给皇上降下这么一位天仙似的娘娘来,叫我这老婆子可开了眼啦!"

"嬷嬷,"福临装作不高兴的样子,"你不是来给我请安的吗?进屋来也没看我几眼,尽盯着她瞧了!"

"哎呀,该死该死!"乳母轻轻拍着自己的脸,好像在掌嘴,"一进屋,我这心就全在娘娘身上了,谁叫娘娘生得这么受看呢?瞧瞧,可不是天生的一对、地配的一双,哪儿去找这一对金童玉女呀!……"她乐不可支,说话就少了忌讳。福临和乌云珠都身着便装,并肩站在那里,年轻美貌、风度翩翩,真像一双并生的白荷花。苏麻喇姑心里也在暗暗赞美,但她可不像乳母那么毫无分寸,连忙打断:"嬷嬷喝酒怕喝多了,高兴得这样!……"她双手捧上随身带来的锦缎包袱,说:"太后命我专程送来这两袭貂皮褂子,说是南苑比宫里冷,请皇上、娘娘保重,别着凉。"

福临和乌云珠连忙接了母后的赐品。

"太后还说,没什么大事就早点回宫。要是皇上想多待几天射猎,就让娘娘先回去。"

福临笑着瞟了乌云珠一眼,乌云珠没有理他。

"太后让奴婢转告皇上,娘娘产后不久,要经意保重,不可劳累了。伤了身体,惟皇上是问。奴婢出宫时,太后又嘱咐一句,要娘娘早日回宫。"

福临笑着又瞟了乌云珠一眼,说:"朕是太后亲子,反不如她得母后宠爱,真真羞煞人!"

谁都听得出这是他心中得意的反话,都凑趣地笑了。

乳母同苏麻喇姑走回她们的住处——东配殿后的平房,小声说着话儿。苏麻喇姑埋怨乳母:"看在咱俩有十几年交情的份上,我得嘱咐你几句。你老糊涂了,怎么胡说八道呢?刚才说的那些要叫坤宁宫的人听去,有你的好儿吗?"

"唉,唉!我真是老背晦了。我一见她那模样儿,就把什么忌讳都忘了!……"

"这位娘娘啊,模样儿还在其次,难得她心眼儿又好又灵,脾性儿和善,会体贴人。本来就招人爱,又识大体、明大义,太后哪能不疼她!今年三四月间,她父兄相继亡故,那会儿她正临产,闻讯大哭,太后和皇上都加意安慰她,也真为她忧虑。她听说后,就发誓不再哭了。太后、皇上问她为什么忍泪,她说:'我怎么敢因自家悲痛而使太后陛下忧伤呢!我之所以痛哭,不过念及养育之恩、手足之情罢了。我父、兄都是心性高傲的人,在外行事时有悖理之处,深恐他们仗恃国戚为非作歹,那岂止辱没我的名声,举国上下也会说皇上为一微贱女子而放任他们肆无忌惮。我为此也曾夙夜忧惧,生怕他们闯出大祸。如今幸而安然善终,我还有什么可悲痛呢?……'"

"果然难得,果然难得。"乳母赞不绝口。

"她学问深,琴棋书画样样都会。太后也喜爱这些,自然更疼爱她,一时一刻离她不得。你看,她才出宫半日,太后就叫我来催啦。"

"唉,真可惜。"乳母轻轻叹息。

"可惜什么?"

"别怪我胡说。皇上要是早选上她,只怕有皇后之份啦!"

苏麻喇姑好半天没搭腔,后来也叹了一声:"唉,这些事,咱们为奴婢的哪里说得清。皇上已经废了一位皇后,还能再废一位吗?再说,太后、皇上不管怎么疼这位娘娘,也抹不去她那大缺欠呀!"

"啊?什么缺欠?"

"你不知道?这娘娘的额娘是个南蛮子!……"

她们不知道,那蛮子额娘的女儿,此刻也正在谈论她们。

"陛下,这嬷嬷是你最早的一位嬷嬷?"

"是啊,我从小儿吃她的奶,八岁以前都是她陪着我睡,管着我的衣食住行。"

"可是陛下六岁就即位了呀?"

"不错。我还记得即位那一天,就是她抱我出宫的。"福临已用膳完毕,一手端着茶杯,随意坐在一张软垫椅上;一手揽过乌云珠的腰,把头轻轻靠在她胸前,愉快地回忆着,"那天天气特冷,内侍跪进貂裘,我看了看,便推开了……"

"为什么呢?"

"别着急,听我说嘛。御辇来了,嬷嬷想搂着我一同入座,我说:'这不是你能坐的。'嬷嬷又惊又喜,把我抱上御辇,便在道边跪送。你瞧,她不是很懂事吗?进太和殿登了宝座,看殿内外密密麻麻的文武百官,我倒没有发慌,可是瞧见许多伯叔兄王都在殿前立候,叫我心里有些疑惑,我悄悄问身边的内大臣:'一会儿诸位伯叔兄王来朝贺,我应当答礼,还是应当坐受?'内大臣说:'不宜答礼。'后来钟鼓齐鸣,王公百官分班朝贺,我果真一动不动,端坐受礼……"

"圣天子自幼便有人君之度啊。"乌云珠笑着赞美,低下头把面颊贴在福临乌黑的头发上。

"不过,看伯叔王们偌大年纪,向我这六岁的人儿跪拜,心里又着实不忍。所以朝贺完毕,朕便起立,一定要让礼亲王代善伯先行,朕方肯升辇。记得代善伯白发苍苍,见我礼让,竟然落泪了……朕得承继大统,代善伯当居首功。"

"以妾妃度想,首功当归太后。"乌云珠和悦地说。

"那是自然。我是仅指宫外而言。"福临捏住乌云珠的一只小手,轻轻摩挲着。

"貂裘的事呢?陛下还没有说完。"

"哦,貂裘,"福临笑笑,"朝贺完毕,朕回宫后才对那进貂裘的内侍说:'貂裘若是明黄里,朕自然愿着;那里子偏是红的,朕岂能穿它?'内侍连连叩头请罪,朕倒也不曾罪他。"

乌云珠笑道:"陛下六岁便如此敏慧,晓得上下尊卑贵贱,自是世间少见。方才邀妾妃同席,又作何解?"

福临哈哈地笑了:"此一时彼一时也。顺我心者,叫作顺天行道;逆我心者,我岂不另寻出路?不然,做皇帝也太少乐趣了!……"

乌云珠正想回驳几句,养心殿首领太监领了几名太监前来送奏章,这些奏章都是奏事房和内院今天送到的。福临随手翻了翻,便把奏章堆在御案上,置之不顾。他心里恼恨这些奏章破坏了他们温馨而又宁谧的交谈。

乌云珠不安地望着那一摞奏章,说:"这不都是朝廷机务吗?陛下怎么搁置不顾呢?"

"没关系。都是些循例旧事,让他们去办吧!今晚我们可以清清净净地共度良宵……"

乌云珠想了想,笑道:"陛下,就算那些都是奉行成法的事情,安知其中没有需要因时更变,或因他故必须洞察内情的呢?陛下常说敬天法祖、勤政爱民,一身承担祖宗大业,就是疲倦困顿之时,也当勉力支持,何况今日如此悠闲。"

福临轻抚乌云珠的背,笑着感慨地说:"你呀,真成了我宫中谏臣了! ……来,一同阅本。"

乌云珠连忙站正了躬身答道:"妾妃闻妇无外事,岂敢干预国政。千万不可,陛下还是专心批本,妾妃陪伴始终。"

"就依你。"福临笑着说,坐在御案后的宝座上。

乌云珠叫宫女们端上两盏白纱笼的掐丝珐琅桌灯放在御案上,点亮两侧的四盏紫檀框梅花式立灯,加上屋顶吊着的几盏宫灯,东次间明亮得如同白昼。乌云珠又命宫女把她的绣花绷架放在御案一侧。宫女们悄悄侍立,福临专心批本,乌云珠则静静地在绷架上刺绣,寝宫一片宁静,只能听到蜡烛芯毕剥的炸响和镂空梅花熏炉内木炭清脆的燃烧声。

看到一本,福临几次提笔又放下,面露不忍之色。乌云珠放下绣针,站起身:"什么事使陛下如此牵心?"

"是今年的秋决疏。其中十多人,只等朕报可,便要立即置于法。朕一时不忍下笔。"

乌云珠走近,对那秋决疏望了片刻,一行行黑字透露着死亡的气息。她脸上顿时升起悲哀的阴翳,皱眉道:"这十多人并非陛下一一亲审,妾妃度陛下之心,即使亲审也未必全得真情,而所司官吏中有不少愚而无知的人,怎能保这十数人尽无冤抑?民命至重,死而不可复生。恳求陛下留意参稽,凡可矜宥者竭力保全。"乌云珠的声调有些哽咽,接着又补充一句:"妾妃以为,与其失入,宁可失出……"

福临默默点头,又看了一遍,提笔在几名死囚犯的姓名上写了"复谳"两个字,在另几个死囚犯的姓名上做了减等的记号,随后折了页码。

"陛下,那逃人窝主一抓就斩,不是也太……"乌云珠的话没有说下去,因为她看到福临怕冷似的缩缩肩膀,并紧紧皱起了浓眉。她连忙返身取过太后赐给的貂褂,给呆想着什么的福临披上。福临趁势抓住她温暖的小手,苦恼地看着她温柔的眼睛,低声说:"你还不知道我?我当然知道逃人法太严。可是……有什么办法呢?……我也是不得已啊!……"

他猛然松开乌云珠的手,重新拿起笔,仿佛又要埋头批本。但是,他抑制不住因刚才乌云珠的提问而产生的烦乱和不安。乌云珠在他身边默默站了片刻,安慰地摸摸他无力地放在案边的左手,轻轻退下,转身去料理那两只三尺多高的青铜鎏金、镂空作梅花纹的四足熏炉,往熏炉里撒了两把沉香,并命宫女再给福临取来一只脚炉。

当福临终于合上最后一本奏章时,夜已深了。乌云珠小心地把绣针插在绣绷上,起身到西次间的小火炉上为福临端来一直炖在那儿的冰糖银耳。福临背着手踱来踱去,看着好似悠闲,乌云珠却能感到他神情上的不安。她把玉碗递给他,看看他的眼睛,轻声说:"还有事?"

福临接过碗,用匙子在碗里调了调,喝了一口,然后说:"前日召见安郡王,他说起顺天乡试考官受贿作弊,物议沸腾,寒士怨愤,一些饱学之士不肯应试,是否预见到科场弊端?我朝新立,此事尤其不能轻视。榜发已近一月,言官奏折竟无一人提及此事,怪不怪?"

乌云珠道:"顺天乡试一事,我也听说了,京里怕是已经传遍。满洲御史对科举一向生疏,未必体察内情;汉官多半心有疑虑,不敢贸然上疏。况且有关者多是汉人汉官,相互回护徇情也在所难免。"

福临皱眉道:"朕从来不分满汉,一体眷遇委任,尤喜接纳汉人文士,为何汉官总生枝节?"

"陛下若设身处地略加体味,此事此情实在不足为怪。得民心得士心,确非一日之功。科举本是得士心的大事,万不可掉以轻心。君臣如父子,陛下何不训诫臣下以为后戒?"

"这几日,我正想下一道训诫谕旨,又觉得不够分量。看来……"他停了停,连舀了几匙子,把一碗冰糖银耳吃下一大半,随后把玉碗往炕桌上一顿,主意定了,目光闪闪地说:

"明日,朕面召汉大臣及科道官。"

"明天就面召?"乌云珠口气中虽有点儿惊奇,但脸上的笑容和眼睛里的神采,分明表现出对年轻皇帝的赞赏和爱恋,"回宫吗?"

"不,就在南苑。"

南苑西行宫的大殿,虽没有太和殿、乾清宫的规模,却也十分宏伟庄严。宝座的设置同乾清宫的一样,很是辉煌。宝座边陈设着一对铜胎珐琅嵌料石的象托宝瓶——御名为"太平有象",还有一对质量相同的角端和仙鹤。宝座后有绣了日月星云的宝扇,宝座前御陛左右有四个香几,上面的三足鼎式香炉里焚着檀香,香烟缭绕,大殿气氛肃穆。

丹陛之下,光润似墨玉的金砖墁地,按照品级,跪着一排又一排的汉大臣。前排是举朝知名的内院大学士:秘书院大学士王永吉、成克巩,国史院大学士金之俊、傅以渐,弘文院大学士刘正宗。其次一排是六部九卿,其中有户部尚书孙廷铨、礼部尚书王崇简、吏部尚书卫周祚、左都御史魏裔介,后面还有各部院衙门的副职长官,如兵部侍郎杜立德、户部侍郎王弘祚等人。这里还有一批风华正茂、才堪大用的内院学士:李霨、王熙、冯溥、吴正治、黄机、宋德宜等。不过,人数最多的还是朝廷的言官:吏、户、礼、兵、刑、工六科给事中和十五道监察御史。他们品位不算高,在朝中却有很大影响。他们有负责稽察内外百司之官的职责,有直接向皇帝上书指陈政事得失并弹劾官吏的权力,不过,他们的职守,和所有官吏一样,也受着各种因素的制约,不能真正发挥作用。三年前,言官们此起彼伏地就逃人法的弊政上书言事,被议政王大臣会议全部否决,言官李呈祥、季开生、李裀、魏琯等人先后受到流徙处分,便是一个例证。今天皇上面召汉大臣训诫,主要的用意就是针对他们的。

大殿中,除了御前侍卫、当值内监以外,只有内国史院大学士额色赫、内秘书院大学士车克、内弘文院大学士巴哈纳和吏部尚书科尔坤几员满官,再就是侍立皇上左右的带刀领侍卫内大臣鳌拜和苏克萨哈了。他们都肃立丹陛,面对着上百名匍匐在地的汉官,虽然都是蟒袍补褂、朝靴朝珠,心情到底不同。

福临的声音响亮又缓慢,不似他平日的语调。大殿太高旷了,他的话声仿佛在空中震颤,引起嗡嗡的回声:

"……朕亲政以来,夙夜兢业,焦心劳思,每期光昭祖德,早底治平,克当天心,以康民物。乃疆域未靖,水旱频仍,吏治堕污,民生憔悴。朕自当内自修省,大小臣工亦宜协心尽职,共弭灾患。"

这一段话相当平和,皇上并未把责任全推给臣下,听上去还是亲切有理的。

"国家设督、抚、巡按,振纲立纪,剔弊发奸,将令互为监察。近来积习乃彼此容隐,凡所纠劾止于末员微官,岂称设职之意?嗣后有瞻顾徇私者,并坐其罪!"

指斥督、抚、巡按,为什么要说给这些不是督、抚、巡按的人听?

"制科取士,计吏荐贤,皆朝廷公典,岂可攀缘权势,无端亲昵,以至贿赂公行,径窦百出,钻营党附,相煽成风?大小臣工务必杜绝弊私,恪守职事,犯者论罪!"

训诫越来越接近问题的核心,跪听的臣子中已经有人在努力克制发寒热般的颤抖了。

"至于言官,为耳目之司。朕屡求直言,期遇綦切。乃每阅章奏,实心为国者少,比党徇私者多。嗣后,言官不得摭拾细事末员,务必将大贪大恶纠参,其涤肺肠以新政治!"

福临收住话头,不再发挥,用几句套话结束了他的训诫。百官们山呼万岁,再次叩拜,起立,按顺序站列殿前。

礼赞官正要宣布皇上起驾,言官行列中突然闪出一员官吏,此人身材瘦小,显得十分精干,他抢上几步,跪在丹陛之下,高高托着一叠本章,高声喊道:

"臣,刑科给事中任克溥,为顺天丁酉乡试科场大弊,有疏本上奏,请圣上过目。"

众官为之一惊,顺治不觉一喜。顷刻之间,任克溥的奏章已展示在御案之上了。

大殿里顿时寂静无声,所有的汉官都望着任克溥,耳朵却仔细听着宝座上的声息。有人惴惴不安,有人暗暗高兴,自然也有人无动于衷。但这一切都只能放在心里,若形于辞色便是失礼,将被当殿纠参处分。

福临看罢奏章,满面怒色,拍案而起,厉声道:"传旨:奏本内有名人犯,立即拿送吏部,着吏、刑二部会审!"

当各人犯一起押送到吏部衙门时,又一道圣旨下来:

"着内大臣苏克萨哈、鳌拜主持吏、刑二部会审!"

苏克萨哈是皇上宠信的近侍大臣,鳌拜在议政大臣中以果断能干著称。皇上派了这样两员大臣,足见对此案非常重视。吏、刑二部的尚书、侍郎,尤其是汉官,不得不格外小心,尽量缄口不言。

五

内院大学士兼吏部汉尚书王永吉在吏部大门下了轿,进了大门。宽阔的石板路直通大堂。他从大堂旁门进中院,过穿堂,一架紫藤盖满了小院,老干如蟒、盘曲而上,如今落叶已尽,繁密的藤干藤枝纠缠在架子上,仿佛许多绞在一起的灰蛇,很容易使人联想到官场上那复杂的、绞缠不清的明争暗斗。藤架的那一边有屋三楹,檐下额匾上有三个厚实凝重的大字:藤花厅。王永吉当然知道,这架紫藤是明初吏部尚书吴宽亲手种植,距今已将三百年。藤花厅,是吏部长官治事之所,平日是科尔坤的公事房。今天,王永吉心中有几分得意,他是来到藤花厅的惟一汉官。不多时,内大臣苏克萨哈、鳌拜和吏部尚书科尔坤、刑部尚书图海都到了。他们要商讨第二审的程序。

仆役送上热茶,便退下了。五位大臣各自安坐,上来就是一阵冷场。

按皇上谕命,李振邺、张我朴、蔡元禧、陆其贤、田耜、邬作霖、张汉、蒋文卓等十多人,全数被拿到吏部审问。由于他们身份不同,是按命官、中式举人和应试三起分审的。

第一轮会审过后,气氛很沉闷。因为上有内大臣坐镇,中有科尔坤、图海等满尚书主审,平日审案的汉尚书、侍郎如陪坐一般,唯唯诺诺,不出一语。满臣对科举一向不大了然,审不出个名堂。初审下来,什么也没弄清楚,怎么向皇上交代?

苏克萨哈玩着茶盏盖,漫不经心地笑笑,扫了众人一眼,说:"我看,初审不中用啊!"他白白胖胖,容颜滋润,很得皇上欢心,事事顺遂,常常流露出几分心满意足。有时目光一闪,眉头一皱,会突然透出内藏的劲气,但那种情况很少。

鳌拜点点头,喝了一口茶。在内大臣中,他的地位不如苏克萨哈,虽然他比苏克萨哈年长,又军功卓著,但从来以下属自居,又一贯不爱说话。遇到这件主要和汉人打交道的案子,说不好汉话的鳌拜,就宁肯不作声。

图海为人深沉，凡事不动声色，这时却搔了搔刮得发青的鬓角，附和说："正是，似乎不得要领。"

科尔坤较为爽直，忍不住说："可不是！审案中这也说关节，那也说关节，这关节……到底是怎么回事呢？"

四名满官的目光集中到王永吉身上。

王永吉心里暗暗好笑，脸上也没忍得住。他本来就长得一副笑模样：团团脸、细眯眼，说话之前嘴角先就咧开了，唇上的胡髭也跟着向两边翘起。此刻，他得意地抚着颔下的长须，改变一下坐的姿势，拿出行家里手的架势，用流利的满语解释"关节"一词："所谓关节，就科场而言，是指考生与考官私下约定的暗号，据此暗号，考官可在千百卷中取出这名有关节的考生。自然，因钱因势或因其他缘故，考官就将关节卖给他的私人。至于关节本身，花样极多。譬如考生将自己姓名、籍贯嵌在文章中，或者造出一两个怪僻的字，甚而事先约好用一句古文、古诗，如此等等。纵然糊去考生姓名、籍贯，试卷另行誊抄，关节仍然可以上达考官。顺天乡试每一关节至少值三千两，高的可达万金。考生若想必中，则多买几位考官的关节，那就要花大价钱了。"

四名满官这才明白。科尔坤首先恨声说："这些南蛮子，如此奸狡，真真可恨！"

苏克萨哈带笑不笑地说："真亏他们想得出来！"

王永吉笑道："自有科举以来，一概如此。所以贫寒之士，科场蹭蹬者，无不怨愤。"

科尔坤皱眉道："这帮南蛮子刁滑无比，初审毫无头绪，二审怎么办？"

确实，三名考官李振邺、张我朴、蔡元禧和三名中式举人陆其贤、田耜、邬作霖都不认账；被任克溥在弹章中点为见证的吏科给事中陆贻吉，也只供说他是见到张汉、蒋文卓揭发科场作弊，信以为真,才向任克溥随意提到自己将具疏检举,并无实证;张汉和蒋文卓则一口咬定三名考官受贿,并指出受贿银两数,但又拿不出证据。

王永吉笑道:"列位大人对这帮汉人士子知之不深,不可被他们蒙骗过去。他们之所以口硬,实在是欺列位对科场不熟罢了。列位大人若肯依我,自能立见分晓!"

当王永吉出厅去时,图海说:"就依他的意思二审吧?"

苏克萨哈和鳌拜交换一下眼色,鳌拜皱着眉头说:"他若审清楚,我们不是反居下风了?"

图海冷冷一笑,说:"南蛮子审南蛮子,我们正可冷眼旁观,侧耳细听。"

苏克萨哈频频点头,科尔坤还伸了大拇指笑道:"好主意!"鳌拜最后也同意了。

二审的第一堂,便是李振邺与张汉的对质。

大堂正中坐着两位内大臣,科尔坤和图海在他们左右设座。王永吉的桌案设在他们四个人的左侧前方,旁边还有书记的位置。四人的右侧前方则是吏、刑两部的副职长官。大堂左右,丫丫叉叉地摆了各种刑具:大杖、中杖、夹具、皮鞭、铁链等等,看上去自是一派阴森可怖的审讯气氛。吏部大堂向来不设刑具,二审开始后,王永吉说既是吏、刑会审,就应该摆出刑具来。

李振邺和张汉被押上大堂,看到和初审全然不同的布置,先就害怕得直哆嗦。可是两人一照面,竟都恨得咬牙切齿,忘记了恐惧。张汉恶狠狠地冷笑道:"李振邺,你也有今天!"李振邺不答腔,"呸"地一口唾沫啐到张汉脸上。张汉跳将起来,被衙役按住了。

王永吉故意问:"你二人是新怨呢,还是旧仇?怨仇如此之深,莫非曾经相识?"

张汉跪在堂下禀诉:"回老大人的话,我与他相识三年有余,他的劣迹我无所不知。今科秋闱,他竟敢犯朝廷大法,学生不顾私情参揭此弊,为天下失意人吐气!"

"哦,你倒颇明礼义呀!"王永吉赞了一句,转向另一个,"李振邺,你认识张汉吗?"

"回大人,彼乃忘恩负义之狠毒小人!可叹我两榜进士、朝廷命官,竟不曾看穿他的蛇蝎心肠。"

张汉又要跳起来,被衙役再次按住。

"忘恩负义,此话怎讲?"王永吉故作惊讶。

"他当年孤身流浪京师,下官只因动了爱才之念,将他收容府中,为他谋得监生资格。见他孤贫可怜,又为他娶妻买宅。不想此人欲壑难填,见我被朝廷点为同考,便强要关节,以求一逞,被下官峻拒。在佑圣观,下官也曾当众教训他,此后全然绝交。他怀恨在心,便使出这般手段诬陷下官,大人明察秋毫……"

"你胡说八道,血口喷人!"张汉被李振邺那侃侃而谈、毫不在乎的神态激得火冒三丈,直跳起来,衙役还想按住,见王永吉在摇头示意,便罢了手。于是张汉指着李振邺跺脚大骂:"你这个伪君子、假善人!卑劣至极,无耻之尤!……"屈辱和羞怒一齐涌上心头,他不再顾什么脸面,也不再留任何后路,首先就出乎意料地喊出了他一向最不敢触及的丑事:"什么爱才、收容,说得好听!他明明是诱我做他的男宠!……娶妻买宅,娶的是什么人?是他不要的小妾……嫁给了我,还要当他的外室!……我也是个人,是个读书种子啊!……"他声泪俱下,滔滔不绝地把往事全部倒了出来。书记不停地笔录,捺墨的工夫都很短。王永吉得意地微笑着,不时瞟一眼满大人,因为他们一个个都听呆了。

张汉直说得大汗淋漓、声嘶力竭,那根剪了一半的辫子像一根秃尾巴,在背上晃来晃去。李振邺有些沉不住气了。不过想到交给粉儿的那纸关节已经毁掉,张汉并无实在证据,便又安了心。张汉话一落音,他就急急申辩道:"全然是胡言乱语,蓄意诬陷!男宠也罢,外室也罢,都是人间游戏,况且你若不情愿,谁能用强?至于出卖关节,断无此事!"

王永吉这时才插进来问了一句:"是啊,张监生,口说无凭,你能拿出证据来吗?"

张汉发疯似的"哧"地撕开棉袍,白生生的飞花满堂飘扬,撕碎的布条耷拉到了地面。他从胸口的棉花里抽出了一张纸,双手呈上。

王永吉一看,那是拼贴在一张硬纸片上的六七块揉皱的碎纸,上面字迹却很清楚。王永吉笑了,拿起硬纸片对准李振邺:"李振邺,来认认,是不是你的笔迹?"

李振邺只扫了一眼,顿时脸色惨白,跪倒了。好半天,他强自挣扎,用无力的声音申辩道:"这毕竟没有成为事实,我……我终究没有让张汉中举……"

"那田耜呢?邬作霖呢?"张汉瞪着发狂的眼睛喊叫起来。

"田耜,邬作霖……"面对眼睛像两团炭火的张汉,李振邺第一次害怕,心虚了。他努力振作,翕动着嘴唇,用勉强能听到的声音说,"谁能证明?……谁能证明?"

"那两笔五千两银子的过付人可以作证!"张汉尖声嘶叫着,说出了两个过付人的姓名。这沉重的致命一击,把李振邺完全打垮了,他双腿一软,瘫倒在地。

王永吉满意地微微笑了,扭头看看满大人的眼色,他们都对他点头。王永吉扬脸对衙役做个手势:把张汉带下去。

"李振邺,你还有什么说的?"

李振邺瞪着失神的眼睛,说不出话。

"如今你贪赃有据,而张我朴、蔡元禧秽迹无凭,看来这次北闱科场大弊定是你一手造成。你到底贿卖了多少关节,以至于士子怨愤、物议沸腾?不重惩你怕是无以谢天下了!……"

"不,不!"李振邺突然高举双手,拼命摆动,仿佛一个溺水的人在垂死挣扎,"让我一个人承担罪责,不公平,不公平啊!……"

"还有别人通同作弊吗?"王永吉的话像是审问又像是提示。

"田耘、邬作霖的银子他们都来分润,各分去一千两……"

"他们,指何人?"

"张我朴、蔡元禧。再说,他们也各有私人。"

王永吉抓住时机,乘胜追击,立刻下令提张我朴、蔡元禧上堂对质。这一下子,初审时坚不可摧的堡垒立刻垮了。这三位同考官:大理寺左评事李振邺、大理寺右评事张我朴、国子监博士蔡元禧,在大堂上像疯狗一般互相乱咬。王永吉稳坐钓鱼船,只静静地每隔一会儿抛出一个新的问题,就把他们之间的隐私全暴露了出来。

这一堂审问结束了。四位满大臣重新回藤花厅时,王永吉拿着满、汉两种文字的笔录呈给两位内大臣。鳌拜只点点头,苏克萨哈笑道:"久闻王中堂才干过人,真是名不虚传!"

王永吉谦逊道:"不敢当不敢当!要论才干,原左都御史龚鼎孳比学生高过十倍,当初学生常受他指点。"

图海道:"中堂大人过谦了吧?"

"哪里哪里。"王永吉一个劲地嘿嘿直笑。

科尔坤道:"我看只要把过付人拿到,人证俱全,此事便可结案回奏了。"

王永吉摇摇手:"早哩早哩!此案所涉远不止这些人这些事。必须顺藤摸瓜,一网打尽。"

"哦?"鳌拜鹰眼闪亮,锐利地直射王永吉,"还有破绽?"

王永吉笑道:"正是。请看这几句话。"他翻开审讯笔录,指着这么几行字：

  李振邺：我叫灵秀到你房中寻对时，你做什么来？
  张我朴：我没见灵秀到我房中。
  李振邺：谎话！你又支他到我房中寻对！

  审讯当时，满大臣被他们三人间的凶狠攻击所吸引，对这话并未注意。此刻科尔坤不解地问："这不过是房官们闹中无聊，闹出点子争风吃醋，有什么破绽可抓？"

  王永吉笑笑，说："不然。这灵秀可是个要紧人物。"

  苏克萨哈拖长声音问："王中堂的意思是——"

  王永吉不笑了，认真地说："立即审问灵秀。"

  科尔坤立刻站起来："我这就着人去拿他。"

  王永吉也急忙站起来，连连摇手："千万不要惊吓了他，对此人，必须用软的……"

  王永吉认为自己是聪明的：既为龚鼎孳说了好话，又没有露出龚鼎孳给他出谋划策的痕迹，这样，既能向龚鼎孳交代，又不至于显得自己没有才干。

  审问灵秀的地点，是穿堂东侧的一间小厅。同春，也就是灵秀，走进来时，几位满大臣不觉互相看了一眼：这小厮真个美貌灵秀！幸亏王永吉对梨园戏曲兴趣不大，否则他会立时认出这是三年前驰名京师的伶童。同春不论是当优伶还是当书童，对这些高门贵户的厅院都很熟悉，礼节也懂，不过经官司牵进重案，还是第一次，所以心里还是有些发慌，进门便跪下了。

  王永吉在桌案后稳稳坐着，说："报上姓名、籍贯、年龄。"

  "小的柳同春，顺天永平府人，今年十八岁。"

  "你是监生张汉的家奴吗？"

  "回大人，小的不是奴婢，是平民。受雇张汉家为长随书童，期限三年。"

"你为何又当了同考官李振邺的亲随？"

"李大人与我家主人交好，入闱前借我去服侍他。"

"如今张汉揭举李振邺纳贿贪赃，你可知情？"

"小的不知道。"

"你随同李振邺入闱，难道不知道他暗通关节的情事？"

"……回大人，小的不知。"

王永吉笑了，命亲随把椅子从桌案后搬到桌案一侧，他坐下后对柳同春道："到这里来，跪近一些。"

同春不知所措，只好跪到王永吉膝前，心里直害怕。王永吉和颜悦色，用非常亲切的语调说："听我讲，你不要害怕，找你来只是做个见证，没有别的意思。李振邺贪贿作弊是他的事，你跟他非亲非故，怎会连累到你呢？只要你说实话，不会难为你。"

同春低下头，默不作声。

"你看，如今你主人揭告李振邺，要的是实据和见证，否则张汉就要以诬告而反坐得罪，你难道见死不救？……"

同春心里乱纷纷的。他有时恨张汉没志气，奴颜婢膝；可是为了功名利禄，天下的士子谁个干净？张汉受欺辱的境遇，张汉对同春的爱护，都使同春同情他。况且同春虽然自尊自重，却是个本分人，既做了张汉的书童，理当向着主人。李振邺呢？同春讨厌他甜腻腻的笑容，恨他卑污的企图，想到他那副下流的嘴脸就恶心！可是，李振邺是官啊！……

"听说张汉颇有才学。许多有才之士不能登榜，一辈子落魄，这实在不公啊！如今李振邺坚不吐实，可是已有数名过付人作证了。你在闱中难道没有发现蛛丝马迹？"

岂止是蛛丝马迹！同春手里握着他们要命的证据，不过当时他收藏这证据别有用途……

那天,各房考官都在阅卷,李振邺忽然交给同春一张纸,上面写着二十五个人名、籍贯,要他到张我朴房中试卷里去寻找查对。考官们各有私人,而本房试卷有限,都得派亲信到各房翻找,揭开糊上的名字看了以后再封上。同春知道这是作弊,但他不能违拗,果然查出了一大半。张我朴见此情景,也写了一纸人名,托同春到李振邺房中寻对,也找出不少。事后,李、张两人都忙于应酬门生,忘记了这两片纸。

同春把这纸片留下了。他要用来防身。李振邺多次纠缠他,都被他摆脱了。如果他还不罢休,进一步逼到头上来,同春便打算用这张纸威胁他,叫他乖乖地滚蛋。同春只想以此保护自己,不懂得要挟对方获取好处,所以一直藏着纸片,不露一点痕迹。张我朴的纸片完全是顺便一道留下来的……

可是……同春怯生生地偷眼看看王永吉,小声问:"那李大人、张大人若坐实了贪贿,会杀头吗?"

王永吉摇头:"不至于。但必得革职,永不叙用!"

"革职……那是他们活该!"同春下了决心,解开上袄,从贴身里衣口袋里拿出了那两张纸,说明了它们的来历。这是李振邺、张我朴的亲笔,可说是铁证如山了。

王永吉眉飞色舞。满大人虽然说不好汉话,却听得明白,一起把目光投向王永吉和他手中的两张纸。王永吉得意地点着字纸说:"看看,这头一名果然就是陆其贤!……哦,这里还有许巨源……啊?!"他脸色陡然一变,目瞪口呆,双手哆嗦起来。图海见状,立刻走过来从他手中拿过纸片,细细看了一遍,皱皱眉头,眼睛透出笑意,随即对衙役一挥手,示意带走同春。他目送同春被带出小厅后,才转向王永吉:

"王中堂,这关节中第五名,高邮王树德,与足下有什么瓜葛吗?"

苏克萨哈、鳌拜、科尔坤听到这一问,都凑到图海身边,仔细观看他手中的纸片。王永吉脸色灰白,一刹那就蔫得像秋霜打过的衰草。听得图海问话,他强打精神地说:"……那是舍侄,不想他如此不肖!……兄弟我……向诸大人告回避。翌日将上疏自劾,陈请处分……"他说着,竭力做出一副愤慨的样子,但撑了不多时,自觉无趣,叹了口气,垂着头,慢慢出去了。

苏克萨哈对鳌拜使了个眼色,忍不住哈哈大笑;科尔坤骂了一句:"狡诈的南蛮子!"也跟着放声大笑;图海一边笑一边摇头;极少发笑的鳌拜,竟也在唇边露出了笑意。

张汉和同春被拿不过三天,乔柏年已换了三次住处。科场案被揭发,牵连的人又多,乔柏年自然要特别谨慎。只是他这人胆子大、爱冒险,总想知道案子的结果,不舍得立刻离开京师,还想看看动静。

十月二十七日,他去游鹫峰古寺,信步走到西单牌楼,很快就发现自己在逆着人流行进。今天街上的人特别多,扶老携幼,骑马乘轿,都兴致勃勃地往南走。乔柏年一把拽住一个走得飞快的小厮,小厮急得跳脚、喊叫,却一点脱不开身:

"你这人,干吗?去晚了就占不着好地儿啦!"

乔柏年笑着,并不放手:"急急忙忙的,干什么去?"

小厮挣扎着,恨恨地说:"看杀头!"

"啊,杀谁?"乔柏年一惊,松了手,小厮撒腿跑了。

一向行刑都在午时三刻,现在太阳还在东天。这小厮真是爱热闹!乔柏年摇头笑笑,背了手,迈着四方步,也改了方向,慢慢顺着宣武门内大街向南走去。行人越来越密了。

眼前一座茶楼。乔柏年觉得口渴,反正时间还早,便跨了进去。门边一群长衫秀才围着茶桌又叫又笑,像疯了似的。一位士子高举茶碗,大声说:"考官认权不认人,知钱不知文章,屈杀多少名士!天网恢恢,天道好还!"

"天下寒士今日扬眉吐气!"另一个也举杯大喝一声。

"以茶当酒,浮一大白!"第三个喊声震动屋梁。

"干!"十几个秀才轰然响应,高举十几只茶碗、茶杯,"砰!"的一撞,碰碎了好几只杯、碗,瓷片、茶水飞溅,众人哄然大笑,痛快的笑声把小小茶楼几乎抬了起来。

乔柏年不喝茶了,拔脚就往宣武门跑。但凡行刑杀人,宣武门口都要贴告示。莫非科场案结了?他脚下生风,竟赶上了几位服饰华丽、骑着高头大马的满洲贵公子。他不由得又放慢了脚步,因为这几位贵公子也在议论。他们年不过二十岁,说的却是漂亮的京话:

"……任克溥十六日上疏,吏部、刑部十八日拿人,二十六就结案上报,今儿个便行刑,真个干净利落!"

"这一回是天威震怒。说是不加严惩,将失天下士人之心。吏、刑两部的折子一上去,皇上立时就批下来了!"

"这些南蛮子,给脸不要脸。仗咱们满洲的余惠才当了官,不好好儿给咱们干事,饶得了他?"

"汉官没个好东西。杀吧,杀个干净,我才称心!"

"真格儿的,我家老子今儿约了帮老兄弟,喝酒庆贺呢!"

"我们家也是。都一样儿!……"

乔柏年不再听他们说笑,加快步速赶到宣武门。高大的门洞一侧果然贴着告示。除了吏、刑二部宣布行刑的事由以外,上面还有皇上批下的谕旨,盖着鲜红的御印。很多人在围看,又有兵勇把守,乔柏年不敢硬挤,只听有人在朗声宣读:

"……贪赃枉法,屡有严谕禁止,科场为取士大典,关系最重,况辇毂重地,系各省观瞻,岂可恣意贪墨营私!所审受贿、用贿、过付种种情实,目无三尺,若不重加惩处,何以警戒来兹?李振邺、张我朴、蔡元禧、陆贻吉、项绍芳、举人田耜、邬作霖,俱着立斩,家产籍没,父母兄弟妻子俱流徙尚阳堡……"

乔柏年没听完,转身走向菜市口,他一定要看看这次行刑。一个声音在心里幸灾乐祸地喊着:

"叫你们再给鞑子卖命!这回可得了上好的报应!……"

太阳升到中天。声声大锣和长管、觱篥呜呜咽咽的长鸣从内城传来。宣武门外街道两旁人山人海,直铺到菜市口。松鹤年堂前的大场子上,早就聚集了数万名看热闹的京师人,他们一会儿互相大声传告着"来了,来了!"骚动片刻,一会儿又伸长脖子向北张望,耐着性子等候。

监斩官骑着马,在简单的四杖四旗二扇一伞的仪仗导从下,缓缓地过来了;接着是穿红色外衣、手持大砍刀的刽子手行刑队;最后,便是由众多兵勇押送的七辆囚车。观看的人群顿时一阵哄乱,你拥我挤,指手画脚,乱嚷乱叫,分辨着谁是李振邺、张我朴,谁是倒霉的陆贻吉。

"为什么说陆贻吉倒霉哩?"乔柏年不解地问身边那个像是什么都知道的人。

"他呀,没落几个钱,只当个过付,以知情不举一同正法。"

"那个中式举人陆其贤呢?"

"他聪明,不必挨这菜市口一刀,落个身首异处。他在监里服毒自杀了。"

监斩官已经坐在桌案后的椅子上,桌案上笔砚俱全,放着行刑公文。因时间未到,他正襟危坐,纹丝不动。七名人犯一字排开跪在案前三丈远处,每人身边由两名兵勇把臂,身后刽子手挺刀待命。

正午的阳光晒得热烘烘的,刽子手赤裸的肩臂和脑瓜顶都沁着油汗,闪闪发亮。菜市口的喧闹渐渐平息了。按照惯例,如果朝廷有特赦,就该在这个时候送来。今天会不会有特赦圣旨?看那位张我朴挺着腰、直着脖子的强硬表情,或许有什么门路?

人群的海洋突然起了骚动。引起这阵骚动的并不是特赦使者,而是一个浑身缟素的女子。她头上银白首饰,身上白罗衫、白罗裙,一双小脚穿着白绣鞋,袅袅婷婷,一手掩着嘴低声哭泣,一手挎一只蒙着白布的竹篮,一直走到李振邺面前。乔柏年看得一清二楚,惊讶地张大了嘴:这是张汉的老婆粉儿!她是为张汉赎罪,还是为还旧情?……看哪,她跪在李振邺面前了!

李振邺在昏沉中听到有女子喊他,慢慢睁开双目,竟触到粉儿的一双哀怜的泪眼。他很意外,反倒清醒了,苦笑一声:"你来做什么?"

粉儿不回答,只管低头从篮里拿出水酒泡饭、几样菜肴,点燃了一尊香炉里的线香。这是法场生祭,监斩官和刽子手都不能干涉的礼节。囚犯七人,只有李振邺一个获得这样的"礼遇"。李振邺感慨地说:"想我李振邺,亲朋好友遍京师满天下,临死之日,惟有一个被我遗弃的女子为我送行,天哪!……粉儿,你难道不恨我?"

"恨!就因为恨你,我才把你的所有内情都告诉了张汉,原想要你吃点苦头,不料竟……你恨我吧?"

李振邺悲哀地摇摇头:"事到如今,还有什么可说呢?我是自作自受……你来看我出丑?"

"不。就是有千般仇恨万种怨毒,你这一死也都抵消了。一夜夫妻还有百日恩呢,何况……"粉儿别转头,让泪珠滚下去。

李振邺仰天长叹:"啊!粉儿能够如此,李振邺虽死何憾!……来,酒!"

粉儿隔着香炉和袅袅青烟,对李振邺三拜三叩,然后端起酒水饭,用匙子喂他饭,用筷子给他夹菜。李振邺大口大口地吃着,不停地喊:"酒!酒!酒!"

李振邺吃完饭菜,粉儿把那一碗泡饭的烈酒凑到他唇边,像喝白水似的,他咕嘟咕嘟喝个碗底朝天。他笑道:"粉儿,多谢你,让我醉梦归天!……"顷刻之间,他醺然大醉,眼看就要瘫倒。这时,长管铜角响了:行刑时刻到!

粉儿惊叫一声,掩面逃进了人丛。张我朴连喊带骂的声音突然响了起来:

"你们这些朝中大臣!我忍死不肯牵连你们,你们但凡有点心肝,总该为我请求一道赦书。你们装聋作哑,天地不容!我死也不饶你们!……"两个兵勇揪住他,狠狠打他耳光,并把口衔勒入他的嘴中,他再也出声不得。他带着满腔愤恨,立眉竖目,但是一下子他就被推倒了,刽子手举起了大刀……

七人正法之后的第二天,他们的家资被抄没,老幼家属被逮系狱中,定案后将流徙尚阳堡。

随后,缇骑四出,提拿有关各犯五十余人,尽是贿买关节的应试士子,不久,这些人的家属也先后入狱。

接着,和这些士子有关的汉官被拿问。再后来,以风闻不举而失职的科道官也进了监狱。法网越拉越大,落网的汉官越来越多。当朝廷下令顺天丁酉科复试之后,各地应参加复试的新举人,像囚徒一样,被府、县衙门拘捕锁项,押送起解至京。这个时候,朝署半空,囹圄尽满。镇抚司前,茶馆、酒馆、饭铺纷纷开张,热闹繁盛超过前门。同这种景况形成鲜明对照的,是汉官士子震恐万分,惶惶不可终日,真不知这一科场大狱,什么时候才能了结?

主管此案的,还是那两名内大臣、两名满尚书。他们岂肯轻轻饶过那些奸狡的南蛮子?

第 五 章

一

退朝之后,福临按照惯例去向太后问安。才出隆宗门,他再也按捺不住心里的兴奋和狂喜,望着慈宁门,大叫一声"额娘!"撒腿就跑,像十四五岁的男孩子那样无所顾忌,弄得平日亦步亦趋地跟在他身后的那一大堆侍从内监,也只得捧着金盂、金杯、金盆等等御用物品跟着一块儿跑。他们哪里追得上福临,还没有到慈宁门,便跑得气喘吁吁了。

跑到慈宁门,福临遥遥望见殿前月台上几盆菊花间露出母亲的青玉钿子,便又大喊道:"额娘!"他飞跑着进了宫门。太后抬起头,惊讶地耸起了细眉。她身边的宫女、内监们一个个张大了嘴,这太不可思议了:天下至尊、万民之主,竟这样不顾威仪地跑了起来!

然而,更令人意外的事情发生了,狂跑的福临跨过门槛时绊了一下,猛地摔进门里四五尺远,趴在地上。所有的人都"哎呀"一声,吓呆了,近在咫尺的守门太监甚至一时都没想到该去扶一扶皇上。

眨眼工夫,福临跳起身来,仍然兴高采烈,跑下石阶,穿过汉白玉铺砌的御道,一直冲到母亲身边:

"额娘!大好事,孙可望降啦!"

"什么？"庄太后瞪大了眼睛,似乎有些不相信。

"孙可望跟李定国火并,孙可望跑出云南,投降了!"

"啊!佛爷保佑。"庄太后深长地出了口气,双手合掌,两眼望天。

"这一下,朱由榔的内情,云贵的山川形势就可了如指掌,兵力布置也将成局在胸!我要立命洪承畴率军进击,我要再委一位抚远大将军率军入征云南!……"他一面说,一面兴奋地挥着双手,在太后面前走来走去,一会儿转身一会儿扬头,狂喜地张开双臂,大声喊道:"这是上天助我,一展怀抱,成就天下一统大业,开万世昌明之基!……"

"皇儿,你不愧是太祖太宗的儿孙,成就这一番事业……"

"额娘,儿的心胸何止于此!儿要上越明祖、汉武,做一代有为之君!"

"好,好!……"太后仔细地望着儿子闪亮的目光,红彤彤的面孔,心里既感慨又激动,一时说不出别的,便笑道,"看你,袍子都擦破了。手摔坏没有?"

福临伸出手,掌心在沁血,笑道:"额娘宫里太干净了,儿摔了这么一跤,手上也没有沾灰。"

太后托着福临的手,用雪白的绸巾轻轻揾去点点血迹,轻声说:"洪承畴经略军事四年之久,终于见了成效。"

福临眉飞色舞地说:"母后,孩儿这些年要是听了议政王大臣和皇兄、皇弟们的议论,把洪承畴罢免革职,焉能有今天?儿所以力排众议,始终重用他,实在是深知其才干见识,决不会无故屯兵四年之久。他暗中联络永历朝文武,终于拆掉了他们的一根大木梁。额娘,儿可以算得上知人善任的了。"

太后笑道:"不要这样得意哟!……远征云南,皇儿想拜谁为大将军?"

"济度春天才班师,不宜再出。岳乐如何?"

太后抚摸着一朵金黄色的龙爪菊,摇摇头:"岳乐博见有才,留在朝中事事可助你一臂之力。不如派多尼……"

"多尼?"福临心里打了个磕绊。信郡王多尼是豫亲王多铎的长子,多铎则是多尔衮的同胞弟。派他出征,福临不能不斟酌。他望着眼前一片绚烂夺目的秋菊,暗自沉吟。

太后看着儿子,轻缓地说:"如汪洋大海,包容万方,才是人君的度量。多尼因嫡母刘三秀的调教,在宗室中也如岳乐一般,从不跟你作梗,为什么不加任用呢?"

"多尼的骑射倒也罢了,可看不出他有什么过人的智谋。"

"那都在其次。多尼征云南,不过是代天子巡狩,以天子之威临滇而已。至于征战机宜,总领全局有洪承畴,攻伐阵战有吴三桂、尚可喜、耿仲明,八旗之师尽可督战……皇儿要明白,汉家天下千余年,养就了无数人才,这是我们满人万万不及的。满洲不但要善学,更要以汉制汉,才是上策。"

"母后明见万里,儿遵命,不日即拜多尼为定南大将军。"福临目光灼灼,非常精神。

"好!"庄太后看着儿子英姿勃勃的样子,心里很觉安慰,一股温存的母性的柔情油然而生,但她立刻收敛了,转了话题,"皇儿,随我到东庑去走走。"

"额娘又为儿预备下好吃的了?"

"不是好吃的,是好看的。"

母子俩边走边说,心情振奋而又愉快。但一踏上东庑的长廊,太后就向福临做了个手势,要他不出声,要他放轻脚步,她自己首先就轻手轻脚、小心翼翼地做着样子。福临觉得很有趣,又很奇怪:皇帝和皇太后需要对谁这般小心周到?除非神佛!……走不多时,便听见苏麻喇姑用满语在缓慢地、有腔有调地说话。太后朝

福临摆摆手,两人在门外站定。苏麻喇姑的声音更清楚了:

"……长白山上的天池,跟海一样,清亮亮绿莹莹,水上浮着一个鲜红鲜红的果子,那还不照眼哇?库伦仙女在天上也没见过这么美这么香的果子。她游到跟前,张嘴就把红果吞了下去。过了十个月,仙女生了个大胖小子,他就是咱们满洲的祖先布库里雍顺……"

"我知道我知道!"一个娇嫩的童声口齿伶俐地抢着说,"我还会唱呢!"他立刻高声地唱起了《布尔湖》:

布尔湖,明如镜;库里山,秀列云屏。

风来千顷秀,雨过数峰青。萃扶舆淑气是天地钟灵。

有天女兮降生池畔,吞朱果兮玉质晶莹,珍符吻合爰生圣……

歌唱的声音纯正嘹亮,节奏准确,还有一股孩子的热情。唱罢,他说:"我父皇出巡,乐工奏的就是《布尔湖》。将来我长大了骑马出巡,也要他们奏《布尔湖》!"

门外,福临惊异地低声问母亲:"是谁?"

太后笑笑,也压低声音说:"我做主,把你的三个儿子都送来慈宁宫养育,让我也享享做祖母的福。"

福临笑道:"但凭额娘。"

"苏麻喇姑如今天天领着二阿哥三阿哥,欢喜得了不得……"

"那四阿哥呢?"福临忙问。

太后看他一眼,笑了:"知道你最爱四阿哥,哪能不格外经心?专拨一排偏殿养育他,你放心好啦!真是个偏心眼儿的爹!"

福临在母亲面前有些难为情,强词夺理地说:"额娘就不疼四阿哥?"

太后笑道:"疼,疼,是孙子都疼!四阿哥长得真好,玉琢粉妆似的小人儿,一双水灵灵的大眼睛就像他娘。连三阿哥都很喜爱他,每天晚上不去看看他,就不肯睡觉。何况我这当祖母的呢!"

"苏麻喇姑,"屋里孩子的声音又响了,"再给我讲讲脚下七星的故事!"

"都讲过十遍了!"

"不行,还要讲,还要讲!"

"唉,好吧好吧。别往身上缠,规规矩矩地坐正,像个好皇子的样儿,我再给你讲……"她讲的是老哈王①脚下有七颗形如北斗的红痣,被当作有天子气的异人,好不容易逃脱了明朝的追捕,后来终于成就帝业的故事。

外面游廊上,庄太后笑着对福临说:"听见没有?三阿哥跟你一个样,从小就喜欢听这个故事。"

"四阿哥长大了,也会这样……怎么听不到二阿哥说话?"福临说着,同母亲一起推门进去。

苏麻喇姑赶忙站起向母子俩请安。三阿哥扬着两只小手扑向太后怀中:"皇阿奶!"随后又懂事地向福临跪了说:"三阿哥叩见皇阿玛!"

这么个小小的还没有桌子高的人儿,长了一副惹人喜爱的机灵相,偏偏学着大人做出煞有介事的样子,不由人不笑。太后忍不住把他抱起来,在他细嫩的脸蛋上亲了一下,说:"皇阿玛刚才问,二阿哥呢?"

三阿哥搂住奶奶的脖子,凑在奶奶的耳朵边,眼睛转向次间的乌木座榻,小手指头贴在脸边指着,小声说:"哥哥在那边,——你可不要骂他,啊?——他又睡觉了……"

顺着三阿哥的指示,太后和福临看见二阿哥四肢摊开,仰八叉地躺在座榻上,睡得正香。福临不觉皱了皱眉头。只听三阿哥快活地说:

---

① 东北民间称努尔哈赤为"老哈王"。

"皇阿奶,你不是也给我讲过脚下七星的故事吗?我也有脚下七星!"

"你?"庄太后又惊又笑地问。

"是啊!不信你看!"

三阿哥从奶奶怀里挣脱下地,一屁股坐在厚厚的地毯上,利落地脱掉小靴子、小布袜子,把两只胖胖的小脚丫举得高高的,兴高采烈地说:"看我的七星!"

太后和福临母子俩惊异地瞪大了眼睛:三阿哥雪白的脚掌心,一左一右,果然各有七颗血点般的、排成北斗形状的痣,像一串红亮的珠子。两人几乎同时蹲下身子,一人捏了一只小脚丫,仔细地看着,用手指抹了抹,才发现那只是用胭脂点的假痣。苏麻喇姑在一旁嚷起来:"哎呀,我说你拿我的胭脂做什么,原来……"

太后和皇上啼笑皆非。福临故意皱着眉头说:"真捣乱!小小年纪,玩的什么花头!"

三阿哥瞪大了眼睛,说:"皇阿玛,我不是皇子吗?脚下有七星,不是王就是帝,我怎么能没有呢?"他很可笑地皱了皱眉头,学着大人深思熟虑的样子,光着脚丫、背着小手在地毯上踱了几步,仰起头,神色很是认真地说:

"长大了,我要学父皇,当天下之主!"

福临非常高兴,一把搂过孩子,夸奖说:"好孩子!才四岁年纪,便有这般志向,不愧我们爱新觉罗氏的子孙!"可是,他一接触到孩子那双极像母亲的眼睛,立刻就败了兴头,眉梢一耸,放开了三阿哥,沉声问道:

"两个阿哥汉话、汉文学得怎么样了?"

苏麻喇姑连忙回答说:"四十个奶娘嬷嬷里,一多半是汉人,两位阿哥汉话都说得好。就是嬷嬷们不识字,没人敢教阿哥汉文。"

福临寻思片刻,说:"母后,要请几位饱学宿儒来教导他们才好。"

太后点点头。又问:"四阿哥那儿,再去看看?"

三阿哥跳着脚,尖声地叫起来:"我也去!我也去!"

四阿哥实在太可爱了。这六个多月的婴孩,十分健康活泼。他被裹在白绒小袍子里,脸色如花蕾似的红润娇嫩,大大的眼睛犹如深夜的天空,漆黑漆黑的,闪烁着星光。他见有人进门,便从乳母怀里探出身来,张着两只小手,嘴里咿咿呀呀地叫着,两脚不停地踢动。

三阿哥跑得飞快,冲到跟前,搂住小弟弟,乳母只好蹲下身迁就这小哥儿俩。三阿哥对着四阿哥恳求道:"好小弟,你叫我哥哥呀,叫阿哥,阿——哥——……"

四阿哥闪动着机灵的大眼睛,望着三阿哥笑,张开没牙的红润润的小嘴,用力发音:"阿——哥——"

一双大手猛地把四阿哥抱了起来,三阿哥抬头看,皇阿玛已把四阿哥紧紧搂在怀里,反复亲他的脸蛋和脖子。福临的髭须撩得孩子不舒服,他哼哼唧唧地要哭。太后一把夺了过来,抱在怀里温存地抚慰着,并埋怨地瞪了福临一眼。福临笑了笑,不作声。冷不防,三阿哥天真地问道:

"皇阿玛为什么亲小四弟,不亲我呢?"

福临发窘了,看了母亲一眼,正遇上母亲那嘲笑的目光,不觉脸上微微一热。不过他很快就找到借口:"四阿哥还小,你可是男子汉大丈夫了!"

"真的?我是男子汉大丈夫?"三阿哥高兴得不知怎么才好,立刻挺胸凹肚,满脸放光,得意非凡,"那我能射箭跑马了?"

"对,对,明年你就可以上马了……"福临连忙允诺,心里一动,急匆匆地看了母亲一眼,对三阿哥说,"我来问你,父皇百年之后,如果小四弟即位当了皇帝,你怎么办?"

三阿哥脱口而出:"我做亲王大将军,辅佐小四弟!……"他想了一想,忽然问:"我有脚下七星啊,为什么不能做皇帝呢?"

　　毫无掩饰的孩子的话,勾起太后和皇上母子俩的多少心事,两人互相望着,一时竟无话可说了。后来,太后换了个话题:"皇儿正值青春,子息不旺。后宫佳丽难道尽不入眼?专房之宠太过,六宫妃嫔哪能不生怨望?多子多福、多子多助,帝王家尤其如此啊!"

　　"是。"福临恭恭敬敬地躬身静听,神色极为孝顺。

　　然而,当晚召来养心殿寝宫的,仍然是四阿哥的生母,他最宠爱的董鄂妃。

　　今天的折子不多,时交二更,福临便已批完。他伸臂直腰打个舒展,手还没放下,董鄂妃已端着一杯热茶从东次间走出来,送到皇上手边。

　　福临笑着看她一眼:"你在那边做什么来着?怎么就算得这样准,正好送了茶来?"

　　乌云珠笑笑,说:"我先在刺绣,后来习字。"其实,刺绣和习字都是幌子,她的全部心思都在皇上身上。

　　"我今儿也还没临帖呢,看看你的字去!"福临兴致勃勃,端着茶盏,搂着乌云珠的肩膀,一同走到东次间。一张长长的八仙桌上,十几张洁白的高丽进贡的雪浪纸上,墨迹淋漓,尽是乌云珠临帖所写的隶书。福临一张张拿起来看,看一张赞一声,最后说:"不想近日你隶书也写得这么好了,真是家学渊博,所谓碎玉壶之冰,烂瑶台之月,宛然芳树,穆若清风啊!"

　　"陛下竟拿钟公赞卫夫人书法的名句称赞妾妃,实在不敢当!妾妃无卫夫人之才,陛下草书却在钟公之上……"

　　福临哈哈地笑了:"多蒙才女之女奖许了!不过,今天我要考考你这才女的诗才!"他焕然生彩的目光扫视周围,掠过富丽华贵的西洋金钟、嵌珠镶宝的玉如意、珊瑚玛瑙盆景、水晶宝石屏风、金碧闪彩的孔雀宝扇、精雕细刻着龙飞凤舞的紫檀木剔空隔断,最后,停留在南窗最上角的茜纱槅上,从那里看出去,宫殿殿角的飞檐一侧、蓝黑色的深不可测的天空中,挂了一弯淡金色的月牙儿。

"有了!就以新月为题!"福临笑着对乌云珠点头。

乌云珠笑道:"不限韵?"

"那不便宜了你!限十一尤。"

"好,幸尔不是窄韵!"

"给你这才女,窄韵也嫌宽!限钩、楼、头、秋四个字吧!"

"有奖罚吗?"

"自然有。做得好,我这一双白玉镇纸就归你;若是做得不好……"他看了看嫣然含笑的那双眼睛,忍不住附在她耳边轻声说了几句。乌云珠的粉面立刻飞起一片红霞,瞥了福临一眼,扭过了身子。她端起茶盏,用碗盖拨开水面上漂浮的茶叶,喝了两口;随后又打开吐籽石榴式食盒,拣了一块松仁酥饺,递给福临。福临没有用手接,只张了嘴等她把点心送进口中后,轻轻咬住了她的手指。

"呀,陛下,你还这么淘气,为君为父之人哟!"乌云珠半嗔半笑地说。

"为君是对万民。为父是对小辈。在你这里,只不过为丈夫罢了。"福临笑着,一手揽着乌云珠的纤腰,一手拿筷子夹了一块香蕈喂给乌云珠,然后说,"你不要以为拿一只酥饺便能贿赂我这考官,快快作诗!"

"妾妃哪能有七步之才?陛下也不是正牌的考官。"

"谁说不是?天下的进士,都是朕的门生。顺天丁酉乡试作了弊,朕将亲自复试。若不精通四书五经,敢揽这样的大事?你呀,怕是分娩之后文思迟滞,要考不出来了!"

"陛下真以为妾妃做不出来吗?"乌云珠扬了扬黑得发亮的秀眉,转身望着窗外新月,有声有韵地轻轻吟着,像一首柔情绵绵的短歌:"云际纤纤月一钩,清光未夜挂南楼;宛如待字闺中女,知有团圞在后头……"

"好!"福临鼓掌大喊,"真所谓情深意切,不枉了才女之号!这位待字闺中的女儿,可是你?……好了,白玉镇纸归你!"乌云珠刚伸手去接,福临却又缩回手去:"慢着慢着,我看那边还有一首诗呢!"他指着八仙桌上那张精妙的绣幅。

那是一幅绣在白色锦缎上的墨竹,挺拔潇洒于山石苍苔之中。通常题诗处空着,但下款日期却已绣好,那正是今年夏天福临往塞外狩猎的时候。

乌云珠道:"妾妃确有新诗一首,想请御笔亲题。"

"我写上以后,你再绣出来,是吗?"福临很觉有趣,立刻坐到桌边,提笔捺墨,"快快念来!"

乌云珠并不转身,依然凝视着窗外新月,缓缓念道:"此去惟宜早早还,休教重起望夫山;君看湘水祠前竹,岂是男儿泪染斑?……"

福临运笔疾书,几乎不能抑制心头的激动,飞快地钩完最后一笔,把羊毫往笔架上一搁,几个大步跨到乌云珠身边,双手扳着她的肩膀,轻喊了一声:"乌云珠!"乌云珠转身,跌入他的怀抱。她温柔地歪头靠在福临胸前,悄声细语地说:"我绣这幅诗竹,为的是一旦我离陛下而去,要它同我一起入葬。有你的手迹陪伴,九泉之下我也心安了。"

"乌云珠……"福临语声哽咽,把乌云珠紧紧贴在自己的心窝上,一股激情在胸中冲荡。他突然放开乌云珠,冲回桌边,从笔架上拔下一管最大的云中鹤斑竹管大提笔,铺开雪浪纸,饱蘸浓墨,飞笔纵横,写下了一副对联:

大白狂浮客舞剑，
　　小红低唱我吹箫。

紧接后面，如流水般写了一段跋："上联是英雄气，下联是儿女情。人之所以为人也。"写罢，将笔用力一掷，扔出一丈多远，直掷到正间地上，留下一串墨迹。他只觉心头一股豪气，痛快异常，扬头望着乌云珠："如何？"

乌云珠笑道："确是巧对，不过……"

"不过什么？"

"对常人而言，此联摹写性情，尽够了；对陛下，则不免小巧浅淡。"

福临很有兴趣，故作庄重地说："请道其详。"

"对陛下而言之英雄气，当有包藏宇宙、吞吐天地之气概，横槊赋诗、投鞭断流略可方比一二……"

"那么儿女情呢？"福临眼睛熠熠生光，追问道。

乌云珠笑道："陛下，我不过怕你过于儿女情重。我想再续一句话。"

"是吗？续来我听。"

"陛下之跋云：'上联是英雄气，下联是儿女情，人之所以为人也。'妾妃续接一句：'用得其中为圣道。'陛下以为……"

福临畅快地哈哈大笑："续得好，续得好！'用得其中为圣道'！画龙点睛啊……乌云珠，有了你，朕于儿女情一无所憾。后宫有你在，朕不挂牵内事，正可专意综理天下，大展朕的抱负！"他用力搂住乌云珠的肩膀，炯炯目光，仿佛透过镶金饰玉的文窗、穿过富丽雄伟的宫墙，凝望着苍茫无际的南方大地，激动地说："多尼不日便要领大将军印南征。一旦收复云贵，寰内一统，且看我大展雄图，除旧布新！愿朕在有生之年，治得国泰民丰、四海归心，成就汉武、唐宗一般的大业，让万民重见尧舜之天地！……"他的设想，他的计划,他的决心,如激流涌出,滔滔不绝,兴奋、慷慨、神采飞扬。乌云珠被他深深感染了,脸儿红扑扑,眼睛亮闪闪,侧着脸目不转睛地着迷似的凝望着他。福临完全沉醉在自己的雄心壮志之中,他用力捏住乌云珠的手,说:

"你看,朕能办得到吗?"

"乌云珠得遇陛下,三生有幸。陛下资质之美,旷古少有,自四龄以来,苦读诗书,习尧舜文武之道,不就是为了成就一番大业吗?乌云珠愿为陛下马前卒!"她的目光亮如天边的启明星,胸脯起伏,口中微微喘气。她的心中,鼓荡着热腾腾的激浪。她把今天作为一个特殊的日子铭刻在生命的历程上,以前,她爱皇上胜于爱福临;今后,她爱福临超过爱皇上……

"啊!你真是我的知己!"福临盯着乌云珠的眼睛,非常感慨地轻轻叹了一声。

乌云珠一下克制不住,猛然搂住福临,在他面颊两边用力亲了好几下。福临被这突如其来的动作弄得微微一愣:文静温柔的乌云珠从来不曾这样!他大声笑着搂住乌云珠的腰,飞快地就地转了好几圈。他的心里像雨后蓝天上升起一道彩虹,纯净、开朗、莹澈无瑕。此刻,他的心头沸腾着如火的激情,灵动的目光立刻停在百宝橱中,取出他的紫竹笛,神采焕发地说:

"乌云珠,我们……我和你,真是太美满了!"

他拿竹笛凑上嘴唇,嘹亮的笛声飞腾而起,带着欢乐,带着柔情,带着一颗火热的跳动着的心,飞出寝宫,飞出养心殿,飞上星光灿烂的夜空,散落到金碧辉煌的六宫……

坤宁宫里灯烛辉煌,几名主位娘娘正陪着皇后说话,热腾腾的奶茶使她们谈兴倍增,讲起当年太祖、太宗皇帝在关外时的武功,讲起科尔沁部落的丰功伟绩,一个个如数家珍,无比兴奋,显示出草原女子的豪爽气概。在座的四位娘娘,三位是科尔沁博尔济吉特家的格格:皇后和她的妹妹淑惠妃,以及她们姐妹俩的姑姑谨贵人。谨贵人同已废的皇后一同进宫,她俩是堂姐妹,皇后被废为静妃,谨贵人也就一直得不到升位,不能成为一宫之主而居住在景仁宫。除了三位博尔济吉特氏,第四位娘娘便是景仁宫主位、康妃佟氏。

悠扬的笛声透进帘栊,热闹的谈笑倏然停止,坤宁宫里一时竟悄然无声,任凭那行云流水般的美妙声音在殿梁间缭绕。明亮的灯光透过精美的宫灯的红纱、玉佩和流苏,流泻而下,把四位年轻美貌的娘娘笼罩在一重淡淡红雾之中,犹如蓬莱仙姝。但她们都竭力避开彼此的目光,害怕泄露心头的苦痛。

笛声终于停了,但静默持续着。康妃低头不语;皇后端起奶茶无声地抿了一口;谨贵人看看皇后,两人的目光一碰,各自慌忙闪开。谁来打破僵局呢?

淑惠妃年龄最小,今年不到十七岁,跟姐姐入宫时还是个小孩子,非常疼爱她的姐姐,早就为身为正宫皇后的姐姐受冷遇而愤愤不平。刚才她一直嘟着嘴摆弄手绢,见大家都不吭声,忍不住了,冲口而出:

"又是承乾宫的主儿在养心殿,不然皇上会品笛?"

皇后像没听出妹妹的不满口气,平和地说:"皇上的笛子吹得越发好了。"

淑惠妃看了谨贵人一眼,"嗐"了一声。谨贵人皱皱眉头,说:"我也就罢了,左不过一辈子当贵人居冷宫,一辈子见不着皇上的面儿,谁叫我命不好,跟静妃一道入宫呢!可你是皇后哇!淑惠娘娘年轻美貌,佟娘娘还养了阿哥,都有位分的,怎么也咽得下这口气!"

淑惠妃撇撇她那花瓣似的鲜红的小嘴:"别忘了,人家是皇贵妃,只比皇后低半肩,比咱们都高贵!"说罢,她又看看姐姐,可是皇后的面色平静得令人失望。

康妃低声说:"四阿哥更金贵,皇太子想必是四阿哥了……"她声音越来越轻,消失在含糊的似有若无的叹息中。

谨贵人恶意地扬扬刚硬的黑眉,讥笑地说:"哼,四阿哥!谁知道这四阿哥是谁的种?……"

皇后瞪了谨贵人一眼,喝道:"不许胡说!"论亲谊,皇后是谨贵人的侄女,论家法,谨贵人低皇后五级,尊卑悬殊,所以谨贵人立刻闭了嘴,低头不语了。皇后继续说:"皇贵妃颖慧过人,贞静循礼,生性孝敬,谦和宽仁,宫中上下都很喜欢她,皇太后更像待亲女一样疼爱她。虽然受皇上宠爱,她并不曾恃宠干政,说不上失德……"她有点说不下去了。

淑惠妃嘴快,立刻说:"可是人家都说,皇上渐习汉俗,亲近汉臣,随意更改祖宗旧制,都是因为她在皇上身边的过!"

"谁说的?"皇后眉头微皱,掉头看看妹妹。

"大贵妃和康惠太妃都这么说!"

皇后摇摇头,叹了口气,说:"大贵妃因襄亲王过世,自然不喜欢皇贵妃……"

"可她也真是半个南蛮子呀!"谨贵人憋不住,大声接过话头,并且站了起来,"这谁不知道?她不就是凭了她那南蛮子狐媚气儿,什么湿(诗)咧干咧,什么琴咧画咧,哄得太后、皇上拿她当心肝儿宝贝儿!……要是再立四阿哥当太子,我的皇后娘娘,你这正宫还能住几天!"

淑惠妃急忙打断她:"瞎扯什么!废过一个皇后了,还能再废第二个?皇太后不管怎么疼她,终究是咱们博尔济吉特家的人!"

谨贵人愤愤地说:"要是立四阿哥做太子,我就气不过!咱们满洲的天下,怎么能让半个南蛮子女人的儿子去坐?皇家的血统不就给糟污了?算算现今后宫的主位娘娘,就甭说太后跟皇后了,淑惠娘娘、恭妃娘娘、端妃娘娘、静妃,加上大贵妃、康惠太妃,再加上太祖皇上的寿康太妃,不都是咱们博尔济吉特家的吗?任谁养一个阿哥,也比四阿哥高贵啊!偏偏肚子都这么不争气!"

皇后看看闷头不响的康妃,责备道:"看你说到哪儿去了!"

谨贵人连忙把手搭在康妃肩上,心直口快地说:"康妃娘娘,你别吃心,你们佟佳氏好歹都是咱们旗人。我宁愿三阿哥做皇太子,也比四阿哥强十倍!"

康妃起立,脸上一无表情,谦恭地说:"夜已深了,让皇后早点歇息。谨贵人,我们回去吧!"

淑惠妃也告辞了,临行时她压低嗓门急切地对皇后说:"姐姐,你要快生一个阿哥才好!如果抢在立太子之前,那么立嫡不立庶,四阿哥就当不成太子,你的皇后任谁也夺不成了!"

皇后端庄地说:"你快走吧,不要这么胡言乱语!"

可是,当宫女们铺好锦缎被褥,放下绣着丹凤朝阳的床帐,坤宁宫内一片寂静时,皇后却用美丽的荷花鸳鸯锦被蒙住头,哀伤地哭泣了。此刻她用不着强使自己摆出皇后的派头,她也不再是富贵烜赫的万民之母,她只是一个孤寂凄凉的、时时担心着自己命运的可怜的女人……

二

十一月望日,是大朝之期。照例,从太和殿到大清门陈设法驾卤簿,殿前有丹陛大乐,午门上钟鸣鼓响,王公、文武百官及外国使臣跪拜进贺表,再入殿向皇上朝拜跪叩,接受皇上赐茶后再叩拜,然后奏中和韶乐,皇上退朝,王公、百官等依次退出,大朝典礼告成。为了表示朝廷的威仪,每月应有一次大朝。但是顺治帝为了勤于政事,也为了戒除百官的慵懒疲沓,励精图治,竟定为一月六朝,文武百官都得从四更起直忙到太阳出。年老的大臣就不得不勉力而为了。

天子年轻有为,并不因大朝而取消当日的内朝听政。于是各部院大臣由侍卫传旨宣召,经内右、内左两门,进日精门、月华门,鱼贯而入,直达乾清宫。各门前和御道、长廊上,隔不数步便有带刀侍卫肃立,气氛很是森严。大臣们毕恭毕敬,小心翼翼,目不斜视,眼前只可看到前一位同僚的朝褂下摆和朝靴。

大臣行列中的内国史院学士王崇简,今年不过五十六岁,一向心广体胖,像个笑眯眯的弥勒佛。此刻他却心神不定,眼前一片模糊,前面朝褂摆动,朝靴起落,在他眼中像木偶的动作一样呆板。他尽力想摆出平静如常的神情,但惴惴不安的心绪使他胸脯起伏,呼吸失常。他在苦苦思索,他方才说那话时,在场的有谁呢?

……大学士金之俊肯定听到了,他不是还抬袖拭了拭眼睛吗?钦天监正汤若望也听到了,他当即轻轻叹了一口气,在胸前画了一个十字。和金之俊在一起的傅以渐呢?他仿佛没有听到,不仅眉毛不曾动一动,连眼珠也没有动。可怕的是正前方离他不远的那三个人:内大臣苏克萨哈、鳌拜和揭发丁酉科场大案的刑科给事中任克溥……

他记得,自己抬袖抹泪时,苏克萨哈惊异地看他一眼,便侧脸向任克溥问话,想必是要任克溥证实。任克溥低头举目,责怪地看看王崇简,无可奈何地点点头。于是,两位内大臣的目光一起射向王崇简父子,鳌拜的鹰眼里透露着威胁,苏克萨哈不怀好意地露齿一笑……唉,当时我怎么就那么情不自禁呢?……会不会招来大祸?正赶上科场大案的气候,汉官人人自危,我父子可别……王崇简越想心越慌,可是有什么办法!大错已经铸成,只能硬着头皮进乾清宫,听天由命了!

王崇简随众叩拜后,立在内院学士一班官员中。他略一抬眼,触到儿子王熙的目光,只有他能看出,这位内弘文院学士内心也很紧张。

河南巡抚正在跪奏,响亮的声音在乾清宫正殿中回响:"河南嵩山采得奇草灵芝,乃国家祥瑞之征兆,实是天子圣明所致,特进贺表及灵芝……"说着,把身边那个精致的木匣和匣上的红封贺表高举过头,等着内侍来接。

高高的宝座上,顺治略一沉吟,朗声道:"政教修明,时和年丰,人民乐业,方为祥瑞。你为封疆大吏,巡抚一方,当敬天勤政,惠养元元。芝草何奇,安可用此?去吧!"

河南巡抚连忙叩头谢恩,哈着腰倒退着回班,站定以后,才用马蹄袖拭了拭额上的冷汗。

随后,各部院堂官先后面奏政事常务,殿内气氛才变得和缓了些,王崇简父子对视一下,两人的表情都轻松了许多。

不料轮到六科呈事启奏时,顺治忽然把给事中阴应节召到御座边说:"你参劾江南科场的折子,朕已看过。详细面奏。"

阴应节立刻跪奏:"南闱之弊比之顺天乡试有过之而无不及。主考方犹、钱开宗弊窦多端,物议沸腾,其彰著者,如取中之举人方章钺,系少詹事方拱乾第五子,与方犹联宗有素,乘机滋弊,冒滥贤书,求皇上立赐提究严讯。"

顺治又问:"尤侗的《万金记》,可是近日所作?"

阴应节回奏:"江南士人都说是为此而作。方字去一点为万,钱字去边旁为金,正指南闱二主考之姓氏。"

尤侗是江南有名的才子,高才不第,愤懑难平,便写了这出杂剧,描写主考万白、金云,极尽行贿通贿之能事,录取的三鼎甲贾斯文、程不识、魏无知,也被刻画得穷形尽相。此剧嬉笑怒骂皆成文章,刚刚开始在江南流传。皇上这么快就知道了?

阴应节继续奏道:"北闱弊端一揭,人心大快;南闱大弊不发,无以服士子之心。两主考方犹、钱开宗撤棘归里时,道过毗陵、金阊,士子成群追舟唾骂,甚至投砖掷瓦,激愤之情可见一斑。且江南为文人渊薮,尤需慎重……"

顺治身着朝冠朝服,绣金龙袍和花纹复杂的山海日月团龙褂同金光闪闪的雕龙御座非常相称,他那年轻的面容因头戴三重宝石的皇冠而显得格外威严庄重。他微皱眉头,平稳地说:"天下一统,岂有南北之分?南闱弊端早有风闻,经尔题参面奏,朕愈可洞悉其奸。方犹、钱开宗陛辞离京之日,朕曾面谕遴选真才,竟敢罔上坏法,殊属可恶!"他说着,声音提高了,怒容也出现了。他让内监递下阴应节的奏本,转向御前大臣和当值大学士:"传朕旨意:方犹、钱开宗并同考官俱著革职,中式举人方章钺由刑部差员役速拿来京,严行详审。此本内所参情事及闱中一切弊窦,著江南总督郎廷佐速行严查明白,将人犯拿解刑部。方拱乾著明白回奏!"

御座边的奏对,并不是殿中文武官员们都能听清,但这一道圣旨由御前大臣在殿前一宣布,宛如殿脚下发出一次地震,气氛骤然紧张,汉官禁不住心里打鼓、脚下发软,眼看一团裹着闪电暴雷的乌云,又逼到了头顶!

北闱大案至今不过半月,在朝汉官多半有所牵连,一个个心惊胆战,寝食不安。李振邺、张我朴等七人之死,镇住了一大批文人。就是与科场案无关的汉官,也转瞬间矮了三尺,本来就受制于无知无识的满大人,如今就更不得抬头了。谁想雪上加霜,又来了个江南科场案!这下又要有多少汉官陷进去?看看内大臣索尼、苏克萨哈、鳌拜等人的神色吧,看看简亲王济度、巽亲王常阿岱他们的冷笑吧,难道真要把汉臣一网打尽?

王崇简、王熙父子,被眼前严重的局面压得喘不过气来。年过半百的父亲,竟然变了脸色,连嘴唇都战抖了。一年前,皇上亲临内院时,召见了王熙,夸奖他这位日讲官讲得好。那时,王崇简已是内国史院学士了,皇上便当即加恩,擢王熙为内弘文院学士。王熙感激谢恩时,皇上笑道:"父子同官,古今罕见。因你才德兼备,特加此恩。"于是王崇简父子同官,一时传为美谈。父子俩也就更加尽心竭力、勤于供职了。像他们这样受到特知的汉官,为什么也这样害怕呢?

各部院启奏公事完毕,人们正想松口气,却又出了一件爆炸性的事情。按照惯例,在朝会结束前,负责纠察朝会秩序、百官仪容礼节的纠仪给事中、纠仪御史要向皇上纠参失仪官员,即使没有,也要例行报告。于是,当日的纠仪给事中之一任克溥出位跪奏:

"纠仪给事中任克溥禀奏:今日大朝之前,西班文武百官与外国使臣进贞度门就位时,内国史院学士王崇简,见朝鲜使臣竟垂头而泣,大失朝仪,求皇上处置。"

苏克萨哈正在御前,立刻大声奏道:"任克溥纠仪启奏不实,左袒王崇简父子,求皇上明察!"

顺治道:"奏详情来。"

鳌拜出班,有条不紊地奏道:"禀皇上,此事奴才亲见。西班进贞度门后刚刚就位,外国使臣便从西班前经过。朝鲜使臣头着冠帽,两侧戴貂皮耳掩。王崇简神色惨然,指着朝鲜使臣对其子王熙道:'此乃明朝旧制也!'说罢便垂头哭泣,王熙也闷闷不乐,面有悲色。奴才以为这不是失仪小事!王崇简父子受大清重恩、皇上特知,心里却念念不忘故明,分明有叛逆形迹。"

王崇简、王熙父子立刻出班跪倒了。

顺治面带怒容:"王崇简、王熙,有何驳辩?"

王熙抢着回禀:"禀皇上,小臣无辩。只是罪在小臣,不该向臣父问起。求皇上定小臣之罪,饶恕臣父。"

王崇简回禀:"启奏皇上,臣无辩。一时情不自禁,惟请处分。"

内大臣索尼出班启奏:"禀皇上,据奴才所知,当事人并不止王崇简父子。大学士金之俊、傅以渐都在场。傅以渐不制止、不举发,金之俊竟陪同下泪,居心叵测。钦天监监正汤若望也通同叹息。求皇上一并处置。"

满殿的汉官,一看殿前跪下谢罪的几位汉大臣,不是地位最高的大学士,就是受皇上特知的近臣,一个个都觉得大祸临头、在劫难逃。连侍卫内监们也吓呆了。大家都在等待着天威震怒。乾清宫中,鸦雀无声。

顺治明亮的眼睛静静地从左到右扫过一遍,竟不作任何表示,一抬手,说道:"起去!"接着便站了起来,这表示要"退朝、回宫"了。王公大臣文武百官只得跪倒送驾。

皇上回宫去了,各官依次退出。被参的王崇简父子、金之俊、傅以渐、汤若望、任克溥等人,便都打点着上本自劾请罪。

福临回到养心殿,时间已过辰正,御前侍卫立刻传上早膳。今天大朝和内朝相连,他早就饿了。他把一碗略带紫色的老米饭就着燕窝鸡翅火熏片香蕈汤吃下去,才放慢了进膳的速度,有心好好品尝一下几道初进上的南菜,这是江南总督郎廷佐特地送来宫中的扬州名厨役做的,可是刚才乾清宫中发生的事情,总像走马灯似的在他眼前晃动,弄得他心绪不宁,仿佛失落了什么东西,却想不起来是什么。

福临放下五福捧寿铜胎珐琅饭碗,看了一眼那一品盛在银碟里的折叠奶皮,侍候太监连忙把它挪到皇上跟前。这时,养心殿当值首领太监领了四名小太监,各捧一个长二尺、宽一尺五的银方盘,顺序跪到皇上身边。福临扯过胸前白绸绣龙怀挡擦擦嘴,侧身对四个银盘看了一眼,微微一愣:银盘里的粉牌全摆满了,这可是多年不曾有过的事儿!平日递呈的膳牌顶多两盘。这是为什么?

福临再仔细看看,不禁皱起了眉头:银盘里泛出一片红色,那里的牌子差不多都是红头牌!

这是皇上的规矩:凡遇到值班奏事引见的日子,如果文武臣僚请求引见或需要奏事,必须在皇上用膳时递呈牌子。宗室王公贝勒用红头牌;文职副都御史以上、武职副都统以上用绿头牌;来京的外官,文职按察使以上、武职副都统总兵以上,用一般粉牌。牌上缮写姓名、籍贯、家世、入仕年岁、考绩功勋等等。

福临顺手在银盘里翻了翻,个别几张绿头牌也是议政大臣和部院堂官,竟然没有一名汉官求见奏事。他联想起内朝时的情景,心里更不痛快了。

一起又一起的王公贵族、满洲大臣恭恭敬敬地进殿又出殿。最后一起才叫到安郡王岳乐。

岳乐叩拜后,福临赐座赐茶。岳乐接过茶盏在毡垫上坐定,抬头看看皇上:福临面露倦色,眼睛里透出无法掩饰的厌烦。岳乐体谅皇上的心情,也知道年轻的皇上最后才召见他的用意。作为国家的尊贵的王爷,或是作为宗室皇亲,他们俩交往并不密切,但是一遇政事上的坎坷和国策是非的争论,他们却暗自彼此引为知己,感受到对方的有力支持。至于爱好南蛮子悠久灿烂的文化,他们更是因同好而情感相通了。所以他俩谈话最少客套,别人听来也许莫名其妙,但他们自己全懂。囿于皇上的尊严和王爷的身份,他们不得不维持那种不即不离的奇怪关系。不然,他们可以继伯牙、子期和管仲、鲍叔牙而成为生死之交的。

"皇上,他们都来了?"岳乐微笑着,恭敬地问。

"可不是!"福临憋了半天的闷气,仿佛一下子找到了出路,滔滔不绝地说了起来,"就跟事先约好了似的,今儿个都上朕这儿表忠来了!之后,骂一顿南蛮子,谏一通仰法太祖、太宗;更有甚者,竟然求朕恩准往山东、江南圈地,恩准严逃人之法……这是怎么了?满洲大臣、宗室皇亲也要结党营私不成?"

岳乐注视着皇上,沉静地回答道:"依我看,借仰法太祖、太宗为辞,求官求利为实。当年太祖皇帝在辽东颇恨汉族读书士人,见了就杀。太宗皇帝却反其道而行之,重用范文程、宁完我,招降洪承畴,重用孔、耿、尚等降将,方有甲申入关之壮举!"

"正是。历来治理天下并无成法,旧制必须日有更张。就以圈地而论,国初人民逃亡,土地荒芜,东来将士无以为生,圈地牧放耕作,原无不可。如今百姓安居多年,再行圈占,势必搅扰民间,举国不安。唉,这些人眼光短浅心胸狭窄,只看到鼻尖上的小利,不知顾大局、识大体;明明没有治理百姓的学问,又不肯多读书史,国家政事怎能完全仰仗他们?……汉臣呢?才具见识确实高出满臣,但竭忠效力又远远不及。难啊!……"

"皇上,"岳乐忽然郑重其事地说,"就汉臣而言,思明者便为不忠,不思明者便为忠吗?"

福临一愣,闪烁的目光看定了岳乐,十分专注,轻声道:"皇兄,请说下去。"

"皇上,今日膳牌尽是红头,端倪已现。朝中满臣见机而起,排挤汉臣,近因是早上内朝,远因是顺天科场案。皇上需要心里有数。"

福临脸颊微微泛红,说:"朝廷连岁开科,选举人才,正为识拔汉族之秀民。考官贿买关节,大干法纪,不用严刑峻法,何以平天下寒士怨恨?"

"皇上明睿,远见万里。科场之弊诚然可恶,理应严明法纪,时加匡正。但凡汲引人才,自古以来,从无以斧钺刑杖随其后的道理。铨选之政纵然堪称清平,但能免贿赂,不能免人情;科举亦然,无可讳言。如今屡兴大狱,正法流徙,治罪甚于大逆,是不是有些过分了?……"

福临扬扬黑眉,想说什么,又竭力忍住,面色越加红了。岳乐不是没有看到,也知道年轻皇帝脾气极大,但他还是不顾一切地说下去:"皇上不见今早内朝时的气氛?汉臣人人自危,个个失态。顺天科场案,满臣借机扩大事态,株连极广,已使汉臣缄口寒心,如今南闱弊端又发,若不妥为处置,势必蔓延全国,关系至巨。皇上,你要权衡轻重啊!……"

"那么,皇兄高见?"

"科场案处置宜轻不宜重!"

"什么?"福临一拍桌子站立起来,闪着怒火的眼睛盯住岳乐,他无法忍受这样直截了当地违逆自己心意的奏对。

"皇上,恕奴才直言,"岳乐不为所动,侃侃而论,"信郡王不日南征,平定云贵。一统大业,眼见成功。洪经略、吴平西等人均在前敌,各省督抚提镇也以汉军旗汉人居多。戎马倥偬,国家根基尚未大定,一切要政,宜宽宜厚。请皇上明鉴。"

福临咬住嘴唇,刚刚升起的怒火刹那间消散了。一统大业,对他来说,是光华灿灿的闪烁在头顶的瑰宝!他沉思片刻,忽然微微笑了,凑近岳乐,压低声音,意外地说起了别的:"皇兄,另有一件要事劳皇兄办理。有见于眼下情势,此事不得不格外周密……"

他们的语声越来越细,最后皇上和王爷一同笑了,还互相递着眼色,仿佛两个配合默契、通同作弊的童生。

福临走出养心门,抬头看看,太阳已渐近中天。时序虽已仲冬,正午却还晴朗和暖。他信步去慈宁宫向太后请安。这虽是每天必行的礼节,他并不以为繁琐,如果他有一天没有见到母亲,反而会若有所失,很不自在。

未到慈宁门,吴良辅便来禀告说太后到慈宁花园延寿堂去了,并出主意由揽胜门进园,让太后感到意外的喜悦。揽胜门是侧门,太后当然想不到皇帝会走侧门。福临对此很开心,到了揽胜门前,他又灵机一动,让众多的随从停在门口。进园后,他蹑手蹑脚,尽力躲在树干花丛背后,悄悄地鹤行鹭伏,全然没有个皇帝的体统。

延寿堂前的丁香、海棠、榆叶梅最盛,现在落叶已尽,但密密的枝条足以遮掩福临。当他听到母亲的声音,便隐身在一丛丁香后面,透过横斜的枝蔓,寻找母亲的身影。

正午的阳光明亮辉煌,延寿堂前的廊子被晒得暖洋洋的,庄太后坐在一张扶手圈椅上,长长的头发披散着,乌黑油亮,几乎垂到地面,仿佛披了一张浓厚的黑纱。董鄂妃手拿象骨梳,满面笑容,不时蹲下、立起,认真地为婆婆通头、梳理,并听着婆婆慈蔼而平静地说着话儿:"……这种野鸡常在草中,人马一过便惊飞起来,但飞不多远,更不能翻山,力气一尽便从空中跌下,扑到草丛里,再没有别的能耐了,只把脑袋藏进草窝,看不到人便以为人也看不到它,这时候你就只管拾吧,一只只都是活的呢!"

"母后什么时候带我们去见识见识?现在正是冬狩的好时候,看孩儿给母后拾它十几只大肥松鸡!"董鄂妃一面笑着说,一面把太后的头发挽成髻垂在脑后,用一支点了水钻的金凤簪轻轻簪住。

"你昨天送来的野鸡味道就很鲜,大约是在松柏林里猎来的。只有吃松仁、柏籽的野鸡,才有这种美味。"

"母后真是博识!那些野鸡的确是儿臣幼弟从西山松林坡猎到的……母后看看,儿臣手艺可好?"董鄂妃拿了一面西洋大圆镜请太后照看,太后满意地笑道:"看什么呀,你做的事儿还有错吗!"

娘儿俩正在说笑,两个小孩儿身着小箭袍,脚踏小皮靴,各人手中提着小弓,腰悬小箭壶、小宝剑、小佩刀,丁零当啷,嘀里嘟噜,径直跑近太后、皇贵妃身边,一起嚷道:

"皇阿奶,皇额娘!我们都射中了!"

他们是皇二子、皇三子,一个五岁,一个四岁,像所有的小男孩一样,天真烂漫,活泼可爱,跑得一头大汗,雄赳赳气昂昂的样儿,使太后、皇贵妃笑逐颜开。庄太后笑着揽过两个娃娃:"射几箭?中几箭?"

三阿哥只是笑,二阿哥老老实实地说:"我没有三弟射得好。我五箭中了二箭,三弟五箭中了三箭。"

董鄂妃笑道:"都好,都好!练到十岁,就都能百发百中了!瞧这个,额娘赏你们的好箭法!"她解下襟上两个嵌银丝绣花荷包,两个娃娃欢呼着朝她扑过去。她把荷包一人一个地系在他俩的襟扣上。

太后笑道:"你的荷包本来就是六宫第一,这一对怕是最精巧的了。给这小哥儿俩,可惜了。"

董鄂妃笑道:"母后快别取笑儿臣啦!两个荷包值什么!阿哥们是大清的储君,骑射又是祖宗起家的本领。儿臣再愚笨,在这事上还有什么舍不得!……哟,瞧这哥儿俩一头汗,罩褂也没穿,看着凉!保姆呢?保姆!"

保姆应声而至,跪在阶前。董鄂妃从保姆手中接过小罩褂、小皮帽,亲自给两个阿哥穿戴好,又扯下襟边的手绢,细心地给小哥儿俩擦汗。庄太后心下感叹,眯眼望着忙碌的董鄂妃暗暗点头。随后,她也拿出两个梅花形的小金锞子赏给孙子,说:"把这装进荷包里压包吧!记住你们皇额娘的话,可要当先祖先皇的好子孙!……"

别说庄太后心里感到宽慰舒坦,就是这边悄悄站在树丛中的福临,心头也是热烘烘的。所以当他出人意料地突然出现在婆媳俩和孩子们面前时,一点儿也没有平日必须摆出来的威严和矜持。

董鄂妃连忙站起,想领两个阿哥回慈宁宫。太后笑道:"让保姆领他们回去吧,你再坐会儿。皇儿又不是生人,你还怕他吃了你不成?"

庄太后很少开玩笑,今天不知是心绪特别好,还是因为别的什么原因。福临觉得很愉快,董鄂妃却瞟了福临一眼,悄悄地红了脸。

按照常例,福临总是把当日朝中大事向母后讲述一遍,太后也总是静静地听,很少插话。此刻,站在旁边的董鄂妃形同虚设,大气也不出了。

福临讲罢,太后又按惯例频频点头,说:"皇儿御宇多年,处事得当。总之敬天法祖、勤政爱民,能使江山永固、四海安宁便好。"她转向董鄂妃:"你说呢?"

董鄂妃欠身道:"母后,儿臣身处内宫,只预内事。国家政务,非儿臣可以过问。"

太后含笑点头,又对福临说:"从谏如流,乃古贤君之德。皇儿要时时记取,免致错误……"她沉吟片刻,终于说:"安郡王岳乐为国效力年久,颇有见地,多有建树,如今开国诸王均已谢世,岳乐也该进位亲王了吧?"

福临心中一喜,明白了太后是和他站在一起的!他连忙说:"母后明见,儿早有此意!……"

"好。"太后笑着,慈祥的目光抚慰着儿子,"午后,你该到坤宁宫去了吧?"

"额娘,"福临习以为常,笑嘻嘻地说,"午后,儿还要去瀛台,办理一些重要政务。"

"母后,"董鄂妃垂着头,红着脸低声说,"平日皇上午后总是读书、习字、射箭,并不理政的。"

"谁说的?"福临扭头瞪了董鄂妃一眼,又回头笑着对母亲说,"儿已传旨,召王崇简父子和金之俊、傅以渐、汤玛法等人进宫了。"

太后非常注意地看着儿子的眼睛,似乎有些惊异,随后便宽慰地笑了,向后靠着椅背,道:"你果真越发长进了,我也就放心了……那么，从瀛台回来就去吧。"她轻轻叹了口气，说："皇儿，你不要忘了，你毕竟是皇帝，不是寻常人家的丈夫、儿子和爹爹……"

"是。"福临连忙笑眯眯地回答，"儿子一定尊太后懿命，从瀛台回来就去坤宁宫。"

可是，董鄂妃将福临送出延寿堂时，福临凑近她，用只有她能听到的声音，威胁地说："你竟敢讨厌朕，把朕往外推！听着，今晚朕到你的承乾宫去！你等着，看朕不把你吃了！哼！"

乌云珠正想反驳几句，福临已头都不回地大步走开了。她被撇在那儿进退两难，委屈得几乎想要哭出来。要做名垂青史的贤妃，并不是一件容易的事啊！这时如果她回头向延寿堂望一眼，就会看到庄太后正凝望着这一对小夫妻的背影，摇头叹息呢！太后的心情，不也是很复杂的吗？

王崇简父子接到进宫的谕旨，联想到早朝发生的事，不由得变了脸色，但传旨太监似乎又没有恶意。两人满心狐疑，坐着官轿，竟被引到西苑门，在门前，与同时奉召的金之俊、傅以渐、汤若望、李霨、伊桑阿等人会齐。这里除了汤若望，都是内院学士、大学士；除了伊桑阿是满洲正黄旗人，其他都是汉官；汉官中除了李霨，都跟早朝被劾事件有关。大家面面相觑，心里七上八下，不知此来何为，也就没有心思交谈了。

几名召引太监带路，一行人进了西苑门，沿着初结薄冰的太液池南行，过一座雕栏玉砌的石堤，高高的翔鸾阁便赫然在目。瀛台上黄、绿两色琉璃瓦的建筑群犹如仙山琼楼，在苍郁如绿云的松柏的簇拥中闪闪发光。他们没有上阁，向东一拐，从牣鱼亭和镜光亭之间，踏上一条鹅卵石铺就的小路，小路掩映在太湖石间、松柏树下。走在这条小路上，如在深山，非常寂静，只有风吹树动和他们的脚步声交织着，伴随他们在山石间迂行。

他们被引到一扇小绿门前，像王崇简这样的胖子，一次只能进一个人。门两边高墙壁立,墙头露出高高的屋脊和两棵巨大的青桐。这是什么意思?会不会是一处囚禁所?

惊疑不定之际,门开了,一股梅花的清香扑面而来,他们迎着这缕花香走进深幽的小院,举目一望,太湖石砌山叠嶂,湖石间几株老梅疏枝横斜,红白相间,开萼吐芳。北边三间通屋,檐下一匾:随安室;南边三间通屋,檐下一匾:桐荫书屋。他们谁也不曾到过这里,今天来到此处是福还是祸?太监们知礼地退到门前和檐下。几个人你看我,我看你,站在院里发愣。

"万岁爷驾到!"从连接涵元殿、添韵楼的那道顺山势而下的长廊里,传来这么响亮的一声,几名年轻太监前导,顺治皇帝出现在桐荫书屋西侧连接长廊的小门前。他头戴红绒结顶冠,身穿石青色暗团龙织锦袍,外罩貂皮明黄面如意端罩,腰束黄绸绦搭包,脚下粉底皂靴,这一身家常打扮,加上他和蔼的神色,使这些待罪的臣子们放下了心,立刻跪上去叩头请安。皇上点头微笑道:

"朕日理万机,难得有此闲暇,特召诸卿一聚。众卿均是朝中饱学有才之士,平日讲学常聆赐教,今日诸卿只当以文会友,不必拘礼。"

说罢,他率先走进桐荫书屋,众人也躬腰跟进。首先投入眼帘的,是沿着墙周一圈的数十架图书,锦匣牙签,琳琅满目;书橱间排列长几和百宝橱,其中商彝周鼎、哥窑宣炉、印章图册,罗列生辉;十几个高及人胸的彩绘大瓷瓶,装满了长长短短的书画卷轴,几只掐丝珐琅夔凤纹熏炉热烘烘地喷着檀香,弥漫一屋。福临对众人惊诧的表情很得意,便进一步解除他们的拘谨,重复说道:"众卿不必拘礼,不在金殿在书房嘛!……来,上茶!"

内侍鱼贯而入,给每位大臣敬上一杯热气腾腾的茶。福临笑道:"这茶以松仁、梅英、佛手沃雪烹煮,宫中叫做三清茶。众卿品一品,其味如何?"

众人以口就杯,细细品味。伊桑阿首先赞美说:"禀皇上,奴才自来不曾喝过这样的好茶!"

福临笑道:"比奶茶如何?"

伊桑阿道:"各有其味。"

李霨道:"此茶清醇甘美,足以比之美酒。"

福临笑道:"所以啊,客来茶当酒,对饮乐陶然!"

众人都笑了。皇上今天不止和蔼可亲,还透露出一种潇洒倜傥的神态,非常接近这些文人学士们一贯欣赏的风度。他们的精神渐渐轻松了,放开了。

汤若望道:"请皇上赐老臣配方,老臣也好如法炮制。"

福临扬头爽快地一笑:"玛法,你早说喜欢,朕早着人给你送去了,保你三十年享用不了。"

汤若望抖动着白眉白须,笑着说:"老臣哪里敢指望三十年!"

福临转向金之俊:"朕记得你与玛法同年,应该都是六十六岁了吧?如今却都鹤发童颜,是寿高有福之人啊!"

两个老臣连忙躬身逊谢:"陛下金口,折杀老臣了!……"

福临指着南窗下的长几说:"那儿有数幅宋、元、明三朝字画,请诸位鉴别一下真伪。"

说起书画,这些人都是内行,也都喜好,登时都走到长几边,翻册开卷,或凝神细看,或啧啧赞叹,各有一种情态。福临旁观,很觉有趣。他回头发现汤若望站在一边,便小声问:"玛法怎么不过去看看?"

"皇上,你知道我对中国书画实在是不通的。"

福临灵机一动,像孩子那样对玛法挤挤眼,好像串通他跟自己一起恶作剧似的,退到书屋正中案边,拔出青玉九龙笔架上的紫毫,在满雕梅鹊闹春图案的端砚中蘸足了墨,抚平案上的雪浪纸,小声说:"玛法,我画个人儿给你看!"

不多时,汤若望的大声赞叹把众人吸引过来:"皇上,这太妙了!无处相像又无处不像。这,大约是中国画的魅力吧?诀窍是什么呢?"

福临笑而不答,把那张画出示众人。

"哦!王学士!"众人惊呼一声。画上果然是王熙:像所有的写意一样,笔墨淋漓,衣纹线条都很粗略,而姿态风度却惟妙惟肖,面部画得较为细致,须眉毕现,呼之欲出。大家看看画像,再看看王熙,都忍俊不禁,也忍不住地赞美皇上的画工。

王熙伏拜于地,乞皇上将此画赐予。福临笑道:"不行,不行,画人非朕所长,还是山水画更有意趣。"他重又提笔,略一寻思,运腕急写。笔下林峦深密,水明石秀,神清意远,潇洒疏阔,寥寥数笔,一幅清淡爽朗的水墨山水便呈现在众人眼前了。众人纷纷赞叹:

"皇上此画,真得宋元画之三昧!"金之俊捋须而笑。

"皇上以武功定天下,万机之余,游艺翰墨,真升平盛世之佳话!"傅以渐也感慨不已。

福临看定王崇简,说:"崇简精于品画,你看如何?"

王崇简连忙躬身答道:"陛下胸中丘壑,有荆、关、倪、黄辈所不到者,自是得之天授,非凡人所及啊……"

福临拿这张画递给王崇简,笑道:"那么,这一小幅就赐你留念吧!"

事出意外,王崇简愣了半天,才跪上去双手接过,连连叩谢。福临又掉头对王熙说:"你年轻,在朝中供职还长着呢,所以赐父不赐子。"

王熙红着脸含泪跪下谢恩,众人这才真正松了口气。

"众卿所观书画确系真迹吗?"

大臣们纷纷夸赞皇上的珍品都是天下独一无二的无价之宝,

确系真迹。福临命内侍又拿出数幅书草,请众人观赏。金之俊看罢脸色忽变,汤若望仍是不懂行,其他人则盛赞笔力遒劲圆活,是难得的佳书。

福临道:"正是呢,朕也以为此字之佳,十分难得。……这是崇祯帝的手笔啊!……"一片寂静中,他拿过一幅,小心地亲手展开,凝神注目,好半天,才无限感慨地说:"如此明君,身婴巨祸,使人不觉酸楚耳!……"

王崇简心头一热,顿觉鼻子发酸,眼角湿润。那边金之俊也低下了白发苍苍的头。

傅以渐道:"所以本朝为故明报君父之仇,不愧仁义之师。"

伊桑阿道:"正是。大清抚定燕京,乃得之于闯贼,非取之于明朝,明之遗老至今不肯出仕,实在不智之至。"

福临笑道:"今日以诗酒相酬,那些旧话就不必提了。来,上灯!"

内侍们络绎不绝,点烛上灯,请他们到随安室用酒膳。福临领先,众人亦步亦趋,出了桐荫书屋。但见院中梅树老枝壮干上,都悬了彩灯,时近黄昏,花开更盛,梅花灯火相映照,愈显精神。阵阵梅香袭来,使众人都有些沉醉了。随安室门大开,数桌丰盛的酒膳已经摆齐。福临笑道:"今日灯下持酒赏梅,众卿必得佳句。无诗无词者罚三大杯!"

大臣们都笑了。汤若望躬身奏道:"请皇上宽恕,今日是教中斋戒日,实在不敢饮宴。"

"哦,怪朕疏忽了。来,拿扇子。"福临接过内侍呈上的一把他亲手绘画,并印有广运御宝的折扇,递给汤若望说,"玛法,这扇赐给你,请你提前回去吧!"

大臣们看着这把扇子啧啧称羡,汤若望虽然谢了恩,对扇画毕竟说不出个名堂来,将它收在怀中,向皇上和众人告辞,随着护送他的侍卫出门去了。

伊桑阿笑道："汤玛法大约是怕作诗,借故逃席吧。"

李霨也笑道："那把扇子出自皇上手笔,万金不换的奇宝,汤玛法怕是一点不懂哩。"

福临点头笑着叹息道："汤玛法忠心耿耿,精于天文算学,笃于天主之教,品德高贵,有'圣人'之称,是我朝难得的客卿。可惜不生在东土,对中国实在所知太浅了!……"

王崇简和王熙借此机会向皇上跪叩下去,说道："臣父子早朝失仪,实在罪该万死,乞皇上饶恕。"

福临看看王崇简父子,再看看众人,笑着缓缓说道："何须如此。身为明臣而不思明者,必非忠臣!朕岂不明此理?"

皇上的话,大出众人意料,不仅王崇简父子汪然出涕,其他大臣也都跪下了。

"众卿这是怎么了?"福临连忙伸手阻拦。

大臣们激动得半天说不出话,最后金之俊颤巍巍地呜咽着说:"皇上以大义相激劝,之俊等没齿不忘……"

"众卿快起,请入席吧!"福临满面春风,愉快地邀请着,自己领头往随安室走去。但见灯光映照着红梅,景色迷人,芳香醉人,使他忍不住在梅花灯火间流连低回,竟信口吟出四句诗来:"疏梅悬高灯,照此花下酌。只疑梅枝燃,不觉灯花落。"

金之俊忘形地高声喝彩:"好诗好诗!奇事奇句,古今未有也!"随后,自觉失态,连忙躬身谢罪:"乞皇上恕臣失仪之罪。臣实在是文人固习,一时难改……"

福临哈哈一笑:"正要众卿不拘礼仪,方有意趣。王熙,早就听说你颇有诗才,文思极快。即席赋诗填词,如何?"

王熙略一沉思,便低声吟哦道:"黄昏小宴到君家,梅粉试春华,暗垂素蕊,横枝疏影,月淡风斜。更烧红烛枝头挂,粉蜡斗香奢,元宵近也,小园先试,火树银花。"

福临连声赞道:"妙,妙极了!'小园先试,火树银花'……'横枝疏影,月淡风斜',何其风流,何其妩媚!调寄《眼儿媚》,连词牌都选得好。来,来,进屋写下来!"他兴致勃勃,甩开步子,轻松地迈进了随安室。

大臣们随着进室,金之俊和傅以渐落在最后。金之俊的目光一直不曾离开过福临,这时悄悄地对傅以渐说:

"皇上气宇轩朗,风流潇洒,不仅有人君之度,兼具士大夫之风,天下将忘其为夷狄之君矣!……"

傅以渐起初瞪了他一眼,后来又不禁频频点头,感慨不已。

三

一夜风雪,把熊赐履家的竹篱门都堵住了。

清晨雪霁,熊赐履呵了呵手,抱着竹帚扫雪,从房门扫出小径,又推开栅门。清晨的阳光投在雪地上,映出淡淡的粉红色,而未照阳光的阴影处,又泛出浅浅的蓝色,互相映衬,使洁白的雪地显得既纯净又多姿多彩。熊赐履不禁抬头望了望东升的太阳,却见一个身着风衣风帽的人踏雪而来。他认出来了,那是他的朋友徐元文。

两人相见,彼此拱手。徐元文洒脱地一挥袖,指着才扫出的小径说:"这可谓雪径不曾缘客扫了。"

熊赐履说:"我还是用老杜的原句吧:蓬门今始为君开!"

熊赐履和徐元文,是三年前在为陆健送行的酒宴上相识的。第一次见面,彼此并无好感。熊赐履看不上徐元文的才子腔调,徐元文也不喜欢熊赐履的道学面孔。这也难怪,两人的出身、境遇太不一样了。

熊赐履字敬修,湖北孝感人,书香门第。家中虽不贫寒,也非富族。当年张献忠打进湖广,熊赐履阖门数十口被杀,惟有熊赐履因随母亲躲回娘家而侥幸活命,从此母子相依,过着清贫的生活。母亲对儿子督课极严,熊赐履学问渊博精深,实在是亏了母亲的教导。三年前来京,也是母亲催促再三,要他游学四方、会见师友、增长见识的。他的学问品格,使不少人倾慕;但他的性情过于严毅,道学讲得过于认真,又使人们对他敬而远之。他对此也并不在意,就了三两处学馆,拿了丰厚的束脩,大半送回湖广奉养老母,余下的在南城龙泉寺、太清观之间的桃花坑买了两间小屋,平日独来独往,课余或读书习字吟诗,或艺花莳菊弄草,怡然自得,一无所求。于是人们给他一个绝妙的头衔:布衣高士。

徐元文大不相同。他出生于江南有名的世家——江苏昆山徐氏大族。人们无法考证昆山徐家与明初的中山王徐达、明中期的宰相徐阶有什么瓜葛,但徐家确是世代豪富,而且世代文运昌盛,出了不少学问之士,就连与徐家联姻的也都非同一般。徐元文的舅父,就是闻名南北的学问大家顾炎武。

徐元文字公肃,兄弟三人都以才学著称,徐元文尤其被人看作神童才子。人们传说他年方十二,就以秀才身份考举人。同辈见他年少,说道:"小小朋友就要做官,想做多高?"他答道:"阁老。"众人便出对要笑他说:"未老思阁老",他应声而对道:"无才做秀才。"逗得众人哄堂一笑,原想讥笑他,反而被他讥笑了。又传说他幼年随父赴宴,一位国公和一位尚书同时赐他杯酒,他只好用两手各接一杯。尚书立刻出对道:"手执两杯文武酒,饮文乎?饮武乎?"他立刻对上说:"胸藏万卷圣贤书,希圣也,希贤也!"……这些传说自然更为他增添了光彩。

他诗才超妙,性格风流潇洒,文人骚客无不倾仰。金陵文人笃泉,一天忽在酒宴间扬言:愿化为绝代丽姝,为公肃执箕帚。又有无锡秀士冯云赠诗云:"我愿来生作君妇,只愁清不到梅花。"这些赞美议论,自然牵惹了元文夫人的诗肠,以至于诗中有"修到人间才子妇,不辞清瘦似梅花"的句子,那倾倒之心,爱才而兼钟情,可说是到了极点,一时传为美谈。然而这一切被狂放文人传诵的风流佳话,在严毅正直的熊赐履看来,不是太轻薄了吗?

如果不是一次偶然的机遇,这两个人也许一辈子也不肯相识,一辈子都认为彼此是格格不入的。

那年清明,徐元文与一帮朋友借龙泉寺诗会,兴遄逸飞,非常畅快。不料会散之后遇上大雨,正在归家途中的徐元文只得敲着路边一扇栅门,大声请求避雨。出来开门的竟是熊赐履,两人不免一怔,毕竟曾经相识,便都拱手为礼。雨中不好叙话,熊赐履就请徐元文进屋。

才进蓬门,徐元文顿觉眼前一亮。春初寒意尚浓,城内、郊外还是一番萧疏荒漠景象,而熊赐履的院子里已是满目碧色了。待到迈步进屋,只觉绿意盈怀,徐元文更加惊异:虽然四壁萧然,但修洁无尘,茗碗火炉、方桌圆凳,位置妥帖。最令人注目的是墙根桌边、窗台阶前,瓦盆土盎排得满满的,种的全是绿草。那些草芊绵娟秀,鲜媚非凡,徐元文叫不出名字,也从来不曾见过,连声赞美。熊赐履爱草成癖,得到这样的真心赞赏,也很高兴,引徐元文进里屋去看他最喜爱的翠云草。徐元文又惊异地看到,窗下书桌座椅都已敝旧,椅背上还缚了一张撑开的雨伞,桌上纸砚摊开,墨迹淋漓,显然主人刚才就坐在伞下写文章。熊赐履见徐元文望着伞,不在意地指指屋顶说:"一下雨便漏。"

桌上一盆翠云草,旁边两只小陶钵,一钵中盛白豆,一钵中盛黑豆,徐元文好奇地拿起来看看说:"赐履兄以此代弈?"

熊赐履摇摇头,和蔼地说:"不,这是古时性理贤人澄治思虑的良方。读书作文之余,常常默坐自省。每起一个善念,就把一粒白豆投进钵中;每起一个恶念,就投一粒黑豆。初时黑豆多白豆少,尔后白豆多黑豆少,尔后不再有黑豆,到最后连白豆也没有了,才能达到至境。小弟如今离至境还远,既有白豆又有黑豆。"他很坦率地拿另一个钵子给徐元文看,果然白豆、黑豆大致一样多。

徐元文一时心下很觉敬重,说:"不料赐履兄如此苦志苦学!……兄雨中著书,必有佳句了?"

熊赐履说:"不过读了宋史,见了几首咏诵岳王的诗词,偶有所感,得了一联而已,请赐教。"他把桌上那张纸递给徐元文,只见上面写了两句诗,墨迹还未全干:

　　　　宰相若逢韩侂胄,将军已作郭汾阳。

徐元文拍案叫绝:"好句,真说得绝!咏岳王之诗何止千万,这两句立论新奇,前所未有啊。何不续成一首整诗?……"

徐元文告辞时,天已晴开了,夕阳斜照着新雨之后的庭院,翠云草贴地平铺,饮着雨珠,一碧无隙,看上去就如绿毯茵茵,春意盎然。徐元文不觉叹道:"敬修这一园芳草,叫人顿觉生意满眼,多少诗情画意,真个流连难舍啊!……"

数日后,熊赐履应邀回访,受到热情款待。徐宅宽阔华丽,自然非熊赐履居处可比。但书房的清雅幽静,壁上书画的端庄大方,也使熊赐履感到满意。二人在书房酒谈茶话,很是畅快。引起熊赐履注意的是主人文具用品上的铭文。

桌上一方端砚,紫檀砚盒盖上雕了嵌绿漆的阴文,题为"自用砚铭",字体是飞动的草书,认得出是徐元文的笔迹:"石友石友,与尔南北走,伴我诗,伴我酒,画蚓涂鸦不我丑,告汝黑面知,共我白头守。"

熊赐履拨过他俩品茶的阳羡砂壶,上面又有用隶书工工整整写下的铭文:"上如斗,下如卣,鳌其足,螭其首,可以酌玉川之茶,可以斟金谷之酒。"后面用小楷写了一行下款:丁酉春元文志于燕京。

徐元文见他对铭文这么注意,便笑着从书房一角的卧榻上,拿来一只空心粉底、松鹤白云花色的瓷枕,说:"这铭文是所谓游戏之作,敬修不要见笑。"熊赐履接过来一看,枕上铭文写道:"甜乡醉乡温柔乡,三者之梦孰短长?仙人与我炊黄粱。"

熊赐履暗暗称奇。这些铭文确实才气横溢,亦庄亦谐,幽默洒脱,可见作者的才华功力。尤其使他欣赏的,是铭文内含的哲理。那枕铭说得多么透彻!太合他的心意了。他真想拍案称好,但他一向没有喜怒形于色的习惯,只不由自主地叹了一句:"想不到风流才子并不浅薄哩!"

徐元文哈哈大笑,熊赐履一向严峻的面容也变得温和蔼然了。他们从彼此身上找到了共通的东西,因而产生了友情。不过,两人一贫一富,贫者十分耿介,一文钱也不肯妄取,多次谢绝富朋友的周济和邀请做客的柬帖。富朋友并不见怪,每过三五月,便亲来熊赐履陋室探望,二人诗酒相酬,长谈不倦,欢聚一日,又各自分散。徐元文仍在士大夫文人间来往,熊赐履仍往学馆教授蒙童,两人关系倒也十分自然。

今年九月重阳日,二人已经聚过,徐元文为什么又来探望?徐元文进屋,并不客套,开门见山地说:

"敬修,你儒学深湛,满腹经纶,难道就以学馆了此终身?"

熊赐履感到意外:"公肃此话何意?"

徐元文道:"大乱之后,人心思定。不日云贵收复,天下一统,疗疮痍、苏民气、安天下,非孔孟朱程圣道不可。早年吕老先生誉兄将为道学大家、一代宗师,兄就不想有所作为吗?"

熊赐履说:"这样看来,公肃也有出仕的意思了?你舅父亭林先生能够答应吗?"

徐元文豪爽地笑道："男子汉大丈夫纵横一世，且不说博取功名、封妻荫子，就是'天下兴亡，匹夫有责'这句老话，如今也用得着。你我满怀才学，为什么不做一番治国平天下的事业呢？能使天下万民安居乐业，博得个青史留名，也不枉此生了。至于我舅父，一向耻食周粟，要为大明守节，但近年来也不反对我们兄弟出仕了，足见人心思定已不可逆转。敬修莫非真要做齐、夷？"

"哦，倒不是。本朝剿灭张献忠，对我家倒有雪恨报仇的恩义，我也不想上首阳山。不过贫士出仕，惟有科举……"

"正是！我原也担心科场承明末之滥觞，弊端百出。今年顺天科场一案，李振邺、张我朴授首，人心大快；江南科场弊端已发，朝廷必将严惩。皇上英明有为，天下科举铨选必将一扫积秽，杜绝弊端。这不正是我辈出头之日吗？"

熊赐履已经动心，但不动声色。

"敬修，不少同道朋友来我处聚会商讨，你也同去谈叙谈叙吧。"

熊赐履想了想，说："容我三思。今日实不得空。"

"哦，学馆有事？"

"不，我要去城外海会寺烧香还愿。"

"风雪初停，城外寒冷，改日再去吧。"

"君子平日好整以暇，便遇荣悴显晦之变化均不应改变其处世准则，天气之阴晴冷暖何足挂齿……"

徐元文见他的道学劲儿又上来了，连忙笑道："罢，罢！不劳你的大驾，改日再聚吧。"

熊赐履走出海会寺时，天色晴好，丽日当空，田里的积雪滋润润的，仿佛就要融化似的，空气很是清冽新鲜。郊外果然不同于城里，真令人心胸开阔、精神爽朗！刚才他在佛前求签，得了个吉字，心里很高兴。自从母亲来信告诉他聘定叶家小姐后,他表面上无所表示,实际上非常兴奋,以至于借故来海会寺占卜凶吉。就是最有学问的人,面对不可知的、又无法左右的命运,有时也难免求助于神灵。不过他很看重自己的名声,特意选择了远在城外的海会寺,省得被人知道了笑话。

他迈着方步,悠闲地南行。远远望见路边一座方亭,两面招子上斗大的"酒""茶"二字老远就能看清。他觉得口渴,不觉加快了步子。

方亭虽然敝旧,却很宽绰,位置也好,面临官道,紧靠凉水河桥边,轩窗四面,亭内很是明亮。主人家卖茶卖酒卖食物,来往行旅正好借此歇脚。因为风雪才停,亭中客人不多。熊赐履一进门,店主就连忙起身招呼。熊赐履打量四周,竟在亭柱上看到一副对联:

为名忙为利忙忙里偷闲吃杯茶去,
谋衣苦谋食苦苦中作乐拿壶酒来。

这副对联语虽俚俗,但在诙谐中含着一丝酸楚。熊赐履点点头,随店主引导,在亭柱一侧入座。伙计送上热茶,他又要了几样点心,饶有滋味地吃着,腹内实在也饥了。

亭外一阵嘹亮的马嘶,蹄声嘚嘚,五六名骑兵在亭前下马,大踏步地走进方亭。客人们一看他们那满洲人的装束和气度,一个个低头吃茶喝酒,连说话声都消失了。

为首的那位,仿佛是个军官,忽然停步看那副对联,很感兴趣地轻轻念出声来。虽然他有满人说汉话的特别味道,但念得还是蛮流利的。好几个客人都偷偷地打量他,只有熊赐履正襟危坐,目不斜视,全不注意。

"主人家,这副联子是近日题的吗?"小军官笑着问。

"不,不,小人盘进这个酒食铺的时候就有了。"

小军官笑着点头:"难为他对得这样巧。"他环视整个茶亭,客人都连忙避开他的目光。只有熊赐履旁若无人地喝茶。这满人军官偏偏看中了他,推开要引他上座的店主人,径直走到熊赐履对面来了。

"先生是位文士?"来人笑着招呼一声。

"不敢,儒生而已。"熊赐履只得客气地一拱手,抬眼看了来人一眼。接着,他不得不再看第二眼,并在心里掂量着:虽然此人貂帽、旧袍、黑马靴,装束毫不起眼,但面若冠玉,眼似晨星,神采奕奕,顾盼生辉,决不是一般的旗下军士;但说他是贵公子,看去却不油滑;说他是皇亲,又不骄矜,到底是什么人,熊赐履拿不准。熊赐履淡然相待的态度并没有使对方不快,他体谅地笑笑,坐了下来。店主人和伙计连忙上前殷勤招待,他面前立刻摆满了点心和茶具。

满洲军官一手放在桌上,一肘搭在椅背上,姿态很好看,显然要和熊赐履谈点什么。不想随来的另两个满兵却跟同桌的和尚搭了话,声音响遍茶亭,吸引了所有的人:

"哟,我说和尚,你怎么也吃馒头哇?敢破荤?世上只有火居道士,难道还有火居和尚?"取笑的话儿出自那个小个儿满兵,是一口流利的、毫无杂质的京腔。

"阿弥陀佛!贫僧的馒头没有馅。"那和尚慈眉善眼,看上去有五十岁上下,低声慢语,很清晰。

"哦,哦,怪不得你一顿吃这么多呢!"满兵毫不放松,继续取笑地指着和尚面前的几盘白馒头,"瞧你这些个,真像、真像……"他一时找不到适当的词,眼睛朝窗外瞟了几眼,忽然开心地接下去说:"就像你们这城外的坟包!"他很为自己的比喻得意,和同伴一起哈哈大笑,同时又不住地察看满洲军官的脸色,显然是希望能博得他的笑容。

老和尚眯着眼,看了看远处的累累荒冢,确实很像。他微微一笑,清清楚楚地吟诵道:

"城外俱是土馒头,城中尽是馒头馅。"

熊赐履和他的同桌都不由得一惊,一起掉头看那和尚,神色不免有些悚然。可是那两个满兵全不懂老和尚说的什么,嘴里一个劲儿地嚷着:"胡说胡说!成心不让人听明白啊?""什么馒头馅!谁是馒头馅?你是啊?"

和尚眼睛半闭,平静地说:"老僧若不修行解脱,也和你们一样,终为馒头馅。……总之,生死有命,富贵在天,万事莫非前定,大数难逃。该当馒头馅者必当,得解脱者终将解脱。"

"你越说我越糊涂,什么'大数',小数,不懂!"满兵一拧脖子,声音越发大了。

和尚又微微一笑:"也罢,今日老僧就来开导开导你。有位老翁精通数术,一天,一位道者前来问数,往老翁家竹床上一坐,床竟立时塌坏了。道者要赔偿,老翁笑道:'成败有数,何必赔偿!'他拿折断的床脚给道者看,只见上面有一行小字:'此床某年某月某日有仙翁来坐,床不能载,数当坏。'老翁笑着对道者说:'你一定是位仙人!'道者很惊愕,连忙说:'连神仙都躲不过数吗?'话刚说完,人就不见了。"

不仅满兵,连茶亭中的客人们,都被和尚一番言语说得毛骨悚然,目瞪口呆。熊赐履仍然不动声色,同桌频频向他使眼色,并悄声问:"这和尚是谁?"

熊赐履摇摇头。他确实不知道。

和尚对众人的反应很满意,动手把馒头装进布袋,移步离座。在亭柱边他又站了一小会儿,然后双手合十,对店主人道:"施主,这副对联忒俗气了,老僧赠你一联可好?"

店主满脸堆笑,连忙说:"承老和尚好意,多谢多谢。柜上的!听仔细着,写清楚了!"

和尚闭目静默片刻,一字一句地念道:"四大皆空,坐片刻无分尔我;两头是路,吃一盏各自东西。"念罢,他合掌向店主低头道谢,转身便走。

"老和尚留步!"满洲军官纵身跳起,奔到和尚身边,"请问老和尚法号,宝刹何处?"见和尚一双明净的眼睛只盯着自己而不回答,连忙补充说:"我听老和尚言语,很有才学。老和尚下的这副对,语虽浅淡,却颇具禅理,很是敬佩!"

和尚仍目不转睛地凝视着对方,说:"贫僧名性聪,法号憨璞,住城南海会寺。"

军官笑道:"老和尚谈数,不会明于人而暗于己吧?"

和尚慈和地笑了:"松阴夹径寒侵面,山色连天翠滴衣。论数,贫僧今日当遇贵人。"

军官顿时笑容尽消,瞪大了眼睛,上上下下打量着和尚。和尚也不理会,略一躬身,掉头而去。军官愣了片刻,拔脚追出门外,两名满兵也赶着跑出茶亭。店主发急了,紧迫着喊了两声,发现他们都还站在门前说话,才放了心。

熊赐履把茶钱放在桌上,掸掸衣裳,正正帽子,站起来,从另一边门出去了。外面天色仍然十分晴朗,近处村郭,远处西山,抬眼望去,非常清晰。他不想就回城里,便迎着太阳向西信步而行。此刻,他万万没有想到,他还会重逢这位陌路相遇的满洲军官。

太阳偏西以后,风很快就变得寒冷了。熊赐履倒不怕冷,只怕时间太晚,城门关了回不得家。正待转身,一声声敲打传到耳边,他不经意地侧脸一望,十数丈外,大道南边的田畴中,一所破败不堪的土坯茅屋在寒风中瑟瑟发抖。这断壁残垣也能住人吗?熊赐履好奇地走过去,一幅凄凉的图画展现在他眼前:在空无所有的土房茅檐下,一位衣衫褴褛的白发苍苍的老人,举着一把缺口旧斧,吃力地一下又一下地劈着木柴。他满头滴汗,一脸愁容,枯瘦的颈脖、手臂、腿杆,就如同他手下的那些干柴棍儿。

老人的样子太可怜了,熊赐履不禁动了恻隐之心,上前拱手招呼道:"老伯伯!"

老人停斧,在破烂不堪的衣袖上抹了一把汗,无神的眼睛扫过熊赐履,仿佛不曾看到什么,又举斧劈柴。

"老伯伯,你这么大年岁了,怎么还干这样吃力的重活?你的儿子、孙子呢?"

老人手中的斧子掉了,张大了眼睛:"老天爷,这是湖广口音哪!"

"是的是的,我是湖广儒生。听老伯伯说话,也是湖广人?"

"哎呀,乡亲!乡亲啊!"老人一口湖广话,丝毫未改,望着熊赐履,张着没牙的嘴,亲热地笑了,用衣袖不住地擦眼泪。

"老伯伯,你……"熊赐履话未说出,老人大惊失色地喊了一声:"小心!"拽住熊赐履,一同摔倒在地上。一支响箭尖啸着从熊赐履身后飞过,把一只不知何时跑来的灰兔钉死在田原上。其实,箭离他们还很远,用不着这样惊慌的,可是老人已吓得浑身簌簌发抖了。

一马飞奔而来,骑者跳下马拾起灰兔,挂在马鞍鞒畔,随后牵马走了过来,竟是在茶亭同桌的那位满洲军官!他一见熊赐履也是一怔,跟着就爽快地笑了:"啊哈,咱们真有缘,又见面了!真对不起,躲箭太急,你受惊了吧?"

"处变乱而不惊,乃君子本色。"熊赐履文绉绉的回答,使军官又笑了。他指了指说:"这位老人是你相识?"

"不。素不相识。近在京畿,民贫如此,老无所养,令人心酸!"

军官这才仔细看看老人,甚至走进那间不挡风雨的土坯茅屋转了一圈,出来后,面色大变,轻松和英武的气概不知到哪里去了,眉头紧蹙,默默无言。熊赐履面对这位满洲军官,也不知说什么才好。老人乍见一身戎装的骑者,十分害怕,现在觉出他并无恶意,也敢偷眼打量他了。

军官终于叹了口气,问道:"老人家,境况何以到这种地步?有谁欺负你了?"

老人愁苦地望着他,口气中带着惊惧:"你?……"

军官道:"老人家不要害怕,我不过是一个小小的旗下牛录章京……"熊赐履忍不住看了他一眼,他竟无端地红了脸,继续说:"但我舅父在刑部供职,有什么冤屈,你尽管对我说。"

老人疑惑地看看他,不敢开口。

"老人家贫寒到这种地步……我还有一位舅父在户部管赈济的福建清吏司做事,他专管周济贫民,总能帮你的忙吧?"

这位军官的舅父真多。也真有用。熊赐履又看他一眼,他装作没看见。老人却听懂了,"扑通"一声跪在他脚前,连连叩头说:"大老爷给小人做主!大老爷给小人做主!……"

老人的湖广腔太重,年轻的牛录章京听不大明白。当老人滔滔不绝地诉说起来时,他就一点也不懂了。他摆摆手,要老人停下,说:"老人家是哪里人?"

熊赐履说:"章京大人,他是我同乡,湖广人氏。我来讲给你听。……老人家,你讲吧,这位大人是一片好心哩!"

老人讲起自己的身世和遭遇,老泪纵横,泣不成声。

四十年前,老人家乡大灾,他孤身一人来到京师,从做烧饼、馃子的小买卖起家,终于买地盖房、娶妻生子,家道很是兴旺。国变以后,京畿跑马圈地,他的几十亩好田尽被圈占,他到处哭号诉说,户部大才给他换到凉水河边的沙质劣地,还分散在哩哩啦啦的三处地方。老人无奈,与两个儿子分了家,各种一处土地,勉强度日。不料顺治初年被旗下掠去的小儿子不曾死去,因为受不了主人家的毒打虐待,探得父兄消息,便逃了出来。第一次逃到二哥家,因逃人法严,二哥被当作窝主斩首;第二次逃到大哥家,大哥也因此丧命,他自己也因两次逃跑被主人家活活打死。三个儿子都没了,老人夫妇孤苦伶仃,痛不欲生。但就是这样,厄运还是不肯放过他们。旗下一位参领看中老人的房地,强迫老两口投充,老两口不肯依从,那参领竟率人打上门来,硬指老两口窝藏逃人。老妻吓死了,老人被迫献出土地、房屋、财产,留下一条老命。如今一无所有,不得不在这破草屋里栖身,借卖木柴换口饭吃……

说到最后,老人声泪俱下,熊赐履的眼圈也红了。

牛录章京脸色煞白,黑眉紧蹙在一起,粗重的呼吸清晰可闻。好不容易,他才开口问:"你为什么不去上告?"

熊赐履叹气道:"他怎么告呢?逃人法是朝廷大法,谁敢不遵?听说朝廷里凡是反对逃人法的人,一概革职流徙,连大臣也不放过。一个小小贫民,能有什么办法?"

老人听懂了,连连摇头摇手道:"不敢告,不敢告。旗下人原本就厉害,更不要说人家还是皇亲!"

章京浑身一震:"你说什么?谁是皇亲?"

老人害怕了,急忙跪倒,连连叩头:"没有,没有!我什么也没有讲!……"

费了好大劲劝解、安慰,老人才战战兢兢地吐露了实情:劫夺他财产的那参领的丈母娘,是个老早嫁给满人的蒙古格格,她的同母异父妹子,是当今皇上的贵人。

年轻的章京大人也给吓住了,目瞪口呆,说不出话来。熊赐履瞟了他一眼,心里冷笑道:原以为你真有几分胆识,不想也是个孱头!

熊赐履的想法或许从他眼睛里透露了出来,章京看他一眼后,忽然羞恼得红头涨脸,大喝一声:"你笑什么?敢轻慢我?看我把你……"他猛地噎住,静默无语了。

"章京大人,"熊赐履心平气和地说,"学生什么也没有讲。"

章京气恼地哼了一声:"你是什么也没讲,可是你的眼睛什么都讲了!"

"我的眼睛讲了什么?"

"你……你在怨恨圈地投充逃人法!"

"哦,章京大人,圈地投充逃人法害民如此之烈,百姓能不怨愤?你不是亲眼看见了吗?"

章京语塞。熊赐履叹道:"民穷则国弱,民怨则国乱,千古不易之理啊!……"

一瞬间,章京大人消了气,关切地问:"你说什么?"

熊赐履自顾自地发挥说:"水可载舟,亦可覆舟,先贤早有教诲,朝廷不乏饱学之士,就不懂这个道理?"

章京大人望着熊赐履,好半天,突然笑道:"请教先生尊姓大名?"

熊赐履皱皱眉,严正地说:"姓熊名赐履,字敬修,湖广人氏,住南城龙泉寺边桃花坑……"

"怎么,你就是熊赐履?"牛录章京惊讶地脱口而出。这回,轮到熊赐履反问了:"你说什么?"

"哦,没什么。听说过先生大名,日后一定要请先生赐教。时间不早,先生可以回城了。"

"你呢?这位老人家呢?"

"放心,我自有办法。"这位章京大人恢复了爽快,弯下身和蔼地对老人说,"老人家,我这里有马,请你坐上,我们一道去找那参领评理!"说着,他得意地望着熊赐履,顽皮地挤挤眼儿。

熊赐履怀着惊异、敬佩、担心等等自己也说不清的复杂感情,望着马上老人、马下章京渐渐远去的背影。在夕阳的映照下,在瑟瑟的寒风中,那背影竟那般清晰,好像永远不会从平坦的原野上消失似的。

回城的路上,熊赐履心头萦回往复的,尽是今天一路的印象。可是,还有奇迹在等着他呢!

半夜,酣睡中的熊赐履被"嘭嘭"的敲门声惊醒。他家徒四壁,从不怕盗贼,而敲门声又响又急,也不像做暗事人的行径。他高声问道:"谁呀?"

门外有人答道:"请先生开门,有要事相求。"

熊赐履穿衣着鞋,点灯整容,一切收拾妥帖,才出去开门。他心里猛地一惊:借着暗淡的烛光和天上的微微星光,他看到从房门到院门,一直到竹篱外的大门口、路两旁,黑压压地站满了人。就门前的几位看,都穿着一式的黑袍号衣,头戴翻边皮帽,在黝暗的夜色中,更显得一个个高大魁梧,目光灼灼。

熊赐履心里害怕,但一想到君子不畏强暴、不畏权势的古训,便又挺起胸,一晃脑袋,故作镇静地问:"赐履一介寒儒,诸公到此何干?"

一个穿号衣的走近两步,赔笑道:"先生大喜。京师大富翁罗公想请你设馆府中。"

"罗公?"熊赐履诧异地重复一句。他历数自己在京师的交游,并没有一个姓罗的富翁,还是大富翁。

"罗公亲自驾临了!"穿号衣的回头一望,慌忙率众人退后,让出中间的路,一个个垂手低头,屏息而立,神态十分恭敬。熊赐履本来很怕他们踩坏自己的草根、花苗,见他们这么有礼,又不禁点头赞赏了。

罗公快步走来,对着熊赐履拱手一揖,笑容满面地说:"熊先生,大名久仰,如雷贯耳,今日识荆,三生有幸啊!"这一套文人初晤的套话,他说得很自然,也很真诚,熊赐履不得不答礼:"实在不敢当!请进寒舍一叙。"

罗公毫不客套,立即进屋。两人分主客坐定,熊赐履抱歉地说:"尊客来得意外,恕赐履不能茶酒相待了。"

罗公哈哈一笑,爽朗地挥挥手:"应当我向先生谢罪,搅扰了先生清梦,失礼之极!不过迫于情势,不得不如此。罗某虽然声势煊赫,但不喜人前招摇,选在入夜来访,先生不见怪吧?"

罗公黑眉黑须,长得很有气概,尤其一双眼睛,湛湛如秋水,灼灼似晓星,而且快人快语,爽朗洒脱,很容易令人产生好感。熊赐履连连逊谢,罗公开门见山,毫不客套地说:"听说先生道德文章早就驰誉乡里,如今更是名满京师。罗某有两个亲侄,苦于没有高士教诲,愿请先生为师。"

熊赐履摇头道:"盛名之下,其实难副。我乃南方下士,何足为人师。况且我已设馆三年,早生厌倦,不日将归故里了。"

罗公非常诚挚地说:"家母寡居多年,望子成龙心切。但我兄弟均不争气,幼年失学,至今憾然。家母立意要使孙辈以文章道德立身扬名,只是名师难得,总不合意。如今得知先生声望,家母指名要请先生。为人子者,敢不从命?况且罗某对先生亦是钦佩万分,还请先生念我一片至诚……"

熊赐履经不住罗公的再三恳请,也喜欢他那种豪爽的气度,便答应了。罗公大喜,说:"蒙先生高情厚谊,罗某一家感激不尽!"他向熊赐履深深拜揖致谢后,直起身,对门外一声招呼:"来人,备马!"

几名精干仆人立刻进屋,向熊赐履请示如何收拾行李。熊赐履惊讶道:"今晚就去?"

罗公笑道:"先生不必惊怪,罗某办事向来喜欢干脆利落,当日事必在当日办完。今日罗某是亲来迎接先生的。"

熊赐履无法反对,只得由他。于是罗公陪同熊赐履骑马,几十名仆从提着灯,燃着火炬,前导后从,热热闹闹地离开了熊赐履的桃花坑旧居。

走不到半个时辰,熊赐履就糊涂了,拐来拐去,都是他从未走过的道路,也辨不清东南西北。到了罗府大门,熊赐履又吃了一惊:好一所崇垣峻宇、灯烛辉煌的府第!他平生不曾到过这么富丽华贵的地方。但他牢记先贤教诲,不以物喜,不以己悲,维持着君子应有的气度。

罗公将他送进一所幽静小院的上房,便告辞而去。几名俊秀的书童立刻上来殷勤招待,端茶进水,铺床下帐。不多时,一名老仆跑到他面前,恭敬地禀告:

"禀先生,府中人多事杂,地方阔大,家规极严。先生有何需求,请立时告诉奴才,奴才当为先生奔走。先生不可随意走动,不可离开此院,免得奴才们受罚……"

熊赐履心中不快,真所谓豪门深如海啊!

次日,罗公领了两个小孩儿前来拜师。拜师礼十分郑重,光见面塾礼就是白银百两。这出奇丰厚的待遇,打消了熊赐履辞馆的念头。而且,两个弟子黑发鬈鬈,极为聪颖可爱,绝非他这几年设馆时的弟子可比。这样一来,熊赐履就接受了罗府家馆那必须牺牲部分自由但待遇十分优厚的条件。

罗公对熊赐履说:"因家母爱孙心切,不许他们早起。并请先生千万不要笞挞他们,有了过失请告诉罗某,自有家法处置。"

此后,两个弟子每日午后来馆读书,熊赐履便尽心教授。罗公的供奉极为丰厚,还不时前来相陪说话。至于寄往湖广的束脩,也从不需要熊赐履经手,每过数月便得母亲家书,告以"已收银若干,望安心就馆,母平安"。

四

人们不记得有哪一年冬天,像顺治十四年冬天那般和暖。呼啸的刺骨寒风很晚才来临,地面和屋檐上的冰凌都存不住,一过午便化尽了。但是,这年冬天顺治皇帝从南苑发出的一道又一道谕诏,却像猛然刮来的卷地狂风,震动了朝野,不管心里对它赞同还是反对,全被它的猛烈和突然惊住了。满洲亲贵受到前所未有的冲击。

十二月,第一道谕旨下,重申停止圈地:"京畿百姓自圈地、圈房之后,流离失所,饥寒迫身。良善者无以为命,丧其乐生之心;不肖者煽惑讹言,相从为盗,以致陷罪者多。长此以往,则国无宁日。此后仍遵前旨,永不许圈占民间房地。"

次日,又有谕旨,命吏部开列因请宽逃人之禁而得罪流徙的言官。

三日后,一道就逃人法专向满洲官兵的谕诏发下来了:

"……朕念满洲官民人等,攻战勤劳,佐成大业,其家役使之人,皆获自艰辛,加之抚养。乃十余年间背逃日众,隐匿尤多,特立严法。以一人之逃匿而株连数家,以无知之奴仆而累及官吏,皆念尔等数十年之劳苦,万不得已而设,非朕本怀也。年来逃人未止,小民牵连,被害者多。尔等当思家人何以轻去?必非无因。尔能容彼身,彼自体尔心。若专恃严法,全不体恤,逃者仍众,何益之有?

"朕为万国主,犯法诸人,孰非天生烝民、朝廷赤子?今后宜体朕意省改,使奴仆充盈,安享富贵。如有旗下奸宄横行,许督抚逮捕,并本主治罪!……"

这道谕诏如同一次地震,激起了剧烈的反响。督、抚居然可以对旗下人逮捕、治罪!这不是破天荒的事吗?有的人奔走相告,喜笑颜色;有的人若有所思,深自反省;有的人神色沮丧,长吁短叹;更有人愤愤不平,哭到家庙告祖。总而言之,它触动了每一个人,不管他是汉是满,是旗人是平民,朝野一派沸腾。

顺治皇帝仿佛不理会这些已刮得很猛的风,接着又下了一道谕旨,就像在沸油里溅进了水,简直炸开了。他批下吏部上奏的官员稽考功过的题本上,要求选拔确有学问才能的人进部院各衙门,替下一批颟顸无能之辈。使人们激动的不仅是这道谕旨本身,而是由吏部传出的皇上亲自点到的那些"确有学问才能"的人名录:杜立德、李霨、王崇简、王熙、王弘祚、冯溥、孙廷铨、伊桑阿……老天爷,除了伊桑阿,全都是蛮子文士!惟一的一个正黄旗满洲人伊桑阿,也是顺治九年中式的进士!哼!文人们都交好运了!……

大雪纷纷,总管太监吴良辅领着小太监吴禄骑马从南苑赶回大内。吴良辅貂帽风衣,吴禄披了件斗篷,踏着雪顶着风,急急忙忙北行。

走到前门棋盘街闹市,酒楼上飘来的阵阵酒香阻住了吴良辅的马蹄。他在一间宽大的门脸前下了马。这是一处带楼座的酒馆,高悬着"杏花村"的黄杨木底松绿大字匾额,檐下吊了一串系着红绿绸子的牌幌,写着十几样名酒:玫瑰露、状元红、竹叶青、莲花白、苹果露、五加皮、黄连液、佛手露、史国公、雪花白、茵陈露等等。

吴良辅把缰绳扔给门前冲他点头哈腰的酒馆伙计,领先上了酒楼。吴禄惴惴不安,东张西望,几乎跟不上吴良辅的脚步。老板恭敬地引他们进一间小小的雅座,酒、菜霎时便到。吴良辅脱去风衣貂帽,开怀畅饮,并招呼吴禄动筷子喝酒。

吴禄不到十八岁,是个伶牙俐齿、眉清目秀的小太监。他十岁入宫,在大内万善殿内书堂读过书,专为在御前侍候受过训练,这是许多太监一辈子也巴望不到的福分。这正是总管太监吴良辅赐给的恩惠,他对吴良辅自然感激不尽。大约是因为同姓,加上这孩子乖巧、会奉承,吴良辅居然很喜欢他,近日又把他提拔成养心殿御前太监,这可是了不得的荣耀!吴禄对于吴良辅来说,既是心腹,又像子侄,说是兄弟也不错,说是朋友也可以。吴良辅那么有权势,百官大臣都以结交他为荣;吴良辅那么凶狠阴沉,小太监见了他如同耗子见猫;惟独对这个吴禄,吴良辅是闻声则喜,觌面便笑,好像是他前世的老婆。他从来都管吴禄叫"小幺儿",恨不得把一身的本事都传给他,把他当成亲儿子似的。有权势的大太监,多半都有这路毛病。

吴良辅喝了两盅酒,身上热和了,伸手捏捏吴禄的耳朵垂,笑道:"小幺儿,还不喝两盅暖暖身子?"

吴禄心里不安,回答说:"总管,咱们是奉万岁爷旨意回宫见皇后娘娘的,误了事……"

吴良辅哈哈一笑:"误不了!万岁爷那心里我还不知道?要不是碍着家规呀、礼法呀,他才不想打发咱们跑这一趟呢!"

吴禄点点头,一耸眉尖,又说:"可喝多了酒,怎么敢见皇后娘娘呢?"

"没事儿!喝两口醋就解了酒味儿啦。再说,还怕她怪罪?她这中宫未必坐得长!……"

吴禄一惊,回头想想,又慢慢点了点头,拿起了酒杯。

"小幺儿,这些日子我忙得晕头转向,总没逮着空儿问问清楚。那天在茶亭,憨璞老和尚到底说了点儿什么,万岁爷到底给打动了没有?你细细说给我听听。"

吴禄于是绘声绘色地把那天茶亭里和尚的表演和皇上的反应细说一遍,听得吴良辅频频点头,面露喜色。吴禄最后说:"和尚说他曾经遍游江南,与南中耆旧诗词往还唱和。万岁爷听了格外高兴,说以后要往海会寺拜望他哩!"

"好,好,太好了!"吴良辅高兴得双手在胸前一握,满面含笑。这完全是个女子的动作,含着一种说不出的娇媚,一般人看了会觉得肉麻。吴禄早看惯了,只管问着他不明白的事:"就让和尚去见万岁爷不就成了？干吗要弄这么个圈套？"

"这你就不懂了！"吴良辅眯着眼儿笑，"万岁爷的心性你还摸不透。这叫做偶然机遇，最能让万岁爷上心，觉着有趣。要是和尚求见，不但身份低了，不得万岁爷看重，而且不要一两天工夫，万岁爷就会撂到脑后去了。再有一层，要是正经八百地引见和尚，汤若望又要诤谏个没完，又该咱们吃瘪。"

"可人家都说……"吴禄迟疑地望望吴良辅，又小声嗫嚅着说，"人家都说汤若望是真圣人，咱们何苦……"

吴良辅眼睛里明明有一股怒火。不过，他半笑不笑地看了吴禄一会儿，说："实话对你讲，小幺儿，我费这么大心思，要万岁爷亲近佛爷，为的就是避开那位圣人。只要有他在，咱们总没有舒心快意的时候。他跟咱们是猴儿吃麻花——满拧！哼，他还真当自个儿是万岁爷的品德师父呢！也不想想，他那天主圣母什么的，在咱们中国谁吃那一套啊？能抗得过咱的如来佛观世音？能抗得过咱的玉皇大帝、王母娘娘吗？……要论他那个人儿，挺正经不贪赃不枉法的，可那又顶啥？他堵了咱爷儿们的路哇！……哎，我说小幺儿，陈之遴给的那几万银票到手没有？"

"人家说，要等那差使到手才交钱呢！"

"哈，猴精！一点儿亏不吃啊！……"吴良辅转眼间又感慨起来，拍拍吴禄的肩膀，"咱爷儿们这路人，一辈子有什么指望？不就多落俩钱儿，图个老来福！不趁着年轻力壮、万岁爷宠信的当口多弄点，将来收尸都没有人啊！……"他摇摇头，又点点头，表情很有点悲凉，使他漂亮的面容刹那间像是老了十多岁，眼皮下嘴角边的皱纹都越加触目了。

"可是万岁爷跟太后都那么看重汤老爷，咱们动得了他？"

"要不叫他圣人呢？要不咱爷儿们得小心着办呢？不过这话还有另一说，"尽管两人坐在小小的单间，吴良辅还是向四周望望风,压低嗓子说,"你说万岁爷跟太后为什么赶着他叫玛法?告诉你吧,小幺儿,那是为了南明永历!……"

"啊?"吴禄的眼睛瞪得溜圆,张了张嘴。

"小孩子家,这样的大事你就参不透了!永历一家老小都进了天主教,文臣瞿式耜、武将焦琏什么的全都是教徒。这天主教传来中国也七八十年了,传教士哪儿都有,永历那边儿也不老少。汤若望道德学问是传教士里拔尖儿的,你想,朝廷尊他敬他重用他,会没有道理?"

"呀,万岁爷和太后真有心计啊!"吴禄叹了一声。

"什么心计!这叫治国的本事!"吴良辅赶紧训诫他两句,又接着说,"眼下孙可望降了,永历看看就要玩儿完。只要南明一垮,这位汤玛法的好日子就不多了!……不信,走着瞧!"

吴禄生怕总管喝醉,小心翼翼地说:"总管,咱们走吧?"

"着哪门子急!"吴良辅脸一沉,要发脾气,忽而一回味,暧昧地笑了,"哦,我想起来了,你新近认了个干妹子,是景仁宫里头的吧?怪不得急着要走,半个多月不见面儿,想坏了,是不是?"

吴禄也嘻嘻地笑了。

"罢,罢!咱们走!"吴良辅端起醋壶,连着喝了三大口,酸得他龇牙咧嘴,可还不住嘴地调笑,"小幺儿,有了妹子结了对子,可别忘了哥哥。喝醋的味儿真不好受哇!"

雪下得越发大了,密如帘栊,仿佛从天顶垂下一面巨大的轻纱,透过它看远近景色,更显得庄重、肃穆,还带有一点神秘。金殿碧阁化为玉宇琼楼,皇家御苑别是一种风姿。

坤宁宫里,温暖如春。鎏金银丝罩的熏炉内,红螺炭火正旺,烧得又红又亮,和头顶悬着佩玉流苏的金红色宫灯相辉映,耀得东暖阁明亮照眼;一对绘着八仙庆寿的粉底五彩瓷大花瓶里,插着初放的红梅和白梅；几只椭圆形的郎窑水仙盆中，淡黄蕊洁白瓣的水仙花在碧玉似的长叶衬托下分外精神；浓郁的花香和着熏炉里阵阵飘出的沉香，把整个坤宁宫都包在一团馥郁醉人的温香中了。

皇后的住处，今天换了几样摆设，使前来问候、说话解闷的主位娘娘们又是看又是摸，赞不绝口。淑惠妃是皇后的亲妹子，又是每天必来的人，最为随便，守着那台紫檀龙凤五屏风铜镜台，不住口地称道那活生生的雕工，时不时地对镜台上那面荷兰国进贡的大圆镜瞧几眼，扬扬眉，掠掠鬓，欣赏自己娇美的面影。

端妃扯着恭妃，要她看那对脂玉夔龙雕花插屏。恭妃却扯着端妃，要她去看南窗下那一对金海棠花福寿大茶盘。后来，两人一道走到南边大炕一角，静妃在那儿静静地站着，低头望着八仙桌上的摆设。那是在一对翡翠瓷观音瓶之间躺着的一件古铜蕉叶花觚，蕉叶舒卷自如，像真的一样，谁能想到是用坚硬的铜制成的呢？更妙的是花觚内透亮的清水养着两朵带叶的红芍药。这便是宫中有名的唐花了。

静妃，就是四年前被顺治废掉的第一个皇后。因为皇上不在宫中，她也来坤宁宫向皇后请安。被废以来，她一向落拓，今天却特意打扮了一下，显得容貌俏丽，衣着华美，还竭力维持着当年的格格和正位中宫时的高贵气度。这是因为，尽管宫规宫礼只讲位分等级，不论其他；但在博尔济吉特家的格格里，她毕竟辈分最高——是皇后的姑妈，不能太塌架。不过命运对她的打击清清楚楚印在她的眼角和额头，二十二三岁的人，蛛网似的细纹已经铺满了这些地方，搽脂抹粉也遮盖不住。如果她笑一笑，便如三十岁上下的妇人了。见端妃和恭妃走来，静妃强笑道："瞧这花觚古色古香的，真是件宝贝。"

端妃笑道："淑惠妃刚才说，这是皇上二次大婚时的妆奁呢。姐姐你那次进宫，妆奁一定是更……"恭妃连忙向端妃使眼色，端妃缩住口，旋又笑道："妹妹有口无心，姐姐请莫生气。"

这真无异于当众奚落。但静妃几年来受冷遇，早已习惯了，不在意地说："这花觚配鲜红芍药，更是艳丽非凡的了。"

端妃道："芍药虽好，总比不上花王牡丹。"

恭妃也笑道："是啊。况且这是唐花，不是当令名花，要按月令来说，早已过时了。"

静妃冷冷扫了她们一眼，淡淡一笑，反击道："说的是。腊月当令，惟有梅花。其他百花百草，任有百媚千娇，也只好凋零自落了。"

端妃、恭妃互相看了一眼，连连点头说："正是呢，姐姐说得对。"

那边，皇后的亲妹子淑惠妃照着镜子，头也不回地招呼皇后："姐姐，瞧见吗？今儿个像谁下了帖子似的，咱们博尔济吉特家的人都来齐了。哦，不过，还少个谨贵人。"听皇后不答，她才回头去看。皇后坐在那里，正对着一双黄面红里百子五彩大果盘发愣。她连忙走近，看了一眼那彩色大果盘里神态各异、活泼顽皮的一百个小孩儿，顿时明白了姐姐心头的苦楚。她自己心里也不是滋味。不过她毕竟负担轻些、想得开些。她用绣花粉红绸绢轻轻往姐姐面前一扑，笑道："姐姐，打发他们叫谨贵人来，凑个双数儿，咱们好斗牌啊！"

皇后这才回过神来，看了妹妹一眼，轻轻叹口气。

"要不，咱们打马吊玩玩？"

皇后摇摇头。

"姐姐，"淑惠妃放低了声音，"你要闷出病来的。找太医来瞧瞧？要不，到后花园去赏雪？……"

皇后苦笑道："你别瞎张罗啦。"

淑惠妃装作生气的样子："可不是，谁叫我没长谨贵人那么一张厉害嘴哩？她不来,姐姐就不给笑脸儿！……咦？说曹操,曹操到！……"

果然,康妃和谨贵人披着貂皮风雪氅,前来向皇后请安了。眼快心灵的淑惠妃一眼就看出来,这两位心里都有事。谨贵人没了平日的爽利劲儿,眼圈儿红红的。这是怎么啦？

坤宁宫总管太监跟脚儿进来禀告:"万岁爷打发吴总管和小吴子来向皇后报信儿。"屋里的娘娘们登时住了口,停了动作,眼巴巴地瞧着皇后。皇后也觉着心口跳得怦怦直响,声音有些发抖:"传他们进来！"

吴良辅和吴禄叩过了头,恭恭敬敬地跪在炕前地毯上,吴良辅说:"奴才给皇后、主位们请安。"

"罢了。回宫来有什么事？"

"禀娘娘,奴才奉万岁爷差遣,回宫禀告娘娘,皇太后前天夜里三更时分起,浑身发热,涕泪不止,头痛头晕。昨儿个病势更重,又添了咳嗽。今儿个一直昏睡不醒……"

"召太医瞧了没有？"

"太医院的院使和左院判领了八名御医在南苑侍候着。万岁爷心中焦虑,昨日往上帝坛祷祀,今儿又冒雪再次前往。皇贵妃娘娘日夜侍奉太后床前,寝食俱废……"

淑惠妃撇嘴哼了一声,背转身去。端妃和恭妃互相交换了个眼色,满脸不屑的表情。倒是平日最恨董鄂妃的谨贵人毫无表情,像是什么也没听到,望着地面发呆。

吴良辅继续禀道:"要是皇后和主位们想去南苑……"

坐在皇后身边的淑惠妃一口接过来:"南苑要是用得着我们姐妹,哪儿还等到今天？我们一个个笨嘴拙舌的,又不会甜言蜜语,又弄不来那个诗呀画儿的,没的惹人家讨厌！"

吴良辅赶紧低头,不敢说话了。

十一月中旬,皇帝和皇贵妃陪着皇太后游幸南苑,仿佛儿子、媳妇同着老母三人去享天伦之乐。皇后嘴里不说,心里可不是滋味。妃嫔贵人们,就更加愤愤不平,怨声载道了。整整一个月,宫廷的中心转移到了南苑,大内一派冷清。皇上在宫里,不管怎么说还有点儿盼头,这一个月,连点活气儿都没了。现在太后病了,又想起我们来了!哼,谁得脸谁应承去吧!别净想好处自个儿揣,坏事让别人摊!……不过,这么多妃嫔贵人,连皇后在内,敢于把这不满形于辞色的,也还只有这位淑惠妃。

看两名太监叩个头要退下的样子,淑惠妃看了姐姐一眼,对他们喝道:"慢着!还有话问你们!"

"喳,喳。"两名太监赶紧跪好。

"皇上身子骨好吗?"

"回主位的话,万岁爷今冬在南苑校猎,能吃能睡,人长胖了,面色也红润了。"

"还有呢?"

"还有?……"吴良辅摸不着头脑。

"大胆!都说皇上近日办了件什么事儿,京师全传遍了,怎么还瞒着我们姐妹?"

"回主位,有,有!万岁爷办那件事可真厉害!不止京师,怕是天下人都要盛赞万岁爷呢!……小吴子那会儿就在万岁爷跟前……小吴子,还不快细细禀告!"

"喳,喳!"吴禄磕了响头之后,便发挥他口齿伶俐的特长,讲起那天皇上微服出猎、遇上劈木柴老汉的故事。最精彩、最有戏剧性的部分在后头,在皇上陪老汉到镇上找参领讲理的时候。

在参领的住宅大门,门丁根本不让他们靠近。是皇上一口流利的满语,才使门丁疑惑着进去通报。谁知那参领竟以为小事一段,自己懒得出来,叫他老婆出来应付。这女人高大肥胖,一向凶横惯了,哪里把个老蛮子和小旗丁放在眼里,兜头就是一顿臭骂,还说什么"就是抢了,就是占了,谁叫他是蛮子,活该!你敢拿我怎么样"!

皇上气极了,说:"你们竟敢这样无法无天,告到地方去,有你们什么好?"

参领老婆扬头大笑,说:"只要你敢告,去告好了!我要怕了你,下辈子不是人!"说罢,她又竖起眉毛恶狠狠地叫骂,要他们滚开。她见皇上站在那儿不动,抄起门边的杠子就朝皇上砸去,嘴里还骂着:"打死你这个多管闲事的小杂种!"

皇上大怒,一声断喝,抽出他的硬弓只一挡,那女人的棍子飞出去两丈远。这时候,皇上的侍卫队赶来护驾,几百人把这所宅子围了个密不透风。参领和他老婆一听说这小旗丁竟是皇上,登时吓昏过去。皇上怒气不息,立刻命侍卫动手,把参领全家就地斩首示惩!

皇上临走又发了一道谕旨:参领的全部财产房地,都赏给那个可怜的老汉,并亲口封这老汉为一镇之尊。

小吴禄绘声绘色,说得活灵活现,皇后和妃嫔们都听呆了。吴禄最后又得意地说:"没过两天,城外城里的人全知道了,谁不夸咱万岁爷是圣明天子啊!……"

吴良辅和吴禄已经退出去好半天了,坤宁宫里还是那么静悄悄的,谁也不肯说话。

"哇"的一声,谨贵人突然放声痛哭。大家望着她,心里仿佛有某种不幸的预感,胆小的恭妃忍不住发抖,使劲往端妃身边靠。谨贵人跪倒在皇后面前,哭得头都抬不起来。

"谨贵人,你这是怎么啦?快别哭了。"皇后说话总是那么细声慢语的。

"禀皇后,那是……那是我的侄女儿啊!……"谨贵人泣不成声。

"什么?"皇后吃了一惊,"你是说,刚才……"

谨贵人哭着连连点头。素来不爱说话的康妃,这时慢慢地、轻声地解释道:"我母亲今天来宫里也说起这事。那参领夫人,确是谨贵人同母异父姐姐的女儿。"

皇后沉默半晌,安慰道:"谨贵人不要这样,想必皇上他不知道那是你的亲眷。"

康妃突然沉下脸,愤愤地大声说:"他知道!他全知道!我母亲问过的!"

大家都吃了一惊,没想到平日不动声色、严谨文静的康妃会这样激愤。康妃发现众人的目光,脸上红了红,慢慢低下头,不再作声了。

"皇上他,他也太没有情义了!……"谨贵人还在哭。

皇后婉静地说:"谨贵人,你也不要太难过。你那侄女实在也太过分,竟然动了棍子,皇上是万民之主……"

"姐姐,你还要替他说话!"淑惠妃不平之色溢于言表,"谨贵人的侄女怎么会知道他是皇上?……不用说了,他心里,哪儿还有咱们这些人!早被那个蛮子女人狐媚得忘了本!……"

"淑惠妃!"皇后斥责道,"竟敢如此大不敬!……"淑惠妃连忙跪倒,其他人也赶着跪下为淑惠妃请罪,但每个人心里未尝不为淑惠妃说出了她们的心里话而感到痛快。

妃嫔们告退,淑惠妃照例留在最后。皇后拉过她的小手,轻轻抚摸着问:"你说,我是亲去南苑问候好呢,还是打发人去问候呢?"

淑惠妃气冲冲地说:"别去!一个也别去,咱们博尔济吉特家的全都别去!皇上宠侧妃、违祖训、变祖制,说到头还不是太后惯的?太后不顾亲疏,胳臂肘儿朝外拐,宠着那个蛮子女人,我都气不过!你还是大清门抬进来的皇后呢,就这么忍气吞声?咱们都不去,太后心里就会明白,咱博尔济吉特家的格格也不是好欺负的,说不定她反倒会回心转意呢!"

"可是,皇上他……"皇后迟疑不决地说,"皇上一向讲孝治天下,我要是不去……"

"他能怎么样?他已经废了一个皇后了,还敢再废你?祖宗没有过的事,就是中土历朝也没有过,他断然不敢!姐姐,你的性子也要刚强一些才好哇!"

就这样,皇后终于没有去南苑,也不曾遣使问候。

庄太后病了,病得很重。她已挣扎了三天三夜,仍然逃不出可怕的高热和半昏迷状态。无数奇特的景象、无数狰狞的鬼脸,总在她头顶盘旋。她想大声喊叫,她想双手推开那死死缠绕着她的、莫名其妙到令人心悸的五颜六色的彩斑彩带。但实际上,她连手指都无力动一动,嘴唇翕动得几乎不能察觉,轻轻的气息吹出勉强可以听到的字:

"不要……啊,不要……"

忍过一阵剧烈的头痛,她叹了口气,跌入更深的昏迷……

怎么?回到了故乡,回到了科尔沁大草原了吗?啊!草绿如茵、繁花似锦的草原啊!天是那么高、那么蓝,一尘不染;地是这么宽、这么远,一望无边。连一阵阵风都这样香,这样恬静!她跳下马背,展开双臂,扑向草地,扑向这从童年就熟悉、像妈妈一样亲爱的故乡的大地……

蹄声嘚嘚,远远跑来一骑,多么剽悍英俊的骑士!绿草黑马红披风,在蓝天白云的背景上飞驰……她来不及多想,身子一抖,那骑士像摘花一样弯腰把她从草地上抱起。两人炽热的目光接触了,啊,多尔衮!……她仿佛又回到当年,丈夫宠爱姐姐冷落她,她把孤寂怨恨都深深埋在心头,不动声色地仍然往草原上围猎。是的,那次她从马背摔下来,飞马来救她的,正是九王爷多尔衮,年轻、英武、仪表堂堂。不过,她尽管动心,却并未越礼。她毕竟是皇妃,是多尔衮的亲嫂子。

不,这不是二十多岁的多尔衮,这是装束威仪亚赛皇上的摄政王!他在笑,就像庄太后当面斥责他不该私娶肃亲王福晋时那样笑着,他重复着那句话:"我多尔衮总归是个男人哪!"可是,真该死!即使他这样无耻、负心,他那红润的阔嘴、白玉似的面色和漆黑的眉毛仍然动人;她尽管又气又恨,心底却还是爱恋着他……

他的面容怎么变了?长出了胡须,添满了皱纹?天哪,这是太宗皇上,是她的丈夫啊!她跪下了,深深地低了头。

"你在我面前请罪吗?你这忘恩负义的女人!"丈夫在咆哮,"你让我在寝陵里也不得安生!我决饶不了你!"他抄起他那沉重的弓照她迎头打下。她闭着眼睛喊叫起来:

"你打吧,打吧!我对不起你,可是我对得起你们爱新觉罗的祖先!你驾崩之后,要不是我联络礼亲王,拢住睿亲王,立我们的儿子为帝,平息了各方的争端,那八旗之间一定要互争帝位,自相残杀,把太祖皇上千辛万苦开创的基业付之流水,爱新觉罗氏也将灰飞烟灭!……我有过错于你,可是有功于社稷江山!……"

丈夫的铁弓放下了,冷笑道:"算你强词夺理,你就没有一点私爱?你就全心为的社稷江山?"

她不知哪里来的勇气,挺直身子:"有私爱,是皇上逼出来的。宸妃入宫,皇上就忘却了早年的恩爱,使妾妃虚有其名,如处冷宫……"

"你撒谎!"她的亲姐姐、太宗皇帝最宠爱的宸妃突然出现在她面前,指着她的鼻尖,愤愤地说,"你的私爱,绝非这一点小事!你私爱自家的儿子,一心想让他当上太子,你将来好当皇太后。就是你,咒死了太子!……"

"没有！我没有！太子死时,我方临产……"她心里发慌,说话有气无力。

"没有?"姐姐的两道目光像剑一样锐利,一直射进她心底,"你嘴上说的都是好话,心里就是诅咒太子早死,好让你的儿子登基。如今你可称心如意了！我可怜的儿子啊！……"宸妃放声痛哭,哭得她毛骨悚然。是的,她私下盼望过太子早死,可是她把这个心愿始终深藏心底,对谁都不曾透露过,姐姐怎么会知道呢?……

太宗沉重的叹息就像一声闷哑的雷,在她头顶轰响着,滚滚而过:"啊,帝子从来不幸,多少人要死于非命！"……

她浑身发寒,大汗淋漓,一个冷战使她从昏迷中惊醒过来。她竭力张开双目,只见寝宫里灯火荧荧,十分昏暗,床边坐着一人,双手支着下颏,正在打盹。

"水……"她轻轻一呻吟,床前的人立刻惊觉,连忙从保温的棉褥子里拿出一把热乎乎的精巧的宜兴紫砂壶,一手抱着太后,一手小心地喂茶水。庄太后从勉强睁开的眼缝里看了看,断断续续地说:"董鄂……你还在这里……"

董鄂妃连忙温柔地低声说:"母后大安。太医都说不要紧的,养养就好。"

太后费力地摇头:"不,我不行了……太宗皇帝召我了……"

董鄂妃"扑"地一下跪在床前:"母后,你千万别这么说！你怎么也不能走！儿情愿替你去,皇上不能没你……娘！"两颗豆大的泪珠顺着董鄂妃的脸颊滚了下来。

太后勉强装出个笑脸:"傻话……就你一个……在这里?……"

董鄂妃说:"皇上刚走。他为母后已到上帝坛祈祷三天了。上天念皇上和儿臣们的诚心,一定会赐福母后……"

可是,太后已经再次跌入昏睡中去了。

第八天早上,头一束阳光射进寝宫,百宝架上那座精美的金黄色的四面转花西洋钟"丁丁当当"地打了七下,悦耳的声音把庄太后唤醒了。她觉得神志很清醒,身上也凉苏苏的很舒服,只是没一点力气。她喊了一声:

"苏麻喇姑!"

声音虽轻,在一片寂静的寝宫里却很震人,床前、矮凳上、寝宫门口、殿外走廊顿时人影晃动,欢声笑语窸窸窣窣地透过窗棂:"太后说话了!""太后喊人啦!"……

董鄂妃猛地跳起来,为太后撩开帐子,注视着太后,嘴唇颤抖,极力忍住就要迸出的泪,笑着说:

"母后,你,你可见好了!……"

苏麻喇姑在一边笑道:"太后,皇贵妃在你床边守了七天七夜了!"

"我的好孩子!……"庄太后忍不住喊了一声,乌云珠扑过来,太后把她搂在怀里,两人一齐落泪了。苏麻喇姑一面擦泪,一面叫人去禀告皇上。

可皇上已经闻讯奔来,正赶上娘儿俩一边擦泪一边笑。福临连忙上来向母亲大礼跪拜,像孩子似的说:"额娘,你快把儿子急疯了!你要是再不好,儿子也不想活了!"

"胡说!"太后笑道,"亏得你孝心感动了上天,也亏了你媳妇这么细心照料!……怎么不见中宫和其他妃嫔?"

董鄂妃抢着说:"母后,这几日大雪不停,没人回宫报信,娘娘她们不知道母后得病。"

福临的面色霎时阴沉下来,像是堆上了乌云,不满地白了董鄂妃一眼,可是一看到她惨白的憔悴面容、乌黑的眼圈、强打精神的笑,又无可奈何地把目光转向窗外。

"不知道?"太后重复一句,软弱地皱皱眉头,眼睛转向苏麻喇姑,"七八天了,也该着人来问问吧?"

苏麻喇姑低下了头,不敢看太后充满失望的眼睛:"……没有听说……打发人来过……"

太后伤心地落下了眼泪:"一个也没有?"

大家都不作声。之后,董鄂妃竭力笑着安慰道:"母后,总是今年瑞雪纷纷、堵塞了道路的过。可是瑞雪兆丰年,来年五谷丰登,万民太平,天下一统……"

"我不要听这些!"太后又疲乏又厌烦地说,无力地闭上眼睛,"朝廷有党争,后宫也闹起了党争。博尔济吉特家的格格们结了党,向我这姑妈、姑祖母示威啦!……"

"母后千万别生小辈的气。小辈们年轻不懂事,母后你多多教导。姐妹们或有一时疏忽,顾念不周全,对母后总是孝敬多年,各有所长。皇后主六宫,替母后分忧解愁;淑惠妹、端妃、恭妃姐陪母后去温泉,一路照应,多么尽心……"

太后一声长叹,打断了董鄂妃的话:"你不用说了……这些格格们,娇生惯养,不识大体,不懂事,真不懂事啊!……乌云珠,好孩子,你又太懂事了!……偏偏懂事的这么少,只有你一个……"

福临连忙搭话:"额娘,我就不算上一个?"

太后苦笑道:"算上你,算上我,不也才三个吗?"

福临顿时明白了母亲的意思:"额娘,朝内懂事的人还有的是呢,安亲王、康郡王不都是吗?"

太后微微摇头:"太少,太少……那边人多势大。难哪,真难哪!……"她疲乏地闭上眼睛。

福临眼睛里忽地燃起一团火,明亮灼人。母亲的话从来不曾说得如此明白,一下子激起了他的雄心。他相信自己的权势和力量,他不怕那边的阻碍,他大声地说:

"额娘,你瞧我的吧!我是当今皇帝!"

太后没有睁眼,像微弱的回声似的发出一声叹息:"唉,皇帝,皇帝也不是想干什么就能干什么……乌云珠,过来。"

董鄂妃走到床前,太后捏住了她的手,含着泪,凄惶地歉然道:"好孩子,委屈你了。这实在是没有办法的事啊!"

乌云珠心头一酸,一串泪珠滚落下来。

福临暗暗咬着牙根,鼻翼剧烈地翕动着,一股红潮忽然涌上他的脸庞,染上他的双颧和眼睛,浓黑的眉毛在眉间结成了疙瘩。

乌云珠为太后盖好锦被,又着实安慰了好一阵,才直起身子,遵从太后的旨意,向皇上拜辞,回自己寝宫歇息去了。她脚步轻飘,有如浮云。出了太后寝宫,迎头看见清晨的太阳,她一阵眩晕,身子摇晃着,嘴里小声嘟哝:"别让太后知道,别让……"她脑袋一仰,昏倒在搀扶她的两名宫女的胳膊上。

五

顺治十四年年底到顺治十五年年初,宫里头大大小小的事纷乱如麻,搅得人心惶惶,过了今天不知明天又要出什么娄子。

十二月二十五日,皇太后从南苑回宫。

十二月二十八日,为皇太后病愈,皇上命拨下帑银八万两,一半赏赐八旗兵丁,一半赈济京畿贫民。

十二月二十九日,因皇太后大病初愈、皇贵妃劳累过度而病倒,皇上下令取消了辞岁迎新的乾清宫家宴和慈宁宫宴等许多内廷庆祝。这样,一年中最热闹红火的除夕、元旦,宫里却是冷冷清清,人人心头都有一种说不清的凄凉,并隐隐地觉得不安。心里最为忐忑的,要算皇后博尔济吉特氏了。因为她生性忠厚,比别人更多了一层自谴自责。

初三日,皇后和淑惠妃姐儿俩去逛后花园。淑惠妃那张利落的小嘴,吧嗒吧嗒地一个劲儿劝慰着心神不定的姐姐:"姐,你这是干吗?自找不痛快!太后不是什么话也没说咱们吗?咱们去请罪,我看她满面春风,和颜悦色的,喜人得很!后来,又赐给各宫好些南苑的猎物,待咱们不是更好了吗?我早说了,咱们一硬气,太后倒会回心转意,你瞧,这不就应了?"

"唉!"皇后心事重重地叹息道,"总归是太后病重,咱们没尽子妇之道,心下总归觉着说不过去……"她摇摇头,垂下了眼帘。

脚下是用大大小小的鹅卵石嵌就的有精巧花纹的石径,扫得非常干净。石径两边的花坛里,曾经在春三月里招得蜂狂蝶舞的艳丽无比的牡丹、芍药、玫瑰,此时花叶凋残,只剩下枯枝干茎在寒风中瑟缩;高大的乔木叶落殆尽,密密的枝桠伸向阴沉的天空。惟有松柏树依然苍翠,给冷落的御花园增添了几分肃穆。路边、树下,侍从的宫女太监悄悄站着,大气也不敢出,就像那些石坛石盆里的木变石、海参石一样。冷清的空气,寂静的园林,只回响着这两个高贵女人的花盆鞋底敲打在石径上的清脆声音,和她们那风吹竹林似的低吟絮语:

"说不过去,请过罪也就是了嘛,还要怎么样?"淑惠妃笑着,帮姐姐扯好披风的貂帽。

"……皇贵妃病了,也该去承乾宫看看……"皇后低语道。

"啊?你还要去看她?"淑惠妃瞪圆了眼睛,"要不是她,你会落得眼下这个样儿?"

"唉,她是为侍候太后累病的啊!……"

"那叫活该!她就爱做这种事,讨得太后和皇上欢心,真是争宠有术、固宠有方,古今后妃难得有她这种狐媚子!"淑惠妃对董鄂妃的恶感达于极点,一说到她,话就非常尖刻,充满了鄙夷。

皇后无可奈何地摇头说:"你呀,进宫这么久了,后妃之德竟没有多少长进。妒忌,是犯七出之条的,身为后妃就更……"

淑惠妃在姐儿俩单独相对时,总是毫无顾忌地摆出小妹的娇憨态。她双手捂住耳朵,跺着脚说:"我不听,我不听!这全是南蛮子那一套,咱们祖先没这一说!"

皇后忧心忡忡地停了脚步,无端地看看自己笼着的银灰鼠皮暖手笼套,小声说:

"皇上打南苑回宫以后,坤宁宫一次也没来过……他……他召过你吗?……"

淑惠妃脸儿红了红,跟着用冷冰冰的声调,板着脸说:"没有!一回也没有!这样无情无义的男人,不稀罕!"

"小妹!"皇后制止地喊了一声,脸也红了,"我不是那个意思……我是在想,为了咱们失于问候的过错,皇上一定很生气,会不会把咱们……"

"不会不会!太后都没有怎么样,他敢吗?他就愿意人家说他是有道明君。废了一个皇后,他已招来了失德的名声!皇后又不是宫妃,更不是宫女,关乎国家体面的事儿……"

淑惠妃侃侃而谈,头头是道,那副义正词严的样子,倒给了皇后不少安慰。一阵匆忙的脚步声打断了姐妹俩的知心话儿。坤宁宫首领太监满头是汗,气喘吁吁地跑来了,表情十分紧张,姐妹俩立刻意识到又出了大事。他一头跪倒在皇后面前,半天说不出话。

"什么事?"皇后恢复了她的端庄平静,淑惠妃也恭敬地后退两步,静静站在皇后的侧后方,像个又贤惠又淑静的宫妃。

"禀皇后,今日万岁爷发了两道谕旨,头一道说托上天爱顾,皇太后重病痊愈,是天下万民之福,所以要大赦天下,除十恶不赦外,其他罪犯都要减等赦免……"

皇后庄重地点点头,说:"皇上纯孝仁厚,大赦天下,万民景仰。"她等了一下,想听听首领太监报告第二道谕旨,见他只管低着头不作声,不得不又问了一句:"还有呢?"

首领太监连连以头碰地,口吃吃地说:"求主子饶恕奴才……奴才实在……实在不敢说……"

皇后觉得心口猛烈跳动,极力克制地说:"讲吧!"

"万岁爷谕旨责备主子……说皇太后圣体违和,皇上还三次到上帝坛宫祷祀,而主子竟无一语奉询,亦未遣使问候,大违孝道,所以……自正月初三起,停中宫笺表……"

"啊!"淑惠妃惊呼一声,用手捂住了嘴。皇后脸色顿时变得惨白。低头禀奏的首领太监继续艰难地说下去:"万岁爷还谕令:下诸王贝勒及议政大臣会议……处置办法……"

中宫笺表,是皇后特权的象征。皇后在三大节——万寿、元旦、冬至时,或在特殊喜庆日,或有特别请求,可以使用皇后之宝,直接向皇上进笺表致贺或提出要求,皇上是不能拒绝的。停了中宫笺表,等于取消了皇后的权威,而又下诸王贝勒大臣会议处置办法,下一步不就是要废皇后了吗?

皇后抬起手,扶住自己的头,一阵晕眩、恶心,她有点站立不稳。淑惠妃尖叫一声,扑过来跪在姐姐脚前:"姐姐!不,娘娘!都是我不好,都怪我!……是我出的坏主意!……我去找皇上请罪,让他处罚我吧!……"她先是呜咽着断断续续地自我谴责,继而喉头梗塞得泣不成声,最后索性放声大哭,弄得皇后在扶她站起来时,也泪流满面了。

停中宫笺表的消息,如晴天霹雳,震动了六宫;又像一团乌云,迅速地遮蔽了天空,使本来就显得威严、肃静的大内,气氛更加紧张、冷酷。人们惶惶不安,不知道下一步会出现什么局面。有些乖巧的主位和宫人,不免要看风使舵。于是,往承乾宫探望皇贵妃的人,突然增多了。

董鄂妃刚从南苑回宫病倒时,除了永寿宫的汉妃石氏、庶妃董鄂氏和一两位无名贵人之外,没有人踏进承乾门;而现在,日精门之东的东一长街上,人来人往,络绎不绝,都是去向皇贵妃请安的。其中不但有庶妃穆克图氏、乌苏氏、巴氏、那拉氏以及众多的贵人、常在、答应,还有博尔济吉特氏的格格端妃和恭妃。在那天夜分初定时刻,静妃居然也悄悄地来探望了董鄂妃。只是由于董鄂妃劳累过度、心力交瘁,太医要她安心静养,所以来请安的人也只是上前肃一肃,问问安好便退出了。

福临则是每日必来,或是看着她吃药,或是陪着她用膳,有时候便坐在皇贵妃的床沿上,两人小声说笑着,谈天道地,一同消磨冬日的黄昏。如果董鄂妃已经睡着,福临就轻手轻脚地看看门前小火炉上为她熬的参汤和药剂,再到床前撩开帐子,看看她的被子是否披紧,气色是否好转,随后便在床前轻轻坐下,静静地一坐就是半个时辰,有时竟闭着眼睛仿佛睡着了一般。只有从他嘴角不时闪过的笑意,能觉察出他不过是陷入甜蜜的回忆。承乾宫一位老太监,是明宫留下来的旧人,他惊叹不已地对同伴们说:"真没见过这样的多情天子!要不说人家关外人生性淳厚朴实呢!"

承乾宫里,不论是同住的贵人、答应,还是一般的宫女、太监,对女主人都是真心爱戴感激的。董鄂妃待下宽厚仁爱。她自己穿戴住用并不奢华,却经常拿她的例银赏赐下人,帮助下人渡过难关。皇太后和皇上赐给的克食,她从不忘记分给同住的姐妹;因了她的推荐,一年多来,皇上有数的几次除皇贵妃以外的召幸,竟遍及了承乾宫的几位贵人、答应,这是何等的荣幸和恩惠啊!她们怎么能不全心向着皇贵妃呢?况且她一向又那样和蔼可亲,从无严词厉色,不摆高人一头的架子。

这次董鄂妃病倒,整个承乾宫似乎都病了。大家说话声也小了,脚步动作也轻了。开始几天,见她又瘦又衰弱,像是病得不轻,承乾宫里上上下下饭量都减少了。这几天眼见她有了起色,众人才有了笑容。皇上停止中宫进笺的谕旨,他们都知道了。但承乾宫的人仿佛事先约好了似的,对此既不表示惊异,也不表示愤怒或高兴,淡然处之,好像与他们无关。只在偶然的机会或场合,两个承乾宫的人互相交换一道目光、一个会心的微笑时,才会流露出她们内心的得意和痛快,以及同时产生的志在必得的情绪。

这个重要消息,却没人告诉皇贵妃。福临是不愿意告诉她,其他人大概怕她过分高兴、有碍病体而不敢告诉她。

这天清早,皇贵妃起床了。侍女们都很高兴,欢笑声异于平日。她们服侍她梳洗完毕,搀扶她坐在炕上的软毡靠座上,她的贴身侍女蓉妞儿连忙用莲瓣贴金圆盘托上三只带耳的青瓷小碗,一碗参汤、一碗莲子粥、一碗奶茶。按规矩,董鄂妃先喝了参汤,又喝了奶茶,然后捏着小银匙慢慢搅着莲子粥,一小口一小口地品味。

"主子这些日子吃东西都没有今儿香甜。"蓉妞儿高兴地说。

董鄂妃莞尔一笑,说:"真格的,我今儿觉着好多了。……蓉妞儿,这两天我瞧你们挺高兴?"

"主子病好了,奴才们心里都快活。"

"不是这个。我冷眼儿瞧,你们像有什么好事儿瞒着我。"

蓉妞儿把脑袋一偏,笑道:"主子的心就灵到了十二分不成?谁也没敢在主子跟前透一丝儿风呀!"

"别这么鬼头鬼脑的了!你们能眉听目语,我就不能心生九窍?快说!别招骂!"董鄂妃嘴里威胁着,脸上笑着。

蓉妞儿眨眨眼,凑近主子,小声说:"娘娘还不知道呢,昨儿个皇上下诏,停了中宫笺表啦!"

"什么?"董鄂妃吃了一惊,病后苍白的脸上骤然泛出一片红晕,"真的?"

"奴才怎么敢对主子说假话!"蓉妞儿满面得意,晃着脑袋笑道,"这会子,坤宁宫里不定怎么个乱糟糟哩!"

董鄂妃的笑容渐渐收敛,红晕渐渐消失,一双水灵灵的灵活的黑眼珠忽而瞅着蓉妞儿,忽而转向窗外,很不安宁。蓉妞儿发现她神色异样,不解地说:"娘娘你这是……奴才们这几日可都为这个快活死了!……"

董鄂妃心神不定地瞟了蓉妞儿一眼,蓉妞儿错把这当成了鼓励,要害话儿直截了当地便冒了出来:

"这不明摆着吗?娘娘眼下就要进位皇后啦!……"

这话太尖锐、太赤裸裸了,仿佛捅到董鄂妃的心肝肺叶上,她浑身猛地一哆嗦,脸儿顿时涨得血红,眼泪在眼眶里直打转,不是靠两道密密的、颤动的睫毛用力锁住,说话就会滚下来。过了好半天,她才控制住自己,深深叹了口气,蹙着眉头说:

"该死!你看你都胡说了些个什么!"

蓉妞儿摸不着头脑,赶紧跪下。

"蓉妞儿,你到我身边有些日子了,我有亏待你的地方吗?"

蓉妞儿大惊,连忙叩头,急急惶惶地说:"主子待奴才恩重如山!奴才一年内死了爷爷又死了爹,靠了主子恩典,才体体面面地办了事。奴才粉身碎骨也忘不了……"

"别提那个。就看在咱们主仆一场的分儿上,你实实在在地对我说,皇上停了中宫笺表,宫里头上上下下、大大小小的,说好的多,还是说不好的多?"

"这……那一条藤儿的蒙古格格儿,总是人多势众……"

"再有,要是当真皇上又废了中宫,你说宫里头赞成的多还是不赞成的多?还有议政王大臣和满朝文武呢?还有天下的万民百姓呢?连废两个国母,能算有道明君吗?"

"……"蓉妞儿瞪着眼睛,什么也答不上来了。

董鄂妃摆摆手说:"去吧。"蓉妞儿退下后,她便用手支着两腮,撑在小小的炕桌上,沉思起来。她外表平静,如同一尊玉雕观音,而心里却翻腾着暴雨狂风,久久不能平息。她想的比她说的要多得多。

蓉妞儿在院里刚喊了一声:"万岁爷来了!"一阵急促的脚步声就传到董鄂妃耳边。她太熟悉他的脚步了,立刻下了炕,边走边整鬓角,拉扯衣裳,要出寝宫迎接。可是福临已经进来,在门边握住了她的双手:"哦,你已经起身了,果真见好了!"他像孩子那样真心地欢笑着,松开手,略略后退两步说:"让我好好看看你,气色如何?"他上上下下打量一番,笑道:"真所谓淡雅如仙,清露晓风中一枝梨花!"

董鄂妃"扑哧"笑了:"陛下错爱,妾妃有幸。愿来生化为百花之精,有百种变化,长侍君侧。不然昨天是梅花,今天又要做梨花,不知何时又要当荷花……"

福临也想起上次比乌云珠为"一枝春雪冻梅花,满身香雾簇朝霞"的故事,哈哈地笑了。

福临无心,乌云珠有意,看来是随意的谈笑,被乌云珠渐渐引到关于《三国演义》的话题上来了。福临对此很有兴趣,说:"有人把《三国演义》列为六大才子书之一,倒也有点眼光。只看青梅煮酒论英雄一节,何等神采,何种笔力!太宗皇帝令人将此书译成满文,还命百官将士通读,大有深意啊!"

"正是哩!"乌云珠连忙接上话茬儿,"曹孟德虽被骂为汉贼、奸雄,但此人却真是胸怀大志、腹有良谋……"

"有包藏宇宙之机、吞吐天地之志,对吗?"福临一口接过来,二人用的都是书中原话,不觉相视而笑。福临兴致勃勃地说:"朕最赏识曹孟德处,在烧乌巢劫粮草大败袁绍之后。他从袁绍抛落的文牍中,拿到他的部下通袁的大宗书信,谋士们都说这是清除内奸的好机会,他却说,当初袁绍兵多将广、势力浩大,不要说我手下的人,就是我自己也不知道能否保住头颅,又何必苛求他人呢?他下令将书信烧掉,不予追究。无此心胸,如何能成就英雄大业!"

"陛下说的是。妾妃也以为曹操目光远大,最能审时度势,极有自知之明。"

"哦?"福临笑着,和乌云珠同坐在南墙大炕上,隔着炕桌相对饮茶,"何以见得,学生愿闻其详。"这句话用的是昆曲的小生口白,很有韵味,招得乌云珠嫣然一笑。她说:"三国鼎立,魏势最强。江东孙权派人往洛阳进贺表,请曹操即帝位为天子。曹操看了劝进表笑道:是儿欲踞吾著炉火上邪!辞而不受,终生就当了个魏王……"

福临目光一闪,凝视着乌云珠,短短一刹那的对视,他就明白了:"你都知道了?"

"是,陛下。皇后为人善良仁厚,说不上有失德之处。"

"不。朕以孝治天下,皇后有违孝道,无可原谅!"

"陛下责备皇后,自有道理,但皇后是皇太后的嫡亲侄孙和嫡亲外孙啊,太后病重,皇后哪里会不关切?妾妃揣度,皇后必是焦虑忧念过甚,反而一时思虑不周,失于询问。皇太后训诫她几句,已经足够了,皇上你却……"

福临望着乌云珠,目光里既有惊异,又有疑惑,还有深切的敬意和爱怜。他竟一时说不出话了。

"陛下一向英明,但此举……妾妃实在为陛下担心。"

"哦?"

乌云珠坚决地说:"天下初定,主少国疑。陛下为万民之主,德高则万民敬仰,社稷安定;失德则人心背离,江山难固。天下人民不只满洲,汉民南士尤其看重君德君行。陛下一身系天下安危,凡有举动都应格外谨慎。废后已是不德,岂能一而再?况且,两位皇后都是博尔济吉特家格格,陛下就不思虑蒙古四十九旗的人心？……"

福临站起身，烦躁地在炕前快步踱了几个来回，站住，紧皱黑眉，望着窗外，说："此人着实无才，难主六宫……"他猛地回头，盯住乌云珠："你总不该不明白，我是为了什么……"

乌云珠不等他说出，已扑跪在他脚下，频频叩头："陛下如果突然废了皇后，妾妃决不敢再活在世上！务求陛下体谅皇后的本心。要是陛下还肯开恩，让妾妃留在世间侍奉陛下，就求陛下万万不可废皇后！"

福临惊讶万分，倒抽了一口凉气。侍奉在侧的太监、宫女们，都惊得目瞪口呆，连出气的声音都给压低了。

福临终于长叹一声："咳！历代多少宫闱惨变，莫不起于夺嫡。像你这样的，真还没见过呢，可以上得无双谱了……"

乌云珠身子一软，双手抱住了福临的双腿，像个小女孩一样把面颊也贴了上去，声音哆嗦着说："只要陛下江山永固、社稷安定，满、蒙、汉万民一体太平，妾妃愿以侧妃了此终身……"

福临连忙把乌云珠扶起，抚摸着她瘦瘦的双肩，充满爱怜的目光在她美丽、消瘦的脸上来回流连，用感动得发抖的声音说："朕的贤妃……朕的爱妃……只是太委屈你了！如此心胸，如此眼光，如此才德，如此容貌……"他说不下去了。

乌云珠何尝不觉得委屈！她扑倒在福临怀中，用力把脸偎进他宽阔的胸膛，听到他胸腔里心脏的搏动，想到自己的境遇、自己的命运，顿时泪如雨下。但这是无声的饮泣，那苦楚是钻心的、难忍的，又得拼命压制住，她不觉从头到脚都剧烈地颤抖了。

福临对乌云珠的异常反应害怕了，连忙轻轻拍着她的背，一再地小声问着："怎么啦？这是怎么啦？不要这样哭啊！……"

乌云珠终于抬起满是泪痕的脸，用极低的只有福临能听到的声音说：

"妾妃也怕……被放在炉火上……烧烤啊！……"

停止中宫笺表的诏令传到景仁宫,恰如雪上加霜,上上下下的人心都凉透了。

那天早起,乾东五所的嬷嬷就来禀告,说是三阿哥夜里发病,浑身滚烫,已经昏睡过去。平时不言不语、总皱着眉头的康妃也有些发急,忙不迭地跑去查看,傍晚回来时已是一脸乌云。两个说话声大了些的宫女,立刻被她竖着眉毛骂了一顿,还叫太监拉了出去,一人掌嘴二十。于是,景仁宫的人都知道大事不好,三阿哥必定病势不轻。这岂不是要命的事！自打董鄂妃进宫,这里的人就把希望寄托在三阿哥身上,要是三阿哥有个好歹,康妃娘娘还有什么想头？景仁宫的人还有什么奔头？

偏偏在掌灯时分,两个消息同时传进：皇上停了中宫笺表；太医确诊三阿哥是出花,皇上立命把他迁出宫去。

康妃当时便眼前一黑,昏厥过去了。陪伴康妃的谨贵人和几位常在赶忙上前搀扶,掐捏人中帮助顺气。她们自己不知是因为恐惧还是出于愤怒,也一个个颤抖不已。

天花,对满洲人来说,是最可怕的疾病。在关外时,他们就对之畏惧万分。当年大军多次南侵,入关抢掠,但凡遇着天花流行区,他们都早早改道绕行,有时干脆退兵。定都燕京后,几次天花流行,夺去了许多皇室贵族的生命。说来也怪,这病在满洲人身上特别凶险,十有八九难以活命。每年天花流行季节,皇上都要远驻南苑,甚至跑到长城外的草原上去"避痘"。顺治初年因此立了法令："凡民间出痘者,即令驱逐城外四十里。"结果,不但天花患者,连偶然发热或生疥癣等疮害的人,也一概驱逐。遇到这种情况,北京城里一片喧嚣纷扰,病人、家属,一串一串地被逼离家出城,流离失所,冻饿交加,哭声震天,死于途中的不在少数。更有一些贫家的弱儿稚女,因父母无力移居城外照料食宿,便被抛弃道边,任其生死。这成了清初京师的一大弊政。只是在南城御史赵开心上书摄政王,提出比较切实可行的处理办法后,这道法令的扰民程度才缓解下来。

但这并不能减轻满洲人对天花的畏惧心理。所以,三阿哥染了天花,皇上居然把他驱逐出宫,对康妃、对景仁宫的人们,都是一个沉重的打击,其程度不下于停止中宫笺表所引起的反应。

这一夜,出于各种心理,景仁宫的人都没睡好。谨贵人屋里过了半夜才熄灯,康妃寝宫里则通宵明亮。

次日清晨,谨贵人和三位常在按常礼向康妃请安。康妃和往常一样,静静答了礼,便要她们各归住处。三位常在走了,谨贵人留下了。康妃看看她,没有作声。侍女送上奶茶,康妃做个手势要谨贵人坐下喝茶。谨贵人谢过坐下,两人相对无言,默默地端着银碟银盏,不时呷两口,吹吹热气。气氛非常沉闷,憋得人喘不过气来。

谨贵人偷眼看看康妃:天!一夜之间,她怎么换了这么一副冰霜面孔?平日显得深沉含蓄的黑眼睛,完全失去了生气,变得呆滞死板;由于一夜未眠,脸色蜡黄,眼圈乌青,像是苍老了十岁……

康妃从眼角瞟了谨贵人两眼,皱了皱眉头:谨贵人额窄颚方的带几分男子气的面孔,此刻竟是红红的,表情紧张又兴奋;低压在细眼上的刚硬的黑眉在微微颤动;她还不住地眨眼,似乎想要掩住眸子里跳动着的不安定的光点。康妃心里很不受用:这会儿你起什么劲儿!

两盏奶茶都喝下去了,康妃还没有说话的意思。谨贵人实在忍不住了,说道:"娘娘,不去打听一下三阿哥给搬到哪儿去了?"

康妃冷冷一笑:"爱搬哪儿搬哪儿,关我什么事!"

"娘娘!……"谨贵人吃惊地喊道。

"这孩子是他爱新觉罗家的血脉,他们不心疼,我心疼什么?"

"娘娘,要是你再不照应三阿哥,那可就更……"

康妃哈哈地笑了,笑得人毛骨悚然。她说:"就得我们娘儿俩一起死了才干净,才称了他们的心!我……"她突然咬牙切齿地说:"就是死也要死在他们后头,看看谁熬过谁!"

她口气中刻骨的怨毒,使谨贵人骤然兴奋,猛地站起来说:"娘娘,你不能这么着!……昨儿夜里,我得着祖宗启示了!"

"什么?"康妃皱着眉头直看着她。

"真的!是真的呀!……昨儿一听见那些倒霉的信儿,我心里那个气呀!难道我们博尔济吉特氏要败给那个南蛮子女人?难道祖宗千辛万苦开创的基业,要传给那个蛮子女人的儿子?……我气着、想着,后来不知怎么的,就迷迷糊糊地睡着了,只听耳边有人喊:'快醒醒,接驾!'慌得我登时跪倒在地,哎呀,太祖皇帝和太宗皇帝站在我面前,就跟圣容图像一模一样,威严魁梧,当下我只有叩头的份儿。太祖皇帝开口说话了,那声音就跟午门上的铜钟一样亮,他说:'朕一生南征北战,打下江山,不容外人抢夺!'太宗皇帝接着说:'子孙若不敬天法祖,朕在九泉之下也不安宁!你既是朕家儿媳,一定要为宗社、为爱新觉罗氏挺身而出!'我于是再三叩头,向二圣奏道:'儿臣领命,万死不辞!'太祖皇帝便捋髯笑道:'果然如此,朕向佛爷求情,赐你生生世世降于富贵之家!'我才要谢恩,掼了一跤,就醒了。"

康妃早听呆了,直瞪着眼,带着敬畏小声问:"真的?太祖、太宗皇帝托梦给你了?"

"我的娘娘,你是谁,我是谁呀!我怎么敢对祖宗不恭?难道不怕天雷轰?"

"那,你……"康妃盯了一眼谨贵人。

谨贵人眼里放射出狂热的光芒,浑身是劲地攥着双拳说:"我哪怕粉身碎骨,万死不辞!"她仿佛又回到大草原,骑着骏马,发疯似的纵横驰骋。她眉毛高扬,胸脯挺直,一股压抑不住的热情从她全身向外喷涌,使她此刻显得又美丽、又可怕,紧紧地吸住了康妃的目光。康妃心里犹豫,尽量把口气放冷些:"事已如此,你就是领了先帝圣命,又有什么法子?"

谨贵人急忙向康妃跪下,叩了个头,说:"我思谋半夜,已想出了一个好法子,心里正自不安,就有二圣来托梦。这是先帝指点,必得要这么办!"

康妃没有搭腔,谨贵人急得眼都红了,说:"娘娘请放宽心,天塌下来,我一人担当,决不连累别人!"

康妃从眼角向四周看了看,谨贵人立刻大声说:"娘娘,前日穿那双鞋花样新鲜受看,能不能赐我多看两眼?"

康妃站起身说:"进里屋来瞧吧!"

她俩一同进寝宫里间去了。

一顿饭工夫,两人再走出来时,各自神态大变。康妃一反平日的沉静和刚才的阴冷,变得心慌意乱、举止失措,她下意识地掐下一朵唐花——花坞新送来的玫瑰,高高地擎着,一只手无缘无故地把花瓣一片片扯下来,细长的手指在不住地颤抖。她咬着嘴唇,视而不见地望着花瓣,好像决心不再开口。

谨贵人的狂热劲似乎已经过去,变得冷静沉着,像是一位女谋士,在向康妃小声地陈说利害:"我的娘娘,水火哪能相容?用蛮子的话说,得要破釜沉舟!不然对不起祖宗,更对不起后人!"

康妃的声音颤抖得听不真了:"这……于心不忍啊!"

"可这是先帝的旨意啊!"谨贵人急了,"我不修今生修来世!我宁可近支宗派继位,也不能让他当太子!……"

两人忽然都噤住了。因为从北边,隔着高高的宫墙,传来一阵行云流水般优美动听的古筝乐声,丁丁冬冬,无比清越,好似玉石相击,又如泉滴深潭。但这一声声又都像重锤,锤锤击在两人的心上。乐曲间,她们甚至隐隐听到,还夹杂有清脆甜美的笑声。啊,是她!——隔一道北墙,那边就是承乾宫!

康妃打了个冷战,脸都扭歪了。她痛苦地闭上眼睛,静默片刻,再睁眼时,脸上又挂满了冰霜。她用力扔掉手中那朵凋残的玫瑰,走出寝宫,站在台阶上,呆着脸吩咐道:

"传辇,禀告皇太后、皇后,我要出宫去看望三阿哥!"

宫里的规矩,皇子出痘,只有生母可以探视。康妃只领了几名随侍宫女往西华门外福佑寺看望皇三子,这是无可非议的。

但是,两三天后,活活泼泼、粉妆玉琢的四阿哥,竟也浑身发热,染上了天花。

第 六 章

一

窗户纸上有个铜钱大的小洞,冬日明丽的阳光透过它照进屋里,投射下一个扩大了四五倍的圆圆的日影。望着日影从炕头移向炕角,从炕角爬上东墙;望着它由亮黄变得金黄,由金黄染上淡红,梦姑坐立不安,越来越害怕,心头掠过一阵又一阵寒战:她的丈夫就要回来了!

东厢房里一片喧闹娇笑,多半是在斗牌;西厢房里哭声夹着骂声,一定又在吵架。她们不理睬梦姑这位"正宫",梦姑更不敢招惹这些"妃嫔"。

春天里,白衣道人师徒亮明了身份,和乔柏年认亲结盟,共图大事。借哥哥的光,梦姑过了几天安生日子,朱慈炤不再动手打她。可是哥哥五月份到京城赴顺天乡试,梦姑立刻又陷入苦境。朱慈炤故态复萌就不必说了,连那些住在东西厢房的女人们也合伙欺负她。家庭里的事从来如此:山中无老虎,猴子称霸王。梦姑既拿不出正房的虎威和派头镇住她们,她们当然就要称王称霸,反过来镇住她,谁叫她那么温顺良善、软弱可欺呢?除了原先环秀观的小道姑还讲点儿昔日情分,其他女人,哪一天不甩给梦姑没完没了的叱骂、嘲讽、讥笑呢?

哥哥走后,朱慈炤就不准乔氏进后院,却许可容姑不时来和姐姐做伴儿。容姑才十二岁，不懂事，当姐姐的什么也不敢对她讲。但那天梦姑擦身的时候，容姑突然闯进来，一眼就看到姐姐胳膊、大腿、胸背乃至肚皮、乳头上一块块怕人的红紫伤瘢，小姑娘吓得尖叫一声，扭头要跑，梦姑慌忙喊住她："小妹！"容姑愣愣神，扑过来抱住姐姐伤痕遍体的身子痛哭失声，边哭边骂，骂姐夫不是人。梦姑心惊胆战，从此不敢让妹妹再进后院。这一点点亲情也断绝了，说梦姑身处活地狱，真不为过。重重折磨，她还哪得活气来？

哥哥，你到哪里去了？眼看腊尽年残，你为什么还不回来？

圆圆的日影映在东墙，红得深了几分，又向上移了半寸。梦姑死死盯着日影，心底的寒战向全身扩散。三天前，朱慈炤随白衣道人出门，说是今天日落前回来。这三天，梦姑像在做梦，梦到自己回到幼时，在过年。这三天，也像小时候的年节那样，过得飞快。她又将被拖回那个漆黑的、布满毒针尖刺的深坑，日影每移动一分，她就被拖近一步……

日影的边沿模糊了，却更加红，红得像血，像梦姑伤口沁出的血珠……梦姑恐怖地瞪大眼睛，浑身哆嗦：难道不是这可恶的日影在拖她，把她重新扔进可怕的深渊吗？……梦姑突然跃起，扑向躺柜，从柜底下掏出小铁锤和一把钉子，跳上炕，对准日影的中心，把钉子拼命砸进去，砸进去！"咚咚咚咚"！她急促地砸，砸进一排长钉，她要把日影钉死在墙上，让它不再移动！让那可怕的时刻不会到来！……不，她办不到，日影又移上去了！……

梦姑愤怒地扔下钉锤，冲到窗前，"嗤"的一声，撕下一块衣襟，贴住那个窗纸洞，双手死死地把它捂住！她不要再看见那块移动的血斑，她受不了这无情的折磨！……

"嘎——吱——"堂屋的门轻轻响了，梦姑一惊，衣襟块掉到炕上，她缩住身子细听：有人拖着沉重的脚步慢慢走向她这东屋。须知朱慈炤从来是要所有女人都在院门内跪接的。这是谁呢？梦姑疑惑着下了炕。

门帘悄悄掀开,站在那儿的正是他,梦姑的丈夫、这里一大群人的"主上"、三太子朱慈炤。不过,平日的骄横、高贵、刻毒、阴森,此时都不见了。他疲惫得就像要垮架子的茅棚,摇摇晃晃,虚胖的面颊和眼角一起垂落下来,脸色白得吓人,丧魂失魄地望着梦姑,又像什么也没看见。

梦姑不敢看他,只顾忙碌着:放炕桌、上什锦攒盒酒菜、烫酒、沏茶,然后低头出屋,去叫东西厢的"妃嫔"来陪酒侍候——每天的规矩如此。不料朱慈炤发出一声刺耳的尖叫:"不!不!——别去叫她们!全都靠不住,靠不住哇!——"

梦姑倒退几步,刚倚在炕沿站定,朱慈炤猛扑过来,"扑通"一声跪在她脚边,紧紧抱住她的腿,声声哀叫:

"你别离开我!别撇下我一个人!求求你,求求你啦!……我完了!全都完了!……"

朱慈炤放声大哭,拿脑袋一下下地撞着地,撞得"嘣嘣"响。

梦姑吓得心头怦怦乱跳,在惯常的恐惧和厌憎中,竟生出一丝怜悯。她身子一动也不敢动,只怯生生地扯扯朱慈炤的衣袖,小声说:"爷起来。坐。"

朱慈炤此刻像个挨打受气的小孩,擦鼻涕,抹眼泪,挨在炕桌边又抽泣了一会儿,竟然向他从不放在眼里的梦姑,滔滔不绝地诉说起来:

三天前,他和白衣道人一同去都山。都山里有一支号称五千人马的绿林豪强,响应永历南明,愿受招抚,起兵抗清,恢复汉家江山。朱慈炤仍以假阳曲郡王的身份,前去封官颁印。此行是他第一次公然以王爷身份露面,所以异常兴奋,大有重见天日、不可一世之概。但是,进山一看,人马不足八百,尽是疲马锈刀;所谓的豪杰,一个个匪气十足,令人惧怕。头一天,首领对他们还十分客气,盛宴款待,再三解释说,因为鞑子朝廷出了垦荒免赋的政令,把四千人马给勾引跑了,剩下的人马虽少,却都是精兵强将,大有可为。第二天,王爷封官颁印,豪杰们声口就不大好了。得到铜印、木印和委官札付的"义士"们虽也叩谢皇恩,却又不住地提起赏赐和军饷这两件要命的事。朱慈炤随带的那一点金银珠宝,直如杯水车薪,哪里济得事,徒惹豪杰讥笑。首领们面色不善,对朱慈炤和白衣道人顿时冷下去,当晚将他二人安置在山寨背后的小独院,连服侍的下人都不派给。第三天清晨,朱慈炤和白衣道人急于挽回局面,早早起身,刚刚转过山坡就惊呆了:山寨已空,不见一马一卒,寨门栅栏焚烧尽净,昨夜见到的都山大营已成荒山废墟。两人不知虚实,赶忙逃离。出山后,道听途说,才知道都山的八百人马已受朝廷招安。这些豪杰们没有绑他俩去请功,就算是对大明朝廷了不起的忠心和怀念了!……

说到后来,朱慈炤已是声嘶力竭,上气不接下气:"阳城山那路兵马去年就受了招安……林山有千把人,也在今春散尽……只有都山这一支,人强马壮、声势最大,历来寄予厚望的,却又一夜之间化为乌有!……啊,我靠什么恢复祖业?还有登龙位的一天吗?……完了!全完了!……"他全身无力地伏倒在炕桌上,碰翻了几只酒杯。一只小银杯滚落地下,"叮当"一声,清亮好听。

"啊,酒!……"朱慈炤抬身,惨惨地一笑,"喝酒!喝酒!……"他嚷着,攫过酒壶,抓起酒杯,自斟自饮,斟一杯喝一杯,好像这不是酒而是水,片刻间灌下去了十几杯。他的脸红上来,眼睛也斜了,仰着脖子口齿不清地吟道:"万事——不如——杯在手,人生几见——月当头!哈哈,哈哈,哈哈哈哈!……知道吗?这是我伯父……弘光的诗,说得多透彻?……他到底坐了两年天下,皇帝的福,他可是都享尽了!……我呢?……我呢?……"

梦姑脸色都白了,想要乘机退下,因为往常朱慈炤一吟出这两句诗、一提到弘光帝,马上就要动手打她、骂她、折磨她、作践她。

"不准走!"朱慈炤大喝一声,血红的眼睛闪出兽性的残忍,盯住梦姑,梦姑哆嗦着缩向墙角。"你也想溜?……你也想丢开我,去受招安?……我饶不了你!"他逼近梦姑,先朝他刚才抱着痛哭的梦姑的腿猛踢两脚,梦姑膝盖一酸,跪倒了。他又揪住梦姑的前襟,左右开弓,"噼噼啪啪"地抽了十多个耳光。梦姑的两颊登时肿起来。朱慈炤歪扭着脸刻毒地笑道:"你只有这样胖胖的,才有点儿美人儿味道!"

半醉的朱慈炤力大无穷,拎起瘦弱的梦姑扔上炕,随即便如饿狼一般扑上去。梦姑痛苦得浑身的脉络都在缩紧、在痉挛,血液似乎也凝固了,欲哭无泪,欲呼无声,恨不得一死了之……

一番强暴过去,缠绕着朱慈炤的恐惧和绝望丝毫未减。他原要听这女人惨叫,听她哀告,那样,他会感到自己是强者,是豪壮而且高贵的征服者,便能求得心理上的些许满足,获得精神的暂时平衡。可是这个女人,外表美得叫人眼红,内里却是一坨冰疙瘩!不管他怎样肆虐,她只是一声不响,冷冷忍受,没有任何反应,简直是不理睬他,或许就没有把他当成人?……可他朱慈炤,是龙子龙孙,是太子!要不是这可恶的世道,这些该杀的人们,他早就登九五之尊,是天下第一人了!……看着躺在炕角一动不动的梦姑,朱慈炤照例又迸发了暴怒,跳上炕去,对着梦姑踢、打、拧、掐,口里恨恨地骂着:"你是死人吗?你怎么不死!你这冰女人!冰女人!冰女人!……"

梦姑咬紧牙关,闭紧了眼,任随他打。她心中只有一个愿望:死吧!打死我,我就好了……

"姐姐!姐姐!"容姑的清脆嗓音突然在院里响了,欢天喜地,故意大声嚷着,"你猜猜,谁回来啦?"

朱慈炤住了手,眼里掠过一道兴奋的亮光,又歪扭着脸笑了笑,要下炕。梦姑看到他的笑,心里一寒,不知哪里来的力气,一跃而起,猛然拖住朱慈焗的腿,咬牙说:"你不能……她还是个小孩子!……"

朱慈焗俯首一声冷笑,刻毒中带着得意:"哼,你这下动心了?"随即一脚蹬开梦姑,喊道:"小妹,屋里来!"

梦姑不顾一切地喊:"小妹,你别……"朱慈焗一记重拳打向她面门,把后面的话打掉了。

门帘一掀,容姑蹦跳着进屋,朱慈焗从门边窜出,一把将她拦腰抱住,按在炕沿,撕扯她的衣服。容姑吓得又哭又骂,又踢又打。梦姑忍着浑身疼痛,冲过来拉拽丈夫,解救妹妹。但朱慈焗不管不顾,眼睛血红,额上青筋暴起,疯了似的大喊大叫:"我伯父弘光,一晚上能弄死两个幼女,我就不如他?……啊!"他尖嚎起来,因为容姑在他手上狠咬了一口。

"住手!"几乎同时,一声大吼震动了屋梁,一只大手抓住朱慈焗的后领,把他拎起来,狠狠摔进椅子里。

"哥哥!"梦姑和容姑异口同声地大叫,容姑立刻扑到铁塔般的哥哥身边,放声大哭。

"你!"乔柏年虎目圆睁,瞪着朱慈焗,拉风箱似的大口喘气,愤怒使他的神色很可怕。朱慈焗吓得缩成一团,直哆嗦。但君臣之礼终于使乔柏年硬压住火气,他怎么敢以臣犯君?他紧皱眉头,躬身一拜,说:"主上,乔柏年回来了。"

朱慈焗也很快摆出自己的身份,大模大样、摊手摊脚地向椅背一躺,拉长了声音:"哦——是你呀,刚回来?好些日子不见了。"

乔柏年怒目一闪,旋又忍住:"主上,为人处事,不可逾分。"

朱慈焗扬扬眉毛:"并无逾分啊?姐妹共事一君,乃千古佳话!"

乔柏年猛一抬头,浓眉下目光灼灼,颜面涨得紫红:"她才十二岁,还是个孩子!"

朱慈炤仰头一笑:"这,你就不明白了。我们祖上就讲究选幼女进宫侍候,叫作采阴补阳。哪一年不选个二三百!专要八岁到十二岁的。说起来,容姑还嫌大了呢!……"

乔柏年满腔怒火,真想往朱慈炤那无耻的得意笑脸上狠狠扇两个耳光!前明的大好江山,不就是因为一代代皇帝荒淫无耻、昏庸腐败而断送了吗?……他拼命克制住自己,拉着容姑,掀开门帘,大喝一声:"走!"

出门那一刻,容姑回头,悲切切地哭叫着:"姐姐!——"

乔柏年匆匆跨出环秀观大门时,月亮已升起来了。他心急火燎:必须立刻找到白衣道人,弄清楚到底出了什么事情!

刚才他怒冲冲地来到观里,是为了找白衣道人论理。朱慈炤不成器,欺人太甚,白衣道人这位"帝师"若不好好教训教训他,乔柏年宁可不当国戚,也要另投别门!再说,他刚从南方回来,许多大事也得跟这个牛鼻子老道商议。不料白衣道人不在观中。观主袁道姑忧心忡忡地告诉他:今天下午,白衣道人师徒才从都山封官颁印回村。老道回到观里,一句不提都山,只是不停地喝酒,先要袁道姑陪饮,袁道姑量窄喝不了几杯;又叫褚衣仆同饮,褚衣仆被他灌醉了;然后拽来守观门的瘸子,他又觉得喝不尽兴,干脆身背大酒葫芦、手持酒杯出观去了。袁道姑怕他出事,也跟出观门,见他在路上遇到人就拉住人家陪他喝,实在不成体统,便上前劝了两句,竟招来他一通大骂。袁道姑无奈,只好回观。白衣道人已不知荡到哪里去了。

看这情形,莫非都山出了事?都山这支人马,是乔柏年费了九牛二虎之力才笼络过来的,命根子一般,他怎么能不着急!可是到哪里去找白衣道人?乔柏年停步四顾,月光如水,映着斑斑雪光分外冷清,万籁俱寂,哪有人影人声?

远远山坡下,忽有人在呼叫:一阵长啸,一曲狂歌,清夜遥闻,格外清晰。乔柏年循声奔到近前,果然是白衣道人!他坐在一方大青石上,醉得东倒西歪,衣衫不整,发髻蓬乱,举着酒葫芦正在喝酒。

"先生,快别喝了!"乔柏年上去要夺酒葫芦,白衣道人把他推开。好大的力气!乔柏年十分惊讶,不由得细细打量他。他仿佛不认得乔柏年,甚至不注意眼前有人,咕嘟咕嘟喝下两大口后,抹嘴大笑,笑罢高歌,歌罢狂叫,叫到后来,竟汪汪汪汪地学起狗吠,吠声不绝,声调越来越高,嗓子越叫越嘶哑,高不上去了,忽然跌落下来,呜呜咽咽地恸哭。

乔柏年连忙推他:"先生,你怎么醉成这个样子!……我是乔柏年,刚从南边回来!"

白衣道人流着泪笑道:"不醉!我一点不醉!柏年老弟,我认得你,来,陪我再喝三杯!……"

乔柏年道:"还说不醉,怎的学狗叫!"

白衣道人摇头晃脑:"告诉你,我就是醉死,心里也不糊涂。至于学狗叫,每每酒足,常自为之,不肯为人道而已!其中缘故,说来伤心。多年来,我从不肯露本相,事到如今,还有什么不可说呢?……我要对你讲讲心里话,我憋得慌,憋得慌啊!"他抓住胸口,凄凉地一笑,笑得乔柏年心酸难忍,劝慰道:"先生有话尽管说,我乔柏年是什么样的人,你还不知道!"

老道忧伤地摇摇头,暗淡无光的眼睛仰望着明月,呆呆地半天不作声。乔柏年小声提醒:"先生,你要说什么?"

"是了,我要说说……"他一下子像老了十岁,佝偻了腰,龙钟之态可掬,慢慢地说下去,"当年鞑子南下,攻破郡城,我身为郡守,慨然赴死,义不容辞,便率妻妾及大小家人昭告天地,北面拜君,尔后从容就缢。我妻有孕在身,悬于梁而胎堕,家有一犬竟守之不去,邻家之犬争欲啖胎,吾犬则奋而斗杀之,先后啮死四犬,而吾犬之力竭亦死……举家男女二十六人,偕堕胎及吾犬均亡,惟我以绳断昏厥于地而独活……每念及此,心痛如绞,借醉而为犬吠,无非凭吊之意……苍天!我若不能驱杀满虏,成就光复,何颜对室中就义之二十六人?……"白衣道人满脸泪水,一口气噎住,说不下去了。

乔柏年连忙为他揉胸捶背,切齿道:"满虏入关,灭我社稷,杀我人民,占我地土,淫我妻女,亡国之痛念念在心,所谓人神共愤是也!先生不必这般惨苦,驱夷蛮、图恢复,正需我辈奋发!"

白衣道人仰天浩叹:"无望啊!大势已去,气数将尽。与其偷生,何如一死,追寻我家二十六位义民!……"他掩面痛哭。

乔柏年心下一沉:"你说什么?难道都山……"

白衣道人摇头道:"一夜楚歌,吹散八千子弟兵;一纸垦荒免赋政令,也吹散了都山的四千人马!……"他详细说起都山、林山、阳城山三处兵马逃散降清的经过。乔柏年听得手脚冰凉,背上直冒寒气,猛地一捶青石,大叫道:"这不能!我不信!"

白衣道人用无神的眼睛看看乔柏年,惨然道:"不信,那就随你了……记得十年前,鞑子初进中原,江西总兵金声桓反,大同总兵姜瓖反,那才叫一呼百应,旬日间所在尽叛!其时不仅有故明皇室为号召,有李闯、张献忠人马处处抗清,还有因圈地、逃人、薙发诸令逼迫而不堪为奴、相率成盗的无数流民,正是天下大乱,杀人如麻的时候,应了三百年一大劫啊!……可惜这时机已一去不复返,不复返了!……"

月下的白衣道人,毫无醉意,狂态尽收,冷静下来,但一派颓丧、绝望,像一条垂死的白鱼软弱地躺卧在大青石上,往日的从容自信、深不可测的智睿、令人生畏的劲气,此时全都消失了。乔柏年忍不住问道:"难道先生你……"

白衣道人仿佛没听到,自顾自说下去:"要说天下大势,合久必分,分久必合,乃事物常态;大杀大乱大劫之后,人心思定,也是常理。十年以来,鞑子朝廷看准此理,剿抚并用,渐次平定各方,又革除明季三饷,蠲赋免役,禁圈地、宽逃人法、奖励开荒,重用故明旧臣,开科取士,严禁科场弊端,种种举措,无不顺乎民心,你我还能有什么作为?……"

乔柏年却不是轻易压得垮的,很快就恢复了平日的大丈夫气概:"先生不必灰心!我永历朝、国姓爷俱是兵多将广、势力雄厚。我此次乡试落榜后,去了南京,找到了永历朝廷的人。有皇上的勤王谕旨,要各路义军在鞑子攻进云贵时起兵策应。听说国姓爷第一个接了旨!只要各处勤王大兵一齐动手,未必不能重开局面!……"

"做梦啊!"白衣道人冷冷一笑,"永历朝若真有大势头,也不必诏令各路勤王了!都山、林山、阳城山兵马如此,其他各处可想而知。至于郑成功,说实话,老夫从不深信,安知他没有自立之心?……如今你我兵微力薄,已然进退失据了!唉!……"

乔柏年解开襟怀,拿出一大摞绢质和纸质的札付,上面有委任总兵、副将、参将等职务字样及永历年号、红印;又拿出几颗寸径的木印、铜印、银印和一面大黄旗,说:"先生请看,这都是朝廷新颁下的,正好请贤聚兵,以为号召……"

白衣道人拿起那颗银印在手中掂了掂,说:"只有这颗还值得几两银子,那些全都无用!废物!"他一举手,把乔柏年捧出的印和札付全都挥到地下。

"你!"乔柏年真弄不清这老道是醉是醒。听他说起天下大势、自身遭遇,清晰明白;可看他表情行为,又时时像个醉汉。他俯身去拾印时,老道两句话说得他也丧了气:

"重赏之下,必有勇夫。眼下只凭忠义二字……哼,无赏无银,谁肯卖命?"

沉默良久。乔柏年突然抢过酒葫芦连喝了几大口,一擦虬须,说:"主上身边无宝吗?"

白衣道人思忖片刻,静静地说:"若想就此洗手不干,自然可以拿去折卖养家;如若还不死心,则奇货可居,分毫不能动!"

"啊?"乔柏年大为惊讶,"难道三太子有假?"

白衣道人苦笑:"何必问他真假,要的不过是朱三太子这块招牌!"

"既然如此,"乔柏年提高声音恨恨地说,"这人太不成器,不堪为君!"

白衣道人平淡地说:"何止此人!他们朱家子孙,哪一个不是骄暴昏庸、不堪为君!但凡有几个如鞑子朝廷小皇帝也罢,天下哪会弄到眼下这般地步!"

"你?……"乔柏年瞪大了眼睛。

"话已说到这个份上,何必再瞒你。我乃崇祯壬子进士,身历崇祯、弘光、隆武、永历四朝,眼见各朝无事不败坏,无处不糜烂,真正是救无可救,气数已尽了!……"

"那么,你并非以复明为志了?"乔柏年尖锐地逼问一句。

"怎么说呢?我也姓朱,但并非皇族。俗话说,皇帝轮流做,明年到我家;又道,乱世出英雄。郑成功能自立,我就不能自立?……唉,这都是早先的念头,如今壮志已随流水去,日后隐居山林,诗酒了此残生吧!……"白衣道人又露出醉态,嘻嘻笑着,伸手搂住了乔柏年的肩膀。然而道人的这番话,却如石破天惊,震撼了乔柏年!他心头如雷鸣电闪,刹那间转过无数念头,生出无限感慨,仿佛从湍急狭窄的小溪流突然跳进气势雄伟、波涛壮阔的大河大江,胸襟豁然开朗。他眼里燃烧起一团烈火,明亮灼人,伸手拍

拍白衣道人,说:

"先生一席话,令我茅塞顿开!先生既肯开诚布公,柏年决不相负!虽然时事维艰,大丈夫岂能忍辱偷生!你我同舟共济,总能成就一番事业!"

"你,还有出路?"白衣道人眯着布满血丝的眼看着乔柏年。

"当初我联络各地义士,除都山这三处之外,还有几处小股人马。我想约定新正举事。只要谋划得当,便能出奇兵速进速退,攻破县城,那钱粮库不就是我们的?有了钱粮还愁没人?"

"哦?"白衣道人的眼睛猛地一亮,又聚合成鹰鸶那般锐利的光芒。他不再说什么,却蓦地挺直了腰,跳下青石,俯身把他挥到地上的印和札付仔细收捡归拢。乔柏年看着他意味深长地说:"这些废物还可助你我一臂之力呢!"

白衣道人哈哈地笑了,不带醉意、不含悲怆、没有狂态,是这个寒冬月下夜话以来的第一次。乔柏年暗自嗟叹:此人真真假假、虚虚实实,有如老林巨泽,令人目眩心迷、莫测高深,总也揣摩不透啊!……但他明白,他们必须合作。于是他正视白衣道人,口气认真严肃地说:

"有件事,请先生玉成。"

"只要鄙人能办到。"

"给我梦姑妹子一纸休书!"

"哦,这个嘛……新正举事之后吧!"

"好,说定了。"

几天之后,马兰村来了十多个外路人,骑着马,后面跟着骡子,骡驮子里满满当当不知都装的什么。他们一个个身强力壮,很是神气。惹人注目的是他们身上还背了弓箭,腰下悬了宝刀。有人说是一队富商,路过马兰村,看望相知乔柏年;有的说是京师大户腊月出猎,借乔柏年家宽敞的院子歇脚;更有人悄悄猜测,是山里的"大王",来寻他们的眼线。一时间马兰村里议论纷纷,不过谁也不敢在外面说出不中听的话。乔柏年财大气粗,老道人道法高明,谁敢去触霉头?

二

入夜之后,京师内城各门闭锁,灯光寥落,人声渐息,而南城却到了一天中最沸腾又最神秘的时分。棋盘街、大栅栏、廊房头、二条胡同、三条胡同、肉市、鲜鱼口、打磨厂、珠宝市,是旅店、货栈、茶楼、酒馆丛集之地,灯火辉煌、人语喧闹。买卖吆喝、划拳行令,加上众多会馆的夜戏锣鼓,汇成一片夜市的特殊音响。京师两大戏楼,一名查家楼,一名月明楼,都正是笛声悠扬、粉墨登场,一派春花秋月的旖旎风光。查家楼,在正阳门外肉市;月明楼,在宣武门外永光寺西街。两大戏楼之间,樱桃斜街、玉皇庙、西珠市、东草厂,再向南韩家潭、胭脂胡同、石头胡同、粉坊街、果子巷,则是娼妓优伶居住集中的地方,人们称之为"华灯照天,银筝拥夜,朝朝寒食,夜夜元宵",是京师有名的"销金窟"。顺治初,曾冷落过两三年,顺治十年以后,又繁盛起来。

进妓馆闲游,叫做打茶围;到优伶所设堂中闲话的,也叫打茶围。时人改旧诗曰:"一去二三里,堂名四五家,灯笼六七个,八九十碗茶。"因为优伶家常备小纸灯数百,客来则提灯引进,客去又各给一盏小灯引出,门前还悬着灯笼。于是南城这几条胡同,入夜以后,一眼望去如列星荧荧,既是风流的招牌,又是低贱的标志。

同春居然走到这灯火辉煌、清歌缭绕的樱桃斜街来了,他说不清心头是什么滋味。

三年前,他下了多大决心,费了多大力气,才离开这个地方。那时候他发誓,这辈子决不再踏上这片土地。可是今天,他不得不来找他的师弟柳同秋——眼下京师有名的红相公、媚香堂主人莲官。十五的月亮光华四射,路边雪堆白得晃眼,寒夜冰冷刺骨,空气仿佛都冻得发蓝了。同春裹紧了身上单薄的棉袍,踏着月影,在川流不息的车马游人中,在如萤火飞动的大小灯火里,走进了媚香堂。

媚香堂主领徒弟应条子陪酒去了,再有半个时辰就会回来。因为莲官是颇具盛名的红相公,陪人筵席,只需酒过三巡便可登车它去,主人不得相留,而酬金却不得少于十两,至于赏赐的金玉珠翠、貂袍麛锦,多得不计其数。

"做相公的到了这个身份,就算是顶尖了!"这是媚香堂的门丁对同春说的感慨不已的赞词。他把同春当成替家主前来邀请莲官的小厮,当成自己的同类,不肯放他进门,却把他留在自己的小屋内,一边等候,一这吹嘘媚香堂。同春无奈,只得听着。

门外一阵马嘶,辚辚车声直响到门前,在檐下那写有"媚香堂"三个金色大字的大红纱灯照耀下,一辆漂亮的雕花篷车停下了。门里门丁小厮赶忙迎了上去,掀开车帘,三位裘服翩翩、绣衣楚楚的佳公子下了车,匆匆进堂上去了。同春认出来,走在前面的正是同秋。

过了一会儿,门丁领同春上堂,小声嘱咐说:"堂主脾气不好,你回话可要小心着!"

同春皱皱眉头,不禁想起当年那个腼腆的、娇怯得像女孩儿一般、时时需要他保护的小师弟。

进了门,首先投入同春眼帘的,是一身月白缎貂袍、外罩镶水红珠花边的茜红短褂的同秋,满头黑发油光漆亮,脸上一层淡淡的水粉胭脂,看上去还那么娇艳。一个小童儿双手捧着铜盆跪在那里,侍候他洗手。

"禀大爷,"门丁谄笑着单腿跪下,"这人已经等了半个时辰,他说是大理寺评事大人家的……"他伸手扯扯同春的衣襟,要他跪禀。同春不动。

同秋一副娇滴滴的不耐烦的样子,像被惯坏了的女人那样从牙齿缝里说:"真讨厌!这么晚了,天又这么冷,还没完没了啦?……"他甩甩手上的水珠,另一个小厮赶忙拿干净手巾替他擦干伸在那儿的双手。他这才转过身子面对同春,但眼睛并不看他,带过一阵浓烈的香味:"哪家大人?"

门丁又扯同春的衣襟,同春轻轻推开,沉重地低声说:"你……真的不认识我了?"

同秋一耸眉尖,盯住了同春,刹那间瞪圆了双眼,抢上几步,一把拉住同春的手,喊了起来:"师兄!是你呀!"

"师弟!……"同春嗓音哽咽,同秋却已滴下眼泪。门丁诧异地看看同春,悄悄地退出去了。

"三年不见了,师兄你可好?"同秋把同春让在客位坐下,命徒弟进茶进果之后,无限感叹地问。

"我好。师弟你呢?"同春看着同秋女性十足的面貌和动作,反问一句。

同秋轻轻一笑,意味十分复杂。说他得意吧,却含着一些凄婉;说他无可奈何吧,又有几分矜持。他转动着水汪汪的大眼睛,说:"酸甜苦辣,此中滋味都已尝尽,还有什么可说的?"

同春心头一酸,移开目光打量房中陈设,却是意想不到的雅致简朴,并无绮罗香泽习气。室无纤尘,几净窗明,壁上是名人书画,摆设也仅古琴一张、洞箫二支、自鸣钟一座。正中墙上一轴横幅,上书十六个小篆:"座中佳士,左右修竹,落花无言,人淡如菊。"潇洒风流,为一室增色不少。同春以前到过不少优伶的"香窠",锦幪纱橱、琼筵玉几,无不光耀夺目,至于周彝汉鼎、壁钟衣镜,多半豪贵人家也很少有。寝室则更是华丽、香软,如临春阁,如结绮楼,神仙到了那里也会迷失本性。同秋不是已经上到"红相公"的地位了吗?住处怎么这样素净?

同秋看出师兄的疑惑,说:"跟做生意一样,与众不同才能出众,鹤立鸡群才能不群。眼下文人秀士最时兴,惟有脱俗方能得名人赞赏。不然,红相公就红不成了!"他说来心平气和,如同武人说弓箭、文人讲文章一样。他打量着同春一身寒酸的装束,稍一迟疑,问道:"师兄还在做书童?"

同春摇摇头。科场案发,李振邺被杀、张汉被囚,他的饭碗砸了。好在他是平民而非奴仆,尚能出入北城南城为人临时做工。虽然仅得温饱,却无需随人俯仰。但这些用不着对同秋说。同春笑笑,道:"师弟,你这媚香堂肯收我吗?"

"啊?"同秋吃了一惊,想不到同春会提出这个要求。他为难地蹙起淡淡的细眉,像女子那样掏出绸绢揾着嘴角,轻轻地擦了擦,强笑道:"师兄不要跟小弟作耍。"

同春又笑着逼了一句:"听说你日陪数筵,日进百金,还养不了哥哥我这张口?"

"师兄,要是只为一口饭,小弟我能养你到老!若是陪筵接客,恕小弟直言,三年前你本可艳压群芳,独冠京华,小弟决计望尘莫及!……如今,晚了。不独师兄已晚,就是小弟也已日暮西山,不过趁芳春将歇,积蓄后半生的使用罢了!……"他那竭力修饰的姣美的脸,显出和他年龄极不相称的怆然和憔悴之色,同春暗暗叹息。他知道,干同秋这一行享受盛名不过数年,大约十三四岁初次登台唱红以后,便有许多大佬出大钱奉承,使之有能力开设堂子,红遍南城、红遍京师;十六七岁到达全盛;十八岁以后便要衰落,因为人越来越像男子,被称作"浔阳妇"而门前冷落车马稀了。同秋过年不就要十八岁了吗?

"师弟,"同春真诚地劝道,"多积些钱也是正理。置些田产房屋,娶妻生子……"

"不,不,我不要子孙!"同秋突然打断师兄的话,"他们免不了也要操这梨园生涯,我宁肯孤独一世!"他紧紧地咬住了嘴唇。

听一个十八岁的男孩子说这样的话,实在令人难过。同春打心眼儿里原谅了师弟。

"师兄,你一向清清白白,今儿个怎么又……"

"不,不!我的意思你没有理会。我想请你荐个班子!"

"师兄你要登台唱戏?"

"嗯。"

"你想进哪个班?唱什么角儿?"

"哪个班都成,只要是新年往永平府一路去的就行。角色也随便,生、旦我还都能拾得起来。"

"你要去给师父上坟?"

"要去。也要挣口饭吃。"

同秋眼珠一转,问:"还要看看乔家母女姐妹吧?"

"不用多问了。师弟肯不肯帮忙吧!"

"师兄是当年的梨园三杰,至今脍炙人口,任哪个班子,怕不要抢得打破头!这有什么难!师兄,三年没听你唱了,唱一折好不好?我去叫笛子、笙、板来!"

同春点了一出《桃花人面》,这是班子里常演的戏目。但同春并不唱主角蓁儿的段落,却作起博陵崔护那潇洒文雅的身段;他并不唱《初遇》那一折,偏偏要求试一试《题诗》那一折的《落梅风》带三令:《甜水令》《得胜令》和《折桂令》。

同秋为他轻敲檀板,笙笛悠扬,奏出了引子。同春半板不错,开口便唱:

[落梅风]:细雨洒轻寒,绿绣芳草浅,隔溪的沙鸟几处如相见。满旗亭花开俨然,盼不见去年人面。

在这里有一句简单的道白:"此间已是她门首了。"同春念得吞吐萦回、柔肠百转,随后便唱出那有名的三令:

　　[甜水令]:呀,为甚呵村庄冷落,朱扉镇锁,春风静掩,桃李笑无言?可正是云离楚岫,雾散秦楼,玉去蓝田,则教我对花枝空忆当年。

　　[得胜令]:千种恨,向谁言?万般愁,空自怜。你可是化朝云阳台畔?俺怎能结同心古树边?盘旋,看水上双飞燕;迁延,听枝头泣杜鹃。

　　[折桂令]:望芳郊晴岚半天,看几个典春衣,行歌绣筵。谁似俺春恨绵绵,良辰无那,泪洒风前。哭如痴,吟如醉,海棠边又增新病;住不可,行不能,桃花下怎寻旧缘?枉自留连,漫自俄延,空目断烟波画船,空历遍云山墓田……

同春连唱带做,唱得如痴如醉,做得活灵活现。到后来,他竟唱出了眼泪,敲檀板的同秋都看呆了。

　　唱完了,同秋停板,笛师停笛,笙师缓缓放下了玉笙,他们像睡着了似的愣了片刻,几双如醉的眼睛同时望着同春,又好像没看见他。终于,同秋先叹了口气,说:"真是太妙了!师兄非但不减当年,简直是声情并茂,绕梁三日!"

　　笙师一个劲儿地打量同春,不知拿什么话赞美才好。老笛师弄清了他就是当年的云官后,捻着胡须笑道:"怪不得!我说多年没有听过唱这么好的角色了嘛!搭班的事,包在我身上!……"

　　当晚,同春住在了媚香堂。后来又来了些打茶围的客人,同春只得避到后院小屋里去了。

　　望着如海的天空,望着圆月和灼灼闪耀的寒星,同春的心里如沸腾了一般。出于自感自叹自写心情,他选唱了《桃花人面》,而演唱"三令"的结果,却使他心绪更加缭乱了。

他何曾忘记过梦姑?

不管怎么贫困,他都不肯卖掉那一副碧玉镯子;不管心里怎样怨恨乔家母女,他都舍不得扔掉梦姑留给他的惟一信物——那个精心绣制的香荷包。他见过优娟与狎客间的"情爱",也见过张汉、粉儿与李振邺之间的"情爱",他见得太多了,多得令他作呕。面对这些,他怎么不怀念少年时那纯美无瑕的情感?正如置身污泥浊水的恶臭中,回忆起一泓透明甘美的清泉一般,清泉愈显得美好,梦姑愈加令他怀念。他并不是没有成家的机会,张汉、李振邺都曾替他物色过。但怎么能与梦姑相比?虽然梦姑已属他人,成了梦里的姑娘,但他仍想找一个和她相仿的人儿。

张汉被囚、李振邺正法,他要娶亲,就更加渺茫了。

谁想得到,会有昨天的奇遇?

昨天,他当临时小工,在隆福寺帮一家花炮棚卖货。从入腊到元宵节,花炮都是热门货。但凡年前逛隆福寺,但凡家中有孩子,谁不买花炮过年呢?同春帮忙的棚摊子花色最齐全,除了一般花炮棚都有的大小花盒、各种鞭炮、烟花竿子、盆花瓜架之外,还特地办了几种新花样:水浇莲花、金盘落月、飞天十响、五鬼闹判,最响亮的名字是炮打襄阳城。所以这一摊生意最兴隆,临时伙计柳同春也忙得满头大汗。

远远走来两个鞑子,一老一小,显然是来操办年货的,身后还跟着几个专为挑担背筐的仆役。小鞑子硬拉着老鞑子在几个花炮棚间转悠过来转悠过去,这儿买几种,那儿买几样,最后停在同春守着的货摊前,爷儿俩叽里咕噜地说着满洲话。同春忙着应付别的主顾,没注意这一老一小,不料,一串清脆的、地地道道的京东话从那小鞑子嘴里甩出来:"卖花炮的!每样盒子、鞭炮给我们来五个!五鬼闹判、飞天十响、炮打襄阳城,一样来十个!"

这下子同春可认清楚了,快活地大叫:"哎呀！费耀色！"

费耀色一愣,黑黑的眼睛一闪,跳着脚叫道:"同春哥！是同春哥！你怎么在这儿！……玛法！玛法！"

苏尔登走过来,见到同春非常高兴,"呱啦呱啦"说了许多话,同春只听懂了几句,不过是问他这些年都在哪里,做什么事,如今过得可好,有没有娶亲等等。对这些问题同春一个也不想回答,只含糊地说:"都好,都好,费耀色长得这么大了,差点儿认不出来了。"

他们说了好一阵,弄得那花炮棚主人不住地用眼睛瞪同春。要不是因为费耀色爷儿俩是满洲人,他早就扯开喉咙训斥他的临时小伙计了。机灵的费耀色一眼看到那主人的脸色,对爷爷说了几句满语,老人立刻对身后的背筐仆役招招手,从筐里提出一盒红纸包的点心,又从怀里摸出一个铸成五福梅花形的小银锞子,让费耀色一起给了同春。同春心里感动,一个劲儿地推辞,费耀色就一个劲儿地强塞。苏尔登玛法指着自己的脸,笑着用半生不熟的汉话费劲地说:"这个面子……不给我？"

同春不再推辞,向老玛法表示了谢意。苏尔登摸着胡子,嘿嘿地直笑,爷儿俩高高兴兴地走了。

玛法的黄狼皮帽刚刚消失在起伏的人群深处,费耀色又跑了回来,一把抓住同春的手,凑在他耳边紧张地说:

"同春哥,快去救救梦姑姐姐吧！她快要活不成啦！"

同春疑心自己听错了,但双腿一时竟软了,嘴唇也簌簌发抖,心慌意乱到极点:"你说什么？"这句话是凭本能冒出来的,他自己也不知道究竟说了没说。

费耀色一口气把容姑告诉他的那些事全倒出来了:小道士怎么骗娶了梦姑,怎么把一对双生女孩扔到山里喂狼,怎么趁她哥哥不在家霸占她家的田产房屋,怎么虐待梦姑,等等。临了,费耀色再三嘱咐:"你千万不要告诉别人,我对容姑发了誓的,连对我爷爷也没敢说!……同春哥,我见过的人里头,数你最侠义、最好心肠了,你快去救救梦姑姐姐吧!"这个十二岁的小男孩,很为自己眼里冒出来的泪花感到羞耻,说完话,赶快转身,抹着脸跑走了。跑出十来步又停下,双手放在嘴边,做成喇叭状,再喊一声:"同春哥,可得赶早啊,就指着你啦!"

费耀色消失在稠人广众之中。同春浑身发抖,一下子瘫坐在地上,猛烈的嘣嘣心跳撞击着胸腔,太阳穴像有一柄锤子在急速地敲打,痛楚、愤怒、忧虑,一时都集中在胸臆间,闷得他喘不过气来:原来是这样的!梦姑受骗了,乔家受骗了,老道师徒必定是垂涎乔家的财产和梦姑的美貌!我,也受骗了!……

可是,小道人已经还俗,梦姑已经是他的妻子了,柳同春是外人啊,有什么办法呢?……他双手抱住了头,难过得几乎要哭出来……

当年,同春是个倔强刚烈的孩子,敢斗骁骑兵,敢击登闻鼓,公堂上三十棍打下来,大人都要哭天喊地,他小小年纪却一声不哼。可是,自从进了京师,在梨园行过的是那样的日子,后来又跟了那样一个主人,天天见到的是那样的冠盖来往,世态人情在教训他,所见所闻、亲身所受的种种经历,像一层层沙土,掩埋了他的本性,他以为看透了世情,为人也变得越来越世故圆滑。梦姑,是刻在他心灵深处的青梅竹马的情侣,是永远和他那被埋藏的本性紧紧连在一起的。只有梦姑能够震撼他,能够唤醒他的本性,使他打破自封的厚壳,还原为早年那个性情刚正、侠骨柔肠的柳同春。

同春的心在颤抖,浑身在颤抖。他看见了什么?……啊,是遍体鳞伤的梦姑!她奄奄一息,痛苦无告地向他伸出双手,美丽的眼睛里涌动着泪,绝望地呼唤着:

"救救我!救救我呀,同春哥!……"

同春猛地站起来,额上青筋暴起,双手捏得"咯嘣"响,黑眉紧皱,眉梢几乎飞上双鬓,但他的眼睛却渐渐变得冷静、镇定,重又闪出像钢刀那样锐利而坚毅的光芒。

　　就这样,腊月十五的月明之夜,他造访了三年不曾见面的媚香堂主人。

　　正月初一,永平府虹桥镇上比往年热闹。除了秧歌、高跷、舞狮子,还请来了一台戏。这可不是一般的野台子戏,甚至不是县里府里的那些戏班子,这是京师有名的聚庆班。因此,四镇八村、周遭百里的村民,都早早地赶了来占地方看戏,一饱眼福。爆竹声击浪轰雷也似,和着锣鼓声、唢呐声、车马喧嚣声、买卖吆喝声、呼儿唤女声,交汇成一片,直响到戏台前。戏台前更是人山人海。

　　《开门见喜》《招财进宝》之类的节令开场戏已经演过去了,接着演的就是当时颇为盛行的《闹门神》。写的是除夕之夜,新门神上任,旧门神却不肯让位。钟馗、紫姑神、灶君和合二仙都被邀来劝解,旧门神执意不听。最后,还是九天监察使者下界查办,把旧门神和他的仆从顺风耳谪遣沙门岛了事。这是一出轻松的短喜剧,人们都很爱看。因为它是当令戏,写的除夕元旦,人物也是人所共知的家神;而戏中的旧门神,颇似官场上一些人的嘴脸,戏文把他骂得十分痛快。所以新门神指责旧门神的几段嘲骂曲子,竟有许多人合着一起唱:

　　　　〔踏阵马〕桃符神传说与老三台(指旧门神),他贪图则甚?腌臜无赖,骨瘦枯柴,赤髭须都变雪白,只争些门面在,那管它百事虺隤,万口咳咳。

　　　　〔天净沙〕你只道多年当道狼豺,张的牙爪无对,恃神通布摆,兴妖作怪,不见那雪狮子倒头歪!

　　戏场上气氛热烈,还因为大家喜爱台上的伶工。唱得最多的是新门神,他唱得清越无比,而且扮相俊美,身段潇洒。京东一带自明朝中叶以来演戏成风,人们听戏看戏水准极高,如今见到这么一个好角色,真是又惊又喜、如痴如醉。还有扮紫姑神的那个旦角,虽然只有几句话、一段唱,可是风神绰约,容貌娇艳,也使人们惊异了一阵。

不知什么时候,几名衙役也走进看戏的人群。他们旁边一个平民指着台上的新门神说:"就是他,还有那紫姑神。"

另一名观众显然是个百事通,对此人不屑地看了一眼,撇撇嘴说:"连这也不知道?扮新门神的叫柳云官,扮紫姑神的叫柳莲官,上好的一对儿!下面还要唱《京兆眉》,他俩就要扮小两口啦,那才叫好看呢!明儿个他们唱《荆钗记》,四十多折,总得演三天吧!这回可过了戏瘾啦!……"

旁边的许多人嘘他,因为新门神又开始唱了。

几名衙役互相看看,一个小声说:"怎么样,上吧?"

另一个小声回答:"唉!唱得实在是好!"

"可不!真想看罢《京兆眉》《荆钗记》再……"第三个声音更低。

"那怎么行!误了事谁个吃罪得起!"第四个显然是个小头目,跟那三个就有些不同。

"唉,好歹让我们看看《京兆眉》吧!"两名衙役同声恳求,小头目望着五彩缤纷的戏台,也不忍就下决心。

《京兆眉》刚刚下场,台下突然一片喧闹,不知哪里来的一队骑马满兵包围了戏场,衙役们则冲进人群,冲上戏台大叫着:"拿贼匪!拿贼匪!"他们挥着棍子、戒刀和捕绳,见戴白帽子的就抓,还不时掀下男人的帽子。一时间人群大乱,小孩哭大人叫,拼命四下逃窜。衙役打伤了许多人,又挤伤了许多人,乱了半天,谁也不知道是怎么回事。

同春和同秋他们见势不好,连忙卸装换衣,想赶快离开这是非之地,不想衙役们已经冲进后台,见到他俩,一声冷笑,上来就拿铁链当胸锁住。同秋吓得一个劲儿地哆嗦,同春气得眉眼都歪扭了,喊道:"你们干什么?怎么不分青红皂白,乱抓良民?"

"哼,好一个良民!"衙役冷笑一声,拉了他们要走。班主一群人围上来跪下哀告道:"大老爷,大老爷!他们实在是良民,放了吧!我们从京师来,回去没法交代啊!……"

"别拿京师吓唬人!"衙役恶狠狠地说,"这是叛逆大案,十恶不赦!"

"啊!"同秋一声惊呼,晕了过去。同春竖起眉毛还要争辩,班主连忙抢着说:"大老爷,这两位实在是我们打京师有名的媚香堂请来的名角儿,在京师多年,相与的都是大人老爷,决无叛逆情事,求您……"他悄悄塞给衙役一个红纸包。

"哈,原来是一对兔子!"衙役鄙夷地笑骂一句,说,"老板,实话告诉你,这里出了一桩谋反大案,案中人以身带大明通宝、永历通宝、隆武通宝、弘光通宝各种铜钱为凭证,戴白帽或不薙发为记号。这两个人昨儿戴白帽,这一个还留长发,被人首告了,没个跑!"

老板和同班伙伴万分着急,老板连忙解释说:"实在冤枉啊!这位媚香堂主,一向唱旦角,头发稍长原是朝廷准许的呀;他俩昨天遥祭师父,是戴了半天白帽,今天并没戴啊……"

"不管那些!见了官再说!"

同春和同秋就这样被莫名其妙地押进镇上的巡检所。

因为抓的人太多了,巡检所监房早就填满,不得不腾出公堂大厅两侧的公务房。同春、同秋和三十多个人都被塞进一间公务房,准备下午解送到县。

同春抱歉地看着同秋娇弱的体态、苦痛不堪的表情,叹道:"都怪我!不该把你拉到这里来,让你受这苦楚……"

同秋疲惫地垂头说:"到这个份儿上,还有什么可说的?是我自己要来,不怪你……"他说着,娇怯怯的就要哭,同春连忙脱下外衣弄成坐垫,搀他靠墙坐下。他立刻闭上了眼睛,不一会儿,便嘤嘤地哭了起来。

同屋的人,尽管都是被抓进来的,都有一肚皮怨愤,但在两个戏子面前,却觉得自家身份很高,一个个都摆出不屑置理的样子。见同秋啼哭,反而轻薄地互相使眼色,几个浪荡子竟不怀好意地讪笑着去逗他。同春老实不客气地瞪他们一眼,说:"不要欺人太甚!"

一个满脸邪气的中年汉子眯着眼打量同春,猥亵地笑着说:"小可怜样儿!生气了也别有味道,来,让我瞧瞧……"他伸手就来摸同春的脸。同春怒火中烧,左手一挡,右手一掌打在那人胸口,那人"哇"的一声惊叫,一下就摔了出去,狠狠地撞在墙上,随后躺倒在地,大口大口地喘气,话都说不成声了。众人都吓住了。门外巡丁听见喊叫,吆喝道:"乱喊什么?再喊就加铁链铁镣!"

人们真的不作声了,被巡丁,也被同春镇住了。同春正眼儿也不瞧他们,独个儿走到窗前,抱着肩膀,透过破窗户纸,呆呆地向外望着。突然,他大喊一声,把众人吓了一跳:"玛法!苏尔登玛法!"他一面喊一面用力捶打窗户,高叫冤枉。

原来,他看见巡检官正客气地点头哈腰,陪苏尔登走上巡检所的正厅。同春这一喊,苏尔登果然停步朝这边看了看,对巡检说了两句,巡检立刻命巡丁把同春押过去。

苏尔登一见是同春,很是惊讶,忙问这是怎么回事?同春便把自己和同秋搭班来永平唱戏,不久要回马兰村给师父上坟,在这里无故被逮的前前后后说了一遍。巡检在一旁听着,一面看看苏尔登的脸色,一面很有几分不安地把同春的话用满语讲给苏尔登听。他知道苏尔登听汉话十懂八九,只是不会说,所以不敢胡言乱语。

苏尔登从毛茸茸的灰白眉毛下威严地看了巡检一眼,说:"这两个唱戏的娃娃我认识,他们的师父我也认识,不是贼匪!快放他们回乡给老师父上坟!"

"是,是!"巡检哪敢不听从。可是苏尔登非要亲眼看着同春、同秋哥儿俩获释不可。这样,同秋也被提出了临时牢房,和同春一道向苏尔登玛法叩头致谢。

苏尔登连忙把他俩搀起来,看看这个,又看看那个,感慨地说:"明明还是小娃娃,怎么转眼就成小伙儿啦?还是这么漂亮的小伙子!唉,我怎么会不老!"他又用瞥脚的汉话连连说:"老了,我可真老啦!"

同春问:"苏尔登玛法,费耀色也在这里?"

"不。这里,马兰村,很乱。他,送京师去了。"

"马兰村很乱?"同秋惊惧地小声问。

苏尔登的灰色浓眉皱起来了,沉默片刻,说:"那个白衣道人,那个袁道姑,那个乔家的人,叛逆!谋反!你们不要去找他们!懂吗?"

同春只觉脑子里"嗡"的一响,咬牙把一声惊呼硬憋回去。这时候,这种情况下,他应该什么话都不要问。

同春哥儿俩被一个多嘴的巡丁送出巡检所。此人因为是戏迷,又看了他俩的戏,态度相当客气,他悄悄说:"你俩真走运,认识那个老满人。这桩谋反大案就是他告发的,所以巡检不敢不听他的话。要不然,才不肯放你们呢,多抓一个反叛多一份功!"

"他告发的?"同春又吃了一惊。

"犯案的人挺多,是吗?都抓住了?"同秋也问。

"可不是!都槛送进京了,年前就押走了!抄查出好些金银财宝,好些伪永历的印信、札付,真了不得!……哦,只有那个叫乔柏年的,那会儿没在家,没抓住。没事儿!过了年就会来个天下通缉!谋反大案哪,跑得了?……"

槛送进京了……梦姑呢?容姑呢?她们也被拖进这场泼天大祸了吗?同春的心像坠上了沉重的铅块,往下沉,往下沉……

三天后,同春送走了因惊吓而病倒的娇弱的同秋,独自回到了马兰村。

首先映入眼帘的,就是那棵独立山坡的老杏。它像一个年迈的老人,张开枯枝,迎接归来的游子。它,能唤起同春多少美好的回忆啊!抚摸着那黝黑如铁的树干,同春心里热辣辣的。他没有心思慨叹,攀着老杏的枝桠,举目北望,村边的环秀观,观后不远的乔家院落看得一清二楚。古旧的观门贴着交叉封条,崭新的乔家红漆门上,也贴着交叉封条。没有人声,没有人影,甚至也没有过路的行人。同春很快就明白了,因为乔家院边的小巷中,不时露出巡丁的红缨帽顶,他们是在监视、等候,要撒网捉鱼啊!……

最后一线希望也破灭了!乔家母女看来都……同春没有力气再往村里走了。他扶着树干坐下,坐在老杏树那从土地中突出的坚硬的老根上。原野、山川、村落,历历在目,依然和过去一样,但是,它们怎么看上去那么苍白、那么凄凉?就和同春的心一样,空落落,白茫茫……

三

车轮儿"吱吱扭扭"响个不停。两头黄牛也许是太老了吧,走得这样慢。新年刚过,天气便转暖,太阳当空,照得人身上暖洋洋的。躺在粮车上的柳同春,随着车身摇晃着,舒服得仿佛睡着了。

同春在马兰村的老邻居家住了几天,乡亲们东一句西一句的,他慢慢摸清了事情的来龙去脉。不用说了,那老道师徒谋反蓄意已久,乔家也着了他们的道儿。腊月里到村里来的那许多骑马带刀的人,想必是他们的同伙。又是那个王用修,几次去偷听,不得要领,又不敢得罪乔柏年,便去搬动老鞑子苏尔登。别瞧苏尔登平日不管闲事,也不欺负人,可一听说有人谋反,登时炸了,上旗里一告,县里也知道了。旗里县里两下里一齐动手,老道师徒和同伙们一个也没跑掉!

环秀观、乔家院都被抄个精光。谁知道那小道士还娶了那么多房妻妾?这回一网打尽,连袁道姑都抓去了。后来那伙子里有好些人自首,把凭证、记号和新正日要抢县里粮仓银库的事都说出来了。这才在各处布下罗网,捉拿不薙头的、戴白帽的人。说起戴白帽,还有个讲究。那伙人有句口号,叫做"红花开败黑花生,黑花单等白花青",说是清朝戴的是红帽,他们戴的是白帽,就如秋霜一般,专打红花……

那么梦姑的下落呢?谁也无法回答。所幸梦姑生为女子,不至于"立斩",但是"入官发卖",或"给付功臣家为奴",则是此案中所有女子逃脱不了的命运。在京师这么多年,同春见的还少吗?

常有这样的事,越是得不到的东西,越显得宝贵;常有这样的人,命运的打击越是沉重,他越是不肯屈服! 在离开马兰村,离开养育了同春一生最可珍爱的情感的山山水水的那一刻,同春对天发誓:他非要救出梦姑不可!

如今,他躺在嘎嘎作响的牛车上,正在筹划如何探寻梦姑的下落。他丝毫没有睡意,头脑极为活跃。他仿佛一下子变得聪明了,而且精神百倍:他要去救人! 他这样一个低贱的、为许多人所不齿的下等人,要去打救更苦的、落入火坑的人! 有了这么一个明确的、引以自豪的高尚目的,纵然前途未卜、困难重重,他也觉得活着有了希望,有了味道。

这辆装满粮袋的牛车,是他老邻居的。这老汉最善种黄米和黏高粱。京师一家点心铺专要他这两样，给价比别处高一倍，只是要他每年送两趟。本当秋后就送，因故拖到立春，同春正好跟他搭伴，一路做了他的帮手。车又重，牛又慢，两人轮流赶车，昼行夜宿，到京师已经是第三天过午了。

一进永定门，同春就觉着异样，街上人马车辆比往常拥挤。老汉心里发怯，把鞭子交给了同春。同春赶车可不生疏，不管在戏班还是当书童仆役，这是少不了的差使。他叭地甩出响鞭，指挥辕牛沿着深深的车辙稳稳当当地往北走去。那家点心铺在前门粮食店。

"啊哈！小同春儿！好大一车粮食！打哪儿发财回来啦？"一个难听的公鸭嗓大声嚷着，吓了同春一跳。原来是他跟张汉当书童时认识的一个京师长随，有名的无赖。同春不愿意搭理他，冷冷地回一句："人家的货，我给赶车！"

那人跟在车边走着，哈哈一笑："别哄我啦，就你这身打扮，赶车的？骗毛孩子也不信哪！"

同春皱皱眉头。这倒是真的，他还穿着年节穿的那件皮褂子呢，是打同秋那儿借来的，他自己也忘了。

"瞧瞧，圆不了谎啦！"那人很讨厌地格格直笑，"哎，我说你倒停停啊，我有话跟你说，别太不给面子啦！……"

同春无奈，喝牛停车，那人立刻亲热地拉住同春胳膊："好兄弟，这些日子没见，怪想你的，走，上兴盛居喝两盅，我请客！"

同春忍住气，应付着说："大哥好意，小弟心领了。改日吧，我眼下要赶车送粮，天不早了！"

"唉，唉，你听我说呀，"他的眼睛骨碌碌地直往车上转溜，"哥哥我这些日子运气不好，混得穷透了，几家的活儿都辞了，眼前就揭不开锅啦。——这么着吧，好兄弟，你借给我一石粮食怎么样，过两个月准还，成不成？"

"你说什么呀!"同春责怪地说,"这粮食真不是我的!人家辛辛苦苦打永平府赶来京师送给粮主,误了事不是玩的!"

老汉赶紧下车过来,赔笑道:"这一车又不是大米白面,尽些个黄米黏高粱,桂兰斋早订下的,实在不能动。"

那人哪里肯听,死皮赖脸地缠住同春:"是你的也罢,不是你的也罢,这点面子还不给?就一石,就一石!一个月就还!"

同春懒得再费口舌,脱开他的手,跳上车帮,口里"哦吁"一声,鞭子一甩,两头牛迈开步子,大车慢慢起动前进。那无赖大怒,往前跑了十来步,拦在车前,挥胳膊甩掉大褂,"噗"的一声仰天躺在车辙中。他跷起二郎腿,抱着双臂,洋洋得意地喊道:"你们这两个老悭!敢轧我吗?要敢,今儿老子等着!要不敢,老老实实给我十石粮!"

同春又气又急:"你给我起来,要什么无赖!"他跳下车去拉那无赖,那无赖叫喊起来:"打死人啦!把胳膊拉折啦!——"他倒真有力气,像长在地上似的,同春不但拉他不动,而且他又喊又叫地招来许多人围着看热闹,众目睽睽,同春反而无计可施。谁不怕这个不讲理的泼皮呀!

老汉上前哀告,那无赖把头一扭,听都不听。老汉无奈,说:"算我倒霉,送你一石黄米,总行了吧?"

"嘿嘿!晚啦!早给我一石不就没事了?这会儿,不行!"

"哎呀,好爷哩!"老汉急得满头大汗,"十石实在太多,小老儿一年也打不下多少,求你减些个,我给你老叩头……"

那无赖躺在那儿傲慢地笑道:"叩头顶个屁用!就是十石,一颗也不能少!"

太阳偏西了,聚观的人越来越多,像几堵墙似的围着看热闹,有的说笑,有的叫骂,同春手足无措,老汉急得直掉泪,可就是没办法对付这个无赖。后面压了一长溜牛车骡车,都动弹不了,急得乱吼乱骂。

一阵马嘶,几匹高头大马跑近,一个头戴貂帽、身着绣花战袍、披一领黑绒披风的伟岸丈夫下了马。人群立刻给他让出一条道,表示对他寄予劝解的希望。他看了看情势,皱着又粗又黑的海参眉问:"怎么回事?"

老汉连忙指着无赖道:"他说要不敢压死他,就得给他十石粮!"

那人两大步就跨到无赖身边,冷笑一声,呵斥道:"这话是你说的?"

无赖大怒,一拍胸脯:"就是老子说的!关你什么事?"

戴貂帽的人一言不发,猛一回身,夺过同春手里的鞭子,"啪"的一声狠抽牛背,两头牛一惊,猛地向前蹿去,轰隆隆大车一阵响,竟从那无赖身上压了过去!车过后,一片血迹,那无赖腹裂而死,脸上是一副极度惊惧的表情。

围观的人大惊失色,胆小的吓得抖成一团,附近的司坊官和乡约闻讯赶来,车主老汉和同春都觉得大祸临头了。可是戴貂帽的人竟毫不在意,静静地说:"他自己求死,何必让他活着!"他又回头催促老汉说:"你们走吧,是我杀他的,没你们的事!"

可是司坊官和乡约见出了人命,哪里肯放车走,还叫来些巡检、捕役,要绑这戴貂帽的人去见官。这里正在闹闹嚷嚷地不可开交,忽然有人喊:"南城御史来了!"果然,开道锣一声又一声,主管京师南城治安事项的巡城御史闻讯赶到了。

南城御史走近现场时,巡检和捕役正拿出绳索要绑那肇事人。御史一看大惊,喝退众人,赶紧冲上去几步,跪到戴貂皮帽人的脚前,叩头道:"小官来迟,特地请罪!"

围观的人们哪能想到这个局面,一个个瞪大了眼睛,悄悄地直嘘气。戴貂帽的人声音有些沙哑,但气势很充沛,有一股镇人的威严:"这是皇城御道,奸民横行如此,要巡城御史干什么用?"

御史连连叩头,面色如土,听他继续大声说:"再有学这无赖的,今天就是样子,轧死勿论!"说罢,他转身上马,那一小队刚才站在人圈外窃笑的骑兵跟在他身后,向北驰去。

巡城御史站起来,对着司坊官大发雷霆:"你们这些该死的东西!为什么不早早差人来报?饶不了你们!鞭三十!"

御史身边的役吏不管三七二十一,扯住司坊官挥鞭就打,打得他们不住地叫喊求饶。人们都吓呆了。这戴貂帽的到底是什么官?这么大的威风!

同春身边那个胥役悄悄对同春说,"知道刚才那人是谁吗?我也刚知道——那是简亲王!"

人们咋舌不已。谁不知道,简亲王济度——郑亲王济尔哈朗的儿子,是眼下朝中最尊贵、最威严的亲王啊!

简亲王济度回到他巍峨富丽、仅亚于皇宫的亲王府,早有侍从家仆等在门前迎接。他觉得有些累,但又非常兴奋以至于根本坐不下来。刚才在前门处置那个无赖,以及由此引来的一场戏剧性的情节,使他很觉痛快,但更使他振奋的是,皇上任命的安南靖寇大将军、信郡王多尼,今天出师了!

他坐在舒服的软榻上,喝着热腾腾、香喷喷的奶茶,一碟碟黄黄的酥油点心引人食欲。可是他还在体味着今天浸透他全身每根经络的那种激情。

……五色旌旗飒爽飞扬,无数的龙纹伞、扇、幡、幢、麾、氅、节耀眼辉煌,金钺、卧瓜、吾杖金光闪闪,仪象、玉辂富丽雄壮——盛大的法驾卤簿直排到午门!出征大将军率出征诸将身着彩服,从午门开始,在两排卤簿的迎候和致敬中,由鸿胪官导引着,庄重而肃穆地踏着汉白玉御道,穿过王公百官的侍班队伍,一步一步升上太和殿玉阶,在雄伟无比、神圣无比的太和大殿,跪受大将军印,奉天子敕书,这是什么样的荣耀啊!……

随后,大将军跟从天子往堂子行礼,祭大纛,那又是何等的庄严!祖先的瞩望、满洲的命运,此刻仿佛一下子交给了大将军!……

长安左门外的天子黄幄中,皇帝亲自赐大将军酒,大将军跪受,饮毕上马,更有文武大臣代皇上送大将军至郊外饯行,礼、兵二部堂官亲自为大将军奉茶把盏。大将军率从征将士望阙谢恩,便率大军代天子去巡狩、平定天下了!……

在这无比隆重和雄伟的大典中,最突出的人物,就是大将军。大将军是谁?今天是信郡王多尼。但济度不时有一种幻觉,仿佛他又受命为大将军,又做了一次盛大的命将出征典礼的主角!像三年前他受命为定远大将军去征剿郑成功时一样!这无与伦比的庄严仪式,是由祖上流传下来的,体现着祖先的尚武精神。济度的血管里,流淌有努尔哈赤的血、皇太极的雄心和济尔哈朗的忠诚,合成了马上得天下、马上治天下的伟大抱负!

正是这种激情,促使他越礼郊送信郡王。因为按礼节,身为亲王的他,是不必同文武大臣一样去郊外饯行的。他不但去了,还带动好几位亲王、郡王也去了。临分别时,济度执着多尼的手,虎目炯炯地说:

"多尼!杀出咱们八旗的威风!"

也正是这种激情,使他当场约请同去的子侄弟兄们,那些王公贵族中的小辈,下午到自己府中射圃练射。

三碗奶茶喝过,他沸腾的心绪略略平静了些,正想着要不要召福晋、侧福晋来说会子话,门上报进:巽亲王常阿岱、显亲王富绶与其弟温良郡王猛峨、康郡王杰书、顺承郡王勒尔锦五王联翩在府前下马,求见王爷。济度很高兴,立刻出迎。在正殿行了宾主礼,再行家人礼,济度便立刻领诸王到射圃去了。

射圃,在王府东侧,长宽都在百丈以外,高大的墙垣下一圈槐树,围着平坦开阔的场地,能跑马、能射箭、能习武。树下有几排小平房,平房的那一边是菜圃和花圃,管理菜、花和武器的奴仆就住在那些平房里。紧靠王府主要建筑这边,建了一座观射楼,那是雕梁画栋、绿琉璃瓦顶、飞檐上蹲着七只压角兽的华美建筑,完全符合亲王府的制度。观射楼是专供王爷和王府子弟练武时观射、休息用的。济度把客人们带到了这里,楼下正厅已摆好茶酒菜肴,地上也铺好了毡垫座位。

在世的皇族亲王、郡王中,和顺治皇帝同辈的,只有简亲王、安亲王和信郡王三人了。信郡王多尼今天已受命领大将军印出征;安亲王岳乐,和济度一直不那么亲近,而且论威望、论尊贵,也不能和他这位郑亲王世子相比。常阿岱、富绶、猛峨,是子侄辈里有威望的王爷。康郡王杰书虽说不完全与济度合拍,但终究是常阿岱的堂弟。孙辈的两个郡王,克勤郡王罗科铎已随多尼南征,只有这位年轻的顺承郡王勒尔锦在京。他不免有些娇弱,但正因为此,非要他来不可!……济度打量着诸王,心里很觉安慰:朝中有名气的王爷,都在这里了。他脸上泛出长辈的和蔼笑容,这和他威风凛凛的浓眉虎目极不相称。他说:

"今日送大将军出征,贤侄们有何观感?"

诸王显然都有许多感受,但在济度面前不敢放肆。常阿岱为人和他外相相似,比较粗莽,首先扬着头大声说:"真正叫人痛快!一肚子闷气全扫光啦!打天下、平四海,还得靠咱们八旗将士!"

显亲王富绶是肃亲王豪格的儿子,顺治皇帝的亲侄。他承继了父亲的勇武体格,也承继了父亲的豪迈气概,他说:"叔王,八旗男儿百战一生,不到这等地步,枉为人了!"

济度听着他们振奋的言谈,正合心意,非常高兴地说:"今日真大长了八旗的威风！贤侄们胸怀大志,自有拜将受印的一天！他年都当大将军,老叔我死也瞑目！……祖宗创业以弧矢威天下,所以八旗必须以骑射为本务。今日老叔心绪振奋,特邀贤侄们来此较射,准备了小小彩头,为贤侄们助兴。来,端上来！"

侍从们顺次走上,捧上几样珍品放在正中间的桌上：一只洁白无瑕的羊脂玉雕荷叶瓶,两只嵌宝石金杯,三只点翠镶红白玛瑙银碗。一个个光彩夺目,很是诱人。济度又指着射场正面的三个支架,笑道:"贤侄们请看:右边是鹄子,中间是花篮,左边是绸巾。各射三箭,射鹄子中最上层羊眼者为胜,射得篮开者为胜,射绸巾穿透者为胜。九射九中者得玉瓶,九射六中者得金杯,九射三中者得银碗。怎么样？"

诸王这时都来了精神,不像刚才那么拘谨了。猛峨温顺地笑笑,说:"叔王,要是我们五个都九射九中呢？玉瓶可只有一只呀！"

济度捋着不长的硬胡子笑道:"要能这样,老叔补给你们四只玉瓶,就怕你们没有拿玉瓶的能耐！"

这五位亲王、郡王,是开国诸王的第三代、第四代子孙,虽说没有先辈那般神勇,一个个也还年轻力壮、武艺不凡,被济度一激,都坐不住了,摩拳擦掌地要显显本领,纷纷到厅侧的武器架上选取弓箭。勒尔锦辈分最低,年纪最轻,心也最虚。他不敢说自己骑射低劣,只能硬着头皮跟叔辈们一起去选弓箭。

要射百步之外的目标,又用的是镞长五寸、箭长三尺的祖上传下来的透甲锥,不选硬弓根本不行。勒尔锦愁眉苦脸地选了一张弓、九支箭,回到正厅,对远远的鹄子、花篮看了了看。郑亲王家传的鹄子是四层箭靶,最下一层大小确和黄鹄差不多,上一层就如飞鸽,再上一层小如麻雀,最上层被称作羊眼,因为那只假鸟做得只有羊眼那么小。至于花篮就更奇巧了:那是由许多铁圈相衔合组成的葫芦形的东西,葫芦的腰间有一个红色的小木环,飞箭只有正好穿过木环,所有铁圈才能全部张开,使那葫芦变成一只漂亮的花篮。老天!别说射了,那羊眼和红环看都看它不清!……

"勒尔锦,你平日也用这箭练射吗?"济度站在勒尔锦面前问他。勒尔锦心里发慌,说:"没、没有。额娘说我还小……"

"还小?"亲缘上和勒尔锦关系最近的常阿岱不客气地说,"我八岁练骑射,十三岁就能开硬弓。你今年多大啦?"

勒尔锦不语。济度和气地笑笑,从勒尔锦箭囊中抽出一支箭,拿在手中,从箭镞头捋到箭羽尾,深情地说:"看看这箭,不愧透甲锥的英名!射中了必定洞穿,能够连贯二人还有余力。你父亲勒克德浑当年为平南大将军,攻进南京,就用这透甲锥,开硬弓射太和门,深至没羽,惊得南明弘光朝上下百官股颤而降。八旗所以威震天下呀!"

"是,我日后一定发愤练武……"勒尔锦低头小声说。

常阿岱不满地瞅着他:"你怎么就拿不出咱们八旗男子汉的气概?看看阿里玛,就是死,也不倒咱满洲巴图鲁的架子!"

猛峨小声问:"阿里玛,是不是老顺承王爷手下那员骁将,能举千斤石狮子的那个?怎么死了?"

常阿岱说:"可不是他!骄横过了点,不法的事做得太多,竟闹到宗室头上,皇上赐死了,他还不当回事儿。直到坐了行刑车往菜市口斩首那节骨眼,他才明白过来。车到宣武门,他大吼大叫:'死就死,咱不在乎!可咱是满洲人,不能叫蛮子看我的笑话!把我杀在门里吧!'他拿两脚一分,挂住了城门瓮洞,那车竟走不动了。行刑官也是满洲人,禀了皇上,依了他,果然死在宣武门内。"

"真是个奇男子!"猛峨和富绥称赞着。几位叔辈王爷的眼睛都望着勒尔锦,勒尔锦羞红了脸,再不敢抬头。

"对呀,"济度拍拍勒尔锦的肩膀,"咱们满洲人,可不能让汉儿看笑话!"他说着,从勒尔锦箭囊中抽走三支透甲锥,放进三支普通的小镞头箭,说:"射红环必须用小箭。好了,你们开射吧!"他稳稳当当地坐在一张铺了虎皮的大扶手圈椅上,眯着眼观看那五位王爷较射。

第一项射鹄,用透甲锥,居然个个三箭俱中,射中羊眼——自然不包括勒尔锦。勒尔锦的弓太软,透甲锥甚至射不出一百步,常阿岱和富绶哈哈大笑,勒尔锦不敢在长辈面前发脾气,羞得几乎要哭出来。济度命他用小箭射那麻雀大的中鹄,总算不错,箭箭到位,其中一箭中的,多少挽回点儿面子。

第二项射花篮,勒尔锦自知无能,收了弓,站在济度身边看他们四个人射。这回常阿岱和富绶各中两箭,常阿岱的堂弟杰书、富绶的亲弟猛峨却又三射三中,远远望见那六个小葫芦顺次翻变成六只花篮,煞是好看。济度很快活,忙命斟酒上来,射中两箭的喝两盏,射中三箭的喝三盏。他笑道:"痛快!痛快!今天都遇上痛快事儿!"他一高兴,又把在前门处罚无赖的事说了一遍。

常阿岱因射飞了一箭,心里正在懊丧,听济度这么一讲,来了情绪,说:"叔王,为你这件痛快事,再赐侄儿一杯酒吧!"富绶也附和着,猛峨、杰书、勒尔锦自然凑趣,一同敬了济度一盏酒。常阿岱还粗声大气地说:"叔王,咱们满洲人治国理政,就该这么干脆利落!快刀切豆腐!快刀斩乱麻!普天下但凡是个人,谁不怕死?凭了快刀,没个办不成的事!干吗偏去听那蛮子文人的什么仁政啦、什么民心啦,鬼话!……"

"你喝多了?别胡扯!习武练射就习武练射,这不是谈政事的地方!"济度瞪了常阿岱一眼,他不敢作声了。

射绸方巾,是最难的一项。因为绸子很软,又悬在空中,射出的角度必须丝毫不差才能洞穿。常阿岱和富绶大力射出的箭,带着响亮的啸声,都从绸巾下滑走了,全都不中,气得常阿岱拍着脑袋唉声叹气。猛峨心细,射起来很慢,瞄准好半天才放箭,可是只有第三箭洞穿了绸巾。

没想到不爱说话的杰书,稳稳当当站定,左手如托泰山,右手舒张,开弓如满月,一箭出去,绸巾穿透,二箭长啸着刚离弦,第三支箭紧跟着追出去,"嗖""嗖"的两声响,另两块悬在空中的绸巾都被穿透了!

济度鼓掌叫好,笑着站起来:"啊,玉瓶有主啦!早听说康郡王内秀,话不多本领不小,果然不错!"他把装了玉瓶的精致的檀木匣子给了杰书,盛着金杯的红木匣子给了九箭七中的猛峨,常阿岱和富绥两个大力士,都是九箭五中,各得一只银碗。勒尔锦呢?济度总归是简亲王,不会使这位顺承郡王太难堪,送给他一个质地很好的翡翠扳指。这东西原本是射箭的人戴在拉弦的手指上保护皮肉的,后来又成了一种装饰品。济度送他扳指也有两个含义,既是一个纪念,又鼓励他练好骑射。所以常阿岱开玩笑地说:"叔王,我还不如也只中一箭呢!我宁肯要那个翡翠扳指!"说得勒尔锦头都抬不起来了。

新正刚过,还是日短夜长,不觉天色黑了下来。观射楼一侧燃起大火,火上架着直径五尺的大锅,锅里煮着两只七八十斤重的整猪。肉香味随着热腾腾的白气飘散到射圃的每一个角落,令人馋涎欲滴。厅内地上铺席,席上铺红毡,毡上设貂皮坐褥六个,围成一圈。每一坐褥前有一个直径一尺的银盘、一个直径五寸的银碗。众人一看便知,这是满洲祖上传下来的最隆重的吃肉大典,只有大祭祀、大喜庆,才会有这种盛举。今天简亲王竟用这种隆重的礼节招待他们,使他们十分感激。

济度仍在评论着方才的较射:"贤侄们箭法各有长处。论力量,常阿岱最强;论刚柔并济,杰书第一;要论巧,勒尔锦将来还有希望……"

富绥笑道:"早就听说叔王箭法神妙,可惜天已黑了,不然,真想请叔王一射,让我们开开眼界……"

济度沉吟片刻,微微一笑,令护卫把靶放在射场一百二十步之外。他紧一紧袖口,挑选了一把硬弓、三支带响哨的透甲锥,走到起射点等候。他像一个铁铸的汉子,生了根似的站在那里,不远处的火光在他脸上身上闪动,为他披了满身红云,看上去那么英伟豪壮,撼人心魄。几位王爷不觉看呆了。

布靶处远远传来一声长长的吆喝,想必靶已布好。什么靶子呢?众人费了好大劲才看清远处那三点极其微弱的淡红色亮点。哦,那是悬在空中的三点香火啊!

济度不理会众人的惊愕,搭箭开弓,盯着那遥远的微弱香火,"嗖"的一箭飞出,"呜"的一声震耳的尖啸猛然响起,很快,第二响,第三响,三支响箭,音调各不相同,一声比一声高,呼啸着飞向靶子,只见三点香火,从左到右,"扑""扑""扑"地依次熄灭了!

这么准的眼力!这么快的动作!这么大的力量!众人惊异得静默有顷,才一面揉着方才瞪得凸出去的发酸的眼珠,一面喧嚷着交口赞美:太叫人惊叹了!

厨役用一只二尺直径的大银盘,献上一大块十斤左右的方肉,同时端上一只尺径大银碗,盛满浓浓的肉汁,一只长柄银勺放在碗中。一名侍从则用金盘托来一只粗陶大碗,把它双手捧放在济度面前,随后向碗里倾满香味浓烈的高粱酒。诸王盘膝坐定,济度便举起这盛满高粱酒的粗陶碗,说:"贤侄们想必知道,此碗是先祖与太祖皇帝兄弟们初创基业时围坐烧肉饮酒所用。如今,我们靠太祖、太宗皇帝的福佑,靠当今皇上的恩养,得有今日的荣华富贵。切不可忘记祖宗创业的艰难,一定要承继祖业,效法祖宗!请!"

说罢,端碗喝了一口,按辈分年岁的顺序,递给常阿岱,常阿岱喝了一口,再传给富绶,然后是杰书、猛峨、勒尔锦,最后仍回到济度面前。济度从腰间解下晶亮、锋利的薄刃小刀,从那块热腾腾的方肉上片下一块薄如纸、大如掌、肥肉瘦肉和肉皮兼而有之的白肉,送进嘴里大嚼几口,然后挥手做了个姿势,大声说:"请!"

众人也都拔出小刀,连说带笑,割肉大嚼。既没有盐,也不蘸葱酱,就是白煮肉和肉汤。但肉煮得又嫩又香,这些人从早上送大将军出征,下午又较射到天黑,早就饿了。常阿岱和富绶更是狼吞虎咽。十斤肉顷刻将尽,常阿岱连声高喊:"添肉!添肉!"作为主人的济度,高兴得满脸是笑,连连向诸位贤侄称谢。肉吃得越多,则越表示对主人的敬重,主人才会特别高兴——这是满洲的习俗。满洲王公贵族都能吃肉,如常阿岱,一人一顿便能吃十斤。于是,热腾腾的方肉不断地一盘一盘送上来,浓烈的高粱酒一碗一碗斟上来,主客都吃得痛快,饮得酣畅,说笑声如同锅下的火焰,越烧越旺。

一位总管这时来到济度身边,跪安后,说:"禀王爷,宗人府哈达主事下午就来请见王爷,说是由刑部拨给功臣家为奴的人口十名……"

"已经送来了?"济度笑着问。进奴仆犹如进财物,令人高兴,也是皇上赐给的一份荣耀。

"已经押到下房,请王爷过目。"

"不必了。禀知福晋处置就是了。不要忘记入门家训。呃,这批人口是哪里拨来的?"

"主事说,是永平府的一桩谋逆案。人口不少,各王府都分拨了一些。先送到本府来的。"

"好,去吧。款待那位主事。"济度一摆手,总管退下。他转向诸王笑道:"贤侄们回府,也要有人口进项了。谋逆案多半牵连广,入官人口最多。"

富绶笑道:"可惜是北人,若是南方叛案,还能得着几个美女哩!"

众人哈哈大笑。常阿岱喷着酒气,问富绶道:"老弟,你家下口子不少啦,还贪心不足哇?……近日背主逃走的还多吗?"

富绶皱皱眉头:"不见少。"

常阿岱转向杰书:"你家呢?"

杰书文静地说:"皇上都说了话,咱也不得不松宽些。说来也怪,松宽些,给他们吃饱穿暖了,他们倒也不生事了。"

常阿岱大手一挥:"鬼!咱才不信哩!这些东西都是贱骨头!你略松宽,他就要蹬鼻子上脸啦!给他们吃饱穿暖,得多大花销?……老弟,学学我吧,我有好办法对付这些家伙!"

勒尔锦忙问:"叔王家有什么好办法?"

常阿岱哈哈一笑:"别的不说,只教你一件:每晚上给他们一人睡一条凳,用结实麻绳把他们绑在凳上,绑得紧紧的,看他往哪儿逃!天亮了解开,叫他们干活去!"

济度摇摇头,皱眉对常阿岱说:"贤侄,皇上已经谕令恩养奴仆了,你怎么还这样粗鲁呢?天天如此,未免过分了!对奴婢之辈,像驯马一样,要紧的是去掉野性,一次就足够了。我立入门家训,就是这意思。奴婢进门,先给一顿鞭打,必须打出威风,叫他梦里想起来都发抖,越是喊叫哀告,越不能住手。直打到他无声无息,鞭子抽在身上劈啪响,像打着石头木头一样,才算打消了野性,这奴婢也才可用。但只能打这一回,以后不是重罪不能轻易动鞭子,懂不懂?"

"不懂!"仗着酒气,常阿岱愤愤地说,"想咱们祖上,凭着骑射武功才得来城池、牧场、牛马、奴婢,这是老天爷给的!得了天下反倒这么多事,这也不准、那也不许,天下不是我们满洲人打的吗?皇上倒听信那帮南蛮子的鬼话!……"

"可不是!"富绶面色也阴沉了,"放着自家兄弟子侄不亲近,倒把那些蛮子文士一个个提升起来……皇上离祖法祖制越来越远,离汉人汉俗越走越近了!"

猛峨紧张地小声说:"听说皇上把鳌拜和苏克萨哈训斥了一顿,怪他们科场案株连太宽哩!"

"哼!还有那位皇贵妃!"勒尔锦醉醺醺的,说话少了顾忌,"明明就是半个蛮子,皇上偏宠着她!要是皇四子真的正位太子,这天下……嘿!"

杰书也忧心忡忡地说:"看样子皇上又想废皇后,这真叫人,唉……"

济度摆摆手:"唉,你们不要乱说乱讲,皇上自有他的难处……"

可是这些人喝了许多酒,都管不住自己的舌头了,酒后牢骚,原本难免,何况他们还没有沾染多少汉人士大夫那一套虚伪的舌辩术。好在济度比较清醒,及时撤了酒,把大家带回府中,让进客厅奉茶去了。

这些满面通红的王爷们刚坐定,简亲王福晋从后殿嚷着,惊慌失措地直冲进来。诸王爷都是晚辈,连忙摇摇晃晃地站起来。福晋的表情和行动实在有些失度,她挥着手,拍打着大腿,喊叫起来:

"哎呀,可了不得啦!皇四子他、他夭折了!"

众人吃了一惊,济度忙说:"你说的什么话?别犯糊涂!"

"哎呀呀,刚才宫里的李总管来说的!皇三子死里逃生,痘出透了。皇四子没福,今儿早上就……"

"别喊叫啦!"济度生气地吼一声,福晋不吭气了。

众人你看看我,我看看你,都被这消息震惊了。勒尔锦有心露出喜色,一看连常阿岱都紧绷着脸,他也连忙收敛了。

好半天好半天,济度才双手合掌,虔诚地仰头望天,小声地说:"惩罚啊!真是上天的惩罚啊!……上天示警了,就看皇上改不改啦!……"

四

阵阵春风掠过太液池水,皱起层层鱼鳞似的波纹,使得倒映在水中的白塔和玉带似的金鳌玉𬯎桥都轻轻地颤抖了。遥望东南,西苑的黛色接连着雄伟的紫禁城,气势透迤连贯,与秀美的景山交相辉映;近看琼华岛,亭阁楼榭依着山势分布,高低错落有致,掩映于苍松翠柏之中;山麓沿岸一排双层六十间临水游廊,像一条美丽的花边彩带,装点得琼岛有如仙境;眼前是映着蓝天的透碧澄清的水,点缀着新绿的长长柳丝,不住地点着波面,点出一个个一闪即逝的小圆圈。

从五龙亭放眼远望,真叫人心旷神怡!庄太后的御座设在正中的龙泽亭中,她却没有坐,正倚着亭边白玉栏杆,观赏水中来回游动的红金鱼。

正月里,皇四子因痘疹早殇,在宫中引起极大的震动。两个多月过去了,极其悲痛的和极为高兴的人,都渐渐平静了,余痛尽管深沉,余喜尽管悠长,却已经不再影响宫廷的正常生活了。庄太后为了排遣心中的气闷和忧伤,消消宫里的晦气,特地领了后妃们来北海散心。后妃们都很高兴。一到五龙亭,太后就要她们各自去散步游玩,无须在她身边侍候。于是湖光山色之间,绿树芳草、桃红李白的地方,处处都有身着红、绿、粉、紫、蓝各色锦缎绣袍的人儿在闪动,恰如春花绚烂,为山水生色。

太后沿着汉白玉雕栏,顺着曲折的平桥往东,走到滋香亭,送走了那条头戴红冠的大金鱼,回眸岸边,见两位宫妃正在一丛丁香花侧说话。一个穿着绿色绣花锦袍,梳着两把头,鬓边插着靠绿色的绢花,一双花盆底的绣鞋也是淡绿色的,绿莹莹的色调,和这春三月的天气很相称。旁边的那个一身汉家打扮,水红的交领宽袖衫,淡粉的百褶裙,头上松松地绾了个垂牡丹的发髻,发间金钗在阳光下射出黄澄澄的光芒。不用说,这是永寿宫恪妃石氏了,宫里头只有她是汉家装束。那一个是谁呢?一绿一粉,互相映衬,不像荷塘里出水的莲叶和粉荷花吗?庄太后命人召她们过来。

太后没想到,那个绿盈盈的美人儿,竟是她的亲侄女静妃。记得她自被废以后,日常里服饰落拓,毫无生气,配上那整日的愁眉苦脸,连宫女们见了她都要躲着走。今儿是怎么啦?

太后笑道:"我真是见老了,老眼昏花的,这会儿才认出来是你!病全好啦?"

"谢母后动问,儿病已痊愈。"静妃连忙躬身回答,那双精致的绣鞋完全暴露在太后面前,她觉得非常眼熟,便问道:"你这鞋面花样这么精巧,像是皇贵妃的绣工。"

静妃答道:"母后真有眼力,正是皇贵妃赐给儿的。"

太后心里一动,再抬头看看恪妃,觉得她头上的金凤钗也似乎见过。恪妃发现太后的目光,连忙敛身说:"太后,臣妾所戴金凤钗,也是皇贵妃所赐,本是一双,分给静妃姐姐和我了。"

太后笑了,说:"难得你们这样交好。"

静妃咬咬嘴唇,说:"母后大约不知道,儿上月偶感风寒,并不想惊扰别人。皇贵妃知道了,竟亲自来永寿宫侧居看视,膳食药饵,件件经心,每夜陪伴到更深,次日天刚明又来慰问,整整三天三夜,直到我病愈起身,她才重回承乾宫,我……母后,儿是被废之人,又居侧宫,宫中上下,打心底里说,谁肯正眼儿瞧我呢?石妃姐姐是永寿宫主,可她身为汉家,别宫姐姐也不爱理会她。总是只有我们姐儿俩同病相怜罢了,谁承想皇贵妃对我们这么真心呢?何况正值四阿哥去了,她心里不知怎么苦哩,倒来侍候我!……我这心里……唉!"静妃说着,泪眼莹莹,低下了头。

"她心地仁厚,实在难得……"一向羞怯胆小的恪妃,只说了一句,就低头悄悄地后退了两步。

静妃又说:"儿原本心灰意懒,只觉一生无望。皇贵妃一再为我宽心。她总是说太后英敏通达,皇上一代明主,皇后仁爱有德,正要我辈内外辅助,成就大业,万不可颓然自弃。"

太后笑道:"怪不得你精神了许多。皇贵妃说的是正理儿。难得这孩子这么懂事。"

"母后,她来了。"静妃看看亭西,笑着说。果然,董鄂妃沿着太液池西岸,拂着水边青青的柳条,向五龙亭走来。淡淡的雪青色锦袍,乌黑的头发,雪白的面庞,和红墙绿柳一同倒映在水面,袅袅婷婷,煞是好看。她身后跟着一个小宫女,蓝布袍子大黑长辫,很秀丽,却又显出一团稚气。

太后眯着眼瞧瞧,说:"那跟着的是蓉妞儿吗?怎么越长越小了呢?"

静妃和恪妃都笑了。静妃说:"那不是蓉妞儿。皇贵妃说蓉妞儿已经二十三岁,该出宫配人家了,年前就送了陪嫁出去了。这个小丫头是内官监今年刚送来的。"

太后看见乌云珠,心里就很受用,她说:"你们别处玩会子去,别忘了日中回鲜碧楼用膳。"

静妃和恪妃猜到太后想和董鄂妃说说娘儿们的体己话,便会心地微笑着对太后肃一肃,离开了。

"你来做什么?我不是叫你们各处玩玩儿的吗?"太后见董鄂妃不待人请,径直来到亭中,心里高兴,却故意板着脸问。

董鄂妃全不把太后的脸色当回事,笑吟吟地带点儿顽皮劲儿走近来说:"我们都走了,娘跟前没人在。我想想心里不忍得,回来侍候着,看看娘有没有使我的地方。"

太后忍不住笑了:"好甜的嘴!怨不得连静妃这个坏脾气也

服你。"

"刚才静妃姐姐和恪妃姐姐来过了?"

"论年岁,她们倒算得姐姐了。"太后笑得很舒心,"你到永寿宫侍候静妃,没听你说起过呀!"

"分内的事,还用打扰娘的清静吗?"董鄂妃微微歪头,有点撒娇的味道。她很快收敛了娇态,微微蹙眉道:"静妃姐姐太苦了。娘,都四年了……娘的亲侄女,皇上的亲表姐……"

庄太后轻轻叹了口气。

董鄂妃亲热地凑到太后耳边,悄悄地说:"娘,我向皇上劝奏过几次,他,有点松口了!"

"啊?"太后微微一愣,"你劝他什么?"

皇贵妃声音更低了:"要不升贵妃,最少也该封她一宫主位。娘说好吗?"

"你!"太后看着乌云珠动人的、流光四射的眼睛,心里又惊异又感慨:这个有心胸的孩子,活脱脱就是自己年轻时候的影子啊!她一反平日的矜持,拉过乌云珠柔软细嫩的小手,叹道:"真难为你了,好孩子!想得这么周全。有你在我那儿子身边,我死也瞑目了……"

"娘,快别说这样的话!要死,我替娘死去!我准死在娘前头!"董鄂妃笑嘻嘻地说。

"别胡说!这叫什么话!……说真的,四阿哥去了,我这心里头……就像割去了一块!我看我那儿子也瘦了一圈。倒是你,成天不是劝慰我,就是劝慰皇帝,照看膳食寝处,忙得不可开交。我怕你因为没了四阿哥会过于悲痛,要大病一场,谁知你像没事儿一样,你就真的不想四阿哥?……"

一道强烈的光焰从乌云珠眼中闪过,以致使她美丽的面容不禁抽搐了一下。但她很快控制了自己,勉强笑道:"娘,人非草木,儿也不是铁石心肠。娘和皇上,都是一身系天下安危的至重至贵的人,儿纵然不肖,不能帮着分忧,也绝不能使太后和皇上为儿分心。四阿哥产下后,我常常怕他夭折,使太后、皇上忧伤。他长得越招人爱,太后和皇上越喜欢他,儿心里越是不安。如今他果然短命而去,幸而太后自重,没有因悲痛而伤圣体;也幸而皇上自重,没有因哀伤而妨政事,儿实觉自慰,岂敢为此一块肉而劳太后和皇上长久挂怀呢?惟愿母后不再伤悼,保重圣体要紧。"

太后听了这番话,非常感慨,不由得摇头道:"四阿哥原要立太子的啊!皇儿早有此意,我也想待他满三周岁时行立储之礼。谁想……唉!"

"娘还是不要再想他了!儿早就想明白了。难道非得自己生的儿子为天子才欢喜吗?只要是皇上的骨血,就是爱新觉罗的后代,立贤立长,不都一样吗?"

"啊!难得你深明大义,不顾私戚,以礼自持!皇儿对我说,我还不尽相信哩!……你可真像我的女儿!"太后这突如其来的一句话,把乌云珠说笑了:"娘,你忘了?你早就收下我做女儿了嘛!"

"这是前世的缘分,让你投生到了我的身边。"太后表面是在开玩笑,其实在借机发挥她的感慨。但她很快地接下去说:"你到鲜碧楼去张罗张罗午膳吧。苏麻喇姑领阿哥们玩去了,没人去照料,还真不放心。"

董鄂妃稍觉意外,不知太后为什么要打发她走开。等她走上镜影斋的汉白玉台阶,在透空花墙外的引溪亭站了一会儿歇气时,她明白了。她看到皇后、淑惠妃、康妃和谨贵人相随着走向五龙亭。想必太后早看见她们了,为了避免不愉快的冷场,便让她回避了。

她不怕处于那种场面,她有对付的办法,那就是四个字:以柔克刚。但那毕竟很费心力、很累人,避开了也好。不过,今天避开了,还有明天,还有后天,什么时候才能相安呢?……敌视的目光是少些了,端妃、恭妃本来就是骑墙的;恪妃一向跟她不错;静妃也倒向了她,她的日子或许越来越好过呢!

"三阿哥,不要看书啦!你病刚好,皇阿奶要你出来散心,怎么不肯听话呢?……"苏麻喇姑在花墙那边唠唠叨叨,董鄂妃转过墙去一看,苏麻喇姑高高举着一卷书,三阿哥伸着手一跳一跳地够,口里不住地嚷:"给我!给我!"

苏麻喇姑一眼看到乌云珠,连忙笑着说:"给皇贵妃请安啦!"说着就要下拜行礼。乌云珠赶忙拦住,笑道:"苏麻喇姑,你是太后身边的人,我们做晚辈的,可当不起你这一拜啊!再说,你还用跟我这么客气?"

苏麻喇姑笑道:"那不显得我太不懂事了吗?三阿哥,快见你皇额娘!"

三阿哥自来喜欢这位温柔美丽的皇额娘,立刻单腿跪倒,高声喊道:"皇额娘吉祥!"

乌云珠笑着把他一把搂过来,说:"你病了这么些日子,让额娘好好瞧瞧你!"

孩子变得清瘦了,圆脸成了尖脸,眼窝略向下陷,面色也失去了往日的红润。最触目的,是在鼻子、前额和面颊上,添了十几颗麻子。幸亏没落下一脸大黑麻子,不然这一张清秀的脸就会完全给破坏了。但大病初愈后的苍白,掩不住孩子旺盛的生机,看他那乌溜溜的灵活的眼睛,开始泛红的蔷薇色的嘴唇,都显示了一股活泼泼的春天般的气息。他笑眯眯地说:"皇额娘,我全好了,可皇阿奶还不让我上学,还老让苏麻喇姑管着我!我告诉你,"他伏在乌云珠耳边说悄悄话,"她才管不住我呢!我会偷偷看书的!"

乌云珠也在他耳边悄悄说:"你看的什么书呀?"

悄悄话在继续:"师傅要我背的《千家诗》。你帮我从苏麻喇姑手里要过来好吗？"

"她不会给我的。我另送你一本好吗？"

"好！我明天去拿。"

"好！"

苏麻喇姑见他俩一递一地咬耳朵，笑得合不拢嘴，说："三阿哥，别缠着皇额娘啦！咱们上五龙亭看皇阿奶，讨一只船去池上逛逛不好吗？"

"好，好！我去坐船！"三阿哥跳蹦着欢声喊叫，忽然停下来对乌云珠说，"皇额娘，叫小四弟跟我一起去坐船吧！我好久没见他了，真想他呀！"

乌云珠像被人打了一棍子，摇晃了一下，有些站立不住，脸色刹那间变得雪白。

苏麻喇姑慌忙阻止："三阿哥，不许胡说！"

"我没胡说呀？你们说我生病，不让我去看小四弟，可是我现在病好了呀！"

乌云珠拼命抑制住浑身的颤抖，喉头哽咽，呼吸困难。

苏麻喇姑拉了三阿哥就走："快些！船要开了！"

三阿哥边走边回头，说："皇额娘，叫小四弟来吧！我教他念诗！将来他长大了，我教他射箭！……"

孩子的声音消失了，周围没有人了。乌云珠猛一转身跑进那一片玲珑剔透的太湖石山景中。啊，这一棵西府海棠，竟开得这样红，这样艳丽，这样繁茂绚烂！乌云珠一头冲到树下，跌跪在花丛中，双手蒙面，失声恸哭！海棠花在风中瑟瑟颤抖，落下来的是花瓣？是泪水？是血滴？……

母亲失去儿子，原是人世间最难忍受的痛苦，而乌云珠的痛苦比这更深、更重，又有谁知道呢？

四阿哥死讯传来，她把自己捂在严密的锦被里痛哭。她心疼得活不下去了。儿子死了,她觉得五脏六腑都在大出血,她自己的存在也变得没有了意义。后来,她想到了福临,才找到重新站起来的气力。为了他,为了他的大业,她得活!不管怎么难,她不能离开福临!为此,她得在自己全身披上坚厚的甲,既不让内心的悲痛透出去,也不让外来的同情和哀伤透进来。她得以恬然的神色去安慰太后和皇上;她得以绝无戚容的表情去对付那些幸灾乐祸的目光;她得表现出对儿子绝不萦念,才能最有效地帮助福临、保护自己。为了她所深爱的福临,她得付出多少代价,忍受多少常人无法忍受的痛苦的煎熬啊!

今天,她看见三阿哥,本来就容易触发对亲子的怀念,不想这孩子又在她毫无戒备的情况下,要见他的小四弟!那难忍的片刻,她极力忍住了,但这已超过了她的意志的限度,随后,郁积了这么久的哀痛,便像火山一样爆发了,她再也不能忍受了!她哭得浑身发抖,声断气噎:"我的可怜的孩子啊!……"

是不忍听,还是不忍看?又一阵风过,满树摇颤,扑簌簌,片片落英撒了乌云珠一头一身……

若不是此时出现的一件怪事打断了她,她一定会哭昏过去:太湖石后面,仿佛回应,也有呜呜咽咽的哭声!

乌云珠猛地从悲痛中惊醒,记起了自己的身份和处境。她迅速地擦干眼泪,整整鬓发和衣袍,庄重地走过去,平静地问了一声:"谁在那儿哭?"

太湖石后面转出一个十三四岁的小宫女,正是今年二月里才分到她身边的小丫头,偏巧跟她原来的贴身女侍蓉妞儿同名,只少那个草字头。她喜欢这个容妞儿天真、纯洁、聪明、机灵,常常带她在身边。她为什么哭?

容妞儿跪下了,擦着眼泪叩头请罪:"求娘娘别生气。我见娘娘哭得那么伤心,奴才心里也难受……奴才知道主子你哭是想儿子,奴才哭是想妈……"说着,那泪珠子啪嗒啪嗒地又掉了下来。

皇贵妃沉默了好半天,终于说:"别哭了,容妞儿。只要你听话,主子不会亏待你。今儿个主子在这儿哭,对谁也不要说。听明白了吗?"

"听明白了……可是,娘娘,想儿子掉眼泪,跟想妈掉眼泪似的,谁都一样啊,你怎么就不能呢?"

乌云珠眼圈一红,忍了又忍,叹了口气,说:"宫里头的事儿,你不懂。别问了,走吧!"

苏麻喇姑领着三阿哥到五龙亭时,皇后和淑惠妃已不在那里,康妃和谨贵人正陪着皇太后说话。

"皇阿奶!"三阿哥欢快地喊着,跑到跟前搂住太后的脖子,"好多好多花全都开啦!"他忽然意识到什么,放开太后,正正经经地向她跪下,说:"三阿哥给皇阿奶请安!"

太后笑道:"好,好! 病一场,长三分见识,懂事啦! ……还不见过你额娘!"

三阿哥转向康妃,嘴里喊着"额娘",恭恭敬敬跪了一安。康妃忙把儿子扶起,看看他的气色,说:"见好多了。"

太后对康妃说:"过两天就是三阿哥的生日,项上金锁该换了。新锁我已经给他备下,旧锁你明儿就送坤宁宫去吧。"

这是满洲的制度:凡祭神处必须和正寝同在一处,所以宫里祭天跳神处设在坤宁宫西间。这又是皇家的规矩:幼年皇子皇女项上金锁必须每年更换,旧锁必须放进坤宁宫西间壁上悬挂的子孙袋里,以谢神天保佑。

康妃应了一声,回头去看三阿哥的项锁,见他目不转睛地盯着站在他对面的谨贵人,仿佛在竭力回想什么。谨贵人在他的注视下局促不安,但在强自镇静。

趁着那边苏麻喇姑向太后絮叨三阿哥不听话、总是入迷地看书的当儿,康妃一把扳过三阿哥,让他面对自己,说:"别东张西望的,让我看看你这锁……"那边谨贵人也向太后告辞说天太热了,要去脱件小袄。太后以为康妃母子怠慢了谨贵人,所以谨贵人有些不高兴,便说道:"三阿哥,你还没有给谨贵人请安呢!"

康妃手心捏出了汗,看着三阿哥走向谨贵人;谨贵人脸色微微发白,恨不得立刻扭头逃走。可是当着太后,她俩毫无办法。再说,那天三阿哥正在高烧的半昏迷中,他能记得当时的人和事吗?

三阿哥一个跪安下去,谨贵人只得谦让着扶他起来。三阿哥一抬头,很近地触到谨贵人一双细长的眼睛和唇边茸茸的黑汗毛,突然欢呼着跳起来:"哎呀,我想起来了!是你呀!我的泥鹿泥兔泥鸭子,还有那个会摇头的不倒翁,你都给我的小四弟了吗?我的红肚兜儿,小四弟爱穿吗?……"

康妃绝望地叱责说:"三阿哥,你胡说什么!"

三阿哥不满地回头看了母亲一眼,生气了:"又说我胡说!皇阿奶,我没胡说!"他兴高采烈地拉着太后的手,指着谨贵人说:"上回她穿着蓝布袍子,梳着一根辫儿,我还叫她胡子妞儿,可没有今儿好看!……"

太后脸上的笑容消失了,她慢慢地从宝座上站起来,目光变得异常尖锐而又冰冷。康妃和谨贵人在她寒光四射的眼睛注视下低垂了头,谨贵人身上那深紫色的锦缎袍不停地闪着光,她在发抖。

太后沉声问了一句:"三阿哥,你说的是什么时候?"

三阿哥被突然出现的可怕气氛吓住了,直往苏麻喇姑怀里躲,结结巴巴地说:"我,出、出痘的时候……"

长久的沉默。

一只嗡嗡叫的蜜蜂不知从哪片花丛飞来,在这些呆立不动的人们中间转了几圈,又飞走了。之后,便只有太液池的轻浪拍着五龙亭下的石基发出的汩汩水声了。

太后的表情庄重而又威严,很清晰地吩咐道:"苏麻喇姑领三阿哥回宫歇息。康妃,你去吧!谨贵人随我来。"说完,她径自出了五龙亭。谨贵人突然一昂头,快步跟着走去。康妃真想喊她一声,又咬咬嘴唇,忍住了。她回过头来,三阿哥向她跪辞之后,也跟苏麻喇姑走了。五龙亭里,只留下了心慌意乱、手足无措的康妃。

走进深幽雅静的韵琴斋,庄太后坐定,命宫女关好门窗后全都退出去。然后,她的锐利目光直射谨贵人:

"你说吧,谨贵人!"

谨贵人刚才那种畏惧、惊慌,此刻一点儿也没有了。她直挺挺地跪在姑母脚前,从容地毫无迟疑地说起了事情的始末:是她趁着康妃去西华门外探视出痘的三阿哥之机,改扮随行宫女,骗得三阿哥手中的玩具和贴身小肚兜。回宫后又买通了四阿哥的一位乳母,把小肚兜给四阿哥穿上,把泥玩具放到四阿哥枕边。四阿哥果然也得了天花……

"你!……"庄太后咬着牙,指着谨贵人只喊了这么一声。沉默许久,她长叹着摇摇头,痛心地说:"你怎么做出这样的事来!"

"姑妈,我不能眼看祖宗的家业叫蛮子夺走,我不能眼看我们满蒙高贵的血里混进蛮子下贱的血!我宁可自己染上天花死掉,也要叫那个小蛮子滚出皇族去!母后,我为的是祖宗,一片忠心可对上天!"这一番慷慨激昂的话,谨贵人说得非常平静,毫不动容。看来,她早就想到过今天,准备好今天了。

"你就不想想,四阿哥的父亲是谁?祖父是谁?他是皇家的后代,爱新觉罗的子孙!你害死皇子,就有大罪!"

"我知道。可是我永不后悔!"

庄太后像个男子似的,在屋里大步地来回踱着,紧锁着眉头,不时停下来,略一沉吟,又继续踱下去。谨贵人仍然直挺挺地跪着,脸上是一片视死如归的倔强。

庄太后终于停步,站在谨贵人身边,眼睛不看她,一字一句地说道:"你听好,阿琪。"她叫的是谨贵人在娘家的小名,"我是大清皇太后,不能愧对太祖、太宗,不能愧对祖上先辈,不能愧对当今皇帝,容忍你的罪过,必遭天谴;你是我的亲侄女,是我们博尔济吉特家的格格。身为博尔济吉特家的格格,我不能让家族的名望受到玷辱!我的意思,你明白了吗?"

谨贵人脸上掠过一阵抽搐,但她坦然回答:"我明白。"

"康妃知道内情?"太后忽然这样问。

"不!我只是说很想念三阿哥,要扮宫女去看他。"

庄太后心里明明不相信,却点了点头。沉吟片刻,她倏地转脸正面对着谨贵人,目光停留在侄女头上那朵珍珠五福梅花上,庄重地说:"好吧!姑妈成全你的忠心,给你身后的荣名位分。你放心。"

谨贵人连忙叩头:"谢母后恩典!"

太后挥挥手,转开脸,语声有些沙哑:"你,你去吧!"

谨贵人站起身,心头充溢着壮烈的感觉,快步走向门口,但她又放慢步子,停在了门口。她慢转回身,轻声说道:"姑妈,我,我去了!……"

她的尾音颤抖着,划破了寂静的空气。她看见她的姑妈背她而立,肩头抖动了一下,但没有回身,也没有说话,只把右手举到两把头一侧的流苏穗边,慢慢地、轻轻地摆了摆。谨贵人心头一酸,推门而出。

庄太后一动不动地站着,听着谨贵人的鞋底敲在砖地上的橐橐声,越来越远,终于消失了。她一直仰望着屋顶那装饰着龙凤花纹的华丽顶棚,但眼前一片白雾,什么也没有看见。后来,她翕动嘴唇,低低地喊了一声:"阿琪,我的烈性孩子!……"她闭了双眼,两颗沉重的泪珠,从眼角滑过高高的颧骨,沿着丰厚的腮,滚落下来……

太后把自己在韵琴斋里关了很长时间。当她出现在鲜碧楼上的膳桌旁时,谁也没觉得她有什么异常的地方。她仍然谈笑风生,和蔼慈祥。只在人们禀告她说谨贵人因身体不适提前回宫时,她的嘴角才颤抖了一下,眼睛里闪过一种既坚决又惶惑的奇怪神情。那只是一瞬间的事,除了心虚的康妃和聪明的皇贵妃,谁都没有发现。

这一天对顺治来说,是十分繁忙的。因为今天是文华殿经筵大典的日子,比一次早朝要劳累得多。不仅有许多隆重的仪式、礼节,还要讲书讲经讲史。大学士、尚书、左都御史、侍郎、学士、詹事都要充任经筵讲官。每次经筵,满汉官各选八人,分别按自己的理解宣讲,最后还要由皇帝阐发书义、经义,诸官跪听御论。讲毕,皇帝召与筵各官进殿赐座赐茶,表示礼敬恩宠。累尽管累,福临每次都从经筵中得到不少启示,常常使他灵活的头脑转动到眼前的实际治国之道中去。

回宫时,他又疲倦又愉快,带着这样的心情,往慈宁宫向母亲请安。听说太后游了一日北海,身体劳倦,正在寝宫歇息,他便立刻直奔寝宫。

太后坐在炕上倚着靠垫打盹儿,一个宫女在轻轻地为她拿捏双腿,其他宫女静悄悄地垂手站列门边炕前。福临一进屋,太后便睁开眼,笑道:"听脚步声,就知道是你。今儿个有些累吧?"

"还好。额娘领后宫去逛北海,怕是真累着了。"

"哦,不算什么,还没有老得走不动呢!"太后点头一笑,又一扬头看看儿子,动作很是洒脱利落,使福临眼里也不禁流露出赞赏的笑意。

"你今儿个在经筵上讲些什么?"太后问。

"儿讲的是'文武之道,一张一弛',阐发了足有一个时辰,又顺便讲了讲宽猛相济的道理。我看百官听得很入神呢!"福临不免有点儿自我欣赏。

"'文武之道,一张一弛',"太后重复着,连连点头,不知她是在夸赞这圣贤之道呢,还是夸奖儿子,"讲得好!那弓弦要是张得太紧,不就要断了吗?"

"额娘若御经筵,一定是个上好的讲官!"福临由衷地赞美。

太后神色一变,笑容消失,看定福临:"皇儿,你的弓,是不是张得太紧了?"

福临一看母亲的神情,立刻站了起来,恭敬地回答道:"儿听母后教诲。"

"皇儿,你一心继承祖志,一心要成就天下一统的大业,壮志可嘉,我很高兴。不过太急太快,怕不妥当,所谓欲速则不达。如今内外都迫得太紧,不要生出什么大事来!"

"母后请明示。"太后的表情口气,使福临感到紧张。

太后叹道:"事情都逼到眼眉前了,你还不知觉吗?外,有六王聚会;内,有四阿哥夭折……"

"额娘,你说什么?"福临一把握住了母亲的手。

"来,让我仔细说给你听……"

母子俩进了寝宫最东端的小梢间。宫人太监们完全听不到他们的声音。可是皇帝粗重的可怕喊声却有两次透过重幕传了出来,还夹杂着桌椅翻倒、瓷器粉碎的声音。不知过了多久,无声无息,人们正有些担心这母子俩会不会出什么危险,却突然迸发出皇上暴怒的狂吼:

"这不是天意!不是天罚!我不服!——"

太后提高了的声音也隐约传出来,仍然十分平稳:

"皇儿,你不是小孩子了,好好想一想吧!"

皇上离开慈宁宫的时候,神情古怪而可怕:他的脚步和身姿,都给人一种颓然而去的印象;脸上像戴了一副木制或冰制的面具,又硬又冷,毫无表情;可是只要触到他的眼睛,就会被那里的狂暴和绝望吓一大跳,那是两团火,两团熊熊燃烧的火!而皇太后也没有按照惯例送他出宫。

第二天,宫里都知道了,昨晚上万岁爷龙性大发,用鞭子没头没脑地把几个养心殿太监抽得遍体鳞伤,还威胁说要砍掉他们的脑袋!但就在这天的晚上,景仁宫发出丧音:谨贵人病逝。

发丧那天,皇后以下各宫妃嫔都来到景仁宫。皇贵妃拿了自己最好的一套衣袍,为死去的谨贵人换装。谨贵人脸上倒没有什么痛苦的表情,像睡着了似的宁静安详。

皇贵妃为她换好衣裳,站在那里凝视着死者,一面不住地掉泪,一面感叹着轻轻说:"姐姐鬈龄进宫,如今正当年华,为什么不能为皇上多多效力,就骤然去了? 真叫人痛惜啊! ……"

皇后,淑惠妃和静妃、恪妃、端妃、恭妃等人,都在抹眼泪。倒是康妃,站在董鄂妃的对面、谨贵人遗体的另一面,虽也拿着手绢擦泪,但她没有泪,她只觉得恨!她从来没有像今天这样恨对面那个女人,那个泪流满面的虚伪奸诈的美人儿!她还哭!她哭个什么?这一切,不都是因为她吗?康妃的心被嫉恨咬啮着,浑身犹如火烧。她不能流露一点真实感情,只得无可奈何地拼命低头,竭力抵挡。她狠狠地咬着嘴唇,直到她觉出舌尖上的咸味、下唇的疼痛……

几位内廷公主也闻讯赶来。谨贵人的死对她们可说是无关痛痒,但出于礼仪和宫规,她们也都掏出手绢抹着眼圈。

这时,皇上的谕旨到了,那是谕礼部、抄送景仁宫的:"贵人博尔济吉特氏赋性温良,恪共内职,今一朝遘疾,遽尔薨逝,予心轸惜,典礼宜崇。特进名封,以昭淑德,追封为悼妃……"

这就是说,谨贵人终于登上了主位,将按妃位进行礼葬了。后妃们为谨贵人庆幸:得到这隆重待遇,死也瞑目了!

妃嫔们各自休息时,孔四贞走到董鄂妃身旁,轻轻叫了一声:"姐姐!"

董鄂妃抓住她的手,含笑的眼睛盯着她看,只不说话,看得孔四贞红了脸,小声说:"姐姐,你的眼睛真坏!"

董鄂妃凑在她耳边悄悄说:"我早听太后讲了。什么时候进宫圆房啊?……"

"姐姐!看我撕你的嘴!"

董鄂妃不笑了,紧紧捏着孔四贞的手,知心地说:"好妹妹,你快来吧!你能助我一臂之力。你不知道,我多难啊!"

"我知道。我心里害怕。"四贞耳语着,"看到谨贵人那样子,我觉得怕极了!这里,陷进来再出不去的呀!……"

"你真的不肯?"董鄂妃忧伤的眼睛几乎使四贞落泪,可她还是硬着心肠说:"我不能……我没有姐姐那样的才干和胸怀,我会淹死的……姐姐,别怨我,你好自为之吧,我已经向太后辞过亲了……"

董鄂皇贵妃长叹一声,对四贞可怜地笑了笑,慢慢走开。她脚步不大稳,容妞儿立刻上前搀住了她。她的背影那么瘦弱,显得筋疲力尽。孔四贞眼里不禁又涌出了泪水。

几天以后,一件受贿作弊的案子被揭发了出来,因为是由宫内捅到皇太后驾前,皇上大怒。受贿卖官的总管太监吴良辅被判死刑,贿请的汉大学士陈之遴被罢官,并流放盛京,另一名汉大学士王永吉也被罢官,还有一大批汉官因受牵连而纷纷被免职、降职、罚俸,朝野又是一番震动。神气了不几天的汉官又失了神,各种不利于汉官的传说又不胫而走:没有最后定案的丁酉科场案还得从严惩治;刚刚揭发的江南、河南、山东、山西等科场案必定处置更严……

接着,皇上奉皇太后命,将已停止的中宫笺表,如旧制封进,恢复了皇后的特权和身份,同时,命静妃为长春宫主位,赢得宫中一片感恩的眼泪和欢笑。

最后,在三月二十七日,追封皇四子为和硕荣亲王。

于是,许多人都松了一口气。张得太紧的弦,松下来了。

五

五月榴花红胜火。安亲王岳乐一向喜爱它炽热的颜色,正当时令,王府处处都是盛开的红得耀眼的石榴花。不过这几日,绚丽的榴花也得让位了,因为府里张灯结彩庆贺王爷生辰。府门口的胡同好几天水泄不通,车来马去,人山人海,都是赶着来送寿礼的,抬的、担的、捧的,红红绿绿、金花银叶,流水似的往安王府里涌,那热闹红火,真跟过年一样。

今天是岳乐寿辰的正日子,来拜寿的,可就都是冠盖人物了!这使得王府门前的热闹中添了些威严和富贵气,别说下人们屏息静气,就连马到门前,也不敢扬声长嘶了。

王府东侧,是一所规模很大的花园。花园一隅有一所幽静精致的梨花院。岳乐在这里设宴招待他的显贵客人,朝中的亲王、郡王、贝勒、贝子,——也都是他的亲戚子侄。

院子正中有一个从南面房屋中突出来的小型戏台。戏台下面摆着一人一桌的丰盛席面,巽亲王常阿岱、显亲王富绥、康郡王杰书、温良郡王猛峨、顺承郡王勒尔锦、端重亲王齐克新以及敬谨郡王尼思哈等人,都在这里就座,由岳乐的儿子蕴端、玛尔浑等人相陪。左右两边是塑有圆、方、六角、梅花、石榴、宝瓶等各种形状花窗的长廊。在廊里看戏吃酒的,是来拜寿的福晋格格们,自然由安王福晋、侧福晋们相陪。正对戏台是一间正厅外的敞轩,只设了两席,座席的右面一位是今儿的寿星,身着彩色吉服的安亲王岳乐;左面一位,便是简亲王济度。

按辈分,他俩是兄弟;按位分,岳乐新进亲王,不及济度。平日两人政见不尽一致,来往较疏。但皇族的规矩,最讲兄弟亲戚之谊,岳乐比济度年长,哥哥的生日,弟弟非拜不可。所以,简亲王着了礼服,领着福晋和两位侧福晋,早早就过府拜寿来了。

自家亲戚欢聚,照例气氛较比轻松。五月的天气已相当热了,王爷、福晋们纷纷去了礼服冠带,轻摇小扇,一面吃酒,一面闲谈,兴致勃勃地看着台上的戏文。

一出方罢,台下一片谈笑声,称赞这出《黄鹤楼》做得真热闹、真好。廊下的福晋、格格们尤其赞扬剧中的刘备和周瑜。不一会儿,戏班的班主领了扮演刘备和周瑜的伶人,直走到敞轩前,向安王爷和简王爷谢赏。

岳乐对"周瑜"看了一眼,说:"你不是云官吗?"

同春低头恭敬地回答:"是。"

"唱、做、念俱佳,比以前越发出色了。我记得你已经脱籍。"

"是。"同春恭敬地又答一声。班主连忙补充道:"禀王爷,他如今是民人,只搭班唱戏,不陪酒,不拜师父。"

"哦,也算难得……既入此门,再要谋别的出路也难。日后能做个梨园教习,也可善终其身了。"

"是。"同春第三次回答后,随同"刘备"、班主领赏去了。

"王兄,你见过这个唱戏的?"

"哦,此人在梨园,可算是佼佼者,不卖色相,没有媚容俗态,性情举止有翩翩文士风,所谓阳春白雪是也!"

济度笑道:"王兄爱和那些文士们来往,所以连这么个唱戏的也看重。文士文士,文弱之士,有多大用处?打天下打天下,总归要靠打!要靠骑射,要来武的!"

岳乐也笑了:"贤弟难道没有听说?从来成就大业的,武功文治,缺一不可。马上得天下,还能马上治天下吗?"

济度说:"马上得天下,为什么不能马上治天下?当年太祖太宗皇帝,不就是马上治天下吗?"

岳乐并不直接回答他,绕过了祖宗的武力攻战,另开议题:"历数前朝,凡享国稍久者,必有一朝之制度。我大清开国不久,要治理中华偌大疆土,满蒙汉万千百姓,为长治久安计,正需参酌古今,定下制度。"

济度鄙夷地耸耸鼻子:"明朝就有制度,还不是一样亡于李自成一帮流寇,让位于我大清?"

"不,事情不那么简单。皇上在内院阅读史书,曾亲谕道:'明太祖立法周详,可垂永久。'足见明初所定制度原无不善,但日后逐渐废弛,国祚也就衰弱下来。到了万历末年,明朝大局实已败坏,所以还能延续数十年而后亡,制度之力也!我们不可不认真参详啊!……"

济度脸上已露出不耐烦,强笑着说:"王兄,掉书袋子,我掉你不过,也没这份精神。咱们爱新觉罗氏是天女后代,天生的贵族、英雄!有上天佑护,既能得天下,就能治天下!用不着去跟下贱的蛮子们学什么制度!……"

岳乐耐心地带着劝解的口吻说:"贤弟武功超群,确是祖宗的好子孙。我们爱新觉罗也确是天女之后,天潢贵胄。不过,满洲一族的渊源呢?贤弟你还不知道吧?我近日查了许多史书,满洲来自建州女真,上溯五百余年,正是女真建立大金的时候,享国一百多年,与北宋、南宋共始终;更向上推,唐代的渤海国,也是女真所兴,五京十五府六十二州,为海东盛国,享国近二百年。如今大清又承大金,千年之间,三为大国,愈来愈大,终于据有天下,我满洲族之强固可想而知!但是,尧舜禹三代以前呢?谁是女真族的祖先?仔细推究,未必不是黄帝的一支……"

一刹那,济度双眉倒竖,胡须乍起,虎目圆睁,就要发作:好你个岳乐,竟然把爱新觉罗氏和下贱的蛮子联上了祖宗!他转而一想,现在是给岳乐拜寿,无论如何撒不得火。他虽然憋得一脸紫红,只是愤然说出几个不连贯的字:"你,你,竟敢……"

"贤弟,你这是怎么啦?"岳乐看着济度的样子,不知是真的奇怪,还是装的惊讶,正要招呼从人,却见门官引了一位宫中太监赶到面前跪禀:"王爷,皇上召王爷即刻进宫!"

岳乐和济度都吃了一惊,但又不能问。岳乐匆匆地向济度说:"贤弟,不能相陪了。改日到府上请罪。"

"什么话!皇上召你,不要误了,快些走吧。我也告辞了。"济度和岳乐彼此一请,岳乐便慌忙去准备进宫了。

梨花院里的客人们,因为有蕴端、玛尔浑兄弟相陪,情绪仍然十分热烈:两廊的女眷们多日不见,正好趁此时机说说话儿,交换各自知道的趣闻,谈兴正浓。济度让侍从告诉福晋要早些回府后,自己便率了部分从人离府而去。蕴端兄弟恭敬地送他到大门外,他却一直闷闷不乐,一路上都在苦苦思索:皇上这么急地召岳乐进宫做什么?……

梨花院西南角一间三楹屋,是供伶人休息化妆的地方。坐在窗口的同春,正好看见简亲王缓缓离去的背影,立刻联想到他在前门轧死无赖的雄姿,回头问陪同小太监:"那位王爷不是简亲王吗?怎么不再看几出?"

小太监凑过来看了一眼说:"真是简王爷!……咱这儿净演文

戏,简王爷不爱瞧!"

"简王府也常叫戏班子吗?"

"叫的少。简王府自家有王府大班,他专爱瞧《西游记》《十床笏》这路热闹戏。"

"哦……"同春沉吟片刻,又问,"小内官,像你这样的,是皇上赐给王爷的呢,还是王府自家买的?"

"都有。王府自家买来的多。"

"不是还有宗人府、刑部拨给功臣家为奴的人吗?"

"那就海啦!……可当太监的没有。他们多半到庄子里去干活,女的才留府里,洗衣局、厨下、茶上都要人。"

同春心里怦怦直跳,尽量随便地问:"今年府里又进人啦?"

小太监想了想:"没有。去年中秋节刚进过。哎,你快吃点心哪,这是我们福晋赏的,谁不知道我们安王府点心是京师头一份!……你不是还有戏吗?等着吧,准还有好些赏银呢!福晋格格们有的是私房钱,又最爱瞧戏……"

同春十分失望,却不能不笑容满面地与小太监周旋。

永平逆案中女子全都入了官,发给功臣家为奴。同春既要有可能进入功臣之家,设法打听梦姑的下落,又要找到谋生门路,解决衣食问题,两全之策只有一条,那就是重入梨园,再施粉黛。同春毫不犹豫地搭上了京师有名的戏班。凡是应王府贵宅的戏差,他总是格外出力,也格外上心。可是几个月过去了,梦姑一点儿踪影都没有打听到。今天又落空了。他真不想再往下唱了。同春动手拆包头、脱戏衫、换彩鞋。

屋子另一角的班主瞧见了,大声说:"云官,你怎么啦?下面还有你的《占花魁》呢!"

同春道:"我头晕,直犯恶心,浑身不舒坦。下面的戏免了我吧,找别人顶两出好不好?"

"哎哟,你这是要我的命啊?"班主急了,连连打躬作揖,"好云官嘞!人家要看的就是你这秦小官哪!怎么敢回戏呢?王爷要是发了火,咱们也别想囫囵着出府门了!……兴许是这屋里太闷,散散就好,散散就好!"

屋里真是又热又闷,可是唱戏的伶人敢随便出去"散散"?连那么喜爱云官的小太监也不敢做主。偏偏梨花院总管是个戏迷,一听云官不唱《占花魁》,当然不答应。总管一通融,小太监才敢领了云官到旁边小园子里散步透气,说好不许走远。

小园子里一派浓绿,高树矮丛挡住了阳光,阴凉又宁静,更衬得远远近近的石榴花像一团团鲜红的火焰。同春深深地呼吸着甜美清纯的空气,舒展着身体,随着小太监在山石水流间漫步,觉得精神爽快,连小太监跟他说话,他都半听半应的。

小太监的一句话,猛地钻进他耳中:"……你演好了,各王府的福晋、格格都会有重赏,光这赏钱就够你几年花销……"

各王府?这个"各"字太重要了,竟使同春心里"咯噔"一跳。如果他今天能给各王府的王爷、福晋留下深刻印象,就为今后进各王府的戏台开了路,这不是明摆着的吗?对!得演,一定得演,要拿出本事,演得台下这些人神魂颠倒!

同春一个急转身,坚决地说:"回去吧!下头还有我的戏。"

"你头不晕了?"小太监好心地瞅着他。

"溜达了一阵,好啦!"同春一笑,顺着石子拼花路,在假山中绕来绕去地走回梨花院。小太监追在后面,疑惑地咕哝着:"这是怎么走的?绕不出去了?……"

一道长廊突然横在眼前,两头蜿蜒着深入到花木深处,看不清方向。绿琉璃瓦,红柱红栏杆,檐下彩绘花鸟山水,十分华丽。隔着长廊的另一边,修竹掩映方亭,石桥跨过流水,花圃里万紫千红,各色月季争奇斗艳,玫瑰花香浓郁醉人,一阵阵飘向同春。同春很是惊奇,刚刚放慢脚步,小太监蹿上来一把拉住他,脸色都变了:"走错了!快回头!"

同春见他急得头冒冷汗,嘴唇发抖,忙问:"怎么啦?……"一语未了,长廊那边,翠竹摇动,传来女子清脆的笑声。小太监一语不发,拽着同春掉头就跑,那手还在不住地哆嗦,直跑出那个绕得人头昏脑涨的太湖石山群,梨花院就在眼前了,小太监才撒开手,抹去头上的汗,摸着胸脯说:"你可吓死我啦!……那道廊子是府中的禁线,那边是府中女眷游玩的花园,男仆不经召唤,或是外人闯过廊子,就别想要命啦!……"

同春吐吐舌头,静静心,进了梨花院。

从竹林小径中走出一个十八九岁的侍女,细瘦的身上,淡黄衫,白绫裙,外面罩件竹布长背心,腰里束条深蓝色汗巾。她低头出了竹林,便静静站在路边垂手侍立,等候后面的主人。她是简亲王侧福晋的女仆,是马兰村被籍没入官的乔梦姑,也是刚刚被拽走的同春极力想寻找的人。

不论她的心已怎样麻木,事变突发的那天以及此后的所有经历,她还是记得清清楚楚。

那天,老道师徒在正房里关门密谈;东西厢房的女人们嘻嘻笑着掷钱卜卦,看谁先得子;梦姑如常地呆坐着,脑子里空空的一无所有。忽然大门被急慌慌地敲开,母亲和容姑冲了进来,脸色惨白。容姑说,费耀色偷偷给她报信,说是他爷爷苏尔登跟王用修已经带了巡捕来抓老道师徒和乔柏年了,叫他们全家快跑!

老道一听,立命褚衣仆把守大门,他领着小道士开了后门一溜烟地逃了。人们又哭又喊,追着老道师徒跑上山去。可是他们刚爬上山头,就发现无数满兵已把整座山包围起来。老道当机立断,命众人分头逃跑,到一百里外落草青龙山的李秋霜处会合。后来的事情就很混乱了,梦姑和母亲、妹妹失散,却被小道士紧紧揪住不放。这位朱三太子把梦姑和另一名袁道姑的徒弟一同塞进山洞,自己也躲了进来,用匕首吓唬两个女人不许出声。

一个时辰后,满山遍野都是搜山的清兵,密密麻麻如同蚁群,沉重的脚步声好几次从头顶滚过,眼看躲不过去了,朱三太子眼睛通红,一脸疯狂,掷下匕首逼催两个女人自裁殉节。梦姑虽已多次见过他这副嘴脸,仍然觉得害怕,顺从地就要拾起匕首,却又双手哆嗦,下不了狠心。忽听那被逼急了的小道姑问:"你要我们死,你呢?"

"我?我要逃到深山老林,出家当和尚,远离尘世,了此一生!"朱三太子眼里满是绝望和凄惶。

小道姑火了:"什么?让我们死,你去出家?鬼话!"她一脚踢开匕首:"你不死我也不死!"

"你,你大胆!"朱三太子颤抖地指着她低声喝骂,"告诉你,我是太子,崇祯皇上是我亲爹!妻妾不能辱于敌手!你,你们立刻给我死!"

"到这个份儿上,太子顶屁用!我就不死!"小道姑越加倔强。梦姑像痴呆了似的听着这大胆的、她想都不敢想的对骂。

"好,好,你这贱人敢抗君命!君叫臣死,臣不得不死……看我收拾你!"朱三太子拾起匕首,浑身抖得像一片秋风里的枯叶,抬手就要去扎小道姑,梦姑连忙把他拉住,"扑通"一声跪下了。朱三太子回头一看,勃然大怒,举手就朝梦姑狠狠刺去。梦姑一闪,匕首划破了衣袖,把胳膊刺了一道长长的血淋淋的伤痕。小道姑不顾一切,大声叫喊起来:"杀人啦!朱三太子杀人啦!……"

梦姑没有挨第二刀,满兵已冲到洞口。所有跑上山来的人,一个也没逃掉。

下山时,又出了意外。窄小的山路,只容一人行走。道士师徒两个男人在前,由四名满兵两前两后地押着;妇女用长绳绑成一串,隔着一队满兵远远跟着。山路一弯,正临悬崖,那老道用不知何时脱开捆绑的双手,一把抱住朱三太子,纵身便向悬崖跳了下去。女人们尖声乱叫,满兵也慌了,队伍散乱了好一阵。后来领兵的将军下令放箭,满兵沿小路密密站成一条线,箭如飞蝗般"嗖嗖"射下悬崖,随后又用长绳吊下满兵去看究竟。女人们被押进虹桥镇巡检所,不知道那次搜索的最后结果。但是第二天,她们看到了巡检所门前的旗杆上,高吊着老道士的人头……

实在是梦姑这些年太苦了,后来的经历对她都不算什么,她漠然处之。只在刑部把她们分派给各王府贵宅为奴时,她突然意识到,从此再也不能与母亲、妹妹见面,这便是生离死别,她这才抱着亲人恸哭,哭得极其伤心,泪水滔滔不绝,仿佛借此把这么多年的屈辱、痛苦、爱和恨都哭个干净。

她果真哭干净了,从此变成一个冰雪般的人。本来就没有笑容,现在连愁容也没有了,平得如同一潭秋水,淡得犹似一缕轻烟。因为这,入简王府后那一顿凶暴的鞭打,男子汉们都在呼天抢地,叫爹喊娘,她却始终一声不出,使茶上主管十分惊奇,把她讨去做了茶上奴婢;又因为这,她被侧福晋看中,退了那个饶舌的侍女,把她要来做了身边奴婢。她今天就是跟着侧福晋来安王府拜寿,照看侧福晋的女儿的。

竹叶儿簌簌响,两个打扮得花枝招展的十二三岁的格格儿,手拉手地走了出来。身穿银红缎袍的是简亲王的三女儿,身穿雪青缎袍的是安亲王的三女儿。两人小时候就是相互来往的好友,近两年见面少了,这一聚会,就有说不完的知心话儿:

"……你后额娘对你还好吧?"问话的是简亲王的女儿,她岁数稍大些,有点儿做姐姐的味道。安亲王元妃四年前去世,现在这位年轻的那拉氏是继福晋。

"也就罢了。就是我父王,老疼着她养的那小格格儿!"

"总归是这样的,疼小不疼大。听我额娘说,你后额娘养那小格格的时候,差点儿病死!"

"真的！她住的小院都封了,谁都不许去看。后来她病好了,又说小妹妹命硬,犯了什么星宿,抱出府去养了,到十个多月才又抱回来的。"

"你喜欢那个小妹妹吗？"

"喜欢！可乖啦,长得好看,小嘴甜极了！才两岁多,什么话都会说啦！"

"是吗？抱来跟咱们玩玩好吗？我一个小妹妹都没有。"

"好！好！"岳乐的女儿跳着拍手,立刻叫她的侍女去禀告福晋。济度的女儿转过头,对梦姑吩咐道:"阿丑,你也去,帮着抱小格格儿！"

阿丑——这是梦姑在简王府侧福晋那里得来的名字——默默对小主子一屈膝,随安王格格的侍女去了。

安王福晋那拉氏正抱着那个小格格看戏。小格格听话地一动不动,只闪动着两只大眼睛东瞧西望。一听说姐姐要她去花园玩,立刻张开胖胖的小手往使女身上扑。台上的《占花魁》正演到《受吐》一折,卖油郎秦钟的温柔体贴、善良真诚,被伶人云官表演得淋漓尽致,尤其使廊下的贵妇们感动。那拉氏正巴不得有人把孩子领走。

简亲王侧福晋的席位就在旁边。她见阿丑在歌吹彩衣面前也那么低着头、目不斜视,心里好笑,想寻点儿开心,便说:"阿丑,你也不抬头看看,多风流美貌的秦小官哪！"

梦姑只得通过面前那扇花瓶形的壁窗,对戏台看了一眼。被赞为"风流美貌"的秦小官正侧脸向名妓王美娘倾吐心曲。梦姑不在意地低了头,她对什么都没有兴趣。她后退几步,转身跟随抱小格格的侍女走了。身后传来她的女主人带笑的声音:"这个阿丑,是我亲自选来的,难得她是个哑巴,酒色财气全不沾……"

梦姑静静地亦步亦趋。前面那位使女换了一下手,小格格那张天真无瑕、非凡美丽的小脸就突然正对着了梦姑。一个颤抖从头顶滚到脚趾尖,梦姑觉得心被铁爪子猛地抓了一把,疼得缩成了一团。天哪,这不是她的女儿吗?……但愿这不是在做梦,但愿这不是在发疯!……

小格格全神贯注地盯着梦姑,一双乌溜溜的大眼睛从密密的睫毛下简直要望到梦姑心底。那双黑白分明的、晶莹动人的眼睛!梦姑在给孩子喂奶的时候,曾经怎样抚摸过、亲吻过这双眼睛啊!女儿,一双比画儿上金童玉女还要可爱的女儿,曾是她生活的惟一的安慰,惟一的希望……

梦姑心慌气短,眼前发黑,一片又一片白蒙蒙的雾从眼前的黑暗中飘过去,她支持不住,马上要晕过去了。可那小格格突然从使女肩膀上向她伸出小手,清脆地喊道:

"嬷嬷!西提乌伦比逼!①"

这一声明明白白的鞑子话,使梦姑浑身一激灵。她顿时清醒过来,眼前的白雾消散了。这是一位裹在绸缎金银里的格格,注定一辈子享受荣华富贵的郡主,怎么会是她那已经落入狼腹的女儿呢?

梦姑伸出了手,小格格一下子就扑到她怀中,搂住了她的脖子。这温暖的、微妙的接触,在她心里唤醒了受过重创的母爱,说不清是幸福还是痛苦的热流冲激着她冰凉的心,多少日子来她完全干枯的眼睛,竟湿润了。

雪青袍的格格先跑来抱去了小妹妹,银红袍的格格赶上去抢夺,嘴里不住地嚷着:"哎呀,多美的小奴恩②!可爱的小奴恩!"两

---

① 满语:你抱我!
② 满语:小女孩。

人争着搂她、抱她、亲她,弄得她大声叫嬷嬷。两个姐姐把小格格带到花圃,吩咐侍女们采来许多玫瑰、月季,插了小格格满头满身,又把五颜六色的花瓣穿成芳香四溢的花串,戴在小格格头上、脖子上。不大工夫,她们四周就堆满花朵花瓣,招得蜂蝶纷纷,围着三个女孩儿乱飞。小格格不肯离开梦姑,总是牵着她的手,或是倚在她怀中,似乎这样她才笑得更开心,喊叫得更痛快。直玩到太阳偏西,天色渐晚,她竟躺在梦姑怀里,把小小的可爱的头紧贴在梦姑心房,安安稳稳地睡着了,睡得非常甜美。

保姆来接小格格了。梦姑伸手递出孩子时,竟一阵心酸,手臂不自觉地一抖,小格格猛然睁开了眼睛,看了看保姆,又转脸到处寻找,一眼看到梦姑,立刻探出身子向她扑过去,大喊着:"嬷嬷!我要嬷嬷!我要嬷嬷!"

梦姑不得已接住了她,她搂住梦姑再不撒手。所有软的硬的办法都使了,全都没用,小格格放声大哭,又喊又叫,身子乱踊乱动,闹得众人手足无措。安王福晋和简王侧福晋闻讯赶来,也没法使小格格离开梦姑。一时间孩子哭,大人嚷,骂侍女,骂阿丑,骂不懂事的小格格,乱成一团,谁也听不清别人说什么,谁也拿这个两岁的尊贵的小郡主没办法。

"乱嚷什么!"威严的声音不耐烦地一喝,乱糟糟的喧闹立时平息,下人们都赶忙跪倒。这是下朝回府的安亲王。福晋迎上去唠叨了一遍,岳乐惊异地耸耸眉头,亲自走到梦姑跟前,疼爱地说:"冰月,好孩子,看看我是谁?"

小格格不放开搂着梦姑脖子的双手,转过脸看到安亲王,含着眼泪笑了,用叫喊得有些沙哑的声音委屈地喊道:"阿玛……"

"跟阿玛回屋里去,该吃饭了。"

"我不!"抽抽噎噎的小格格更紧地搂住那简王府女奴。

岳乐轻轻地、不为人觉地叹了口气,说:"阿玛给你带了一对小白兔,不去看看吗?来,阿玛抱你!"

小格格犹豫了:小白兔该多么可爱呢?……让又高又大的阿玛抱着,一定很快活的!……

"来吧,冰月。"岳乐真的伸出两只手。这是两只从来没有抱过孩子的、坚强有力的高贵的手。

小格格贴着阿丑的脸,娇爱地说:"嬷嬷,我去看了小白兔就来找你,你可不要走啊!"

简亲王侧福晋在一旁急得直嚷:"阿丑,快答应,快应啊!"

阿丑只好点点头。小格格这才放心地扑到安亲王手中。可是这双舞刀射箭的手,却经不住一个两岁娃娃的重量,差点儿把小格格摔了。阿丑惊慌地"啊"了一声,连忙蹲身用双手去接。这时岳乐才看到了一直低头不语的这个女奴的面容:高颧骨、深眼窝,瘦削的双颊,尖得像钉子的下巴,怪不得叫阿丑。只有眼睛又黑又亮,不算太丑……

岳乐对简亲王侧福晋说:"弟妹,这小丫头把你打搅得够了,真对不起。我要赶快带她回去,不能送你了,请不要见怪。"

简亲王侧福晋连连笑道:"王兄别客气,自家亲戚,说什么见怪不见怪的?你快请回吧,有嫂子送我呢!"

安王福晋那拉氏送走亲友后回到她那精巧华美的寝宫,只见岳乐已脱去朝服,只穿一件洒金月白绸衫,手里端着一盏茶,在屋里走来走去,脸上一团烦躁。远远地,能听到小格格还在哭闹,大概已抱到后院去了。

那拉氏有意地笑道:"听听,这小丫头还在哭。这也算是前世的缘分?"

岳乐看她一眼,皱皱眉,没有答茬儿。

"刚才简王侧福晋答应把阿丑给我了。她还说阿丑的好处就是丑,分不去男人的心。你瞧她说得多有意思!我也得想法回她件礼物才是……送她一匹绸子,可好?"

岳乐又看她一眼,还是不说话。

那拉氏急了。她是继室,按年龄她可以当岳乐的女儿。到了这种时候,她可就瞪眼了:"你怎么不说话?你……"

"行了!别嚷了!"岳乐立刻接口说,"白费心机!跟你说,半个月内,这孩子要送到宫里去。"

"啊?你疯了?"那拉氏大惊失色。

"你胡说什么!"岳乐面色很难看,叱责着福晋,"这是皇上的亲口谕旨。皇贵妃丧子以后,想收养几位小郡主在身边,也好冲淡哀思,有所寄托。"

那拉氏一下子哭了:"她把我的孩子弄了去寄托哀思,我的哀思往哪儿寄托呢?"

岳乐叹口气说:"你怎么糊涂了呢?这是皇上的恩典呀,别人家想还想不到呢!再说,又不是你亲生女儿……"

"不是亲生是亲养!这小东西多招人爱,你还不知道?我实在舍她不得!……怎么单要咱家的格格?"

"简亲王家两个,顺承郡王家一个,咱家一个。皇贵妃抚养,将来得公主封号,食公主俸禄,这还不是天大的好事?……再说冰月进了宫,你也好时常进宫去给皇太后、皇贵妃请安,那可是我们满洲的非凡女子,好好学学她们的见识和胸襟吧!"

听了这话,那拉氏的激动略略平息了。实在也难怪她。她是在初产子殇的悲痛空虚的情况下,得到这个玉女儿似的小格格的,疼爱之情一点不亚于亲生。丈夫几句话点明了关节紧要处,她只能接受这无可更改的决定。她看了看丈夫心事重重、双眉紧蹙的面容,叹口气,反过来安慰地说:"你也不要这样忧烦了吧。着人给你上些点心好不好?"说着,递给他一把扇子:"大生日的,皇上召你进宫,就为的这件事?"

岳乐不看福晋,也不回答,无缘无故地把折扇撒开,合上,撒开,再合上,又心不在焉地在胸前扇了两下,说:"我到书房去坐一会儿,谁也不要来打搅我!"随后他背着双手,一步一步地慢慢走开了。

　　和岳乐担心的那件大事相比,送冰月进宫算得了什么?

　　皇上是又犯小孩脾气了?皇上是一时心血来潮?不像。他似乎已经深思熟虑,把岳乐当作第一个能接受他想法的人,紧急宣召进宫相商的。

　　天色暗下来,西方收尽了最后一缕暮霞,如海一般深邃无际的天空中,星光点点,争先恐后地闪现出来。岳乐盯住了最亮的一颗,那是一颗光芒中带点蓝色的大星,正从高高的天际向大地张望,令人心里微微颤抖。这不就是岳乐今天感受到的皇上的那双眼睛吗?皇上在阐述他的"新政"时,眼里不也闪射着这样令人心悸的光芒吗?

　　皇上推开案头那一函函、一卷卷《资治通鉴》《明实录》《文献通考》《明会典》,非常振奋地说:"王兄,朕决意准酌古今,除旧更新,全力整饬制度!重要的一着,是把内三院扩为内阁,设殿阁大学士,并另设翰林院和掌院学士官,与六部同品级。最要紧的,"他停顿了一下,眼睛发亮,语气坚决地说道,"是要除去议政会议名色,内阁六部直接受命于朕!"

　　"这……这不是完全仿照明……明制了吗?"岳乐口吃得厉害,顿觉心慌意乱,呼吸急促。

　　"如果明制有效,为什么不能仿照?"皇上毫不在意,继续神采奕奕地说,"议政王贝勒大臣,年迈功高,但见识短浅,治国为政,常常不合时宜。可使他们高位厚禄、养尊处优,但从政者必须有学识有远见。不然,治国平天下谈何容易!……"皇上还滔滔不绝地说了他的许多设想:考查官吏,禁绝贪污,奖励开荒,收罗人才,收集散落民间的书籍,恩养故明宗室,赐予明末殉难诸臣谥号和祭祀,以至设日讲官,天天侍皇上研读书、经、史,等等。可是岳乐已不能静心听进去了。撤议政制度、改内三院为内阁,这两件大事太惊人,压倒了一切!可以想象,一旦公布,定是朝野的一次大地震,满臣和王公贵族不但会暴跳如雷,还会……真不敢设想那后果!……年轻的皇帝啊!正月里丧太子,人人都说是上天对他违祖制近汉俗的惩罚,难道他竟毫不警觉?这才五月,丧子的哀痛还没有过去,却又要冒天下之大不韪,竟想撤掉议政这古老的祖宗定下来的大法!这怎么得了!……

在满洲贵族中,岳乐常被人讥为"新派",今天他不是还在对济度侃侃而谈,鼓吹什么"参酌古今、定立制度"吗?不料皇上比他走得更远,竟要向议政制度开刀了!这,连岳乐都难以接受,何况别人?

这时候,岳乐才明白了皇贵妃收养四个格格的用意。这是向亲贵们示恩表宠。济度将是最坚决的反对派,于是对他的恩宠最高,收养两个。她真是皇上的贤内助啊!

替皇上想想,岳乐可以理解这一切。年轻有为的天子,想要一整山河,偏偏议政王大臣掣肘分权,屡屡阻挠皇上的施政,以他那样一个性格极强的人,哪里能忍受得了?可是替议政王大臣、其中也包括他自己想一想,手中大权突然被剥夺,哪怕是去过养尊处优的悠闲日子,能心平气顺吗?……

书房里的灯光一直亮到天明。安亲王岳乐在焦灼不安之中度过了他的生日之夜。

六

"嘭"!济度那铁钵大的拳头猛砸在乌木茶几上,碗托、茶碗、碗盖跳起来好高,又跌下去摔得粉碎,浅棕色的奶茶溅得到处都是,也溅了济度一身。可是,他毫无所感,瞪着虎目,额头和粗脖子上的青筋暴起,大声吼道:

"什么?撤议政?见鬼!"

他双手一背,大步在中厅很快地走来走去,分明是一只关在铁笼里的焦躁的猛虎!他呼哧呼哧地喘着粗气,黧黑的脸涨成猪肝色。他骤然停步,愤怒地又添了一句:

"敢动祖宗的大法?……皇上这是喝了蛮子的迷魂汤啦!"

鳌拜站在左侧,像他一贯表现的那样,满脸严毅刚正,不露声色,也不轻易说话。站在右侧的苏克萨哈却是从容和蔼,嘴角挂笑,永远给人以亲切的印象。他微笑着劝道:"王爷,你不要发火。皇上也只是有这么个念头,随意说了两句,并没有立即就办的意思……"

"不!"济度大巴掌一伸,粗声说,"皇上我可知道,一旦定了主意,八匹马也拉不回来!……撤议政、改内阁,这不明明是扔掉祖制,改习汉俗明制吗?你俩也是议政大臣,撤了议政,把我们这些人都搁到哪里去?"

苏克萨哈想一想,说:"听皇上的意思,王爷们劳苦功高,用尊位厚禄奉养,世代相承;大臣可以入阁为大学士,仍不失当朝一品之位……"

"汉俗!汉俗!汉俗!"济度连吼三声,一声比一声愤怒,震得堂上的屋檐似乎都在轻轻颤抖,"我们满洲八旗,英雄盖世,蛮子本是我们脚下贱奴,如今……罢!不等他撤议政,我明日便上朝辞去议政!谁受这腌臜气!"

苏克萨哈轻轻一笑,小声说:"王爷,要是辞议政的人多了,皇上兴许倒不撤议政了……"

"什么?你说什么?"济度一愣,连忙问。

"我想,如今天下未平,哪能没有百战百胜的八旗呢?"

济度一拍脑袋,恍然大悟:"哦,我明白了!苏克萨哈,你真是咱满洲的智囊!……唉,没想到皇上耽于汉俗,连兄弟至戚之情都不顾了!"

鳌拜半天不作声,这时才缓缓地、庄重地说:"王爷,这也难怪皇上。若不是当年多尔衮专擅,几乎危及帝位,皇上怎会有如此戒心呢?要说亲情,皇上还是很厚重的。皇上不日就要选几位郡主进宫抚养,加公主衔食公主俸禄。皇上亲口对我说,王爷父子对国家功劳最大,要选王爷名下两位格格进宫呢!"

"哦?"济度的气果然消了一些,沉默片刻,决然道:"我知道了,你们走吧,我自有我的办法!"

临走,苏克萨哈又嘱咐几句:"王爷,辞议政不是小事。万一皇上犯了脾气,真的准了你的辞本,反倒骑虎难下。但只微微放风,使皇上耳有所闻,也就足够了。"

济度半笑不笑地说:"怪不得人们说你善辨气色、善观风向呢,果然果然。"

苏克萨哈的脸略微红了红,哈哈一笑,鳌拜沉着脸瞥他一眼。济度这样的直肠子,一向瞧不起苏克萨哈。可是在眼下情势中,他又不能不佩服他审时度势的能力,几句不酸不凉、又酸又凉的话,正表达了济度的复杂心理。

送走两位内大臣兼议政大臣,济度闷闷不乐地走回后殿,一片笑语声从福晋的住处传来。

"姐姐,他们家那八宝鸭也不知怎么做的,实在好吃!"这是一位侧福晋的声音,显然是在对福晋说话。

"不只八宝鸭,那烧鸭也很好。难得烧那么烂,我这不中用的牙也吃得动、吃得香。"这是福晋带笑的声音。

另一位侧福晋兴致勃勃地说:"我问过了,那叫南味烧鸭,还有酒焖肉,还有叫什么、什么东坡肉的,从来没见过!是人家打江南找来的厨子烧的。……姐姐,咱们家不好也买几个蛮子厨师吗?烤羊肉哇、白煮肉哇,真吃够了!"

是啊,安王府的宴席实在不同一般,连济度也吃了个嘴光肚胀,啧啧称赞,女眷们叹赏,他不也有同感?

"不只吃的呢,瞧瞧人家用的那扇子,啧啧,怎么就那么好看?那团团绢扇,香喷喷的檀香扇,哎哟哟,只要这么斜斜地往下巴颏一遮,坠着玉佩的缨子这么一晃悠,再这么抿嘴一笑……"侧福晋必定正在摆姿势做表情,引得女人们一阵笑声,"别笑哇,我学不好。可就这么一下子,再丑的女人也能把男人迷住,对不对?"

女人们嘻嘻哈哈地一阵乱笑。"额娘,额娘!"笑声中三格格尽力压过众人的声音,"人家的袍子都跟咱家的不一样!又薄又软,说是没绣花儿,可上面闪着一朵一朵的亮花儿,一走路,风再一吹,飘飘的可好看呢!可咱家这衣裳,绣这么厚,硬板得像铁片!……"

"格格,跟你阿玛说说好话,"第一位侧福晋鼓动着,"人家的衣料都是从杭州、苏州特地买来的。只要你阿玛点头,咱们府差个人去江南,还不易如反掌!"

"额娘,你去跟阿玛说呀!"三格格向母亲求告,福晋笑着连连答应。

"姐姐们请看,"刚才论扇的侧福晋笑道,"这是安王侧福晋教我的,也打江南传来。这样敷粉,这样拍胭脂……拍成这样,叫桃花妆。再拍成这样……叫酒晕妆。要是这样……最后再薄薄地扑一层粉,就叫飞霞妆了。"

"哦!"女人们出自肺腑地惊叹着。不知谁轻声说:"到底蛮子历国久远,连名字都这么好听:桃花妆、酒晕妆、飞霞妆……"

"还不止这个呢,人家生了病都会收拾打扮。瞧,就这样……

剪三块鲜红的红绫,沾上药膏,贴在两鬓和眉心……姐姐们请看,多俏!这叫病西施妆,别是一种娇态,更招人爱啊,是不是?"

"哎呀,这些南蛮子!……"女人们惊诧不已。这句话里一点不含平日那轻蔑、嘲笑的意思,倒带了一种说不出口的景仰。

济度一脚踏进门,这样一幅景象映入眼帘:福晋斜躺在正中的长榻上,笑眯眯地看着听着,两侧的四张椅子,是侧福晋和三格格的座位。第二侧福晋正拉着她的贴身侍女站在正中为大家表演,茶几上香粉胭脂狼藉一片,地上散落着一些红绫碎屑。那个被当作展品的女侍,一脸浅浅的红粉色,即所谓飞霞妆,眉间和两鬓贴着指甲盖大的圆圆的红绫膏,果然显得俏丽又娇美,仿佛变了一个人。连济度也不免对她多看了几眼。

女人们见王爷进来,连忙请安。那侍女跪下叩了个头,惶惶然退了下去。见王爷脸色不好,女人们全都敛起笑容,不敢出声,只有福晋赔着笑脸,请王爷上座叙话。

济度仍然站在门前,一双眼睛阴沉沉地轮流打量他的内眷。他竭力压着火,用讥讽的口吻说:"你们刚才在做什么?这么高兴,这么有劲?"

女人们垂下眼睛,谁也不敢答话。

济度突然控制不住,大吼起来:"你们也喝迷魂汤啦!混账东西!给我滚!都给我滚!——"

侧福晋们和三格格惊惶满面,连忙跪一跪,便急急忙忙地退了出去。济度还不甘休,对着她们的背影追骂一句:

"再敢学蛮子那一套,看我揭了她的皮!"

橐橐橐的木底鞋一阵乱响,女人们溜得飞快,三格格还摔了一跤,被一个侧福晋拽起来就跑,眨眼间她们就都消失在高大的殿角墙垣之间了。

济度余怒未消,转过脸来训斥福晋:"看你把她们纵容成什么样子！南蛮子那些妖里妖气的东西,竟透到我的家里来了,成什么话？你不管,反倒跟她们一起瞎咧咧！"

福晋虚心下气地劝道："王爷别生气了。吃饭穿衣,都是小事,何必那么认真？再说女人家谁不爱打扮？她们打扮还不是给你看？犯得着发那么大的火？"

"我不看！这是亡国之音,亡国之妆！懂不懂？咱们满洲家要严守古朴祖风,这汉俗汉风一点不能沾！你管着府里内事,风气坏了就得怪你！"

福晋心里不高兴了,可是没敢表现出来,沉静片时,才缓缓地、温柔地说："我不过赞了一句他们菜做得好。吃那八宝鸭、东坡肉,你不是也说比煮白肉好吃吗？"见济度一下子答不上来,她又轻轻地说："要是都按祖先的习俗过日子,咱们还该回到深山老林里,架上火堆烤黄羊腿,何必住这大殿高堂,吃这细面白米的饭、煎炒烹炸的菜呢？"

几句话把济度噎住了。他更加生气,瞪着眼指着福晋的鼻子："你就知道婆婆妈妈这一套！习俗风气是大事,你懂不懂？"他探手入怀,掏出一个油纸包,摔给福晋,声色俱厉地说："我看你是忘了。给我念！"

福晋咬咬嘴唇,打开这尚有济度体温的纸包,拿出那块写满满文的白绢,跪在地面的毡垫上,展开白绢一字一句地读下去。

白绢上抄录着老郑亲王、济度的父亲济尔哈朗在病重垂危之际向顺治皇帝所上的奏疏。这道奏疏,在简亲王府处处可见。所谓的银安殿王座后面的檀木屏风上有,练骑射阅武的观射楼正厅里有,客厅里有,连济度的寝宫里也悬挂着木刻的这道奏疏。这还不够,还要带在身边,时刻不离。眼下这种情景,在简王府中,重复过何止百遍。儿子如此忠诚不渝,郑亲王泉下有知,也该安心瞑目了。

郑亲王去世到现在只不过三年,简王府里的人谁不能拿这道奏疏倒背如流?何况福晋!

"……太祖创业之初,日与四大贝勒、五大臣讨论政事得失,咨访士民疾苦,上下交孚,鲜有壅蔽,故能扫清群雄,肇兴大业。

"太宗缵承大统,亦时与诸王贝勒讲论不辍,崇奖忠直,录功弃过,凡诏令必求可以顺民心,垂久远者。又虑武备废弛,时出射猎。诸王贝勒置酒高谦,以优戏为乐,太宗怒曰:'我国肇兴,治弓矢、缮甲兵,视将士若赤子,故人争效死,每战必克。常恐后世子孙弃淳厚之风,沿习汉俗,即于慆淫。今若辈为此荒乐,欲国家隆盛,岂可得乎?'遣大臣索尼再三申谕。

"今皇上诏大小臣工尽言,臣以为平治天下,莫要于信。前者轸恤满洲官民,闻者懽忭。嗣役修乾清宫,诏令不信,何以使民?伏祈效法太祖太宗,时与诸王贝勒大臣等详究政事得失,必商榷尽善,然后布之诏令,庶几法行民信,绍二圣之休烈……"

福晋读完,将白绢双手捧交给济度,济度接住,加重语气问:"记住了吗?"

福晋轻轻答道:"是。记住了。"

"起吧!"济度不看福晋,虔诚地、认真地把白绢折叠整齐、包好,郑重地收回怀中。福晋看他消停地坐下了,才试探着说:"有件事得告诉你,看怎么办好。"

"说吧!"

"塔葛二娘说安王福晋想要她的那个阿丑……"福晋小心地看看济度的脸色,"亲戚家要三五口子人,我从来不吝啬。可是岳乐家……我不知深浅,你拿个主意吧!"

"岳乐……岳乐……"济度皱着浓眉,嘴里咕哝着。福晋知道他和岳乐关系不大好,不止一次在家中骂岳乐是忘祖的不肖子孙,很瞧他不起,只当济度一口回绝,再骂两句了事,见他这么沉吟着,倒有些奇怪了。

济度在窗前大步走了两个来回,猛一停,双手叉腰,大声说:"哪能只给一口?要出手就得十口!拣好的,拣壮实的,别小气!……说起来,十口也嫌寒碜。去装上十斤辽东人参,十盒鹿胎膏,再加一串上等的东珠,全是咱们的家乡宝货!"他用力挥着一只毛茸茸的大手,十分豪爽:"拿咱的家乡宝货当主礼,那十口就算个添头!怎么样,这份寿礼算得厚重了吧?"

福晋不解地望着他,小声说:"你……才刚还在为忘祖制近汉俗大发雷霆,怎么又……"

济度仰头大笑,笑了个痛快,然后说:"女人家见识短,哪里摸得清这内中诀窍!安王总归是自家兄弟,总归也是一位议政王,懂不懂?"

黎明时分,养心殿里忙得不亦乐乎,在昏昏灯光中,人影憧憧,来去匆匆,都在为皇上起身、梳洗奔走。夜来皇上没有召幸妃嫔,早上的事原应少一些。可是今天并非常朝之期,不过是乾清宫听政,皇上却要郑重其事地穿上全套朝服。还有一层,皇四子去后,皇上的脾气格外暴躁,太监们挨鞭子已成家常便饭,所以每个人都不得不格外小心、繁忙。

一名小太监进上香茶,穿戴即将完毕的福临接到手就喝,"噗"的一口吐出来,眉毛一竖,连茶盏带茶托、盏盖没头没脑地砸过去,小太监头一闪,正砸在他肩头,顿时浑身热气腾腾,满是茶水茶叶,茶具也摔得粉碎。福临怒骂道:"该死的东西!谁让你进这么热的茶?烫死朕吗?"

小太监吓得只是叩头,话都说不出来。

"越是有急事,你们这些没用的东西越是耽误!养你这样的有什么用!……"

首领太监连忙跪下:"万岁爷息怒,万岁爷息怒,他刚来养心殿当差,饶他这一回吧!……"

"滚!"

首领太监忙推那浑身哆嗦的小太监叩谢皇上,匆匆退下。

"朝珠!朝珠!"福临又不耐烦地大喊起来。太监们面面相觑:管朝珠的太监竟不在寝宫,看皇上这么急躁,都为他捏着把汗。福临气得直咬牙,瞪着眼就要骂首领太监,却听得前殿一声喊:"万岁爷,朝珠在这儿!"那太监像只没头苍蝇似的撞进寝宫,跪在福临跟前,双手高高举着福临要的那串珊瑚朝珠。福临一把夺过来,又一脚踢过去,那太监摔了个跟头,又爬起来恭恭敬敬地匍匐着不敢动。福临骂道:"专跟我作对是怎么的?越急越打岔!拿你们都办了!"

这管朝珠的太监赶忙回禀:"万岁爷息怒!实在是寝宫里找不着,奴才急得要死,才跑到前殿暖阁里去找的。耽搁了万岁爷,奴才该死,奴才该死!"他连连扇自己耳光,扇得劈啪乱响。

福临猛地想起是自己前日下朝到西暖阁临帖时,把这挂他认为给他带来好运气的红珊瑚朝珠,放在百宝橱中的。他不再说什么,瞪了那太监一眼,在御前侍卫的导从下,往乾清宫去了。

别的太监拉住管朝珠的太监:"行了,别打了,不疼吗?"

他叹口气:"瞧你说的!哪能不疼,可总比挨鞭子强啊!"他摸着又红又烫的面颊说:"要是皇贵妃昨儿来了寝宫,今儿哪至于这样啊!"

"可不是吗!……"太监们一个个摇头叹息。

福临的心情,太监们哪里知道。今天他这么郑重又这么急躁,是因为他在自己心里,把今天看成一个非凡的、决定胜负的、一个天子生涯中了不起的日子!

皇四子的死,给他很大打击,但是他不相信亲贵们明谏暗传的那些天罚天警的危言。后来,太后在把其中真相告诉他的同时,要他想一想,是不是上天假手谨贵人来惩戒他?他有没有违背天意人心?这时他才害怕了、寒心了。透过"天意",他看到的是满蒙亲贵对汉制汉俗的深恶痛绝,是他们对他离经叛道行为的强烈不满。谁知道这不满会到什么程度,会造成什么后果?……

福临这么多年刻苦学经读史,很想有所作为,以英主明君而流芳青史。他看到,关外的、祖先的一套,不能再套到今天富有四海的大清国了。最方便、最现实的借鉴,自然是明太祖创立的制度。如果汉人的文弱能被满蒙的尚武精神所加强,而满蒙的野蛮又被汉人的文明所开化,大清国满蒙汉一体天下,不是会比历朝更强盛吗?

福临雄心勃勃,企求着天下一统而后大治的局面。然而他的每一步除旧更新,都受到阻碍,每向前走一步,都很艰难。他,大清国至高无上的皇帝,并不真正至高无上,并不能令行禁止。横在他面前的,像一座大山,就是这祖先传下来的、牢不可破的古老制度——议政会议。福临这位第三代皇帝、满洲的后辈,敢不敢动动这庞然大物呢?

福临暗自筹划很久了,第一个支持者自然是董鄂妃。他原已确定立太子后便着手撤议政,谁想太子未立而死,他的决心也几乎消失。皇四子之死,使他灰心了许多日子。

征南大军的胜利进展鼓舞了他,他的雄心又抬头了。他找到了第二个支持者:开国勋臣、太宗皇帝倚重的军师、已经致仕在家的大学士范文程。他向年轻的皇帝进言:事权集于君主,天下大治可望成就。福临提出的撤议政、组内阁,这位老臣也很赞同,不过他特别提醒皇上:撤议政极其不易,不但违祖制,而且易失满洲人心,请皇上仔细推敲参详,用最稳妥的办法,缓缓施行。

但福临岂是慢性子人?想法一旦成熟,多等半天,他也忍耐不住。于是他很快就去找第三位支持者——庄太后。这一位支持者却不那么明确,沉思了许久,才同意他不妨一试,但决不可逼得太急太紧。多作试探,不行就收。善放善收善始善终,务必稳定人心,不伤大局,才好。

召安亲王进宫向他交底,可说是试探,也可说是寻找第四位支持者。可是平日深沉坚毅的岳乐竟被惊住了,说到最后,他才犹豫着回禀说:"皇上孝治天下,如果撤去议政,改动祖宗大法,恐怕人心不服。四海未平,八旗尚在征战,是否可以缓办?至于改内院为内阁,有利无害,可以施行。"

福临又有意在内大臣面前透露,听他们的反应,也让他们去试探诸王贝勒的口气。但结果多半不佳。

福临筹思终夜,决定孤注一掷:今天,他要在乾清宫轮流召见诸王贝勒,把话挑明说破,逼他们就范,——他要短兵相接了!

以天子之尊、皇帝之威临之,福临未必不能出奇制胜!但这终究是违背祖制的,是太祖太宗皇帝屡屡明谕禁止的事,干起来不能无愧,不但暗自怕人议论反对,心灵深处也觉得对祖宗不起而负担很重。——虽然他决不会承认这一点。急躁、暴戾,正是为着掩盖这软弱的一面的。

在乾清宫东暖阁召见的第一位,是顺承郡王勒尔锦。他不是议政王,辈分低,年纪又小。福临首先召见他,意在攻取薄弱环节。但他一开口,福临的心就凉了半截。勒尔锦从来没有今天这样有主见、这样能言善辩:"禀皇上,撤议政、改内阁,奴才以为不可。崇德二年夏四月,太宗皇帝圣谕曰:'昔金熙宗循汉俗,服汉衣冠,尽忘本国言语,太祖太宗之业遂衰。夫弓矢我之长技,今不亲骑射,惟耽宴乐,则武备寝弛。朕每出猎,冀不忘骑射,勤练士卒。诸王贝勒务转相告诫,使后世无变祖宗之制。'祖先圣训,子孙辈不敢忘;祖先定制,子孙辈不可改。皇上明见万里,恕奴才直言……"勒尔锦说着,连连叩头。

听他像背书一般流畅平板,福临又气又好笑,但他必须拿出长辈的尊严,皱眉问道:"你的骑射如何？是不是明日往景山较射,考考你的马上功夫？"

勒尔锦哪敢作声,只趴在毡垫上,拼命低头。

"怪就怪在连你也侈谈什么祖先圣训!"福临盯着勒尔锦,厉声问,"谁教你背这些话的？"

勒尔锦吓得一哆嗦,战战兢兢地说:"实在是皇室宗亲……都怕皇上撤去议政,大家商量好来进……进谏,都说皇上从谏如流……奴才也事先准备下了……"

"难道你就不明白,治理天下不同于当年在辽东？制度不加更张取舍,万民怎能服帖,天下怎能安定？……"福临看了看勒尔锦空洞的眼睛,那里只有恐惧和迟钝,他忍不住高声问:"朕的话,你听懂没有？"

勒尔锦只当皇上又发脾气了,连连叩头,满脸冒汗,一遍又一遍地重复着那句老话:"皇上明见万里,恕奴才之罪,祖宗成法,万万不可更变!……"

福临说不出的气恼,一挥手:"去吧!"勒尔锦忙不迭地退出了乾清宫。

安亲王岳乐一走进来,那种不卑不亢的态度就使福临觉得安慰,但他一贯沉毅坚定的眼睛后面,透露出某种难以言传的怜惜,这使福临心里很不是滋味。

果然,岳乐跪拜后,非常恳挚地说:"撤议政、设内阁是皇上英明之举。治理天下原无成法,太宗皇帝若能入关为天下主,也会如此。关外关内,地理人民情势不同,国家制度若不变更,犹如二十岁大汉再穿五岁时的娃娃衣裳,不是憋死大人,就是弄坏衣裳……"

"正是正是！"福临很高兴，一时忘记臣下禀奏时应不动声色地保持天子尊严，激动地说，"大清国已是一个巨人，朕要为他缝制合体的衣袍！"

岳乐叹了口气，说："皇上，千好万好，只是为时太早。"

"为什么？"福临一急，声音走了调。

安亲王沉重地说："皇上明鉴。岳乐以为，待南明殄灭、云贵收复，天下一统后，再着手变更，似乎更为稳妥。"

福临寄予希望的第二个人，是康亲王杰书。他有不少地方和岳乐相似，但为人特别谨慎。因为他虽是礼亲王代善的后代，却非嫡传，年纪轻，资历浅，文不如岳乐，武不及济度，在同辈亲贵中，以谦谦君子的姿态周旋其间，使得人们都对他抱有好感，他也时时注意与各派力量保持同等距离，决不越过界限。今天应召，他显得紧张，跪拜时因误压袍襟差点摔跤，目光也闪烁不定，可见内心不安。

他这样说："更变祖宗成法，恐怕会使满洲人心惶乱。人人都知太祖、太宗开国创业，规模制度可传永久。敬天法祖尤为满洲视为金石之言。求皇上三思而后行。"

福临不愉快地问："你是不赞同了？"

杰书恭敬地回答："杰书不敢。但杰书不敢独树一帜。多数王公大臣赞同，杰书也赞同。"他想一想，又补充道："皇上切勿轻视众人对撤议政一事的异议。万一各位王叔王兄合力抗辩……皇上要心里有数才好！"

福临一惊，立刻追问："难道他们敢结党乱政？"

"不，不是的！诸王贝勒大臣对皇上耿耿忠心，决无二意。然而，这样的事，不谋而合怕也难免……"

杰书已经跪叩拜辞走出东暖阁了，却又违反礼仪地重新回来，恭恭敬敬地对福临小声说："皇上，能不能弃其主而求其次呢？……请皇上明察。"

福临明白杰书的意思。当然,改内院为内阁比撤议政容易。但对福临来说,撤议政却比改内阁更重要。

连碰了三个软钉子,福临心情很不好,也觉得累,但仍然坚持把议政王贝勒大臣以及六部满尚书一个又一个地召来单独面谈。结果很使他丧气。这些王公大臣都表示忠于皇上又忠于祖先,都歌颂皇上英明有为;都记得保持满洲优势,不近汉俗汉制的圣谕(其中也包括顺治亲政初发出的同一内容的谕旨);都不同意撤议政——理由当然各种各样,不过,福临从中摸到了一根脉络:议政王贝勒大臣惟济度马首是瞻。

福临在暖阁里沉思着踱了好半天,命太监进食。他喝了奶茶,吃了点心,觉得心力都准备得较比充沛了,才命召简亲王议事。他要集中力量对付这最后一个回合。他认为只要成功,便可反败为胜。他预料这将是一场持久的、激烈的交锋!

哪知实际情况跟他的想象完全不同。

被福临一向看作粗鲁无文、不善辞令的简亲王,行礼就座之后,就滔滔不绝地慷慨陈词。他首先从怀中掏出他父亲的奏疏,恭恭敬敬地向皇上念了一遍,然后就提起当年摄政王多尔衮的教训:"皇上想必记得,多尔衮曾想削议政,把议政王大臣会议放在一边,他一人独揽大权。他又罢诸王兼理部务,使六部尚书听命于他一人。多尔衮如此变更祖制、胡作非为,引起满洲公愤,丧尽人心,一旦死去,身败名裂,岂不是报应?"

福临勃然变色:这不是明骂多尔衮,暗指他福临吗?为了打胜最后一个回合,福临竭力隐忍着。况且济度也不给他发脾气的机会,越说越慷慨激昂了:

"我满洲威临天下,靠的就是祖制旧俗,子孙万代传下去,便能子孙万代永保社稷江山。这是我们满洲的传世之宝,要是丢掉,就是金宝玉宝也是没用!千辛万苦打下的江山,又要被人家夺回去,人家无需用弓箭刀枪,只这汉制汉俗,就会将满洲这一支上天的骄子、仙女的高贵后代淹没在汉人的大海里!……满洲可就真要完啦!……"

福临实在忍不住了,一拍桌子,怒喝道:"胡说!"

济度眼都不眨,立刻从座垫上站起来,"扑通"一声跪倒在地,说:"皇上恕罪,皇上就是杀了济度,济度一片忠心可对皇上,可对祖先!皇上以为济度不肖,济度甘愿领罪。只要皇上一句话,济度立即辞去议政,从此不问朝事;议政王贝勒大臣也可以全体辞职告退,受皇上处分。但是议政的制度决不能改!"

一个王爷怎敢在皇上面前说出这种口气的话?他敢。因为他确是一片忠心。皇上要是因此处分他,他就更有"以死谏君"的忠名而得到更大的荣耀。他实实在在感到背后有许多人支持他,他一点不孤立,所以他无所畏惧。

而皇上呢?在济度义正词严的指责下,福临内心深处的歉疚被触动了,竟然产生了输理的感觉,气势上不由得矮了一截。他知道,济度这种外软内硬的威胁并非戏言,只要济度一摆挑子,就会有一大串人跟上来,不仅会使他丢尽面子,还会使统一天下的大业付之流水,后果怕要更为严重!……福临心里打了个冷战,没有勇气重提撤议政的话题。他强压住心里沸腾了似的愤怒——那是对济度,对所有议政,尤其是对自己无能为力的处境的愤怒,忍气用不大平稳的声音说:"那么,改内三院为内阁呢?"

"禀皇上,明朝亡国,多半亡在偏用文臣上,那是亡国的制度,决不可照办!"

"王兄此言过分了吧!"福临冷笑一声,鼻翼迅速翕动,眼睛忽大忽小,话几乎是一口气冲了出来,像质问似的声音又高又响,"当初先皇设立内三院八衙门,不正是参照明制?太祖时候有没有这些设置?"

确实,太宗皇帝设立内三院和吏、兵、刑、户、工、礼六部以及都察院、理藩院,人人都知道是仿效明制。太宗自己都说:"凡事都照大明会典行,极为得策。"这也是人所共知的。济度顿时哑口无言,气焰弱了,但还是非常固执地说:"禀皇上,太祖皇帝定下的国事合议制度,先皇并没有改动!……"

福临勉强笑笑:"那么,王兄替朕谋算谋算,如果不撤议政,只改内阁呢?就如先皇那样,行不行?"

济度微微一愣,马上意识到皇上让步了。他想了想,无可奈何地说:"那就另是一说了,可请议政王大臣商议。"

福临心里非常别扭,苦笑道:"朕想撤议政,无非是因为国事繁忙,诸王贝勒大臣功高年老,理应安富尊荣、颐养天年,朕治国理政也可得速效之用。既然王兄等以为这是祖宗大法,不可轻动,朕也有从谏如流的度量。将内三院改为内阁,设殿阁大学士,其实也不过是畅通办事渠道,再说内阁规模也应与我大清国相称才好。"

一直跪在那里的济度,低头默想片刻,非常虔诚地说:"皇上明鉴,济度以为内阁大学士比内院大学士多了一倍[①],又有学士、侍读学士等名色,其中汉人尤多,他们参赞国政,虽然学问高超,办事有才,终究非我满洲,不可付予高位重权,免伤我大清国体……"

福临咬着牙问:"王兄的意思是……"

"济度思忖再三,殿阁大学士不应高过正六品……"

"什么?"福临吃惊地说,"内三院大学士还是正二品呢!"

济度不动声色,依然恭恭敬敬地接着说下去,好像不曾被皇上打断过:"内阁不能与六部同级,大学士不能与尚书同品,免得内阁职权太重,有碍皇上理政治国……"

内阁的殿阁大学士,在明制中是崇高的相臣,所谓一人之下、

[①] 内阁大学士加殿阁衔,称中和殿大学士、保和殿大学士、文华殿大学士、武英殿大学士、文渊阁大学士、东阁大学士,按满汉各一人计,应有十二名大学士。

万人之上的宰辅。授大学士通常称为拜相、大拜,意思是皇上要礼敬、要拜托宰相调理天下大事。此刻,济度竟提出小小的六品官!六部衙门里的员外郎是六品,各省司、道、府、州、县中,州官的副职是六品,拿员外郎和州同的品级加给文华殿大学士、东阁大学士,这实在不伦不类,荒唐透顶!气得福临半晌说不出话。他突然身子向后一仰,扬头放声大笑:"哈哈哈哈!……"

皇上的失态令济度吃了一惊,抬起头:"皇上,你这是……"

福临笑得前仰后合,全然不顾帝王的威仪,断断续续地又笑又说:"哈哈哈哈!王兄……忠心可嘉,朕……哈哈哈哈!不忘王兄……教诲,哈哈哈哈!……去吧!……"

济度默默站了一会儿,担心地说:"皇上保重!"

福临一面笑一面频频挥手:"……去吧去吧!……我没有发疯!……"

济度走了,福临还在笑,笑!他败了,他彻底失败了!他要撤的,撤不了;他要扩展的,被他们挤压了;他要提高的,他们硬往下拉!他被他们打垮了,落荒而逃了!……

像大笑的爆发一样突然,福临猛地停止了笑,大口大口喘着粗气,一股暴怒烈火一样蹿上来,撞着胸膛,烧上头面,他像战场上杀红了眼的武将,发出一声长长的、惨烈的嘶叫,抄起炕上那张花梨木的精致小炕桌,连同桌上的茶具、一套青玉文房用具,双手高高举起,狠命往地下摔去!不要说那些脆弱的器具,连小炕桌也散了架,木腿木条四处迸飞,吓得里外侍候的太监一个个合眼、闭嘴、低头,心里乱扑腾,真怕皇上迁怒自己,脑袋搬家。

福临大踏步出了暖阁,出了乾清宫。他走得飞快,不管不顾。御前侍卫和太监们一窝蜂地跟在他身后小步跑着,又不敢靠得太近。快到月华门,他才放慢了步子,最后停在门边。他既不回头,也不动弹,冷冷地说:

"从今天起，朕谁也不见！奏本全送内院。向太后禀知，朕在西苑。速召汤若望来西苑虚白室见朕！"一句一顿的命令发完，福临昂首挺胸地走了。

虚白室在西苑静谷的西北角，地势低，深陷在重重太湖石之间，被树丛的浓绿所荫蔽，深邃幽静，如在山谷。整整两天，福临和汤若望把自己关在这仿佛隔绝了人世的小屋里，只有几名御前太监才能应召进入。

长桌上摆满了瓶、罐、玉钵以及烧杯、天平等用具，方桌上堆满了书，线装的《本草纲目》和几本精装的羊皮面德文书尤其触目。福临想要知道那种极珍贵的琥珀油是怎样制成的，要亲自当一当制药师。

福临和汤若望两人一会儿翻阅书籍，研究制法，一会儿命御前太监干各种下手活。福临试图把琥珀化在一种奇怪的液体中。干了一整天，琥珀油也没做出来，福临又想制珍珠粉了。于是又查书、研究、动手制作。珍珠粉毕竟要容易些，到虚白室的第三天，福临坐在天平边，亲手拿珍珠粉一包一包地称出三百包。这时，福临才露出汤若望熟悉的那种纯真的稚子之笑。

"玛法，我估算每包珍珠粉要值十两银子呢！"

"皇上，要是加上皇帝亲手采制的价值，我恐怕它不止一百两啦！"汤若望抚着拳曲的长须，慈爱地笑道。

"是吗？"福临显然很高兴，"我要拿一半进母后，五十包给皇贵妃，余下的都给你，玛法。你拿去给穷人治病。"

"谢谢你，皇上。上帝会奖励你的仁慈。"汤若望这时才摇摇头，叹道，"皇上，你近日瘦多了。"

"是啊！……"福临也是一声叹息。

"四皇子被上帝召去了。他的灵魂上了天堂……"

福临微微一笑，虚幻的安慰不能止住心头的痛楚。他不同意天主教的教义，把夭折也当作幸福。他拉开话题："多亏这琥珀油和珍珠粉，让我镇定了。玛法你说，一个人为什么推不动一座大山？"

问题古怪而突然，汤若望并不慌张："一个人力量太小。"

"还因为那座山太大太重！"福临气冲冲地添了一句。沉默有顷，他轻轻地说："朕梦见朕在推一块石头上山，山顶松柏苍翠，云海壮观，可见旭日东升。可是越推越吃力，石头竟越长越大，越推越重，不多时朕便寸步难行，石头却长成大山，不但朕推它不动，一旦松手，它会向朕迎头压下，朕将粉身碎骨！……玛法，你会圆梦吗？"

汤若望摇摇头："请原谅，我从来不信那个。中国有句老话，叫做日有所思，夜有所梦……"

福临凝视着汤若望，很长很长时间，才低声说："玛法，你一定能懂得……"他余痛未息，紧皱着黑眉，说起了三天前那次痛苦的失败的较量，随后便像多年前那样，真挚地望定他的玛法老师，准备得到安抚和对策。

汤若望在胸前划了个十字，合掌叹道："主啊，饶恕这些可怜的罪人吧！"他转向当年的学生，像个指迷长者似的谆谆告诫："体面的中国人特别顾及面子，他所视为第一义务的是外表品行端正，无可指责。至于他实际上究竟是个什么样的人，他很少顾及，只要没人知道他的缺德、缺点，或是罪恶过失，他就胜利了。这可真正是这个民族的一大缺点，这就是虚伪！许多人决不承认怕死，总拿出冠冕堂皇的理由：老母在堂，子孙年幼等等作怕死的借口。议政王爷们分明贪恋权势，却拿敬天法祖做幌子，反抗皇上的变革……真可悲啊！皇上，如果你不注重你的臣子们的道德训诫，以后的事情更难！欺骗、讹诈，哦，多么丑恶，上帝啊！……"

有句话或许是他想说而不敢说的：皇上分明想集中更大的权力，却也寻找着虚伪的托词……玛法的道德说教使福临厌烦，玛法那纯洁的上帝离福临太远。面临这样严重的争夺，谁讲真诚谁就缺乏取胜的手段和下台的梯子。玛法不懂得华夏，他的上帝，不理解华夏！

玛法的说教却从另一方面点醒了福临。此时他才看清，太祖、太宗皇帝为了集权在手，是怎样煞费苦心：不仅一边强调合议制，一边设置三院八衙门分去王公旗主议政会议的权，——用玛法的话说，这又是虚伪的，——先皇不是还做过几件真正可以称得上是英明而又残忍的事吗？还有，睿亲王多尔衮若不抄没削爵，福临焉能有今天？这不是什么道德不道德，虚伪不虚伪，这应该叫做：雄才大略！

福临倏然站起，仿佛心血来潮，十分兴奋地说："好，朕也有对付的办法了！他不是要把大学士都降成正六品吗？朕就来它一个'照旧例兼衔'，大学士兼理六部，仍旧正二品，看他们还说什么！哼！"

汤若望的说教忽然被打断，已是吃了一惊，听福临这么一说，好半天默不作声地望着年轻的天子，好像他是一个垂危的病人，眼光里满是怜悯和遗憾。

福临心里毕竟知道正直、真诚、友爱这些玛法倡导的道德是好的，是对的，在汤若望这样的注视中，心里渐渐觉出些羞愧和不安。他"嘻"了一声，重新坐下，沮丧的心绪不知不觉地又抓住了他。

七

转眼间，又到了中秋。

顺治皇帝在学士王熙、冯溥陪同下，在西苑万善殿召见两位高僧。一位是去冬皇上在南郊偶遇的海会寺住持憨璞性聪，他后来被请入万善殿与皇上谈佛法、讲禅机，很得看重，赐号明觉法师。皇四子夭亡，顺治心绪恶劣，十分消沉，广购佛像，并在信佛的太监们怂恿下，起意召请南方高僧来京说法。憨璞性聪于是推荐了他的两位法祖：玉林通琇和木陈道忞。今天在座的另一位高僧，便是龙池派禅宗第四代得道高僧中的玉林通琇。他已到京有些时日了。

召见礼节、见面问安等等已经过去，谈话继续着，神秘而吸引人，福临简直有一种忘形的明慧感。玉林通琇那稳如泰山的打坐姿态，长眉疏髯、清瘦宁静的面庞，从容蔼然的表情，细长的眼睛里那超凡脱俗的光亮，使福临像发热的病人在额前突然敷上冰雪一样，心下的躁乱顿时化尽，无比清爽。他带了几分敬仰说："从古以来，治理天下都是祖辈相传，日理万机，不得闲暇。如今朕好学佛法，从谁而传？"

玉林通琇道："性聪来书，称皇上佛心天子，久修梵行，慧性敏捷，时以万几之暇，体究禅宗。今蒙皇上召对，果如所言。老僧观皇上，乃金轮王转世，夙植大善根、大智慧，天然种性，信仰佛法，不化而自善，不学而自明，故为天下之至尊。"

听一位高僧这样揄扬自己，福临心里非常高兴，笑道："朕想前身的确是僧。如今每到寺院，见僧家明窗净几，总是低回不忍离去。"

"皇上夙世为僧，未曾忘却习气。"玉林通琇点头道。

福临兴味更浓："朕再也不能与人同睡了。凡临睡时，都命一切诸人出去，才能睡得着。若闻得一些气息，则通夕辗转不寐。"

"此亦习气使然。有睡诀云：先睡心，后睡眼。"

"老和尚此诀真古今未发之妙！"福临欣然又问，"参禅悟道后，人还有喜怒哀乐吗？"

"逆之则怒,顺之则欢。"

"大都如此,参禅还有何难？"福临笑问道。

"也不难。不见庞公云：'难,难,千石油麻树上摊。'庞婆云：'易,易,百草头上祖师意。'灵照云：'也不难,也不易,饥来吃饭困来睡。'"

"却是灵照超过庞公、庞婆。"

"正是。参禅学道,不需别处寻讨,但二六时中,向穿衣吃饭处会,行住坐卧处会,于此平常心即是道,无憎爱心即是道。不需截根盘之固执,钻骨髓之治痾,冷地里忽然觑破,始信从前都枉用了功夫！"

福临心顺口服地赞道："老和尚说的是！哦,请问,寿昌无明和尚与云门湛然和尚俱有高名,果真悟道善知识吗？"

"二老悟不由师,而知真行卓。无明和尚有偈云：'冒雨冲风去,披星戴月归,不知身里苦,难虑行门亏。'至于湛师,则云流天空,事过即忘,尤称无心道人。"

福临称羡不已,又问："还有个雪峤和尚,听说他性情真率,从不事事,末后示寂又十分超脱。老和尚可知此人？"

"雪大师乃老僧的先法叔。丁亥年八月十九日微疾,次日亲书一纸示众云：'小儿曹,生死路上须逍遥,皎月冰霜晓,吃杯茶,坐脱去了。'到二十六日酉时,果然索茶饮,口唱雪花飞之句,奄忽坐化。"

福临听着,无限神往。高僧那圣洁的、超凡脱俗的事迹,神秘而富有诗意,对他这个在红尘欲海中沉浮得伤心、厌倦的人,有着无比的吸引力。他问起的几位老和尚,都是江南有名的大师,不但佛学精深,诗文素养也都很高。福临情不自禁地说："朕极喜雪峤大师书法。先老和尚磬山与雪峤师兄弟书法孰优？"

玉林通琇淡淡笑道："先师学力既到，天分不如；雪大师天资极高，学力稍欠。故而雪师少结构，先师乏生动，互有短长。先师常对琇讲：'老僧半生务作，运个生硬手腕，东涂西抹，有甚好字，不过亏我胆大罢了！'"

福临笑道："这正是先老和尚所以擅长书法的所在！挥毫时若不胆大，则心手不能相忘，到底欠于圆活。老和尚书法也极好，字画圆劲，笔笔中锋，不落书家时套。不知老和尚楷书曾学什么帖来？"

"通琇初学黄庭不就，继学遗教经，后来又临夫子庙堂碑。一向不能专心致志，故无成字在胸，往往落笔就点画走窜了。"

福临道："朕也临此二帖，怎么到得老和尚境界？"

"皇上天纵之圣，自然不学而能。但通琇辈未获一睹皇上笔下龙蛇势耳。"

福临立刻命侍臣就案上研墨，把笔架宣纸放在书桌上。他选了一支大笔，迅速濡毫，写了一个"敬"字。他写得来了兴致，起立往八仙桌上，连书数幅大字，和尚和学士都凑过来看。福临搁笔，拿了最后一幅给玉林通琇看，笑道："这幅如何？"

玉林通琇也笑了："此幅最佳，乞皇上赐给通琇。"

福临笑着连说"不堪不堪"，通琇已从福临手上轻轻拽去，连连致谢说："恭谢天恩。"

福临笑道："朕字不足道，崇祯帝的字才真可称佳呢。"他立命小内监取崇祯字幅和书桌上的常读书过来。

福临拿崇祯的字幅一一向玉林通琇展示，赞不绝口。

玉林通琇不住地看，不停地点头，不说什么。这正是他的特点：皇上不问，他决不强自奏对；即使回答，也不涉及古今政治得失，人物好坏，显示出清净无为的佛门子弟的品格，这就更使福临钦佩。

福临又指着内监抱来的十多部书,说道:"这些都是朕读过的书,请老和尚看看。"

通琇细细翻看一遍,《左传》《史记》《庄子》《离骚》等先秦、两汉、唐、宋、元、明著作,无不毕备。通琇不由合掌笑道:"皇上博古通今,真乃夙世之大智慧!"

福临微微叹息,道:"朕极不幸,五岁时先太宗早已晏驾,皇太后生朕一身,又极娇养,无人教训,因而失学。十三岁上,九王谢世,朕始亲政,但批阅诸臣奏章,茫然不解。由是发愤读书,每辰牌至午,除处理军国大事外,经常读到夜晚。不过顽心尚在,很多不能熟记。每到五更起读,天宇空明,始能背诵。计前后诸书读了九年,曾经呕过血。从老和尚来,朕才不苦读了,今惟广览而已。"

玉林通琇确实动了真情。他原先只对这个夷狄之君能说流利的汉话,有这样高的汉文素养感到惊异,听了这一番话,他很感动,说:"天子如此发愤,实在历代罕有。由此可知,皇上参禅悟道,决计不难。"

一阵醉人的甜香,随风飘进万善殿。福临深深吸一口气,道:"真香,仿佛是丹桂。老和尚以为如何?"

通琇笑而不答。王熙奏道:"皇上,今日是中秋节。"

福临恍然道:"真的!朕竟忘却了。下午还要往皇太后处拜节,不能久坐了。他日再来拜会,求老和尚赐教。"

通琇连称"不敢",逊谢着送皇上出殿。

万善殿前,松柏成荫,几株桂树满身是花,嵌在绿叶枝干之间,香气浓郁。福临笑道:"'山寺月中寻桂子,郡亭枕上看潮头',这白乐天的名句,想必是老和尚身边风光了?"

"不敢说。"通琇笑道,"皇上渊博,精通古今词赋,信手拈来,皆成文章啊!"

福临觉得在松柏丹桂下交谈别有意趣,谈兴正浓,没有就走的意思。他顺着树干,向上望到一棵白皮古松的顶端,说道:"老和尚说到古今词赋,朕以为,纵观历代,词如楚骚,赋如司马相如,都是所谓开天辟地的文章。到了宋臣苏轼,他的前后《赤壁赋》,则又独出机杼,别成一调,尤为精妙。老和尚看这前后两篇,哪篇最优?"

玉林通琇沉思片刻,说:"非前篇之游神道妙,无由知后篇之寓意深长。前赋即后赋,难置优劣。"

福临高兴地一拍手,说:"老和尚论得极当,与朕意一般无二!……壬戌之秋,七月既望,苏子与客泛舟游于赤壁之下……"他竟背诵起《前赤壁赋》来,有声有色,非常流畅,一双明净如秋水的眼睛,出神地望着松荫,望着松荫之外的阳光绚丽的天空。不,他已经视而不见,完全步入苏东坡勾画的秋江月夜的清奇美景:"……月出于东山之上,徘徊于斗、牛之间。白露横江,水光接天。纵一苇之所如,凌万顷之茫然。浩浩乎如凭虚御风,而不知其所止;飘飘乎如遗世独立,羽化而登仙……"

王熙、冯溥和性聪都听得呆住了。玉林通琇抚摸着稀疏的长髯,很是入神、专心。

福临以"相与枕藉乎舟中,不知东方之既白"一句结束了全文。王熙和冯溥互相交换一下目光,笑意中甚至带了点自豪的味道。福临问:"老和尚,朕念得可对?"

玉林通琇实实在在地答道:"一点不错。"

福临道:"前后相较,晋朝无文章,惟陶潜《归去来兮辞》独佳,朕也为老和尚背诵背诵。"

福临接着就诵起那流传了一千多年的名篇,那位辞官归田的东晋彭泽令的佳作。从序开始,一字不差,如行云流水,真挚明朗。像所有想要显示一下自己才智的文人一样,福临也流露出那种小小的得意。听一位"夷狄之君"、天下之主津津有味地背诵着"悟已往之不谏,知来者之可追;实迷途其未远,觉今是而昨非",不仅滑稽,简直有些不可思议。可是博古通今的学士也罢,道德深湛的高僧也罢,都又恭敬又惊异地听着,一点不觉得有什么不和谐。

诵罢《归去来兮辞》,福临意犹未尽,又诵《离骚》。《离骚》很长,朗诵到中间,便有些磕绊错序。福临自己先笑了,说:"久不经意诵读,真是忘前失后了!"

今天,在玉林通琇和憨璞性聪眼里,在王熙和冯溥眼里,皇上不仅博学多才,和蔼可亲,而且天真烂漫如此,真如赤子一般。

福临呢,仿佛遇着了知音,心里非常畅快。久已郁郁的情怀,竟如得到解脱,脸上出现了消失已久的笑容。

出万善殿,沿太液池畔南行,步步都是美景,使心胸已然舒展的福临更加豁然开朗。岸边垂柳又长又密,仿佛梳妆的美人垂下的长发。溶溶碧波,倒映着荷叶莲花,越向南走荷田越密,放眼远望,竟是一碧无际了。

清风徐拂,吹来一阵阵荷花荷叶那独特的芳香,沁入福临心脾,他全身都轻松下来,竟有飘飘欲仙的遐想。不是吗?耳边隐隐有管弦之声,越来越真,悠扬动听。从天上飞来?从水面送来?从莲叶荷花中漾来?福临如同进入了美妙的幻境,放慢脚步,醉心地倾听着。管笛箫笙和着歌声越加清晰了:

白云飞,黄叶飏,秋风起,菊秀兰芳。回车步马将何往?还到湘潭上……

哦,唱的是《端正好》,尤侗的新制杂剧《读离骚》中第二折的一段。果然是水殿歌声,倍加清越。这本是屈原的唱段,由宫人们和声唱来,别有情趣。刚才还在万善殿背诵《离骚》,这不是令人愉快的巧合吗?……转过水湾,远远的一座高阁簇拥在绿天花海之中,那是刚建成的莲花阁。歌声更强了:

那湘君啊,兰旌横大江,湘夫人啊,辛楣茸曲房,中洲北渚愁予望。听瑶琴宝瑟参差曲,想碧杜红蘅飘渺香。还惆怅,空盼着

>　　九嶷如黛,几时对二女明妆……

　　尤侗的《读离骚》被送进宫中后,福临很喜欢那文采。后宫识汉文的妃嫔有数,而懂词曲的只有董鄂妃一人。所以福临看罢,就把本子交给了她。他曾有意令宫中乐工演习弹唱,谁知近日事事不遂心,他哪里还有兴致!如今,能够如此体贴他的意念,竟令宫人们演习出来,还能有谁?福临心里暖洋洋的,嘴角含笑,加快了步子。

　　莲花阁上,珠帘半卷,董鄂妃坐在长榻上,榻正中放着一张小几,几上就摊着那本《读离骚》。十几个十三岁上下的小宫女,一半人吹笛、鼓瑟、品箫、弹琵琶、吹笙、敲板,一半人和着乐曲唱词,在廊下演习不少时间了。她们见皇上突然上了阁,都停下曲子跪安。福临摆手道:"罢了罢了!只管演习你们的,朕也听听。"

　　董鄂妃早已迎上前来。福临笑道:"我猜就是你,再没有第二个。"

　　董鄂妃温柔地笑道:"是为今晚中秋家宴演习的。此剧中,东皇太乙、东君、云中君、湘君、湘夫人、大司命、少司命、山鬼全都出场,人多热闹,又照着仇十洲的《九歌图》新做了几套行头。陛下要不要过目?"

　　"亏你想得周全。鬼精灵,一直瞒着我的吧?好,今夜同母后一道观看,奇文共欣赏,疑义相与析,等着瞧!"

　　两人说笑着,一同走到阁中。却见容妞儿那一队随侍宫女中站了一个保姆,抱着个胖胖的大眼睛小姑娘,红红的小嘴像玫瑰花蕾似的努着,非常招人爱。福临在正座上坐定后,董鄂妃才在旁座上坐下,伸手抱过那小女孩。小女孩不哭也不笑,只是好奇地东张西望。当她眨动着长长的、像把小扇子似的浓密的睫毛,定睛看着福临时,福临忍不住笑了。他拉起她一只藕芽般的小手,柔和地问:"告诉我,你几岁了?叫什么名字?"

"三岁,叫冰月。"声音清脆悦耳,像小黄莺在枝头啼鸣。

"冰月。这名字好哇!……那三个呢?济度和勒尔锦的?"

"都还小,留在宫里乳母带着。这小妮子真招人爱,也大些,我试着时时把她带在身边。"

"论长相,论颖慧,她不像你的侄女儿,倒像你的亲生女儿,长大又是咱们满洲的绝代佳人!"福临笑着说。

董鄂妃正疼爱地抚摸着冰月的头,为她撩开前额的鬓发,说:"也许真是前世有缘,这妮子见我就怪亲的……哦,今儿个你看上去气色挺好,怪高兴的!"

"酒逢知己千杯少。我虽没有喝酒,业已半醉了……"福临兴冲冲地讲起上午谈禅的经过,自己豁然开朗的解脱感,然后说,"你也学禅修道吧!清净无为、清心寡欲,红尘烦恼其奈我何?你也该解脱解脱,这两年,你烦恼得太苦了!……"

董鄂妃垂头不语,静默片刻,后来抬头笑笑,回答说:"好哇,我拜陛下为师,肯不肯收呢?"

福临也笑了。忽然他对廊外一挥手,提高嗓音道:"停一停!"一直演练的乐曲停了,福临走过去,说:"这一处曲子尺寸不合,要再宽一些。'水车荷盖鲛人舞'一句重新演练。檀板拿来!"

"啪",檀板一点,乐曲重新开始。在皇上亲自指点下,曲中误差都被改正过来。又演唱了两遍,福临才满意地退了回来。董鄂妃迎着他说:"古谚说,曲有误,周郎顾。可以比得眼前风光吧?"二人相视而笑。

宫女们演习完毕,董鄂妃赏她们一大盘点心,吩咐她们晚上用心演唱,唱好了另外有赏。

宫女们走后,董鄂妃说:"皇上,我们也走吧?"

"走?我正不想走呢!她们奏唱一番,便有点心吃。朕做了半日教习,连茶也不给一口。你也忒偏心了。"

董鄂妃高兴地笑着,很久没见过福临这么轻松愉快了。这使她那绷得很紧、压得很重的心宁帖了许多。她笑吟吟地说:"那叫他们送些点心清茶来,好吗?不过,你要小心点,别吃太饱。晚上太后的家宴还有好吃的呢!"

"真的吗?"福临像孩子一样高兴,"好,只打个底儿。你陪我一块儿喝茶。"

董鄂妃打发容妞儿去传差,小冰月却伸手要跟容妞儿走。董鄂妃于是只留下两名宫女在阁中侍候,其他人都下阁去了。她又不放心地走到廊下对容妞儿吩咐道:"传了差,把冰月送回宫去,哄她睡觉,不然晚上她该犯困了!"

容妞儿尖声尖气地回答,把福临也引过来了。莲花阁建在水中,周围尽是荷叶莲花,那条通往岸边的小路完全被亭亭如盖的莲叶遮住。容妞儿、保姆、小冰月和宫女们几乎隐没在这一片绿莹莹的荷田中,只是由于她们的淡蓝衫子和冰月那身鹅黄色亮纱小袍子,才使她们在翠盖红花丛中偶尔闪出身形。

站在廊下纵目远望,西苑三海尽收眼底;琼华岛上绿树拥着白塔;雕栏玉砌的金鳌玉蝀桥如一道白虹卧在太液池上;宫墙之内,重重殿阙雄伟壮观;回望瀛台,更如仙山琼阁在波光树色间闪耀。福临心旷神怡,顺手拉过乌云珠,并坐在红栏下,说:"太液秋风,果然秀丽,不枉占了燕京八景之一,叫人心怀为之一爽!"

"陛下,还记得宋人杨万里的名句吗?接天莲叶无穷碧,映日荷花别样红……"

莲花阁四周荷花怒放,在明媚的阳光中红白交错,格外精神。福临笑道:"虽不是西湖,这景致也看得过了。来年天下一统,四海平安,朕要江南一行,领略水乡风光,探究苏杭水土,何以熏陶出爱妃这样明慧秀雅的人儿!"

"皇上取笑了。"乌云珠嫣然而笑。

福临看看乌云珠,再看看水面荷花,又回头看乌云珠,情不自禁地说:"牡丹号称国色天香富贵花,哪里能比江上芙蓉风流潇洒。芙蓉如面柳如眉,正可以赠爱妃了!"

"皇上过奖。"乌云珠面色愈加娇艳。

"你我并坐临流,消受绿天花海,这是哪辈子修来的福分啊!……你读了尤侗词曲,笔下功夫可好?"

乌云珠赞叹道:"真是当今才子!"

福临笑了:"爱妃慧丽过于玉环,尤侗之才也不亚于李白,你看朕比李三郎如何?"

乌云珠心头一颤,不由敛起了笑容,一股悲凉之感像秋风似的扫过她心底。她努力压下这不祥的莫名其妙的心绪,正容答道:"那是一位昏懦之君,以一庸才安禄山尚不能制,到了马嵬之变,又不能保其所爱,英雄志儿女情无一足称,安能与创业垂统圣文神武之君王同日而语!"

福临大笑,快乐非常,说:"贤卿所言,可谓快论,当浮一大白!朕愿与贤卿同保长生,万岁千秋永无离别,断不似李三郎之始合终离,空抱绵绵之恨!……今日正是中秋佳节,家宴后你来养心殿,朕与你对月盟誓,生生世世,永为夫妻!"

这时福临的目光、面容、表情,都像一个大孩子,洋溢着真挚之情。乌云珠心头一热,鼻子一酸,竟滴下泪来。福临连忙抬手为她抹去泪珠。

半晌,乌云珠才神色黯然地说:"皇上受命于天,日月方长。妾妃以蒲柳之姿,蒙陛下宠幸,天恩高厚,没齿不忘,虽粉身碎骨也难酬答。只怕福薄之人,当此重恩,反而折寿,不能长侍陛下啊!……"

福临不明白乌云珠怎么会突然生出这种念头,连忙安慰道:"朕与贤卿谈论古人,你怎么竟郁郁不乐了呢?水上逢秋,易生悲感,我们回去吧!"

董鄂妃擦净泪花,换了笑脸说:"不忙,还要等茶点来呢。"她突然跪下,说:"妾妃有两件事求陛下恩准。"

福临惊异地看着她:"为什么这样郑重其事?"

"陛下看在妾妃入宫以来侍奉太后皇上尚属尽心的分上,务必恩准。"

"好。你说吧!"

"求皇上对各宫主位普施恩宠,不使六宫生怨。皇上如今子嗣不旺,继统承位不能无人。这实在有关社稷安危,陛下切不可因私情而误大事……"

福临不痛快地笑笑:"贤卿,你再为朕生一位太子啊!"

乌云珠双目荧荧欲泪:"妾妃……怕难有此厚福了。况且,四阿哥之死,未必不是六宫怨气所钟,怨气郁结,上达诸天,上天才降下这样的惩罚……"

福临脸都白了。他想制止乌云珠说下去,他知道内情。但他没有说话,因为"怨气所钟"确是实情。

"妾妃原本有心推荐四贞妹进宫,共同辅佐皇上,不想她已向太后辞婚,说定南王生前已将她许了孙姓,妾妃一番心思就此落空了。但选秀女日期已近,妾妃有一堂妹今年候选,容貌身材都与妾妃相似,年方十六,读书明礼,落落大方,只是诗文上略差些。若皇上留意,禀告太后选她进宫,妾妃就感恩不尽了!"

乌云珠说,皇上若不恩准,她就要一直跪下去。这时送茶点的人已络绎进阁,福临无奈,只好都答应了。

用茶点的时候,董鄂妃又变得容光焕发,谈笑风生,尽力说些趣闻轶事,琴棋书画,并不住地打听几位高僧的事迹,他们谈佛的详情,打听学道参禅的方法,这使福临刚刚有点低沉的心绪又开朗了。两人说说笑笑,在近来少有的欢乐气氛中度过中秋节的正午。

福临望着董鄂妃,心里暗暗赞美:"多么美,多么明慧,又多么才气横溢啊!这样的女子,真所谓钟天地灵秀之气,和她在一起,永远不会厌倦,永远没有个够。历代美人,讲才貌德行,谁能跟她相比?福临,你好福气啊!……"

　　董鄂妃感到福临的注视,竭力不去看他。但那钟情、爱恋的目光,还像他们最初相见时候一样炽热、一样真挚。她怎么能不感动?可她又不得不尽力避开,因为这会更加重她内心的伤痛。她的儿子去世后不久,她开始觉得体内深处产生了衰弱,这衰弱在一点点地向外扩张着。她心慌气短,常常眼前发黑,昨天还咳嗽出一口带血丝的痰。她觉得自己已得了不治之症……

　　这些,她不愿意告诉任何人,也包括福临。

第 七 章

一

一交顺治十六年,前方的胜利消息便雪片般飞来。正月,多尼、吴三桂、赵布泰等四路大军会师于平越府,随后再分三路取云南,所向皆捷,不久就收复了昆明。继而大军追击永历帝朱由榔,进克永昌,在怒江之滨磨盘山一场大战,清军虽然中伏损失不小,但最后大获全胜,李定国奉永历帝出逃缅甸,于是云贵全部收复。平西王吴三桂镇守云南,平南王尚可喜镇守广东,靖南王耿继茂镇守四川,西南诸省大定,统一大业终于完成了。举朝上下一片欢腾,满洲王公贵族更是兴高采烈,他们攀上了他们祖先不曾达到的高峰!

由于撤议政改内阁造成的矛盾和龃龉,此时都淹没在胜利的狂欢之中。各地一些响应南明的小股造反人马,都被轻而易举地平定下去了。三月里,郑成功曾率军进犯浙江太平,企图减轻云贵方面的压力,但被官军击败,远遁海岛。撤议政虽未成功,但内院改内阁和增设翰林院,总算是付诸实施了。顺治踌躇满志,开始计划许多统一后的大事:撤回大军,削减军费,改革赋税,进一步推行"招抚流亡、开垦荒地"等等。

福临身边也一切如意。宫内平静和顺,太后福体安康,后妃相亲相爱,阿哥、格格也都平安。由于皇上"雨露均匀",各宫主位的怨气平息了许多。董鄂妃的堂妹已经进宫,封为贞贵人,和姐姐一样受到皇上的宠爱。政暇日,顺治或与后妃们饮宴说笑、赏花看戏;或召内阁、翰林院学士谈诗作赋;或往万善殿拜访玉林、木陈等高僧,参禅学道。总而言之,一切都顺利得不能再顺利,他自己也十分满意。

七月初七乞巧节,是民间所谓天上牛郎会织女的日子。喜鹊、乌鸦之类,一整天都应当不见踪影,因为它们都去天河为牛郎、织女搭桥了。偏偏有两只喜鹊,不知为什么缺少仁义心,不曾飞往遥远的银河,只在坤宁宫前黄澄澄的屋檐上跳来跳去,喳喳乱叫。容妞儿正跟皇后的侍女在阶前卜巧,听到鹊噪,抬头呆呆地望了好一会儿,悄悄说:"俺再没喜气要你报的。你别叫了,你走吧,快去搭桥吧,人家夫妻一年就见这么一回面儿,这点儿忙你都不肯帮吗?……"

"哎呀!瞧我的这个多好!"皇后的一个侍女拍手笑着喊,"容妞儿,快来瞧呀!"

台阶上放了四五个盛满清水的瓷碗,晒在太阳下。女孩子们各拿一枚小针,轮流往水碗里投。沉入水底,最拙;能浮在水面,就算有巧。再看水底针影的形状:散如花,动如云,中等;如果细如线,尖如锥,这投针的女孩儿便是最巧手了。这就是俗称丢针儿的小姑娘七夕之戏,也叫卜巧。到了晚上月出的时候,女孩子们还要往供桌上摆瓜果糕点和自己的女红绣品,向银河祝拜,乞求织女保佑她们拙的变巧,巧的更巧。

阳光在水面上嬉戏,女孩子们忽而叹息,忽而欢笑。容妞儿最后一个丢针。小小银针像贴在水面的一根羽毛,极轻极稳,水面纹丝不动,碗底透出一道细细如丝的线。"哈,容妞儿最巧!"女孩子们笑着嚷叫起来。

笑嚷声惊动了董鄂妃,她走出暖阁,女孩子们赶忙低头敛容,恭敬地站好。董鄂妃看看阶上的碗,笑了,说:"在卜巧吗?你们最巧的是谁?"

皇后的侍女跪下笑道:"禀皇贵妃,是你宫里的容妞儿。"

"快起来,什么大事,还要跪禀。"董鄂妃和蔼地说,"倒不知道容妞儿这么好运气,今儿晚上还得乞乞巧吧?"

女孩子们都笑着连连点头称是。

"好。皇后病体初愈,你们不要大声说笑,好吗?"董鄂妃依然那么和蔼地提出要求,宫女们哪能不立刻遵行?看她移动着弱不禁风的身体回到坤宁宫,她们忍不住小声议论开了:

"多亏了皇贵妃,不然,咱们皇后这一病可就难起了!"

"可不吗!五天五夜,皇贵妃眼睛都没闭过,守在床边喂水喂药,洗脸洗脚,就是坤宁宫侍女、太监还轮着歇息呢,她连喘口气的工夫都没有!"

"唉,不管哪宫主子病了,皇贵妃都去亲自照看,她的心眼儿也太厚道了!"

"哼,谁再说董鄂娘娘想当皇后,我就不信!……"年龄最小的一位皇后侍女刚不平地说了一声,就被旁人把嘴捂上了,还挨了几句申斥:"这话是你能说的吗?快闭嘴!"

容妞儿只是听着,没有搭茬儿。她比她们知道得多得多。她知道董鄂妃五昼夜目不交睫;她知道皇后病危时,董鄂妃每离皇后榻出寝门便落泪说:"皇上委我侍候照看皇后,要是不能痊愈,可怎么办哪!"容妞儿还亲眼见她设香案为皇后祈祷。但容妞儿更知道在这耗费心力的五昼夜之后,皇贵妃更加消瘦、更加虚弱了;夜晚更难入眠,痰中见血的次数也更多了。不过皇贵妃严禁容妞儿对别人提起这些,如果犯禁,她说就要把容妞儿立刻赶出宫去!

容妞儿可不愿离开这里!在她短短的一生中,还没有对谁产生过这样又敬又爱的感情。在马兰村的时候,她还是个无忧无虑的小丫头。她爱母亲、姐姐,也爱大哥。但对母亲她是爱而不敬,对姐姐是又爱又怜,对大哥是怕多于爱。怎么能跟皇贵妃比呢?皇贵妃像是天上的神仙啊!

当初容姑全家被押进京,很快就被赏给功臣家为奴了。容姑因为年龄小,干不了活,王府都不要,最后落到一家包衣佐领手中。包衣按说是满洲的家奴,可是待自家的奴婢却格外凶狠,不到半个月,容姑就被打得浑身上下没有一块好肉,一头黑发被揪得七零八落,一个漂亮活泼的小姑娘被折磨得没了人形,容姑的眼泪都哭干了。

谁知主人家忽然变了面孔,对容姑好起来。做了两套绸子的鞑子袍,另拨了一间干净屋子让她住,不仅不再饿肚子,隔三岔五总有好菜好汤款待她。容姑是直心眼的小女孩儿,对她坏她就骂,对她好她又很感激,不多时竟养得白白胖胖,倒像主子姑娘了,又恢复了原来的天真。这是为什么?容姑想不透,也不爱想。但主母很快就向她透了底:她得顶替主人家的女儿去选宫女。

宫女不同于秀女,是每年由十三衙门中的内官监办选,选自包衣佐领下各家十三岁以上、十八岁以下的女儿。她们的地位比秀女低得多,主要供内廷各宫主位役使。年满二十五岁就被遣出宫,由母家另行择配。

容姑的主人主管选宫女,暗中早已做好手脚,惟一要堵的漏洞是容姑的嘴。于是容姑受到严厉警告:胆敢透露真情,就把她的母亲和姐姐杀掉!

就这样,容姑莫名其妙地进了宫,成了承乾宫扫地送水的粗使丫头。由于她天真的笑脸、秀丽的眼睛和对本宫主子的说不清的倾慕,董鄂妃注意到她,很快就使她代替出宫的容妞儿,做了皇贵妃随侍宫女中的一名。

容姑心甘情愿地服侍皇贵妃,一片忠心。皇贵妃也喜欢她,但做得从不过分,恰到好处地使容姑感到皇贵妃另眼看待,又不使其他宫女、太监有所觉察。不管皇贵妃怎样得到内廷几乎所有人的喜爱和赞美,不管皇贵妃平日怎样谈笑风生,神采奕奕,容姑却知道皇贵妃有多少说不出的苦楚、有多少需要背人流泪的辛酸。在这些时候,容姑恨不得跪到皇贵妃面前,搂着她的双腿替她痛哭一场,哪怕只向她说一句安慰的话呢!但容姑不敢……

"容妞儿,你听!"冷不防皇后的侍女小声叫她,"皇贵妃又讲笑话了,咱们去听听啊?"

果然,从暖阁打开的窗纱里传来了笑声。自打皇后的病有了起色,陪在床边的皇贵妃又多了一件事,为皇后读书讲史,不时讲几个小笑话为皇后解闷。可是皇贵妃一夜一夜地睡不着、身体衰弱而又孤单的时候,有谁来给她讲笑话解闷呢?容妞儿摇摇头,她不忍心去听。

东暖阁里,董鄂妃果然在强打精神,给皇后讲笑话:"从前有个邢进士,长得十分矮小,有一次在鄱阳湖遇到水盗,水盗把他的财物抢到手,便要杀他灭口。强盗刚刚举起鬼头大刀,邢进士赶忙凑趣说:'人家已经叫我邢矮子了,假如你再砍了我的头,我不就更矮了?'强盗听了不觉大笑,收起刀,放他走了。"

皇后又笑了,道:"难得这位邢进士不怕死。"

"正是呢!万事只要想得开,死在眼前都有办法化解。"董鄂妃笑着说,很是自然亲切。

皇后斜靠在凉榻上,董鄂妃坐的椅子就在榻边。窗外强烈的阳光经过浓绿的窗纱后,已经变得十分柔和,仿佛带着淡淡的青绿。这样的冷光斜射在董鄂妃的脸上,使她的面庞更显苍白,眼圈的乌青色也更浓重了。皇后心里不过意,说:"我的病已经全好了。你辛苦了这么些日子,也该好好歇歇了,不要天天来陪我……"

"娘娘言重了。妾妃等辈理当事皇上如父,事皇后如母,母病,子女怎能不尽心尽孝呢？但凡有体贴不周之处,娘娘多加教训才好。"

皇后望着董鄂妃美丽的眼睛,感受到一阵煦煦暖意,心里很激动,却不知说什么才好。后来,她长叹一声,握住了董鄂妃的一只手,含泪道:"你真是好人!心肠好!……一向都是好的……我只当你处处邀买人心,不是想取中宫之位,也要日后当皇太后。这回我病倒,心想你不知有多高兴、不知怎么盼着我早死呢!……哪晓得你全然不是的,你这样待我,我……唉,我太多心了!"

董鄂妃把另一只手也伸过去,轻轻抚摸着皇后胖胖的手背,诚挚地说:"皇上治国日理万机,劳心费神,娘娘内为六宫之主,外替皇上分忧。如今天下归一,国事政务、宫外宫内都会更加繁忙。妾妃若能为皇上娘娘分担细务,分忧解愁,不但责无旁贷,也是一大快事,理当的啊!……"

皇后道:"我病已全好,明日要去慈宁宫请安。太后遣人来问候看视,真叫我羞愧啊!……妹妹,我们明天一起去,好吗?"

听到最后这一个新的、从未有过的称呼——"妹妹",董鄂妃心里一热,眼睛湿润了。她连连点头称是。

当董鄂妃向皇后告辞时,实际上已经筋疲力尽了。她怕自己起不来,便撑着椅子扶手,猛地一站,只听耳朵里"嗡"的一阵尖啸,顿时眼冒金花,意乱心慌,摇晃着就要摔倒。皇后惊呼一声,宫女们连忙赶来扶住她。皇后看她嘴唇都失去了颜色,忙问:"你这是……哎呀,快去传太医!……"

董鄂妃勉强笑着安慰皇后:"娘娘,我不要紧的,回去躺躺就好。你好好歇着吧!"

容妞儿和一个坤宁宫侍女扶着董鄂妃,只走了几步,董鄂妃又回头对皇后笑道:"娘娘,明儿早起等着我,咱们一起去慈宁宫跪安。"

次日清晨,后妃们按每日必修课,都往慈宁宫请安,前前后后络绎不绝。惟有皇后和皇贵妃七八天没有亲身来慈宁宫了,遇到的妃嫔都向她俩请安,为皇后康复而祝福,为见到皇贵妃而欣慰。皇后看得清楚,董鄂妃在宫中上上下下很得人心。如果在过去,她会因此而郁闷心酸的。今天她却由衷地高兴,因为她明白了:她和董鄂妃像自家姐妹似的友爱,她也会得人心的。

淑惠妃和贞贵人正陪着太后说话。见她俩一同来了,太后很高兴。两人一同跪下请安,站起来时,皇后怕皇贵妃体弱无力,向侧后方的皇贵妃斜过身子,伸过手去扶了她一把。在皇后,这是一个很自然的动作;在皇贵妃,心里很感动。其他人可就觉得诧异了:皇后怎么能降低身份去搀皇贵妃呢?淑惠妃蹙蹙眉头,愤愤不平的神色立刻不加掩饰地从眼睛里透露出来,使劲白了她姐姐一眼;贞贵人还年轻,只管看着她的姐姐,脸上泛出羞涩的愉快的笑;太后呢,显而易见地非常高兴,立刻命二人坐下,细细问起皇后这些日子生病到痊愈的情况。

皇后感激地讲起皇贵妃五昼夜衣不解带、目不交睫的辛苦侍奉。皇太后频频点头,十分感慨。皇后说完,和皇太后一起望着皇贵妃。皇贵妃红了脸,很难为情地立起身,低声说:"娘娘夸奖,实在不敢当,这原是妾妃分内事……"她的瘦弱的身姿,羞赧的神态,愈加令人怜爱。皇太后拉着她一只手,疼爱地说:"我的儿,真难为你了……"

皇太后盯着董鄂妃看了片刻,又用另一只手拉着皇后的手,笑道:"古时候有位大舜帝,娥皇女英姐妹同心,辅佐君王成就千秋大业。今日里你们姐妹相亲相爱、和顺端敬,可称又一代贤后贤妃。辅佐皇帝励精图治,做我们满洲的娥皇、女英吧!"

皇后和皇贵妃都笑着敛身向皇太后致谢。但董鄂妃心头却忽然闪出《九歌》中《湘夫人》的名句:"帝子降兮北渚,目眇眇兮愁予。袅袅兮秋风,洞庭波兮木叶下。"她联想到娥皇、女英投水殉舜的结局,太后的比方竟使她产生不祥的预感,心里暗暗发抖,但她尽力把这悲哀遮掩了过去。

太后用商量的口吻说:"立秋已过,我想到温泉去住几天。皇后病体初愈,正好去静养,乌云珠,你也去吧!"

董鄂妃迟疑片刻,说:"儿近日气虚体弱,还是不去为好。"

皇后说:"禀母后,昨天皇贵妃在儿宫中昏厥过。这些日子她太劳累了。"

皇太后说:"我知道你近年身心交瘁,亏虚太过,正需要好好静养。我特地着人命西鹤年堂配制了白凤丸、八宝丹、女金丹几种名药,专治气血不足、经血不调等一应妇人病症。……贞贵人也去,时时扶持,总是姐妹,好照应。"

听到这样体贴的、充满母爱的话,泪水直在乌云珠眼里打转儿,毕竟有人真疼她,她的劳瘁得到了报偿。

贞贵人连忙答应:"我正想去呢!跟姐姐做伴儿最好。"

太后瞪了贞贵人一眼:"不是要你给姐姐做伴儿,是要你多照看姐姐的病!"听太后的口气,分明很喜欢那个一团稚气的贞贵人。贞贵人悄悄从太后背后向姐姐顽皮地挤挤眼儿,董鄂妃只当没看见,又禀道:"母后恩德,儿铭记在心。只是这些日子皇后病重,宫内事务繁杂,许多事情都没有办完。儿想把内廷事务、宫规宫训都弄出个头绪,再……"

太后叹道:"就是一块坚玉,也经不住日夜磨损,何况血肉之躯呢?你聪明过人,才智出众,又识大体顾大局,原是好的。只是后宫一年到头多少事,你怎能事事都担在肩上?操劳过了,操劳过了!我正要你离后宫往温泉静养。这些日子老没见你,说话儿都没趣。您能不能勉强起来跟我一同去,让我这老太婆高兴高兴呢?"

董鄂妃连忙跪下,说:"母后言重了,儿实不敢当。儿一定同去。什么时候动身？"

"哦，我已让他们准备好，用过早膳就动身。你们也回宫收拾一下。淑惠妃，我们去后，宫里的事你代管几天。我已告诉皇帝，有什么大事，差人来温泉禀告。"

淑惠妃早跪下领命了。

后妃们出了慈宁宫，入启祥门，在月华门前分手。董鄂妃笑着对淑惠妃拜了拜，说："妹妹，家里的事就累你了！……"

淑惠妃微微一笑："没什么，理当代劳……"当她眼望着董鄂妃姐妹的背影消失在月华门内，脸上的笑容霎时消失殆尽，气愤愤地说："狐媚子！看把她兴头的！"

皇后皱眉道："你又在胡说什么！"

淑惠妃两年来长大成人，稚气退了，对董鄂妃的嫉恨更深了："我就看不惯她拿腔作势，装神弄鬼，把太后哄得一腔心思全在她身上了！你看看刚才那个劲儿！"

"刚才怎么啦？太后说的话，句句都是真的。"

"哎哟我的姐姐，你也给糊弄住了？你当你真能跟她当什么娥皇、女英？"

"为什么不能？"

"天无二日，后宫也不能有两个皇后哇！瞧她这狐媚子把太后和皇上都灌迷糊了，谁不说她比你强？早晚姐姐你这皇后得让了她！"

皇后皱起黑黑的细眉："她要想当皇后，我死了不是正好？前几天她为什么要不顾自己地照看我？"

"……邀买人心呗！"淑惠妃迟疑片刻，找出这么一句话，大约自己也觉得不能自圆其说。

皇后叹了一口气，说："妹妹，做人总要讲良心。人家为了救活我，累得半死不活，我再猜忌人家，可就太说不过去了……"

"姐姐,难道你就真不明白,你们俩势如水火?"

皇后摇摇头:"水火也罢,木土也罢,我可不能忘记在我垂危之际,她陪伴我的日日夜夜。你是我的亲妹子,不也就白天来看看,晚上仍然回你的储秀宫吗?"

淑惠妃咬住嘴唇,无言以对。

"妹妹,你还是多想想这几天如何理事吧!不要再往皇贵妃身上费心思了。"

皇后走了。淑惠妃不满地低声嘟囔:"好,好!不听劝,后悔迟!……"

对董鄂妃的恶感,她无论如何也无法消除。淑惠妃已不是当年那个孩子气很浓的少女了。她认定,以门阀和大清的利益而言,皇后非科尔沁蒙古博尔济吉特的格格不可。这样,她便是当然的候补皇后。可是有了董鄂妃,不但她的希望成了泡影,姐姐的地位也受到威胁。如果董鄂氏比她们博尔济吉特氏更高贵,淑惠妃也认了,偏偏她是个卑贱的南蛮子的女儿!这是淑惠妃死也不能服气的!

谨贵人在世,淑惠妃还有个可以畅所欲言的谈伴。谨贵人不明不白地死了,淑惠妃便想到了另一个同盟者康妃。不过,从一定意义上来说,康妃是她的另一个劲敌。因为康妃生了皇子,而淑惠妃和她的姐姐连个格格也没有生出来。康妃也是一位候补皇后,只是她的威胁比董鄂妃小得多,而且远不如董鄂氏逼近眼前,所以淑惠妃还是打定了联合康妃的主意。

"远交近攻",这个产生于战国时期著名的连横合纵斗争中的策略,正在被一位年轻的宫妃使用。她也许根本不懂这个名词,也不知道那一大套史书上精彩的记载,但她却完全掌握了这种策略的精髓,并且用来得心应手。

淑惠妃站在月华门前想了想,便举步进门,往景仁宫去了。景仁宫主位虽然极少讲话,也极少露出笑容,但她只要讲出一句来,就很有分量,对她大有启迪。对此,淑惠妃已感受多次了。

皇太后领了皇后、皇贵妃、贞妃和身边的公主格格到温泉去后,宫里一下子冷清了许多。福临上朝下朝,军国大事不少,回宫后不需去向太后请安,也见不到董鄂妃姐妹的面,不免觉得孤寂,不习惯了。他看看书,练练字,找乐工来奏些曲子,自己也和着吹笛消遣,有时召淑惠妃、端妃、康妃来养心殿一宵,虽然不及董鄂妃那么知心着意,总可消些寂寞。一天一天,平平静静地过去,再有两天,去温泉的人们就要回来,福临颇有一日三秋之叹。

晚膳后,福临在养心殿前的月台上漫步,几盆秋海棠茂盛得如同矮树,一串串深红浅红的花开得像无尽的璎珞。海棠花下有几个十分精巧的粉彩花鸟小瓷罐,那里有小太监特地为皇上装来的蟋蟀,"曜曜曜曜"地叫得正欢。顺治幼年时爱斗蟋蟀,直到十二三岁了,还和太监们斗蟋蟀赌输赢,当然,他是从不输什么的。其实,那时他怕摄政王加害自己,故意装得像个不懂事的贪玩的孩子,即所谓的韬晦之计。太监哪知真情,只当皇上喜欢这东西;年年入秋都弄来孝敬他。他也乐得听听蟋蟀那悦耳的鸣叫。

福临顺手从门边小几上的果盘里,拿了一颗鸡蛋大的马牙枣,一点点掐碎了,喂那罐里张须高唱的斗士。

"淑惠娘娘来了!"小太监在旁边禀了一声。

福临抬头,漫不经心地向养心门看了一眼,立刻好奇地扬了扬眉梢。他身边的侍卫、太监们也都惊异地瞪大眼睛。

淑惠妃是应召来养心殿的,坐着轻便舆——一种四人抬的无顶小轿。皇上的肩舆有"尚乘轿"管理,首领太监二人,侍监、太监三十二人,随时承应抬舆。后妃当然也可以向"尚乘轿"要舆,但为了方便,有时也由本宫太监抬。今天淑惠妃乘的还是她平日所乘的便舆,而抬肩舆的人,却换成了一色的蓝布袍、大黑辫的宫女,不是四个,而是八个。女孩子们没有干过这样的重活,一个个脸儿发红,口里喘气,汗珠子顺着脖子往下流。淑惠妃虽然不重,可那肩舆是硬木家什,跟块石头似的沉。

淑惠妃早就注意到皇上和众人的惊讶表情,抿嘴一笑,轻快地下了肩舆,大声嘱咐宫女:"明儿早起来接我。还是你们几个来!"

宫女们领命,抬着依然沉重的空肩舆,脚步错乱地走了。

进到寝宫正间,福临忍不住问道:"你怎么别出心裁,弄这帮宫女抬舆?她们怎能抬得动?"

"所以呀,我才用了八个。不好吗?"

"为什么不叫小太监抬?"

淑惠妃等的就是这一问。她故作神秘地一笑,说:"哼,小太监!恣肆放浪,不成体统。我也是今儿才知道。以后哇,我宁肯走路,也不要他们给我抬舆!"

"哦?怎么回事?"

"我……"淑惠妃今天的样子又神秘又好奇,仿佛小了五岁,竟向皇上挤挤眼,笑着悄悄说,"我真……从来没听说过,太可笑啦,康妃姐姐发现的,皇上召康妃姐姐来……"

福临不高兴了:"你既知道,就说,何必再问别人!"

淑惠妃也怕福临发火,忙说:"我说我说,这真是天下奇闻!康妃姐姐还怕皇上生气,一直不敢说呢……"

福临不耐烦地催促道:"到底是什么事?"

淑惠妃心里多少有些紧张。她娇媚地笑笑,端起茶几上一盏也许是福临喝剩的凉茶,一仰脖喝了下去,这才定下心来,问道:"皇上博古通今,尤其注重前明之鉴,一定还记得天启年间的魏忠贤与奉圣夫人客氏①吧?"

---

① 奉圣夫人客氏是明天启帝的乳母,魏忠贤是宫中太监。

福临皱皱眉头:"朕早就见到这些前车之鉴,所以立铁牌严禁中宫干政……你也想干政?"

"不,不!"淑惠妃连连否认,"这完全是内事! 皇上想必知道,客氏先与太监魏朝有私,后又与魏忠贤相通。在乾清宫西暖阁,两魏因争夺客氏而惊驾……"

"朕知道。"福临不让她说下去,因为那件事情太丑恶了。天启帝一天午睡时被惊醒了,魏朝、魏忠贤与客氏只好跪请处分。天启帝竟说:"客奶奶,你到底要跟着谁? 朕替你断。"客氏便指了魏忠贤。于是,经过"圣断",客、魏竟成"夫妻",从此狼狈为奸,结党乱政,肆意横行。前明的败亡,终于无可挽回。

"那么,皇上想必知道'对食'的意思了?"

"嗯? 这倒不晓得。"福临装作不知地说。

淑惠妃笑道:"所谓'对食',在前明宫中盛行,宫女常与别的宫女或太监结为'夫妻',如同客氏与魏忠贤一般,就称'对食'。如今宫中使女仍然沿袭明宫旧俗,不过不称夫妻,而是结拜太监为兄弟叔伯……"

"也不过求个互相照应,有什么奇怪。"

"可是,明是兄弟叔伯,暗中也许还是'对食'。"

福临一笑:"就称夫妻,也是假夫妻,有什么要紧?"

淑惠妃的脸迅速地红了,咬着嘴唇,嘻嘻地笑个不停,半天才小声说:"妾妃原也以为是假夫妻。其实……不假!……"

"什么?"福临一惊,"难道太监有假?"

"不,太监……太监也不假。"

"别这么吞吞吐吐的!"福临的眸子射出怕人的寒光。

淑惠妃面红耳赤,附在福临耳边笑着轻声说了几句话,福临一怔,眉毛直竖起来,压低声音问:"你见到过?"

"没,没有! ……可是宫女们私下透露……承乾宫里就有……"淑惠妃真像是在传笑话,掩着口只是笑。

福临大怒,把淑惠妃一推,她踉踉跄跄倒退几步,赶紧跪倒,吓得直哆嗦。福临眼睛冒火,直逼到淑惠妃跟前,一把揪住她的袍子前襟,脸色铁青地喊道:"你撒谎!"

淑惠妃瞪大惊慌的眼睛。她想到他会发火,却没料到他会发这么大的脾气,而且来得这么快!她像憋着气出不来似的,好半天,眼泪"哗"地流了下来,连连叩头说:"妾妃有多大胆子,敢在皇上面前说谎?我只当是个笑话,说给皇上解闷的,没承想皇上生这么大的气……实在是康妃姐姐宫里的太监吴禄,跟皇贵妃身边的两个容妞儿都结了干亲。这个吴禄跟别的小太监吹牛,被康妃姐姐无意听见,怕对皇贵妃名声有碍,不敢声张,只把吴禄赶出了景仁宫。可是吴禄是原先吴良辅的干儿子,并没有出内廷,又到'尚乘轿'当差了。我听了康妃姐姐的话,心里对这帮太监直恶心,才换了宫女抬舆。这都是明宫旧习、下人恶俗,跟皇贵妃怎么也不会有关联。皇上千万别生气。怪我心直口快,兜不住事儿,就别再问了吧……"

"承乾宫!……"福临眼睛发直,脸色非常可怕。

"皇上,皇上!"淑惠妃跪着向前爬了好几步,哀求道,"这种事说什么也不会跟皇贵妃有关,只有那些卑贱的下人才能干这种丑事。皇上对皇贵妃情深如海,恩重如山,皇贵妃决不会辜负皇上这一片真心的。千万别张扬!千万别怪罪皇贵妃!千万别去承乾宫搜寻那个!……"

淑惠妃的话,一句句像鞭子,狠狠抽在福临心上。他的心痛苦地缩成一团,痛苦又使怒气在胸中膨胀。他脑子里十分混乱。但淑惠妃的最后一句话却使他打了个冷战:

"什么?搜查承乾宫?"

"不,不!"淑惠妃竟尖声叫起来,"千万不能去搜查,千万千万!

皇上,求求你!就当我年轻不懂事、胡说八道,不,就当我一个字也没说过!……"

福临红头涨脑,额上青筋暴起,渐渐失去了理智。淑惠妃越是这样说,越激得他非要弄清真相不可。他逼近淑惠妃的眼睛,问:"你为什么不让我搜查承乾宫?嗯?那些妖具在谁那里?在吴禄身边,还是在容妞儿身边?"

淑惠妃惊惧地看着福临忽大忽小的眼睛,不肯作声。

"嗯?"福临的目光像寒光闪闪的利剑,杀气腾腾。淑惠妃吓得像小老鼠似的缩成一团,抖抖索索地小声说:"……吴禄说……都放在容妞儿那里……"

福临狠狠一挫牙齿,召来养心殿首领太监李国柱,命他立即率人往承乾宫搜查宫女容妞儿的住处。李国柱领旨刚要走,福临心里忽悠一闪,昏眩中似有一线光亮,他把李国柱叫回来,严厉地叮嘱道:"带去的人要牢靠,随便找个借口,不许让人知道是去搜查。要是走漏半点风声,小心你的脑袋!"

李国柱诺诺而退。不到一个时辰,他就回来向皇上交差,在寝宫的东次间,他把一个小木匣子呈交皇上,低声禀告:确实是从容妞儿床下的衣物箱中搜出。福临的手颤抖着,打开匣盒,便看到里面用丝巾包着的几个形状奇异的小包。他打开一个小包只看了一眼,便像被烫着了似的撒手扔下,"啪"的一声合了盖,扭头走开,胸口堵得发闷,如同看见百花竞发的月夜芳园中聚集了一群叫声凄厉的叫春猫,忍不住一阵阵作呕。

正间里酒膳尚未撤去,他大步冲过去,端起那一大壶新进的醇厚浓烈的玉泉醴酒,咕嘟咕嘟喝水似的仰脖灌了下去,随后用力把酒壶往门外猛地一摔,通往正殿的过道上清脆的陶瓷碎裂声在高大的殿堂内引起了回响。他声音嘶哑地大吼:"无耻!——"

他醉了,但没有忘记亲手给那小木匣加了一道御笔亲封,之后便沉沉入睡。他既不知道太监给他解衣脱靴,也不知道李国柱小心地收好那木匣,更不知道淑惠妃从西梢间跑到东梢间来看他,眼睛里闪烁着隐隐的笑意。

第二天,皇太后一行就回宫了。福临去看视母亲,后妃们也向皇上跪安。看她们的气色,都显得比在宫里时红润些,还透出一股新鲜。年轻的小董鄂贵人,更是鲜嫩得如同一朵半开的玫瑰花。

福临不动声色地看看董鄂妃,她只用眼睛对他微微一笑,这是别人觉察不到,而只有福临能够感到的一种知心的笑。福临的心一抖,嗓子眼像塞了一团棉花,非常难受,直想喊叫:"不!她不是那样的!她是无瑕的仙女!……"

当晚,福临召董鄂妃来养心殿。但不是在寝宫,而是在福临平日读书习字的西暖阁。董鄂妃稍觉惊异,并没有表现出来,她含笑向皇上行罢礼,像平日一样,婉静温柔地笑着,满目爱抚,如同春阳般倾洒在福临身上。她轻轻说:"好些天不见了,皇上安好?"

福临不作声,只是严厉地审视着她。他在心里说:"如果她心中没鬼,她会一直很坦然;如果她表现出不安,那么……"

可是董鄂妃从来没有承受过福临这种怀疑的冷冰冰的目光,心里惊异,神情上自然不安起来,甚至有些手足无措。她勉强笑道:"皇上,您这是怎么啦?……"

啊,瞧她笑得多虚假,那是装出来的笑!福临心里透过一阵寒流。面对乌云珠,他原先的设想都做不到了。他没法像审案那样步步逼近中心,没法使用这样那样的障眼法儿,没法在这里那里设置圈套。他什么都忍不住了,"啪"的一声就把那小木匣撂在董鄂妃身边的茶几上,铁青着脸,冷着声音,指着木匣命令说:"打开它!"

如果她看到木匣里的东西时迷惑不解,一副见所未见、闻所未闻的表情,那就好了。那就是说,她根本不知道这种丑事!福临板着脸,不眨眼地盯着董鄂妃的动作,胸膛里,心跳得怦怦直响。

木匣打开了,绸巾也摊开了,董鄂妃的脸红了,她看了福临一眼,扭开身子低下了头。她知道!该死,她知道啊!福临差点儿喊出声,拼命克制着,故意问道:

"你……你知道这东西?"

"这……怎么说呢?……可以算是知道的……"

啊!她居然还露出那么一点羞涩的笑容……她真会装腔作势啊……不,不一定!福临猛然决定抛出最关键的情况,她只要大吃一惊,那还是表明她不知情:"这东西,是从你的贴身侍女容妞儿床下衣箱找出来的!"

福临全神贯注、目不转睛,要攫住董鄂妃脸上一丝一毫的变化。他期待着董鄂妃一声惊叫,期待着她几乎跳起来的又惊又怒的表情。然而,他落空了!董鄂妃只是表现出轻微的惊讶,更多的却是为难,还轻声地说道:"哦……"

福临的心一下子像是浸到了冰水里!她知道,她全知道!她却长时间地护着那个容妞儿,长时间地瞒着我!……为什么?为什么?难道她过分宠爱那个有点疯气的丫头?会不会她也和她们成了一伙?……这念头刚在福临脑中闪出,立刻就紧紧地抓住了他,他眼前竟那么逼真地出现了容妞儿使用这些妖具的影像,出现了太监吴禄和容妞儿在一起的影像,忽然,容妞儿的身影被乌云珠所代替,是乌云珠在和吴禄、在和那些下贱的太监……福临几乎要昏过去了,咬牙切齿,怒不可遏地拍着桌子大吼:"你!你还不知罪吗?"

炕桌被他拍得一跳,他的脸色倏然间变得十分狂暴可怕。董鄂妃这时才大吃一惊,忙说:"陛下,你这是……"

"啪!"一记耳光重重扇在乌云珠脸上。福临的面孔已被愤怒扭歪,涨得发紫,眼睛像火炭一样燃烧,打过乌云珠的手停在空中,止不住地颤抖着。乌云珠吓坏了,白着一张脸,瞪着一双惊恐的大眼睛,不知所措。福临恶狠狠地喝道:"你!你胆敢抗辩?"

乌云珠慌忙跪倒,低头,一句话也不敢说了。

福临一个急转身,用脊背对着乌云珠,仰着脑袋对窗外看了许久,自然什么也没有看见。他用稍稍平静一点的、差不多维持了他的帝王尊严的声调,说:"回宫去!自责待罪!"说完,不等董鄂妃叩头谢恩,他拔脚就离开了西暖阁。

董鄂妃眼前一黑,昏了过去。

从这天起,董鄂妃不曾出过承乾宫。皇后和其他妃嫔都不知是怎么回事。向皇上求情,皇上不理;去看望待罪的董鄂妃,董鄂妃也不提一句起因;知道内情的淑惠妃,也许还有康妃,更是一个字也不肯透露了。

整整十天,皇上没有召见皇贵妃。后宫的人们从窃窃私语变成了议论纷纷,终于传到了皇太后耳中。于是,皇太后特意召皇上进慈宁宫。

二

福临是一位以孝治天下的皇帝。每日省视母后,一年三百六十日,除了不在宫中的日子,一次也不曾缺礼。处理内廷事务的旨意,也从来都以"奉懿旨"的名义发下。至于皇太后亲自召见,他更是即刻就到,从不迟延。这是由感情和礼仪混合而成的敬仰。此刻,他正带着这种自幼而来的习惯感受,望着母亲和悦、温润的眼睛。母子已谈了一会儿了。

"皇儿,"太后微笑着说,"额娘要考考你。天下一统,一举而灭除南明,靠的什么?"

福临对此想的并不少,毫不迟疑地说:"上托上天护佑,祖宗英灵,下靠兵士奋勇,将帅得人。再者,儿为政处事也举措得当,不敢自称英明,却从不昏聩。"

"那么,皇儿你为政的最大长处何在?"

福临想了想,说:"明季酷政之后,满、汉水火之际,善用仁厚宽和之良药。"

太后满意地点点头:"对,这是皇儿明见之处。可是为什么明于外事而暗于内事呢?"

福临刹那间红了脸:承乾宫的丑事母后也知道了!这种帷薄不修的内情,即使对亲生母亲,也是难于出口的。

庄太后装作没看见儿子的难为情,眼睛望着八仙桌上两瓶盈盈的白荷花,继续说:"先贤早就有话:男女居室,人之大伦;饮食男女,人之大欲。世无怨女旷夫,才称得太平天下。宫女久闭宫中,情窦开时,难免生事,所以本朝订有新制,二十五岁出宫婚配。前明宫女数千、宫法森严,尚且不禁'对食',皇儿对此何必认真计较?事情总在宫墙之内,又无真迹。常言说得好:'不瞎不聋,做不得阿翁。'这件事,皇儿你的度量和明智,真还不及皇贵妃哟!"

"她?……"福临的脸又红了。

"她早就知道,早就对我讲过。她说,讲天理、论人欲,她都得宽容。祖先在关外草创天下之际,不曾拿这当成了不起的大事,既存天理,也不灭人欲……"

福临目光闪烁了一阵,说:"那她自己会不会也……"

太后目光倏地阴暗了,望着儿子,责备地摇摇头:"皇儿你不该这么问,更不该这么想!要问后宫女子有谁肯立时裂开胸膛把心掏给你,那只有她!"

福临自觉有愧地低下头,小声嘟哝着说:"淑惠妃和康妃她们,都拿这当丑事、当笑话……"

"这当然是个疤,不是朵花。不过,就是景仁宫和储秀宫,要是也去搜查,一样都有……"

福临咬住了嘴唇。

果然,当晚奉皇上密令去景仁宫、储秀宫等处搜查的李国柱,向皇上缴来了许多"妖具"。福临嘴唇咬得更紧了。他命李国柱把它们送到本宫主位那里,要她们自己处置,并传了一道严谕:不许透露半点风声,违旨者死罪。以后也不许再提此事。

发现了这个秘密,福临应该很不痛快,这究竟不是什么光彩事儿。但福临心头却有一种云开雾散的感觉,轻松了大半。还有一小半呢?就是如何去弥合和皇贵妃之间的感情裂痕了。就这样宣召皇贵妃来养心殿?好像他在认错,这绝对不行。还是等皇贵妃自己来向他请求免罪更为体面。当晚,他没有翻任何主位的牌子,只等着皇贵妃。太后既然亲自出面和解,她怎会不知道?

从黄昏等到月出,从三星高照等到银河偏西,福临一会儿在殿前闲步,仿佛数着点点流萤;一会儿习字作画,却又将作品一张张都团了扔掉;一会儿捧起唐诗高声朗读,读不到半首便持卷凝思。总之,不管做什么,他的听觉都高度紧张、灵敏,每一点动静都会引起他的一阵心跳,还得装作不在意的样子。太监们谁心里不明白?他们暗暗好笑,眼见皇上成了那等着跳墙会莺莺的张君瑞了,可是谁也不敢有点儿笑模样,一个个装得跟面人儿似的,全无表情。

这一夜,乌云珠没有来。福临完全失眠了。焦灼和紧张,竟催得他的感情上升得比初见乌云珠时还要炽热。十二天没有见到她了!任他掩饰,任他设法转移感情,他仍然受不了那种食无味、寝不安、没着没落的相思味儿。在这十二天里,他动不动发脾气、摔东西,又打太监又踢宫女,对召来的主位们更没个好脸色。玉瓶、玉盏和碧玉如意都被他摔得粉碎。有个小太监,只是因为把书放颠倒了——没有照皇贵妃整理的样子把象牙书签朝外放,他就抽了他二十鞭,还罚他跪了半天。这些脾气,他都当着主位娘娘,好像专门发给她们瞧!想必是太后听了主位们的诉苦,才决心出面的。

相思之苦,最难排遣,何况养心殿里处处留着乌云珠的踪迹?书房里有她用过的笔砚、她临摹的楷书,妆台边有她忘在那里的一副珍珠耳环。东梢间的卧室是他们俩共有的,任何主位,哪怕是皇后来了都不能到那里和皇上同寝,如今空了十二天的卧床,似乎还保留着她的温香。他的腰边还挂着她亲手为他绣制的精致的香囊……要是走出寝宫,来到养心殿,引起甜蜜回忆的事儿就更多了,不是吗?那个牡丹盛开的美好日子,他俩在这里定情……

天亮了。福临还在养心殿的廊下走来走去,又焦躁又烦恼,其中还夹杂着说不出的甜蜜。他想念乌云珠,整个身心强烈地渴望着她。但皇帝的威严和体面又在阻止他、束缚他。他要在两者之间寻找夹缝,想出两全的办法,让乌云珠回到他的怀抱。怎么办呢?他抚摸着腰间那漂亮的香囊,蹙着乌黑的眉毛,实在有些进退两难了。

"启禀万岁爷,武英殿大学士傅以渐、兵部尚书伊图、梁清标求见。"一个奏事太监小心翼翼地跪禀。

福临心不在焉地望望他,视而不见,仿佛没有听到。

太监不见万岁爷示下,不敢起身,又不敢抬头,只好再禀一遍,略略提高声音。

"宣进殿来。"福临一挥手,转身回养心殿等候。

召引太监领着三位大臣匆匆地进来了。梁清标一副心事重重的样子,伊图简直就是满脸乌云,惟有傅以渐仿佛不改常态,颇有宰相风度,但他微微发颤的手指,表明他在努力压制内心的不安。

三人跪拜完毕,起身抬头,只见皇上穿一身江绸暗龙纹蓝袍,黄腰带上悬着七宝小刀、玉佩香囊、流苏缨穗等杂珍,头上没戴帽子,项间没挂朝珠,乌黑的头发泛着光亮,象牙般黄白色的面庞染上淡淡红晕,一双明亮的眼睛仿佛含水的星辰,漆黑的眉,眉梢轻轻颤动,手里轻轻摇着一把墨兰折扇。好一个俊逸潇洒的翩翩美少年!他笑盈盈地问:"众卿不等朝会,有什么急事?"

伊图连忙奏道:"禀皇上,郑成功兵临金陵城下了!"

福临耳边"嗡"地响过一阵尖啸,脸色骤然失去了血色。为了掩饰心头的慌乱,他"啪"的一声,连扇子带手掌在桌上猛一击,扇骨断了。他站起来,厉声问:"甲喇额真赫特赫的大军呢?"

六月里,郑成功兵进长江口,朝廷立刻派赫特赫率军增援江浙,阻击郑成功。前些日子不断有捷报传来,如今是怎么回事?

伊图嗫嚅道:"赫特赫兵败,在镇江阵亡,所部被歼……"

"什么?镇江?……"这几个字福临几乎是喊出来的,难道扼守长江险要和南北运河的重镇镇江,业已丢失了吗?

伊图触到皇上的目光,吓得不敢再说话。傅以渐竭力拿出他平素镇静、从容的气度,详细地报告这个惊人的坏消息:"禀皇上,六月里郑成功已做好大举北上的准备。他自封招讨大元帅,以张煌言为监军,率十七万水陆大军,兵分八十三营。郑成功亲率马步军在崇明岛登陆,攻焦山、破瓜州、占镇江,如今已经围困了金陵;张煌言率水军沿江而上,攻占芜湖后,又分兵四出,徽州、宁国、太平、池州等三十余州府县均已陷落;如今金陵城中只有兵马三千,总督郎廷佐困守危城,绝非郑成功的对手,而江南各地闻风而起、蠢蠢欲动者不在少数。形势岌岌可危,请皇上早做定夺!"

呆了半晌,福临声音沙哑地说:"再派八旗劲旅,增援金陵!"

梁清标心情沉重,声调也很沉重:"禀皇上,征云贵大军远在边陲,鞭长莫及;畿辅重地,岂能防卫单弱?各省驻防八旗,目下尤其不可轻动,惟有各处绿旗营尚可调遣。只是,这绿旗营……"他没说下去,但意思很明白,绿旗营是汉人军队,在这样一场战争中,未必可靠。

傅以渐竭力沉着地说："禀皇上,无论如何,必须速发救兵,以安定人心。不然的话,江苏与畿辅间只隔山东一省,一旦蔓延,京师可危。况且这消息不日就将传开,百姓必定惊惧、混乱,甚至有人趁火打劫,扩大事态,难保不生他变。臣以为不如就近发山东、安徽各处驻防八旗及绿营,立往金陵解围,至少也要挡住郑成功北上!……"

"调盛京八旗!调湖广八旗!调蒙八旗!……"福临又急又怒,声音都变了,脸色铁青地喊,"一定要挡住他北上!"

三位大臣刚刚离开养心殿,福临方才努力压制的急和怒,就再也压制不住了!更可怕的是,被急和怒掩盖着的惊恐、慌乱,一阵又一阵地、越来越强烈地袭击着他,各种可怕的想法争先恐后地从他脑海里冒了出来:

江南,江南,朝廷的财赋重地,天下税赋一半都来自江南啊……平定云贵,靠的就是江南宁帖,粮饷源源不断。如今落入郑成功手中,这不断了朝廷的半条命吗?……

郑成功,这软硬不吃的汉子,我杀了他的父亲、兄弟,他当然要破釜沉舟,拼死一战,决无投降余地的……他是谁?小民们叫他国姓爷,他打的是朱明旗号!汉人但凡有一星一点怀念故国,都会处处向着他!……刚才傅以渐不是说了,他已得了三十余府州县,还有许多地方蠢蠢欲动,准备响应,连朝廷的命官,那些汉官们,不是也已望风而降了?……金陵城中守兵三千,可是满兵只有五百啊!汉人军队能靠得住吗?郎廷佐也是汉军旗的,他靠得住吗?……

眼看金陵陷落只在早晚间。金陵一失,江南半壁就将完全落入郑成功手中,那时,安徽、山东起而响应,必定势如燎原,蔓延到山西、直隶,京师就将被包围,普天之下的汉人就会一起动手,拿起刀枪,杀向占领和盘踞在他们祖居田庐上的凶暴的满人,那时满洲将陷于反叛的汉人的汪洋大海！……满蒙八旗才有多少人？怎么敌得过这样的汪洋大海？这一切就要来临，这是满洲的末日，是爱新觉罗氏的灭顶之灾！……

福临越想越慌，越慌越怕，大滴大滴的汗珠沁出额头。他完全失去了理智和镇静，忘记了自己的身份，突然大叫一声："额娘！……"撇下惊呆的侍从们，撒腿就没命地向慈宁宫狂跑，好像背后有青面獠牙的鬼怪在追赶他。

"额娘！额娘！"福临一头冲进庄太后的寝宫。他那射出狂乱目光的眼睛、痉挛的扭曲的双手、类似疯癫的动作，把太后吓了一跳，可是她还来不及有所反应，福临已"扑通"一声跪在她脚边，气喘吁吁地说：

"额娘，我们，退出山海关，回老家去吧！回到我们祖先呆的地方，回到我们应该待的地方去吧！"

庄太后黑眉一挑："皇儿，你疯了？"

"不，不！"福临慌乱地站起来，双手不住地颤抖，"江南已经丢了！郑成功就要攻陷金陵，安徽山东一反，畿辅危在旦夕！汉人几千万，几千万哪！哪能容得我们，额娘，我们快走！……"

"你给我住口！"庄太后脸颊抽搐，狠狠地咬牙喝道。可是福临根本控制不住自己，仍然瞪着惊惧的眼睛在那里乱嚷乱叫、指手画脚："额娘，快走！再晚就来不及了！……"

庄太后大怒，一把揪住福临的脖领，眼睛里燃烧着福临从不曾见过的熊熊烈火，使她此刻不仅威风凛凛，而且那么凶狠、可怕，福临吓住了，噤住了，看她狠狠挥开了右手，料想她就要抢过来狠狠抽自己耳光。不想那只手顺势拿过茶几上的一杯夏令冰水，"哗"的一下，狠狠泼在福临头上。福临一个冷战，被冰水浇得透不过气来，不由自主地又跪倒了。

庄太后指着福临，叱骂的话像沉重的石头，一句一句照皇帝头上砸过来：

"你这个败家子！窝囊废！草原上的兔子也比你强！你的父亲和祖父流血拼命打下的江山，你竟然胆小得要弃土逃跑！你怎么配当爱新觉罗的子孙？你的血里怎么就没有祖先的英雄气概！你这个懦弱卑怯的东西，我生你的时候怎么没拿你扔去喂鹰！……"

没有见过，甚至也没有人想到过，庄太后，一向那么温和、慈爱、明智，此刻会火山爆发似的破口大骂。事实上，她真气坏了。如果不是突然想到儿子的身份，那重重的一巴掌一定要抽在至高无上的皇帝脸上。

头上、脸上、身上都湿淋淋的福临，起初惊呆得如同木鸡，继而羞愧得满脸通红，到后来，涨红的脸变成紫色，太阳穴扑扑乱跳，浑身颤抖，突然挺身一蹦，竟迸发出狂暴的急怒，大吼一声：

"我去收拾这个郑成功！"

他"嗖"的一下拔出七宝刀鞘里寒光凛凛的小刀，上指苍天，目光疯狂地咬牙切齿道："亲征！亲征！立刻御驾亲征！不得胜还朝，就战死疆场，额娘，你静候儿的消息！"他掉头就跑，太后一把没拉住，他已箭一样冲出了慈宁宫。

愤怒得双手还在颤抖的庄太后，此刻又被儿子突如其来的疯狂震惊了。这样一百八十度的大转弯，即令她是亲生母亲，也觉得非常意外。她决不容忍她的儿子成为一个怯懦的、无所作为的君主。但是亲征，这关系着入关十六年的整个王朝的稳定甚至存亡。皇帝一旦亲征失败或是阵亡，那就毫无退路、毫无补救了！

庄太后一把抓过另一杯冰水，猛然把热烘烘的额头贴了上去。在这重大的关系社稷安危的时刻，她必须使自己迅速冷静下来。凝思片刻，她立即动身追往养心殿，劝阻福临。但她晚了一步。养心殿太监禀告说：万岁爷不吃不喝，怒气冲冲，踢倒了好几个小太监,草草着了朝服,救火似的奔往乾清宫上常朝去了。

乾清宫里,表面威严沉静的福临,脸色白得像纸,用高得刺耳的声音宣布:"……朕意已决,即日御驾亲征!"

已被郑成功围金陵的消息弄得惶恐不安的王公大臣们,听得这一声,不啻暴雷在头顶炸响。他们都了解皇上的性情,也就更知道此举的巨大危险,一个个急得变了脸色,纷纷奏告劝阻。不多时,皇上的御座前、丹陛上就跪了黑压压的一大片。不想这反而激起福临的更大愤怒,他登时双眉倒竖,操起御用宝剑,左右开弓,乒乒一气乱砍,把他那精雕细刻、金光闪闪的八宝金龙御座劈成了碎块,他"当啷"一声掷剑于地,暴怒地喊道:

"谁再敢阻止朕御驾亲征,就要他像此座一样!……傅以渐、胡世安,你们立即给我拟出亲征旨意,广告京师、天下,晓谕百姓!"

福临的声音在乾清宫那高大深邃的殿堂中发出震人的嗡嗡响,王公大臣、文武百官,谁还敢再说一个"不"字?

一连两天,整个皇宫内院混乱一团,都被"御驾亲征"搅得昼夜不宁,惊慌失措。人们听说皇太后试图使这疯狂的皇帝恢复理智,用温言细语平息他的暴躁,但无济于事,皇上一直没有松口。皇太后又派皇上的乳母去皇上跟前劝诫,因为福临一向敬之如生母。可是这位嬷嬷鼓足勇气的话还没说一半,皇上就跳将起来,恶狠狠地嚷道:"再要啰嗦,就把你劈成碎片!你不知道朕在乾清宫的宣谕吗?"嬷嬷吓得差点跌了个跟头,连忙离开了这个不可理喻的人。

更大的混乱像瘟病一样,已在京城中传染蔓延。金陵失陷的谣言,本来就使许多人惶恐不安,很怕刚刚平息了十来年的天下又要大乱,而各城门贴出的"御驾亲征"的布告,更证实了他们的忧虑,一场大战乱,仿佛就要从天而降,迫在眉睫,压向头顶了。一夜之间,全城各处都像被捅开的马蜂窝,乱成一片,不少商号闭门,闹市骤然冷落,动作快的人家已经在收拾细软,准备外逃避难了。至于八旗之家,则不得不准备从征,也是一派惶惶不安。整个京城笼罩在愁云惨雾之中。

深恐触了龙鳞招来杀身大祸,又不甘心眼见朝廷危若累卵而不管不顾的王公贵族、文武大臣们,便走马灯似的纷纷往慈宁宫谒见皇太后,求太后设法劝阻皇上。想必是得到了皇太后的暗示,这些人又都掉头打道宣武门,去汤若望处求他帮忙。这样,天主堂前的那条街,整日价车如流水马如龙,拥挤不堪。相识的仆从们见了面,代替互相问好的第一句话是:"汤老爷应了吗?"回答者总是满脸忧伤地摇摇头,仿佛去参加了一个葬礼。

亲王显贵、部院朝官都来了。汤若望不胜其扰,却一直不肯答应。事情很明白,皇上向来说话算数,又正在气头上,谁敢去劝,谁就十有八九要被"劈成碎块"的!

天黑以后,汤若望才疲倦地倒在他的躺椅上。整整一天繁忙的接待,几乎把这个白发老人累垮了。他内心还有一层说不出口的忧伤。近两年来,他的这个学生一天天亲近佛门禅宗,一天天冷淡和回避他这当年极为尊崇敬爱的玛法,使他心里很不是滋味。也许这股老年人的委屈,也是他执意不肯答应的一个原因吧。他的新来的助手,有一头深褐色鬈发和深褐色眼睛的南怀仁神甫,看了他一眼,便去倒了一杯汤若望心爱的莱茵白葡萄酒——这是南怀仁特意为汤若望带到中国来的——送到他手中,同情中带着怜惜,说道:"约翰,你的神情那么忧郁,——你真累坏了!"

"谢谢。"汤若望接杯喝了一口,轻轻舒了口气。

对面的苏纳神甫感叹道:"这些大人物,多么卑怯!自己没有勇气以死谏君,却要拉一位老人为他们挡箭!"

白乃心神甫又高又瘦,深陷的蓝眼珠一直望着屋顶,耸耸肩说:"这有什么奇怪呢?中国的皇帝,比我们欧洲君主的权力大得多——偏偏他又是这样喜怒无常,不可理喻。"

汤若望朝白乃心摆摆手:"不,不!那孩子决非不可理喻。盛怒之中,谁也不免糊涂。"

白乃心不以为然地摇摇头:"你还为他分辩?难以理解!他对你不是越来越冷淡了吗?亲征这样的大事,你事先竟一点都不知道!"

汤若望张张嘴,没说出什么,脸却突然涨红了,碧蓝的眼睛里充满了泪水,全然是一个因委屈而伤心的老人情态。众人都看到了,又都避开目光,不忍看他。汤若望毫不觉难为情地掏手帕拭泪,低语道:

"哦,可怜的孩子!……"

沉默片刻,苏纳神甫说:"那么,皇帝是要亲征了?"

白乃心对南怀仁说:"皇帝亲征,势必不可收拾。我刚从外面回来,北京城乱得要翻天啦!皇帝一旦将他的御林军都带走,京师畿辅之地定会大乱;皇帝若是战而不胜,天下大乱,恐怕就不可避免了!……"他表面轻松、骨子里严重的话,使说话不多的南怀仁突然抛出一个很有分量的问题:"天下大乱,对我教会有什么好处?满洲垮台、皇上不幸,对我们传教大事是利还是弊?"

他虽然越过白乃心的肩头凝视着墙上的圣母画像,说话也是轻轻的,仿佛在自言自语,却使正在喝酒的汤若望动作一顿,放下酒杯,那么尖锐又那么沉重地看了看南怀仁。

大家都感到了南怀仁低语的重量。但是,殉道者毕竟不是可以劝说的,何况论年龄、论资格,他们都是汤若望的后辈。一片沉默落在了这间深邃、简朴的屋子里。

汤若望慢慢站起来,白须白发白眉,粉红的脸膛上笼罩着庄严和神圣,手抚胸前的十字架,徐缓地说:"好吧,我去。为了人民的安宁,为了耶稣会的荣誉,为了传教事业的前途,也为了那可怜的孩子,即使是拿性命去孤注一掷,也是值得的。上帝与我同在。"

次日一早，另外三位神甫专为汤若望做了弥撒，祷告上帝保佑汤若望成功。想到皇上的喜怒无常，想到满洲嗜杀的野蛮旧习，汤若望向同伴们告别时，四个人都流泪了。后来，汤若望用手指抹去眼泪，勉强笑道："朋友们，不要像哭死者似的哭我吧！正义的事业，上帝会看到的。"

晨雾弥漫，宣武门城楼变得遥远又模糊，在悲壮苍凉的气氛中，南怀仁他们眼巴巴地望着老神甫远去，不知这是不是最后一次见他？不知他能不能生还？

紫禁城越来越近，汤若望渐渐从苍凉的心情中解脱出来，变得冷静了。不错，近来皇上疏远了他，被那些僧徒包围着。那些僧徒都是坚决反对天主教的，这对教会很不利。皇上也不是许多年前汤若望所熟悉的那个少年了，他长大成人，不可能还像小时候那么依恋他，又正在暴怒的火头上，这是汤若望处境危险的地方。不过，汤若望了解福临，知道他天资聪慧，有极高的判断能力，有极锐敏的目光。他不相信，连白乃心神甫都能看清的形势，福临会看不清。也许出于他高傲的帝王尊严，即使是气头上说错的话也不肯收回？对福临那种病态的自尊，他是太熟悉了。

聚在朝房的王公大臣们，一见汤若望，如同见到救星，一起围过来，七嘴八舌说个不了，无非是问候、感谢、钦佩、催促。原来，整整两天了，没有一个人敢向皇上进谏。汤若望打心眼儿里瞧不起这些显贵，只得静静听着。当召引太监传他上殿时，他才客客气气地一拱手说："诸位为国爱君一片诚意，若望不胜钦佩，少陪少陪！"说罢昂首挺胸地随着太监去了，毫不理会背后那一道道含意复杂的目光。

这位召引太监一向与汤若望交好，途中便把这两天发生的事，一股脑儿细细说给汤若望听，并说："皇上眼下已经有点安静，不像前两天那么大喊大叫了。"

汤若望心里一动,或许福临已经明白过来了?但是他决不会自动撤销亲征的旨意,必须有人来给皇上台阶下。汤若望感到庆幸,这人可能就是自己。这对转变皇上对自己的态度,对今后的传教事业真是大好事!

福临坐在乾清宫的暖阁里,面色依然严峻,双眉紧锁,双唇紧闭,有力地昂着头,一副高傲中带着固执的表情。看到皇上这种态度,汤若望心头一凉、一紧。但是仔细端详,福临右手执一柄描金牡丹折扇,左手翻着一函《玉台新咏》,汤若望心中又是一热、一松。这是他所料想的最好情况。

汤若望连忙趋前几步,跪到福临脚下,双手递上他昨夜在灯下斟酌再三的奏疏,随后便匍匐在地,不再抬头。他听到纸声窸窣,知道皇上在翻阅他的奏章。不待福临发问,他便很深挚地说:"触怒皇上,本是死罪。但若望宁肯粉身碎骨,也不能辜负皇上的信任,不能不忠于职守,有所见而不言。皇上一身系社稷江山安危,系天下万民所望。老臣以十数年忠诚,恳求皇上罢亲征之议,恳求皇上,不要使国家再濒临破坏的边沿……"汤若望说得感情激荡,曾经战乱的他,一时竟老泪纵横了。

沉默有顷,汤若望听到一声没有料到的那么轻柔的语调:

"玛法请起。"

汤若望疑心自己听错了,抬头一看,福临的情绪已经完全变了过来,表情虽然只不过可称为平缓、平静,但眼睛分明已透出温和的光泽。

"玛法一片忠诚,使朕心下感动。玛法的奏疏说得透彻。毕竟玛法博古通今,见解精到。朕虽不敢与历代贤君相提并论,却也懂得从谏如流的道理……"

福临大约还说了些别的,但汤若望已经听不进去了。在皇上夸赞他见解精到时,他心里一轻松,顿时觉得四肢瘫软,差点动不了。好不容易才恢复了常态,他又向皇帝建议说:"郑成功即使攻占金陵,也不是无法补救,只需拿出重饷,速派援军,先堵住他北上的路,再令征云贵大军回师攻战,郑成功在江南是不能立足的!"

那些应召来乾清宫草拟诏书宣告亲征作罢的大学士和学士们,都以万分感激的目光向汤若望表示感谢。这消息风一样传遍了紫禁城,汤若望出宫时,不论内官还是御前侍卫、乾清宫侍卫,全都向他行注目礼;王公贵族对他点头微笑;满、汉文武大臣向他弯腰;一道一道宫门边的侍卫一递一声地高喊着:"伊里!"向他致敬。他们的笑容是真心实意的,他们的快乐是显而易见的。汤若望竟又被感动得热泪盈眶,想到将有许多显贵体面人物又会来拜望他,会把他当成国家的救星,他真觉得自己是个扶危济困的英雄了。他昂首阔步,向所有的人微笑,心里有一股孩子般的得意和快乐。他的得意和快乐围绕着一个中心:此举提高了他的地位和威望。他自顾自地笑着,轻声地用科伦家乡话自语道:"教会的神圣事业将因此而获得更大成功!……哦,太好了!……"

福临那紧张得几乎达到破裂程度的神经,终于松弛了,他暗暗地舒了一口气。其实,昨天承乾宫送来董鄂妃的请安请罪折之前,他的盛怒已过,明白自己的错误了。董鄂妃的折子除了为自己的过失向皇上领罪,陈请贬位以外,还委婉地恳求皇上以社稷江山和百姓黎民为重,千万不可自蹈危机。立国未久,京师尤重,相信皇上能临危不惧,稳如泰山。郑成功东南一隅,决不能与天下抗衡。一番知心而明睿的话,使福临更清醒了。但是,旨意传了,布告发了,御座也劈了,怎么收回?怎么下台?

汤若望的冒死进谏,恰逢其时。玛法是皇太后的义父,掌管天文天象的博学大臣,在民间享有"汤圣人"的美称,身份、地位、威望明摆着,就着他的手下台,再合适不过了,皇上不仅不失体面,还可博得"从谏如流"的美名呢!

　　大臣们都已匆匆退出乾清宫,赶着去办理收回"御驾亲征"的一层层事务。完全平静下来的福临,接过小太监送上的香茶,喝了两口,眉头重新紧锁了:不好下的台下了,亲征作罢了,可是郑成功怎么办呢?……多尼、罗科铎大军尚在云贵,岳乐不能离开,济度呢?顺治十一年他曾挂定远大将军印,专征郑成功。郑成功多年不灭,退而复来,济度上一次南征不成功有很大责任,这次再让他出马,也说得过去。不过……福临早就感到济度对自己不满,让他挂印远征,能完全放心、松手吗?

　　福临瘦长的手指在御座的扶手上轮番按捺着,他在沉思。他忽然想起,康妃的母亲是济度的表姐,三四天以前,简亲王福晋还同佟夫人一道来景仁宫探视康妃。要不要从康妃那里探探口气,看看简亲王的怨气究竟有多大,究竟主要为了什么,然后再作定夺?

　　夏日天长,看看钟表已过戌初,而窗外天色还不暗,福临决定今晚到景仁宫去。刚要传旨,他又犹豫了。他从案上的红木折匣中拿出皇贵妃的奏折,不知第几遍地打开来看,那娟秀清晰的小字恰如其人,一霎时就使福临产生如处春风的感觉。他轻轻抚摸着她的字,心头滚动着阵阵柔情。今晚,他原要召乌云珠来养心殿的呀!他暗暗盼望着的一天终于来了,可是……

　　福临终于把那折子放回匣中,心里说:"乌云珠,为了社稷江山,又要委屈你一夜了!……"

　　此刻,乌云珠正在坤宁宫与皇后闲话。一场骇人的暴风雨、一次可怕的危机终于过去了,两人都由衷地高兴。皇后笑容满面。皇贵妃仍然带着几分忧虑说:

　　"虽然宫内、京师就此平稳了,可是对付郑成功,还要花大气力呀！"

皇后说："那是外事了，自有文武大臣们辅佐皇上料理。"她爱怜地看看董鄂妃消瘦的面颊，叹道："你身子这么虚弱，总是用心太过了。也该静心调养才是啊！"

董鄂妃一笑："姐姐美意，小妹心领了。只是我生来的贱脾气，凡事只要过耳，便不能不过心；但凡过心，便忍不住地要细细思虑。所谓心劳命薄，不如姐姐厚福啊！"

皇后连连摇头笑道："罢、罢！巧妹子再不要挖苦笨嘴拙舌的老姐姐。倒是说说看，皇上究竟为了什么，竟怪罪到你头上了？"

董鄂妃的头低下去了，静幽幽地说："总是我不好，惹他生气。不怪他这么多天一直远着我……"

"唉，说不得！"皇后蹙了双眉，"他离了你，吃也吃不下，睡也睡不好，见天发脾气摔东西打人。要是有你在身边，这回也未必闹得这么凶……"

一个坤宁宫小太监急急跑进寝宫门口，结结巴巴地禀告："万、万岁爷，驾到！"

二人吃了一惊，心里顿时发慌，互相对视一眼：二更已过，夜这么深了，皇上为什么驾临坤宁宫？这是从来没有过的事！又出了什么意外？

皇后急急忙忙地说："妹妹快随我出去接驾！"

董鄂妃连忙答道："不行，我正待罪，没有皇上旨意不能面君，姐姐你快去吧！"

皇后刚刚迎出中门，福临仿佛浑身燃着烈火，大步闯进坤宁宫，从跪下请安的皇后面前，"呼"的一声挟着一股疾风闪过去了。皇后心慌意乱，赶忙站起身，随着进了中门。只见福临双手叉腰，站在正中，大口大口喘着粗气，一脸盛怒，面色惨白，牙齿咬得格格响。他厉声喝道："李国柱！进殿听宣！"接着，"哗啦"一声拔出了腰刀,吓得在场的人脸色都变了,总管太监李国柱更是跪在那儿缩成一团,像一只瑟瑟发抖的老鼠。

"哐啷"一声,皇上把腰刀扔在李国柱面前,他那愤怒而严酷的声音在殿内震响:"立召乾清宫值夜侍卫,带朕的腰刀往景仁宫取佟氏之首复命!"

"啊!——"情不自禁的惊叫,来自好几个方向、好几个人之口。皇后大惊失色,急忙扑到皇上脚下:"皇上!皇上!你这是怎么啦!⋯⋯"福临暴怒地一脚踢开皇后,皇后"哎哟"叫了一声,福临全然不顾,向李国柱吼道:"你敢迟延,朕先杀了你!"

李国柱双手捧着御用腰刀,抖抖索索地跑了出去。董鄂妃从寝宫冲出来,猛地跪倒在皇上膝前,双手抱住福临的腿,哀声求告:"皇上,皇上,你不能啊!⋯⋯"

福临一哆嗦,惊讶道:"你!⋯⋯"他怎么也没想到,董鄂妃会在此时此地突然出现在他眼前!他又惊又痛,弯下腰,双手扶住了满脸是泪的乌云珠。

"陛下,佟家姐姐是皇子生母,于皇家有大功,无论如何,罪不当死!妾妃待罪多日,今天陈请处分。皇上若处置佟家姐姐,就让妾妃替她担待了吧!"董鄂妃说罢,朝福临一叩头,站起来转身就走。福临伸手没拽住,她已急急忙忙跑出了殿门。福临大声一喊:"乌云珠!——"殿外黑沉沉的夜色里,回答他的只有"橐橐橐橐"急促的木底鞋的敲击声。福临惊呆了。皇后这时已由地上坐起,大腿侧被福临那一脚踢得很重,她一手悄悄地抚摸着伤处,重新跪在皇上面前,含泪道:"皇上,看在我们姐妹的分上,饶了康妃吧!⋯⋯"

福临当然听得出"我们姐妹"是指她和皇贵妃,也发现了她轻轻抚腿的动作,知道自己踢重了,心里有些后悔,脸上怒气稍稍减退了几分。宫女、内监们全都跪下了,同着皇后求情。福临板着脸,并不作声。沉重的空气压得人无法呼吸,只有窗下那金色的西洋自鸣钟"滴答滴答"响个不停。

李国柱满头大汗地跑了回来,一进门便跪倒在地,双手高举着那柄闪着寒光的腰刀,上气不接下气地报告说:"禀万岁爷!奴才与当值侍卫赶到景仁宫,皇贵妃娘娘不知怎么也在那里,护住康妃娘娘,不准用刀,说要是动刀,就连她一起……奴才们不敢造次,特来复旨。"

"佟氏呢?"福临狠狠地问。

"康妃娘娘跪地领罪,要奴才转奏万岁爷,说她死不足道,死不足惜,只求万岁爷……她求万岁爷亲自动手杀她,她说她死而无怨……"

半晌,福临不言语,大家都提心吊胆,谁也不敢抬头,只静静听着,不知会是个什么结果。

"皇贵妃为什么不回来?"谁也没想到福临接下来问的是这么一句话。

李国柱并不知道皇贵妃刚才也在坤宁宫,所以对"回来"二字有些莫名其妙,但他一点不傻,立刻禀道:"万岁爷,奴才离开景仁宫的时候,皇贵妃娘娘和康妃娘娘正搂在一处,抱头大哭呢!"

福临一时辨不清心头滋味,既感慨,又赞叹,又是愤恨,又是疼爱,酸甜苦辣,搅成一团。他长叹一声,朝着正殿中的宝座,慢慢地坐了下去。

三

京师各门贴出了罢亲征的圣谕,恰似一剂凉药,混乱局面很快平息下来。跟着,朝廷封达素为安南将军,带领索洪、赖塔两员大将率师南下增援,阻击郑成功,京师就完全恢复了往日的平静和繁华。

长街上人来人往,又变得热闹了。

远远走来两个人。前面一个穿了件显然不是他自己的肥大长衫,人几乎被淹没了,却挺胸凹腹地迈着洒脱的步子。不管他怎样强打精神,也掩不住那一脸菜色和深陷的眼窝显示出的贫寒。后面一个短打扮的佣工,扛着一袋米,亦步亦趋地随着,摇摇晃晃。

佣工一翻肩膀,把米袋放在路边,大口大口地喘气。

"你怎么又歇下来了!"穿长衫的跳着脚大声嚷叫。

"唉,实在对不住。让小人再歇口气吧。"佣工低声下气。

"歇气,歇气!像你这么干活,什么时候才能到家!"穿长衫的喊叫得更凶,招得街上行人和闲汉围上来看热闹。一个高大的穿灰绸袍的汉子分开众人,问:"这是怎么啦?"

瘦骨嶙峋的佣工身躯单薄得像块木板,眼泪汪汪地连连说好话:"小人不好,小人不好,误了大爷的事!实在气力不佳……"

雇主瞪他一眼,没好气地说:"没力气就别拿这份脚钱!"一看穿灰绸袍的汉子高直的鼻梁两边闪动着一双炯炯虎目,气概不凡,大有爱管闲事的劲头儿,他连忙解释说:"大爷,我雇他扛米,可他倒好,三步一停,五步一歇,一顿饭工夫,走不出半里路,我能不急吗?家里等米下锅呢!"

那双浓眉下的虎目一转,直射佣工:"你也是个男子汉,这六七十斤的小玩意儿,你就这么吃劲儿?"

佣工看看雇主,又看看围观的人,不知怎的伤心起来,叹息道:"我哪里当得了佣工扛得了米啊!……先祖乃前明刘大学士,我……唉!"他抱着头蹲下去。

人群一片惊讶议论声,灰绸袍汉子不由得倒退一步,上下打量这个穷途落魄的贵公子。不想那雇主惊叫道:"天哪!你是二宝表兄？……咱们是亲戚呀！"

"你？……"佣工吃惊地站起来，瞪大眼睛。

"唉，我是张松江之孙，咱们是姨表亲啊！"雇主又喜又悲。

人群中一老者笑道："既然都是贵胄，又是亲戚，就别难为人家了，把米分给人家一半就是。"

雇主红了脸："这……可不行！我家断炊两天，好不容易厚了脸皮向故仆求告，才得了这五斗米、二百文钱……"他咬咬牙，转向佣工："表哥，一同到我家去吃顿饱饭吧。"说着，他挽挽袖子，自己去扛那袋米。他还不如他表兄，那袋米竟纹丝不动，人群中腾起一片哗笑，打趣、嘲骂此起彼伏，表示着强者对弱者的轻视，发泄着对潦倒的贵公子的幸灾乐祸。两个瘦弱又胆小的豪贵子孙又羞又窘，竟互相搂抱着哭了，其中一个嘴里还呜呜咽咽念着"哀哀父母，生我劬劳……"

灰绸袍汉子没有笑，他伸手攀住路边一棵槐树的胳膊粗的树干，略一抖腕，"喀吧"一声就撅断了，略事修整，交给两位"贵公子"，说："两个人抬着走吧！"

两人抬着米袋，趔趔趄趄地走远了，围观的人才议论着、说笑着、叹息着慢慢走散。灰绸袍汉子拦住一位须发灰白的老人："刘大学士、张松江是什么人？"

老人正沉浸在今昔感慨中，不在意地顺口答道："那都是前明崇祯朝的宰相啊！谁料子孙败落至此！……"他又回到自己的感慨中，轻轻摇头叹气，慢慢迈步，嘴里喃喃地念着："五斗米，五斗米，两公子，抬不起，枉读诗书怨劬劳，乃祖乃父岂料此？……"

灰绸袍汉子一动不动地站着，像一尊矮粗厚重的铁狮子，他在沉思。几名牵着马的王府护卫近前跪请王爷回府，他才心事重重地跨上金鞍。

这是简亲王济度，为了散心解闷，出府来微服游走。偏偏目睹了刚才的一幕,给他沉重的心又坠上了一块大石头。

　　自从为撤议政的事他公然站出来反对福临、并迫使福临让步之后,在满洲勋贵中,他的威望更高了。与此同时,他也感到皇上对他的戒心更大了。撤议政的风波是过去了,以后呢?济度忠心耿耿,决不向任何有损满洲八旗威望的行为屈服,哪怕是皇上的旨意!皇上会后退、会屈服吗?皇上会怎样对待他这位满洲忠臣呢?

　　竟派达素为安南将军南征,置他济度这个郑成功的老对手于不顾!三年前,不是他把郑成功赶到海岛上去的吗?眼下朝中有资格佩大将军印的,除了他济度还有谁?可是这么紧急的危难时刻,皇上不肯用他!猜忌之心,不是显而易见的吗?至于皇上自己,为了郑成功围金陵,闹得个天翻地覆、一塌糊涂,像个八九岁的小孩子,哪里有一点人君之度?当济度听到密报,说皇上初闻警报竟惊慌得想逃回关外去时,他在气恼和愤怒中,第一次闪过一丝朦朦胧胧的念头:"这样的皇上,能行吗?"

　　今天看到的这两个败落到如此地步的前明宰相后代,使他受到很大刺激。王公贵族、满蒙八旗的后代,他简亲王的子孙,会不会也沦落到这种地步?……那位年纪轻轻的皇上,醉心于前明制度,崇儒教、重文士、习汉俗,那不正是要拿满洲子孙送上这条败落的路吗?想到自己的孙子、重孙子也有可能变得和那两个衣衫褴褛、形容委琐的人一样,手无缚鸡之力,乞讨佣工为生,最后在贫困潦倒中死去,济度不觉打了个冷战,快马加鞭地赶回王府。

　　进了府门,他顾不上喝茶、休息,立刻在正殿王座上坐定,把他的六个儿子召到跟前,一排站齐,命他们齐声背诵老郑亲王济尔哈朗的那段临终奏章。儿子们知道父亲的脾气,并不奇怪这样的举动,加上一向害怕父亲,便听话地大声背诵:

　　"……太祖创业之初,日与四大贝勒五大臣讨论政事得失……"

济度的儿子们从小受到严格的骑射锻炼,一个个高大魁伟,虎背熊腰,一横排站在堂前,真像一列茁壮的小松树。祖父的遗表,他们从小背到如今,早已滚瓜烂熟,张口就来。看到这样的虎豹儿郎,听着充满青春力量的粗壮中略带沙哑的整齐的声音,做父亲的心头迸发着自豪和振奋,刚才那些阴郁的思虑暂时撇到了脑后。

儿子们齐刷刷地背诵完了遗表,济度照例来一段训话。今天的训话有内容,不似往日那么枯燥。济度纵然不善描述,还是把街头所见详细地说给儿子们听。最后,他沉下脸,把如钢似铁的话一句句掷向阶前:"我们天潢贵胄、八旗世家,决不可沾染汉人文弱恶俗,不然就会亡国破家!威临天下、百战百胜,靠的就是弓马刀箭。我急急忙忙赶回来,就是要领你们到射圃去,考考你们的骑射,懂不懂?"

"是,王阿玛!"儿子们同声回答,震得窗纸沙沙响。

"二弟!二弟!……"女人的声音从殿外长长的廊子那边一路响过来,呜呜咽咽的。一个穿着素色蓝缎袍、梳着两把头的贵妇,扶着两个丫头,跌跌撞撞地出现在阶前。济度皱皱眉头,站起身,大步跨出殿门。儿子们早闪开路,又一齐跟在济度身后出门迎接。他们都认得,那是济度的表姐佟夫人。

佟夫人的母亲是郑亲王的表妹,佟夫人与济度的亲缘关系隔得相当远。如果她只是一位汉军都统夫人,两家不会有多少来往。然而佟夫人的女儿是景仁宫康妃、皇三子的生母,这就大不一样了。

佟夫人还是那样说哭就哭,说笑就笑,一点控制不住自己,进门就拍着巴掌哭喊道:"二弟呀,你可快想法子救救你那外甥女儿吧!"说着,拿手绢捂着嘴,放声大哭。

济度父子摸不着头脑。小辈们赶忙上前向表姑妈请安,佟夫人也只挥挥手,还是哭。济度道:"表姐这是怎么啦?哪个外甥女儿？得重病了吗？"

"哎呀呀,你怎么全不知道？我的凤女儿啊！"

"什么？康妃娘娘？"济度大吃一惊,可是一见儿子们惊讶困惑的表情,他立刻一耸浓眉,对儿子们严厉地说,"退下！"儿子们听话地鱼贯而出。

"福晋呢？"济度拧着眉头问内官。

"安王福晋领着格格来玩,福晋陪她们在园中赏花。"

"安王福晋让几位侧福晋陪着,叫福晋立即到水阁！"

四周临池,只有一座曲桥通向花园的水阁,幽静又清凉,是商议机密大事的好地方。济度屏退侍从,佟夫人便向济度夫妇讲起前天晚上景仁宫发生的事情。

安静下来的皇帝,发布了新的谕旨,天黑以后,竟来到景仁宫。自董鄂妃进宫以后,皇上就不曾来过这里,这实在是主位们盼都盼不到的荣宠。康妃心头的多年积怨,这天不知怎么全都涌上心头,态度十分冷淡。皇上倒是想方设法跟她搭话,她的回答一句句都满含妒意,表面恭恭敬敬,骨子里没有一点好气。

皇上说："皇三子在太后宫里养得很好,聪明活泼,能诵四书,会背唐诗,书法也很有长进。"

康妃答："多谢太后、皇上养育三阿哥之恩,但愿他骑射过人,日后长成,威震天下。"

皇上又说："金陵局势甚是危急,朕想拜大将军南下征讨,担心的是朝中诸王未必能够胜任。"

康妃又答："当年简王讨伐郑成功,大获全胜的。"

皇上点点头,说："大获全胜？那何至于又有今天？"他又笑笑,眼睛却没有笑,说："你在为你的表舅请封吗？"

康妃不敢就此事再说下去,便换了温和的口气说："多年来,皇上对江南百般爱惜,如今郑成功一到,连皇上简派的汉官都倒戈了,足见南蛮子最无情义……"

不知是觉得康妃弦外有音,还是讨厌她有意揭短,福临的脸色一沉,故意戗着她说:"江南州府倒戈,大半由于年来政事弊端太多,南人尚未口服心服。朕为天下万民之主,无论满、汉,自应一体爱护!"

康妃一向说话不多,这时不知哪里来的勇气,竟跪下进谏道:"近年来皇上习汉俗、亲汉人,把祖宗旧制日渐丢弃,宗室满臣反被疏远,长此以往,妾妃恐人心尽变,我大清社稷江山……"

福临一口接过去,表情虽然很冷漠,眼睛已经冒火了:"这些话谁教你说的?是你表舅吧?"

"不!谁也没有教我!"康妃突然慷慨激昂地提高了声音,"皇上,你再不能做负天背祖的事了!不然天理不容、人心丧尽,一旦有事,就是想要跑回辽东,也是办不到的了!"

仿佛浑身的血都涌上了头脸,福临连眼睛都红了,他登时大怒,一脚踢倒了扯着他衣襟的康妃,气咻咻地吼道:"放肆!胆敢倚势要挟!"一个急转身,他冲出了景仁宫。

皇上跑到坤宁宫,立召侍卫封刀来斩康妃,要不是皇贵妃极力救护,康妃早就没命了。如今她待罪景仁宫,不日就要受到处置。以皇上那样的心性,她胆敢揭皇上的短处,即便有皇太后、皇后和皇贵妃求情,也未必就能留得住性命。

"二弟呀,快想想办法吧!"佟夫人说完,掩面痛哭。

在佟夫人叙述过程中,济度不止一次地捏拳、捶腿、喘粗气、耸眉,表示不满、愤怒等等强烈感情。佟夫人说完了,他却变得异常冷静、沉稳,半天不说话,非常专注、非常入神地在想什么事情,面容十分严峻,毛茸茸的浓眉之下,一双暴突的虎目仿佛闪着电光,透露出某种可怕的东西。两位夫人看了他一眼,都不由自主地打个寒噤,慌忙闪开目光,谁也不敢开口了。

是的,济度心头此刻正有一种极度紧迫的感觉,危险已迫在眉睫!皇上的那些话不都是深深的猜忌?猜忌的后面还不隐藏着杀机?否则,他怎么会毫不犹豫地封刀斩康妃?这个喜怒无常的孺子,什么事情干不出来?

死,不甘心。更不能甘心的,是大清江山的命运。济度一死,满洲八旗就失去了中流砥柱,这个糊涂的皇帝会把天下拱手送给南蛮子!不行!绝对不行!济度不能眼看这个不肖子弟败坏门庭!不能让明代宰相子孙的命运降落在满洲八旗子弟的身上。

济度一横心,面颊的筋肉搐动着,似有一团烈火要从虎目中喷出,盯住面前两位夫人,从牙缝里轻轻地挤出了三个字:

"废掉他!"

这轻得几乎听不见的话,却像一声霹雳,把两位夫人震得呆住了。她们面无人色,索索发抖,不敢相信自己的耳朵,眼睛一眨不眨地望着济度。

济度深深吸了一口气,带着一种壮烈的气概,重复一遍:"废掉他!除了这个没有别的办法。只有这样,我济度才能无愧于先父,无愧于祖宗英灵!"

简王福晋离开后,年岁与安王福晋相仿的三位简王侧福晋,谈笑更少了拘束。临水荷亭上,鲜果、雪藕、水瓜堆得到处都是,阵阵清风吹过水面,掠过荷田,拂动岸边垂柳,把荷花莲叶那特异的芳香阵阵送到这些贵妇人身旁,实在是惬意得很。

小冰月成了众人的爱宠,从这个福晋膝上转到那个福晋怀里。她一双大眼睛表情丰富,一张小嘴灵巧非凡,三岁多的孩子,已经什么话都会说了。

"姐姐,"抱着冰月的侧福晋向安王福晋笑道,"你的这位小格格,哦,不对,如今是位小公主了,日后要出落成个绝色美人儿啊!"

冰月小脸儿一扬,清脆的声音像黄莺儿啼叫:"就是。我皇额娘也这么说,说我将来比她还要美呢!"冰月说的皇额娘,就是抚养她的董鄂妃。她一天到晚把皇额娘挂在嘴上,比说起自己母亲还要自然、经常。安王福晋心里很不是滋味,可嘴上什么话也不敢讲。

"你皇阿玛也这么夸你吗?"一位侧福晋好奇地问。

小冰月的头垂下来了,丧气地嘟哝着说:"皇阿玛说我比不上皇额娘,他说皇额娘是天下最美的美人……"

贵妇们互相望望,有点诧异。因为她们都知道董鄂妃待罪宫中,还为此着实高兴了一阵子。冰月也因此才被接回安王府"探亲"。简王的两个格格还不会说话、走路,未被恩准接回。抱着冰月的侧福晋弯腰望着冰月天真的脸儿,用逗弄的口吻掩饰着好奇:"真的吗?"

小冰月不高兴了:"谁骗你!那天先是皇额娘抱着我对皇阿玛说话,皇额娘笑了,皇阿玛就一下子把我和皇额娘一块儿搂在他怀里,坐在他腿上,嗯,他把我们搂得很紧很紧的,我都快喘不过气儿啦!就是那会儿他说的。"

福晋们涨红了脸,想笑,不好意思笑;想说,又不敢说。因为小冰月口里的皇阿玛,就是当今皇上啊!安王福晋觉得这实在不成体统,连忙制止:"冰月,你乱说什么!"

小冰月可爱的小脑袋一歪,不服气地说:"我没乱说!皇阿玛还讲,我要是不用功念书,将来连皇额娘的一个手指头尖都比不上!"

安王福晋又气又好笑,说:"罢,罢,我的小祖宗,别在这儿嚼舌头了!阿丑,领她到园子里找格格们玩去!"

小冰月仿佛巴不得这一声,立刻伸出双手,扑到那个不声不响的阿丑怀里,娇爱地把小脸倚在阿丑肩头,一脸心满意足的样儿,笑嘻嘻地去了。

亭子里少了个孩子,冷清片刻。

"姐姐,这阿丑跟小公主就是有点缘分哩!"说话的侧福晋是原来阿丑的主人,话音里不无买好的意思。

安王福晋忙说:"正是哩,还要多谢府上慷慨相赠。冰月就是要她,怪得很。这回进宫去接冰月回府,换了好几个人,冰月都不肯回来,又哭又闹的。阿丑去了,冰月才笑了,乖乖地回来了。"她没有好意思说出口,连她亲自进宫去接,女儿也不要她。

"那样的话,可不能让阿丑送冰月回宫。"

另一位侧福晋莫测高深地露齿一笑:"送冰月回宫?怕不是一两个月内的事吧?"

第三位侧福晋比较谨慎,连忙扯开话题:"姐姐,我看阿丑该换换名字,她越来越不丑了。还是不说话吗?"

安王福晋很高兴话题的改变,笑道:"还那样,人家总当她是个哑巴。可是跟冰月在一块,有人听见她小声嘟哝呢!……"

真的,在花园深处,在青桐那浓密的树阴下,几个鼓形青花瓷墩围着一张精巧的石桌。阿丑——梦姑抱着小冰月,像安王福晋说的那样,正在小声嘟哝。

梦姑成为奴婢已经一年半了。她冰雪般冷,死水般静,常常使她那些粗鲁的主人也感到惊奇。但是去年五月,梦姑初见小冰月,古井死水竟卷起波澜,天然的母性使她浑身燃烧了一般,她发狂似的疼爱这个玉琢金裹的王府小格格。只过了半个月,孩子进了宫,这像割去了她的心肝,她大病了一场。病好之后,她依然又成了冰雪人儿。

这次接回冰月,冰月还是那么依恋她、爱她,她也从孩子的依恋中感受到极大的快乐。只是她比上次清醒,知道这快乐转瞬即逝,只会留下更深更长的苦痛,不如自己心里放淡些,不要再那么神魂颠倒,寝食俱废了。

还有一个原因,分散了她对冰月的注意和感情。

那天,她抱了冰月从承乾宫出来,在二门口和三个宫女打了个照面。一眼就能看明白,中间一个是被两边的人看管监视的。被监视的宫女很年轻,面貌和行动显得一团天真,她抬起悲伤的眼睛,对站在门边让路的梦姑视而不见地扫了一眼,梦姑顿觉心口"扑通"一跳,差点儿喊出声来。老天,这不是容姑小妹吗?她怎么会到这里来了?这时,搂着她脖子,倚在她肩头的小冰月欢快地叫了一声:"容妞儿!"

中间那个宫女回头看看,对冰月心不在焉地勉强一笑,走了。梦姑的心怦怦乱跳,真想追上去看个究竟。但她不敢。这是禁地。一点差错就会丢掉脑袋。认错了怎么办?她被看管着,定是犯了事,能跟她说话吗?退一万步说,她果真是容姑小妹,那肯定是假冒进宫,她不敢、也不该去认她。透露出她们家的底细,等于给容姑带来杀身大祸。想到这些,梦姑的腿都哆嗦了,她把孩子抱得更紧,把脸紧紧贴在孩子娇柔的身体上,努力使自己平息下来。

可怜的梦姑,抱着自己的亲骨肉,却一心以为是主子家尊贵的格格;迎面遇上多年共患难的亲妹妹,却多看一眼也不敢……

然而,这次无意的碰面,却消溶了她那颗冻住的心的一个小角落,毕竟唤起了她对亲人的挂念,对手足之情的留恋,对少年时的美好回忆,一缕温暖的活气,在她胸膛中慢慢地,连她自己也不能觉察地升起来了……

此时,她大约是第十遍地向冰月咕哝了:"格格,那个容妞儿到底是谁呢?什么时候进宫的?"

"嬷嬷,"冰月舒舒服服地坐在她怀里,还伸着一只小手轻轻捻着嬷嬷柔软的耳垂,"我都跟你说了好多好多回了,她是我皇额娘的近身丫头,进宫一年了。她喜欢我,我也喜欢她。那几天她给关在屋子里了,我要了她好多回,皇额娘都不理我……嬷嬷,别说她啦,给我讲故事吧!……"

梦姑知道再也问不出什么了,便亲了亲小格格喷香的脸蛋,定定心,开始讲故事:"很久很久以前,有个放牛娃,爹娘都死啦,大家叫他牛郎……"柔和恬静的声音,像潺潺溪水,叙述着在千百万人民间流传了千百年的古老传说……

故事讲完了,冰月哪肯罢休,要嬷嬷再讲。小手触到梦姑的脸,冰月惊讶了:"嬷嬷,你哭啦?不要紧,我回宫去就叫皇阿玛发兵,到银河架一座很大很大的桥,让他们天天见面,好不好?"

梦姑也没料到自己会落泪。见到容姑,打开了她一扇心扉,旧日的感情复萌了,许多极其遥远的往事又涌上心头。牛郎织女总还有一年一会,而她那青梅竹马的情谊却被埋葬掉,永远也见不着他了!……

"冰月!冰月!"简王格格和安王格格手拉手地跑来了。梦姑连忙闭嘴、擦泪、起立。两个小姑娘上来就抢着抱冰月,可是冰月觉着嬷嬷的怀抱最舒适,哪里肯让她们窝窝囊囊地抱自己?她把头藏进嬷嬷怀里,尖声叫着抗议。

简王格格眼珠一转,神秘地说:"冰月,跟我去瞧戏,咚不隆咚锵!好不好?"

冰月开心了:"瞧戏呀?我去!我要去!"她回手钩住梦姑的脖子,"嬷嬷也去。"

简王格格瞥了梦姑一眼:"去就去吧,回头不许说出去!我们要是挨骂了,阿丑就该挨鞭子!"

安王格格很高兴有了新奇事可做,连忙说:"她不敢说的。她又不会说话!"

两个小姑娘在前面一蹦一跳,梦姑抱着冰月随后,走向花园深处。转过葱绿的小山坡,悠扬的横笛声从绿阴一隅远远飞来。她们走得更快了。

"哎呀,额娘!"简王格格小声惊叫,往旁边一闪身,把另外三人一起拽到路边太湖石后,那里有一架蔷薇,正是枝密叶茂的时候。简王格格示意大家别作声,一个个小心地藏在蔷薇架外,惴惴不安:也许简王福晋看到她们了?

没有。她什么也没注意。她竟然连个丫头都没带,一个人慢慢往这边走。她走近了,简王格格吃惊地张了张嘴,几乎不相信这就是她天天见面的嫡母,脸色这么难看,神情这么惊慌不安,不住地眨眼,喘长气,看上去比平日老了十多岁,大约是腿脚发软,她扶住路边的太湖石,走不动了。

安王格格忍不住,想走出去扶她,被简王格格一伸手拦住了,嫡母就是嫡母,不是亲妈。

简王福晋站了片刻,竟往蔷薇架走过来了。吓得架外几个人大气也不敢出,小冰月觉得很有趣,跟姐姐和嬷嬷一样不出声,只透过密密的蔷薇叶小心地观察那位失色的贵妇人。

福晋是冲着架下石凳来的。她颓然坐下,像散了骨头架子似的呻吟着,不住叹气,"天哪!天哪!"凄楚的声调吓得两个小姑娘面面相觑。福晋又双手合掌胸前,低头闭眼,默默祈祷,嘴里不住地念叨:"佛祖保佑,佛祖保佑……保佑成功,万事如意,免受杀身大祸!……"她定了定神,摇摇头,向四面张望一番,重新收拾起散掉的架子,挺直了腰板,摆出亲王福晋应有的端庄和尊贵的仪态,走了。

小姑娘的诧异只是一会儿工夫,一转身就把这些忘了,王府戏班的锣鼓笙笛有更大的吸引力。简王格格可以卖弄的东西多着呢,她神采飞扬地向女伴介绍:"我们府的班子演武戏是头份儿,《西游记》哪家也演不过我们!演孙猴子的那小内监一口气能翻七七四十九个跟头。就是文戏不济。后来我阿玛说了,武戏、文戏都得拔尖儿!管家没法子,才打外面请了个唱小旦、小生的教习。那人呀,哎唷唷,真漂亮,就跟年画儿上的人儿一个样儿!……"

"真的?"安王格格也兴冲冲的。这个岁数的女孩子,通常是拿演戏的人和他们所演的角色合在一起崇拜的。

她们终于走进花园西墙边的小院,在离戏台相当远的廊下站住了。多遗憾,台上演习刚完,小内监们正在脱戏衣,伴奏的人也在收拾锣鼓家什。两位格格忍不住,走近舞台,指指点点。她们的注意力,立刻集中在惟一不是内监的那位请来的教习身上。在一色太监中,他真如鹤立鸡群,一眼就能分辨出来。俊朗飘逸,风流潇洒,是男人心目中的崔莺莺、杜丽娘、王美娘、卓文君,又是女人梦里的张君瑞、柳梦梅、秦钟、司马相如……

台上的人们立刻发现了两位花枝招展的小主子,管班大太监忙不迭地跑过来请安,谄媚地笑着,认真地报告排练情况,其他人也都垂手躬腰,满脸赔笑。那位教习扬了扬眉梢,向身边的小徒弟悄声问道:"那是谁?"

"府上的三格格和安王府的三格格,神仙也似的!"

"不。我问的是远处廊下领孩子的那个女人。"

梦姑刚把冰月放在地上,给她细心整理弄皱了的小绸衫,还没来得及向戏台看一眼呢。

"哦,她呀,她叫阿丑,原来是侧福晋屋里的丫头,送给安王福晋了,是安王小格格的嬷嬷。丑八怪,像只猴子!"

教习笑着摇摇头,仿佛在嘲讽自己心里的什么怪念头,掸掸长衫,扭身转往台后。这时,梦姑抬头看了一眼,天哪!她一手捂住嘴,刹那间脸上的血色消失得一干二净,像一个单薄的、纸糊的人,在风中瑟瑟发抖,黑得像无底深渊的眼睛,射出两道疯狂的光芒,投向那教习的背影。当他的身影从戏台上消失的那一瞬,梦姑浑身绷得紧紧的弦一下子断了,如同挨了重重一击,她瘫坐在廊下栏杆上,一动也不能动了。这是他!这是他呀!

"同春哥!——"梦姑呜咽着,轻轻地动了动嘴唇,泪如雨下。谁能计算出梦姑苦难的心里积存了多少泪水?如果她能任情一哭,那么,何止如泉如流,何止三天三夜!……

"嬷嬷,你怎么啦?"小鸟儿般清脆婉转的声音,唤回了她。不,她连任情一哭的权利也没有。她能去找同春,哪怕去打听一声吗?不能。她是王府奴婢,她还是另一重意义上的奴婢——她没有脸面去见被她背弃了的同春哥……

当晚,安亲王回寝殿时,安亲王福晋已经做客回来,正逗着小冰月玩,三格格也在一旁陪着。冰月一见阿玛便扑了过去。岳乐抚摸着冰月柔滑鬈曲的头发,拿出一副黄澄澄的金项圈,给她戴好,随后叫人把她领走。阿丑低头进来,把欢天喜地的冰月抱了出去。

"嗯,冰月明天回宫。"岳乐脸上毫无表情。

"啊?这么快?"

"回府十二天,已经是皇上的特恩了。"

"唉!"福晋立刻就显得那么愁眉不展了,"不能再留几天?"

"再多十天还是要走。何必呢。"

"那还不如不回来!……这么说,皇贵妃她……"

"皇贵妃自请处分,皇上一概都免了。这就好啦!"岳乐轻松地嘘了口气。偏偏金陵被围的时候,皇贵妃待罪,闹得这么一塌糊涂,实在有损皇上威严。"做客做得不好吗?"

"也就罢了。"福晋口气很淡。

岳乐当然听出了她的不满,道:"两家过去交往太疏,难免有不周之处,不足为怪。"

"我……"福晋看看丈夫,脸红了,不大情愿地说,"我虽年轻些,又是续弦,可好歹总是亲王福晋,他们府里,老是三位侧福晋陪着我。"

"福晋没有陪你?"

"初时倒也出面相陪,倒也客气。后来不知简王召她去做什么,一个时辰不露面,再入席的时候,就那么一副心不在焉的样子,笑得都勉强,就像巴不得我早点走开才好,哼!"

"不要多心嘛,也许人家府里出了什么事。"岳乐笑了笑。

"可不吗!鬼鬼祟祟的,净哄人!我看她心神不定,就照直问了句:是不是另有客人?有事就请便。她倒慌了,说知道我爱静,今天只请我过府,没有其他亲友。可是我们出府那会儿,明明看到常阿岱和齐克新的亲随在门口等候,还迎面遇上尼思哈的车仗呢!"

"哦?"岳乐心里一动,眉毛也随着一扬。常阿岱就不用说了。敬谨亲王尼思哈也是反对撤议政的骁将。端重亲王齐克新虽是自己的亲侄,并不和自己同心,倒是简王府的常客。而且亲戚往来,何必讳言呢?他自言自语地说:"他府中会有什么事呢?……"

三格格插嘴道:"准有事!准有事!要不大福晋干吗喊天叫地呢?"她说起花园见到的情况,只是记不清大福晋到底怎么说的。

岳乐心里有点紧张,略一思索,问:"还有谁听到了?"

"嗯,简王三格格……对了,阿丑抱着冰月也在。"

"叫阿丑来!"

阿丑跪在王爷和福晋面前,纤小文弱,倒不像一般奴仆在王爷脚下那么胆战心惊。她仍是那样冷冷的淡淡的。今天的奇遇,叫她伤心透了,她也想透了。此时,她正是任凭生死,一无所求,因而格外漠然。

福晋拿刚才的事情问她。她略一思索,淡然道:"大福晋说:

'佛祖保佑,保佑成功,万事如意,免受杀身大祸!'"

"对啦,对啦!她就是这么说的!"三格格拍手证实。

"去吧!"岳乐看了阿丑一眼。阿丑起身退下。

这是什么意思?济度要做什么?岳乐紧皱眉头,感到一股寒意向他袭来。"免受杀身大祸"?身为亲王,一人之下、万人之上,怕什么杀身大祸?除非谋逆,像多尔衮那样……难道济度他,会有谋逆之心?!……岳乐惊出了一头冷汗。

"王爷,我想起来了,佟夫人也到他们府里去了!"

"哪个佟夫人?"岳乐一时懵了。

"咳,康妃的生母,简亲王的表姐嘛。她们也瞒着,是下人嘴里漏出来的。好像大福晋离席,就是去接她的。"

岳乐几乎一夜未眠,他竭力想弄清内幕。仅只这些蛛丝马迹,他已经感到一个危险的阴谋正在策划中。但是,光凭猜测无济于事。他焦灼地翻来覆去,仍然想不出个头绪。最后他决定明天去请教范文程和汤若望,这样才定了心。蒙蒙眬眬即将入睡之际,不知怎么,脑中竟闪过阿丑跪在那里的身姿:淡淡的、冷冷的,站起来时平稳从容,黑眉下是垂着的长长的眼睛,由密密的黑睫毛画出两道明显的小圆弧。她并不丑嘛,为什么起个阿丑的名字?真见鬼!

四

金风玉露,又是秋天时节。刚入八月,就飞来了江南的捷报:金陵围解,郑成功大败,率残部逃出长江口;皖南的张煌言也因此兵败遁走,三十余府州县次第收复。于是朝野欢腾,从大内到王府,从部院衙门到各官私宅,处处悬灯结彩,贺宴喜席摆个不了,感天恩、谢皇恩、酬祖恩,热闹了好几天。喜气也传染了京师平民,街市上一派过节景象,许多地方燃放炮仗,人人见面拱手道喜,彼此说一声"恭喜恭喜,天下太平!"二十多年兵荒马乱、人命如草的局面终于结束了,原先大明的所有版图都已归了大清,人们终于盼来了安定。

各种神神怪怪的无稽之谈,又在人们中间传开了:什么关老爷显灵,阵上助了大清;什么郑成功营内出了怪物,不战自乱,只得仓皇逃走,等等。仿佛郑成功之败确属天意,不然,十数万大军围困只三千守军的孤城,怎么会落个大败呢?大家都知道,安南将军达素的援军还没有赶到呢!

实际情况是,围困金陵后,郑成功骄兵轻敌,满足于附近州郡的望风归附,认为金陵孤城指日可下,不需费力。困守金陵的江南总督郎廷佐无力抵抗,以谈判投降条件为借口,实行缓兵之计。郑成功竟然上了当,一心等待受降。他手下将士也就屯兵坚城之下,日夜遨游江上,张乐歌舞,捕鱼饮酒。清将苏松总兵梁化凤登高瞭敌,竟然见到围城大军军仪不整、毫无戒备,许多军士在后湖游水嬉戏。他当机立断,即刻率兵突然出城袭击,破营垒拔大纛毁营寨,炮火连发,矢石雨下。郑军毫无防备,仓皇应战,主要将领甘辉阵亡,于是全军大乱,纷纷溃退,终于立脚不住,迅速退出长江,返回厦门,从此元气大伤。北路败退,南路的张煌言孤立无援,很快也就跟着败亡了。

好像老天爷特别爱顾大清,给它特殊的气运,救无可救的危局,也会突然发生令人不能相信的变化,变得有利和顺畅。实际上,所谓的气运,包含着合理事物获胜的必然性。金陵事变的始末,撇开当事人的智能、意志、决策的正误等等表面因素,从根本上讲,反映了人心的一项重大变化:经过二十多年痛苦的战乱,经过清朝入关十六年策略比较明智的统治,人们盼望天下太平、安居乐业的强烈愿望,已经超过了抗清的民族意识。

收复云贵,驱逐郑成功,完成天下一统大业,这在许多读书人心里引起了强烈反响。他们总结成四个字:天命所归。熊赐履就是其中之一,他决定要出仕,要有所作为了。

几天前,熊赐履就向管家说了辞馆的意思。管家不敢做主,主人近日又很忙,只得请他勉留几日,待主人抽空来馆再作商议。由于近两年主家的优厚待遇,熊赐履不能说走就走,只好耐心等待。

下午,两个学生来了。行礼归座后,那眉清目秀的弟弟阿金立刻问道:"先生,你要走吗?"

熊赐履道:"谁告诉你的?"

"管家昨天说的。先生别走,让阿玛再给先生加钱。"哥哥阿玉比弟弟阿金大不到一岁,两人长得很相像,都是高鼻梁、细长眼、黑眉毛。但憨厚的哥哥,远不如弟弟灵秀,说出的话也实实在在。

"真的,先生别走。我们小五弟也长大了,不久也要来读书的。"阿金说得很认真,黑晶晶的眼睛又明又亮。

熊赐履心中感慨,在小孩子面前无所遮拦地说:"想我熊赐履,说不上满腹经纶,也称得起博古通今,纵然不能安邦定国,总该治理民间,列班朝廊。岂能舌耕一世,就此沉沦?总要一登仕途,博它个封妻荫子。"

哥哥不在意地说:"这有什么难。告诉阿玛,给先生官做,不就好了吗?"阿金忙向哥哥使眼色扮鬼脸,哥哥吐吐舌头,缩缩脖子。可惜两人的怪相熊赐履都没看到,他正自摇头而笑:"孺子之言,何其狂妄!朝廷是你家开的店铺?官位也像货物一般可以送人的吗?……"

"先生,"阿玉连忙报告说,"昨天你出去那半个时辰,有位先生来找你。管家没有让他进书房,说你不在,他就走了。"

"哦?来人叫什么名字?"

"嗯……不记得了。"两个学生知错地低了头。

熊赐履有些生气。他到此就馆,千好万好,只有一件不好,就是不自由。初时根本不许他出门,他以辞馆相要挟才准他一月一天假,可以外出,但不许透露此间消息;可以访友,但不许朋友来访,弄得他聚友倾谈的兴致失了一大半,自己也不愿出门了。十天前一次外出,正值江南捷报传来、京师欢腾之际。他见到了许多老朋友,听说皇上要为天下统一特开恩科,朋友们都雄心勃勃地打算蟾宫折桂,也劝他一同赴考,作太平盛世的贤臣。他着实动了心。由于决定要辞馆,也就不顾主家的禁令,把住处告诉了几位朋友。那么,来访的是谁呢?是不是他们已经为他报名应试,特地来通知他呢?

"岂有此理!连来人姓名都记不住!"

先生向来难得说句重话,小哥儿俩自觉有过,难为情地低头听训。阿金抬头,乖巧地说:"请先生不要生气,那位先生进院,我们从窗口偷偷看到了的。我还记得他的样子。"他拿出一张淡黄色宣纸,伸出小手提笔濡墨,一面在纸上轻轻地描,一面嘴里不住地讲:"他没戴帽子,头发黑黑的,额头宽宽的……眉毛也黑,是这样的……眼睛又圆又长,鼻子是这样的……没有留胡须,嘴巴宽宽的,嘴角这儿有一颗痣……穿着长衫,腰里系了丝绦……"一个人物像出现在纸上。虽然线条并不均匀流畅,人体的大小比例也不尽妥当,但五官的位置、特点,尤其嘴角那颗痣,竟使此人状貌栩栩然。熊赐履一看,笑了起来,说:"这不是昆山徐元文吗?"

哥哥拍手道:"对了!对了!他是说他叫徐元文的。"

熊赐履喜爱地望着年幼的学生。这个六岁的孩子阿金很是聪明可爱,天赋极高,记忆力很强,熊赐履还没见过比他更出色的学生。他很爱看书,几乎能过目成诵,并且记得很牢。主人要求熊赐履因材施教,这样,兄弟俩的进度就大不相同。哥哥还在念《论语》,弟弟不仅读完了四书,五经也只剩下《易经》这部变化多端、难学难讲的一经了。阿金的奇慧,曾使熊赐履起过这样的念头:我本人也许以"饱学秀才"终此身,但将以这个神童之师而扬名天下。阿金前途不可限量。只要有大海,金龙就能翱翔飞腾;只要时势来到,这孩子会做出一番大事业的!就连夺去许多小儿生命的可怕的天花,也不能奈何他,只给他脸上、手心上留下了十几颗白麻子。

麻子集中在鼻梁两侧,眉心处有三颗重叠在一起的麻子疤痕,像一朵三瓣花,由于位置适中,反给这张清秀的小脸平添了三分俏皮。

"好了,我回头再去找徐元文吧!"熊赐履一拂袖,表示要了却这段公案,"你们各自把昨天讲的书背一遍、讲一遍。"

阿金流利地背了一段《易经》,清晰地讲罢后,熊赐履要他看下一篇,等考完哥哥再给他讲解。阿金坐下,翻弄一会书页,便埋头读去,不出一声。这边阿玉背书颇费功夫。《子路、曾皙、冉有、公西华侍坐》一节,只有"子路率而对曰"那段话能够一字不差地背下来,讲得也差不多,其余都背得结结巴巴,自然也讲不明白。

按照设馆时的约定,不许先生责打责骂学生,熊赐履只得重新给这个学生讲了一遍。讲解时,他不时用双目余光注意着另一桌上的阿金。阿金一动也不动,一直在专心看书,但翻页未免太快,两只胳膊又何必都支在书桌上呢?

讲完孔子四位弟子的个人志愿,熊赐履不由得责备了学生两句:"你们兄弟一同开蒙,都从千字文读起,你怎么就不如你弟弟?还是不用功啊!你看阿金,学得又快,记得又牢,就连临帖也比你用心,看着蛮像样子。好好用功,得像个哥哥才行!"

阿玉嘟着嘴巴,坐下了。

熊赐履喝了几口浓茶,转身说:"阿金听讲书。阿金!"

阿金吓了一跳,"啪"的一声合上书,黑黑的眼睛望着老师,神色有些惊慌。熊赐履不动声色,问:"下一段看完了?"

"是。看完了。"

"能看懂吗？"

"能看懂。"

"哦？你讲一讲看。"

阿金立刻把先生指定的那一段背了一遍，并流畅地讲解了大意。熊赐履惊异地皱皱眉头："你怎么自己会讲解了？"

阿金笑嘻嘻地说："先生，我昨天晚上看了《十三经注疏》，书里讲得真清楚，叫我茅……茅塞顿开！"他得意地用了这句成语，晃了晃脑袋。

"哪里来的书呢？"熊赐履不相信这样的豪富之家竟会有《十三经注疏》。

"他偷的！"阿玉在那边揭发说，"嬷嬷说他没日没夜地看书伤神，把书收了起来，他又给偷出来了！"

阿金赶快瞪了哥哥一眼。

"那么，你刚才是在看《易经》后面的内容了？"熊赐履说着，走近阿金的桌子，伸手去拿那本厚厚的《易经》。阿金慌了，连声喊："先生，不是，不是……"熊赐履看了他一眼，书已经拿在手中了，略略一翻，原来是两本。盖在上面的一本确是《易经》，藏在下面的一本，竟是司马光的《资治通鉴》！那么，刚才使他入神的，当然不是《易经》了。

熊赐履拿起《资治通鉴》问："你看得懂？"

阿金赶忙点头，回答："是。"

熊赐履一看封面：二百零五卷，又问："从头看的？看了多久了？"

见先生没有发怒，阿金照实回答："是夏天吃冰核儿时候开始从头看起的。"说着，他不好意思地伸手摸了摸后脑勺。那边的阿玉早就在盯着，这时就抢先来了句嘲笑话儿：

"猴悲摸索头。"

比较起来,阿金没有阿玉壮实,是个精瘦机灵的孩子。但凡两人斗嘴生气,阿玉总是骂阿金是猴精。阿金瞟了哥哥一眼,立刻昂着头站起来,向旁边跨了两步,说:

"虎怒纵横步!"

熊赐履忍住笑,指着窗外的假山说:"怪石巉岩虎豹形。"

阿金抬头看一眼檐上的郁郁青松:"乔松夭矫龙蛇势。"

熊赐履立刻又出一句:"蕈生钉钉地。"

阿金不假思索,应声而答:"笋出钻钻天。"

熊赐履大喜,说:"好,好!我熊赐履竟然教着了一位神童,定要与你叔父说明,不可辜负天地生你一片心意!不过,《通鉴》不妨晚看几日,先读一读王荆公的《伤仲永》吧!"他拿出为师的尊严,认真嘱咐着。

他实在很高兴。当晚主人来到的时候,他竟把辞馆的事放在后面,先向罗公把阿金的奇慧着实夸奖了一番,并要求主人为阿金更请名师,断言"此子前途不可限量也"。

罗公不住微笑点头,并不插话,等到熊赐履称赞完了,他才笑道:"更请名师,焉能高过先生?先生所言不差,阿金确非凡品,但玉不琢不成器,无名师难出高徒。先生何必要辞馆呢?"

"实不相瞒,我辞馆是为了赴科举。"

罗公略感惊讶:"我记得先生向来并不热衷啊!"

"不错。但目下情势已大不相同。云贵收复,郑成功败亡,天下一统,足见大清天命所归。丁酉顺天、江南两案,朝廷执法如山,求贤之意颇诚。我辈读书人,自当顺应天意。"

主人的眼睛里倏忽闪出两道喜悦的光亮,欢快之情抑制不住,喷泉般溢了出来。他哈哈大笑,笑得熊赐履摸不着头脑,以为自己一席话,不值得主人那般欢喜。

主人把熊赐履的请求搁在一边,先问了个全不相干的问题:"先生大才,罗某早就敬仰,正想向先生请教。先生以为,大清朝廷制胜之道究竟何在?"

熊赐履想了想,说:"征云贵,复金陵,沙场血战,其间一刀一枪、一阵一战,赐履不知其详。然而人心向背实在最关紧要。大乱之后,人心思定。朝廷顺应人心,免去前明苛政,革除国初圈地、逃人法等弊端,又能严惩贪官,与民休息,以此人心信服,自然四方宁帖,国家安定。国家安定则耕织皆兴,太平兴盛指日可待。赐履以为,这便是朝廷的取胜之道。"

主人喜笑颜开,拱手连连道:"极是极是,承教承教!以先生大才,何患不能腾达!再教吾侄二年如何?"

"乞见谅。天下初定,百废待举,赐履实不能再等了。"

主人凝视着他,露出几分感动的神色,说:"先生志大才高,令人钦佩。那么,只留一年如何?"

熊赐履心里着急,仍旧保持着他一向稳静的姿态:"感谢主人厚意。赐履将应本年恩科,已托朋友代为办理了。"

"托朋友?"罗公显然吃了一惊,"你朋友到此处来过?"

熊赐履多少有些难为情,因为当初主人再三嘱咐,不许外人到宅上来,他说:"因赐履决意辞馆,请朋友代为安排。昨日一个朋友来访,正巧我又不在……"

主人沉吟片刻,显然是这件事让他下了决心,笑道:"舍侄承蒙先生教诲,既然他们已能自学,也就不敢强留了……"

熊赐履很高兴,如释重负,立刻就要拜辞。

"且慢。"主人笑着一摆手,"先生稍待数日,鄙人还备有谢仪,为先生一壮行色呢!"

岳乐从王府后面那所隐蔽严密的小院落走回来时,天色已晚。

两名护卫提着灯一前一后地为他照路。他很愉快。熊赐履的话虽然只是几句,却向他透露了一般平民的心绪和愿望。大清必能稳固!皇上所作所为虽然为亲贵不满,却很得民心!岳乐不求显达,尤其不愿意在王公贵族间出风头、争地位,他是那种实打实地关心国家命运的明智派。

岳乐走上一道月门的石阶,浓郁的花香迎面袭来。玉簪和夜来香的甜香中,可以分辨出馥郁的茉莉香。他深深吸了一口气,啊,多宁谧、多美好!一抬头,意外地看到蓝海一般广袤深沉的天空上,半个月亮闪着淡金色的光芒。月光洒在树木、假山、藤架、亭台和水面,如同涂上一层水银,变得神秘而美妙。这来过无数次的花园,他简直认不出来了。他吩咐随从灭灯,自己先进了月门,走得很慢、很轻,在尽力地享受着宁静美好的月夜:桥下溪水泠泠地低吟,水面跳动着碎银似的月光,草丛中蟋蟀"嚯嚯"高唱,淡绿色的流萤好似飞动的小星。踏着树影、花影,岳乐心头飘过一丝淡淡的忧郁,感到一些儿沉醉。

另一种香味冲进鼻子里。这是线香。谁在花园里烧香?在关外,满洲人没有焚香拜祷的风俗,祭月拜兔儿神是八月十五的事,还不到时令。岳乐顺着线香寻找来源。转过湖石、绕过花坛,紫藤架边有几株芭蕉。哦,是她!岳乐一眼就认出,这是福晋要来的那个侍女——阿丑。

阿丑对着月亮拜了三拜,跪下,叩头,把又一束香插在地上撮起的土堆里。她双手合十,虔诚地举在胸前,仰望明月,嘴唇微动,轻轻祝告。柔和的月光慷慨地洒向她,她脸庞如象牙雕就般细腻匀净,眉尖微微蹙起的细眉黑得发亮,那双满含泪水的大眼睛竟那么美、那么逗人爱怜,岳乐一时竟看呆了。

阿丑慢慢闭上了眼,双手无力地放下,身体也随着一阵松弛跪坐下去。她的头渐渐垂向胸前,月光便描出了她极其柔美的颈部线条。两颗又大又沉重的泪滴,在浓密的睫毛下汇聚,像水银珠似的,沿着面颊流下来,流向腮,流向下颏,滴到胸前。一颗滴下去,又一颗流下来,流下来……整个人形如一座玉雕,纹丝不动,只有泪水在流……一个孤独、凄婉的少女,柔弱无力、纯洁无邪、痛苦无告……

许多年以前,岳乐是个强健、顽皮、野蛮的男孩子,最爱马上驰骋、原上射猎,喜欢听野兽中箭时的嘶叫,喜欢看血淋淋的杀生壮景。一次在密林间射鹿,他竟一口气射杀了十六头!他高兴得手舞足蹈,在林间草地上打起莽式①。树根绊倒了他,他跌进深深的草丛,细弱颤抖的呻吟,使他发现乱草窝里一头猫儿大小的幼鹿,也许刚刚出生,还不会走动,缩在草里瑟瑟发抖,不时昂头哀哀悲鸣,想必是在呼唤母亲。小鹿向他转过一双温柔、美丽的大眼睛,眨动着,眨动着,竟流出了泪水。岳乐第一次觉得心里发软,眼里发热,紧紧地把这个小生物搂在怀里。他想起他射杀的鹿中,确有一头临死时还在哀叫的母鹿,肚腹间白色的乳汁流进了鲜红的血液里……他抱回小鹿,精心喂养,小鹿长大后,他又把它放回山林。从此,他心里多了一些东西,也少了一些东西。或许正是小鹿在他身上唤醒的那些本能,使他长大后易于接受"蛮子"的文明?

今天,他不是又看到那双悲哀的小鹿的眼睛了吗?刹那间,他忘记了这是他府中无数女奴中的一个,忘记了自己是一位高贵威重的亲王,他心的最深处那根最细柔的弦被拨动了,召唤他的良知和慈爱。他只觉得对这可怜的女子满腔怜惜,有一种强烈的愿望,像当年怀抱小鹿一样,把她紧紧搂在怀里,保护她,不让狂风暴雨袭击她,不让邪恶玷污她,不让残暴伤害她!……

一阵夜风吹过,林木花草的窸窣响动更衬出夜的寂静。几只顺风飞舞的萤火虫冒冒失失地撞在岳乐脸上,他下意识地挥挥手,

---

① 莽式:满族传统的民间舞蹈。

却把自己的沉思遐想也赶走了。一名护卫轻轻走来,分明在禀告什么,他一摆手,把护卫止住了。他略一思索,轻轻咳嗽一声。

不啻听到一声闷雷,阿丑倏地惊起,向四面张望,扶着芭蕉树干,以袖掩口,似乎在发抖。岳乐从藤架下慢慢走了出来,靠近阿丑,见她像一只受惊的羊羔,心里泛起一片怜悯,语调格外和悦:"这不是阿丑吗?"

阿丑一哆嗦,连忙跪倒,不敢抬头。

"这么晚了,你还待在花园做什么?"

没有回答。

"你烧香、祷告、流泪,到底为了什么?"

阿丑低垂的头渐渐抬起,还是默不作声。

岳乐弓马出身,战场上勇猛无敌,跟随父亲饶余亲王阿巴泰南征北战,对创立大清江山,很有功劳。父亲崇尚汉家文化,他也成为皇族中最先接纳汉族文人、精通汉语汉文、喜爱诗词歌赋的有名人物。亲贵中,像他这样文武全才的人是不多见的。但是盘问女人,他却没有多大本事。几句直来直去的问话,把阿丑问得一言不发,他就毫无办法了。再看看阿丑,连那点惊慌之色也消失了,又是平素的冰雪冷态,还带着点豁出去的执拗表情。岳乐轻轻叹了口气,挥挥手,说:"去吧!"

阿丑眉梢一抖,蹲身低头谢过的时候,很快地打量了王爷一眼,断定确实没有怒容,她才脚步轻松地离开了。岳乐站着,注视着阿丑的背影。月光下,她的衣裳都被染成银白色,衣襟飘拂如柳,裙裾闪动似波,不是一尊款款而行的玉雕仙女吗?……

角门"嘎吱"一声,她出去了。岳乐收回目光,奇怪自己的柔和心境。他一向以英雄自况,以国家大事为己任,从不在女色上打圈子。今天是怎么了?这个如冰似雪、不言不语的女子,这个无依无靠、痛苦凄切的卑贱奴婢,为什么竟牵动了他的心?……

蟋蟀仍然"喔喔"地叫个不了,纺织娘和金铃子又以它们的歌声加入了这秋夜大合唱。护卫们侍立许久,王爷仍然没有回寝殿的意思。他们心里着急,却不敢催促。

沙沙沙,从通府内的园门那边传来一阵急促的脚步声。护卫大喝道:"站住!什么人?"

来人喊着护卫的名字:"塞班,是你吗?我是雅库拉。王爷呢?王爷还没有回来?"他说着,走到近前。

"什么事?"岳乐转身,月光投射在他棱角分明、很有气概的脸上,看上去仍然浮动着几分恍惚。

"禀王爷,康郡王进府拜谒。"

"啊?"岳乐吃了一惊,"现在什么时辰?"

护卫赶紧回答:"戌末亥初。"

刹那间,熊赐履、阿丑、月光、流萤等等,都被抛到九霄云外去了,刚才那点迷迷茫茫的薄雾似的心绪,也像被一阵大风扫除得干干净净。岳乐的头脑立刻变得如往常一样冷静、锐利,短短的瞬间,无数问题潮水般涌过他的心头:

康郡王杰书虽然年轻,却是持重多思。他的堂兄常阿岱全心全意拥戴简亲王济度,杰书自然也会偏向那一边。去年那个令岳乐十分不安的"六王聚会",杰书不是也躬逢其盛的吗?

十多天前,简王府的那次秘密会议——岳乐确信,济度一定召集了秘密会议,可能与康妃待罪有关——也曾使岳乐吃惊不小。他派了人去私下打听,回报说是饮酒聚谈,谈些什么,无从知道。怪就怪在简王福晋为什么那样心惊胆战?亲友会宴何必撒谎遮掩?岳乐费尽心机,探究不出会议的真情,也看不出那边的动静。正逢金陵围解、郑成功出江,朝野一片欢庆,皇上趁此喜庆,赦免了从皇贵妃、康妃直至下面宫女、太监的大小罪过,这不就皆大欢喜、天下太平了吗?

看来,事情不那么简单。岳乐相信康郡王此来关系重大,多半与那次秘密聚会有关。一位王爷,深夜出门拜客,决不会为了年成不好、夫妻反目、上司责怪。

岳乐脸上掠过一片阴云,眉间现出深刻的川字纹,果断地吩咐:"请至书斋相见。"护卫转身要走,岳乐又说:"传护卫班守卫,任何人不许进书斋!"

送走母亲,康妃佟氏静静地走回寝宫,静静地坐在她平日最爱坐的红木雕花扶手椅上。宫女进上茶盏,她连眼珠都不曾转一转。她能这样无声无息地坐多久呢?半个时辰,一个时辰,都是常有的事。宫女、太监们早已见怪不怪,放下茶盘、茶点,各自悄悄退下。深重、悠长的孤寂,便又严严实实地把康妃团团围住了。

许是景仁宫的侍女、太监太迟钝了,竟没有发现今日主子的神情大异于往日。只要看看她那双好像已变成两颗玻璃球、丧失了活泼的生命之光的眼睛,就足够了。她真的被震惊得痴呆了,感情和神经一片麻木,脑子像笨重的大石磨,困难地缓缓转动着:

母亲说什么?……为了挽救我,为了挽救大清,废掉他!他倒行逆施,背祖训、违天意,一步步拿天下拱手交给南蛮子,直闹得天怒人怨,再不当机立断,大清的江山就要被他葬送啦!……

废掉他,把他贬为庶人,或者厚道点,封他一个安乐公、闲散侯。那么谁当皇帝?当然是你康妃的儿子,你就是皇太后了。那现在的皇太后呢?让她当太皇太后。她会同意的。

皇后呢?董鄂妃姐妹呢?皇帝都废了,他的皇后、皇贵妃、妃嫔等人当然都得废掉,跟他一起赶出宫去……废掉这个无情无义的人,你才能免除杀身之祸啊!哪怕他心里有你一丁点儿,会降旨取你的首级吗?别看眼下赦免了你,那不过是逢场作戏罢了!……孩子,你心里可别犯糊涂!

要你办的事不多,只不过记住他的行动,通个消息。千万千万不能泄露,这可是要株连九族的啊!……

康妃佟氏恨福临。

跟福临圆房,成为他的一位妃子时,她还是一个对人事半通不通的小姑娘。最初的委身、最早的欢乐,使她内心里狂热地爱恋她的小丈夫。他是她的神明,她生命的依靠,她愿为他献出一切,死也甘心!他不是也同样钟爱她吗?花前月下,共度了多少甜蜜的时光。她不仅爱他,而且崇拜他,连他留下的脚印都使她倾心,恨不得跪下去亲手抚摸。如果他不得已召幸了别的宫妃,她便会抱着他的随便一件衣物,不这样就不能安眠。如果他出巡几日未归,她便如热锅上的蚂蚁,坐卧不宁,寝食不安。他一回来,总是首先召她去养心殿,两人久别重逢,竟比新婚更觉甜美。

她怀孕了,给她带来更加美妙的憧憬。他废了皇后,会不会为的就是她?她常常这么心迷神醉地猜测。受到宠爱,又有孕在身的她,应该继任皇后,这是百无一失的事情,她坚信着,毫不怀疑。而他,不也曾隐隐暗示过吗?她更爱他了,她的夫君,她的主宰,她腹中胎儿的父亲。他是这样年轻、英俊,天下万民之主啊!

谁料他竟会这样狠心,一次又一次地拿大石头迎头砸她,一次又一次地用冰水浇她那颗火热的心!

选皇后,让她冷了半截;董鄂妃进宫,使她冷透了心。她恨他全不念旧日情分;她恨他没有出息,拜倒在那个南蛮女人的石榴裙下。见到他们朝欢暮乐、心满意足,她感到钻心地痛苦,恨得把被头都咬破了。一个满怀爱恋的天真少妇,热血如潮,却被她倾心热爱的人抛弃,枉担着宫妃的虚名儿,长年累月独守空房,那孤寂不是能把人逼疯吗?她没有疯,满腔的爱都化作了冷酷的恨。要不是森严的宫规宫禁,要不是牢牢扎根于她心中的皇帝高于一切的信条,她不知会干出什么事情来。

她变得沉默寡言,变得冷峻。福临就是偶尔召她往养心殿,也得不着一点愉快和乐趣。他更疏远她了。

她死心了吗?没有。她暗自做着挽回的努力。但是,她失败了,败得很惨。这就是最近的那桩景仁宫事件。

那天福临突然来到,她很意外。她之所以说了那些话,固然是想出出怨气,但更重要的是她心里隐藏着一个希望,希望改变自己在福临心目中的形象,使自己成为一个有眼光、有胆识,敢于直言谏君的贤妃。她经过长时间的思索比较,认为只有这样她才能超过董鄂妃,才能吸引福临,才能恢复福临对她的旧情。可惜她遵循的是满洲的传统道德,可惜她对福临的了解太浅,尤其可惜的是她选择了一个极不妥当的时机,在福临自觉卑怯、无地自容的时候,偏偏揭了他的短,损伤了他极其敏感的自尊心,终于使他暴跳如雷,要取她的首级!

这一大失败,弄得她心灰意懒,简直没有了生趣。皇上的赦免也没有给她带来什么快乐。倒是同她一道获赦的董鄂妃常来看她、安慰她。董鄂妃原是她最恨的人,可是这回皇上发怒,人家拼命来救,只这段恩义,她就不能不感激人家。董鄂妃常常给她讲故事解闷,但凡皇太后、皇上赐给衣物、食品、玩意儿,也从不忘记送她一份。对董鄂妃的怨恨,无形中竟消了许多。如今,被母亲这一番惊人的嘱咐弄得心慌意乱、七上八下的她,思前想后,连董鄂妃常对她说的几句话儿也在耳边响起来了:

"……他一身而兼君、父、夫,你我命里注定和他甘苦荣枯与共,生而同命,死而同坟,还有什么解不开的!……"

无声无息,一动不动地坐着的康妃,心里正翻卷着狂风暴雨,头都想痛了,天地间的一切都搅成了一团,使她难以承受,感到一阵阵眩晕。时至正午,殿前强烈的阳光耀得人睁不开眼。四周静悄悄的没有一点声息。她想,还是靠在这儿打个盹,养神吧!

忽然，两名养心殿太监来到跟前，说皇上有急事召见。她吓住了，难道他听到了什么风声？她不敢违抗圣命，只得心怀鬼胎，随他们离开景仁宫。才出内左门，便遇到骑在马上等候着的福临。他沉着脸，怒冲冲地质问："为什么这半天才出来？有什么见不得人的事？"

她慌得心都要从喉咙里跳出来了，不敢答话，更不敢看他。忽听得他哈哈地笑了："哄你玩的！咱们一起去南苑跑马，快来吧！"她这才抬起了头。心又猛地一跳，眼前是他那特别的、女人难以抵御的笑容：甜美、多情，目光如水一样流转、如丝绒一样温柔。多少日子没有看到这迷人的笑了，她心头暖烘烘的，直想掉泪。

绿草如茵，骏马欢实，他俩并辔而驰。福临不住地打量她，笑眯眯的样子使她心醉神摇，她小声嘟哝着："你干吗老看着我？"福临不答话，却把她拦腰抱了过来，紧紧拥在怀中。她感到他呼向自己脖颈、耳畔的热气，又惊又喜，羞怯地说："别这样，看人家笑话！"

福临大笑："谁敢？你是我的妃子呀！"他一挥鞭，马跑得更快了，他也把她抱得更紧了，她几乎喘不过气来，但心里却是那样地得意、欢快！

马，突然惊慌地嘶叫一声，扬蹄人立。好像从地底下冒出来似的，许多人手执刀枪弓箭，从四面八方步步向他俩逼近。啊，那不是表舅、表哥他们吗？但又不大像。他们是谁？他们在吼叫什么？

"昏君！昏君！"

"违天背祖，天怒人怨！废掉他！"

"废掉他！废掉他！"

"嗖"的一支响箭飞来，直穿福临胸膛！他朝后一仰，摔下马去。佟氏大惊，扑到他身上，箭镞已完全没入他的肌肤。他手捏箭杆，痛苦地叫着："我要死啦！我要死啦！……"佟氏心如刀绞，搂住福临号啕大哭，直哭得气噎喉干，凄楚地喊道："你不要死，你不能死!你死了撇下我可怎么办!……"

佟氏全身猛地一挣,醒了。她还坐在那把心爱的红木椅上,心在胸膛里狂跳不已,满脸泪水,遍体冷汗,头发和贴身衫子都湿透了。她侧耳听听,周围还是那么宁静。可是她的心却再也静不下来了。梦里情景历历在目,福临那痛苦的面容仍然使她肝肠寸断。她明白了,她恨福临,是因为她仍然爱恋着他,爱得很深很深……

是啊,他若死了,她怎么办?

同样的问题,他若被废,她怎么办?

她的儿子真能登上帝位?她真能当上皇太后?废掉老子立儿子,有多少可能?

董鄂妃那句话怎么说的?"甘苦荣枯与共"。无论如何,一荣俱荣,一损俱损,她能逃脱吗?

这里有最实际的利害:福临在,纵然是挂名,她是后宫主位,是皇三子的生母,将来可能有太后之分,至少是亲王之母;福临被废或是被杀,她便是废帝遗孀,将和福临的所有后妃一起给撵出宫去,决不会有好下场!……啊!表舅在骗人!母亲一定受了表舅的哄弄!

她,怎么能跟自己作对?

暴风雨平息了,天地渐渐恢复了晴朗。她沉着地洗脸、细心地妆扮,换了一套淡雅的月白色长袍,叫宫辇侍候往慈宁宫。

庄太后异常镇定从容,眼睛里凝聚着睿智和安详,神态中糅合了慈蔼和信任,像方才听康妃密禀一样,仔细地听着岳乐的密报。

刚才康妃禀罢,跪叩着替自己和母亲请罪时,太后心情激动,亲自下位把她扶了起来,并一反常态,把惶恐不安的佟氏搂在自己宽阔的怀抱中,含泪道:"好孩子!叫我这当妈的怎么谢你好呢?亏得你不念旧恶,心里明白!你是大清的功臣!太祖、太宗九泉之下也会感激不尽的!……他从小就脾气坏,那天你偏偏戳到他的痛处,也是一时冒火,事后就后悔了,你再不要放在心上。为今儿个的事,他会感激你一辈子!"当感动得哭成泪人儿似的康妃告辞时,太后嘱咐道:"不要对任何人讲,有动静立刻禀报。"

对岳乐,当然不能同样对待。她细心地听完岳乐的话,皱了皱又黑又细的眉,问:"你以为,杰书为什么反戈?"

"杰书原本就和他们同路不同心。如今天下归心,杰书说他不能有违天命,定要忠于皇上。"

太后微微点头,又问:"依你看,应该怎么办?"

岳乐立刻提出建议:马上以谋叛罪逮捕简亲王、巽亲王一伙,囚之牢狱,免生后患。

庄太后没有回答,又迈出男子一样的大步,在屋里快速地走来走去,步履带着风声,长袍刷刷地响。岳乐望着她,突然想起了自己的亲叔叔、太宗皇帝皇太极。有一次为一场大战的兵力布置去见皇帝,他也是这么走过来走过去,晃得岳乐的眼睛都花了。看看这位婶母,步态、表情,连那有时一手托肘、一手抚腮的动作,都跟她丈夫一样!

她一转身,归了座,往椅背上一靠,松开紧锁的眉头,神情庄重,俨然一位成竹在胸的统帅:

"要后发制人!告诉杰书,要继续深入其中,情况一有变化,立即告诉你。我叫苏麻喇姑等人每日与你联系一次。他们是想待机而动,我们便能趁机收网。"

"是!"岳乐回答着,心里暗暗佩服。

"再者,此事出在皇室,简王又功高威重,一旦败露,必是一大丑闻,对皇室、对大清都很难堪,都极不利。因此,要缜密而又缜密,知道的人越少越好,尤其不能让汉臣汉民窥出内情!"

"是!"岳乐简直是惊服了。他心中一直忐忑不安的问题,太后一语就点破了。

"还有,皇上年轻气盛,此事断不许让他知道。但他身边须有可靠大臣特别经意护卫。内大臣索尼、鳌拜都忠诚可信,鳌拜武功也好,不妨将内情告知,要他们日夜警惕。只是千万不能惊动皇上。"

太后遇变不惊,处事明练,思虑周密,全局在胸,真称得上是女中豪杰!看太后平日那般温和、慈祥、迁就,仿佛安享清福的婆婆和奶奶,可是到了关键时刻,她那帝王的眼光、统帅的气质,糅合着母亲的胸怀,就变成转危为安的巨大力量了。慨叹之余,在护卫人选上,岳乐略有异议:"禀太后,近日鳌拜与苏克萨哈结了儿女亲家,两人无话不说。索尼年迈,不如换苏克萨哈领命为好。"

"苏克萨哈这个人嘛……"太后略一沉吟,接着说,"也好,他很机警。不过索尼还得助你一臂之力,共同把事情办好。"

其他具体事务,太后统交岳乐安排。岳乐在出宫路上嗟叹不已:皇上真正有福,承乾宫里一位贤内助,慈宁宫里一位了不起的母亲。

可是这位母亲此时正静悄悄地站在寝殿窗下,望着珍宝几上那一双嵌珠玉如意,暗暗叹息:皇儿皇儿,天下事哪能尽如你意?革旧布新太急太快,树敌哪能不多?欢庆胜利中人们容易抛开旧怨,欢乐过去之后还有更长的岁月啊!皇儿,你该收收缰了!

五

"母后!儿今岁得一佳状元!"

福临兴冲冲的,满脸是开朗的、甚至有些天真的笑容,带了几分得意,向母亲禀告。

太后用她惯常的慈爱目光迎接儿子。触到他兴奋得发光的眼睛、红红的脸膛,她心里忽悠一闪,眼前浮现出另一个福临:在初夏的阳光下晒得脸儿红彤彤,眼睛像两颗小星星,小手高高举着他摔了好几跤才扑到的美丽的蝴蝶,在碧绿的草地上拼命踮起脚跟,想让自己更高一些,也是这么兴高采烈地嚷着:

"额娘,我逮着一个大花蝴蝶!……"

那时候,福临才四岁,他们也还没有进关。眨眼间十七年过去,他已是天下最大的中华帝国的年轻君主了,庄太后心里非常感慨;想到十七年的历程,那一次次险风恶浪,心里又说不出地惆怅……她终于微微一笑,温柔地说:

"佳状元?佳在哪里,皇儿这么高兴?"

"哦,母后,儿亲自出题、亲自主试、亲自阅卷,这一科状元进士,的的确确是我的门生。状元不但文才高,书法秀丽,外貌也俊美儒雅……"

"人品如何呢?"太后笑着问一句。

"儿曾面试咏鹤诗,他诗中有句道:鸣高常向月,善舞不迎人。诗以言志,可见人品必高!"

太后点点头。

"他是江苏昆山徐元文,江南才子。一甲三名,二甲一二名和三甲一名,儿都想见见,已到隆宗门候旨了。那位南士也在其中,母后不是想看一看的吗?"

太后看看皇上,母子俩相视而笑。

传宣太监到隆宗门一唤,三鼎甲和二甲第一、二名,三甲第一名,六位新进士毕恭毕敬、亦步亦趋地随着召引太监鱼贯而行。熊赐履慢慢走着,至今还神思恍惚,如在梦中。

昨天晚上,管家备了车轿送他出宅。天色漆黑,分不清东南西北,也认不得沿途道路。仿佛有人拦阻盘问,管家不知怎么应付的,每次都顺利通过了。在一排带长廊的高屋前,管家请他下车,领他进入其中的一间,嘱咐他在此静候,不要跟任何人说话,明天主人将亲来致谢,临走又留下一包衣物,要他明日穿戴。

屋内还有数人,都已倚墙靠桌地睡着了。屋里整洁清静,不像是不正经的地方,墙边还立着一只书橱。他随手取来一本,是陈寿的《三国志》。于是,他放下心,便在灯下读书消磨秋夜。

天蒙蒙亮,外面有人大声传呼道:"新官人排班!"熊赐履吃了一惊,摸不着头脑,同屋的人却都纷纷起身出门。他正不知所措,有人进屋问他:"先生就是湖广熊赐履吧?……哎呀,你怎么还没有着礼服?快换衣帽!"熊赐履也慌了手脚,那人上来就帮他一起穿衣戴帽着靴,然后领他出屋。外面人影幢幢,已经排成了长长的两行。他被安置在右边一排的第十名。熊赐履回头望一望,隐隐约约有百十来人。近处几个人面容尚且分辨不清,后面的人就更是模糊了,只看出一个个身姿僵挺,动作生硬,显得很紧张,所有的人都一言不发。熊赐履惊疑不定,这是什么地方?这些人是谁?他放眼向远处、高处望去,极力想弄清周围环境。然而随着天色渐明,越来越浓的乳白色晨雾,像一面铺天盖地的帷幔,把一切都遮住了。帷幔后面还藏着什么?祸,还是福?熊赐履用力捏捏手背,痛得直皱眉:事情这么怪诞,竟不是梦!

熊赐履一横心:管他!我一生光明正大,问心无愧,有什么可怕的?听天由命吧!

队伍前进了。只有靴子在石板路上沙沙的摩擦声,而这石板路竟如此宽阔平整!他们在浓雾中走着,仿佛与世界隔绝了。

白茫茫的雾中,忽然传来阵阵钟声,浑厚又沉重,"嗡嗡"的尾音传向远方,震得熊赐履猛然一惊,这钟声,不是跟每次大朝之期午门上的钟声一样吗?

踏着钟声,他们又走了许久,过了深深的城门洞,跨上拱形的白玉桥,天色大亮了。熊赐履无意间往自己身上扫了一眼,惊讶地发现自己穿的竟是簇新的朝服朝靴,前后的人也是一样打扮!忽然,一派乐声悠扬,从前方传来。熊赐履定睛细看,渐渐浅淡的晨雾中,隐隐露出太和殿那宏大雄伟的轮廓。天哪,这是熊赐履熟知的太和殿传胪大典啊!他熊赐履既没有应会考,又没有参加殿试,怎么会走在新进士的行列里?是冒名顶替还是阴差阳错?熊赐履惊出一头冷汗,什么也想不下去了,因为他顶着最可怕的罪名——欺君罔上。

丹陛大乐大作,鸿胪寺官员引新进士就位,然后高唱道:"顺治十六年九月开恩科,策试天下贡士。第一甲赐进士及第,第二甲赐进士出身,第三甲赐同进士出身……"接着,他唱起名来,第一甲第一名,竟是昆山徐元文!熊赐履一喜一惊。喜的是好友夺了鳌头,惊的是他会识破自己这个假冒的进士!不料唱到二甲第二名,就是他"湖广熊赐履"!熊赐履目瞪口呆,昏头昏脑地随召引官出班,跪到御道之左,在状元、探花之后,他是第五名。天!这是怎么回事!

后面繁缛隆重的礼节很多,熊赐履像个木偶似的随人摆布。传胪后颁布上谕时,他又听到自己的大名,原来他被选为庶吉士、授翰林院检讨了。熊赐履百思不得其解,他凭什么得到这特殊的恩典?难道是罗公重金买来的吗?

今日皇上破格在乾清门召见殿试前十名,熊赐履又在被召之列。在太和殿,他们没有资格靠近皇上的宝座,而来到乾清门,与皇上的距离就不过十步之遥了。当熊赐履抬头恭觑圣容时,不想皇上正在看他,目光一对,皇上那明亮的眼睛里透出笑意。熊赐履一怔,圣容何其眼熟?他不敢再看,却在紧张地思索:那眼睛,那黑眉,那棱角分明的嘴,曾经聚成一副怒冲冲的表情……是了,是那位年轻的旗下小章京!两年前,他们在城南小茶亭初见,又相遇在可怜的老汉家门前……是他,一定是他!熊赐履悬着的心放下了。他这个进士想必是皇上恩赐的了。

不过,熊赐履无功受禄,总是于心不安。况且,整个事情的经过,处处都透着古怪。他一面想一面走,差点儿踩着前面那位二甲第一名的脚后跟。

他们被领进慈宁宫,恭恭敬敬地参见了皇太后。熊赐履大约心里有鬼,只觉得皇太后不时地打量自己,那眼光里似乎也含着笑意。这么一来,他更不敢抬头了。

皇太后见到这些年轻有才,又非常知礼的新进士,很是欢喜,说了一些鼓励的话,赏给每人一个荷包、一朵金花、一个如意锞子,状元则得了双份。他们也都受宠若惊地谢了皇太后恩典,出宫去了。

直到出了天安门,走上了东长安街,新科状元徐元文才温文有礼地一把攥住熊赐履的手,说:"啊呀,赐履兄,你我竟同登金榜,真是太巧了!会试殿试,我怎么没有看见你?这两天你躲到哪儿去啦?"大魁天下的徐元文,往日那豪放不羁的气概竟一扫而净,穿上官衣还不到一天,已是标准的温良恭俭让了。

熊赐履支支吾吾,不敢照实回答。此刻他才感到浑身难受,原来汗水把从里到外的几层衣裳都湿透了。

慈宁宫里,母子俩还在议论。

"母后,儿的眼光如何?"福临得意地问。

"果然好。不负你两年来屡次复试顺天、江南举人!"

"要不是丁酉顺天、江南乡试狠刹科场邪风旧习,哪能选拔出这样的真才!所以,许多汉臣对科场案议论纷纷,总说处置过严,儿至今不悔!"

太后看了儿子一眼:"顺天一案还罢了,大多赦免;江南一案,诛斩似乎多了些。"

事实上,顺天科场案只杀了开初李振邺、张我朴那七个人,其余的因顺治避免酿成大狱而全部减免。但随后揭发出来的江南科场案,十四名主考和考官全都斩首,无一幸免。

顺治立刻答辩似的说道:"太祖皇帝以来,满洲便以婚姻维系蒙古。如今天下一统,用什么来维系汉民呢?儿以为科举最为得力。江南乃人才聚集之地,藏龙伏虎,日后治国安邦的栋梁之材,未必不出于江南。严办江南科场徇私舞弊,杀十数人而获数万秀士之心,值得的!"

庄太后本想说郑成功围金陵,一些州县官望风而降,未必和江南科场案杀人过多无关,但是想到儿子薄而又薄的面皮,金陵被围的旧事是再也不能提起的了。她转了个话题:"恩科试毕,你也该休息休息了。"

确实,为了禁绝科场流弊,自顺天科场案发以来,福临花费了很大气力,不仅亲自审讯、定案,还一次又一次地亲自出题、判卷,复试顺天、江南乡试中举的举人。这回开恩科取士,他又是从头至尾地全部亲自过目,劳累是可以想见的。

顺治笑道:"文事已毕,该拣起弓马了!时当秋高马肥,正好郊原射猎。"

庄太后心里"扑通"一跳,外出射猎,最是容易出事的场合!但她维持着自然的神态:"一定要近日就去吗?"

"早就想舒展舒展筋骨了!"顺治笑道,"二阿哥、三阿哥都去见见世面!还有皇兄弟、皇侄、皇侄孙们,来一次猎场较射,扬一扬我们爱新觉罗的天威!天下一统,原该高高兴兴庆贺一番;近日贡来的好鹰,也该显显本领啦!……"

福临越说越兴奋,太后越听越担心。老天,他还要邀皇族同去射猎,这不是把自己送上门去吗?

"皇儿,"太后迟疑地说,"射猎,到底不过是游乐,何必这么大张旗鼓,惹人议论?……"

"额娘,"福临笑了,"射猎是顺便小事,儿有大事要办哪!"

"哦,什么事?"

"额娘忘了?不是早就商定,往昌平州祭奠崇祯皇帝陵吗?"

太后无话可说了。她懂得,这是福临应该而且必须做的事情。转而一想,让福临经一经凶险也好。只要事先有防备,她相信自己的眼光和安排。她凝望着儿子,低声用蒙语说了一句民谚:"草原上雄鹰的坚强翅膀,是在暴风雨中练成的。"

福临的蒙语不大行,连忙问:"额娘,什么鹰?"

庄太后笑了笑,说起了别的事情。

为了表示对崇祯皇帝的哀悼和敬意,射猎项目要放在祭陵以后。在到达巩华城,即沙河行宫的当天下午,皇上在正殿前的开阔场地上,召皇家子弟较射,十五岁以下的皇侄、皇孙和皇子一律参加。

皇上坐在殿前高高的月台上,安亲王和老臣索尼一左一右相陪,内大臣鳌拜和苏克萨哈在御座后侧左右侍立。他们和皇上一样,都是一身戎装,想必在皇族子孙们的较射后,还要练练身手。大学士金之俊、傅以渐、礼部尚书王熙等文官也在一旁陪同,加上周围密集的侍卫,金盔银甲,礼服花翎,在秋日午后的灿烂阳光中鲜明耀眼,把殿前月台装扮得如同一座彩楼。

较射的皇族子孙,年过十岁的每人射五箭,不满十岁的每人射三箭。箭靶放在三十步外,射手按着年龄顺序一对一对地入场比赛,有的挺胸凹腹、神气十足,也有的紧张失措、缩手缩脚。结果很平常,没有一个全发全中,也没有一个一发不中。他们的父兄大多在场,看看皇上没有笑容的面孔,都有些惴惴不安。

射手中年龄最小的,就是两位皇子了。二阿哥刚满六周岁,号

称八岁,三阿哥还不到六岁。眼看最后的几个十岁的皇侄孙就要射完了,安亲王恭敬地向皇上说:

"皇上,两位皇子年岁太小,就免射吧!"

索尼从灰白的眉毛下望了岳乐一眼,也说:"皇上,王爷言之有理。皇子年幼,筋骨稚嫩,万一受伤,太后不安。"

王公大臣们纷纷附和,不知谁的一句话灌进福临耳中:"箭靶这么远,身小力单,万一射不中……"福临勃然变色,腾地站起,眼睛闪着恼怒的光。他到底没有发作,终于缓缓坐下,斩钉截铁地说:"谁也不免!"

二阿哥第一箭脱靶了,月台上死一样寂静,谁也不敢看皇上的脸。福临面色铁青,紧紧抿着双唇,额上一条暴起的青筋在卜卜地抖动。

第二箭,中红心!

第三箭,又中红心!

众人松了一口气,纷纷称赞。王公大臣向皇上躬身道贺:二阿哥小小年纪,身手不凡,将来安邦定国,武功必定横绝一代。赞颂声中,福临微微露出笑容。

三阿哥呢?该他出场了,怎么不见踪影?

这时,安王和索尼又说,皇三子太小,既然一时未到,就不必射了。福临对这个康妃所生的三阿哥,一向不怎么放在心上。他和四阿哥同得天花,四阿哥死了,他却活了下来,是不是他偷换了四阿哥的命?想到自己最疼爱的皇四子,有时福临对这个皇三子还隐隐感到厌恶。今天射箭不射箭倒在其次,临阵乱跑,却很叫人生气。福临的脸又阴沉下来,说:"找他来,一定要射!"

三阿哥并没有跑远。射场边围着看热闹的尚膳监养鹰鹞处的当值人员中,一个少年养鹰人引起了三阿哥的兴趣,因为他肩头站着一只状貌神骏、双睛猛鸷的青鹰。皇三子忘了射箭,竟跑到近处,目不转睛地打量那鹰。

"这是海东青吗?"他好奇地问。

"回小爷,是海东青。"少年见他皇族打扮,又不知他的确切身份,便恭敬地这么称呼一声。

皇三子忍不住想伸手摸摸海东青光亮美丽的羽毛,少年连忙躲闪开来:"小爷当心,它啄生人,可厉害哪!"

"怪不得书上说它玉爪金眸铁作翎呢,它准能拿天鹅!"

"能!拿过好多次了!"少年见自己心爱的鹰受到赏识,也很高兴,不由自主地夸赞着,"它飞得可高啦!在高天打旋儿,能看见草里的蚂蚱;停在树梢上,能看清云里的小雀;扇翅膀一飞,直冲上天,比流星还快,什么鸟都逃不掉!……"

"三爷,快走快走,该你射了,皇上要生气啦!"一名侍卫跑了过来,打断两个孩子津津有味的谈话,拉了三阿哥就跑。三阿哥边跑边回头:"喂,养鹰的,你叫什么名字?"

回答声音很小,但顺风入耳,很清楚:"费耀色……"

偌大的射场上,现在只有三阿哥一个人面对箭靶了。他是那样幼小,像刚从土里钻出的小苗,像一朵红顶小蘑菇,像群鹰环伺的小雀子。他不觉得孤零、紧张、害怕吗?不。他全没往那上面想,也毫不懂得自己的处境,只管自然然、高高兴兴地拿起他的小弓小箭,拉开了架势。嘀,只见他抿着小嘴,眯起眼盯着箭靶,右手一扬,小箭"吱儿"一声飞了出去,不歪不斜,正中红心!

"好!"有人情不自禁地高叫一声。大家全笑了。

第二箭,又中了!

人们的笑声、喝彩声交汇成一阵欢快的喧嚷,射场立刻热闹起来,气氛也变得轻松了。月台上一名侍卫大声喊道:"皇上谕令:再中一箭,赏穿黄马褂!"这喊声很快就淹没在阵阵笑声中了。

皇三子瞄准箭靶再射,第三箭又中红心!

"噢！——"人群欢呼了！年纪最小的三阿哥，成绩最好，连一直板着脸的皇上也不禁笑了。小小的皇三子倒挺绷得住劲，一本正经地收起他的小弓箭，一丝不苟地学着大人们的礼节，并不退回原处，反而一步一步从容地走上月台，跪在皇上面前。

福临故作不解的样子，问："你要什么？"

三阿哥仍跪在那里，不说话，只笑着向皇上望。

福临哈哈大笑，说："好了，好了！拿黄马褂来！"

索尼笑道："皇上，仓促间哪里能有小褂？"

福临笑道："大的也罢，拿来再说，岂能失信于孺子！"

侍卫拿来了黄马褂，安亲王提着领，比了比，又长又大，直拖到三阿哥脚背。岳乐笑着，干脆拿黄马褂把孩子裹着抱了起来，说："三阿哥好箭法！将来长大要成就什么勋业？"

三阿哥望着父亲只是笑，没有作声。

福临心头畅快，叫过三阿哥，笑道："你们兄弟俩说说各人的志向，让朕听听看。"

二阿哥想了想，说："我将来要领兵打仗，做一个南征北战的安国靖寇大将军，天下最厉害的王爷！"

岳乐笑道："那么，是一位贤王了。三阿哥，你呢？"

三阿哥用孩子们特有的全心全意崇拜、爱戴的目光，望着父亲，声音朗朗地说：

"儿愿长大后效法皇父，勤政爱民，使天下国泰民安！"

福临心头一震，望着孩子纯真的眼睛，惊喜交集，很是感动，同时又泛出一丝辛酸。周围的王公大臣也被孩子这意想不到的回答惊住了：一个六岁的小皇子啊！

岳乐顿时觉得心里升起一种特别的敬意，再不敢拿皇三子当作六岁的小侄儿抱在怀里了。他恭敬地把三阿哥轻轻放下，然后说："皇上，早就听说三阿哥熟读经史，聪慧无比，果然名不虚传！"

福临笑道:"未必。让我来考考他。"他略一思索,提了个古怪的问题:"孤独二字为姓氏,又为性情语、意境语,诗中却极少孤独连文,即使用也不佳,是什么缘故?"

三阿哥已将黄马褂穿在身上了,简直像一件肥大的曳地袈裟,他略略伸伸胳膊,尺把长的空袖筒拖了下来。小小的人儿淹没在这件明黄绸大褂里,看上去又可笑又可爱。他却严肃地对待皇父的考试,很愿意在众人面前显示显示自己的才学。听了父亲的问题,他眨了眨黑晶晶的眼睛,反问道:

"古诗中'孤云独去闲',不是佳句吗?"

侍从的文士们同声惊叹,福临也感到意外。他呆了片刻,环视四周,看见月台汉白玉栏杆边摆着的一盆盆菊花,又说道:"天下名卉多不胜数,何以渊明先生独爱菊花?"

三阿哥想也不想地回答说:"秋菊有佳色,淡而能久也!"

福临又笑了:"此儿出语可人,真有几分聪慧。傅以渐,你来试试他。"

武英殿大学士傅以渐,因为自己幼时也以神童驰名乡里,所以不像其他人那么惊异。几名太监捧着棋盘、棋盂匆匆送往后殿,正好被他看见,灵机一动,题目有了。他低头望着那大马褂中的小人儿,说:"请赋方、圆、动、静。"

三阿哥不慌不忙地说:"愿闻其略。"

傅以渐道:"方若棋局,圆若棋子,动若棋生,静若棋死。"

三阿哥略略思索,眉毛一扬,昂首挺胸,神气十足地高声说:"方若行义,圆若用智,动若骋材,静若得意。"

一片寂静。人们都被这小人儿惊呆了。一些人听懂了,惊异于他的聪明才智;一些人根本听不懂,也为他飞扬的神采、沉着自信的态度所折服。大学士傅以渐,对那神气活现的小男孩恭恭敬敬地一揖到地,然后回身向福临拜贺:"臣恭喜皇上!这实在是国家祥瑞,主我朝得人之盛。天遣奇童生于皇家,大清江山永固,万世基业必能成就!"

赞颂、祝贺、欢笑随之爆发。福临笑着站起身,一手拉了一位皇子,往后殿走去,不时弯腰去和哥儿俩交谈几句。岳乐、索尼、鳌拜和苏克萨哈或近或远地紧紧跟着。岳乐和索尼还能表现出一些安闲,鳌拜和苏克萨哈紧张之色,已时时透露在表情中了。福临却一点儿也没注意。

第二天,东方才泛曙色,福临就起身了。太监们服侍他换了一套素色衣冠。他吩咐备辇后,坐下来用茶点。这时安亲王岳乐和索尼进来跪叩圣安。他俩神色都很紧张,仿佛带进一股秋夜的肃杀之气。福临奇怪地望了他们一眼,岳乐连忙双手呈上一个黄色绢封。福临接过来打开一看,上面写了一行满文,笔迹非常熟识:

"皇儿务必照安亲王与索尼老臣安排行动。母字九月"

福临立即感到有什么严重事情发生了,惊疑地耸耸眉尖,问:"怎么回事?"

"恭请皇上遵太后懿旨,一切听臣等安排。"岳乐急匆匆地压低声音说,"请皇上退入内间,千万不要出声。"说着,岳乐和索尼连搀带扶地把福临送进东暖阁的暗黑的小内间。隔墙上开有一小孔,岳乐指给福临,请他从那里观看动静。

福临刚把眼睛贴近小窗,就见暖阁珠帘一挑,李国柱领着个人走了进来,他惊讶得差点儿喊出声:那人居然也是一身素服的皇帝装束,和自己十分相像,乍一看,如同窥见了自己的镜中影子!

那位"皇上"坐在刚才福临坐的地方,又饮茶又吃点心。拿点心的手明明在微微发抖,茶盏里的水晃晃荡荡,他却绷紧全身,故意做出悠闲自在的样子。

殿外太监进来禀告:"车驾齐备,请万岁爷登辇。"

"皇上"只挥挥手,算是知道了,接着站起了身。侍候的太监鱼贯出殿,"皇上"也已走到东暖阁门口。他回头看了一眼,暖阁中只有李国柱还站在他身边,于是他突然转身,朝着小内间,也就是福临窥视的地方,恭恭敬敬地跪了下去,连叩三个头,站起身,掸掸袍襟,竭力模仿着福临平日一手拿朝珠、一手背后的姿态,同着李国柱出殿去了。

福临认出来了,他是养心殿洒扫院廊的粗使小太监,面貌身材原本和自己有几分相像,这么一装扮,他又竭力模仿,看上去竟如自己的孪生兄弟。为什么要这样?他刚才跪叩的举动是什么意思?福临想问,岳乐和索尼向他连连示意:千万别出声。

一会儿,殿外就响起一片例行喊声:

"万岁爷起驾!——"

"万岁爷起驾!——"

旗帜飘带在风中"扑啦啦"响,仪仗队伍中斧、钺、刀、枪"丁当丁当"互相碰撞,车行辚辚,马嘶萧萧,半个时辰后,大队离开行宫,沿着西北大道,向前明皇陵浩浩荡荡地前进。

行宫内一片寂静,岳乐和索尼护着福临出了小内间。岳乐急急忙忙地禀告:"是有人想借祭祀之机危害皇上。小太监李忠愿代皇上涉险。我们将计就计,来个金蝉脱壳,看他怎样行事!"

福临这才记起那小太监的名字,真不愧叫李忠,这样忠心爱主,平日怎么不多加恩惠呢?……他顾不上嗟叹,又问:"是谁居心如此险恶?"

岳乐和索尼对视一眼,有些不好出口的样子。岳乐说:"现在罪迹未显,难拿真犯。请皇上立刻更衣,我们骑马绕南路赶过去,那里有山有松林,正好隐蔽察看……"

福临心里已明白了大半,说:"简亲王、巽亲王、端重亲王、敬谨亲王,还有康郡王他们,不是都已提前到那里准备祭奠事项了吗?"

岳乐与福临目光一碰,心照不宣。岳乐说:"正是,届时,他们都将到陵门前迎接皇上。"

索尼正气凛然地接着说:"只等罪恶彰著,叫他难逃法网!"

福临一把抓住两位忠臣的手,激动得声音发抖:"王兄、索尼,你们是国家栋梁、大清忠臣啊!处事如此明决果断、缜密精细……"

岳乐忙道:"不敢当此夭奖!我们都是供差使走,听从调度,所有大事,都是皇太后细细安排,皇贵妃襄助计划的!"

"啊,额娘!……"他心头腾起一个滚热的浪头,差点儿滴下泪来。

小半个时辰后,一队骑兵,三十多人,一色乾清门侍卫装束,出了沙河行宫,直奔向西的大路。他们跑得飞快,扬起的黄土弥漫四野,他们的身影全隐没在浓雾般的尘埃中了。

大队人马,旌旗蔽日,行进在寥廓爽朗的秋光里,前前后后二里多长,保持着均匀的速度,向西北山地移动。最前面是开路的銮仪卫仪仗,旗幡扇伞如同一团彩霞,斧钺枪戟像是闪光的星月。随后是数十名穿着颜色鲜明的黄马褂的侍马骑队,他们后面,十位内大臣护卫着皇上的御辇——那是八匹骏马拉着的华丽的金顶辂。马踏着细碎的步子,车行得平稳而庄重。一些御前侍卫和太监捧着皇上的用品围在御辇四周,以备不时之需。再后面,是侍卫组成的豹尾枪班、弓箭班,从行的王公大臣、皇子、皇侄们就跟着侍卫的队伍。最后有五百精骑武装护卫。

途中一切正常,御辇边的侍卫、太监,按时给皇上进茶点;太阳升上中天,地面气温升高时,也按规矩给皇上送进香薷散、乌梅汤等清凉饮料。

两个时辰过去,浩浩荡荡的人马已进入崇祯陵的大门了。这里三面环山,南面平川,陵内建筑完工没几年,崭新的黄瓦红墙,与天寿山各处明陵相映,放眼远望,很是气派。只是路边新栽的松柏还不茂盛。跟着御辇的内大臣遏必隆和费扬古并马而行,看看陵上光秃秃的土山,再比比远处绿树葱茏的长陵、景陵、永陵、德陵,不免有些感慨。

遏必隆忽然听到有"扑棱棱"鸟儿扑打翅膀的声音,很奇怪,连忙寻找来源:一只雪白的鸽子,正从御辇边一名侍卫手中飞出去,冲上蓝天。遏必隆大怒,催马上前,一把揪住放鸽子的侍卫,低声喝道:"放肆!你……"话未落音,又一只白鸽飞出去了,这一回竟是费扬古身边的一位内大臣放的。平日总是笑嘻嘻的费扬古顿时变了脸,对那内大臣呵斥道:"你疯了吗?惊了驾,不要脑袋啦?……"

许多侍卫、内大臣侧脸、回头观看,放鸽子的二人并不在意,那内大臣还对大家说:"我不跟他嚷,我不跟他嚷!就要到头了,自见分晓!"大家全都莫名其妙,但在行进中,又在御驾前,不便多说。眼看仪仗已停,御辇又缓缓前行了一顿饭工夫,便过了碑亭,在棱恩门前停下了。

门前早跪了黑压压一片接驾的王公大臣,他们是提前来此做准备的。随行的王公大臣也早早地下了马,加入接驾的行列。跪在最前面的是简亲王济度。

刚才看见两只白鸽飞天,知道大功告成,济度悬着的心才放了下来。感谢苍天有眼,保佑了他,也就是保佑了大清江山永固,他的疑虑也随之消除。因为方才守陵军校前来禀告:西南门来了一队宫里侍卫,说是奉皇太后差遣,有急事要见皇上。什么急事?难道发现了他济度的图谋?这不可能!他命军校告诉他们皇上未到,不能进陵。现在大功已成,那位溺爱儿子、纵子胡行的皇太后,即使发现了,又有什么办法?又能拿我怎么样?他过于高兴,过于得意,连从行王公大臣中没有安亲王和索尼这样的重要情况也没注意。

济度领着众人匍匐着,大声喊道:"给皇上请安!"声音虽不大整齐,却很洪亮,此起彼伏,山间荡漾着回声。但御辇的帘子毫无动静。王公大臣们惊异地互相交换着眼色。

"给皇上请安!"第二次请安的声音更大,过了许久,仍不见皇上掀动辇帘。简亲王开始显得有些焦心了。他是最尊贵、最有威望的亲王,此刻,大家都望着他。他于是下了很大决心,邀了巽亲王和几位德高望重的议政大臣,诚惶诚恐地躬腰走近御辇,轻轻揭开了辇帘,心里"扑通"一跳,皇上坐在那里!济度眼前一黑,强自镇定,仔细再看,皇上一动不动,垂着头,身体侧向右面,右臂扭在身子后侧,姿态很不自然。巽亲王心惊胆战地伸出手摸摸皇上,试试鼻息,顿时脸色惨白,大叫道:

"皇上驾崩了!"

"轰"的一声,人群中如炸了个闷雷,王公大臣惊呆片刻,顿时一片混乱,爬起身往御辇蜂拥而来,又是喊又是叫,不少人索性放声大哭,搅起了一团团尘土,满天飞扬。几百人都被这突然事变吓昏了!

亲简王在混乱中显得格外清醒,他虎着脸,大声发号施令。要侍卫们围成里外三圈,护住御辇,防止有人冲撞皇上的遗体。跟着,他几个大步跨上棱恩门前石阶,振臂大喝:"站住!不要乱嚷!"

他那沙哑的声音,如闷锣一样震人,一下子就把众人镇住了。大家一见简亲王站出来说话,顿觉有了主心骨,混乱局面很快平息下来,人人都望着济度,盼他赶快拿出主意。

济度首先把护卫御辇的内大臣和侍卫、太监全部召到面前,厉声质问:"早上从行宫出发时候,皇上有病吗?"

回答都说皇上好好的,也许犯困不多说话就是了。

济度的声音更严厉了:"皇上驾崩,定是途中遇害!"

遏必隆陡然从乱纷纷的思绪中解脱出来,指着那放鸽子的侍卫说:"禀王爷,他……"

话未出口,放鸽子的内大臣抢先说道:"禀王爷,遏必隆和费扬古在途中放鸽子!"

遏必隆和费扬古被这意想不到的倒打一耙惊呆了,竟张口结舌地说不上话。济度皱着浓眉,对他俩扫了一眼,故作惊讶地问:"什么放鸽子?怎么回事?"

放鸽子的侍卫口里像吐珠子,话说得飞快:"他俩在快进陵门时放鸽子,定是在递送暗号!他们见我发现,就反咬一口!王爷明鉴!"

遏必隆和费扬古,平日一个是老蔫一个是老好人,这时都一反常态,红头涨脑地暴跳如雷,厉声分辩。"住口!"济度一声断喝,止住他们,然后眼望御辇,冷笑道,"你们四个人里,总有两人使诈,一定与皇上驾崩有关联。来人,把他们四个就地关押候审!"

四个人满脸冤屈、愤慨,被带走了。

济度站在高高的台阶上,像铁铸的雄狮,浓密的海参眉下,亮如电闪的目光依次扫过王公大臣、文武百官,然后严峻而沉重地说:"皇上驾崩,实出意外,是我大清的大不幸。眼下两件大事刻不容缓:一要为皇上发丧,二要立即拥立新君。皇上归天,皇子尚幼,太后年又衰迈,难掌国政,拥立大事必得慎重计议。好在今天朝廷王公重臣都在这里,我想应立即召议政王贝勒大臣会议,确立新君,回京再向太后禀告……"他胸有成竹地侃侃而谈,密切注意着听众的表情。见他们一个个俯首帖耳,一副惟命是从的驯顺样儿,心里很满意,于是又就继位新君的选择发挥了几句,强调"敬天法祖"四个大字。说到后来,他发现听众有些异常,前排几个人怎么像受了惊吓似的张大了嘴,脸都白了呢?为什么凡是抬头看他的大臣,刹那间就呆住了呢?不行,他得赶快收住话头:"……今日的祭奠只好停下,诸位在偏殿等候。议政王大臣……"

"为什么要停下?"一个极其耳熟的声音在济度侧后方很近的地方问,声音不高也不大,却像是凭空一声惊雷,济度浑身一哆嗦,心脏紧紧缩作一团,几乎不敢却又不得不回过头来:福临笑吟吟地站在他身边,继续说,"朕是专程来祭祀崇祯皇帝的。"

皇上穿着素罗袍服,头戴素色便冠,束得紧紧的玉带上悬着宝刀。他身后站着安亲王岳乐、内大臣索尼、苏克萨哈和鳌拜。只有从他们的发辫和马靴上的尘土可以看出,他们刚刚经过一段奔驰,衣服却都是新换的,干净平整,色泽鲜明。照例,护卫皇上的内大臣腰下都悬着宝剑。

惊得几乎停止了呼吸的王公大臣们,顿时回过神来,眨眼工夫,全都跪倒阶前,欢呼"万岁!"这声音比平日热诚百倍,好半天没有停息。济度也随众跪倒了。

福临的表情开朗到亲切的程度,继续大声说:"朕不过一时兴起,开个玩笑,找人做替身乘辇,朕领了侍卫郊原驰马,绕路到这里与众卿会合,不料出了这样的怪事。方才听简亲王各项处置,很是得体。日后,朕若猝然逝去,身后有简亲王这般理事妥帖,朕在黄泉,也可安心的了!哈哈哈哈!"他的笑很不是时候,不是味道。但今天的一切如在梦中,人人心中疑虑不安。皇上这么说,是真话还是反话,谁也捉摸不透。

皇上显然已决定结束这场闹剧了:"护卫御辇的侍卫和内大臣中必有奸细,一律收监待审。方才简亲王处置遏必隆四人纷争很有道理,就请简亲王审理。苏克萨哈、鳌拜,你们随简亲王清查此事,回京审讯。去吧!"

苏克萨哈和鳌拜走到简亲王面前跪施一礼,请王爷先行。济度无奈,向皇上一叩头,站起来挺身而去。随辇的侍卫、内大臣已被那些乾清门侍卫缴了刀看守在一旁,此时便一同被押走了。

福临又朝巽亲王看了一眼,常阿岱面无人色,浑身战抖。福临没有理他,继续用亲切的声音说:"诸卿各自退去休息,午时三刻开始祭祀。"

祭祀典礼很隆重,大清顺治皇帝亲自酹酒祭奠大明末代皇帝崇祯,同时遣派十二名学士分别祭祀长陵、定陵等十二陵,下令增加陵户,重加修葺,禁止樵采。

福临当天夜晚回到行宫,走进寝殿,才猛地感到了极度的疲倦和软弱,头昏眼花,耳鸣腿软。他连忙扶住门框,免得摇摇晃晃,一侧身,跌坐在门边的椅子里,浑身像瘫了似的,再挪动一寸也不能了。然而,身体的软弱还在其次,他觉得心里有什么东西在垮掉、在破碎。他颓丧已极,没有任何愿望,只想痛哭一场!……

事情的内幕很快就公布了。罪魁祸首,是放鸽子的侍卫和内大臣。他们的同伙是山中盗贼。两人都被斩首,但却没有口供,刑部审问之前,他们竟都成了不能发声的哑巴。

替皇上丧命的太监李忠,受到隆重祭祀,父母得了赏赐和诰封,惟一的兄弟也承恩进了学。遏必隆和费扬古都受到皇上的嘉奖。

事情仿佛就这样过去了。

不久,追论已故的三亲王——巽亲王满达海、端重亲王博洛、敬谨亲王尼堪十年前的罪名,削去巽亲王、端重亲王的王爵,将他们承袭王位的儿子常阿岱、齐克新降为贝勒。但巽亲王是礼亲王代善的一支后代,是世袭罔替的铁帽子王。皇上谕命,亲王王爵由杰书承袭,从此便是康亲王了。

简亲王济度,一月后便告病辞朝,回府休养。又过了些时候,便报病故。有人私下传说他是自杀的,但谁也没有确证。不过济度死后封赠及赐祭等礼节,都不合亲王身份,而且袭爵的诏令迟迟不发,后来竟没了下文。

第 八 章

一

中天炎日高悬,七月的暑热把地面一块块巨大的方砖晒得滚烫。一丝儿风都没有。乾清门侧的值庐背靠高高的宫墙,闷热是可以想见的。

上月新落成的翰林值庐在乾清门左,一个多月来翰林们分班入值,以备皇上顾问。这真是极大的荣耀!一般文武官员到太和殿前就是极限,王公贵族的值庐也不过在乾清门的另一侧,翰林官竟能与王公贵族分庭抗礼,这真是大清入关以来闻所未闻的奇事。

今天入值的三位翰林,熊赐履是第一次轮班,徐元文、叶方霭都已当值多次。入伏以来,皇上宣召较少,他们较为清闲。徐元文在八仙桌边濡毫作画,叶方霭很有兴味地旁观,熊赐履坐在炕上一面看书、一面喝茶。不一会儿徐元文就直起身子,笑说一句:"真热!"顺手摘了朝冠放在桌上。这举动自然不合朝礼,但叶方霭只是一笑,熊赐履根本没有看到,屋内一派闲适的宁静。

门开了,下朝的安亲王岳乐一脚踏了进来。翰林们起身迎接,岳乐一眼看到徐元文手中执笔,连忙说:"状元公不要客气,坐下画吧,我正是来向你讨墨债的!"

徐元文也不客气,不但忘了着冠的礼节,还就依了岳乐的话,入座再画,并笑道:"学生此画,正是为王爷而作。"

"哦,太巧了。只管运笔,我看看就走。"岳乐笑着走近桌案,背着手欣赏徐元文挥洒。

叶方蔼深恐徐元文因失礼获罪,故意在一旁凑趣地说:"山野之士,疏放自然,眼前徐某人者,真所谓'脱帽露顶王公前'了!"

岳乐一听就明白他的用意,指着画面笑道:"君不见'挥毫落纸如云烟'吗?"

一问一答,风流儒雅,三人相视大笑。岳乐对拱手侍立的熊赐履扫了一眼,仿佛初见,说:"这位是……"

"翰林院检讨熊赐履。"叶方蔼连忙介绍。

"幸会幸会!是哪一科出身?"

岳乐一进值房,熊赐履就觉得眼熟,现在他确信不疑,这就是自己的东家,京师豪富罗公。原来他竟是当朝亲王!身为亲王,何苦用假名请自己设馆?为什么不正大光明地请师?……他正拿不准该如何表示,岳乐断然做出从不相识的姿态,一面问话,一面目光灼灼、似笑非笑地看着他,自有一种威慑的含意。于是他明白了,一年多设馆的历史应当永远忘却,从此一字不提。他还没有回答,叶方蔼已经代言:"禀王爷,我们三人同榜,是为同年兄弟。赐履兄是湖广有名的道学人才。"

"好,好!"岳乐抚须微笑,"朝廷求贤若渴,列位前程无量。切不可辜负圣上一片爱才之心啊!"

"是!"三人恭敬地垂手回答,徐元文已把朝冠急急忙忙地戴上了。岳乐看他一眼,笑了:"这是送客的意思吧?我还是走了的好,状元也好免冠作画,早日令我书斋生辉!"

安亲王走后,徐元文又脱了帽子,一面画,一面听叶方蔼发感慨:"皇上劝学崇儒,经训史策不离左右,绰有士大夫之风,真不愧一代贤君!"

"唉!"徐元文叹口气说,"天子英明,安王贤德,爱才用才本为社稷,却被人私下讥为'专好延揽汉人南士'。只此翰林值庐之设,便大费周折,何况其他!"

"啊?"叶方蔼惊异地说,"怎么会呢?"

"设翰林值庐,皇上早有谕示,议政王大臣会议却一再歧议,不是说'文学之士不宜过崇',就说'值庐深入禁中大为不便',顶着不办。皇上批示三次,发了脾气,议政才勉强议行。"徐元文侍从皇上机会最多,深知内情。

"皇上决策,竟也不能行?"叶方蔼疑惑地问。

"唉,议政之制,是由辽东祖上所传,无人敢碰。听说前年皇上曾有罢议政之心,终因亲贵抗命而作罢。"

"咄咄怪事!"叶方蔼也是江苏昆山人,徐元文的小同乡,两人同榜进士,一个状元一个探花。但他北来不久,对满洲许多"家法祖制"知道得很少,不免少见多怪。

"岂止这些!近日朝廷封孔王之女孔四贞予定南王,遥制广西,又下嫁和硕公主于平南王之子尚之隆,实在是牵制平西王的英明之举,也因议政们顶着,拖延了许久,上月才得办成。"徐元文放低声音,但并不避开熊赐履。

"议政王大臣,为政竟如此颠顸、狭量吗?"叶方蔼转向一直认真读书的熊赐履,"敬修,你以为如何?"

熊赐履不动声色,放下书本,正正经经地说:"我辈既知学道,自无有违名教之处。但终日不见己过,便绝圣贤之路;终日喜言人过,便伤天地之和。"

叶方蔼哭笑不得地看看徐元文,徐元文笑道:"叫你别招惹他,让他安然读书,你偏不听,挨一顿教训才舒服!"

叶方蔼也笑了,咕哝着说:"这小老夫子!"

但是两人都明白熊赐履提醒他们的用心,便转了话题。

"皇上传徐元文、叶方蔼、熊赐履!"门口召引太监这一声喊,使三位翰林都有些意外,连忙整顿衣冠。徐元文刚刚脱下的朝帽,又一次戴上了。三人随着召引太监鱼贯而出,走上雕栏汉白玉台阶,穿过乾清门,向乾清宫走去。外面真热,走不多时便汗流浃背了。但这不只是因为热,他们心里都很紧张。

自去秋祭祀崇祯皇帝以后,皇上的脾气十分暴躁,几乎在每桩事情上都和议政王大臣会议发生龃龉。最近的一件发生在前天。皇上不知为了什么,大发雷霆,一道严旨,把吏部满尚书科尔坤和两名满侍郎一齐撤职查办,独留汉尚书孙廷铨和两名汉侍郎在部。这还得了!吏部班列六部之首,职掌全国文官的任免政令,是最为要害的部门,这不等于把吏部送给汉官了吗?且不说满朝王公贵族、满洲官员如何愤慨,就是孙廷铨他们也惴惴不安,立刻上表辞谢,请求皇上赶紧重新委任满尚书来部主持。

不想皇上昨日便批回孙廷铨的奏章:"不准。照常办事。"内阁和翰林院,是皇上费尽心力新增设的部门,自然向着皇上。但议政大臣和揽着六部中其他五部大权的满官岂肯罢休?皇上今天宣召,会不会是为了此事?他们这些新入朝的翰林夹在皇上和议政王大臣之间,滋味很不好受。怎么办呢?他们似乎已经看到了皇上那因肝火太盛而泛出不健康红色的敏感的面容……

走近乾清宫的崇台高阶,檐角飞起的大殿矗立着,遮去了半边天,殿前的带刀侍卫直排到乾清门,几乎二十来步就站着一个,更增加了乾清宫的威严。三位翰林不常进乾清宫,此时不免屏息静气,更加小心翼翼,也更加紧张了。

进了宫门,金光闪烁的宝座就在乾清宫大殿正中设置着,他们不敢抬头,不知皇上是否在座。随着太监向西一拐,他们被带到西暖阁。太监在门口把帘子一掀,一团沁人心脾的花香就把他们围裹了,三人跨进门槛,顿觉暑热全消,如同置身于清凉芬芳的仙界。略略抬头往上一看,啊呀,炕上端坐的这位书生,这位潇洒文士,难道竟是皇上？可是这分明就是皇上啊！三位翰林公连忙跪安,口称:"臣徐元文、叶方霭、熊赐履恭请圣安。"说罢起立,走到炕前,低头跪在那厚厚的红毡垫上,听候皇上吩咐。

皇上今天变得让人不敢认了:头上不戴帽,身上不着蟒,脚下不穿靴,一身淡蓝色单纱暑衫,腰下浅色禅裙,光脚上一双吴中式样的草鞋,辫发乌亮,双眉漆黑,苍白的脸庞上一双含水的眼睛,手中一柄山水折扇,玉扇坠下流苏飘飘,这不是一位风度翩翩的江南世家公子吗？这样的皇上,学富五车的翰林公们做梦也没想到过。这位文士皇帝笑道:

"列位请起。没有什么大事,不过想到列位与朕同好,爱在书山词海中打滚,闲来无事,请诸君看看朕的藏书。列位皆饱学之士,所谓读书破万卷者,正好为朕拾遗。"

福临说罢便下炕,对三人招呼一声:"随朕来。"他领头走出西暖阁,进入乾清宫大殿,指给三人去看那沿着左、中、右三面墙摆着的几十架书橱书柜。徐元文他们三个沿路看过去,只觉进了书山书海,应接不暇,不仅诸子百家、经书史书无一不备,诗词歌赋、传奇小说也都万象包罗;书柜书橱群中,夹着多宝柜、百宝格,里面摆满了商彝周鼎、哥窑宣炉、古砚古墨、玉璧玉爵,至于印章画卷,更多不胜数,那些木变石、鸡血石、青金石的印刻,无论色泽还是雕工,都罕有其匹,令人叫绝。书柜、百宝柜的脚下,蓬蓬勃勃一带浓绿,浓绿中缀着星星点点白色、淡黄色、淡红色和淡绿色的花串,这是由数百盆茉莉、兰花等鲜花堆铺而成的花廊,清芳扑鼻,鲜艳耀眼。翰林们一路看,一路嗟叹,不只是要向皇上说好话,真的也觉得惊异万分。

看他们惊诧不已,赞不绝口,福临自然很得意,忍不住笑了,领他们重新回到西暖阁,赐座赐茶。福临这时才说:"明末天下大乱,我朝初创,又用武多年,许多书籍流散民间,极易湮没消亡,着实可惜。朕曾下诏各省学臣搜求遗书,虽有成效,犹恐疏漏尚多。卿等何不就此将记得的重要遗书写出?朕也好着人专意搜求。"

徐元文他们三个告罪一声,就着饮茶的小几,各写了几十种目下不见版本的书名,呈交皇上。福临看了,连连点头,又指着几种不曾见过的书,问起内容和作者。即使是皇帝和小臣,一旦有了共同爱好的话题,谈话就会越来越融洽、越来越投机。翰林们见皇上如此重视书籍,也就是重视文治,心里都很受鼓舞。后来,他们觉得谈话的气氛似乎已到应该结束的时候了,不想皇上又非常从容地问:

"常言道:旁观者清,当局者迷。诸卿新进朝班,觉得群臣百官之中,何人最贤?谁最疲软?可有极不称职的官员?近日朝廷时政,得失如何?"

翰林们傻了眼,一时不敢回答。并不是他们没有看法,而是没有把握,不敢在皇上面前乱讲。一个不小心,就会断送多少人的前程,招来无限怨恨。叶方霭来得最快,躬身答道:"谢皇上恩典,以朝政大事相问,但初进小臣,实不能备知。"

福临微微一笑,另起了一个话头:"近来京师名流社会不少,大约是以文会友的意思吧?"

徐元文答道:"士人结社乃明季遗风,流传至今。"

熊赐履说:"由天启年东林党与阉党之争斗,便可知结社结党之大概。"

福临道:"慎交社、同声社眼下可谓极盛。几年前两社虎丘大会,到者数百人,还在关壮缪①前设誓,彼此永不相侵,诸位可有耳闻?据说前科状元孙承恩也是慎交社中人。卿等可曾结社?"

三人都回答说没有。福临不再问,笑道:"跪安吧!"

翰林们起立、跪安,依次向门边倒退,叶方霭不小心踩了熊赐

---

① 关羽尊称。

履一脚,熊赐履脚尖奇痛,哪敢作声。退到暖阁门槛,三人才恭敬地转身出去。

他们按照朝礼,神情肃穆、步履稳重,由东廊南行。已经走到乾清门了,背后又追来一个召引太监说:"叫徐元文。"徐元文看看两位好友,转身随太监返回乾清宫。熊赐履和叶方霭摸不着头脑,又不能问,只得回值房去了。

徐元文再进乾清宫,皇上身边又多了一位官员,那是礼部侍郎兼翰林院掌院学士王熙,正是徐元文的顶头上司。福临笑道:"今日谈兴忽至,不吐不快。朕要往万善殿,与玉林国师谈禅,召二卿随同前往。"

于是,皇上乘肩舆,学士翰林随从步行,太监们抱了许多书画,一行人顶着七月的骄阳,径往西苑。玉林通琇早已领着徒弟茆溪行森在殿前迎候了。

一切礼仪过去,玉林与皇上分宾主坐定。王熙和徐元文在皇上两侧侍立,茆溪行森在玉林身后侍立。这里是玉林的禅房,屋宇高深阴凉,清茶飘香,窗明几净,松柏森森,令人清心忘俗。玉林身边的长几上,摆满太监们抱来的书画。福临笑道:"前些时送来的多是朕幼年读过的书,这些是近年常常翻阅的。"

玉林略略翻看,抽出一册,题名《制艺二百篇》,那是明朝洪武年开科举以来的乡试、会试程文。玉林笑道:"这些八股头文字,皇上读它何用?"

福临笑了:"老和尚有所不知,朕要主持会试、殿试,点选进士们的文章。史大成、孙承恩、徐元文三科状元,都是朕亲自擢取,确是鄙门生!请看,这便是新科状元徐元文。"

徐元文向前,对玉林通琇深深一揖。玉林连忙起立还礼,对徐元文仔细看了一眼,点头赞叹,双手合十向福临说:"老僧庆贺万岁得人。"

福临很高兴:"他是尤西堂弟子,正所谓名师高徒啊。"

玉林道:"尤侗才子之名,江南尽知。"

福临慨叹道:"场屋中士子,常有学寡而成名,才高反埋没的事情,尤侗便是如此。此人极善作文,但仅以乡贡选推官。九王摄政时,他又被按臣参黜,岂非时命不济!"

玉林道:"琇曾听说君相能造命。士之有才,惟恐皇上不知耳。皇上既知,何难擢之高位?"

福临的面色有些不大自然。即使是在乾清门建个翰林值庐,尚且费尽了吃奶的力气,如果把以词曲闻名天下的尤西堂提拔到高位,又不知要掀起怎样的轩然大波!不过他还是表示说:"朕亦有此念。……哦,那书堆里便有尤西堂文集。"

王熙说:"皇上前次御临经筵,提起临去秋波悟禅的一段公案,尤侗文中似乎写到了。"

福临说:"哦,朕只浏览,未曾细读,你取来朕看。"

王熙拿书翻到《临去秋波那一转时艺》一篇,呈交皇上。福临立刻往下看去。他面带笑意,眼不离书地说道:"笔砚来!"太监立刻捧上笔砚,他提起笔,在文章上时批时点,不住声地称赞说:"才子!果然是才子!"玉林通琇不禁走了过去,就着皇上的手细细观看,也露出赞赏的微笑。

王熙提到的"临去秋波悟禅",是禅宗的一件趣事。相传丘琼山路过一个寺院,看见四壁上画的尽是《西厢记》故事,便问道:"空门安得有此?"寺院住持回答说:"老僧正是由此悟禅。"又问:"从何处悟?"住持说:"是'怎当他临去秋波那一转'。"丘琼山含笑连连点头。

"怎当他临去秋波那一转",是《西厢记》里《惊艳》一折中,张生初见莺莺时的曲词。尤侗拿它作为八股题目,模仿当时文体,戏作了一篇文章,刻入《西堂杂俎》集中。想必顺治爱读《西厢》,又识八股文,所以如此击节叹赏。他批点到篇终,看见玉林在侧观看,便指给他看文章的最后一句"更请诸公于此下一转语看",并笑着说:"虽是游戏文字,才情之高,令人钦佩。应付八股,游刃有余。"玉林、王熙等人都笑了。

福临忽然掩卷,说:"请老和尚在此下一转语。"

玉林摇头道:"不是山僧境界。"

福临回顾正在微笑的茚溪行森,说:"茚溪如何?"

茚溪行森答道:"不风流处也风流。"

福临开怀大笑,众人也为茚溪行森的巧妙转语叫好。它意寓双关,蕴藉圆转,出自和尚之口,别是一番意境。由《西厢》悟禅固奇,在经筵上谈《西厢》更奇,皇上与高僧以《西厢》谈禅尤奇。徐元文只听得目眩头晕,暗自惊异。

福临从书堆中抽出《韵本西厢》给玉林看,说:"这是词曲家所用元韵,与沈约诗韵大不相同。就是《西厢》,也有南调北调的差别,老和尚都看过吧?"

"老僧少年时曾经翻阅过。至于南北'西厢',琇实在未曾识别。"

"那么,老和尚以为此词如何呢?"福临表面一本正经,拿《西厢》去问得道高僧,实在有些顽皮。

玉林通琇却不动声色,实实在在地回答说:"此词风情韵致,皆从男女居室上体贴出来,远非其他曲词所能及。……有一《红拂记》,不知曾经御览吗?"

福临说:"《红拂》词妙,但道白不佳。"

"却是为何?"

"不该用四六句,令人只觉头巾气十足,意趣索然。"

"正是。敬服圣论。"

"苏州有个金若采,老和尚可知其人?"

"听说有个金圣叹,不知是他不是?"

"正是其人。他曾评点《西厢》《水浒》,议论虽有无限遐思,却又过于穿凿,想是才高而见僻之故。"

"如此,他与明朝李贽就是一样派头了。"

…………

听着他们一问一答,徐元文简直应接不暇。皇上以《西厢》考和尚,考不倒,足见和尚外学之博;和尚以《红拂记》考皇上,皇上批评中肯,毫不作难,皇上读书之博也可见一斑了。至于金圣叹批《西厢》的刻本,徐元文家住昆山,离苏州不过百里,只听说近年刚刚刊行,还不曾读到,而皇上深居九重,竟能先睹,求知之勤,实堪惊佩啊!……

徐元文再把思路拉回来注意听讲时,他们已谈起玉林不日出京回山的事。皇上方才那谈笑风生的洒脱气概,不知怎的,忽然消失得无踪无影,眼睛里一片消沉的愁绪,强作笑颜地说:"老和尚答应朕三十岁时前来祝寿,庶几可待;报恩和尚说他来祝四十,朕怕候他不得了。"

玉林劝慰道:"皇上当万有千岁,何出此言?"

福临用拇指和食指弹弹自己的面颊,说:"老和尚相朕面孔似略好看,"又揣着胸怀说,"但此骨已瘦如柴。似此病躯,如何挨得长久?"

"皇上劳心太甚。深幸皇上拨冗繁少思虑,以早睡安神为妙。"

"唉,朕若早睡,则终宵反侧,愈觉不安;总是谯楼响了四鼓,倦极而卧,才得安枕。"

"乞皇上早为珍摄,天下臣民幸甚。"玉林说得很真诚,不想却勾起福临更深的悲哀。他停了片刻,终于静静地说道:

"财宝妻孥,是人生最贪恋摆脱不下的。朕于财富固然不在意中,即妻孥亦觉风云聚散,没甚关情。"他咬住了嘴唇,停了停,接着说,"若非皇太后一人挂念,便可随老和尚出家去!"

在场的人都大为惊诧,王熙和徐元文甚至都吓呆了,不知该说什么好,幸而玉林通琇接过了话头:"皇上,常人剃发染衣,不过是机缘使然罢了;大乘菩萨则不然,常化作天王、人王、神王和宰辅,以保持国土,护卫生民,不厌拖泥带水的烦恼,普施大慈大悲的懿行。如果只图清净无为,自私自利,任他万劫修行,也到不了诸佛田地。就今日而言,若皇上不现身帝王,则这番召请耆年、光扬法化的盛举由谁来做?故而出家修行,愿我皇万勿萌此念头。"

他说的是事实。自从顺治崇佛以来,各处寺院的重建新建和各种法事道场,在京师变得十分频繁、隆重,皇家的大量金钱,投入了崇佛礼佛事务之中,佛门的影响在日益扩大,这不正是像玉林通琇这样的高僧们所企望的吗?许多南方高僧如憨璞聪、玄水杲、玉林通琇、茚溪行森、木陈忞等,都相继来京,接力续进地围绕着福临。这些高僧都很博学,有高深的诗文素养,善投顺治所好。他们言语投机、志同道合,顺治也因醉心于汉家文学而落入佛门圈套,把早年间受汤若望感化而不信僧道的信念完全抛弃了。

另一个重要原因,在于福临自身的苦闷。如果他想一辈子享尽欢乐,当一个穷奢极欲、腐败昏庸的君王,那他决不会有任何苦恼。但是偏偏他想有所作为,偏偏他又相当英明,偏偏他又处在满族初主中原的特殊历史条件下,他就得经受无数痛苦。正是这些痛苦,逼得他向佛门寻求解脱。

玉林通琇身为知名高僧,焉敢冒天下之大不韪,接受皇帝出家呢?所以他头头是道地说了这一番话,真不愧国师之号。顺治听了也不得不频频点头。然而顺治并不就此罢休,退了一步,说:"不出家也罢,老和尚收朕为弟子吧!"

"啊,这如何使得?"玉林没料到这一着。

"愿老和尚勿以天子视朕,当如门弟子茚溪相待才好。"

"这……也罢,老僧依皇上就是。"玉林生怕这位年轻的皇帝又会使出别的更叫他为难的招数,再说收一个皇帝为门徒,总是佛门盛事。

"那么,就请师父给朕起名吧!"

玉林推辞半天,福临固请不让。当玉林终于提笔要选择法名了,福临又从心底里深深地叹口气,忧伤地说:

"师父赐朕法号,必得拣一个最丑的字才好……"

王熙和徐元文看着皇上眼睛里游动不定的光芒,一时更加不知所措,身为文学侍从,哪里敢管皇上的这些事情?

玉林书写了十多个字进呈皇上御览。福临自己选择了"痴",上一字则是禅宗龙池派第五代的"行",于是,顺治皇帝的法号便是"行痴"了。

福临还要行见师礼,玉林哪里敢受。王熙和徐元文此刻却敢说话阻止了,因为这明显地与朝廷大礼不符。福临只得作罢。他望了一眼茚溪——全名茚溪行森——,笑道:

"茚溪,从今以后,朕要称你师兄、法兄了!"

福临说他"即妻孥亦觉风云聚散,没甚关情",难道董鄂妃也不在他心上?不是的。今春以来,她便病倒了,卧床缠绵至今,一天重似一天。多少太医,开了多少药方,竟然毫无起色。福临天天都去承乾宫,每见到瘦弱得风吹就倒的乌云珠强打精神,欢颜相对,他都心酸难忍。太医早就暗示过了,但福临不肯相信她真会离他而去。虽然理智告诉他,这只是早晚间的事情了。所以,他所谓的"妻孥"中是不包括董鄂妃的。或许他出家的念头也是由此而起?

福临没有回养心殿,径直往承乾宫看乌云珠。他今天和文士、和尚一番畅谈,虽然很痛快,却也勾起了心底深深的忧郁。如果乌云珠没有患病,会最恰当地给他安慰,使他如同洗个温水澡似的浑身舒坦、精神百倍。

黄昏时分,残阳如血,给整个宫殿涂上一层使人心醉又叫人感到沉重的暗红色。福临止住下人通报,迈步进了承乾门,转过石雕影壁,走月台、过前殿,丁丁冬冬的琴声伴着晚香玉的甜香,随风飘来。福临惊喜得几乎要跳起来:除了乌云珠,宫中无人会抚琴。那么,她病体有了起色?

福临兴奋地加快了步子。琴声悠扬,更清晰了。真美啊!琴声蕴涵着空灵秀美,使他产生御风云霄之上、飘飘欲仙的美妙想象,同时,又使他不觉联想起"高处不胜寒"的名句。当福临走近寝宫时,那明媚的、飘忽的、绵绵不绝的尾音,引导他感受明月、流星、夏露、秋霜……他不知不觉地停了脚步,微微闭上眼睛,沉浸在袅袅余音和悠远深长的意境之中。

突然,铿铿锵锵,琴声震响,清越奋迅,慷慨激昂,仿佛天边雷暴、头顶电闪,狂风骤雨即将来临,使福临惊愕之极。他想象不到,七弦古琴居然能奏出这样昂扬的情绪。他也无法相信,这种大江东去似的曲调,能从他的乌云珠那羸弱的纤指下迸出。他赶紧往前冲了几步,未到门前,屋里"砰"的一声响,仿佛什么沉重的东西砸在琴上。琴声断了,代之而起的,是悲痛欲绝的凄婉哭声:呜呜咽咽,若断若续,比号啕大哭更令人心酸。福临十分紧张,大步闯进寝宫,眼前的场面使他惊呆了:

北墙上,一横卷古画端端正正挂着,画下一张供桌,供着些夏令瓜果和一炉香。供桌前是矮而长的漆黑的琴桌,张着乌云珠心爱的古琴——"春风",坐在细席坐垫上的乌云珠,正全身伏在她的"春风"上伤心地哭泣,泪水像断了线的珍珠,"扑答扑答"直往下落。但哭出声的并不是乌云珠,而是跪在她旁边托着银盘送药盅的容妞儿。药盅已经打碎在地,容妞儿也哭得跟泪人儿一样了。

福临心慌意乱,扑到乌云珠身边,扶起了她。谁知泪眼迷离的乌云珠回头看到是皇上,既没有强支病体地跪拜——她一向如此,虽然福临已免了她跪拜——,也没有在瘦得可怜的脸上泛出一丝知心的笑——她一向如此,虽然谁看了那笑容都想落泪——,竟不顾一切地扑到福临怀中,搂着他恸哭失声。福临从来没有见过她这样失态,慌得心头"扑扑"乱跳,手指都在哆嗦了。他紧紧抱住她,用颤抖的手轻轻抚摸她柔滑的黑发,努力咽着唾液,用发干的声音安慰着:"别哭,别哭……你是怎么啦?……你一向不这样啊……"小声说着、安抚着,触到的是一副瘦伶伶的、柔弱的、无依无靠的骨头架。福临觉得心的一角在慢慢地撕裂着,非常痛楚,一低头,两颗又大又沉的滚烫的热泪,"吧嗒"一声,落到乌云珠的耳腮旁。乌云珠敏感地一哆嗦,抬起湿漉漉的脸,望着福临:"你,你怎么啦?"

福临强笑着:"你怎么还问我呢?你这是怎么啦?……"

"我……"乌云珠咬咬嘴唇,干瘦的面颊上闪出令人爱怜的酒窝,"我心里难过……我舍不得你……"

福临很少从乌云珠嘴里听到这样直截了当的情话,心头一热,眼睛又红了,说:"你是不是听说朕要出家心里难过?谁告诉你的?"

"出家?"乌云珠大惊失色,眼泪刹那间干了。她一手抹去腮畔的泪珠,一手紧紧握住福临的胳膊,嘴唇颤抖得很厉害,"你……你为什么?……"

"不要急嘛,"福临连忙说,"我没有出家,只不过拜了师父、赐了法名罢了。"

"你……厌弃我们了?"乌云珠的泪水又"刷"地落了下来。

"唉,你还不知道我吗?……实在是心里太苦,太苦了……或许只有空门能赐给我片刻宁静。"福临神色惨淡地低语着。乌云珠痴痴地望着福临,不说话。容妞儿早拾起破碎的药罐药盅,悄悄退下了。

福临站直身子,长叹一声,慢慢仰起了脸,不知是在吞咽泪水,还是要透过华丽的殿顶上视那渺茫无际的苍穹。他的声音中饱含着一种不常见的悲愤,以致分不出他是在吟诗,还是在直抒胸怀:

"天覆吾,地载吾,天地生吾有意无?不然绝粒升天衢,不然抚世安民踞帝都!平生志气,总想英明有为,不敢说媲美太祖太宗,颇愿追步唐宗、明祖。奈何力不从心,步步维艰!……我还在推那大石,山坡却越来越高,越来越陡……我筋疲力尽了,推它不动了!它怎么就这样重,这样重啊!……"

乌云珠已经不哭了,她像立在寒风中的秋杨,全身哆嗦。福临看她一眼,猛然紧紧地抱住她,喊道:"你为什么要生病?你不要离开我!只有你在支持我,帮我推那大石头上山。要是失了你,我就全垮了!……啊,乌云珠!……"

乌云珠伸出冰凉的小手,摸索着福临发抖的嘴唇、烫人的眼睛,低声说:"不要这样,陛下。就是没有我,还有皇太后。她的心里,总是支持你的。"

"可是……"福临一下子松开乌云珠,像刚才抱她一样突然,几乎失声叫起来,"天哪,她的心里!她的心里将永远瞧我不起,永远鄙视我!……想想去年七月,她的那些话、她的声音、她的眼睛!……啊,我竟会那般卑怯,那般懦弱!多么丑恶啊!多么丑恶啊!……这是我一辈子永远洗刷不掉的耻辱!我还有什么脸面,去和额娘侈谈治国平天下!……"他张开两只大手,紧紧抱住了头,跌坐在短榻上,整个身姿都表现出内心的极度痛苦,使人看了,心里非常难受。

刹那间,乌云珠忘却了自己的痛苦,走上前去,轻轻靠在短榻扶手上,又轻轻扳过福临倚在她怀中,抚摸他的头、他的手、他的肩背。她的动作中注入了那么多温柔的爱,与其说是爱侣,不如说更

像母亲。她像耳语那样小声地、慢慢地说着,仿佛妈妈给生病的孩子讲故事:

"近日卧病,不知怎的,常常忆起幼时。六岁那年随阿玛下江南,额娘领我回苏州认亲。我欢天喜地地去会表姐妹表兄弟,哪知他们都直眉瞪眼地骂我'杂种'、'小胡妖'!还合伙偷偷打了我一顿。我找额娘哭诉,额娘哭得比我还凶。原来姥爷和舅舅姨妈都不认她,说她失节败坏门风,还问她为什么不死!……后来回京师,阿玛又领我去认亲,叔叔伯伯们竟当着我一齐嘲笑我阿玛,堂兄弟堂姐妹全骂我是'贱胚'、'蛮婆'!又打了个头破血流……"说到这里,她声音岔了调,眼圈又红了。这幼年的屈辱是深深刻在她心中的,虽然事隔多年,至今犹有余痛。停了片刻,她才平复,继续说下去:

"……那时候我真气极了!我想,我阿玛开得硬弓,骑得烈马,是战场上杀出来的巴图鲁;我额娘作得诗、画得画、弹得琴,是知书达礼的才女,我阿玛娶我额娘,我额娘嫁我阿玛,哪些儿不好?又关他们什么事?阿玛、额娘爱我像掌上明珠,我必得为他们争气!那时候,我就发誓:一是要出类拔萃、出人头地,一定要胜过一切满汉女子,让阿玛那边的满亲,额娘这边的汉亲全都佩服得五体投地!……

"长大了,读了许多书,懂得了文武兼备、宽猛相济的道理,更发奇想:父族尚武,百战百胜,骁勇无敌;母家尚文,博大精深,源远流长。武功文治熔于一炉,必然锻出古今中外从未得到的宝剑;满汉一体,大清必能兴旺发达、长治久安,国富民强不就指日可待了吗?……"

福临早已听得痴了。乌云珠从未诉说过幼年的委屈,今天怎么突然提起?……她的念头多奇特,可又多合福临的心意啊!

乌云珠仿佛看透他的心思,瘦弱的手温柔地抚摸着他的面颊,

声音更低,说得更慢:

"妾妃不敢说与陛下志同道合,但自认是陛下的知音。皇上所作所为,皇上所想所念,妾妃以为都是识大局知大势,合乎天地正道。妾妃愿为此百年大业略尽绵薄之忱,便是死了也心甘情愿啊!……"

福临看着她,沮丧和痛苦渐渐淡了,心里十分感动。

"妾妃常想,谋事在人,成事在天。如今磨难重重,安知不是天降大任于斯人,必先苦其心志而后成呢?"

福临浓黑的眸子里闪出两点光亮,微微点头道:"好,贤妃说得好!……朕越发不能让你离开了。"

"百年离别在高楼,一代红颜为君尽。"乌云珠心里一痛,冒出这么一句古诗。她眼见福临神色又变,赶忙笑着解释说:"百年聚合,终有一别。皇上一向旷达,难道还看不透?如果这样,又怎能参禅?"

福临愣了一愣,强笑说:"你我相约生生世世永为夫妻,岂是百年二字可以了的?"

乌云珠略带凄婉地笑了。

"这不是张灵的《招仙图》吗?"福临看着墙上那幅横卷,"是鉴赏,还是祭奠?"

《招仙图》,构思非常巧妙,笔法简洁潇洒。图的右下方,雕栏玉砌的石桥边,一位宫妆美女静静立着,仰望高天,满腔倾慕、企望之情。中间隔了很长很长的一片空白,一笔不画,一色不染,那是无限苍茫、寥廓、幽远的大地和天空。最后,在长卷的左上角,现出了浮云中的一轮明月。整个画面给人凄清欲绝、无限空阔的特殊感觉,既使人想到"高处不胜寒",又使人想到"空照秦淮"的种种意境。

乌云珠答道:"二者兼而有之。"

"那么,这是宫妃在招广寒宫里的嫦娥呢,还是广寒宫的嫦娥在招宫妃呢?"福临在尽力缓和气氛。

"我想,也是二者兼而有之。"乌云珠的声音打了个磕绊。

福临却没有听到,仍然注视着《招仙图》,说:"这位桥畔美人儿,倒真与贤妃有几分相似哩!"

"是吗?"乌云珠几乎问不下去,把头扭开了。

"你今天是不是好些了?刚才进来听见你在弹琴。"

"是。午间起来觉得很清爽,就试了试手指,叫她们挂出这卷图,弹了一曲《广寒怨》。"

"不,不对。起初弹的是《广寒怨》,后来呢?那曲激扬壮烈的琴声呢?那声韵同风雨江涛相仿佛,绝不是《广寒怨》,你只弹了一小会儿……"

"那,那叫《烈风雷雨颂》,"乌云珠忍泪回答说,"是我幼年从师时,师父教给的。"

"你为什么不弹完,就倒在琴上哭呢?"福临关切地问。

乌云珠怎么能告诉他呢?午后她略感轻松,起身弹琴,是想试试自己的体力,也想借以抒发情怀,于是弹起了《烈风雷雨颂》。谁知弹了不几句,便觉体力不支,一时头昏目眩,冷汗淋漓,眼前一片昏黑,差点儿晕过去。她明白了,自己没有什么希望了,顿时万念俱灰,推开容妞儿送来的药,伏在琴上便哭了。

不,她什么也不肯告诉福临。今天她看到福临伤痕累累的心,他的沉重的精神负担,她决不肯使他增加新的痛苦。但是,她心里又有许多许多话要说,想要留给福临,这是她一生挚爱的人,他们一同经历了多少风浪,一同尝过多少甘苦啊!想当初青春年少,他们像一对年轻美丽的凤凰,雄心勃勃,向着朝阳,比翼奋飞。但是,狂风暴雨,明枪暗箭,给他们留下了无穷无尽的创伤!凰已奄奄一息,凤还能振翅翱翔吗?……

乌云珠用双手轻轻地、无限爱怜地托住福临的面颊,泪光闪闪的黑眼睛无限留恋地扫视着亲爱的面容,最后,她努力绽出一丝微笑,小声地回答福临:

"出师未捷身先死,长使英雄泪满襟。"

福临心头掀起一重热浪,喉头哽住了,目不转睛地盯住了他的这位贴心的情侣、志同道合的知己、他心目中惟一的妻子,嘴唇颤抖得说不出话来。

乌云珠又用冰凉的手捏住福临的手指,用更微弱的声音问道:"一口气不来,向何处安身立命?"

福临像搂抱孩子似的,把乌云珠紧紧搂在怀中,低头把脸贴在她身上,阵阵呜咽眼看就要从胸中涌起,他都勉力抑制住了。他要乌云珠学佛参禅后不久,乌云珠每见到他,常常以这句参禅语相问。最初他笑而不答;乌云珠病后,他避而不答;今天呢?他满心苦楚、辛酸,连出声都不易了,怎能回答?

二

顺治帝宣诏天下,征求各地名医来京师为皇贵妃调治;

顺治帝派内外大臣,广祀百神,为皇贵妃祈祷;

顺治帝大赦天下十恶以外的罪犯,为皇贵妃祈福。

然而,皇贵妃病体日渐沉重,毫无起色。

福临亲自往西山碧云寺礼佛,为皇贵妃祈祷——在这以前,他只为皇太后的病做过这样的事情。

中秋刚过,桂子飘香,碧云寺在西山的绿海中,幽静得不似人间。福临在寺院住持陪同下,走进大雄宝殿。住持虔敬地呈上一束线香,福临接过,郑重地往佛前长明灯上点燃,"扑",小小的火焰一跳,线香燃着了,袅袅青烟飘起。福临虔诚地擎着线香,仰头望定了慈眉善目、法相庄严的巨大的如来全身。

"扑",小小的火焰又一跳,熄灭了。一位总管太监脚步错乱地闯了进来,撞倒似的跪下,满面仓皇,上气不接下气地说:"启禀、万岁爷,皇贵妃,病、病危!"

福临顿时脸色大变,将手中线香往香炉上一插,一言不发,转身就走。那些下不完的台阶,无穷无尽!福临心急火燎,连跨带跑,一步三级地往下跳,随从太监们跑得张着大口喘气,也追不上他。他跑到寺院门口,撇下御辇,从侍卫手中夺过缰绳,翻身上马,猛抽一鞭,那黑骏马掀起前蹄,昂然一声长嘶,往前一纵,便飞箭一般蹿下山去。总管太监一看,急得又喊又跳,一面跑一面指着那些发愣的御前侍卫、仪驾及豹尾班、长枪班,大吼道:

"快跟上追呀!你们这些笨蛋,发什么呆,快追呀!"

太监竟敢骂侍卫"笨蛋",这还了得!但此刻谁也记不起这些上下尊卑了,侍卫们如梦方醒,跳上马,呼啦一下跟着追下山。于是从西山通往西直门的大路上,如同一场激烈的长途赛马,道边行人都吓得东逃西散:一匹黑亮的骏马挟着风暴骤然驰过,后面又有一群马队卷着黄尘席地而来。一路上鸡飞狗跳,撞倒了踩伤了多少人,谁也计算不清了。人们不知道发生了什么事,直到跟上来了一队无法飞跑的手持笨重仪驾的骑兵,人们才知道是皇上出巡,赶紧老老实实地跪在路旁。

侍卫们在西直门前追上了皇上。那是因为门前关吏不认得骑黑马的人是谁,拦马要税。福临抬手就给了他一鞭子,准备纵马冲门。就是这点耽搁,侍卫们赶到了,大喝道:"闪开闪开!皇上御驾在此!"

关吏吓得屁滚尿流,跪在道旁像捣蒜般磕起头来。福临已经把他忘了,加鞭就要进城,侍卫们已乖巧地冲到皇上的前面,打马飞跑,大声喊叫:"闪开闪开!大小官员军民人等一起闪开!圣驾来了!"这样,才避免了更多的伤害和更大的骚乱。

福临对这一切全都没有注意,没看见也没听到,只有一个意念支持着他:"快,快!再快!一定要见到她!哪怕是最后一面!快!……"

西直门、新街口、西四牌楼、西安门,飞也似的从他们身边闪过,远远地抛在身后。御马监精心喂养的这些骏马,大约从来没有这么狂奔过,一匹匹像从水里捞出来似的,汗水把马毛粘在一起,又往下滴答着。人也不比马强,里里外外的衣裳都湿透了,紧紧贴在身上。而皇上仍然发疯似的抽打胯下的黑骏马,只有当如注的汗水要迷住眼睛时,他才匆匆地擦了一把。

这一股旋风穿过金鳌玉𬜯桥,直刮到了玄武门①前。这里是大内,是紫禁城,任何人到此都得下马下轿。侍卫们不敢违禁,都勒住马缰,准备下马了。忽然听见"啪!啪!"两声猛烈的鞭响,皇上全身几乎贴在马背上,"嗖"的一下狂风一样冲进了玄武门!侍卫们来不及眨眼,来不及反应,只惊得目瞪口呆,没有一点办法。

福临失去了对其他一切的反应能力,几乎是凭着本能,纵马冲进顺贞门,在御花园内横冲直撞,闯出了东门,奔驰在东一长街上。自从二百多年前大明永乐皇帝兴建起这所举世无双的辉煌宫殿群以来,在重重金殿的黄瓦红墙之间,还从来没有人敢冒死牵马从这里过一过,而今这暴烈的马蹄声却在高高的宫墙间震响!

福临的耳边只有风声、马蹄声和自己心里那越来越紧、越来越响的呼喊:快!快!

承乾门闪过去了,许多宫女、太监惊慌失措的面孔闪过去了,福临直奔到后殿寝宫才勒住了马。他刚跳下来,马便四蹄一软地瘫倒了。福临连看都没看一眼,一头冲进寝殿。啊,这不是她吗?

---

① 即神武门。

安详地躺在那里。她不是嘱咐他、等待他早早回来的吗？他要奔到她床前,有人拦住了他。谁敢这么大胆？他一抬眼,看见了母亲。但看不大清楚,恍恍惚惚,只觉得她脸色白得像纸,但有两处很红的颜色斑,这是怎么回事？他无暇多想,他要和他的乌云珠说话。

庄太后又一次拦住了儿子,用嘶哑的嗓音低声说：

"皇儿,你来晚了！……她已经……"

皇太后说不下去了,转过脸痛哭失声。

福临没有听懂,只是微微睁大了眼睛,看了看母亲,再看了看她,推开那些来搀扶他的妃嫔贵人,向前走一步,再走一步,像梦游人那么飘忽……突然,他猛地扑到她面前,双手一起伸到她口鼻之上。

"啊！"他惨痛地大叫一声。

"啊！——"他又发出一声悠长而惨烈的哀号,仿佛有人在他心窝上捅了一刀,又像受伤的猛兽临死的嗥叫；接着,他朝天喷出一口鲜血,仰面一倒,失去了知觉。

原先来承乾宫为董贵妃哭泣的后妃们,这时又在为皇上痛哭了。她们慌作一团,围上去又是揉太阳穴,又是舒胸顺气,乱糟糟的没了章法。惟有皇太后抹着泪,命妃嫔们全都走开,让太监把皇上小心地抬到中间的长坐榻上,吩咐速传太医,自己便坐守在儿子的身旁了。

太医很快就来了。宫妃们都聚在里间静悄悄地听着。这正是方才眼看着皇贵妃咽气的那位太医,乍一见皇上的样子,吓慌了神,脸也黄了,手也哆嗦了,大滴大滴的汗珠顺着脖子滚了下来。他战战兢兢地跪上前、低着头,伸出三个手指按在福临的手腕上,竭力调平自己的呼吸,诊脉片刻,长长地嘘了一口气,低头道："禀皇太后：皇上是急痛攻心,加以劳累过度,一时昏厥。待学生开一剂舒胸顺气、开窍镇惊的凉药,就会好的,请太后放心。"

太医退去,皇太后舒了一口气,里屋的后妃们一轻松,竟又哭出了声。刚才她们真被吓坏了。皇后走了出来,看看依然昏迷的福临,对皇太后说:"额娘,要不要送皇上回养心殿?"

皇太后失神的目光掠过皇后,摇了摇头。

"可是,承乾宫里这么乱,董鄂妹妹的……还在里面放着,皇上躺在这里,怕不合适……"皇后低头小声说。

"不,你不明白!……"太后长叹一声,扭过头去用手绢按住突涌出来的泪水。是啊,没有人比她更了解自己的儿子。他一旦苏醒,第一件事便会是要看乌云珠,即使把她移到别处,他也会不顾一切地跑到承乾宫来;要是有人阻拦他,他会暴跳如雷,用他无上的权威把他们全部处死。他的性情,他对乌云珠的一腔痴爱和伤悼,不让他尽情发泄,憋在心里,会把他逼疯的。

皇太后沉思片刻,命苏麻喇姑召来四名壮实的宫女和四名魁梧的太监,告诉他们,一定要小心皇上的举动,出了意外就要他们的脑袋。

皇后莫名其妙地看着皇太后的这一番布置,完全不明白她的用意:"额娘,你这是……"

"不要问了,"皇太后不看皇后,用手绢捂住嘴和鼻子,声音变了调,呜咽着说,"一会儿你就明白了。"

皇太后料到福临会有一番疯闹,但她也没想到会闹成这种样子,简直要把所有的人都逼疯了。

福临醒来时,非常安静,就像刚从睡梦中睁开了双眼。他看到满屋淡淡的红光和在红光中浮现出的母亲那亲切、慈蔼的面容。原来,血红的夕阳穿过窗棂,正投射在雪白的东墙上,把一屋的空气都染红了。

福临定睛望着母亲,惊讶地说:"额娘,这是什么地方?你怎么在这里？我怎么在这里？"他支撑着坐起来，太后连忙把他按住，他也浑身无力地颓然躺倒，说："我生病了吧？怎么全身又酸又痛，一点力气也没有？……哦，额娘，我做了一个非常可怕的梦！你知道吗？好像我从什么地方拼命打马赶回宫来，可是回到承乾宫，乌云珠已经去了……"

皇太后背转了脸，仿佛去拾什么东西。

"额娘，人家都说梦是反的。我既然梦见她病死了，她就一定不会死，病一定能好，对吗？"

皇太后双肩耸动，就是从背后看，也能发现她在哭泣。

"额娘，你怎么了？咱们一起到承乾宫去看乌云珠，让她给你讲几个笑话，你就百愁尽解了！"

皇太后再也忍受不住，离座走开了。里屋传出一片压抑不住的啜泣。原先站在福临榻头的皇后，转过来走到皇太后坐过的地方，一双眼睛红红的，俯身望着福临，用她最温婉的声音，强笑着说："皇上忘了，这儿就是承乾宫啊……"

"什么？"福临一下子坐了起来，诧异地说，"你在胡说什么呀，明明是养心殿！"

皇后也扭开脸，抽泣着转身走开了。

福临满腹狐疑，先看到自己躺着的长坐榻，又慢慢地环视四周。福临的脑子像巨大的千斤石磙，笨重而吃力地转动着，非常缓慢、迟钝，漠然的目光扫过默默无言地站立各处的妃嫔宫监，她们红肿的眼睛也没引起他的注意。他的眼光落到墙上：宋人的《风雨归舟图》；元代赵孟頫的书法条幅；墙脚下摆满宫中的夏季三清花——茉莉、晚香玉和夜来香，照例在红、黄、蓝三彩瓷盆里栽着，为的是和白花绿叶相调和，这不是她的高雅见解吗？……那是一幅什么横卷？这么熟！啊，明代张灵的《招仙图》！

一道闪电击破了混沌的迷雾，他浑身猛烈地一颤，全想起来了!倏然间,他容颜大改,严峻、庄重、冰冷,惨白的脸上两道黑眉高高飞扬,乌黑的眼睛深处亮起两朵火光。他一下子站起来,不摇晃,不踉跄,不慌不忙,完全不像个病人的样子,迈着坚定而沉重的步子,缓缓走向寝房。

他怎么能够这样镇定?他要干什么?所有的人都惊慌地望着他,害怕地给他让路。八名宫女、太监紧跟在他身后,谁也不敢问他一句话,他脸上的表情实在冷得可怕。

乌云珠容颜如生,只是比生时更安详、更宁静,嘴角似含一丝微笑,仿佛为最终获得了解脱而庆幸。这是一尊白玉雕就的仙女,美得使人落泪,圣洁得使人下跪。福临默默凝视着她,一动不动地站了许久,然后跪下去,从她胸前拿起那双冰凉的小手,贴在自己脸上,洒了几滴热泪。他又把她的手小心地放回原处,微笑地望着她,小声说:

"乌云珠,我的乌云珠,等等我吧!"

他静静地从腰间那缀着红蓝宝石、嵌珠镶金的刀鞘内抽出锋利的短刀,对乌云珠的遗体一示意,仿佛让她看看自己殉情的决心,然后掉转刀锋,非常从容镇静地刺向自己的咽喉。

当他拔出短刀时,人们大惊失色,妃嫔中有人尖叫起来,皇太后和皇后都不顾身份地扑了上去。最靠近皇上的太监、宫女,到底身手矫健,也因为福临的动作委实太庄重沉着了,所以拿刀的手一下子就被太监扳住,夺走了短刀。两个力大无比的宫女一左一右地抱住了他,使他动弹不得。

"皇儿,你不能犯糊涂!……"皇太后气喘吁吁地嚷。

"皇上,你可不能啊!……"皇后几乎与太后同时叫喊着。

可是这些话福临都完全没有听到。自杀被拦住了,竟激起了他的暴怒。他一下子便如疯狂了一般,不知从哪里突然来了一股惊人的力气,左一推右一撞,挣开了两个宫女,又飞起一脚踢倒了身边的太监,大喊大叫:"谁敢拦我,我叫他立地就死!我不活了,我就是不想活了!……"他的眼睛像通红的炭团,面孔烧着了似的血红。他甩开众人,略一低头,便猛力撞向墙壁。太监、宫女又一窝蜂地拥上去阻拦,裹着福临一起摔倒在地上。

哭声、喊声、尖叫声,乱得一塌糊涂,几乎要掀了殿顶。福临又从众人的纠缠中摆脱出来,左顾右盼,分明要进行第三次冲击。庄太后不顾一切地冲到他面前,哭着大叫道:"福临!你就先杀了我吧!"

福临一愣。从他懂事以来,还没有人敢直呼其名。定睛一看,面前是悲痛欲绝的母亲,而母亲又说出了这样的话!福临吃惊了,眼睛里流露出犹豫,犹豫的背后,理智闪出一星光亮。

"你是不是要我再浇你一杯冰水?"太后又喝了一声。福临打了个冷战,在母亲面前跪倒了。

皇太后颓然倒在椅子上,胸口大起大伏地喘了几口气,竭力平息了片刻,终于勉强用她平日温和的口吻说下去,不过嗓音还在颤抖:"乌云珠最后还念念不忘地嘱咐,她说:'今日儿殁,自是天命,万望皇上自珍自爱,以祖宗大业为重,以社稷万民为重,不必伤悼。'她这样识大体顾大局,你竟敢为一己之爱而忘祖业?怎么对得起乌云珠?"

皇后走近前来,跪在皇帝一侧,含泪进言:"董鄂妹妹临终时再三说:'妾妃将去,此乃定数,亦无所苦。惟独不及酬答皇太后与陛下恩情于万一,太后年将半百,为妾妃伤悼,妾妃虽死而不能心安……'妹妹孝养太后,至死念念于怀,皇上也需自己珍重,勿伤太后之心!……"

妃嫔们也纷纷环绕着太后和皇上、皇后跪下了。满屋的人都跪下了。请求、哀告之声充斥宫内,泪水滔滔不绝。他们恳求皇上体念太后和仙逝而去的皇贵妃的一片苦心,万万不可自寻短见。

福临昏昏沉沉,不死不活,最后,大约耗尽了精神,瘫倒在地,又晕了过去。

这一夜,皇宫内院处处彻夜无眠,各宫灯光都亮到天明。福临死活不离开承乾宫,皇太后和皇后只好也陪在这里。妃嫔们回到自己宫中,一夜心惊胆战,不知还会发生什么意外。许多主位烧香祷告,求神保佑皇上安好。

后来的两天两夜,二十四名强壮的宫女、太监轮班昼夜看守皇上,防止他再行自杀。一切可能造成伤害的东西,像小刀、棍棒、重物,甚至花瓶、洋钟,全都收了起来,使皇上无隙可乘。不知是皇太后那慈爱的、充满理性的谆谆教诲起了作用,还是太医的几剂越来越厉害的凉药安神定魂,在闹得天翻地覆、人仰马翻之后,第三天清晨,福临终于安静下来,跌入了昏昏的沉睡。皇太后、皇后和妃嫔宫监们也都松了一口气,各自抓紧时机歇息养神。

庄太后已经疲惫不堪,却无法入睡。福临这寻死觅活的一闹,勾起她多少心事!她不禁想起福临的父亲、她的丈夫皇太极。当初她的姐姐关雎宫宸妃去世时,皇太极也是悲恸得死去活来,动辄哭晕过去,不饮不食六天之久,半年之内朝夕痛悼,一过旧宫故地就要流泪,还数次往宸妃坟前奠酒痛哭。皇太极正是因为承受不了这样的哀痛,体质和精神日渐衰弱,一年后重病而亡。儿子和父亲竟如出一辙,他们都是大有作为的英明之君,却又都忒多情。情深情重,竟成魔障,弄得这样无法收拾,难以自拔。

宸妃是庄太后的亲姐姐,董鄂妃是庄太后的干女儿,她对这两人都知之颇深,也十分喜爱。但是,她们一个夺去了她丈夫的情感,一个占据了她儿子的心,作为妻子和母亲,她又怎会不产生一种本能的厌憎?不过,庄太后不同于一般女子,她知道应该把这厌憎限制在一个什么样的范围之内。所以,当她再往承乾宫探视福临,面对一个棘手的局面时,轻而易举地应付下来了。

福临已经移住承乾宫正殿。按规矩正殿是行礼的地方,不能住人,而今为了皇上,只得破例了。福临还很衰弱,半躺半坐在御榻上。皇后、淑惠妃、康妃、恪妃等主位围坐相陪,不管心里愿意不愿意,她们都在不断啜泣,小声地追述着皇贵妃的许多好处。

　　见皇太后进来,皇上和后妃们都起立迎接。皇太后从容随分,不拘礼节地坐到榻边方椅上。刚刚坐定,福临已跪在她脚下了:"儿不肖,惊扰母后,劳累母后,求母后恕儿之罪。但儿有一心愿,望母后成全。"

　　见他已不似前两天那么疯狂,太后料定不会再有自杀的危险,便和悦地说:"但凡合理合礼,皇儿只管令行就是。"

　　福临迫不及待地说:"儿要以皇后之礼为乌云珠发丧。"

　　殿中刹那间极其安静,仿佛被皇上这句话吓住了。淑惠妃、康妃、恪妃她们拼命低下头,不敢看皇后的表情;皇后的脸顿时通红,泪水眼看就要夺眶而出,尴尬和委屈逼得她真想跳起来逃出宫去。皇太后皱起眉头,忧心忡忡地看着福临,似乎担心他神志还不清醒。半响,皇太后轻轻摇头,慈和地说:

　　"皇儿,这是从来没有先例的事啊!皇后明明在,乌云珠明明是皇贵妃,而要待以皇后之礼,你说这妥当吗?这与国家、宫廷体制全都不合,朝中众臣必有异辞,纷争不下,何苦来呢?"

　　福临惨然道:"儿今万念俱灰,母后若不准儿所请,儿愿削发披缁入山学佛,不再参与人间之事了!⋯⋯"

　　皇太后心头又悲酸、又愤慨,许多话想说而不能出口。此刻她心中冲出一个极其强烈的愿望:愿人间不曾有过乌云珠,愿可诅咒的天地永不使这一对痴情儿女相遇!这真是大清的极大不幸!要是她能做得了下一代皇帝的主,就决不许他有宠妃,决不让他情有所钟!⋯⋯

　　不料,皇后擦干眼泪,跪在皇帝身旁,向皇太后说:"母后,董鄂妹妹侍奉皇上五年,贤孝和顺,实在能代儿妇之职,儿妇本有心以皇后之位相让,不想她竟仙逝……以皇后之礼丧葬,实在与儿妇初衷相合。朝中诸臣若有异议,可以儿妇本意晓谕。这样,就是后世史臣,也不能将此举议为皇帝之过了……"

福临大觉意外,非常感激地看了皇后一眼。这一眼看得皇后又是心酸又是欣慰,脸不觉又红了,泪珠却扑簌簌滚了下来。妃嫔们也惊异非常,虽不敢私相议论,也互相交换了许多意味不同的目光。

庄太后让胸中的郁闷消散片刻,平稳地说:"皇后既然体贴皇帝之心,不生妒忌,我又何必拂违你们夫妇的好意呢?"她转向福临:"皇帝就把皇后的意思谕示朝廷诸臣。至于诏书,可称奉我的旨意。"

福临喜出望外,再一次向母后叩拜,皇后也随着跪了下去。

次日,皇帝降谕礼部:"奉皇太后懿旨:'皇贵妃董鄂氏孝敬性成,淑仪素著,才德兼备,足毗内政。今忽尔薨逝,予心甚为轸惜,应追封为皇后,以示宠褒,钦此。'朕谨遵慈命,追封皇贵妃董鄂氏为皇后,应行典礼尔部即议以闻。"

礼部不敢怠慢,在董鄂妃死后的第四天,便在停灵的承乾宫举行了隆重的追封礼,追封董鄂妃为皇后。

在董鄂妃去世的当天,庄太后见皇帝死去活来,一切不顾,自己也深爱董鄂妃的为人,所以代皇帝传谕:"辍朝五日,亲王以下,满汉四品以上并公主、王妃等哭临。"现在,董鄂妃已成为董鄂皇后,福临便以皇后之丧连续发下圣谕:

召江南、五台山高僧,遣中使迎来宫中,为董鄂皇后礼忏营斋,设水陆道场;

征天下巧匠,为董鄂皇后构设冥宅;

命学士王熙、胡兆龙编纂《董鄂皇后语录》,命大学士金之俊撰

写《董鄂皇后传》;

命内阁自八月至十二月,票本尽用蓝墨,以示哀悼,明年新正方许恢复朱色;

命诸大臣议谥;

命全国服丧,自哀诏到日,官吏一月,百姓三天。

…………

从满洲入关,到天下一统,十七年以来,朝廷还没有举行过这样隆重的葬礼。于是,北起长白山、黑龙江,南到两广福建,西越河西走廊,东至海滨,广袤辽阔的大地上,处处设起灵位,飘起白幡,成为第一次震动天下的国丧。

福临把自己关在养心殿东暖阁,不许任何人打扰,闷头抒写胸怀。从第一次见面到如今,六年多了,往事历历在目,养心殿里处处留有她的痕迹影像,使他触目伤情。福临咬紧牙关,什么也不去看,任凭思绪潮涌,奋笔疾书,把一腔感念都倾注笔端。然而泪随文下,泪多还是墨多?一行行字迹,是墨汁写就还是泪水染成?

头七之后,董皇后的灵柩就要移往景山寿椿殿。福临要在今晚把这篇祭文焚化在她的灵柩前。从来作文章不像今天,哀思如泉,文思如泉,泪水如泉。只恨手笔太慢,数千言竟无点窜,手不停笔地一挥而就。搁笔之后,他仿佛痛哭了一场,胸中的郁闷、哀伤减轻了许多。他走出暖阁,走出正殿。廊下几张桌椅,是供小内监抄录皇上御笔的,此时他们一个个竟哭红了眼,哽哽咽咽地抽泣、叹气。见皇上出来,连忙跪倒。

福临拿起抄录的纸折看了看,说:"哭什么?"

小内监忙奏道:"实在是万岁爷的祭文催人泪下,奴才们实在忍不住了……"

福临一个急转身,连忙走开了。

这天已是八月二十六了,二鼓以后,福临换了一身素色衣服,小内监提灯、侍卫护从,静悄悄地走向承乾宫。福临的想法,是趁夜深人静,最后一次与乌云珠单独相聚,一诉衷情。寂寂秋夜,仿佛理解他的心情,连风声都息了。满天星斗,银汉无声,因为月黑而星光格外明净,闪烁的光芒,使他不禁又想起乌云珠的那双会说话的眼睛……

走近承乾宫,便听得一片人声和哭声。这是怎么回事?董皇后死后第三日起,每天都派李国柱传旨把茚溪行森和尚召来承乾宫,上堂拈香,对灵小参,福临也曾相陪。现在这么晚了,是他还在灵堂吗?原来是皇太后、皇后和妃嫔在灵堂哭泣,她们也是来为董皇后送行的。

福临向母亲请安,后妃们向皇上请安,礼毕,皇上坐到皇太后左手下,强笑着安慰道:"母后不要悲伤太过,还是早早回宫歇息吧!"

在董皇后即将离宫之时,皇太后的哀痛陡然变得异常强烈,她神色惨然,声调呜咽地对福临说:"她实在称得上是皇儿的嘉偶啊!我一心指望你们两人永偕和好,娱我晚年,谁知竟中道而分!从此以后,谁能像她那么侍奉我?谁能如她那般顺我心、合我意?我有话又能与谁共语?谁还能与我一同筹思谋划?……"她竟说得泣不成声了。福临低头无语,皇后和妃嫔们的哭声更恸了。

"你们不要这么大声哭了,稍稍克制些吧!"皇太后转向后妃们。但她们哪里肯听,哭声依旧,没有一个回应一声。要知道,她们的哭,并非只为悲痛,也包含着委屈、不平、对太后一番话的不满。太后叹口气,泫然泪下,说:"你们这些人,难道都没心没肺吗?怎么连一句答话都没有?她听我说话,决不会这个样子!……你们走吧,都回宫去吧!不要在这里加重我的伤心了!……"

福临也厌烦地挥挥手,后妃们只好知趣地退出去了。随后,福临请母亲止哀回宫,皇太后疑虑地看看他,他苦笑道:"母后请放宽心。"

皇太后也走了,福临便独对灵柩了。小太监捧来金炉,福临就面对灵堂,拿起他亲笔写的祭文,一字一句地读下去。开始还想硬撑着朗朗而读;后来泪随语出,抑制不住;读到最后,声音嘶哑,泪湿胸襟,几乎不能完篇。小太监流着泪举起火,福临在灵前亲自把祭文一页一页地焚烧在金炉之中。

福临祭毕,便默默坐守在灵前。千回百转,哀思总难撇开,连想闭眼歇息片刻,也都做不到。乌云珠去了,福临的一切都随她去了,只剩下这无用的躯壳!……

天亮时,奉旨前来承乾宫为董皇后舁柩的八旗二三品官员近百人,已在承乾门外等候。茚溪行森和尚也奉命来为董皇后起棺。茚溪向皇上参拜后,手举线香对灵小参,口念偈语道:"几番拈起几番新,子期去后孰知音?天心有月门门照,大道人人放脚行!"

福临站在一旁,突然忍泪问道:

"一口气不来,向何处安身立命?"

和尚向皇上躬身道:"谢皇上重重供养。"

福临咬住嘴唇,泪水沿着消瘦的面颊慢慢流下。

抬棺柩的三十二名八旗二品官,身着丧服,帽顶饰白,各自站好位置,举杠上肩。茚溪以佛杖指着灵柩念偈道:"举步涉千岐,孤坐又成迷,且作么生,得恰好去。"他以杖上引,大喝一声:"起!"八旗二品官们一起用力,沉重的棺柩离地而起,缓缓出了满堂素帷白幔的正殿。

福临说:"谢和尚提拔。"

茚溪行森道:"圣驾珍重。"

大员们抬着棺柩走下月台,往承乾门移动,突然承乾宫的宫女、太监们冲上去拦道痛哭,哭得死去活来,攀着棺木绳索,不许抬出宫去。眼看几个宫女就将哭昏过去,护灵大臣呵斥责骂都没有用,当着皇上又不敢动鞭弄杖,一时竟然手足无措了。福临走过来,看着这些哭得如丧考妣的下人奴婢,心里十分感慨,半晌无言。后来,他非常和蔼地问:"你们为什么拦路?"

一名太监哭着回答:"奴才们舍不得董鄂娘娘!"

福临笑了笑,说:"她去了,你们将分发别宫主位名下,难道不愿意?"

"不!不愿意!"太监拼命摇头。他们再清楚不过,别看那些主位现在哭得伤心,日后她们会把对董鄂娘娘的怨恨都发泄在他们这些承乾宫旧人的身上。

一个宫女惊惶地哭道:"那还不如跟了她去呢!"

"哦,好丫头!朕想跟着她去而不得……好,你们暂且让开,朕有话对你们说!"

宫女、太监们不敢违命,棺柩终于顺利地出了承乾门,进入东一长街了。

福临对痛哭的奴婢们细细看过一遍,缓缓说道:"朕的心愿不能完成,朕可以成全你们的心愿。你们就都随董皇后去吧,替朕好好侍候她!"

哭声陡然增强了一倍,有人真的哭昏过去。福临点头赞叹,举步出宫去送灵柩。茚溪在承乾门外追上福临,躬身道:"皇上悲悼,确是纯情。但我佛大慈大悲,上天有好生之德,敢请朝廷免去多人殉葬……"

福临脸一沉,不高兴地说:"殉葬乃国家旧俗,不然董皇后有何人服侍?况且,朕想随她同去,尚且不能,奴婢们自愿殉主,忠义可嘉,朕岂能不成全他们?"

茚溪还想再说什么,福临已不顾而去。想到满洲贵族皇家确实有殉葬的风俗,这位以慈悲为本的和尚也就无可奈何了!

三

重阳节的第二天,九月初十,是董皇后的三七,这一天,将按国礼焚化大行皇后的梓宫。

由于不忍目睹,皇上、皇太后和皇后都不参与这个大典,委派安亲王全权主持。为此,在寿椿殿月台上,特地为安亲王设了杏黄圆伞和宝座,供他坐镇指挥。其实真正的组织者是司吏院、宣徽院和文书馆,他不过总揽其事而已。下边禀告秉炬的茆溪和尚未到,请候片刻。

参加大典的各宫主位、公主、福晋、命妇等,在正殿中等候,满洲亲贵和汉员分别在东、西配殿等候。岳乐闲等无事,举步走向东配殿。未进殿前,明明一片嗡嗡的说话声,他一进门,声音蓦然停止,只有一句没煞住:"……真重得厉害,不定放进了多少珍宝……"有人撞了一下说话人的肩膀,他回头一看,忙把后半句咽下去了。

这里有康亲王杰书、显亲王富绶、信郡王多尼、克勤郡王罗科铎、顺承郡王勒尔锦以及贝勒、贝子、公等亲贵和八旗统领、都统等近百人。亲贵们都有座位,旗下大员在亲贵面前自然不敢坐,原本分散地站在各处喝茶、吸烟、小声交谈,此时一起沉默下来。这沉默表示着一种情绪,形成了十分沉重的压力,使岳乐有种暴雨前闷得不能喘气的感觉。

王公贵族们起身迎接岳乐,他现在是王公中辈分最高、爵位也最高的人了。岳乐和颜悦色地请大家坐下。许多人避开他探寻的目光,重新端起茶碗,衔起烟管。岳乐决心打破沉默,笑说:"方才诸公正谈得热闹,说什么物品太重来着?"

站在窗前一位八旗都统躬身说:"禀王爷,是奴才随意说的。那天我们抬大行皇后的金棺往景山来,实在很重。"

"他说的不假,"一个眉毛灰白的八旗统领证实说,"比当年太宗皇帝的棺椁重得多!"

"太宗皇帝的丧葬也没有这么排场啊!"远处人丛中,不知谁极其不满地冲出这么一句。接下去,又是沉默,长久的沉默。坐着的亲贵们分明听到了,却都装作没听到;分明心里有气,却故意装得无所谓。但这不自然的沉默,却充分表达了他们敢怒不敢言的情绪。前几天,一名辅国公和一名承政因在国丧中作乐,皇上大怒,撤了承政职差,夺了辅国公爵位,一并禁锢了起来。哭临的最初几天,凡内大臣和命妇哭而不哀的,皇上都要发火,要交礼部议处。只是由于皇太后竭力劝解,这一条才没有贯彻下去。满洲亲贵,十有八九对皇上宠爱董鄂妃大不以为然,因为董鄂妃是半个蛮子,是所谓的"新派"。如今这种局面,他们心里能不愤慨吗?

沉默许久之后,有人轻叹道:"唉!太过了!……"岳乐本想回头看看说话的人,却忍住了。一抬眼,正碰上康亲王杰书的目光。杰书微微摇了摇头,嘘了一口气。

岳乐离开东配殿,又走进西配殿。这里可热闹多了。许多人大声地谈论着,简直是在炫耀。他们见安亲王来了,一起跪安。岳乐请大家不要拘礼,随后召大学士傅以渐到配殿北头净室,问道:"于磐,据说为大行皇后拟谥,很费了几番功夫?"

平日端庄稳重的傅以渐,脸上竟也一副忧心忡忡的表情,躬身答道:"是。我等先拟了四个字:孝献端敬,皇上不允;再拟六字呈进,皇上还是不允;加至八字,为孝献庄和温惠端敬,皇上仍很生气,说全不足以褒扬贤后,谕令再拟,于是才拟了十二字,便是现在的谥号:孝献庄和至德宣仁温惠端敬皇后。"

沉默有顷,岳乐说:"皇上对这谥号满意了吧?"

傅以渐摇摇头:"哪里。皇上犹以无'天'、'圣'二字为歉,但'承天'须嫡配能用,'辅圣'须有子继位才能用。皇上虽然不惬于心,也是没有办法啊。"

沉默了更长的时间。外间谈话声音很是杂乱,几句特别响亮的调门直传进净室:

"张宸这小子,自来不见有多大本事,这回可抢了头功,升主事了!"

"他升主事?真想不到!兄弟刚刚回京,快说给我听。"

"皇上遍征董皇后祭文,词臣学士凡是恭拟哀诔祭文进呈的,都得了重赏,但皇上称心的祭文寥寥无几。偏偏张宸进呈的祭文中有句云:'渺兹五夜之箴,永巷之闻何日?去我十臣之佐,邑姜之后谁人?'听说皇上读到此处,泫然泪下,连连称善,便采用了张宸的祭文,张宸也因而官升主事了。"

"哦!……"答者口吻中说不清是羡慕还是嘲讽。

"何止这些,"第三个声音加了进来,"前几天叩谒金棺时候,无不呼天抢地,如丧考妣。知道为了什么吗?凡是哭得不哀痛的人,都要议处;哭得哀痛的人,动辄赐给尚方珍物。听说公主、福晋、命妇们得赏最多!"

"唉,真是多情天子啊!……"

这同样是一句说不上是褒是贬的叹语。

傅以渐偷眼看看岳乐,岳乐正望着他,他也就硬着头皮说:"王爷明鉴,皇上此举是否太过?……"

岳乐皱眉道:"御史、给事中都是朝廷言官,理应直言无隐,直陈得失,怎么不见一人进谏?"

傅以渐道:"要是其他事体,皇上纳谏不难。惟独此事,皇上是一副固执心肠……"

岳乐无可奈何地摇摇头。他比汉官更知道皇上的脾气。如果他最崇敬的皇太后都劝他不转,别的谏正还有什么用?满人对皇上此举不满,原在意料中;汉官竟也这么忧虑重重,反应也这么强烈!朝廷里满与汉、满臣与皇上、汉臣与皇上,裂痕会不会越来越深?那会导致什么局面?济度的故事会不会重演?唉,皇上皇上,你为什么这样不管不顾?你到底能不能做一个英主明君?……

岳乐心情沉重,撇下傅以渐走出了配殿。大典为什么还不开始?还在等什么?他有些焦躁,信步走出大殿的前院。院外一处空场已收拾得干干净净,那是举行大典的地方。空场上,许多带刀卫士严密守护着两座金碧辉煌的宫殿,这就是董皇后的冥宅,由数百名能工巧匠日夜赶制而成。这是两座和承乾宫正殿、寝宫尺寸完全相等的高大木制模型,以沉檀为骨架,房顶刷金,窗棂雕银,纸壁纸墙上饰以文采富丽的云锦和西川锦,用明珠、宝石装点得豪华辉煌。董皇后生前所用的一切床帐、家具、器皿和珍宝摆设,全照承乾宫的样子在冥宅内摆好,一件不少。董皇后的灵柩已经移进冥宅正殿,周围许多僧人敲着木鱼、铙钹念经礼拜。众多僧人中间,岳乐认出那端坐蒲团、闭目养神的老和尚,正是主办景山大道场、被请来秉炬举火的茆溪行森。

茆溪既已到场,还等什么呢?岳乐不解地皱起眉头。当他望见冥宅寝宫的后门大开着,恍然大悟,便在为举行焚化大礼而设的铁栏边站定了。

"站住!站住!"背后传来卫士威严的呵斥。岳乐回头一看,一个女子从寿椿殿后侧冲出来,跌跌撞撞地直奔铁栅栏。卫士见吆喝不住,"哐啷"一声,长枪相击,交叉一拦,旁边另两名卫士"刷"地抽出了腰间钢刀。那女子吓得摔倒在地,浑身战抖,挽在头顶的黑发也披了下来。卫士们厉声喝问,她不知是过于惊吓还是天生哑巴,竟一声不吭。

岳乐心里一跳,连忙大步走了过去。卫兵们一见安亲王,赶紧收起兵器,跪倒请安。岳乐不等卫兵启禀,就生气地对女子说:"怎么在这里乱跑?还不回去!"

这是阿丑。她应该随安王福晋在寿椿殿等候,这么丧魂失魄地跑出来干什么?王爷的呵斥吓住了阿丑,她眼睛里露出被追捕的小动物那样可怜的畏惧表情,怕冷似的缩紧身子。可是当她朝岳乐身后看了一眼,便惊叫了一声,趁着谁都没有拉着她,猛跳起来,像受惊的鹿,向前飞跑,撞上那道铁栏杆,便双膝一弯,跪倒了。

岳乐十分恼怒,赶上去一把攥住阿丑的胳膊,低声喝骂道:"你竟敢在这儿给我丢脸!滚回去!"

从不在王爷面前求告的阿丑突然开口了,声音很低很低,岳乐简直怀疑是不是自己听错了:"王爷,求求你!他们来了,过来了!……"

他们?他们是谁?见阿丑瞪得很大的眼睛里满是恐惧和惊惶,岳乐心里纳罕,顺着她的目光看过去——

景山山坡上,转过来一列失神的人群,前面十名太监,后面二十名宫女,鲜丽整齐:袍冠是新的,宫服是新的,连头上的珠花、绢花也都是新的,宫女甚至还描了眉,搽了胭脂。不过一个个都像重病人,垂着头,弹着肩,拖着脚步,鱼贯而行。冥宅寝殿的后门是为他们打开的,他们便是为大行皇后殉葬的那三十名奴婢。他们已经服了毒药,正拼出最后的气力走进火葬场。只有死在冥宅里,才是他们最大的光荣,他们的家属亲人才能得到那笔数目挺高的赏银。

阿丑把脸贴在两根铁栏杆之间,仿佛成了一具僵尸,连她的面色也泛出死人似的惨白,只有乌洞洞的眼睛一眨不眨地盯着从面前走过去的一个又一个殉葬者。在卫士们面前,岳乐觉得难堪,心头火起,一把将阿丑提了起来。任凭他把她的手臂几乎捏断,阿丑连头都不回,全然不理睬。这可把岳乐气坏了:一个下贱的奴婢,竟不把身为王爷的主人放在眼里！他一甩手，阿丑便摔出去好远，头重重地撞在铁栏杆上。岳乐追过去，高高扬起那能拉十石弓、舞六十斤长枪的手臂，心里暗想，只要她告饶，或是吓得流泪叩头，他就放下手，不打她。

然而，阿丑那样地看了他一眼，目光就像一道闪电，亮得怕人，里面有疯狂、有反抗、有厌恶、有仇恨，就是没有恐惧和求告，撞破的额头流下的鲜血，更加强了这道目光的力量。岳乐从来没有接触过这样的目光，不由得一愣，阿丑却极快地掉过头去，继续全神贯注地瞪大眼睛，把这个威严的王爷完全撇在了脑后。岳乐倒有点不知所措，心里很不得劲，涌出一股说不上是尴尬还是羞辱，或者别的什么东西。

"啊！——"一个十五六岁的小宫女，突然发出一声尖叫，发疯似的撕扯着头发，跳起来回头拼命跑着，刺耳的尖叫声响彻景山："我不想死！我不想死！……我要我娘！……"

她跑出去十多步，押送护卫已大步赶上，一把把她扯住，手执金瓜朝她头顶一击，她张着两手乱抓了几把，仰天倒了下去。两名护卫抬着她，最后走进冥宅。他俩再出来时，便锁上了冥宅寝宫的后门。

冥宅正殿里的僧人开始纷纷撤离，只剩下秉炬举火的茚溪和他的两名大徒弟了。

阿丑自言自语，从牙齿缝里挤出低低的几个字："她呢？没有她？……"岳乐低头看时，紧张过度的阿丑，晕倒在铁栏边。岳乐这时才悟到，可能殉葬的宫监中有她的亲人。他唤来护卫，吩咐他们扶出阿丑，交给安王府总管。他想回府以后，一定要仔细问个清楚，一定饶不了这个任性的、不驯服的奴婢！

大火终于烧起来了！躬逢大典的妃嫔、公主、福晋、命妇、王公贵族、文武百官，黑压压地跪了一大片，匍匐着恭送大行皇后归天。

几百名和尚诵经祝福的巨大声浪,都被熊熊大火的呼啸声音压倒了,其中夹杂着大大小小的爆炸,那是冥宅中珍奇物品迸碎破裂的响声。火焰腾起数十丈高,五颜六色,喷出的沉香檀木的特殊香味,飘散到十数里之外,整个紫禁城、整个皇城都弥漫着这浓烈而古怪的奇香,随着阵阵微风,还飘向了东城、西城、北城甚至南城……

人们都伏地不动,木雕泥塑一般,谁也看不见谁的表情。但安亲王想象得出,那是些愤懑的、讥讽的、冷峻的、痴呆的面孔,由此可以生出最可怕的不忠。岳乐对着冲天大火暗暗祝祷:但愿就此把这件事情了结;但愿这大火使一切都成为过去;但愿人们很快就忘却这次丧礼;但愿皇上由此悟出一番道理,再不做逾分越礼的事情!

但是,皇上并不就此却步,又做了更过分、更耸人听闻的事,令所有的人都目瞪口呆了。

十月初八,由茚溪主办的景山水陆道场到了最后一天,圣驾来到寿椿殿,为董皇后断七。四十九天以来,白日铙钹喧天,黄昏烧钱施食,晚上放焰口。忏坛、金刚坛、梵纲坛、华严坛、水陆坛,热闹异常,无数僧人、无数官员、无数奴仆,忙得晕头转向。每逢七,皇上便亲临道场祭奠,呜咽不止,连出家的和尚们也为之感慨万端。七七四十九天总算过去了,大行皇后的梓宫已成为宝宫①,香花供养,备极庄严。水陆道场收了法事,朝廷上下,宫廷内外,都松了一口气。

茚溪行森在极端劳累的四十九天之后,也不由得躺倒了。他要放心开怀地好好睡一觉。但他的清梦未到,皇上的圣谕却到了,说圣驾即刻就到万善殿,要他准备迎接。茚溪无奈,只得赶紧起

---

① 盛骨灰的罐。

身。这位情深似海的天子又要为董皇后做什么法事?真不知他有多少泪水,至今也流不干净。

殿前苍郁的古松柏下,迎接皇上的茚溪暗暗吃惊,哀愁悲戚已从皇上眉目间一扫而光,他神态自然、从容、平静,目光里含着某种成熟的冷峻,仿佛两个月中长大了十岁。等到迎进了万善殿,分宾主坐定蒲团时,皇上竟霎然微笑,全然是一位和善的大施主。茚溪的倦意一霎间消失了,特别小心在意地侍候着这位面容苍白的君王。

"谢和尚启建、主持景山水陆道场。大行皇后得以超生,免去轮回之苦,朕五内俱铭。"福临平静地说,表情和悦。

茚溪答道:"董皇后于庚子秋月轮满之时成等正觉,与悉达太子睹明星而悟道无二无别,真乃奇事!所以一切众生,皆具如来智慧德相。"

福临点头叹道:"惟有这样送她去了,朕才觉安心,才对得起她的一片真情。朕总算了却了一桩心愿。"

茚溪静静地说:"龙女成佛,圣驾珍重。"

福临也静静地说:"如今朕心如死灰,万念俱空,来寻和尚为朕剃度,从此出家为僧。"

茚溪大惊,打了个冷战,大声说:"万岁切切不可萌此念头!国君一身系天下安危……"他说着,紧张得满脸通红。

福临冷漠地说:"出家人参禅学道,不可任意喜怒惊惧,所谓'一念嗔心起,百万障门开'是也。和尚岂不明白?"见茚溪被他这两句话说得垂了头,福临笑了:"师兄,这殿旁净室,从此归朕修行打坐,朕再也不回乾清宫、养心殿了。师兄度得人间一位天子遁入佛门,岂不是一件大功德?"

茚溪沉默片刻,仍然低头低声道:"万岁不可,万万不可!"

"师兄不信朕的诚心?"福临平静而从容地转了转身,左手拽过脑后那根乌黑油亮的辫子,右手抽出腰间短刀,"嚓"的一声就把它齐根割断了!

"哇!"内侍们惊得大叫着扑上去,但已经来不及了。福临的各种举动平静尊贵,不动声色,极合身份,惟独这关键的割辫子动作,闪电般快,任何人都来不及反应。那根乌黑的辫子,像蜿蜒扭曲的蛇,"刷"地扔到当地。众人望着它最后扭动了一下,仿佛是件活物,一个个呆若木鸡,惊得不会说话了。

"哈哈哈哈!"福临摘了帽子,晃晃脑袋,黑发散乱地披满脑后,得意地、痛快地,又带着点悲怆地大笑着,笑声在深邃阴沉的万善殿内回荡。他擦去腮边笑出来的眼泪,说:"千万根烦恼丝顷刻断绝,何等容易!从此后赤条条无牵挂!……师兄,你还不肯剃度朕吗?"说罢,他又纵声大笑。

出于惊愕、出于感动、出于某种虚荣,也出于隐隐的恐惧,茚溪盼咐徒弟备香案、呈戒刀,就在万善殿内,他用颤抖的双手,为大清帝国皇帝净发。半个时辰后,这位皇帝已成为一个新剃的光头泛青、新披的大红袈裟耀眼的精瘦清秀的小和尚了。

皇上削发出家的消息,像晴天霹雳,震惊了朝廷里的一切人。大清天子竟会做出这样荒谬绝伦的事情!真是做梦也想不到。议政王大臣紧急会议,第一项决定就是严格封锁消息,议论透露者斩;第二项决定,则是所有臣子都去轮流叩见皇上,求他还俗回宫、处理国事。至于内宫就更加慌乱了。从早到晚哭声不停,皇后和妃嫔们都处在被抛弃的境地上,抚今追昔,能不伤心?

禁令再严,消息还是传遍了京师。人们窃窃私语,联想起惊人的花费浩大的董皇后葬礼,多情天子的故事便到处流传开来。汉官士子知道一点底细,更添油加醋,使这事的始末成为一件骇人听闻的丑史;佛门信徒盛赞这位舍弃荣华富贵、舍弃皇位的天子,说他不愧为金轮王转世投胎;还有人目睹这场混乱,以为时机大好,颇想有所行动。于是,五城兵马司得到许多不轨预谋的报告,五城察院飞速上报,层层抵达议政王大臣会议。又一道指令紧急下达:护军营护军统领、参领、提督九门步军巡捕三营统领等率领的京师守卫部队,一概日夜巡逻、严加戒备,以防发生意外。

亲王、郡王、贝勒、贝子、公等亲贵和满洲大臣,川流不息地往万善殿见驾,劝说皇上回心转意;公主、福晋、命妇及后宫妃嫔,也络绎不绝地往慈宁宫叩谒皇太后,为皇太后宽心解愁。说来也怪,在人来人去、繁忙慌乱之中,只有两个人一丝不乱、一点不慌。一个是福临自己,一心一意打坐参禅,亲贵大臣他一概不见,只在有兴时召请词臣学士谈诗论画,但政事一个字不许提。另一个呢,是庄太后。她既不去万善殿,也不表示悲哀忧愁。来叩谒的,她一概都见;安慰劝解的话,她一概都听,并且总是带着慈和的微笑,不对儿子出家发表任何看法。这母子俩!

在皇上剃度的大事发生之后,这是安王福晋第二次进宫了。上一次本是去劝慰皇太后的,谁想皇太后并不悲愁。她回府便和丈夫商量,把冰月接回王府。董皇后去世,皇上又做了和尚,冰月不就成了无爹无娘的孤儿?安亲王同意了,今天夫妇二人都进宫来了。岳乐自然是去万善殿见驾,一天一次,次次都吃闭门羹。今天怕也是照旧。

在东华门,夫妻俩就分了手,岳乐去西苑,那拉氏带阿丑来到景运门前。要接冰月,非阿丑不可。但没有宫内主子的特许,奴婢不能越景运门一步。那拉氏下轿后吩咐阿丑在景运门外那一排侍女室等候,自己便进了门。

那拉氏最弄不懂这个阿丑。模样儿近来越长越好看,眼神儿却越变越痴呆。大行皇后焚化礼完毕回府,丈夫对她说起阿丑的怪异行动,要她盘问出个究竟。她费了好大精神,最后气得她不顾安王府仁慈厚道的好名声,动了鞭子,但阿丑一言不发,还是一无所获。你就是拿刀子撬开她的嘴又有什么用?她像个哑巴。丈夫对她的行动不以为然,她只好瞪他一眼说:"有本事你自己去试试看!我就不信这石头人有什么心事,看热闹罢了!"

梦姑怎么会没有心事呢?但是,这些年的亲身经历和所见所闻,使她坚信只有成为哑巴,才能避免新的不幸。她一直为承乾宫的容妞儿心神不定,却没有可能打听她的情况。那天在景山,她待在侍女室的一个角落,幽幽的像只小老鼠。可其他侍女一个个都知道许多事情,你一言我一语,不几句就谈起了殉葬。天哪,承乾宫的宫女、太监都要被活活烧死!这一瞬间,梦姑竟毫不犹豫地断定,容妞儿就是她的可爱可怜的容姑小妹!积蓄已久的思亲、悲愤突然借着这个缺口喷发出来,一向无声无笑、冰冷如霜的梦姑爆发了,发疯似的冲出侍女室,冲到铁栏边……老实说,那天若不是正好由她的主人安亲王主事,若不是正好安亲王对她怀有一种说不清的好奇,她是休想活命的了。她曾向焚化大礼的场所呆呆地看了很久,价值千百万的珍奇瑰宝、沉檀冥宅、大行皇后的棺椁、殉葬的三十名宫监,都已化为灰烬。容姑呢?殉葬者中没有她,她到哪儿去了?这一切她怎么能说?也许容姑的生命就悬在她舌尖?……这该死的宫墙啊!要是能飞到承乾宫去看一眼呢!……

几声唿哨此起彼伏,从南边那一片柏树林传了出来,离得不远,几个穿宫内侍从衣服的人在那里调鹰。可怜的鸟儿,原来是在高山峻岭之上、蓝天白云之间自由自在地飞翔的,现在却被锁挂着双脚,就是飞,也不过十几丈远!

一个熟悉的身影从梦姑眼前一闪,她的心怦怦直跳。这身影唤起她记忆深处那非常遥远、非常美好的梦:满山遍野瓦蓝蓝的马兰草,老杏树的繁花,母亲、容姑、同春哥、同秋弟、小鞑子费耀色……费耀色！就像是他！跟两年前跑来给容姑报信的小鞑子一模一样！只是长高了半个头。

梦姑心慌气短，瑟瑟发抖。两年多来，第一回碰到了一个熟人！她眼里突然涌满了滚烫的泪水……但是，会不会弄错？他肯不肯理我？我这低贱的奴婢！……

梦姑暗暗一咬牙，豁出去了！她走出侍女室，急中生智，装作低头寻找东西，慢慢往柏树林挪去。景运门侍卫懒洋洋地看她一眼，没理会，只顾和门里太监继续小声聊天。

梦姑一步步接近了那个人，只觉心要从嘴里跳出来。她紧紧按住胸口，突然一抬头，用她自己都觉得生疏的声音抖抖索索地问："小爷，有没有看见一张绣花丝帕？"

那"小爷"不在意地回头，说："没有！……"可他立刻张大了嘴，眼睛瞪得铜铃大："你，你……是梦姑姐姐？"

"费耀色！……"梦姑只叫了这一声，喉头便哽咽得什么话也说不出来了。

费耀色顾不得许多，忙问："你在哪里？怎么进宫来了？"

"我……在安王府为奴……今天随福晋来……"

"没有见到容姑姐姐？"

"她！她在哪里？快告诉我！她还活着吗？"梦姑一把拽住了费耀色的胳膊。

费耀色忙说："别急，听我告诉你……"

就在焚化大礼的前一天，费耀色随笔帖式一同去景山送猎鹰，那是大行皇后生前最喜欢的一只海东青，要为她殉葬。同时送去的还有两只白猫、一笼金丝雀、一笼相思鸟。他们被领到景山半山腰的一所屋子里，那屋子窗户都钉得死死的、糊得严严的，谁也看不见里面的景况，但他们都知道，里面关着与猫、鸟同命运的殉葬人。

费耀色他们快要离开时,忽见一名总管太监领人匆匆走来,对看守的卫士说了几句什么,卫士便进到屋里,不一会儿押出一个神志昏乱、衰弱已极的宫女,来人便把她半搀半拽地带走了。费耀色几乎跳起来,因为他清清楚楚地看到了,那宫女就是容姑!

焚化礼上,费耀色也仔细辨认过,殉葬众人中确实没有容姑。他留心打听,一个偶然的机会,上司们闲谈中透出内情:太后身边的苏麻喇姑禀告太后,说容妞儿曾犯有过错,不配殉葬,又说她疑惑容妞儿不是旗下姑娘,那就更不配随大行皇后去了。太后立命查究,很快查清了底细,容妞是冒名顶替的奴婢!皇上大怒,把容妞原主家夫妇斩首示众,容妞没有留在宫里的资格,给撵出去了。

"……她出去以后的事儿,就再也不知道了……"费耀色说到这儿,神色突然有些慌张,赶紧小声说,"来人了!……有了容姐姐消息,早早告诉我!……"

"费耀色!"随着这声大喝,一个头目模样、眉毛粗重的人快步走了过来,一把扳住费耀色,"不许跟奴婢下人搭话,你又忘了!你调的鹰呢?飞啦?怎么跟上头交差?混账东西!"他怒冲冲地抬手就是一鞭子。

费耀色抬胳膊护住头脸,鞭子抽在他的背上。他直跳起来,大哭大喊:"她丢了帕子问我见到没有,也怪我吗?鹰飞了有什么稀罕,三阿哥要我撒开来调驯的,不信去问三阿哥,干吗打我?呜……谁不知道我费耀色是尚膳监养鹰鹞处年岁最小的当差人,你雷公打豆腐,专拣软的欺负啊!呜……"他故意把自己当差的处所详细说出来,偷偷对梦姑眨眼,大声哭叫着。

一听"三阿哥"三个字,头目先就软了,可又不肯立刻低头,故作不耐烦地说:"别哭了,我不打你就是。可你撒了鹰,飞跑了怎么办?海东青啊!我也得跟着受罚!"

费耀色歪着头不屑地瞪他一眼,转身对天空打了个尖而响亮的嘁哨,那只远远地落在大松树顶端傲然雄视的钢灰色鹰,展开双翅,"呼"地飞了起来,在他们头顶盘旋了两圈,轻轻落在了费耀色肩上。

"嗨、嗨,好小子!"小头目高兴了,连忙向费耀色表示好意,"算我打错了,请你喝酒行不行?把你这手教给我……"小头目搂着费耀色的肩膀,两人向南走了。

梦姑对费耀色的背影看了好半天,慢慢走回侍女室,心里高兴得乱哄哄的。亲人!同胞妹妹!活着,逃脱了可怕的无情的火,活着!她想跑、想跳,想扯开嗓子大喊大叫!但她什么也不能做。她躲进侍女室的一个小小的、昏暗的角落,面向冰凉的墙壁,先把滚烫的双手贴上去,接着又把火热的面庞贴上去。她兴奋得心里难受,对着墙壁轻轻笑着,泪珠扑簌簌直滚下来。她暗黑如墨的心里,透进了一丝希望的光亮。

她的女主人此时心里却凉了半截,因为太后不肯把冰月还给她。太后微微笑着,慈祥得使你不能有一点不满,说出的话,即使反对的人听了也不能不连连点头:

"……我老了,就喜欢孙子孙女们陪着我,看他们玩耍听他们笑语,也是晚年一乐呀!小冰月最惹人爱了。前些日子我受风寒,门窗紧闭着防风吹,冰月倚在我怀里说:'皇阿奶冷,所以怕风,对吗?可是风也怕冷呀!'我问她风怎么会怕冷呢?她挺认真地瞪大眼睛说:'风要是不怕冷,为什么也喜欢往人怀里扑?'你看看!……"她说得满脸绽开了笑纹,抚了抚头发说,"多乖的孩子!我这当阿奶的,怎么舍得身边少了这么个宝贝哟!"

安王福晋只好赔着笑,心里却有点发酸。太后好像看透了她的心思,又说:"还有一层,你一定想过了。冰月已是公主,名分一定,不好降尊了!……"

那拉氏连连点头。这时太监禀告安亲王求见,庄太后笑了,说:"果然来了,进来吧!"

岳乐进宫,一见妻子在座,先就沉下脸,向太后跪安后,便向福晋说:"你回去吧。"

福晋还想对丈夫念叨几句,要讨冰月回府住几天。岳乐面色很难看,根本不想听她讲话,立刻阻止她说:"我有正事谒见,你在这里不便,快向太后跪辞。"

福晋虽然满心委屈,还是听话地向太后跪安。太后一直微笑地望着他俩,听他们说话,见福晋告辞,也没挽留的意思。

福晋刚走,岳乐就急忙说:"太后,皇上仍是不肯相见。不过今天有所不同,有一小沙弥来传皇上圣意,命我来见皇太后,说皇上有事委托了皇太后。"

庄太后没有说话,只对苏麻喇姑做了个手势,苏麻喇姑走进寝宫,回来时手中捧了一只镶嵌着黄金掐丝龙凤的玉匣。太后就着她的手打开匣盖,翻出一张纸,一声不响地递给了岳乐。

岳乐接过一看,就认出了皇上那苍劲有力的字迹,题为"行痴和尚上圣母皇太后书"。才看了几行,岳乐的脸都发青了,不等看完,他已经双膝跪倒在太后面前,身上如发寒热病似的一阵阵颤抖,说:"太后明鉴,岳乐若有此念,天打五雷轰!"

行痴和尚在上书中,除了告不孝之罪和表示断绝红尘之外,中心是要岳乐主持国政,如果太后认可,他将禅位给岳乐。

庄太后笑道:"起来吧,不值得这样。我要是疑心你,也不会给你看了。"

岳乐抹去脖子上流淌的冷汗,迟疑地说:"可是——,怎么办呢?皇上他什么话也听不进,谁也不肯见……"

庄太后敛起笑容,沉思道:"不到火候,急也无益。去年金陵危急就是这般模样。越劝越不听,越压跳得越凶。但他毕竟不笨不傻,静下心来自会明白的。"

岳乐心中仍不安定,说:"这一次不同以往。董皇后去了,皇上他伤心过度……"

太后长叹一声:"唉,连你也不明白!他这样,难道仅仅为的是乌云珠吗?……"

岳乐一惊,迷迷茫茫的心里忽然明亮了,一阵心酸、一阵心痛,眼泪"刷"地落了下来。

半天,太后抑住悲酸,重新平静下来,说:"要江山还是要美人,况且是已死的美人?但凡醒悟,不难选择。纵然他一时不悟,有内阁、六部和议政会议,国事还不至于因此停顿下来。我看要他省悟,恐怕解铃还须系铃人。"

"太后的意思是……"

太后笑了:"行痴和尚的师父玉林通琇即将来京,派得力大臣出京相迎吧!"

果然如皇太后所料,没过几天,十月十五日,国师玉林通琇到京,几乎是下马就直奔大内万善殿;十月十六日,皇上回宫;十月十七日,像没事人似的,皇上一早上朝,处理国事,心平气和,神态自然、宁静。确实,他从此不摘帽子,人人都知道他背后不拖辫子,但谁敢看一眼呢!

所有的人又松了一口气,危机总算过去了。

后来侍从太监禀告皇太后,玉林国师处理此事极为干净利落,劝皇上还俗也不过用了三五句话。

玉林一进万善殿,立刻命他的徒子徒孙们把茚溪行森捆绑在石柱上,四周架起柴薪,因他竟敢替皇上落发,准备点火烧他。随后,玉林进了他的小徒弟行痴也即福临的方丈室。两人一见,光头和尚与光头皇帝相对,玉林纵然心事重重,也忍俊不禁了。而福临呢?又是一场开怀大笑。

福临立即对玉林说:"朕思上古,惟释迦如来舍王宫而成正觉,达摩舍国位而为禅祖。朕欲效法,师父以为何如?"

玉林摇头,正色道:"若以世法论,皇上宜永居正位,上以安圣母之心,下以乐万民之业。若以出世法论,皇上宜永做国王帝主,外以护持诸佛正法之轮,内住一切大权菩萨智所住处。"

福临默然沉思。殿外呼喊声喧闹一片,堆起的柴薪已经点着了火,茚溪行森念佛声盖过了所有的嘈杂。福临走到窗前看了一眼,忙道:"师父不要怪罪师兄,是朕命他净发的。"

"怪不怪,无需细究。除非皇上蓄发,茚溪不能无罪。"

烟火腾起,茚溪行森已被裹在其中了。福临无可奈何地笑道:"饶了师兄吧!朕静听师决就是。"

茚溪行森得救了。代价便是福临蓄发还俗。

以为危机过去的人,又高兴得太早了。蓄发后的皇上像是换了个人。他对国家政事失去了兴趣,再没有从前励精图治、勤政爱民、日理万机的劲头了。上奏本章堆积如山,他懒得批阅;大臣们求见,他也不高兴翻膳牌。他整日不是看书便是参禅,此外便是打猎出巡。在宫内,他对皇太后恭顺如旧,但对后妃们极其冷淡。只有小董鄂妃,被他天天翻牌,召往养心殿,引起后妃的强烈忌恨。在朝廷内,他好像把对济度的愤慨和对董皇后早逝的怨恨一股脑儿撒在满洲亲贵身上,对他们格外疏远,也格外严厉。许多满大臣都害怕皇上又要搞什么新花样,大有惶惶不可终日之感。

他几乎不再提起董皇后,也许随着岁月的流逝,他会渐渐把往事忘却。

可是,十二月初,玉林通琇归山时,皇上赐给他御笔亲书唐诗一幅,笔墨淋漓,仿佛滴着泪珠:

"洞房昨夜春风起,遥忆美人湘江水;

枕上片时春梦中,行尽江南数千里。"

…………

四

按照惯例,各衙门腊月二十三封印,要到次年元宵节后才开印。这二十来天的年节,京师自然热闹非凡,喜气洋洋。元旦前后这几天,爆竹声彻夜不停,路上官轿、车马、行人比平日拥挤百倍,百官朝贺,士民走访亲友、祭祖祀神。至于南城琉璃厂、前门一带,更是百货云集,人山人海。满街花灯、彩棚,鲜红春联,五彩门神,烘托着新衣新帽的游人;贺喜声、欢笑声、叫卖声,和着锣鼓秧歌,一片沸腾。大有太平昌盛景象。

顺治立朝以后,物价一年比一年降低,渐趋平稳。白米,从初年的每石纹银五两,降到如今的每石一两五钱。麦子,由每石二两降到如今的一两;每匹布由五钱降到二钱上下;盐,由每斤一钱降到每斤一分;猪肉由每斤一钱二分降到每斤五分左右。物价稳则人心定,京师繁华也就不言而喻了。遇到岁首元旦佳节,无论官民,自然都要畅意一欢。

过了初三,武英殿大学士傅以渐府中来客才渐渐减少。初四这天,傅以渐夫妇本想谢客休息,却又来了两位兴致很高的客人。一位是龚鼎孳的夫人顾媚生,当然由素云接到内室相待,说笑了一个时辰,便告辞而去;另一位是翰林院掌院学士、礼部尚书衔的王熙。王熙与傅以渐从前交往不多,自顺治十五年改内三院为内阁、设立翰林院之后,两人都因体制变革而高升,傅以渐拜殿阁大学士,王熙掌翰林院,并都得到了皇上的宠信,他们之间也就逐渐成了知交。他们在许多重要事情上都能常常互通消息,并且谈到过子女的婚姻之约。

王熙去后,日已当头,傅以渐沉思着慢慢走回寝处。一进中堂,意外地看到素云已端坐窗前长几之旁,面前罗列长卷、画幅和画册,正在那里优哉游哉地玩赏。素云见他进来,抬头莞尔一笑,说:"什么话说这么长时间?怎么不留他用餐?"

"哪里能如此草率!况且你有什么拿手好菜留客?"

"别的不说,只我亲手烧一道西湖醋鱼、一道南味烧鹅,就叫他双脚离不得傅宅。如何?"素云笑着说。

"好,不如犒劳了我吧!"傅以渐笑呵呵地说。素云很久没见到丈夫这么愉快地笑了,心里也很高兴,亲自为他斟了热茶,端到他面前,道:"你像是很开心。王熙带来什么佳音?"

"你这双眼睛啊!真厉害!"傅以渐笑笑,放低了嗓音,"昨天皇上召王熙去养心殿,讲论了一个多时辰。王熙很是鼓舞。他方才还在说,身为汉官,一介庸愚,竟荷蒙高厚之恩,任以腹心,虽生生世世竭尽犬马,也不足以答万一。"

"那是恩宠特重了。不知讲论些什么?"

"这,他当然不敢说。但听口气,皇上似有振作之举。"

"哦?你是在为此高兴?"

"可不是!皇上也真该振作了,一年多不专心理事……"

"一年算什么!前明的皇上,一个个几十年藏在深宫,从不视朝,一个大臣也不认识……"

"皇上毕竟是英明之主,那些昏王岂可同日而语!只禁朋党、禁中官干政两件,就是有鉴于前朝亡国而施的善政,何况皇上多年勤政,事必躬亲。也是近年多事,难免……唉!好在皇上有心收拾,一旦振作,自然见效。"

素云又慢慢回到窗下翻看拾掇那些书画,说:"即使皇上奋发,你又能有什么作为?你们内阁职责,不过是批本,批本无非援引旧例、照此办理罢了。这份差使,即便让一庸人去做,也可成为大学士,可惜了你这份才具。……除非把六部移至内阁之下,如同唐代六部之于尚书省一般,那你这大学士才像是尚书令,称得起名副其实的宰辅呢!……"

傅以渐笑着轻轻说:"王熙今天言谈中,就有这番意思。细细揣摩他的话音,似乎是他和皇上讲论的主要内容哩!"

素云把目光从画卷移向傅以渐:"那么,议政王大臣能依吗?六部满尚书能依吗?近日满洲亲贵愤懑之情溢于言表,安王大受冷落,你知道不知道?"

傅以渐的笑意冻结在唇上。他知道,亲贵们早就不满皇上违祖制近汉俗,近日又增加了宠妾和佞佛两条罪名,指的当然是董皇后之丧和皇上削发修行。在他们看来,皇上失德不谓不大,所以他们的怨气不能不深。他们的怨气撒在安王头上,今年皇室元旦祭祖、走谒亲友,安王府竟冷冷清清,极少亲友贺年,尴尬万分……

"好了,我的大学士,别发愣了!"素云笑吟吟地曼声说,"你来看看这卷画,我把它挂在书房好不好?"

傅以渐凑过去不经意地扫了一眼,却走不开了。这是一幅描绘江南春色的山水图。迷濛的烟水云霭、妩媚轻柔的春风、丘壑间的隐隐翠微,竟似透过画面向他扑来,使他不禁想到了"杏花春雨江南",想到了"春风又绿江南岸",想到了"春江水暖鸭先知"……

门吏领着内阁一名笔帖式在门外求见。傅以渐连忙出见,笔帖式向大学士跪禀道:"御前侍卫传谕:皇上昨夜不豫,今日病情加重,大学士和九卿明晨齐集后左门问安。"

傅以渐顿觉心头发慌,但维持着表面的镇静庄重:"皇上是何病症?"

"高热不退,烦躁不安,尚无确诊。"

"去吧!"

笔帖式走后,傅以渐忙回内室,把这消息告诉了素云。当晚,夫妻俩辗转反侧,久久不能成眠。

次日黎明,诸王公、内大臣、内阁、部、院、翰、詹、卿、寺、科、道各衙门官员,齐集后左门请安。正处新正之际,但宫殿各门所悬的门神、对联都已除去,彩灯彩饰也都收起。百官见此情景,知道皇上的病没有起色。一名总管太监匆匆从宫里出来,与几名议政王大臣低头耳语,神色很是仓皇。这一切成为无形压力,使空气十分沉重。跪在内阁序列中的傅以渐,只觉身上一阵阵发冷,面孔又火辣辣地发烧,心里很乱。他听到某种响动,侧脸看时,竟是钦天监监正汤若望跪在那里发抖,苍苍白发白须白眉,把他的面容遮去了一大半,但仍能看出他发自肺腑的深深悲哀。

傅以渐代表百官朗声跪奏:"今当腊尽春来,寒暖交替之时,圣躬违和,臣等微忧,恭请皇上避受风寒,静养珍摄。一应本章尽送内阁拟票请旨,皇上请放宽心。愿皇上早日痊愈,则国家万民之大幸也。"

跪着的百官同声奏道:"愿皇上早日痊愈!"

御前侍卫对众人说:"稍待。"他转身要回养心殿转奏,又有人颤抖着嗓子喊道:"请等一等!"那是汤若望。他流着泪请求御前侍卫转奏皇上,允许他这位老臣觐见万岁。

不多时,御前侍卫转来,向百官传达了皇上的口谕:"朕偶感风寒,一两日内可望痊愈。尔等所奏,朕已具悉。部院各衙门启奏本章,一并送内阁大学士处即可。"

御前侍卫又转向白发苍苍的汤若望,传达了皇上的答复:汤玛法忠心耿耿,皇上感念至深,待皇上病体好转时,一定召玛法进见。

王公大臣、文武百官们惶惶不安地商议着。慈宁宫首领太监捧来了皇太后懿旨,谕令释囚犯、减刑狱、免死罪;要求传谕民间不许炒豆、点灯、泼水。此刻众人恍然大悟:皇上出天花了!

天花,这令人谈虎色变的可怕病症!皇上以二十余岁的成人而患天花,危重至极啊!王公百官顿时心慌意乱,聚在那里愁颜相对,谁也没有办法,谁也说不出话,阵阵寒风吹得人五脏六腑都冰凉冰凉的了。后左门,如同一座小金殿,雕梁画栋、富丽庄重,聚集了数百名冠服整齐的国家大臣,此时却像一个人也没有似的寂静。

安亲王最后说了一句:"久聚无益,散了吧!"人们这才各自出宫,竟也没有一个人再说一句话。

汤若望却不肯离去,他要内监替他带给皇上一本画册,并替他转奏皇上:"陛下灵魂的永久福乐,现在已到了很危急的地步,我不能不为此着急。请陛下至少把这文本阅读一遍,这是人类死后的情景和天国的永生啊!"

内监一向尊重这个老教士,答应替他转奏。半个时辰后,内监回来了,告诉汤若望,万岁爷读了那文本,深深感叹了一番,并要他向汤若望传达这样的口谕:"朕知道汤玛法是真心爱护朕的。但由于朕的许多罪恶,朕已没有见上帝的资格。朕若能康复,或许愿意信奉玛法的天主。然时至今日,痘疹凶险,万不容朕行此事了……"

汤若望老泪纵横,唏嘘不已,不住地用本国语言情不自禁地反复念叨着:"主啊,宽恕他吧!……"

然而,皇上还有话对他的玛法说:"传谕汤玛法立即往慈宁宫叩见皇太后,有要事相商。"

劳累和伤感都不能使年迈的传教士却步,他立即随着内监往慈宁宫去了。

皇太后容色疲惫、憔悴,眼睛已经红肿,坐在御榻上以手撑额,轻声啜泣。她的忧伤、恐惧,随着一声又一声的深深叹息透露出来。苏麻喇姑一面自己抹泪,一面给她披上一件深蓝色的貂皮披风。正殿里过于空旷冷清,虽然生了好几盆火,仍比寝宫冷得多。

太监一报告说汤若望进宫,太后立刻抹去眼泪,坐直腰身,双手静静放在膝上,一股英睿的气度便从她身上驱走了愁容悲泪形成的老态。她恢复了平日的稳静、从容,只是常常闪现的温和笑容却完全消失了。她请汤若望坐下,宫女们献上了奶茶。

太后不等汤若望说通常的谒见词,便开门见山地说:"玛法,皇帝病笃,继位的太子还未诏封。我督促皇帝,他却提出一位堂兄。我与诸王商议,父子相承是正理,继位者必须是皇子。皇帝想知道玛法的见解。"

汤若望心中澎湃着热浪。这样的大事竟来征求他的意见,足见福临内心深处对他还保持着少年时代的依恋。一切嫌怨委屈霎时都消散了。他噙着热泪,简直没有怎么寻思,慨然道:"子继父位、父子相承,是中国自古的大道,也是西国乃至天下的大道。太后所见甚明,应立皇子!"

庄太后点点头,说:"皇六子三岁、皇七子两岁、皇八子刚出生十三天,不足论了。皇五子顺治十四年十一月生,今年四岁;皇二子顺治十年七月生,今年八岁;皇三子顺治十一年三月生,今年七岁。皇五子、皇二子的母亲都是庶妃,皇三子的母亲是景仁宫康妃。这孩子极聪明,好读书,善弓马……"庄太后觉得自己说得多了,停了停,问:"玛法你看,诸皇子中谁能当大任?"

汤若望当然听得出太后的意向。如果太后所说确实,不带偏爱,皇三子应是最合适的人选。但他不愿意就这样附议皇太后,自低身份。所以,思索片刻后,他说:"据我所知,诸位皇子中,惟有皇三子已经出过天花。如皇太后所说,他又聪明过人,勤于学习,那么老臣以为,皇三子继位比其他皇子继位更有利于大清帝国的稳固。"

在当前局面中,这难道不是一个最令人信服的、可以击败任何竞争者的理由?汤若望举足轻重的建议,促成了这一个了不起的决断。只是皇太后也罢、汤若望也罢,此时绝没有料到,他们决断要继位的小皇子,将成为中国历史上最伟大的君主之一,在长达半个多世纪的岁月里,他使中国成为东方最强大的帝国,给灾难深重的黎民百姓开辟了百年的和平与安定的局面。

太后对汤若望的意见非常满意,尊敬地站起身,命太监搀送汤玛法出殿,并用肩舆将他一直送出紫禁城,又一次给这位德国传教士以极高的礼遇。

一桩重大的事情解决了,太后郁闷的心略略轻松了些。但是事情还多得很,还得她一桩一件地处理。她是太后,不是皇帝。但此时,她的决策和她的事情,比皇帝的更加重要和繁忙。亏得当年草原生活给她带来极好的身体素质,不然,这样凶猛的感情冲击和纷至沓来的事务,她是绝对吃不消的。

苏麻喇姑赶紧给太后送上热气腾腾的鲜奶茶、奶皮子和几样精美的点心,并递给她一个嵌翡翠红玛瑙的银手炉。太后把手炉放在怀中,慢慢喝着奶茶、吃着点心,仍在默默地思考着什么。等她吃罢茶点,苏麻喇姑上前收拾了家什,让宫女们端走,随后用满语问:"太后,要召皇后来吗?"

太后摇摇头,轻轻地说:"传董鄂妃。"

苏麻喇姑不敢抬头看她,悄悄退下去传太后旨意。

董鄂妃来了。她越来越像她的姐姐,连表情和动作都有几分相似。只是眼睛没有她姐姐那么灵活聪慧,气质上也像缺点什么。不准确地形容,那便是少了董皇后的雍容大度,和那一团令人起敬的儒雅的书卷气。她还年轻,才十八岁,刚刚进了妃位。向太后跪安后,她拭着泪眼低头站立,心里有几分惶恐。皇太后郑重其事地单独召她到慈宁宫,这还是头一次。

"到养心殿去请安了?"太后问话很是平稳。

"是。"

"你看,皇上的病可望痊愈吗?"

董鄂妃呜咽着:"妾妃恨不能以身代皇上受病……"

太后眼里闪过一道强光,随后又收敛了,反问一句:"真的?"

"只要能为皇上添寿,妾妃情愿折自己的寿数!"

"哦……"太后略一沉吟,断然问道,"如果皇帝眼下就归天,你怎么办?"

"我?"董鄂妃吃惊地瞪大眼睛望着太后,心头怦怦乱跳。

"你不是他最宠爱的妃子?"

"我……"董鄂妃低下头,伤心地又吐了这么一个字。

"这不是已经招来东西六宫的许多忌恨了吗?你如何能独善其身,如何自保呢?……"

董鄂妃潸然泪下,双膝一软,跪倒了,直哭得浑身哆嗦。

"这又为什么?"太后蹙起眉头,突然又一扬眉梢,"你是不是有孕了?"

董鄂妃连连摇头,抬起美丽的、满是泪水的脸,像一朵春雨中的梨花:"太后,妾妃就是到死也不能明白……都说皇上宠爱我,无非是天天召我到养心殿去,皇上读书,叫我给他送茶;皇上写字画画,叫我给他磨墨;皇上打坐参禅,叫我侍立一旁,说是佛边天女。话不多说,笑容少见,更没有……"董鄂妃缩住口,脸迅速地红了,直红到耳根。

"怎么?"太后惊异了,"你是说他不曾与你同床?"

董鄂妃头更低,脸更红,声音更小:"每晚……都是在一张床上睡的……可他像是块冰,任你费尽心力,也休想化开半分。……他从不理睬我,倒头便睡,直到天明……"

"竟是这样!"太后不胜惊骇,"有多久了?"

"自姐姐仙逝以后,便是这样……"

太后呆了半晌,极受震动。她的多情的儿子,竟又如此无情!他真不该投生在帝王家啊,多少烦恼,多少忧伤!……太后慢慢抬起手,说:"去吧。"董鄂妃跪辞,捂着红红的脸儿,抹着一阵一阵的泪,退下了。

庄太后了解儿子,相信这是真的。别人呢?东西六宫的妃嫔贵人们相信吗?皇后相信吗?……

傍晚,养心殿传出消息,说皇上病势减轻,热度渐退。宫里一片欢喜。皇太后领了后妃们前往探视。

福临拥被靠坐在床头,看上去衰弱、消瘦,肤色变得苍白而透明,仿佛蒙了一层薄冰,乌黑的眼睛里两点冷冰冰的光却非常稳定。他先向太后笑道:"额娘,儿子不孝,累你许多烦恼苦痛……"

太后强笑着坐在福临床前,说:"年来多事,劳累也是常情。母子间何须说这样的客气话。"

福临笑了一下,说:"二十四年养育教诲之恩,容儿来世报答。万求额娘恕儿今世不孝之罪,愿来生仍与额娘成为母子,另开一番事业。"

太后忍泪安慰道:"你眼看好了起来,还要这样说话!"

"好了起来。不错,我是要好起来了。"福临看一眼床脚边站立着的皇后和康妃,两人便走到床前跪下,含泪道:"给皇上请安……"

福临平静地说:"日后,赞襄皇太后、辅佐幼主,便是你们的事了,望尽心尽力……"

康妃心如刀绞,突然扑上前去,紧紧抓住福临的双手搂在自己怀中,放声痛哭。她的动作一下子撕掉了她历来冷冰冰的外衣,把她自己也不全理解的真情猛然喷发出来。她悲痛欲绝地仰面望着福临,泪如泉涌地喊着:"把我带去吧,我不愿离开你!哪怕你不理我,不爱我,打我,杀我!……我情愿!死也情愿!……"她哭得从头到脚剧烈地战抖着,她那烈火般炽热的真情的吐露,使在场的人都掉泪了。

面对这个热烈的、几乎不认识的康妃,福临无限感慨,叹道:"你不能去。皇三子即将继位!……"

"啊!"听到皇上亲口宣布,大家不约而同地发出一声惊叹。皇太后是由于欣慰,皇后是因为在意料之中,妃嫔们觉得心里踏实了,康妃却是又惊又喜又痛又愧,哭得更凶,几乎喘不过气来。

福临小心地从康妃手中抽出右手来握住皇后的手,望着她们两人说:"不要哭,不要哭了……朕对不起你们。但这不能怪朕,朕的本心原不想伤害你们,只是无法违拗自己的本性罢了……但愿你们来生再不要投胎富贵人家,去尝一尝人间的情爱吧!……小珠儿,小珠儿呢?"

自从姐姐去世,再没有听到这样亲切称呼的董鄂妃,连忙从众人背后走了过来。福临想放开康妃的手,但康妃紧紧握住,只管把脸贴在上面哭泣。福临便又抽出右手来握住了董鄂妃的小手,静静地笑道:"半年多了,你枉担了虚名,也亏你一声不响,默默忍受。你和你姐姐长得太像,心地也一般无二,世间、宫中怕是都容你不得的。与其日后受百般苦痛,不如跟我一起去吧。我们一起去见她。"

董鄂妃这时反倒不哭了,眼睛一眨不眨地凝视着皇上,神色坚定,连连点头。

福临的目光越过皇太后,越过面前粉白黛绿的后妃们,环视着床头几上堆积的许多图书、画卷,长叹一声,说:"朕将去矣!独念茫茫泉路,能读书否?悠悠来生,解读书否?……"只在此刻,他眼睛里的冰仿佛消溶了一点,沁出了两滴冷泪。但他很快抹去,仍用冷静的声调说:

"皇额娘,朕已想好皇三子的名字,就叫玄烨。"

次日,正月初六。三鼓刚过,王熙已急急忙忙奉召来到养心殿,此时的福临浑身滚烫,脸庞猩红,但神志还很清楚。他躺在御榻上,用微弱的声音对跪在榻前的王熙说:"朕患痘症,势将不起。你可详听朕言,速撰诏书,就在榻前书写。"

王熙恭听着,只觉得五内崩摧,泪不能止,奏对竟不能成语,一片含糊,到最后,泣不成声了。

福临叹道:"朕平日待你如何优厚,训诫如何详切。今事已至此,皆有定数。君臣遇合,缘尽则离,不必如此悲痛。况且已是何时,安可迁延从事?"

王熙勉强拭泪吞声,听皇上口述,就御榻前写成诏书首段。他见皇上说话困难,便奏道:"如此撰诏,臣恐圣体过劳。容臣奉过皇上面谕,详细拟就,进呈御览。"

福临点头同意,把诏书大意讲了一遍,王熙便出殿往乾清门下西围屏内撰拟去了。他写好一段,便送往养心殿,先后三次进览,撰写完毕后,日已渐落西山。御前侍卫告知王熙,所撰诏书已蒙皇上钦定,皇上命学士麻吉勒、贾卜嘉二人捧诏奏知皇太后,然后将宣示王贝勒大臣和文武百官。

王熙踉跄着出宫去了。暮色渐合,辉煌的殿阙宫门在最后的一道阳光中,闪着凄凉的光泽。环顾大内,竟没有一点声响。王熙心中悲怆无名,只觉那一阵阵北风,比三九寒冬时还要刺骨!

王熙撰拟的遗诏,此时就放在慈宁宫庄太后的桌案上,她已经看过四遍了。

就这样发布吗?

不!那怎么行!福临的固执心肠,在遗诏里也不减分毫。"满汉一体"的话,现在怎么能写在遗诏上?把六部放在内阁之下,撤议政王大臣会议之制等等,这会造成什么后果,激起什么样的反抗啊!

庄太后绕着桌案大步地踱来踱去,两道乌黑的眉毛几乎扭结在一起了。但她心里并不乱。她现在要做的,不仅是分辨是非,更要紧的是权衡轻重。

从内心深处说,庄太后是站在儿子一边的。儿子所做的集权的努力,儿子学汉文、用汉人,这一切都是为了江山永固、社稷长存,都是有远见的举措。但是他太沉迷了!不分青红皂白,全盘汉化,前明是怎么灭亡的?而且他推行得这么专断、这么仓促,怎能不激起满洲亲贵的愤慨!

如今的情势,汉族新服,满洲方张。掌国柄者所惧怕的,在满不在汉,怎么能够逆时势而为之?

至于要安亲王辅政,那就连提都不能提了!不记得多尔衮辅政、济尔哈朗辅政留下的遗痛吗?

不!遗诏决不能这样发布出去。

可是,这是自己惟一的爱子的临终愿望啊!……庄太后一阵心酸,跌坐在御榻上,双手蒙住了脸。福临幼年的面容姿态,福临短短一生遭受的无数痛苦,一时都从眼前闪过。他的欢乐,他的苦恼,他的暴戾,他的雄心,哪一桩不是她这母亲的延续,哪一件不紧紧连着她的心?做母亲的,怎么能不尽最大力量满足儿子的临终嘱托啊!白发人送黑发人,世上还有比这更使人心碎的事情吗?……泪水,像溪水似的,从她指缝间流了下来……

然而,真的要把遗诏公诸王公大臣,会是什么后果?庄太后脑海里出现了福临登基前,八旗之间为拥立皇帝而发生的那场剑拔弩张、几乎流血的争斗;出现了简亲王济度那威严固执的表情;出现了许许多多亲贵和八旗将领愤懑、疑虑的目光。是啊,国家初定,边疆的战尘刚刚消散,刚刚驯服的汉人中,还有许多不驯服的危险的眼睛,有南方的士族;有力量日益膨胀的吴三桂、尚可喜、耿继茂;还有远踞海岛,但时时威胁着大清的郑成功……这一切靠什么力量去稳定?只有满洲八旗啊!……

不能因母子私情而乱国家大事！不能以个人好恶迷惑了对天下大局、朝野时势的判断！庄太后想到了丈夫的雄心，想到了自己的责任，终于站起身，用凉水洗了脸，擦干净脸上身上的泪渍，又换了一套宝蓝色的绣袍，缓缓地迈着坚定的步子，走到桌案前。

她推开王熙撰拟、经福临钦定的遗诏，另外铺下宣纸，沉思片刻，伸出手，毅然提起了笔。

正月初八，各衙门提前开印。官员们黎明时分就应盥洗完毕，穿上朝服入署办公。但他们消息灵通的长随回来禀告：天安门启而复闭，只传大学士、九卿及礼部官员入朝，进门就摘帽缨，其余官员各散回家。

本朝制度，有了大丧官员才摘帽缨。皇上虽然患病，但是春秋正富，至于有此大变吗？职小位卑的官员们不知底细，心内惴惴不安，不免出门探听，遇到熟人，便互相讯问，但谁也没有确实消息。眼看着内外城门尽闭，八旗兵卒一队队戒严巡逻，大小街道行人寂寂，一派惶骇，他们又都赶紧缩回家中等候。

等到申正，太阳垂下西天，大内传旨下来，召所有官员携带朝服入朝，先往户部领取素帛，然后在太和殿西阁门前集中等候。皇上驾崩的消息已经传遍，皇三子继位的传说也被确认，百官有了新君，心绪才比较安定了。

二更时分，皇太后亲御太和殿，王公亲贵、文武百官，按照大朝时的礼节和位置，跪听宣读遗诏。当时凄风飒飒，阴云欲冻，气氛极为幽惨，不少人竟情不自禁地呜咽失声了。丹陛上和丹墀下，各有一名宣谕官员在大声宣读，阵阵北风把一字一句都清晰地送到每个人的耳边：

"朕以凉德，承嗣丕基，十八年于兹矣。自亲政从来，纪纲法度、用人行政，不能仰法太祖、太宗谟烈，因循悠忽，苟且目前，且渐

习汉俗,于淳朴旧制,日有更张,以致国治未臻,民生未遂,是朕之罪一也;

"朕自弱龄,即遇皇考太宗皇帝上宾,教训抚养,惟圣母皇太后慈育是依,隆恩罔极,高厚莫酬,朝夕趋承,冀尽孝养。今不幸子道不终,诚悃未遂,是朕之罪一也;

"……"

皇上的遗诏,便用这样沉重的口气,列数了自己的十四项大罪,其中最使人震动的除了第一项外,还有:

自责于诸王贝勒情谊睽隔、友爱之道未周;

自责不信任满洲诸臣,反而委任汉官;

自责于端敬皇后丧礼诸事太过、逾滥不经,不能以礼止情;

自责委任使用宦官,致使营私作弊,等等。

读罢十四项大罪,宣谕官员声音有些嘶哑,喘了口气,宣谕遗诏的最后部分:

"太祖、太宗创垂基业,所关至重,元良储嗣,不可久虚。三子玄烨,佟妃所生,岐嶷颖慧,克承宗祧。兹立为皇太子,即遵典制,持服二十七日,释服即皇帝位。特命内大臣索尼、苏克萨哈、遏必隆、鳌拜为辅政大臣。伊等皆勋旧重臣,朕以腹心寄托。其勉矢忠荩,保翊冲主,佐理政务,布告中外,咸使闻知。"

宣谕完毕,宣谕官郑重地宣布:"奉皇太后懿旨,遗诏同哀诏一起,遣官颁行天下!"

听谕时候,群臣匍匐,肃静一片。宣谕一完,王公大臣、文武百官放声大哭。于是太和殿前,哭声震天,和后宫那沸腾的哭声相呼应,地动山摇,日星隐耀。谁能从这满耳哭声中细细分辨号啕者的心境?有人为礼节而哭,有人因知己感而哭,有人为今后日子担忧而哭,也有人为松了一口气而哭;至于大多数满臣和王公亲贵,大约是心里满意,兴奋得不能不哭了。

王熙冷汗如雨,里外衣裳都湿透了。这显然已不是他亲手撰拟、由皇上钦定的那份遗诏了。皇上面谕的重要内容,他当时特别精心地一条条记住,在措辞上很下了一番功夫的。现在,除了个别句子是他的手笔,其他的都已删除了。莫非皇上一去,朝政就要大改大变了?只听遗诏的口吻便可知道,日后辅政大臣将顺从朝内宗亲,为满洲八旗张目了。那么国事将如何?天下万民将如何?……还有,他这个见到过皇上遗诏真本的人,又将如何?能不能善保头颅?……趁着百官痛哭的机会,王熙也愁肠百转,放声哭泣了。

受命的辅政大臣索尼、苏克萨哈、遏必隆和鳌拜,满脸悲恸,步履庄严地走上丹陛,向诸王贝勒等跪告说:

"皇上遗诏命我四人辅佐冲主,但从来国家政务,都由宗室办理,我等都是异姓臣子,何能担此重任?愿与诸王贝勒共任国政。"

诸王贝勒纷纷辞谢,康亲王杰书代众人答道:"大行皇帝深知四大臣之忠诚才干,委以国家重务,诏旨甚明,谁敢干预!四大臣不必谦让。请奏知皇太后,辞告皇天上帝和大行皇帝灵前,便可受事。"

四大臣谦恭地领命,进太和殿奏告皇太后去了。不多时,皇太后命宣懿旨:"国家不可一日无君。诸王贝勒大臣及文武百官勿退,候新皇登极。"

群臣于是暂时散开,各归值房和天安门内的官署。没有去处的,都在午门外露天席地而坐,静候天明。四大臣已拟好誓词,往大行皇帝殡宫前、往团城正大光明殿皇天上帝前设誓,并焚烧誓词……

正月初九来临了。风日晴和,一扫昨夜阴霾。黎明时分,诸王贝勒、文武百官便身着朝服等候着。五鼓,銮仪使率官校到太和殿前陈设法驾卤簿,千余人组成的仪仗队伍,从太和殿直排出天安门;乐部率和声署陈设编钟玉磬等大型乐器;仪制司郎中奉在京王公百官贺表进殿内,陈设在左楹表案上;内阁中书奉笔砚陈设在右楹案上。天亮了,鸿胪官引王公和一二品官入右翼门,引三品以下官员入左右掖门,东班由昭德门、西班由贞度门同进到太和殿前,各自按品级就位。礼部堂官二人往乾清门奏请御殿。午门上的钟鼓响了。巨大而洪亮的声音震荡着,向远方传送,宣布紫禁城的新皇帝即将登基了。

因在国丧期,中和韶乐设而不作,肃静中,礼部堂官二人及前引大臣十人为前导,领侍卫内大臣二人率豹尾班执枪侍卫十人、佩刀侍卫十人后扈,簇拥出一位身着小龙袍、头戴缎台貂尾三重冠皇帽的小小皇帝。他从容地、庄严地迈着步子,小朝靴在龙袍下闪动着,走进太和殿,一步步登上了皇帝的宝座。他端坐龙椅之上,两条腿半悬在空中,但他的表情十分严肃、郑重,完全不像一个七岁的孩子。

阶下三鸣响鞭,午门钟鼓再次鸣动。王公百官的朝贺开始了……

皇三子玄烨即帝位。他就是康熙皇帝。

五

"……先皇帝不以索尼、苏克萨哈、遏必隆、鳌拜等为庸劣,遗诏寄托,保翊冲主。索尼等誓协忠诚,共生死,辅佐政务。不私亲戚,不计怨仇,不听旁人及兄弟子侄教唆之言,不求无义之富贵,不私往来诸王贝勒等府受其馈遗。不结党羽,不受贿赂,惟以忠心仰报先皇帝大恩。若各为身谋,有违此誓,上天殛罚,夺算凶诛!"

四位辅政大臣率领着文武百官,在乾清宫大行皇帝灵柩前齐声朗读、共同发誓。殿内殿外跪满了全身孝服的文武官员。殿内素帷垂地,两庑白布帘张,一阵阵徐缓、整齐的誓词声,使乾清宫越加肃穆、悲壮……

"臣等奉大行皇帝遗诏,务毕心一力,以辅冲主。自今以后,毋结党,毋徇私,毋黩货,毋阴排异己,以戕善类,毋偏执己见,以妨大公。"……宣誓的声音,响遍京师:内阁官员聚集武英殿,由大学士领誓;六部、翰林院、都察院、大理寺等部院衙门,各在官署大堂,由掌印官领誓;八旗劲旅、各旗聚集旗下带甲官兵,在校场列队,由统领领誓……随着哀诏发向全国,各省文武百官也都按照同样的程序宣誓。各处誓词一式三份,一份宣读焚化于大行皇帝殡宫前,一份赴正大光明殿焚读于皇天上帝前,另一份收藏禁中。

这一切,是皇太后接受四辅臣誓词时授意进行的。

哀诏发往全国,官员必须在本衙门守制在丧二十七日,不许回归私第,早晚哭临九天。百日国丧中,禁挂红、禁宴乐、禁喜庆,违者治罪。于是丧礼的银色浪潮,从京师起,席卷了整个中国。

正月二十一日,大行皇帝的殡宫将移往景山寿皇殿。头一天,就开始从东华门到景山陈设大驾卤簿。一般百姓凡有可能在这条路边寻到相识人家的,都想借地饱览一番。但内城居民尽是八旗人家,汉人能够攀识他们的极少,想要亲眼一睹这空前盛况,几乎没有可能。

柳同春却获得一个机会。

董皇后病逝,带来了百日国丧。柳同春和同行们一样,失业了。十二月开禁,正逢除夕元旦,戏班生意十分红火,班主还指望着元宵佳节大捞一把,不想又接着来了第二个国丧。同春是名角,平时尚有积蓄,不但自己度日,还能接济几个穷朋友。许多三四流角色只得纷纷去打零工,以度过这艰难的第二个百日。

朝中有一名酷爱昆曲的贝子爷,早就想把柳同春罗致进他家戏班,柳同春多次都婉言辞谢了。此时,他派一名管家邀柳同春到他府里点对曲本,报酬待遇从优,为日后请同春入贝子府戏班留下地步。同春百日内毫无进项,也想借此多拿几个钱接济同行,便应承了。

贝子府在皇城内东华门外北池子,同春的住处是一座临街的小楼,正可以清清楚楚地观看北池子的街景。正月二十这一天,管家早早地就来告诫同春,无论如何都不能打开临街的窗户,否则将被治罪。但他又悄悄告诉同春,可以从窗户侧面的一小块玻璃那里偷看,看的时候要关好门,不要被人发现。说实话,同春除了失业的苦恼之外,对皇家的两次丧事是不关心的,皇帝、皇后和他这个汉家梨园子弟、卑贱的小百姓离得太远了。可是看个热闹,他还蛮有兴趣。

"啪!啪!啪!"三声带着悠长尾音的响亮的炮仗声,像在同春耳边震动,把他猛然惊醒,一瞬间,他忘记了身在何处。茫然四顾,小小的房间还笼罩在蒙蒙曙色中,四堵白墙,一道门通向外间,从门帘的缝隙中,看得到外屋的火盆、窗边的书桌和桌上的一摞摞院本。他倏地想起了今天的大事!那三声巨响,不是炮仗,而是净街的响鞭啊!他急急忙忙穿上衣裳就往外屋跑,贴在那块玻璃上向外瞧。天色阴晦,好像还在飘雪花,屋顶地面薄薄一层白。北池子整条街都已洒扫干净,寂无行人,只有无数顶子上戴孝、身穿素服的官员站在路边,一个挨一个,像一条白花花的长蛇阵,南不见头,北不见尾。这想必是恭送梓宫的百官了。他们起身比同春更早,还要在寒风中立候。同春想,皇上的官儿也不是好当的!

又三声鞭响,百官在路边跪下了。浩浩荡荡的卤簿队伍过来了。

开道二红棍,黑漆描金,上粗下细,由身穿蓝灰色布袍、顶子上红缨全除的卤簿校尉双手擎着,两人一列,过去了十几对;然后是二红棍,形状同前,但如对半剖开一般。红棍没过完,府里的管家悄悄来到,叫同春赶紧洗漱。他闩好了门,端把椅子和小几放在玻璃小窗边,把带来的早点、热茶放在几上,招呼同春一道坐下,兴致勃勃地共进早点,共看热闹。

开道棍后,武仗过来了:烂银长枪十对,方天画戟十对,戈十对,矛十对,蛇首锥十对,尽是镀金朱色漆杆;跟着的,是金光闪闪的钺、星、卧瓜、立瓜、吾仗各五对。两人从没见过这么多叫不出名字来的武器,哪里还顾得上吃茶点!

又一对开道红棍,后面如同铺天盖地,锦绮辉耀、五彩缤纷,节、幢、幡、旌、旗、麾各五对,分黄红蓝白黑五色;各种扇:圆形、方形、兜状、云头状、鸟翅状,每式也分五色;各种伞:龙纹伞、莲花伞、百花伞、圆伞、方伞,每式又各五色。最后一对黄罗曲柄伞,结束了这浩大的如云似霞的队伍。

跟着过来了八十匹有辔无鞍的散马,又接着二十多匹鞍辔俱全的御马。鞍、辔、镫一律镶金嵌珠,华丽无比。鞍首雕龙衔着一颗珍珠,怕有拇指大,鞍后三颗珍珠嵌成三花形状,也有青豆大小。马鞍上驮着枕头,枕头顶上也绣着口衔珍珠的金龙。

两个偷看的人互相比拟着珠粒的大小,惊叹不已。同春忍不住小声说:"这雕鞍绣枕,哪一件都是无价之宝啊!"

管家说:"可不是,拿去大丢纸,太可惜了!"

"大丢纸?什么意思?"

"焚化哇!就是烧掉!"

"啊?!"同春瞪大了眼睛。

"嘘,别说了!快看,骆驼!"

果然,几十匹骆驼,繁缨垂貂,庞然巨物,每匹都驮着绫绮锦绣及账房、用具什器;后面跟着背弓插箭的骑马侍卫数十人,又有捧着御用弓箭的侍卫数十人,牵猎犬御马的侍卫数十人。只看看那御用箭和御用伞袋吧!箭用乌黑的鸦翎粘金制成,伞袋用的是黄色罗绮,凡是针绣缝缝处,都密密麻麻地贯穿着明珠。就这一袋上的珠子,已不知可当民间多少百姓的口粮了! 这些,加上后面侍卫手中所执的赤金壶、赤金瓶、金唾壶、金盥盆、金盘、金碗、金交椅等物,金光灿灿,夺人眼目。同春看得眼花缭乱,几乎惊呆了。

管家小声说:"这些都是大行皇帝御用过的,全都大丢纸!"

同春叹道:"太可惜了! 何必如此呢!"

"大丢纸,就得大呀!"管家眉飞色舞,"前日听小爷说,他随贝子爷进宫哭丧,亲眼见到了宫里的小丢纸……"

"还有小丢纸?"

"头七一过,就要在宫门外焚烧大行皇帝用过的冠袍衣履器用珍玩。你不知道,那乾清宫门外设了两间大棚,东佛西道,竖起幡竿,昼夜念经做法事。小丢纸就丢在两棚之间,佛祖、道祖知道了,就会保佑大行皇帝。小爷说,连皇太后都亲临乾清门,说是穿着黑衣袍,扶着石栏杆,哭得要昏过去的样子,宫女太监跟着一块儿哭,百官跪在两边儿哭,远远听着,后宫里更是哭声震天……焚烧宝器的时候,说那火焰都是五色的,声音像爆豆儿似的。那珍珠是着一颗爆一声儿,爆了不晓得多少万声儿啦! 小丢纸都这样,大丢纸还不……"

"来了!"同春打断管事,叫他快看。银山雪浪也似的队伍,排山倒海地涌了过来,送过一片震天动地的哭声。道边跪迎的百官们放声大哭,加入浩大的哀悼中。白花花的人群,簇拥着黄幔软金帘、铺着紫貂大座褥的灵舆,后面便是巨大的大行皇帝的梓宫,用朱红锦袱严密遮盖着,像缓缓移动的红楼。梓宫前有青布衣裳的童子二三十人,哀哀痛哭;梓宫后面是乘马执绋、白衣孝帽、哭声不停的诸王、贝勒、贝子、公和满、汉大臣。梓宫后面还有一个较小的灵舆,随着一个较小的棺柩,用紫花缎袱遮盖着。

"后面那棺材是谁?"同春奇怪地问。

"哟,你还不知道哇?那是小董鄂妃,皇上驾崩,她跟着就从死了。朝廷赐号贞妃。她是董皇后的妹妹呀!……"

"那,那些青衣童子……可是殉葬的?"

"这可不清楚……他们既能穿黑,大约是养在太后宫中的王贝勒子弟吧!哦,你看,皇太后!"

六十四名宫监,抬着一副素幔步辇过来了,由白衣袍、白首帕的宫女们簇拥着。在周围素白之中,皇太后穿一身黑缎丧服,非常醒目,她容色惨白,目光凝滞,没有任何表情,像一尊高贵而孤寂的石像。后面还有五辆素车,六七辆青幔车,那显然是后宫的皇后妃嫔和阿哥们了。

公主、福晋、命妇们的车轿洪流般涌过来后,哭声变得尖厉而嘈杂,填满了北池子整整一条街。道边百官哪敢仰视,还不如楼上偷看的两名下人来得自由。由于职务上的关系,管家对京师这些宗亲贵族知道得一清二楚,絮絮叨叨地向同春卖弄着:"……瞧见那辆顶上有翟鸟的车吗?那是建宁长公主,就是下嫁平西王之子吴额驸的那位公主,大行皇帝的亲妹子……街东边那辆车瞧见了吗?那是承泽亲王福晋的,论起来,还是大行皇帝的亲嫂子呢……瞧这边这副舆,上面带八宝莲盖的,喏,就在眼皮底下,是安王福晋的……哎呀!你干什么?你疯啦!"管家惊呼着,拦腰抱住了面带疯狂、要动手开窗的同春,用力一绊,同春跌坐在楼板上,"你不想要脑袋,我还要活呢!"

同春愣了愣,蓦地跃起,再凑到玻璃小窗边。

没有错,是她,就是她!随侍着那辆八宝莲盖舆的素衣丫头,就是梦姑!

千辛万苦,千回百转,千寻万觅,终于见到了一面!他想喊不敢喊,想开窗又不准开,难道就眼看着她又一次消失在茫茫人海?……他的心跳得怦怦乱响,起身就要下楼。管家一把扯住:"到哪里去?你不知道闯禁要杀头?"

同春站住,牙齿咬得格格响。

管家缓和了口气:"你见到什么人啦?这么风风火火的,不怕出乱子?"

同春简直不用现编,话已出口:"我妹子跟我失散五六年了,刚才见她在那八宝莲盖舆旁边走着!"

"那她是在安王府当差了。你去安王府打听就是了。"

"不行,我得见见她。万一看错了人呢?"

"倒也是。这样吧,大丢纸过后,队伍就要散了。安王府的车仗还得从这儿过,你看准了,上去问一问。"

同春看看街上,王公贵族福晋命妇们的车仗已经过完,道边百官也纷纷起立,准备跟大队同往景山。没有别的办法了,同春只好点点头。

上午过去了。正午时分,阳光露出了云缝。皇城内仍旧九衢寂然,一片凄清。末正时分,景山那边遥遥传出长号呜咽和说不清是鼓声还是炮声的沉闷震响。半个时辰之后,旌旗侍卫、香车宝马,如八月十八的大潮,从北池子奔涌而过,刹那间填街塞巷。早早等候在路边的柳同春,被这不可遏止的滚滚潮流冲得七歪八倒,为了站住脚,他不得不紧紧贴着墙根。他急切地寻找着,恨不得长出四只耳朵八只眼睛,可是眼前这人山人海,把他的眼睛闪花了,喧嚣的车声、马声、吆喝叱骂声,把他的耳鼓震得发木了。梦姑,你真是沙滩上的一粒石子,大海里的一根针,到哪里去找啊?

到安王府,到那八宝莲盖舆的主人家去!

梦姑,等着吧,我就要来救你了!

武英殿大学士傅以渐从景山回府时,心绪非常恶劣,一路闷闷不乐地坐在轿里,想打瞌睡却毫无睡意。

四位辅政大臣已经很快地开始施政了。

在办理大行皇帝丧礼的间隙,他们抓紧时机,以新君名义发了第一道圣旨,晓谕诸王贝勒、文武大臣,说是朝廷将"详考太祖、太宗成宪,勒为典章",并引用大行皇帝罪己诏中"不能仰法太祖、太宗,多所更张"的话,表示"今当率祖制,复旧章,以副先帝遗意"。

傅以渐和许多汉大臣,仿佛临秋的草木,已经由此感到了寒意,料到朝廷将有一番变更。他曾迫不及待地把这些新情况告诉夫人,素云半晌不语,后来问他:"你以为朝廷变更大不大?"

傅以渐摇摇头:"皇上尸骨未寒,他们要是大变,不怕天下人之口吗?"

素云半笑不笑地说:"未必吧?他们已忍了多年了。我看,你不妨料它变更得大而又快!"

果真应了素云的话。辅臣发出的第二道谕旨,便是三撤四复:撤十三衙门,撤内阁、翰林院,撤太常、光禄、鸿胪诸寺;复内三院,复理藩院,添六科满洲官各一员,添五城满御史各一员。总之,凡是从明朝引用来的政体制度都在被裁被罢之列,凡是祖制都要恢复。

傅以渐一班汉大臣心里顿时凉了半截,和素云又有了这样一番对话:

素云说:"这一下,议政王大臣们兴高采烈了吧?"

傅以渐勉强说:"你也不好这么讲。比方撤十三衙门、驱逐内官,总是一项善政吧?前明宦官乱政,为害之烈耸人听闻。这一下去了后患。听说逐出的太监有四千多人呢!"

素云冷冷笑道:"倒也算是一桩正事,那还是因为十三衙门仿了明制。好戏还在后头呢……你们汉臣就不想想后路?"

傅以渐苦笑道："怎么好这样说话呢？先皇对我信赖始终,他们总不至于把我一脚踢开吧！"

素云没说话,只似笑似叹地望着他,但目光里的意思他完全可以读出来："正因如此,你才前景不妙哇！"素云到底没把这话说出来,却关心地抚着丈夫的肩头,道："你去秋咯血,扶病理事。眼看入春了,可要小心。"

傅以渐不明白她为什么突然说起这个,只好忧郁地望着她,微微苦笑而已。

昨天,内阁又奉到第三道谕旨,涉及两件事情,把大学士们都惊住了:一是以简亲王济度嗣子德塞袭爵;一是重新严申逃人法,恢复旧制,窝逃者斩首籍没,并连坐四邻和乡里长。

简亲王德塞袭爵,表示着从济尔哈朗到济度一班人的胜利。而重新严申逃人法,更将使天下震悚,难保不因此发生新的动乱。

傅以渐心头非常沉重,当他把这些情况告知素云时,她竟沉了脸不出声,连一句安慰的话也没有。今天在景山寿皇殿,面对大行皇帝的灵柩,傅以渐思绪万千,泪如泉涌。皇上去世才半个月,生前的心血已付诸东流了……

轿停了,从人打开轿帘,傅以渐步履缓慢地走进大门、二门、穿堂和内门,却不见素云像往常一样出来迎接。他按惯例在花厅里喝着茶,歇了片刻,心头烦闷,便站了起来,背着手在屋里踱步。他猛然在北墙边停下,因为那里悬着的画卷换了一轴新的,十分触眼。画上是大笔濡染的张果老,笑眯眯地倒骑着黑毛驴。一笔漂亮的草书,在旁边题了一首五言绝句：

　　世间多少人,谁似这老汉？
　　不是倒骑驴,凡事回头看。

傅以渐愣愣地站了半天,咀嚼着这二十个字的滋味。"凡事回头看"？……我若回头,看到的是什么？皇上宠信,为政精明,虽然居官谨慎,但以汉人而得高位,哪能不遭满官亲贵猜忌?……傅以渐想着,心里"扑通扑通"直跳。这必定是素云有意悬挂的,她是在劝我急流勇退。但是,退了以后又怎么办?不管怎么说,拜大学士、居相位,烜赫荣耀,他哪能一点不留恋呢?他要去找素云!

出了花厅,沿宽廊走到寝室前的小书房,那是他消闲、读书、作画的小方轩,进寝室非过此不可。他一眼便看到桌上铺开一幅白纸,上面墨迹犹新,用非常规整的大篆,写了这么一段俚俗小诗:

别人骑马我骑驴,仔细思量我不如。

回头只一看,又有挑脚汉。

傅以渐出神地看着,唇边露出一丝笑意,这个女子的见识和心胸真是了不得!……不过,真的就到了这种地步了?还不至于吧?他以手抚胸,慢慢地沉思着走进卧室,以为素云会在这里等他。但他没有看见人影,只有两个丫头在中堂侍候。

"夫人呢?"傅以渐问。

"夫人到厨下为老爷准备晚膳去了。"

"哦。"傅以渐在乌木雕花太师椅上坐下,一抬头,又一幅新换上的画映入眼帘。那是一幅工笔山水人物画,桃花杨柳,山溪河塘,远村近郭,半晴半阴。几处牧牛村童或嬉戏水边,或斗牛柳下,或骑牛吹笛,或伏牛背奔走,惟妙惟肖,栩栩如生。画的右上角又有一首题诗:

牧子骑牛去若飞,免教风雨湿蓑衣。

回头笑指桃林外,多少牧牛人未归。

傅以渐拈须大笑,自言自语地说:"贤哉夫人!智哉夫人!……来,备纸笔!"

两个丫头连忙铺纸溶墨,傅以渐走到桌前,凝思片刻,提起了笔。此时,素云的声音在背后响起:"终于提笔了!"

傅以渐回头笑道："夫人,你真可谓女陆贾、雌隋何,使我茅塞顿开。喏,我这就修本,挂冠告退。"

"我看你还难以下笔吧?恳请告退的理由呢?"

傅以渐笑道："我正为此有几分踌躇。"

素云笑道："忘了你的咯血症了?"

"哦,哈哈哈哈!"傅以渐大笑,"承见教,承见教!"

慈宁宫中,一片宁静。由于正值大行皇帝丧期,处处仍弥漫着悲痛的气氛。又因为庄太后连日哀伤劳累、病倒床上,所以悲痛中又潜伏着新的不安:要是这个时候太后再有什么意外,天下非大乱不可!宫女太监都小心翼翼地踮着脚走路,压着声音说话,生怕惊扰了皇太后。

寝宫里,太后安卧床上,似乎还在睡着。苏麻喇姑坐在床前做着针线。南窗下炕桌边,玄烨在专心看书,两个金丝熏炉烧得正旺,龙涎香悄悄地向四周弥漫。寝宫里非常静,只听得西洋钟的"滴答"和玄烨间或翻书页的声音。

一双小小的脚迈进寝宫的门槛,随后一双胖胖的小手拨开门帘,露出冰月那张圆圆的苹果似的小脸,一双黑莹莹的大眼睛眨动着,轻手轻脚地跑到庄太后榻前。苏麻喇姑向她连连摆手,示意她不要惊醒皇阿奶,随后抱起她,在她红彤彤的腮上亲了一下,送到玄烨炕桌的另一边,小声说:"好好玩,不要出声。"

玄烨蛮像个哥哥的样子,又做手势又努嘴又眨眼,告诉她别惊醒皇阿奶。冰月冲着哥哥扮了个鬼脸,两个孩子都抿着嘴笑了。自从董皇后去世,冰月移养慈宁宫以来,受到所有哥哥姐姐的宠爱。皇三哥对她最好,她也和皇三哥最能玩到一块儿。

冰月立刻拿起玄烨的笔,跪在炕桌边用玄烨的御用纸墨临帖。这里不会有人指责她"僭越",身为皇帝的玄烨还非常热心地在旁边指导。一个"凤"字,冰月总写不好,玄烨急得夺过笔,连写了三个给她示范。她开始不高兴地嘟起了嘴,玄烨攥着她的小手写了一个,她又笑了。

太后在床上翻了个身,慢慢问道:"苏麻喇姑,有什么要紧奏章送来吗?"

这边冰月撂下笔跳下炕,扬着双手直奔过去,喊道:"皇阿奶!皇阿奶!"她上去搂住太后的脖子,把小脸贴在太后的腮上:"你病好了吧?准好了!皇阿奶得什么病都会好的!"

庄太后心里一阵轻快,亲亲小冰月,说:"哎呀,真香!冰月最亲皇阿奶,是不是?"

玄烨在这边不高兴地搭茬儿说:"皇阿奶,还有我呢?"

太后笑了,说:"都亲,都亲!……亏得皇阿奶在草原上长大,要不然,这回可真活不成了……好啦,冰月放开手,让我起来。"

冰月蹙起小眉毛,摇摇头:"我不!皇阿奶不许死!皇阿奶死了,冰月怎么办,没人管啦!"

太后心头一软,笑道:"好,好!皇阿奶不死,不死!……"

冰月这才老老实实地站在一旁。苏麻喇姑服侍太后穿上皮袍,靠床坐好,一面为她梳理头发,一面说:"辅臣拟的几项谕旨已经发下,是用皇上圣谕发的……"

太后听着,没有作声。那几项谕旨不能不发。面对眼前大局,她只能以辅政大臣的政见、措施,来平息前几年福临的过分行动造成的积怨。贞妃的殉葬,也平息了后宫多年的愤慨。皇帝归天没有引起动乱,内外平静,她很满意。

"方才有两件要紧折子,一件是吏部的,说江南一个叫周南的秀才,千里迢迢,专程赶来京师,上书请太后垂帘听政……"

"哦?……太后垂帘听政,我朝向无此例呀!……国家政务繁杂,我已力不从心,还是专心抚育教训为好。平心而论,要不是为

了这冲龄天子,我何必再留人世!……"太后说着,眼眶竟红了,声音也呜咽了。苏麻喇姑连忙劝解道:

"太后千万珍重,不必再伤心了。总是佛爷的意思,谁也违拗不得的……"

庄太后看了看这位从幼年就一直相伴的贴身女侍,深深地叹了一口气,抚摸着梳得很光洁的鬓角,慢慢站起身,问:"还有一件呢?"

苏麻喇姑心事重重地说:"是一道密折,平西王吴三桂奔丧。"

庄太后一怔,又慢慢坐下。当她们谈起国事时,冰月已懂事地跑回玄烨身边。两个孩子听着苏麻喇姑和皇阿奶说话的口气,都感到那是一件大事。

云贵收复之后,朝廷定下三藩兵制,三藩中实力最强的平西王吴三桂,朝廷委以镇守重任,就在云南驻扎下来。其间,顺治十七年,户部和兵部鉴于云南省俸饷年需九百余万两,加上粤、闽两藩,共两千余万,天下财赋,大半耗于三藩,建议召还满兵,撤裁绿营兵五分之二。吴三桂闻信,于当年四月上奏,说是边疆未靖,兵力难减,请求带兵入缅甸灭绝南明。这本是强藩拥兵自固的老伎俩,但鞭长莫及,朝廷没有办法,反而加意笼络吴三桂,搁下了撤兵之议。后来朝中多事,三藩的事反倒顾不上了。

如今全国举丧,吴三桂以奔丧名义来到京师,骨子里究竟是什么用意?对于这样的强藩雄镇,又正值朝廷遭逢大变故之际,不能不加意提防。

太后沉思有顷,说:"呈那折子来!"

不多时,慈宁宫总管捧着折匣进来了,先跪安道:"奴才给老佛爷请安!"

玄烨即位,已经尊庄太后为太皇太后,所以太监们都改了称呼。加上驱逐大批宦官,留下的人对老太后自然感恩戴德,态度格外恭敬。

苏麻喇姑接过折匣,打开后将折子呈给庄太后。她立即埋头看了下去。折子上禀告说:吴三桂奔丧颇不一般,他是提兵远道、络绎启行的,本人还在湖广,他的前驱已到了畿南,人马塞途,居民走匿,引起了各处的骚乱。请朝廷及早准备,以防不测。

很明显,这次吴三桂前来京师察看情势,很怕朝廷借机把他留下,所以故弄了一番狡狯。那么,要不要将计就计,把他扣在京师呢?……不妥,要是那样,当下就会激出变乱,况且还有闽、粤两藩呢?眼前只有隐忍了。

庄太后拿定主意,对苏麻喇姑和总管说:"平西王及其部下,远途劳累,人马众多,不必入城,以免引起误会,惊扰百姓。但该王忠诚可嘉,命其在京城外搭棚设祭,成礼后便可归去。"

"是。"两人连忙回答,看上去苏麻喇姑是松了一大口气。

那边两个娃娃非常注意地听着、看着。大人们的表情和对话,那忧虑重重的气氛,给他们留下了深刻印象。

太后慢慢坐回到长榻上,玄烨和冰月这才跑到她跟前。冰月在说短道长地为她解闷,而她却一直目不转睛地注视着玄烨。她终于沉声问道:

"你登基已经二十多天了。你打算怎样当这皇帝呢?"

听了祖母的询问,玄烨变得庄重了。他望着祖母憔悴的、满是病容的脸,恭恭敬敬地说:"孙儿无他愿,惟愿天下平安,生民乐业,共享太平之福。"

听到这聪慧懂事的、不是一般孩子所想的孩子话,庄太后一阵心酸,搂住了玄烨,落泪道:"留给你的,可是一副重担子啊。要是你不能自强不息,不肯深思得众得国之道,那,这大清天下……"

她语音哽咽,说不下去了,默默地闭起了眼睛。她觉得自己仿佛在向高空飞升,升得很高很高,俯视大地,白茫茫的一片,东南西北几万里,处处设祭,处处飞幡,处处飘烟,处处哭声,宣誓的声浪在每个角落起伏。……这广大的华夏帝国的土地啊!你埋藏着多少忧患和悲痛,又潜伏着多少可怕的动乱!……人们的目光集中到京师,京师的目光又集中到紫禁城,而在冷冷清清的紫禁城里,此刻,一个穿黑袍丧服的老祖母,搂着她的穿一身孝服的七岁小孙子,正在孤寂冷清地流着眼泪……

1984 年 2 月初稿

1985 年 1 月修改稿

1986 年 8 月三稿

从《星星草》到《少年天子》
的创作反思

1981年初,长篇历史小说《星星草》下卷发稿。当年完成了一个写给儿童的中篇小说《火炬在燃烧》之后,便转向了我早已向往的题材——康熙皇帝。用了近两年的时间蹲档案馆、图书馆,收集、阅读、抄录史料。这期间,我常常思索《星星草》的创作得失,又听了许多直接的、间接的、赞扬的、批评的意见,为创作《少年天子》做准备。

我们民族五千年的光辉历史,是历史文学取之不尽、用之不竭的源泉。然而作者选择的,只能是那些令作者激动、能够引发创作冲动的题材。在这一点上,《星星草》和《少年天子》是相同的。十年动乱中,我被捻军英雄们身处逆境而奋斗不止的精神所鼓舞所激励,写下了《星星草》;处于改革的80年代,我被立志变革而又步履艰难的顺治皇帝的独特命运所吸引,被他那深拒固闭的传统意识压制不住的人性光华所感动,又写了《少年天子》。《星星草》的主人公们,是我精神上崇敬的英雄;而《少年天子》中的福临、庄太后等人,像是我自认为深深同情和理解的朋友。或许因此而造成两部作品的艺术效果不同?

对《星星草》创作的总结和思索,展宽了眼界,深化了认识。可以说,《少年天子》的创作之所以比较顺畅,是因为有《星星草》的基础。

一

　　我理解的历史小说，必须是文学，有历史感。强调文学，是要求它有艺术感染力，有形象，有审美价值；强调历史感，便是历史小说之所以区别于现实题材小说的基本属性。这就要求历史小说的作者既要尊重史实，又不能拘泥于史实。处理好这对矛盾，我以为正是历史小说创作的一个难点。

　　严格说起来，当代人所写的历史小说，绝大部分都是依靠虚构和想象来完成的。谁也无法证明小说中的人物形象、场景以及大量的语言、动作、表情、心理活动等等，确实存在于历史中；只要虚构得合情合理，就不会损伤作品的历史感。"情"、"理"的标准在于：作品中情节的产生、发展和终结，必须为所处时代的政治、经济、文化等各种社会条件所允许；作品中人物的性格、命运，他们的追求、他们的生活逻辑，也应该是他们所处的那个时代的产物。这就要求作者深入历史，认识历史的发展规律，弄清所要表现的那个时代的政治、经济、文化、伦理道德等各种因素，弄清在这种社会条件下和传统影响下形成的各种人物类型等等。用当代的观念来说，就是要比较准确地认识你所表现的时代及人物的横向联系和纵向联系。只要这些创作前提和创作根据了然在胸，那么，不论是七实三虚、三实七虚，或是一实九虚，甚至全都虚构，我想，作品都能给人以深厚的历史感。

　　从创作《星星草》到创作《少年天子》，我都力求深入历史而后跳出历史。不过，写《星星草》时，考虑得较多的是再现历史原貌，甚至是再现史实。捻军最后四年的战斗历程，大大小小的战役，忽东忽西的进军路线，捻、清双方调兵遣将等等，都比较严格地遵照史实去写。我觉得，非这样写不足以真实地反映那次气势磅礴、波澜壮阔的农民起义。然而这样一来，就产生了一个问题，即情节的发展和人物性格的发展之间缺少必然的紧密联系。介绍《星星草》的文章常常提到作品的"传奇色彩"。我想，这既是作品的一个优点，增强了它的可读性，又是一个弱点，表明作品有写事掩盖写人的倾向。

《星星草》中也有虚构的情节和人物，如不少同志认为写得比较好的曾国藩、李鸿章游沧浪亭、微服私访凤凰街一节。这是根据史料记载的曾国藩、李鸿章当时的动向，他们的互相来往书信，以及曾国藩平捻的总的战略思想虚构出来的。虽是虚构，但也要达到言之有据的程度，心里才踏实。可见作者的立足点主要是在再现史实，解释史实。所以《星星草》有历史感强的特点，却缺少性格突出、血肉丰满、栩栩如生的艺术形象。

《少年天子》却是以写人为中心的。为了完成主要人物顺治皇帝的形象，我感到仅仅再现史实就不够了。除了对大量繁复的史料整理加工、为人物的典型化进行必要的取舍之外，还必须进行大胆的虚构。当然，虚构要合理，不能瞎编乱造。但这个合理，就不仅仅是不脱离史料的言之有据了，它应该是作者对历史可能性的推理和补充。

福临和乌云珠的爱情历程，是描写福临形象的重要的一笔。这段爱情的产生有没有可能性？董鄂妃这样一个"贤妃"的产生有没有可能性？

史料记载，董鄂妃是顺治帝的宠妃，这可以从顺治帝的《御制孝献皇后行状》及顺治朝大学士金之俊所撰《董皇后传》里得到证实。但关于她的来历，史书中却讳莫如深，不见踪迹。历史学家陈垣先生根据《汤若望回忆录》考证推断，认为董鄂妃原是顺治帝的弟弟、皇十一子博穆博果尔的妻子。看了他提到的一些原始史料，同史书记载相印证,我认为这个推论是正确的。明末清初的社会动乱,造成满、汉两大民族文化——即农业文化与草原文化——的互相冲突、互相渗透和互相融和;清入关初年,存在着大量奴隶社会遗迹和满洲由关外带来的落后风俗。在这样的特殊历史条件下,出现乌云珠这样一朵满汉交融的奇葩,产生这样一段奇特的爱情故事,我认为是可能的,不违背历史。所以,以此为前提,以虚构补充史料,完成乌云珠的形象,铺写了福临和乌云珠一段相知相爱的刻骨铭心的感情生活。

又如,济度发动政变,史书没有记载。福临要杀康妃的事,也是发生在清代的其他皇帝身上而被写进宫词里的。然而,到顺治十六年,由于福临的一系列体制政策的变革,皇帝和贵族之间的矛盾已经非常尖锐,关系十分紧张,几乎到了破裂的边沿。贵族中威望最高、地位最尊、同父亲济尔哈朗的保守一脉相承的简亲王济度,是无法忍受皇帝的"胡闹"的。他领过兵,打过仗,本人又武艺高强,性情刚烈、正直,对爱新觉罗氏祖先忠心耿耿,正逢康妃险些被杀,这如同危险信号向他示警。为了保国保民和自保,他完全有可能发动一次废除福临的政变。至于福临要杀康妃,则是由他那暴戾的、喜怒无常的性格所决定,因而也是合理的。事实上,由于这样的虚构基本上合情合理,把福临的悲剧推上了高潮,使他最后的心灰意懒、出家做和尚有了更充分的依据,读者也没有觉得突兀、牵强,反而增加了作品的真实感。

这也许就属于虽非历史的真实,却是为艺术的真实所需要的一笔吧?

二

文学的本意乃是人学。这个观念在我创作之初,并不十分明确。所以《星星草》的初稿存在大量的事件和情节淹没人物和人物的概念化、脸谱化的问题。通过一次次修改,才把"写人是第一位"的观念逐步建立起来。但创作实践却未能立即跟上认识,《星星草》里的人物,尤其是作为主要人物的捻军领袖赖文光、张宗禹、任化邦等人,没有站起来,更谈不上活起来。倒是清朝方面的将帅,如曾国藩、李鸿章、左宗棠等人,比较有深度,能给读者留下印象。于是,《星星草》的人物,在总体上就形成了喧宾夺主的情况。

究其原因,主观上,是由于我把农民英雄理想化,试图把所有起义领袖的美好品质都集中在主人公身上,歌颂他们气壮山河的英雄气概,而不忍去写他们的错误和缺陷。客观上,长期存在的极左思潮,文艺创作上"高、大、全"的唯心主义创作观念和方法,对我也产生了一定影响,突不破束缚和框框,表现了自身的历史局限性。

我的老师戴逸同志曾对我说:"如果你能把这次农民起义的失败写清楚,你的作品就成功了。"我终于未能从根本上写清楚这次失败。虽然我很喜爱《星星草》,却又感到很不满意,感到遗憾,原因就在于此。

从这点认识出发,在《少年天子》的创作过程中,主观上,便把人作为创作中心,具体地说,就是这位少年天子顺治皇帝福临。全书的所有人物、情节、各条线索,都围绕着他、都是为了写他的;而通过他的命运、他的奋斗和成败,又力图反映出他所处的那个时代的基本面貌和特征。

福临五岁即位,十三岁亲政,面临着与南明争夺天下的严重斗争。满洲虽然占有军事上的优势,但农奴制社会形态带来的落后传统,加剧了满汉矛盾,造成社会动乱,阻碍着统一事业。顺治帝有两个方面的追求。首先,是要打垮南明,征服汉民族,夺取全国的统治权。这也是满洲统治集团的一致目标。但军事斗争的胜败往往取决于政治上的竞争，顺治帝以明睿的目光和极大的决心，克服内部阻力，转变政策，抛弃某些落后的传统，缓和了民族矛盾，逐渐获得政治上的优势，终于战胜南明，实现了统一，为此后一个半世纪的康雍乾盛世打下了基础。

他的另一方面的更高层次的追求，是要接受元、明两朝亡国的教训，用封建社会的正统思想——儒家学说来治理国家，以求长治久安、江山永固。所以他要推行汉化，要加速封建化进程，要加强君主集权。但他在这方面的一系列努力，却受到满洲贵族势力的顽固抵抗而最终失败。在他死后的第二天，便以罪己诏的形式宣布了君权的妥协。

福临，既是一个锐意求治、具有雄心大志、暴戾自尊、喜怒无常的至高无上的皇帝，又是一个聪明好学、温文尔雅、热烈多情的少年男子。由于他的特殊地位和他自幼的微妙境遇，形成了他充满矛盾的十分复杂的性格。他短短的二十四岁的人生，大喜大怒，大悲大欢，跌宕起落，曲折变化，虽贵为天子，富有四海，却受着种种压抑和限制，经历了许多痛苦。他对事业和爱情的执着追求和努力奋斗，最终都幻灭了。当我不得不用笔送他走向死亡时，心里很为他难过。福临若不是皇帝，可以成为一个英勇的骑士或出色的猎手；如果生在今日，他的素质和他的努力，可以使他做一个生气勃勃、思想解放的企业家，甚至成为一位诗人、一位画家。他不幸生在那个时代、那个环境，承受着一次次严酷打击，经历了一次次精神痛苦，用极端的方式——削发出家，对守旧势力表示了最后的抗议之后，离开了世界。

福临的悲剧，是社会悲剧——他正处在满洲入关初年的大动乱、处在满汉两大民族的尖锐矛盾之中，阶级偏见、民族偏见无情地压制着他对真善美的追求；福临的悲剧是性格悲剧——他的极度敏感的自尊心掩盖下的自卑，他的喜怒无常、极强的个性深处的脆弱，使他经不住打击和失败，终于崩溃。但他最大的悲剧还在于，他不分精华和糟粕地接受明朝制度和汉族文化，殊不知封建制度发展到明朝，已经腐败黑暗，走向没落，朱三太子便是这个制度造就的一系列草包兼恶棍皇帝中的最后一个。福临不就是把自己的后代子孙也在向这条路上送吗？这恐怕是福临自己意想不到，却又是历史规定了的一切封建帝王都无法逃脱的历史悲剧。

基于这些认识，我使用了自己能够使用的一切艺术手段，去完成顺治帝的形象。写帝王威仪也写人性；写政治斗争也写情感；写外表音容笑貌也写内心世界；写庄太后、董鄂妃、康妃、安亲王、简亲王、汤若望以及满汉大臣、士人平民等各阶层人物眼里的顺治帝，又写顺治帝和各类人物交往相处时的不同表现，多角度地反映福临性格的各个侧面。

我认为，构成福临性格特征的，有两对重要矛盾：自尊与自卑；刚愎自用与脆弱。创作中，怎样表现这矛盾的复合，使之在主人公身上达到自然和谐的统一呢？这里以金陵事变一节为例，说说我的考虑。

入关前，满族社会正经历着从氏族社会到奴隶社会、向封建社会转化的过程，经济文化都很落后。入关后，他们竟要统治一个有数千年历史、经济发达、文化灿烂、人口百倍于满族的汉族，这对满族统治者来说，不能不是一个沉重的心理负担，也即顺治帝自卑的由来。不过，自卑一向是被征服者的高傲和帝王威严压制着的，在福临心里只能是潜意识，他决不会承认，甚至不曾想过。郑成功围困金陵的消息传到时，正值后宫借"对食"事件陷害董鄂妃，使福临处于心理不平衡之际，加上长期存在的潜意识被突然触发，平日就喜怒无常的福临一下子控制不住自己，自卑心理大暴露，竟吓得跑到母亲那儿大喊大叫，要逃出关外。庄太后的斥骂，大大损伤了福临那极为敏感的自尊心，激起他的暴怒，突然来了个一百八十度的大转弯,不顾一切地要御驾亲征。他是要用亲征的英雄形象挽回面子,洗刷"胆小鬼"的耻辱。此后,他刀劈宝座、威吓乳母,不听任何人劝阻的种种过分的、刚愎自用的表现,都是对母亲斥骂的自尊的反应。福临是聪明人,心里当然明白逃跑和亲征都不对,但直到声望地位都足够高的汤若望出面劝阻,他才肯借机下台。一波未平,一波又起,康妃一句不能逃回辽东的劝谏,又揭了福临的短处,他勃然大怒,竟暴戾地要封刀斩康妃,以致引发了简亲王的政变。政变虽然被粉碎,福临却感到雄心壮志的幻灭,感到身心的极度软弱,于是想遁入空门寻求解脱。他要求玉林赐法名,"必得拣一个最丑的字才好",正是他此时的心理反应。最后,在重病的乌云珠面前,他的一番剖白,终于倾吐了心底的自卑和脆弱……

这样写来,我觉得人物的思想逻辑和心理过程比较合理,比较能求得矛盾性格的有机统一,使福临的形象比较丰满、完整。

其他人物,如庄太后、乌云珠、济度、岳乐等人,我也注意了多角度多侧面地刻画他们的个性,力图使他们各具特色,使作品多姿多彩,给读者留下较为深刻的印象和回味的余地。

三

创作《星星草》的时候,小说结构方面的问题,我想得不多,因为不大懂,注意力集中在尊重史实、再现史实上。所以历史上的东捻和西捻分军后再没有重逢,作品的下卷中也就平均使用力量,写一章东捻,写一章西捻,出现了花开两头、各表一枝的现象。由于不分主次,造成笔墨不集中、结构松散的弱点。

结构《少年天子》,我特别提醒自己,要注意作品的完整性,不旁出枝蔓,不喧宾夺主。

《少年天子》中写了几层人物。不恰当地比喻,仿佛是一个复杂的恒星系统,数层行星按自己不同的轨道围绕着恒星运动。这个恒星,自然是顺治帝福临。围绕着他,最近的一层,是宫廷中的人,即他的母亲庄太后与妻妾子女皇后、董鄂妃、康妃、三阿哥等;第二层是皇亲贵族,以岳乐、济度为代表;第三层是朝廷的满汉大臣,如傅以渐、陈名夏、汤若望、索尼、鳌拜等;第四层,中下级官吏,有李振邺、龚鼎孳、苏尔登、熊赐履、徐元文等人;第五层,是一批汉族士人,吕之悦、陆健、张汉等;第六层,民间百姓,柳同春兄弟、乔家母女姐妹等;还有一层,是蛰伏的故明复辟势力,朱三太子、白衣道人、乔柏年等。在这个大"恒星系统"中,同层次人物之间有他们的横向联系;各层之间又有纵向联系,辐射式地内指向中心——顺治皇帝。

　　全书的主要线索,是以福临为代表的君权与满洲贵族势力的矛盾和斗争,在那个具体的历史时期,也即变革派与保守派的矛盾和斗争。福临的命运和性格发展,就贯穿在这主要线索上。主线之外,又写了宫廷内部的派系斗争,满洲贵族内部的矛盾,朝廷内满、汉朝臣之间的矛盾,汉人中入仕官员与在野士人间的矛盾,清朝与南明争天下的斗争,明朝残余势力与百姓间的矛盾,满、汉两民族间的矛盾,统治者与平民奴隶间的矛盾,等等。但是,不论各种矛盾如何变化多端,结构作品时,始终遵循一个原则,那就是所有其他矛盾都依附于主要矛盾,随主要矛盾的起伏变化而起伏变化,随主要矛盾的尖锐、激化、缓和、放松而各自变化矛盾的形态和程度。

　　我觉得,这样结构整个作品,比较符合封建君主专制制度下人际关系的客观规律,因为小说的主人公是皇帝而使这种结构特别有利。

　　比如顺治十四年秋到十五年春这一单元,由于孙可望归降,使福临实现统一的雄心更加迫切。他不顾亲贵的反对,加快除旧布新,进一步改变政策,缓和满汉矛盾,于是便有在西苑召见汉臣诗酒唱和的姿态,有郊外射猎惩罚满洲亲贵的故事,又发出一道道停圈地、宽逃人法、任用汉官的谕旨。这一切首先震动了满洲亲贵,先有朝会时满大臣对汉官的纠参,后有六王爷在济度府的聚会,都针对着顺治帝的除旧布新。主线的矛盾进一步激化,引起其他线索的一系列起伏变化:宫廷里,后妃们怨恨福临变祖制宠侧妃,结党示威,导致了停中宫进笺、皇后面临被废的危险;矛盾愈演愈烈,皇四子被阴谋杀害;而谨贵人之死把矛盾推上高潮。在朝廷,却因主线矛盾的加剧而使汉官所受的压力减轻。反映到徐元文和熊赐履两位在野文士身上,则激发了人心思定、入仕进取的希望。至于蛰伏京畿的明朝残余势力,则不得不认识到由于清朝一系列顺乎人心的举措,使他们复辟的希望更加渺茫,只得铤而走险,以求保存和发展。这样一来,备受摧残的最底层的乔梦姑,则陷入了更深的苦难⋯⋯

从全篇而言,福临的事业,是循着追求——成功——奋斗——失败——再奋斗——再失败——消沉——幻灭的道路发展的;福临的爱情,几乎与他的事业同步,由追求而成功,随后又连续遭到失子、诬陷、疾病等重大打击而最终幻灭,由此,连带着各条线索的起伏,各阶层人物的命运和遭遇都随之发生相应的变动。

《少年天子》没有像《星星草》那样正面写两军对垒、金戈铁马的大规模征战,也没有直接去表现朝廷内外、整个国家机构的具体变革过程,只是选择了福临这个人物,选择了以宫廷生活为主的社会生活的这一部分,作为表现的主要内容,力图通过社会历史的这一侧面,去反映那个时代,再现历史的面貌和特征,力图揭示某些规律性、反映历史本质的东西。因为有了这样的结构,便于多层次多线索地交错编织,构成一幅较为广阔的社会生活图景,使作者的意图得以实现,使作品有了一定的深度和广度,小说的总体感觉因而也就较为完整、严密了。

四

历史小说是艺术,要具有审美价值。我认为美的至境是自然、和谐,所谓没有技巧是最高的技巧。也许我一生也达不到这样的境界,但我愿向这个目标努力。

初学写作,免不了有许多生硬的处理手法,给人以不自然、不和谐的感觉,表现出一种用力过度的毛病。造成的后果,便是或多或少的虚假。所以,求真是首先要努力实现的要素。为了完成形象,必须对史料进行典型化处理,必须用虚构补充人物和情节,但这些都必须给读者以真实感,力求不瘟不火、恰到好处。为此,我进行了两方面的探求,其中之一,是以生活化的描写,增强作品情节的真实感。

第三章第一节的庄太后圣寿节,写的是宫内的庆贺宴。创作目的,是要通过这一情节,表现福临对爱情的追寻、对汉文化的倾慕;写出庄太后的雍容大度和太后、皇帝间的母子深情;并借乌云珠的恳请,提出满、汉矛盾中一个重要症结——江南十世家冤狱问题。

写皇家喜庆,容易流于威严华贵。皇家的人物关系,也常常为强调他们之间的政治利害关系而故意显示其残酷、虚伪、冷漠和呆板。当然,事实上确有这一面,但只是在特殊的、不得已的情况下,才会撕开那层面纱,多数的日常生活中,也还要寻求温暖、亲情和天伦之乐。更何况庄太后与福临在政治上是相通的,十多年来又相依为命地共同闯过多次危机,自有一般母子达不到的感情。所以,写这一节时,力求生活化:从福临进慈宁宫、母子对话、互相打趣写起,具体而微地写了家宴拜寿的场面和过程,其中重点突出福临、庄太后、乌云珠三人和他们之间的关系。

福临向往乌云珠,想借寿宴之机进一步接近她。这番心思,庄太后完全明白。但她既不说破,更不责备,只要儿子不逾矩——她心中的"矩"和世俗或皇家的"矩"并不完全相同——她一概宽容。福临却不那么容易克制自己,心理一直处于昂奋状态,以致表情行动都有不少失度的地方。对此,乌云珠是心领神会的,但她的真情不能有丝毫流露,于是行动格外谨慎小心。当乌云珠献三清茶和九九果盒时,心直口快的大贵妃可以脱口说出不满的话;庄太后却只用一句贬褒意义不明的笑语,掩饰了赞美多于责备的心理;福临则无所顾忌地用火辣辣的目光表达自己的意向,这也是开宴后他与乌云珠进行试探性长谈的先兆。长谈中,福临步步进逼,乌云珠半推半就,引得福临终于问到他不该问的弟妇的闺名。庄太后一直暗暗注视着福临和乌云珠的动向,发觉他们亲热得有可能逾矩,便打发太监把福临支开,中止了他们的长谈。

这一节基本是实写,写环境,写庆寿,写宴会,写生活情趣,写微妙的心理状态,写细微的感触,人物的语言、行动、感情都力求符合各自的性格、身份和处境,不刻意追求戏剧性效果,也不带传奇色彩。这样写来,生活味道较浓,显得比较自然真实,较好地完成了这一节的创作目的。

求真的另一方面的努力,便是向人物的心灵境界深入,增强作品人物的真实感。

还以庄太后对待福临和乌云珠相恋的态度为例。庄太后平日雍容大度、仁爱宽和、明睿豁达,非常符合她尊贵的身份。当福临和乌云珠终于冲破束缚私自结合时,她身为皇太后,要维护满洲内部的团结;身为母亲,不愿儿子承受失德的罪名,所以坚决赶去制止;儿子的反抗,损伤了她的自尊,以致从来慈爱的"皇额娘"竟然发怒,果断地切断福临和乌云珠的联系,造成母子间谁也不让步的对峙局面;福临由害相思转为纵欲式的自我摧残,她仍采取静观的态度,以她过人的意志,极力维持她那皇太后的体面;直到儿子病倒,爱子之情才战胜了太后的尊严,主动走出母子和解的第一步;在儿子病榻边,她的母爱被充分激发,而福临的梦呓,更唤醒了久埋心底的与小叔多尔衮的那段情爱,正是这心灵深处感情的涌动,使她同情儿子、理解儿子,终于甘冒天下之大不韪,成全了福临与乌云珠的这段姻缘。

这样描写和刻画的庄太后,就不只是一般的端庄尊贵、慈爱明智。这个和常人一样具有七情六欲,具有较为丰富的心理活动、较为复杂的个性的皇太后,不是更为真实可信吗?

求真的同时,还要努力求美。要有意识地按照艺术规律去刻画形象、渲染氛围,强调意境之美。

"儿女情"这部分,对福临的形象是至关重要的。福临是拥有十数名后妃和许多宫女的至高无上的天子,乌云珠的什么特质能吸引他呢?政治上的知音、文化素养的相近很重要,但那是促成福临固执追求的原因;由于乌云珠是弟妻而使他们的相亲近成为"禁果",这特别能激起热烈多情的少年福临的好奇,也在情理之中;不过,使福临一见钟情的最直接的原因,还是乌云珠之美:美的容貌、美的身材、美的声音、美的气质。这些美需要正面描写,但只是正面描写又很不够。它必须有某种特色,才能使表面风流嗜欲、实则心灵孤寂的年轻皇帝达到废寝忘食的程度。一首据说是白居易的短词给了我很大启示。

花非花,雾非雾,夜半来,天明去,来如春梦不多时,去似朝云无觅处。

我认为,乌云珠在福临眼里,就应该这样神秘、朦胧,只有这种难以捉摸的、时隐时现的美,才对福临有巨大的吸引力,才能激起他心灵的震动。所以在处理乌云珠进宫之前有关两人关系的章节，我都尽力按照这首短词的意境去设置和渲染。

不过，求美是个综合性的复杂问题，在这个问题上，对我的创作起作用的因素很多，如古典小说、戏剧、音乐、绘画、诗词等等，是一个潜移默化的过程，我自己也不一定理得清头绪，这里就不多说了。

从《星星草》到《少年天子》，创作上有了一点长进。但《少年天子》存在的缺憾仍然不少。例如，前半部人物头绪多，显得驳杂、纷乱；朱三太子那条线索的传奇色彩与整体不够协调；缺乏从满族传统文化的角度去展示主要人物的心理和形象，因而不够丰富；对汉族文人的心理刻画比较单一、少变化等等。有些问题还值得进一步探讨，比如，把南明与清朝争夺天下的战争基本上放到幕后写是否妥当；把朱三太子处理成这样一个恶棍是否过分；乌云珠的形象是否过于单一纯净，等等。这些都值得我认真思考，为今后的创作提供借鉴。

对于今后的创作，我也有一些想法。能不能在真实的历史背景下写完全虚构的人和事？能不能用现代的深层心理分析，去表现历史人物的心态、丰富人物的形象？能不能用现代文学的多种体裁和手法，如象征式、幽默式、寓言式、荒诞式等等，去写历史小说？……这些都需要进行新的探索，要靠今后的创作实践去回答了。

《少年天子》即将成书与读者见面了。我要借此机会，对北京十月文艺出版社对这部作品的扶植，对文学界、史学界的老师和同志们的热情关怀和指导，对许多知名和不知名的热心读者朋友们的鼓励和批评，表示真挚的谢意。

1986 年 8 月 30 日